Utta Danella

Der Schatten des Adlers
Vergiß, wenn du leben willst

Zwei Romane in einem Band

GOLDMANN VERLAG

Ungekürzte Ausgaben

Umwelthinweis:
Alle bedruckten Materialien dieses Taschenbuches
sind chlorfrei und umweltschonend.
Das Papier enthält Recyclinganteile.

Der Goldmann Verlag
ist ein Unternehmen der Verlagsgruppe Bertelsmann

Genehmigte Taschenbuchausgabe 10/95
Copyright © 1989 Albrecht Knaus Verlag GmbH, München
Umschlagentwurf: Design Team München
Umschlagfoto: Williamson-Edwards / TIB, München
Druck: Elsnerdruck, Berlin
Verlagsnummer: 13153
MV · Herstellung: Heidrun Nawrot
Made in Germany
ISBN 3-442-13153-7

1 3 5 7 9 10 8 6 4 2

Der Schatten des Adlers

Es wurde Nachmittag, bis ich die Stadt verließ. Eigentlich hatte ich vorgehabt, vormittags so gegen elf zu starten, und nun hatte ich den halben Tag mit Abschiednehmen vertrödelt. Als ich über die Wiedner Hauptstraße aus Wien hinausfuhr, hatte ich alle Mühe, das sentimentale Gefühl zu bekämpfen, das mir da irgendwo zwischen Herz und Kehle rumorte. Früher hatte ich mich für einen ziemlich harten Burschen gehalten, zumindest war ich nie rührselig gewesen. Aber heute – das war einfach zuviel Gefühl geworden; schon am Morgen, als Josy geweint hatte, und dann als ich das Jannerl zum letzten Mal auf dem Arm hielt, war mir nach Heulen zumute. Kaum zu glauben so was.
Daß es so schwer war, sich selbst wiederzufinden! Aber wußte ich denn überhaupt noch, wer ich war, was von mir übriggeblieben, wo ich den Mann suchen sollte, der ich früher einmal war? Ein verfluchtes Gefühl, wenn man sich in so einem Nirgendwo befand, in einer Art Niemandsland, wenn man an gestern nicht mehr denken wollte und es doch immer tun mußte, und an morgen nicht denken konnte, weil es kein Morgen gab.
Stopp. Das stimmte nicht mehr. Ein Morgen gab es, und eben begann es. Es würde gut sein, sich darauf einzustellen, vorwärts zu schauen und nicht mehr zurück.
Überhaupt bestand im Grunde für düstere Gedanken gar kein Anlaß. Man hatte mir so viel Anteilnahme und Freundschaft entgegengebracht in den vergangenen Monaten, daß ich fairerweise von mir aus jetzt die Zuversicht aufbringen mußte, mein Leben weiterzuleben und mit dem Rest etwas anzufangen. –

Es mußte mir einfach gelingen, an so etwas wie eine Zukunft zu glauben. Ich war nicht mehr der Mann, der vor vier Monaten nach Wien zurückkehrte; der war uralt gewesen, erstarrt, vereist, für den gab es kein normales Leben, keine Hoffnung, keine Zukunft. Der war eigentlich schon tot. - - -
Heute war es doch anders. Ich lebte wieder, ich konnte denken, fühlen, sogar planen. Oder ich versuchte es zumindest. Natürlich gab es keine Verbindung mehr zu dem Mann, der ich früher einmal gewesen war. Über diesen Abgrund führte keine Brücke.
Es regnete ein wenig, der Himmel über Wien war trüb. Aber wenn man nur wollte, konnte man hinter dem dunklen Himmel das Licht des Frühlings ahnen. Oben auf dem Semmering öffnete sich der Himmel wirklich, ein paar blaue Flecken zunächst, die Wolken zerflossen, und dann war auf einmal die Sonne da. Sie schien hier auf mich gewartet zu haben, um mich in das neue Leben zu begleiten.
Ich hielt an, stieg aus und blickte auf die Berge, die klar gezeichnet vor dem blassen Märzhimmel standen. Und auf einmal dachte ich etwas, was ich seit Jahren nicht mehr gedacht hatte: diese Erde ist schön.
Nicht das Leben ist schön. Nein - das konnte ich wohl nie mehr denken, nicht von meinem Leben. Aber daß die Welt schön war, die Erde, der Himmel, die Berge, der Frühling - das konnte ich wieder empfinden. Es würde gut sein, dort allein in den Bergen und Wäldern zu leben, eine Arbeit zu haben.
»Werd' mir net spinnert dort in der Einöd«, hatte Karl heute morgen beim Abschied gesagt. »Such dir ein Mädchen, so eine Dralle, Unkomplizierte aus den Bergen, das ist das Gesündeste, was ein Mann haben kann.«
»Schau, daß du weiterkommst, aber g'schwind«, hatte Josy darauf gesagt, »sonst schick' ich dich nächstens auch in die Berg', damit du was Dralles, Unkompliziertes kriegst. Dein dummes Gesicht möcht' ich sehn, wenn du so was als Umgang hättest.«
Karl - schon unter der Tür - schnitt eine Grimasse. »Wär' grad

die richtige Abwechslung. Wo ich doch mit so einer gescheiten Frau verheiratet bin.«
»Filou!« rief Josy ihm nach. Dann war Karl weg, der Abschied von ihm war der kürzeste gewesen, denn er mußte um halb neun im Büro sein.
Dann sah die Josy mich an, das Lachen verschwand aus ihrem Gesicht, und ein wenig später weinte sie sogar. »Ich laß dich so ungern weg. Du bist noch nicht...«
»Was, Josy? Was bin ich noch nicht?«
»Ich mein' halt, du könntest mich noch brauchen.«
»Ich bin euch lang genug auf die Nerven gefallen. Und auf den Geldbeutel.«
»Ach geh, hör doch auf damit. Das Thema wird langsam fad.«
»Also gut, sagen wir, du hast lange genug Mutterliebe an mich verschwendet. Du warst doch auch immer der Meinung, daß ich nichts dringender brauch' als Arbeit und eine neue Umgebung.«
»Freilich. Aber gleich so weit weg...«
Ich mußte lachen und legte den Arm um die Schultern meiner Schwester.
»Josy, ich fahr' nicht nach Amerika, sondern in die Steiermark. So groß ist Österreich ja nun wirklich nicht.«
»Gott sei Dank. Und ich schau' nach dir, sobald ich Ferien hab', darauf kannst du dich verlassen. Magst noch einen Kaffee?«
Sie schenkte noch einmal ein und strich mir ein zweites Kipferl dick mit Butter.
Das Jannerl, dessen große braune Augen sich auch mit Tränen gefüllt hatten, als es seine Mutter weinen sah, vergaß seine Milch und fragte kläglich: »Muß der Onkel Severin heute fort?«
»Geh, Schatzi, wein du nicht auch noch. Er fährt ja gar nicht weit fort, nur ein kleines Stück«, beruhigte Josy ihre kleine Tochter und bewies damit, daß sich auch gescheite Frauen gelegentlich widersprechen.
Der Abschied von Josy dauerte fast noch zwei Stunden. Sie

mußte heute erst um halb elf in ihrer Schule sein. Ich mußte mir eine Menge guter Ratschläge anhören, und meine schon gepackten Koffer wurden noch einmal inspiziert.
»Hast du wirklich alles, was du brauchst?«
»Bestimmt.«
»Du schreibst, wenn was fehlt. Oder du telefonierst. Ich schick' dir's. Da drinnen kriegst bestimmt nix zu kaufen.«
»Gar so hinterm Mond werden s' da auch nicht sein.«
»Sie sind's, du wirst's sehen.«
So redeten wir. Josefine, meine Schwester, Mittelschulprofessorin, war bestimmt eine kluge Frau, eher resolut als zaghaft, aber an diesem Morgen meiner Abreise bestand sie nur aus Zärtlichkeit und Besorgnis, und immer wieder hatte sie Tränen in den Augen, ein Zustand, den ich an ihr gar nicht kannte.
Gewiß, damals vor vier Monaten, als ich an einem grauen Mittag im November bei ihr eingetroffen war, da hatte sie auch geweint. Aber seither nicht wieder. Es stimmte auch, was ich zuvor gesagt hatte, das von der Mutterliebe. Sie war zwar fünf Jahre jünger als ich, aber sie hatte mich behandelt wie eine Mutter ihren heimgekehrten Sohn, einen verletzten und geschlagenen Sohn, den man mit Liebe und Behutsamkeit wieder an das Leben gewöhnen mußte.
Wir hatten uns immer gut verstanden, Josy und ich. Aber wir waren einander nie so nahe gewesen wie seit meinem Unglück und am allermeisten in den vergangenen Monaten. Es bedurfte dazu gar nicht vieler Worte. Die meisten Worte machte sie heute beim Abschiednehmen.
Dann kam Josys Schwiegermutter, um das Jannerl zu holen. Sie wohnt auch im sechzehnten Bezirk und kümmert sich um die Kleine, wenn Josy Schule hat. In den letzten Monaten allerdings hatte ich mich viel mit dem Jannerl beschäftigt, und die Oma meinte, es wäre wirklich schade, daß ich fortginge, so ein gutes Kindermädchen bekämen sie nicht so schnell wieder. So waren es nun also drei weibliche Wesen verschiedener Altersklassen, die mich verabschiedeten, das Jannerl schluchzte bitterlich, als ich es auf den Arm nahm und zum

Abschied küßte, die Josy weinte, und die Schwiegermama hantierte auch mit dem Taschentuch herum.
Ich war richtig froh, als ich endlich im Wagen saß und losfahren konnte. Innerlich war ich ganz aufgeweicht von dem ganzen Abschiedsschmerz. Ich biß die Zähne zusammen und dachte: so was Albernes. Ich trete eine Stellung an, es ist keine weite Entfernung, und wo, bitte, ist da ein Grund zum Heulen. Das Jannerl verstand das natürlich nicht, aber Josy hätte wirklich vernünftiger sein können. Sie brauchte ja bloß daran zu denken, wie es war, als ich das letzte Mal von ihr Abschied nahm.

Ich hatte versprechen müssen, noch in der Kanzlei von Dr. Saß vorbeizuschauen, ehe ich Wien verließ, und das tat ich treu und brav. Da ging es weiter mit dem Abschiednehmen. Dr. Saß war noch nicht vom Gericht zurück, und so fiel ich erst mal seinen Damen in die Hände. Ich sagte zwar: »Na, dann geh' ich wieder, grüßen Sie ihn schön von mir«, aber damit kam ich nicht durch; Fräulein Malwine bugsierte mich in den bequemsten Sessel und rief: »Aber nein, das dürfen S' dem Herrn Doktor doch nicht antun. Er will Sie unbedingt noch sprechen.«
Darauf kochte sie Kaffee, und den trank ich zusammen mit ihr und dem Fräulein Krüger und der kleinen blonden Christl, die ganze Arbeit blieb liegen, und dann kam auch noch der Bürovorsteher Lachner dazu, und alle redeten auf mich ein, und die blonde Christl himmelte mich an.
Das hatte sie schon getan, als ich das erste Mal herkam, geradeso, als sei ein entlassener Sträfling genau der Mann, von dem sie immer geträumt hatte. Sie war achtzehn, süß und blond, mit einem ganz kurzen Minirock, aber die Zeiten waren vorbei, wo ich mir so etwas näher anschauen durfte. Abgesehen von den zwanzig Jahren Altersunterschied war ich ein vorbestrafter Mann und ein gebranntes Kind.
In der Kanzlei vom Dr. Saß betrachteten sie mich als eine Art Adoptivkind. Sie waren sehr stolz darauf, daß ihr Doktor mich schon nach zwei Jahren wieder aus dem Kerker geholt

hatte. Für die Damen war ich ein hochinteressanter Mann, zwar so was wie ein Mörder, aber auch wieder nicht richtig. Die blonde Christl hatte mir mal versichert, sie möge überhaupt nur einen Mann, der ein richtiger Mann sei und schon etwas erlebt habe. Sicher, erlebt hatte ich was. Ob man es allerdings als Empfehlung für die Qualitäten eines Mannes ansehen durfte, daran zweifelte ich.
Frauen – das war so ein Kapitel für sich. Wenn einer zwei Jahre eingesperrt war, die Untersuchungshaft und die Verhandlung dazugerechnet, waren es fast drei, also dann ist das natürlich so, daß man gelegentlich an Frauen denkt. Trotzdem hätte ich nicht gewußt, wie ich mich auf normale und unbefangene Weise einer Frau hätte nähern sollen. Verlieben, soviel war sicher, verlieben würde ich mich sowieso nie wieder. Anfang des Jahres war ich einmal mit einem Mädchen gegangen, das ich auf der Kärntner Straße traf. Sie war gar nicht übel, wirklich ganz fesch. Es hatte sein müssen, nur damit ich wußte, wie es sein würde. Aber es war ein Krampf; es beschämte mich irgendwie, und ich tat es nicht wieder. So etwas hatte ich nie gewollt. Na schön – man kann auch ohne das leben. Jetzt konnte ich es.
Dann kam endlich Dr. Saß, und wir gingen hinunter in sein kleines Stammcafé, bisserl was gabeln, wie er sagte. Und mit Saß war es einigermaßen sachlich. Ich bedankte mich noch einmal für alles, was er für mich getan hatte, die Verteidigung im Prozeß, die Hartnäckigkeit, mit der er mich so bald aus der Strafanstalt geholt hatte, und nicht zuletzt dafür, daß er mir zu dem Job verholfen hatte, den ich nun antreten wollte.
»Schon gut, schon gut«, sagte Saß, »hoffentlich gefällt's Ihnen da drinnen, und es klappt alles einigermaßen.«
Doch dann kam der Herr Blansinger, dem das Kaffeehaus gehörte, und die Frau Blansinger und Ferdl, der alte Ober, und alle wünschten mir Gutes, so viel Gutes, und ich sollte ja vorbeischauen, wenn ich wieder nach Wien käme.
Und ich floh abermals vor guten Worten und Wünschen und teilnahmsvollen Blicken, ganz gerührt von soviel Anteilnahme und Freundschaft, die man mir entgegenbrachte. Hatte

es eigentlich je so viele wohlmeinende Leute in meinem Leben gegeben, ehe ich einen Menschen umbrachte?
Als ich zu meinem Wagen ging, lachte ich vor mich hin. Das tat ich, um nicht zu heulen.
Als letzte Station meiner Abschiedstour hatte ich einen Besuch am Opernring vorgesehen, wo mein neuer Boß regiert. Ich wollte hören, ob er da sei, oder ob ich ihn im Tal treffen würde. – Aber inzwischen war es Mittag geworden, und in keinem Büro sah man es gern, wenn einer in der Mittagspause aufkreuzte. Ich überlegte kurz, und dann ließ ich den Wagen stehen, ging den Graben hinünter, über die Kärntner Straße zum Franziskanerplatz. Auf einen Abschied mehr oder weniger kam es nun auch nicht mehr an, und es wäre unrecht, dem alten Steingruber nicht adieu zu sagen. Die stillsten und besinnlichsten Stunden der letzten Monate hatte ich bei ihm verbracht. Vielleicht hatte er mir am meisten geholfen, mich aus meiner Verbitterung und Erstarrung zu lösen.
»Schau, Bub«, hatte er gesagt, »bei keinem geht das Leben so glatt, wie er sich's wünschen tät. Die Welt ist voller Unglück und voller Jammer. Aber sie ist auch immer wieder voller Hoffnung und voller Freude. Du bist nicht der einzige, dem was Böses passiert ist. Man hat dich betrogen und verraten, das ist ein Schicksal, das du mit vielen teilst. Du hast auf heftige Art und Weise darauf geantwortet, das hat wiederum dich ins Unrecht gesetzt und hat viel zerstört an dir und deinem Leben. Aber es ist niemand damit geholfen, daß du dich nun weiter zerstörst. Du lebst, du bist noch jung – du kannst neu anfangen.«
Einen Moment blieb ich vor dem niedrigen Schaufenster stehen, in dem die gleichen Bücher lagen, die bereits vor vier Monaten darin gelegen hatten. Jedenfalls kam es mir so vor. Ob der Steingruber jemals etwas verkaufte in seinem Antiquariat? – Wovon lebte er eigentlich?
Aber er war so bescheiden, er brauchte nicht viel zum Leben; ein Glaserl Wein, seine Würstl, eine Semmel, das genügte ihm. Schlafen und wohnen tat er in dem kleinen Hinterzimmer vom Laden. Sein einziger Sohn war im Krieg gefallen,

seine Frau kurz darauf gestorben, vor Kummer und Gram vermutlich. Seitdem lebte er allein.
Ich hatte ihn in den Nachkriegsjahren kennengelernt, als ich noch in die Schule ging. Auch später dann, als ich an der TH studierte, suchte ich mir bei ihm Bücher zusammen. Damals wollte ich Architekt werden, aber die Zeiten waren schwer, ich mußte dann anfangen praktisch zu arbeiten, um Geld zu verdienen. Ich trat in eine Baufirma ein, bis ich dann auf die Idee kam, mich selbständig zu machen, mit dem, wovon ich am meisten verstand: Holz.
Ich kam gerade zurecht, um am Steingruber seinem Gabelfrühstück teilzunehmen. Mein Einwand, daß ich mit dem Dr. Saß schon einen Imbiß gehabt hatte, nützte nichts. Und dann hörte ich also noch einmal gute Wünsche und Ratschläge, und am Schluß, als ich ging, ein paar Bücher unterm Arm, sagte der Steingruber noch: »Es wird schon recht werden, Severin. In ein paar Jahren, du wirst sehen, denkst du nicht mehr an das, was einmal war.«
Ich hätte ihn fragen können, ob er nicht mehr an seinen toten Sohn dächte, aber ich unterließ es, nickte nur und ging dann.
Fräulein Mellinger, die hochnäsige Sekretärin meines neuen Chefs, die in der prachtvollen Etage am Opernring die Honneurs machte, war die erste an diesem Tage, die alle Gefühle beiseite ließ. Sie teilte mir nur kurz mit, daß der Herr Direktor noch nicht nach Wien zurückgekehrt sei, aber aus Mailand angerufen habe, er werde von dort aus direkt ins Tal fahren und mich dort erwarten, um mich in meinen neuen Wirkungskreis einzuführen.
Fräulein Mellinger ließ unter langen getuschten Wimpern einen abschätzenden Blick über mich gleiten und fügte kühl hinzu: »Der Herr Direktor hatte sowieso die Absicht, in diesem Monat ins Glainzer Tal zu fahren. Er kümmert sich stets selbst um die Außenbetriebe.«
»Ich weiß«, sagte ich ebenso kühl.
Ich verstand sehr gut, daß die junge Dame mir mitteilen wollte, ich solle mir ja nicht einbilden, der große Boß fahre

extra meinetwegen ins Tal, um mich höchst eigenhändig persönlich in Empfang zu nehmen.
Gerade aber das wollte er tun. Otto Kaiser, der Holzkaiser, wie man ihn in Wien nannte, war lange nicht so vornehm und kühl wie seine Vorzimmerdame. Als ich vor einer Woche das letzte Mal bei ihm war, hatte er gesagt: »Wenn ich es irgendwie einrichten kann, bin ich dort, wenn Sie kommen, Herr Lanz. Der Betrieb ist so verschlampt, daß Sie allein kein klares Bild gewinnen können. Schon deswegen nicht, weil keiner da ist, der vernünftig mit Ihnen reden kann. Der Burger ist schon recht, aber er ist schon ein bißchen vertrottelt. Und der Junge – also der Junge ist in Ordnung, aber er muß noch viel lernen. Grunski, der Werkmeister, der ist der beste Mann da draußen, an den müssen Sie sich halten. Bißchen schwierig zu behandeln. Aber tüchtig. Auf jeden Fall ist es besser, wenn ich dasein werde. Die sollen gleich merken, daß Sie mein Mann sind. Und da muß ich zunächst einmal allen kräftig auf die Zehen steigen.«
Ich bezweifelte insgeheim, ob das die richtige Methode sein würde, mich bei meinen künftigen Mitarbeitern beliebt zu machen. Aber schließlich war der Holzkaiser ein mächtiger und erfolgreicher Mann, also mußte seine Methode wohl funktionieren. Besser, man stellte sich gleich darauf ein. »Er kümmert sich um alles selbst«, hatte Saß gesagt. »Ich weiß nicht, wie der Mann das macht. Seine Millionen kann er vermutlich nicht mehr zählen. Aber was in seinen Betrieben los ist, weiß er immer ganz genau. Er muß ein gutes Spionagenetz haben. Den führt keiner an der Nase herum. Ein typischer Selfmademan, hart wie ein Stein. Wer's ihm nicht recht macht, der fliegt. Erbarmungslos. Aber wer sich bewährt, der hat bei ihm eine Lebensstellung. Und den läßt er auch verdienen. Ich kenne den Leiter einer seiner Papierfabriken, er hat ihn beteiligt, und der hat's selber schon zu einer Million gebracht.«
Mich konnte das nicht schrecken. Ich wollte arbeiten. Ich würde glücklich sein, arbeiten zu *dürfen*. Ob der Holzkaiser ein netter und umgänglicher Mann war oder nicht, kümmerte mich nicht.

Abgesehen davon, bisher *war* er nett und umgänglich gewesen. »Ihre Vergangenheit ist mir egal, Herr Lanz. Ich kann mich gut an Ihren Prozeß erinnern, damals waren ja alle Zeitungen voll davon. Ich kann mich aber noch aus der Zeit vorher an Sie erinnern. Ordentlicher kleiner Betrieb, den Sie da aufgebaut hatten. Gute Arbeit war das. Sie waren doch auch Kunde bei mir?«
»Ja.«
»Eben. Weiß ich noch. Sie haben das Gefühl für Holz. So was lernt man nicht, das hat man. Und das ist wichtig für mich. Sie sind in einem Sägewerk aufgewachsen, nicht wahr?«
»Ich war acht Jahre alt, als mein Vater verkaufen mußte.«
»Und was war mit Ihrem Onkel?«
Erstaunlich, was er alles wußte. – Ein gutes Spionagenetz, genau wie Saß gesagt hatte. Es reichte sogar in die Vergangenheit. Dieser Mann, der irgendwann, von irgendwoher kommend, in Wien aufgetaucht war und hier ein Holzimperium aufgebaut hatte – ihm gehörten große Waldungen, ihm gehörten Sägewerke, Papierfabriken, und nicht zuletzt war er einer der größten Holzexporteure Österreichs –, dieser Mann wußte sogar Dinge aus der Vergangenheit. Wußte, daß mein Vater ein kleines Sägewerk in Niederösterreich besessen hatte, das in den schlechten dreißiger Jahren ständig am Rande der Pleite herumlaborierte und das dann im achtunddreißiger Jahr, als die Nazis kamen, von einem Parteigenossen für ein Butterbrot gekauft wurde. Und er wußte auch, daß mein Patenonkel Severin ein großes Sägewerk im Böhmischen besessen hatte. Das nahm man ihm weg, als die Nazis gingen.
Immerhin – es stimmte, ich war wirklich in Sägewerken aufgewachsen. In meiner ersten Kindheit war es das meines Vaters gewesen, und später dann verbrachte ich alle meine Ferien in dem großen gutgeführten Betrieb meines Onkels, der während des Krieges florierte.
»Sie sind genau der Mann, den ich brauche«, meinte der Holzkaiser zufrieden. »Der Saß ist doch ein verdammt kluger Hund.«

Und jetzt stehe ich hier auf dem Semmering und schaue die Berge an. Ich schaue, ich atme, ich lebe. Ich bin ein freier Mann. Ich soll vergessen, was hinter mir liegt. Das hat noch jeder gesagt in der letzten Zeit.
Vergessen?
Nein. Vergessen kann man es nicht.
Ich bin ein Mann, der sich selbst aus der Gemeinschaft der anderen Menschen ausgeschlossen hat. Denn ich habe einen Menschen getötet. Im Schatten dieses Todes stehe ich, und da führt kein Weg hinaus ins Licht.
Auch wenn ich jetzt hier in der jungen Frühlingssonne stehe.
Es ist kalt hier oben. Auf den Bergen liegt noch Schnee. Aber es ist Frühling. Die Erde lebt und atmet wieder, sie wird sich öffnen, der Sonne und dem Regen, sie hat es gut. Sie kann jedes Jahr aufs neue beginnen. Sie wird älter dabei, aber niemals alt.
Was ist ein Mensch gegen sie? Was ist er denn mit seinem winzigen Stückchen Leben, das zu sterben beginnt, kaum daß es entstanden ist?
Habe ich ein Recht, hier zu stehen, zu leben, zu atmen, zu schauen?
Rainer ist tot. Weil ich ihn getötet habe.
Die Toten sind stark. Einer, den man selbst getötet hat, ist stärker als alles Leben ringsum. Er macht den Himmel dunkel, läßt die Kälte aufsteigen, bis sie einem ins Herz dringt. Vertreibt den Frühling.

Ich stieg ein und fuhr weiter, die flüchtige Freude war vergangen. Und auch die Sonne hatte sich nach einem kurzen Gruß wieder verborgen.
Dicke dunkle Wolken drängten über die Berge, kein Regen – *Schnee.* Erst waren es kleine Flocken, die eilig und rasch gegen die Windschutzscheibe stoben und mir die Sicht nahmen, und dann wurde das Schneegestöber so dicht, daß ich praktisch nichts mehr sehen konnte. Die nasse Straße gefror, und ein paarmal rutschte mir der Wagen weg. Als ich durch Standen kam, erwog ich flüchtig, die Fahrt zu beenden und hier zu

übernachten, denn dunkel war es mittlerweile auch geworden. Aber noch wollte ich es erzwingen und fuhr stur weiter.
Aber es war unsinnig. Ich war zu spät von Wien abgefahren und würde sowieso zu keiner vernünftigen Zeit mehr im Glainzer Tal ankommen. Außerdem hatte Otto Kaiser mir gesagt, daß die Zufahrt schwer zu finden sei. Und die Straße wurde immer schwieriger. Was hatten sie schließlich von einem neuen Sägewerksdirektor, der im Straßengraben verröchelte, ehe er seinen Bestimmungsort erreichte.
Es war ein verhältnismäßig kleines Dorf, in dem ich endlich haltmachte. Aber es gab einen ganz ansehnlichen Gasthof, jedenfalls soviel ich von ihm sehen konnte. Er befand sich auf einem Platz gegenüber der Kirche, durch die Fensterscheiben sickerte mattes Licht in das Schneetreiben heraus. Vielleicht hatten sie hier ein Abendessen und ein Bett für mich.
Nach der Unwirtlichkeit draußen fand ich die Gaststube warm und gemütlich, obwohl sie nur einfach eingerichtet war, mit Holzbänken und buntgedeckten Tischen.
An einem runden Tisch neben der Theke saßen ein paar Männer beim Kartenspiel, sonst war das Lokal leer.
Der Wirt, ein schon ziemlich alter kleiner Mann, kam mir entgegen, offensichtlich erstaunt über den unerwarteten Gast. Ich fragte, ob ich übernachten könne, das Wetter sei mir zu schlecht, um weiterzufahren.
Der Wirt nickte. Ja, das Wetter sei arg schlecht, und er habe es den ganzen Tag schon gewußt, daß es Schnee geben würde. Ein Mädchen namens Marie wurde aus der Küche gerufen, sie führte mich hinauf und zeigte mir die Zimmer. Es waren drei Stück im ganzen, alles Doppelzimmer, alle gleich eingerichtet, und Marie meinte, ich könnte haben, welches ich wollte, bitt' schön, sie seien alle drei frei. Nun – es war egal, ich entschied mich für das erste an der Treppe. Marie drehte die Heizung an, half mir beim Herauftragen meines Gepäcks, dann wusch ich mir die Hände und ging hinunter zum Abendessen.
Ein paar Männer waren mittlerweile noch gekommen, sie

blickten zwei- oder dreimal zu mir hin, und dann kümmerten sie sich nicht mehr um mich. Ich bekam eine reichliche Portion Gulasch mit Nockerl, und nachdem ich gegessen hatte, saß ich einfach so da, rauchte, trank ein Viertel Wein und fühlte mich eigentlich ganz behaglich.
Es war das erste Mal seit langer Zeit, daß ich so ganz mir selbst überlassen war. In Wien hatten sie mich selten allein gelassen, absichtlich natürlich. Josy und auch Karl hatten dafür gesorgt, daß immer etwas los war, daß ich zu tun hatte, beschäftigt mit Einkäufen, Besuchen oder sonstigen Aufträgen. Und wenn sie sich nicht um mich kümmerten, taten es die Oma oder Freunde des Hauses, von denen sie jede Menge besaßen, und vor allem natürlich war das Jannerl immer dagewesen, das sich sehr zärtlich und sehr anspruchsvoll an mich angeschlossen hatte, ein richtiges kleines Frauenzimmer mit ihren fünf Jahren, das es genoß, einen ständig zur Verfügung stehenden Kavalier zur Hand zu haben.
Allein war ich nur in den Nächten gewesen, in dem kleinen Zimmer, das Josy liebevoll für mich hergerichtet hatte. Da lag ich im Bett, starrte ins Dunkel und grübelte. Wie und warum das alles gekommen war. Und warum ich getan hatte, was ich tat.
Dann beschloß ich, mit dem sinnlosen Denken aufzuhören, und begann zu lesen. Ich las die halben Nächte durch, bis ich mit brennenden Augen einschlief. Ich las alles, was mir in die Hände geriet, Bestseller und Fachbücher, Josys umfangreiche Bibliothek rauf und runter, Klassiker und Kriminalromane, und seltene Altertümer holte ich mir beim Steingruber. Ich sollte ja vergessen, das sagten alle. Und so floh ich vor dem, was geschehen war, verdrängte es, verscheuchte es aus meinen Gedanken.
Aber an diesem Abend in der bescheidenen Gaststube in dem kleinen steirischen Dorf ließ ich die eingesperrten Gedanken und Erinnerungen frei. Nichts war da, was mich ablenkte, kein Gespräch, kein Buch, kein Fernsehen, da waren nur die wortkargen Männer an ihren Tischen, der Schneewind, den man manchmal um das Haus fauchen hörte, die Geborgenheit

des warmen Raumes, der still getrunkene Wein – die rechte Stunde, um wieder einmal nachzudenken.
Heute begann ein neues Leben. Oder besser gesagt, morgen würde es beginnen. Also war es vielleicht ganz gut und ganz nützlich, heute noch einmal alles zu bedenken, um es dann – nein, nicht zu vergessen, aber es zu vergraben, tief und für keinen anderen mehr sichtbar.
Und wie ich da so saß, das Kinn in die Hand gestützt, kroch es wieder in mir empor, es war wie Eis in meinem Innern, das mich gefrieren ließ, und ich wußte, daß ich ein Fremder, ein anderer geworden war. Nicht für die Männer hier in dieser Gaststube – die kannten mich nicht. Für die war ich ein düsterer, ungeselliger Gast, der blicklos in die Gegend starrte.
Aber für jeden, der mich früher gekannt hatte, mußte ich ein Fremder geworden sein.

Am 12. November hatte man mich aus der Strafanstalt Stein an der Donau entlassen. Nach nur zwei Jahren. Daß ich nach so kurzer Zeit wieder ein freier Mann sein konnte, verdankte ich Dr. Saß. Er hatte sich mit allen Mitteln für mich eingesetzt. Auch die Sympathie, die mir von allen Seiten entgegengebracht worden war, angefangen vom Direktor der Strafanstalt bis zur sogenannten öffentlichen Meinung, hatte dazu geholfen, daß ich so früh wieder frei kam. Zwei Jahre sind keine lange Zeit, wenn man sie lebt. Verbringt man sie als Gefangener, dauern sie länger als ein Menschenleben. Nicht, daß man mir meine Strafzeit schwergemacht hätte – ich hatte eine Einzelzelle, ich arbeitete in der Schreinerwerkstatt, ich hatte alle Vergünstigungen, die ein Mann in meiner Lage haben konnte. Meinerseits hatte ich auch keinem das Leben schwergemacht. Ich war ein stiller, umgänglicher Gefangener gewesen.
Ich war erstarrt, innerlich und äußerlich erstarrt von der Tatsache, daß ich einen Menschen getötet hatte.
Die Tatsache blieb, auch wenn man mir zugebilligt hatte, daß ich Rainer nicht töten wollte. Ich schlug ihn nieder im Zorn,

und er starb an den Folgen dieses Schlages. Eine Gehirnblutung.
Rainer war mein bester Freund gewesen. Oder jedenfalls hatte ich ihn dafür gehalten. Immer wieder fragte ich mich, ob ich ihn vielleicht wirklich hatte töten wollen und ob der Schlag deshalb so hart ausgefallen war. Sein Tod hatte meinen Haß ausgelöscht. Den Haß auf ihn und den Haß auf Anschi.
Anschi war meine Frau, sie hatte sich scheiden lassen, während ich im Kerker war. Das hatte sie sowieso vorgehabt. Sie hatte mich mit Rainer betrogen, schon längere Zeit. Als ich es endlich erfuhr, war sowieso alles vorbei.
Rainer und ich waren Teilhaber der kleinen Firma, die ich gegründet hatte, kurz nachdem ich Anschi geheiratet hatte. Wir bearbeiteten und vertrieben Edelhölzer, Profilbretter, Wand- und Deckenverkleidungen und ähnliches.
Ich war der Holzfachmann, leitete die Werkstatt, war unterwegs auf Einkaufsreisen. Rainer führte das Büro, die Bücher und was alles sonst dazu gehörte ... Er machte das so, daß die Firma bankrott ging, nicht wegen schlechtem Geschäftsgang, sondern er ruinierte sie durch Unterschlagungen, Steuerhinterziehungen und Auslandstransfer von Betriebsgeldern. Anschi, die im Büro mitarbeitete, hatte davon gewußt. Sie betrieben das beide ganz zielbewußt und planmäßig, denn sie wollten später ins Ausland gehen, und dazu brauchten sie Geld. Ich hatte ihnen vertraut. Weil Anschi meine Frau war und Rainer mein Freund.
Als Anschi das Kind bekam, freute ich mich sehr. Rainer freute sich auch. Erst später, als alles herauskam, erfuhr ich, daß er der Vater des Kindes war. Nicht ich!
Für mich war das alles unfaßbar. Ich war ein Mensch, der kein Mißtrauen gekannt hatte. Und nun kam alles auf einmal: die Firma pleite, der Freund ein Verräter, die Frau eine Betrügerin. Daher kamen Wut und Haß – das ließ mich zuschlagen.
Es gab da noch etwas, das meine Enttäuschung ins Ungemessene steigerte, obwohl es gar nichts damit zu tun hatte. Vor Jahren, zu Beginn unserer Zusammenarbeit, hatte ich Rainer einmal in einer üblen Situation beigestanden. Spät in der

Nacht, ziemlich betrunken, hatte Rainer in der Nähe des Hauses, das wir gemeinsam bewohnten, einen Mann umgefahren. Er kam totenbleich und sagte: »Severin, du mußt mir helfen, ich hab' einen totgefahren. Drunten an der Ecke liegt er. Du mußt mir helfen, ihn wegzuschaffen.« Der Mann war nicht tot, nur schwer verletzt. Ich rief die Polizei und sagte, daß ich am Steuer gesessen hätte und der Mann mir ins Auto hineingelaufen sei. Da wir damals nur gemeinsam einen Wagen besaßen, gab es keine Komplikationen. Günstig war, daß der Überfahrene ebenfalls betrunken war, so passierte mir nicht viel.
Rainer wußte damals gar nicht, was er vor Dankbarkeit tun sollte. Es ginge eben nichts über eine echte Freundschaft, und er werde mir das nie vergessen und so weiter und so weiter.
Anschi hatte das alles miterlebt. Sie hatte es zugelassen, daß ich die Schuld auf mich nahm. Vielleicht liebte sie Rainer damals schon. Er war ein gutaussehender, sehr charmanter Mann mit liebenswürdigen Umgangsformen, sehr gewandt – aber auch ein wenig leichtsinnig. Sein Frauenverbrauch war immer beachtlich gewesen.
Als ich Anschi kennenlernte und mich in sie verliebte, sie war noch sehr jung und ging in die Handelsschule, war Rainer noch verheiratet. Später ließ er sich scheiden. Rainer und Anschi verstanden sich von Anfang an sehr gut, und ich freute mich darüber.
Anschi sagte: »Ist ein charmanter Bursch', der Rainer. Aber du gefällst mir besser. Du bist ein richtiger Mann.« Sie war sehr hübsch und ich so glücklich und blind, wie es nur ein verliebter Mann sein kann.
Rainer hatte gesagt: »Nett, die Kleine. G'fallt mir besser als die fade Nocken, mit der du bisher gangen bist. Hab' ich eh net verstanden, was du an der gefunden hast.«
Die fade Nocken hieß Rosmarie und war eine Freundin meiner Schwester, ein liebes braves Mädchen, und ich hatte sie eigentlich sehr gern gehabt. So lange, bis ich Anschi kennenlernte.
Rosmarie war warmherzig und sehr fraulich. Und dabei gebil-

det und interessiert an vielen Dingen. Wir gingen zusammen ins Theater, in die Oper, in Ausstellungen. Sie verstand von all diesen Dingen viel, und ich lernte es von ihr. Josy hatte es gern gesehen, wenn ich Rosmarie geheiratet hätte, dagegen mochte sie Anschi von Anfang an nicht leiden. Als alles vorbei war, sagte meine Schwester nicht: »Siehst du, ich habe es gleich gesagt.« Sie sagte: »Ich bin immer für dich da, Severin.« Jeder sagte, daß es ein Glück sei, daß ich diese Schwester hätte. Auch der Direktor der Strafanstalt, mit dem ich am Tage vor meiner Entlassung ein längeres Gespräch hatte. »Ich weiß, die erste Zeit ist schwer. Sie müssen versuchen, darüber hinwegzukommen. Sie sind jung genug, um sich selbst zu retten. Ich bin froh, daß Sie Ihre Schwester haben. Eine sehr patente Frau, Ihre Schwester. Es ist wichtig, daß man nicht allein ist in einer solchen Situation.«
Am nächsten Morgen holte mich dann Dr. Saß ab. Er redete keinen Unsinn, ich stieg in seinen Wagen, und wir fuhren los.
»Ich müßte mich wohl bei Ihnen bedanken«, sagte ich nach einer Weile.
»Das haben Sie schon getan, erst unlängst. Ich bin mit mir selber sehr zufrieden, daß ich Sie heraußen hab'. Und wenn Sie mir danken wollen, dann führen Sie sich jetzt wie ein vernünftiger Mensch auf. Keine nachträglichen Psychosen, bitte. Heraus aus den Baracken da und hinein ins Leben. Eine Weile sollten Sie sich erholen und an das normale Leben gewöhnen, und dann müssen Sie arbeiten. Das ist die Hauptsache.«
Er sagte so ziemlich dasselbe wie der Direktor von der Strafanstalt. Beide sprachen zweifellos aus Erfahrung. Ich starrte durch die Windschutzscheibe auf die regengraue Novemberstraße und nahm mir vor, nicht schwierig zu sein, mich an das normale Leben zu gewöhnen und dann zu arbeiten.
In der Stadt parkte Saß seinen Wagen in einer der engen Gassen um den Graben und meinte beiläufig:
»Trinken wir einen Schwarzen?«
»Haben Sie keine Termine?«

»Ich hab' mir frei genommen. Ich wollte mit Ihnen noch ein bisserl reden.«

Wir gingen in ein kleines düsteres Kaffeehaus, das ich nicht kannte. Saß war hier bekannt und offenbar auch seine Klienten. Selbst die, die er eben aus der Haft geholt hatte und die noch nie hiergewesen waren.

»Ah, der Herr Doktor«, sagte ein weißhaariger Ober und schob uns die Stühle zurecht, »und der Herr Lanz! Na, da gratulier' ich auch, Ihnen beiden.«

»Danke, Ferdl«, erwiderte Saß. »Zwei Schwarze und zwei Kirsch.«

Als der Ober weg war, sagte er entschuldigend: »Mich kennen s' halt hier. Und meine Fälle auch. Meine Kanzlei ist im Nebenhaus.«

»Und es geniert Sie nicht, mit einem Mörder hier zu sitzen?«

»Es geniert mich nicht. Zumal wann's gar kein Mörder ist.«

»Na gut, dann eben ein Totschläger.«

»Wann S' partout wollen, können S' sich so nennen, Herr Lanz. Die Anklage lautete auf Körperverletzung mit Todesfolge. Aber bitt' schön, ganz wie's beliebt. Ich hab' Sie gewarnt, fangen Sie jetzt nicht mit Komplexen an. Das hilft keinem, und Ihnen schadet's. Sie müssen versuchen, sachlich zu sein. Hier sitzen Sie, ein freier Mann, für den ein neues Leben beginnt. Was gewesen ist, ist gewesen.«

»Ist es wirklich so?«

»Es kann so sein, wenn Sie mitspielen. Ich will Sie keineswegs mit Predigten und Ratschlägen langweilen, ich glaube, ich kenne Sie ganz gut. Sie haben Haltung und Verstand bewiesen bei der Verhandlung und auch in der Zeit, die hinter Ihnen liegt, es wäre sehr dumm, beides jetzt zu verlieren.«

Der Ober kam und brachte den Kaffee und die Schnäpse, sagte »Zum Wohl, die Herren« und benahm sich ganz normal, starrte mich weder neugierig an noch lag in seinem Ton eine unechte Beflissenheit. Er tat so, als sei es ein ganz alltäglicher Vorgang, daß einer aus dem Kerker kam und hier seinen Schwarzen und seinen Kirsch trank.

Ich hatte irgendwie zusammengeduckt dagesessen, die Finger

im Schoß verkrampft. Jetzt richtete ich mich langsam auf, löste meine Hände und sah mich vorsichtig um. Das kleine Kaffeehaus war zu dieser Vormittagsstunde wenig besucht, nur ein paar Leute saßen da, und keiner beachtete uns. Ich dachte, daß Saß wohl absichtlich mit mir hergegangen sei. Damit ich mich wieder an das normale Leben gewöhnte, wie er es genannt hatte; an die Stadt, an ein Kaffeehaus, an einen freundlichen alten Ober und an einen Schwarzen mit Kirsch.
Dann ging ein junges Mädchen durch den Raum. Ihr Rock war sehr kurz, man konnte den halben Oberschenkel sehen.
»Das ist der Minirock«, sagte Saß. »Vielleicht haben Sie davon gelesen. Wenn eine hübsche Beine hat so wie die hier, dann geht's ja. Manchmal kann es auch fürchterlich sein. Soll aber wieder aus der Mode kommen, wie ich gehört habe.«
Unwillkürlich mußte ich an Anschi denken. Sie hatte auch sehr hübsche Beine gehabt.
Saß konnte offenbar Gedanken lesen. Er sagte: »Sie wissen ja, daß Ihre verflossene Frau nicht mehr in Wien ist. Sie ist nach Deutschland gegangen.«
»Ja, meine Schwester hat es mir erzählt. Sie hat wieder geheiratet.«
»Es ist die beste Lösung. Finden Sie nicht auch?«
Ich nickte.
Sie habe in München den Besitzer von einem kleinen zweitklassigen Nachtlokal geheiratet, hatte Josy mir kurz mitgeteilt und hinzugefügt: »Da paßt sie hin.«
Das war die einzige gehässige Bemerkung, die Josy jemals über Anschi gemacht hatte.
Wir tranken noch einen Kaffee und noch einen Kirsch, und Saß redete über alles mögliche, über Politik und Wirtschaft, über den neuesten Wiener Klatsch und die letzten Inszenierungen der Theater.
»Sie sind ja immer gern ins Theater gegangen, wie ich gehört habe. Das sollten Sie bald wieder einmal tun.«
Gegen Mittag fuhren wir dann hinaus in den XVI. Bezirk zu Josy. Ich begriff nun auch, warum er mich so lange in der

Stadt festgehalten hatte. Sicher hatte er zu Josy gesagt: »Gehen Sie in Ihre Schule wie immer, kommen Sie nach Haus wie immer, nur nix Besonderes, nur keinen großen Auftritt. Ich bring' ihn dann grad recht zum Mittagessen.«
Und Josy bemühte sich dann auch, alles so undramatisch wie möglich zu gestalten. Sie küßte mich, sie weinte zwar ein bißchen, aber dann rief sie: »Ich muß in die Küche, ich hab' Kalbsvögerln mit Reis. Bleiben Sie zum Mittagessen, Herr Doktor?«
Aber Saß meinte, er hätte schließlich noch was anderes zu tun, und ging. Josy hantierte in der Küche, und ein kleines braunhaariges Mädchen betrachtete mich interessiert und fragte: »Bist du der Onkel Severin?« Das war meine Nichte Jannerl. Als ich sie das letzte Mal sah, konnte sie gerade laufen ...
So begann es, das normale Leben. Und es war einerseits leichter, als ich erwartet hatte, aber andererseits auch sehr schwer.
Alle waren lieb und nett, keiner machte Schwierigkeiten: mein Schwager Karl, die Oma, die Nachbarn im Haus, der Greißler an der Ecke, die Milchfrau, alle waren sie freundlich und unkompliziert, keiner sprach von dem, was geschehen war. Es kam natürlich daher, daß ich immer die Sympathie der Leute gehabt hatte, schon während des Prozesses. Ein verräterischer Freund, eine treulose Ehefrau und ich das arme Opfer, das hatten die Zeitungen weidlich ausgeschlachtet, und so etwas bewegt das Publikum.
Jannerl erwies sich übrigens als große Hilfe bei der Wiedereingliederung in das sogenannte normale Leben. Sie war ja gänzlich unbelastet von lästigem Wissen, für sie war ich der neue Onkel Severin, der viel Zeit für sie hatte, der mit ihr spielte, mit ihr spazierenging, mit ihr in den Stadtpark fuhr und ihren Schlitten hinter sich herzog, nachdem Schnee gefallen war.
Anfangs dachte ich manchmal an das Kind, das Anschi damals zur Welt gebracht hatte, und das ungefähr jetzt so alt sein mußte wie Jannerl. Es war ein Bub gewesen, und ich hatte

gedacht, es sei mein Sohn. Es war nicht mein Sohn, und seinen Vater hatte ich getötet.
Das waren so Gedanken, die natürlich immer wiederkamen. Aber meine Umgebung tat alles, damit ich nicht viel zum Denken kam. Einladungen, Besuche, Theater, Fernsehen, ein sehr lebhafter Betrieb an Weihnachten, eine große Party an Silvester, und zum Denken kam ich immer erst nachts im Bett. Ja. So war das gewesen in den vergangenen vier Monaten. Und nun saß ich also hier in einem kleinen Gasthof in einem weltverlorenen Dorf in der Steiermark. – Ob ich noch ein Viertel Wein trank? Warum nicht? Um so besser würde ich schlafen können.
Morgen fing es an. Einer der reichsten Männer Österreichs hatte mir eine Stellung angeboten, die vermutlich meine ganze Kraft und meinen ganzen Verstand beanspruchen würde: ein heruntergewirtschaftetes Sägewerk, inmitten großer Wälder gelegen, zu einem lukrativen Betrieb umzugestalten. »Ich habe die Wälder da herum vor zwei Jahren gekauft«, hatte der Holzkaiser gesagt. »Wunderbares, gesundes Holz, kaum genutzt bisher. Das Sägewerk im Glainzer Tal gehörte mehr oder weniger dazu. Zuvor hat es dem Grafen Solmassy gehört. Alte Familie, sie haben dort so eine Art Stammschloß. Auch eine runtergewirtschaftete Bude. Aber wunderbar gelegen. Überhaupt eine herrliche Gegend, kein Fremdenverkehr, kein Rummel, nichts.
Erst habe ich gedacht, ich löse den Betrieb auf. Aber dann dachte ich mir, es ist schade drum. Die Glainz flößt bei gutem Wasserstand das Holz bis an das Werk heran. Arbeitskräfte gibt's genug dort, und sie sind billig. Es wäre zum Lachen, wenn der Laden nicht wieder auf die Beine zu bringen wäre. – Ich meine, diese Aufgabe müßte einen Mann doch reizen.«
Doch. Diese Aufgabe konnte einen Mann reizen.

Ich war also zu der Entscheidung gekommen, daß ich noch ein Viertel trinken würde. Der Wein war gut, ich war nicht müde, und der besinnliche Abend in dieser ländlichen Gaststube hatte etwas Wohltuendes für mich.

Zuvor aber – so dachte ich – würde ich noch einmal nach dem Wetter schauen. Ob es immer noch schneite, ob der Winter am Ende ernsthaft zurückgekehrt war.
Gerade als ich aufgestanden war, um zur Tür zu gehen, wurde diese geöffnet. Ein neuer Gast kam herein.
Eine Frau!
Eine Frau, die in einem Luxushotel Aufsehen erregt hätte, ihr Erscheinen an diesem Ort wirkte ebenso faszinierend wie befremdend.
Sie war schlank und hochgewachsen, ihr blondes Haar unbedeckt, Schneeflocken schimmerten darin; sie trug einen Pelzmantel, irgend so ein geflecktes Raubtierfell, und an den Füßen schmale Pumps, die ganz durchweicht waren.
Jeder hatte Zeit genug, das alles ausführlich zu betrachten, denn die Frau blieb an der Tür stehen und machte einen verstörten Eindruck, obwohl ihr schönes blasses Gesicht fast arrogant wirkte. Der Blick, mit dem sie sich umsah, war kühl und abweisend.
Der Wirt, der zuletzt bei den Kartenspielern am Tisch gesessen hatte, stand auf und ging der Fremden entgegen, einige Schritte nur, dann blieb er stehen, und in seinem Gesicht malte sich ein fast kindliches Staunen. – Solch einen Gast hatte er wohl in seinem kleinen bescheidenen Gasthof noch nie gesehen.
Ohne Gruß sagte die Fremde: »Mein Wagen ist steckengeblieben beim Ortseingang. Ich glaube, daß der Tank leer ist.«
Schweigen.
Sie mußten das erst einmal verarbeiten – das Erscheinen dieser schönen hochmütigen Frau, der Klang der dunklen, spröd klingenden Stimme mit dem fremden Akzent; sie stammte nicht von hier, das erkannte jeder sofort.
Der Wirt tat noch einen schüchternen Schritt auf sie zu. »Ihr Wagen...«
»Ja.« Ungeduld und Nervosität flackerten in ihrer Stimme. »Ich bin gerutscht, die Straße ist sehr glatt, ich habe einen Baum gestreift.«

Ihr Blick glitt flüchtig über die Männer ringsum, die ihr stumm lauschten. – »Aber es ist weiter nichts geschehen. Ich glaube, der Wagen fährt nicht, weil kein Benzin mehr drin ist. Wo kann ich hier tanken? Ich habe die Tankstelle nicht gesehen.«
Die Männer blickten mit der lauernden Schwerfälligkeit der Gebirgler einander an, dann wieder die Fremde, dann den Wirt.
»Eine Tankstelle?« fragte der, als hätte er von solch einer Einrichtung noch nie gehört.
»Mein Gott, ja«, sagte sie gereizt, »das wird es hier ja wohl geben.«
Der Wirt nickte bedächtig. »Ein Zapfhahn ist da.«
»Aber der Wastl is net da«, ließ sich einer vernehmen, »er ist einig'fahr'n nach Standen, zu seiner Tochter.«
Ich hatte der Szene schweigend beigewohnt, so als spiele sie sich auf der Bühne ab. Ich begriff, daß Wastl der Mann war, der das Benzin verkaufte und dem vermutlich auch die Reparaturwerkstatt gehörte. Wastl nicht da – kein Benzin da – das mochte hier noch so sein. Fremdenverkehr gab es in diesem Teil des Landes kaum und bestimmt nicht zu dieser Jahreszeit.
Die Fremde strich sich mit einer fahrigen Bewegung eine Strähne des feuchten Haares aus der Stirn, trat zwei Schritte näher, und da sie jetzt direkt unter der fahlen Beleuchtung der Gaststube stand, konnte ich sehen, wie angespannt und blaß ihr Gesicht war und daß ihr Mund sich verzog, als unterdrückte sie einen Ausruf von Ärger oder Schmerz.
Sie betrachtete die anderen nicht, sprach nur zu dem Wirt. »Soll das heißen, daß kein Benzin zu bekommen ist? Und daß niemand nach dem Wagen sehen kann?«
Der Wirt kratzte sich die Wange. »Ja, i woaß net...«
Nun blickte sie zu den anderen Männern, und plötzlich sah sie mich an. Ich stand ja immer noch in meiner ganzen Länge, weil ich gerade im Begriff war, hinauszugehen.
Ihr Gesicht war schön, schmal, mit hohen Backenknochen, aber auf den Wangen lagen tiefe Schatten der Erschöpfung.

Sie hatte nichts zu mir gesagt, aber ich fühlte mich dennoch angesprochen.
Ich sagte: »Ich wäre Ihnen gern behilflich, gnädige Frau, aber ich bin selbst fremd hier. Jedenfalls könnte ich nach Ihrem Wagen schauen. Ich verstehe etwas von Motoren.«
»Vielen Dank, mein Herr, das ist sehr liebenswürdig.«
Ihre Stimme klang nicht mehr so herrisch, sie hatte einen verbindlicheren Ton gefunden, ein kleines Lächeln erschien sogar um ihren Mund. »Ich glaube nicht, daß dem Wagen etwas fehlt. Der Rutscher passierte schon vor einigen Kilometern, erst fuhr er noch, dann fing er an zu stottern. Es wird wohl wirklich das Benzin sein. Typisch Frau am Steuer – werden Sie sagen, aber ich bin etwas überstürzt aufgebrochen und habe nicht daran gedacht, zu tanken. Und dazu noch das schreckliche Wetter.«
»Sie wollen heute noch weiterfahren, gnädige Frau?«
»Ja. Nach Wien.«
Ihre Augen waren hell, graugrün, wie es mir schien. Sie war sehr apart – eine interessante Frau.
»Ist das nicht ein wenig leichtsinnig? Ich habe meine Fahrt hier unterbrochen, eben weil das Wetter so schlecht war. Und Sie wollen noch so weit fahren – jetzt in der Nacht?«
Ich sprach unwillkürlich auch bestes Hochdeutsch, und obwohl ich nur sie ansah, spürte ich die Blicke der Männer fast körperlich, empfand ihre Aufmerksamkeit, mit der sie diesem fremdartig klingenden Dialog lauschten.
Sie lächelte nicht mehr, ihr Blick war wieder abweisend. »Das macht mir nichts.«
Ich war geneigt zu sagen: Offenbar doch, sonst wären Sie nicht gegen einen Baum gebumst. Aber ich sagte nur: »Ich weiß ja nicht, wie es jetzt draußen ausschaut. Als ich meine Fahrt vor anderthalb Stunden hier unterbrach, schien es nicht geraten, weiterzufahren.«
»Das Wetter ist seither nicht besser geworden«, teilte sie mir gelassen mit. »Aber ich muß heute noch nach Wien.« Es klang sehr bestimmt und schloß jede weitere Diskussion ab.
Schön, dachte ich, ein wenig verärgert, wie Madame befehlen.

Ich wandte mich an den Wirt. »Wenn ich recht verstanden habe, ist momentan niemand da, der nach dem Wagen schauen kann. Und Benzin gibt es auch nicht.«
»Wenn der Wastl heimkommt...«, begann der Wirt umständlich.
»Wo steht Ihr Wagen, gnädige Frau?«
»Gleich am Ortseingang.«
»An welchem? Östlich oder westlich?«
Sie blickte ein wenig verwirrt, machte dann eine rasche Armbewegung nach rückwärts und stieß gleichzeitig einen kleinen Schmerzensschei aus.
»Da, in der Richtung. Aber ich möchte Sie nicht bemühen...«
»Ich fürchte, es wird Ihnen nichts anderes übrigbleiben. Ich weiß bloß nicht, ob Sie...« Ich blickte auf ihre Füße, auf die durchweichten Pumps, denen man die Spuren des Schneematsches ansah. – »Wenn Sie mir den Wagenschlüssel anvertrauen, werde ich nachsehen gehen.«
Ihre Hand fuhr in die Tasche des Pelzes, kam leer wieder heraus. »Der Schlüssel steckt.«
Es kam mir vor, als sei sie noch blasser geworden, wieder verzerrten sich ihre Lippen, ihre Stimme war sehr leise und stokkend, als sie sagte: »Es ist wirklich sehr freundlich von Ihnen...« Und dann taumelte sie, es sah aus, als würde sie umfallen. Ich trat rasch hinzu und griff nach ihrem Arm.
Sie schrie auf und hob abwehrend den rechten Arm. Und da sah ich, daß aus dem Ärmel des Mantels Blut über ihr Handgelenk lief.
»Aber Sie sind ja verletzt!«
Sie zog den Arm hastig zurück und verbarg ihn wie ein Kind hinter dem Rücken.
»Sie sagten, Sie hätten einen Baum gestreift, Sie müssen sich verletzt haben.«
»Es ist nichts«, murmelte sie – es war kaum zu verstehen, denn nun überkam sie eine ernsthafte Schwäche, der letzte Rest von Farbe wich aus ihrem Gesicht, und mit einem leisen Stöhnen sank sie zusammen.
Es kam für mich nicht einmal so überraschend, ich hatte es ihr

angesehen, und so gelang es mir, sie vorsichtig aufzufangen und zu halten; schwer und reglos hing sie mir im Arm. – In der Gaststube herrschte Totenstille. Dann erhob sich leises Gemurmel. Ich sagte zu dem Wirt: »Kann sich die Dame hier irgendwo hinlegen? Und gibt es einen Arzt im Dorf?«
»Einen Arzt?« fragte er zurück, restlos verdutzt. – Aber dann kam Bewegung in ihn, er eilte zu einer kleinen Tür neben der Theke, öffnete sie. »Kommen Sie hier herein.« Es war ein kleiner Raum neben der Küche, ein Tisch stand darin, ein paar Stühle und ein altersschwaches Sofa. Die Frau war ohnmächtig. Ich trug sie vorsichtig zu dem Sofa und legte sie behutsam nieder. Ihr Gesicht war wie eine weiße Maske.
Gab es denn eigentlich keine Wirtin in diesem Hause?
»Wo ist denn das Mädchen, das mir vorhin die Zimmer gezeigt hat?« fragte ich ungeduldig, weil der Wirt so schwerfällig war. »Und was ist mit einem Doktor?«
»Einen Doktor haben wir hier net. In Standen – und die Marie – die Marie wird auffigangen sein.«
»Bringen Sie mir Kognak und ein Glas Wasser.«
Er verschwand eilig. Ich beugte mich über die Frau und zog ihr langsam und vorsichtig den Pelzmantel aus. Es ging sehr mühsam, aber sie kam dabei langsam zu sich, ihre Augenlider flatterten, und sie war nicht mehr so schwer und reglos wie ein Stein.
Und dann sah ich ihren rechten Arm. Sie trug einen weißen Pullover aus dünner Wolle, der rechte Ärmel des Pullovers war am Oberarm gerissen und von Blut durchtränkt. Der ganze Pullover war voller Flecken, doch teilweise war das Blut getrocknet, es sah aus, als sei die Verletzung schon vor einiger Zeit geschehen.
Plötzlich schlug sie die Augen auf. Aller herrischer Hochmut war aus ihrem Gesicht verschwunden, es war nur eine Waffe der Selbstverteidigung gewesen, ein verzweifelter Versuch, sich aufrecht zu halten. Jetzt sah sie hilflos und schutzbedürftig aus.
»Was – was ist denn?«
»Ist Ihnen besser?«

»Oh, ich – bin – ich ...«
Ihre Augen wurden klarer, der hilflose Ausdruck in dem stolzen, zuvor fast kalten Gesicht rührte mich.
Ich legte meine Hand auf ihre gesunde Linke und sagte beruhigend:
»Schon gut. Sie haben einen Moment schlappgemacht. Ihr Unfall war offenbar doch nicht so eine Bagatelle, wie Sie angenommen haben.«
Sie betrachtete ihren Arm, stöhnte auf und flüsterte: »Um Gottes willen!«
In diesem Augenblick kam der Wirt mit dem Kognak und dem Wasser, und als er das Blut sah, blieb er erschrocken stehen und stammelte: »Jesses Maria!«
Ich nahm ihm den Kognak ab und sagte: »Wir müssen einen Doktor haben.«
»In Standen. Man muß ihm telefonieren.«
Die Fremde versuchte sich aufzurichten. »Ich brauche keinen Arzt. Es ist weiter nichts.«
»Aber gnädige Frau! Seien Sie doch nicht so unvernünftig.«
»Wirklich, es ist weiter nichts. Ich bin ja auch bis hierher gekommen. Ich habe in Wien einen Arzt.«
»Sie können unmöglich in diesem Zustand bis nach Wien fahren. Jetzt mitten in der Nacht. Wissen Sie überhaupt, wie weit das ist?«
»Ich weiß es, und ich kann fahren.« – Es klang trotzig.
Jetzt wurde ich energisch. »Sie können nicht! Bitte, nehmen Sie zur Kenntnis, daß ich Sie in diesem Zustand nicht fahren lasse. Sie sind vor einigen Minuten ohnmächtig geworden, zweifellos geschwächt von Schmerzen und Blutverlust. Was ist, wenn Ihnen das am Steuer passiert?« Ich nahm das Glas mit dem Kognak und hob es ihr an die Lippen. »Trinken Sie das!«
Sie blickte mich erstaunt an, aber sie gehorchte und trank langsam die Hälfte von dem Kognak. Und dann sank sie zurück und schloß wieder die Augen.
Der Wirt hatte stumm die Szene verfolgt und blickte mich

nun erwartungsvoll an. Er schien froh zu sein, daß ich das Kommando übernommen hatte.
»Was ist mit dieser Marie? Kann man sie nicht wieder herunterholen? Die Dame sollte den Pullover ausziehen, und man müßte die Wunde wenigstens verbinden, bis der Arzt kommt. Es blutet ja immer noch. Haben Sie Verbandszeug im Haus?«
»Könnt' schon sein«, meinte der Wirt. »Ich hol's gleich. Und die Marie hol' ich auch.«
Die Patientin schlug die Augen wieder auf. »Lassen Sie diese Marie, wo sie ist. Also gut, ich werde den Pullover ausziehen, und man kann das verbinden.«
Sie sah mich an. »Sie sind selbst schuld, daß ich Ihnen Ungelegenheiten mache. Hätten Sie mich doch gehen lassen.« Sie hatte plötzlich Tränen in den Augen und wandte unwillig den Kopf zur Seite.
»Wohin – Ich denke, Ihr Wagen fährt nicht. Wollen Sie vielleicht nach Wien laufen?«
Sie gab keine Antwort. Ihre Lippen zitterten, sie war jetzt ein hilfloses, verängstigtes Kind, und ich empfand fast so etwas wie Zärtlichkeit. – Ich wußte auch nicht, warum ich es tat – ich strich ihr das blonde Haar aus der Stirn und sagte tröstend: »Regen Sie sich nicht auf, trinken Sie schön den Kognak aus, bleiben Sie ruhig liegen. Dann werden wir den Arm anschauen und verbinden, und dann werden wir weitersehen.«
»Ich hol' das Verbandszeug«, bequemte sich der Wirt nun endlich zu einer gewissen Aktivität und verschwand.
Wir waren allein. Sie wandte wieder das Gesicht und sah mich stumm an. »Wer sind Sie eigentlich?«
»Ein Durchreisender. Genau wie Sie, gnädige Frau. Und nun bitte ich Sie, seien Sie nicht weiter so eigensinnig. Ich lasse Sie auf keinen Fall in diesem Zustand weiterfahren.«
»Aber es ist wirklich nichts Schlimmes.«
»Das werden wir ja sehen. Trinken Sie jetzt den Kognak aus, und dann wollen wir versuchen, den Pullover auszuziehen, ja? Oder soll ich den Ärmel einfach aufschneiden?«
Sie richtete sich auf, und ich mußte ihr helfen, den Pullover

über den Kopf zu streifen, es ging sehr mühselig, denn sie konnte den verletzten Arm kaum heben, wurde wieder totenblaß und sank zurück, als es endlich geschafft war. Ich dachte schon, sie sei wieder ohnmächtig geworden. Und dann sah ich ihren Arm.
Es war eine tiefe blutverkrustete Wunde, aus der nun wieder frisches Blut sickerte. –
Eine Stichwunde.
Es war mir unerklärlich, wie sie sich diese Wunde zugezogen haben sollte, als ihr Wagen einen Baum streifte.
Eine Weile später hatte ich die Wunde notdürftig verbunden, meine verwunderte Bemerkung über die Art der Verletzung blieb ohne Antwort. Aber immerhin hörte sie sich widerspruchslos an, wie ich mir den weiteren Verlauf der Dinge vorstellte.
»Oben gibt es leere Zimmer im Hause. Sie legen sich zu Bett, und ich fahre nach Standen und sehe, daß ich einen Arzt erwische, und bringe ihn hierher. Es ist nicht weit, so zwanzig Kilometer etwa. Diese Wunde muß ordentlich versorgt werden. Sie scheint ziemlich tief zu sein und wird weiter bluten. Es könnte eine Ader verletzt sein.«
Sie schwieg. Ihre Augen waren geschlossen.
»Sind Sie einverstanden?«
»Sie lassen mich ja doch nicht tun, was ich will.«
»Gut, daß Sie das einsehen.«
Ich war voller Tatendrang und Energie. Voller Hilfsbereitschaft, Mitleid, Anteilnahme, alle nur möglichen Gründe überschlugen sich geradezu in mir. Ich hatte gar keine Zeit mehr, an mich zu denken. Ich dachte nur noch an sie.
Die Männer, die normalerweise längst nach Hause gegangen wären, saßen alle noch wie festgenagelt in der Gaststube, blickten mich neugierig an und lauschten gebannt meinen Anordnungen. So aufregende Ereignisse wurden ihnen nicht oft geboten.
Auch Marie war wieder zugegen und nickte eifrig, als ich ihr auftrug, ein zweites Zimmer herzurichten.
Und noch ein anderer war eingetroffen: Wastl. Man hatte ihn

bereits informiert, und er erklärte sich bereit, nach dem Wagen zu sehen.
Ich, erfüllt von Tatendrang, wollte sogleich nach Standen aufbrechen, aber der Wirt erinnerte mich daran, daß es im Haus ein Telefon gebe und daß man den Doktor anrufen könne. Fast kam ich mir ein wenig lächerlich vor – in der Rolle des Ritters. Oder Samariters, ganz wie man wollte.
»Na, dann rufen S' halt an«, sagte ich unwirsch. »Das hätten Sie längst tun können.«
Was wäre wohl geschehen, wenn ich nicht zufällig dagewesen wäre? Vermutlich dasselbe, nur ein wenig langsamer.
Während der Wirt telefonierte, ging ich noch einmal zu ihr hinein. Sie lag still, mit geschlossenen Augen.
»Man telefoniert nach dem Arzt. Und der Wastl ist auch da und kümmert sich um den Wagen.«
»Danke«, flüsterte sie.
»Darf ich Sie jetzt hinaufbringen in Ihr Zimmer?«
Sie nickte. Sie wehrte sich nicht mehr. Ich mußte ihr beim Aufstehen helfen und merkte, daß sie jetzt wirklich am Ende ihrer Kräfte angelangt war.
Da nahm ich sie einfach auf die Arme und trug sie durch die Gaststube, vorbei an den starrenden Gesichtern, die Treppe hinauf. Ihr Haar duftete, meine Wange streifte ihre Wange, und mein Herz klopfte – nicht nur von der Anstrengung.
Marie, die uns stumm und mit runden erstaunten Kinderaugen gefolgt war, schlug das Bett zurück. Ich zögerte, ich konnte sie schließlich nicht ganz ausziehen.
»Helfen Sie der Dame beim Ausziehen«, sagte ich zu Marie.
Und dann ging ich.
Ich blieb noch einen Moment vor der Tür stehen, und irgendwie war mir ganz seltsam zumute.
Ob Marie das richtig machte?
Ich hätte es sicher besser gekonnt, ich hätte ihr nicht weh getan.
Langsam ging ich wieder hinunter in die Gaststube.
Er hätte den Doktor verständigt, teilte mir der Wirt mit. Der würde in einer halben Stunde dasein.

So heftig wie der scheidende Winter sich noch einmal gebärdet hatte, so rasch gab er wieder auf. Zwar war es noch kalt am nächsten Morgen, doch vom blauen Himmel schien die Sonne. Und als ich gegen halb zehn aus dem Dorf hinausfuhr, war die Straße trocken, nur auf den Wiesen lagen letzte Reste von Schnee.
Ich war verstimmt. Mehr noch – verärgert. Als ich vor einer Stunde in die Gaststube herunterkam, vorsichtig auf der knarrenden Treppe balancierend, um die Kranke nicht zu wecken, erfuhr ich als erstes, daß sie bereits abgefahren sei.
»Abgefahren?« fragte ich fassungslos.
»Schon in aller Früh. Um sieben Uhr«, sagte der Wirt vorwurfsvoll. »Ohne Frühstück. Ich war grad erst aufg'standen. Ich hab' s' gefragt, ob s' net warten will, bis die Marie ihr an Kaffee macht. Sie hat net wolln. Ka Zeit hat s' net g'habt.«
»Ging es ihr denn besser?«
»Schlecht hat s' ausgeschaut. Schwarze Ring' unter die Augen. Und rote Fleck'n im G'sicht. Die Marie meint, sie muß a Fieber g'habt ham.«
Ein verrücktes Frauenzimmer! Ich setzte mich ärgerlich zu meinem Frühstück nieder und räsonnierte bei mir über die Unvernunft der Frauen. Einfach wegzufahren! Sie war verschwunden – wie sie aufgetaucht war. Ich würde sie nie wiedersehen.
In der Nacht hatte ich mich noch lange mit ihr beschäftigt. Als der Arzt gekommen war, so gegen elf etwa, hatte der Wirt ihn hinaufgeführt zu ihr, und es hatte ziemlich lange gedauert, bis der Doktor wieder herunterkam.
Ich saß eisern an meinem Platz, trank und rauchte und wartete. Von den Männern waren nur noch zwei ganz Neugierige übriggeblieben, aber der Wastl war zurückgekommen und hatte berichtet, daß der Wagen nur ein paar Kratzer habe und daß der Tank wirklich strohtrocken gewesen sei. Jetzt stehe der Wagen fahrbereit vor dem Haus. Übrigens sei es ein großer amerikanischer Schlitten, ein Cadillac neuester Bauart.
Ich hatte die Absicht gehabt, den Arzt nach seiner Patientin zu fragen, ob es eine ernstliche Verletzung sei und woher sie

wohl gekommen sei, aber als der Arzt dann kam, wagte ich es nicht. Es war kein gemütlicher alter Landarzt, wie ich es mir vorgestellt hatte, sondern ein noch junger, sehr streng blikkender Herr, der nicht so aussah, als ob er einem Fremden Auskunft über eine Patientin geben würde. Von dem Wirt erfuhr ich schließlich, daß der Doktor einen neuen Verband gemacht habe und ihr ein schmerzstillendes Mittel gegeben hat. Morgen früh würde er noch einmal kommen.
Ich fragte mich, ob der Wirt überhaupt bemerkt hatte, welcher Art die Wunde war. – Eine Stichwunde! Wie zog man sich so etwas zu? Doch bestimmt nicht bei einem Autounfall.
So schlimm, wie es ausgesehen hatte, konnte es wohl nicht sein, sonst hätte der Arzt sie in ein Spital bringen lassen. Als ich dann im Bett lag, mußte ich immerzu darüber nachdenken. – Es war das erste Mal, daß ich an etwas anderes dachte, nachts im dunklen Zimmer, nicht an mich und mein Schicksal. Irgend jemand mußte ihr etwas angetan haben. Wer? Wieso? Warum? – War sie auf der Flucht, hatte sie deswegen mitten in der Nacht noch weiterfahren wollen?
Ich lag, ohne mich zu rühren, und lauschte in die Nacht. Es war totenstill. Nur der Wasserhahn in meinem Zimmer tropfte, und ich stand zweimal auf, um ihn fester zuzudrehen. – Sie war im Zimmer nebenan? Schlief sie? Hatte sie Schmerzen? Hatte sie Angst?
Wer hatte ihr etwas getan? Und warum?
Ob sie ihr Zimmer abgeschlossen hatte? Sicher nicht. Sie war krank, sie war wehrlos. Wenn sie einen Feind hatte, so konnte der leicht in der Nacht bei ihr eindringen. Es war leicht, ihre Spur zu finden, der auffällige Wagen stand neben dem Haus.
Schließlich stand ich auf und tappte die Treppe hinunter. Die Haustür war verschlossen. Vor ihrem Zimmer blieb ich eine Weile stehen und lauschte. Aber natürlich wagte ich es nicht, zu ihr hineinzugehen. Wenn sie nicht schlief, würde sie zu Tode erschrecken.
Dann ging ich wieder in mein Zimmer, ließ das Licht brennen, damit man sah, in diesem Haus war jemand wach ...
Ich rauchte. Ich grübelte. Nicht über mich. Über sie. Und da-

bei lauschte ich. In das Haus hinein, auf das Knarren der Treppe, in das Zimmer nebenan, in die schweigende Nacht draußen.
Mit der Zeit kam ich mir etwas lächerlich vor. Offenbar hatte ich in Wien zu viele Krimis im Fernsehen angeschaut. Schwager Karl war ein leidenschaftlicher Krimifan. Wenn es Mord und Totschlag zu betrachten gab, drehte er die Kiste an.
Erst gegen Morgen, ganz steif und kalt, kroch ich ins Bett und fiel in einen bleiernen Schlaf. Und darum hatte ich wohl auch nicht gehört, wie sie aufstand, wie sie fort fuhr. – Na schön, auch gut. Keiner hatte ihr etwas angetan in dieser Nacht. Und so schlecht konnte es ihr auch nicht gehen, wenn sie sich wieder auf die Reise begab.
Gott befohlen, Madame, Sie sind eben doch eine eigensinnige unvernünftige Person – und mich geht's nichts an.
Wenn sich hier jemand unvernünftig benahm, dann war ich es. Wir waren hier nicht im Dschungel, sondern mitten in Österreich. Und wenn sie Hilfe gebraucht hätte, würde sie es ja wohl gesagt haben. Schließlich gab es ja auch noch so etwas wie eine Polizei in diesem Land.
Und du bist ein verdammter, lächerlicher Narr, spottete ich über mich selbst, als ich durch den hellen Morgen fuhr. Phantasie wie eine alte Jungfer, die sonst nichts zu denken und zu tun hat. – Graugrüne Augen und ein schöner weitgeschwungener Mund, und du mußt den edlen Ritter spielen. Die schöne Unbekannte auf der Flucht! Was es doch nicht alles gibt. – Es wurde Zeit, sie zu vergessen und sich auf das einzustellen, was vor mir lag. Dies zum Beispiel war die Bezirkshauptstadt Hallau, und nun konnte es nicht mehr weit sein nach Glainz. –
Diese Augen – dieser Mund ...

Glainz war ein Ort mittlerer Größe, Kirche, Schule, drei Gasthäuser, Bahnstation dieser Nebenlinie. Die Glainz mußte hier irgendwo in die Mur fließen – aber es dauerte eine Weile, bis ich die Einfahrt ins Glainzer Tal fand. Genau wie Otto Kaiser vorausgesagt hatte: Die Einfahrt war schwer zu finden.

Schließlich fand ich die Stelle, wo die Glainz in die Mur mündete, sie tat es ungern, denn sie war ein lebhafter, sogar heftiger Fluß, und sie gab vermutlich ungern ihr freies wildes Leben auf und fügte sich der größeren Schwester. Kurz vor dem Zusammenfluß schäumte das gischtende Wasser noch einmal ungebärdig über eine Felsstufe, dann wurde der Fluß schmal, genau wie das Tal – das Glainzer Tal –, auf beiden Seiten stiegen ziemlich steil die bewaldeten Berghänge auf, die Straße war knapp auf der rechten Seite zwischen Fluß und Berg gequetscht, so schmal teilweise, daß es Ausweichstellen gab, um sie passierbar zu machen.

Der Transport des Holzes mußte seine Schwierigkeiten haben, besonders im Winter. Wer immer das Sägewerk in diesem Tal gebaut hatte, mußte nicht viel von diesem Geschäft verstanden haben. Der Transport verteuerte den Betrieb – soviel war sicher. Und einen Gleisanschluß hier unten zu verlegen, war unmöglich. An einer Stelle wurde das Tal so eng, die Berge lagen sich so nahe gegenüber, daß wohl niemals ein Sonnenstrahl hier herunterdrang, die Landschaft wirkte düster und verlassen. Aber gleich hinter dieser schmalen Stelle machte die Straße eine scharfe Biegung, fast war es eine rechtwinklige Kurve, und urplötzlich weitete sich das Tal, gab eine helle liebliche Landschaft frei, die leuchtend im Sonnenschein lag. Mit einem Schlag sah man alles auf einmal: das breit gewordene, offen liegende Tal, das Dorf mittendrin und rechts auf halber Höhe das Schloß. Der Anblick war so frappierend, daß ich bremste und hielt. Was für ein wunderschöner Fleck Erde! Eine kleine abgeschlossene Welt für sich. Ein einsames Dorf inmitten weiter Wiesen, von Wäldern umrandet, und dahinter, erst sanft, dann hoch aufsteigend die Berge. Die Glainz war hier viel breiter und auch ruhiger, ein silberner leuchtender Fluß, die Ufer sanft gewölbt, von Büschen bestanden, und obwohl Bäume und Büsche noch kahl waren, spürte, roch und sah man den Frühling bereits, der gerade seinen Einzug hielt.

Oberglainz. Ein Name, den ich nie zuvor gehört hatte. Ein verborgenes Paradies, eine Welt der Abgeschiedenheit und des

Friedens, kaum berührt von dem, was in der großen weiten Welt vor sich ging.
Mir fiel ein, was Otto Kaiser gesagt hatte: »Wenn es je einen Platz gegeben hat, an dem ich wünschte, zu leben und alt zu werden, dann ist es dort. Heute könnte ich es noch nicht, ich würde mich vermutlich zu Tode langweilen. Manchmal denke ich, ich könnte es doch. – Aber es liegt mir nun mal nicht, mein Leben auf ruhige Beschaulichkeit umzustellen. Aber man hat ja manchmal so Wunschträume, nicht? Ich habe mich richtig in das Tal verliebt, als ich es das erste Mal sah. Wenn ich ein paar freie Tage habe, bin ich am liebsten dort. Und dann gehe ich auf die Jagd.«
Ein fast verlegenes Gesicht hatte er gemacht, als er mir das sagte. Er war auch wirklich nicht der Mann, dem man ein Leben in ruhiger Beschaulichkeit zutrauen konnte. Und es paßte keineswegs zu ihm, daß er von einer Landschaft und ihrer Einsamkeit schwärmte. Aber was weiß man schon von anderen Menschen. Jeder hat wohl irgend so einen verborgenen Winkel in seiner Seele, der nicht zu dem Gesamtbild passen will.
Das Dorf war nicht groß. Zehn – zwölf Häuser etwa. Ich erkannte zwei schöne alte Haufenhöfe, wie sie in der Steiermark noch oft zu finden sind. Die anderen Häuser waren kleiner. Eine Kirche gab es nicht. Sicher auch keine Schule. Postamt? – Na, vielleicht eine Poststelle. Ob ein Bus nach Glainz hineinfuhr?
Nicht zu übersehen war das Sägewerk. Es lag am jenseitigen Ende des Ortes und dehnte sich weit aus bis zum Fluß hinunter. Hallen, Schuppen, Lagerplätze, zwei Kräne. Wo bekamen sie eigentlich die Arbeitskräfte her? Von Oberglainz allein bestimmt nicht. Schließlich ging das Tal ja auch noch weiter. Wer weiß, wie weit es in die Berge hineinreichte. Holzfäller mochte es auf jeden Fall ausreichend in den Bergen geben. Landwirtschaft konnte hier kaum betrieben werden, außer Viehwirtschaft natürlich.
Das große helle Bauernhaus, das am diesseitigen Rand des Werksgeländes lag, nahe dem Dorf, mußte das Wohnhaus

sein, von dem Kaiser gesprochen hatte. Dort könne ich wohnen, das Haus sei modern hergerichtet, mit Heizung und Warmwasser, und er, Kaiser, hätte dort auch zwei Zimmer, die er bewohne, wenn er im Tal sei. Eine Frau Soundso besorge die Wirtschaft und koche ganz hervorragend.
Na los, sagte ich laut zu mir. Da hinunter und sehen, was dort auf mich wartete.

Ich hatte den Wagen schon gestartet, da bemerkte ich rechts von mir im Gebüsch eine Bewegung, die Zweige teilten sich, zuerst sprang ein brauner Jagdhund über den schmalen Graben, der zwischen Straße und Wald lag, und dann folgte ein Mann, ein kleiner drahtiger Mann, einen verdrückten grünen Hut auf dem Kopf, ein Gewehr über der Schulter. Die beiden standen direkt vor meinem Kühler, warfen nur einen kurzen Blick auf mich und liefen dann die Straße abwärts.
Ob die hier das öfter so machten? Das mußte man natürlich wissen. Offenbar gab es nicht viel Verkehr auf dieser Straße. Ich blickte den beiden einigermaßen verblüfft nach; sie drehten sich nicht um, schritten zielstrebig dahin, der Hund immer dicht neben dem Jäger.
Ich ließ den Wagen langsam anrollen, wandte den Kopf, als ich neben dem Jäger war, bereit zu grüßen, aber er blickte stur geradeaus. Na, denn nicht.
Offenbar waren die Leute hier nicht sehr kontaktfreudig.
Die nächsten Lebewesen, die ich erblickte, waren zwei Kinder, die am Dorfeingang spielten, ebenfalls mitten auf der Straße. Und als nächstes wieder ein Hund, der laut bellend neben dem Auto herlief.
Sonst erschien das Dorf wie ausgestorben. Ich erblickte keine Menschenseele.
Und dann sah ich die aufgestapelten Bretter des geschnittenen Holzes vor mir, hielt an und stieg aus. Da war der vertraute Geruch nach frischem lebendigem Holz, der schönste Geruch, den ich kenne, und mir wurde ganz heimatlich zumute.
Es hatte keinen Zaun, kein Tor gegeben, vom Dorf aus ge-

langte man ohne Aufenthalt auf das Gelände des Sägewerks. Rechts von mir lag das alte weitgebaute Bauernhaus, in dem ich wohnen sollte. Es hatte einen frischen Anstrich und grüne Fensterläden, es gefiel mir auf den ersten Blick.
Ich überblickte das Gelände. Alles sah gut aus. Ordentlich und gepflegt, und warum das Otto Kaiser einen verschlampten Betrieb genannt hatte, verstand ich nicht ganz. Die Hallen und Schuppen waren zum Teil neu und die beiden Kräne, die ich schon von der Anhöhe aus gesehen hatte, ganz modern.
Nur einen Menschen sah ich nicht. Es war totenstill. Die Kräne standen still, keine Säge kreischte. Das Werksgelände war so ausgestorben wie das Dorf.
Das begriff ich nicht. Es war doch ein ganz gewöhnlicher Werktag, Mittwoch, um genau zu sein, warum wurde nicht gearbeitet?
Ich ging auf das Wohnhaus zu, und nun entdeckte ich auch, woher die seltsamen Laute kamen, die ich in dieser großen Stille, halb unbewußt bisher, vernommen hatte.
Vor dem Hause befand sich der dritte Hund, der mir an diesem Tag begegnete. Ein großer brauner Jagdhund, ähnlich dem, den der Jäger gerade eben auf der Straße bei sich gehabt hatte. Dieser Hund hier war mit einer Kette an einem Ring festgebunden, der sich in der Hausmauer befand. Das Tier zerrte ungeduldig an der Fessel und lief, soweit es sein Bewegungsraum erlaubte, unruhig hin und her und stieß dabei diese jaulenden und klagenden Laute aus.
»Na, na, was ist denn mit dir? Haben sie dich nicht mitgenommen?«
Der Hund blieb stehen, knurrte kurz, aber dann wendete er sich ab und begann seinen unruhigen Lauf aufs neue, und wieder kam der heulende Klageton aus seiner Kehle.
Ich öffnete die Tür des Hauses, trat ein und machte »Hallo!« Stille. – Nichts rührte sich. Vor mir lag ein langer, sauberer Flur, der das Haus in der Mitte teilte. Am Ende des Flures war ein Fenster, und davor standen große Pflanzen mit üppigen grünen Blättern.
Hm. Sehr schön. Aber war hier niemand zu Hause? Welche

Tür mochte wohl in die Küche führen? Da würde doch wohl jemand sein.
Ich versuchte es noch einmal mit »Hallo!«, etwas lauter diesmal, und siehe da, am Ende des Ganges gerade neben dem Grünzeug öffnete sich eine Tür, und eine Frau kam heraus. Sie blieb stehen, blickte zu mir her und kam dann langsam auf mich zu. Sie war groß und schlank, nicht mehr jung, das dunkle Haar mit Grau vermischt, aber das Gesicht von ebenmäßiger Klarheit und edler Linie. Sie mußte einmal sehr schön gewesen sein. Nein – sie war es noch.
War das am Ende die Wirtschafterin, von der Kaiser gesprochen hatte? Eine imponierende Erscheinung. Ihre Haltung war stolz, sie ging gerade aufgerichtet. Aber ihr Gesicht wirkte merkwürdig starr.
»Sie sind unten am Fluß«, sagte sie, noch ehe ich ein Wort sagen konnte. »Gleich hinter dem letzten Schuppen rechts.«
»Verzeihung«, sagte ich. »Mein Name ist Lanz.«
»Ach so!« Es kam ein wenig Leben in ihren Blick. »Herr Lanz. Natürlich. Wir hatten Sie gestern schon erwartet.«
»Ich habe die Fahrt unterbrochen. Es hat geschneit.«
»Ja.«
Sie stand und sah mich an, und ich wußte nicht recht, was ich tun oder sagen sollte.
»Herr Kaiser sagte mir, daß ich hier im Haus wohnen könnte«, sagte ich schließlich.
»Ja. Ihre Zimmer sind bereit.«
Sie stand und rührte sich nicht, blickte an mir vorbei zu der offengelassenen Tür hinaus.
»Einen Augenblick bitte.« Sie ging zur Tür hinaus, trat vor das Haus, blickte über das Gelände, dann sagte sie etwas zu dem Hund, der still geworden war, als sie kam. Sie bückte sich, machte den Hund los und zog ihn ins Haus.
»Komm mit, Molly«, sagte sie zu dem Hund, der eine Hündin war. »Das ist ja nicht mit anzuhören. Komm, sei still.«
Die Hündin schwieg und ging mit der Frau mit, die die Tür hinter sich schloß. Dann sah sie mich an. »Darf ich Sie hereinbitten, Herr Lanz?«

Es klang formell und sehr höflich, ich machte eine kleine Verbeugung und folgte dieser Frau, die, wer immer sie sein mochte, ihr Leben bestimmt nicht in diesem Tal begonnen hatte.

Sie ging auf die Tür am Ende des Ganges zu, aus der sie soeben gekommen war, machte eine einladende Handbewegung. »Bitte! Treten Sie ein!«

Es war ein heller, großer Raum, sehr geschmackvoll eingerichtet, schöne alte Möbel, ein dicker Teppich, und vor den beiden Fenstern und im ganzen Raum verteilt auch hier Grünpflanzen und blühende Gewächse.

Sie ging zu einem der Fenster, blickte hinaus, wandte sich dann um, blieb vor mir stehen, sah mich an.

Ich räusperte mich, wußte nicht recht, was ich sagen sollte.

»Äh – ja, wenn Sie wissen, wer ich bin ... ich meine, wenn Sie mir bitte dann zeigen würden, wo ich wohne, damit ich mein Gepäck ausladen kann. Und dann würde ich gern Herrn Kaiser sprechen. Oder ist er noch nicht gekommen?«

»Er ist gestern gekommen.«

»Ja, tut mir leid, daß ich gestern noch nicht da war. Das Wetter – es war sehr schlecht zu fahren. Wo treffe ich Herrn Kaiser? Ist er hier im Haus? Oder ...«

Sie wandte den Blick ab, hob mit einer nervösen Bewegung die Hand. »Herr Lanz – es ist ...«

»Wo ist das Büro?« fragte ich so sanft wie möglich.

»Drüben in der großen Halle. Aber ...«

»Ist Herr Kaiser dort?«

»Nein. Herr Kaiser ... er ist nicht im Büro. Er ist ...« Nun sah sie mich wieder an, ihr Blick war starr. »Herr Kaiser ist tot.«

Ich starrte sie nun auch an, unfähig ein Wort zu äußern. Mit einem Schlag wurde die Situation unwirklich, traumhaft. Ein Alptraum. Das schöne helle Zimmer, die Sonne, die durch die Fenster kam, das viele Grün, diese Frau mit dem starren Gesicht.

Die Hündin stieß wieder ihren langgezogenen klagenden Laut aus. Die Frau setzte sich, oder besser gesagt, sie ließ sich

in einen Sessel sinken, so als sei sie am Ende ihrer Kräfte angelangt. Sie legte ihre Hand auf den Kopf der Hündin, die darauf wieder still wurde.
»Molly hat ihn gefunden«, sagte sie. »Man mußte sie gewaltsam da wegziehen.«
»Molly hat ihn gefunden?« fragte ich verständnislos.
»Herr Kaiser ist ermordet worden.«
»Ermordet?«
»Der Gendarm ist eben unten am Fluß, wo sie ihn gefunden haben. Vor einer Stunde. Wir warten jetzt auf die Polizei aus Hallau.«
»Ermordet?« wiederholte ich dumm.
»Ja. Erstochen. Mit seinem Jagdmesser.«

Es gibt Minuten, die dehnen sich zur Ewigkeit. Als bleibe die Zeit stehen, als gebe es kein Vorher und kein Nachher. Ich stand, ohne mich zu rühren, ohne zu denken. Aber selbsttätig hatte sich in meinem Kopf ein Automat eingeschaltet, der ein ganz bestimmtes Bild ablaufen ließ. Es war wie ein alter, tausendmal gesehener Film, der wieder und wieder vor mir ablief. – Meine geballte Faust, der dumpf dröhnende Ton, der Mann, der vor mir niederstürzte. Er war nicht tot. Er lebte noch. Drei Tage lebte er noch. Er kam nicht wieder zum Bewußtsein.
Und diese drei Tage, diese drei Tage . . .
Anschi, die schluchzend über dem Gestürzten lag.
»Du hast ihn umgebracht! Du hast ihn umgebracht!«
Sie hatte es sofort gewußt. Erst stöhnte sie es. Dann schrie sie es.
Wieso hatte sie es sofort gewußt? Wenn einer niedergeschlagen wird, kann er bewußtlos sein. Später steht er vielleicht auf und hat eine Beule. Oder Kopfschmerzen. Oder er steht gleich auf und schlägt zurück.
Anschi hatte es sofort gewußt. Du hast ihn umgebracht. –
Nein, es war gar nicht schwer, einen Menschen zu töten. Besonders dann, wenn man es gar nicht wollte.
Es mochte anders sein, wenn man vorher darüber nachdachte,

wenn es ein Plan war, etwas, was man vorbereiten und gut überlegen mußte. Dann war es ein Mord.
Jemand niederschlagen, erstechen, erschießen, spontan und unüberlegt – im Zorn, in der Wut, aus Verzweiflung, das war kein Mord, das war Totschlag.
Ich kannte die Unterschiede ganz genau. Wenn man wie ich einfach zuschlug, und der Geschlagene starb später an den Folgen des Schlages, das war dann Körperverletzung mit Todesfolge. Man war zwar auch ein Mörder, aber einer, dem man etwas wohlwollender gegenüberstand.
Oh, wie gut ich das wußte.
Die nackte Faust, das war eine ungeplante Waffe. War man so groß und kräftig wie ich, dann konnte es eine tödliche Waffe sein. Rainer war kleiner als ich, schmal, fast graziös in seinen Bewegungen. Eigentlich hätte das strafverschärfend wirken müssen: wenn ein Großer einen Kleineren niederschlägt. – Komisch, das hatten sie in der Verhandlung gar nicht berücksichtigt.
Ich biß die Zähne zusammen und schob den alten Film weg. Jetzt war keine Zeit dafür. Hier – hier war etwas geschehen, hier und heute. – Was hatte die Frau eben gesagt? Ein Messer? Ein Jagdmesser?
Und plötzlich war ein anderes Bild da, das ich in der letzten halben Stunde vergessen hatte, vergessen seit dem Moment, als das Tal vor meinen Augen lag.
Der blutdurchtränkte weiße Pullover. Der nackte blutbefleckte Arm mit der Stichwunde. Sie?
Konnte es so einen Zufall geben? Die Frau, die ich heute nacht in den Armen gehalten hatte, als ich sie die Treppe hinauftrug, die Frau auf der Flucht, blaß und tödlich erschöpft – auf der Flucht wovor? Vor einem Mörder? Vor einem Mord?
Eine Frau, die ohne zu überlegen in einen Wagen ohne Benzin steigt, in Schnee und Dunkelheit dahinrast, einen Baum streift, der das Blut übers Handgelenk läuft, die zusammenbricht vor Schmerzen und Angst und dennoch in der gleichen Stunde weiterfahren will – wer war diese Frau?
»Wann?« fragte ich und mußte zweimal ansetzen, weil meine

Stimme heiser und unverständlich war. »Wann ist das passiert?«
»Ich weiß es nicht. Ich sage Ihnen ja, vor einer Stunde haben sie ihn gefunden, unten am Fluß. Es kann auch anderthalb Stunden her sein. Vielleicht schon zwei, ich bin ziemlich durcheinander, wie Sie vielleicht verstehen werden. Molly hat ihn gefunden. Sie heulte so laut, daß schließlich einer der Männer hinunterlief, um zu sehen, was sie hatte. Erst hat es keiner gehört, weil die Sägen liefen.«
»Sie meinen, er könnte dort schon länger gelegen haben?«
»Ich habe keine Ahnung. Niemand weiß das bis jetzt. Der Gendarm von Glainz ist drunten, aber der ist vermutlich ratlos.«
Draußen auf dem Gang wurden Schritte laut, die Tür wurde aufgerissen, ein junger Mann kam hereingestürzt, und noch unter der Tür rief er: »Mutter!«
Als er mich sah, verstummte er.
»Was ist denn?« fragte die Frau.
»Ach, nichts. Ich wollte nur wissen – hast du Dunja gesehen?«
»Nein.« Ihre Stimme klang abweisend.
Der junge Mann schwieg und blickte mich an.
»Ludwig, das ist Herr Lanz.«
»Ach so.«
Sie sagte: »Ich habe mich noch nicht vorgestellt, Herr Lanz. Ich bin Frau Jarisch. Und das ist mein Sohn Ludwig. Er hat bis jetzt die Arbeit hier getan, die Sie nun tun sollen.«
Der junge Mann sah mich an und ich ihn. – Wie verhielt man sich in einer solchen Situation? Freut mich, Sie kennenzulernen. Angenehm.
Ludwig Jarisch war sehr erregt, das dunkle Haar hing ihm verwirrt in die Stirn, er fuhr mit den Händen in die Taschen seiner kurzen Joppe.
»Na, dann herzlich willkommen. Sie haben sich ja einen großartigen Tag ausgesucht, um hier als Reformator zu beginnen. Hast du es ihm gesagt?«
»Natürlich. Er ist gerade gekommen. Und bitte, Ludwig, nimm dich ein wenig zusammen.«

»Ja, ja, ja. Ich tue, was ich kann. Ich bin die Ruhe in Person.«
Er fuhrwerkte immer noch in seinen Taschen herum. »Hast du eine Zigarette?«
Ich zog meine Packung aus der Tasche, bot ihm an und zündete mir auch eine an. Erst dann dachte ich, daß Frau Jarisch auch rauchen könnte.
»Bitte!« sagte ich. »Entschuldigen Sie.«
Sie nahm eine Zigarette, und eine Weile rauchten wir, ohne ein Wort zu sagen.
Frau Jarisch wies auf einen Stuhl. »Bitte, setzen Sie sich doch.«
Wir setzten uns beide, Ludwig und ich.
»Gibt es etwas Neues?« fragte Frau Jarisch.
»Was soll es denn noch geben? Genügt dir das nicht?«
Sie sagte nichts, nur ihr Blick war vorwurfsvoll.
»Alles wie gehabt. Er liegt immer noch da auf der Böschung, die Beine hängen über dem Wasser. Die gesamte Belegschaft und die ganze Einwohnerschaft dieser Metropole stehen in respektvoller Entfernung um die tote Majestät herum. Moser bewacht das Ganze mit grimmiger Miene. Alles wartet auf das Eintreffen von Scotland Yard aus Hallau.«
Man sah es Frau Jarisch deutlich an, wie unangenehm ihr das Benehmen ihres Sohnes war.
»Laß das dumme Gerede«, sagte sie, ihre Stimme klang energisch, fast drohend. Der Junge blickte sie unsicher an. »Entschuldige.« – Und zu mir gewandt fügte er hinzu: »Ich bin etwas durcheinander.«
»Verständlich«, sagte ich. »Könnten Sie mir trotzdem mal in aller Ruhe erklären, was geschehen ist?«
»Soweit ich es weiß, bitte. Hier, Molly, die Jagdhündin, hat irgendwann heute morgen die Leiche des Herrn Kaiser unten am Fluß gefunden. Als sie in der großen Halle die Sägen abstellten zur Frühstückspause, hörten sie den Hund heulen. Grunski, der Werkmeister, ging hinunter und fand den Toten. Dann kam er wieder und sagte es uns, und dann liefen wir alle hinunter, und dann ging ich ins Büro und rief den Gendarm in Glainz an. Der ist jetzt da, und nun warten wir auf die Polizei

aus der Bezirkshauptstadt. Mehr ist darüber im Moment nicht zu sagen.«
Die Hündin, die sich etwas beruhigt hatte, hob den Kopf, als ihr Name genannt wurde.
»Und warum denkt man, daß es Mord ist? Ihre Mutter sagte etwas von einem Messer.«
»Er hat eine Wunde im Rücken, und alles ist voller Blut. Der Jäger ist der Meinung, daß die Wunde von einem Messer herrührt. Er behauptet sogar zu wissen, von welchem Messer. Es soll sich um das Jagdmesser von Herrn Kaiser handeln. Ein Messer von gewissem Wert. So tat jedenfalls Herr Kaiser immer. Es hing oben in seinem Zimmer, er hatte es immer dabei, wenn er auf die Jagd ging. Er stach wohl seine Beute damit ab, wenn er sie nicht gleich richtig gekillt hatte.«
»Das Messer ist nicht da«, warf Frau Jarisch ein. »Der Jäger hat oben im Zimmer nachgesehen.«
»Und man hat es auch nicht gefunden?«
»Nein. Bis jetzt nicht.«
»War Herr Kaiser denn heute auf der Jagd?«
»Er wollte heute früh um fünf zur Jagd aufbrechen. Als ich ihn wecken wollte, war er nicht da. Ich dachte, er sei schon fort. Später kam dann Anton – das ist der Jäger –, um ihn abzuholen, und Anton dachte zuerst auch, er sei schon früher fortgegangen. Herr Kaiser war ein Frühaufsteher.«
»Und ein großer Jäger vor dem Herrn«, warf Ludwig ein. »Ein geradezu leidenschaftlicher Killer.«
»Ludwig, bitte . . .«, rügte Frau Jarisch ihren Sohn.
Ich hatte das Gefühl, der junge Jarisch empfand keine besonderen Sympathien für seinen toten Chef. Er ließ das etwas zu deutlich merken.
»Anton kam später wieder, er hatte Herrn Kaiser im Wald nicht gefunden. Er hatte ihn in dem Gebiet, in dem sie heute jagen wollten, gesucht. Er war sehr verärgert, und dann erst stellte ich fest, daß das Bett von Herrn Kaiser unberührt war. Das heißt, er hatte wohl darauf gelegen, aber nicht richtig darin geschlafen. So etwas sieht man ja.«
»Aha«, sagte ich.

»Ja, und vorhin, nachdem sie ihn gefunden hatten, kam Anton und stellte fest, daß das Jagdmesser fehlt. Seitdem behauptet er, mit dem Messer sei Herr Kaiser getötet worden. Ob das stimmt, weiß natürlich keiner.«
»Aber das Messer ist nicht da?«
»Das Messer ist total verschwunden«, sagte Ludwig. »Der Gendarm ist da unten am Fluß schon im Gebüsch herumgekrochen und hat es gesucht. Er behauptet auch, der Mord sei da unten nicht passiert, sondern er sei da hingebracht worden, um in den Fluß geworfen zu werden. Nun geht es eben darum, wo das Messer ist und wo man ihn umgebracht hat.«
»Und wer es getan hat«, sagte ich. »Ich nehme an, die Frage wird auch interessieren.«
»Sie sagen es.«
Wir schwiegen.
Dann fragte Ludwig wieder: »Mutter, du weißt wirklich nicht, wo Dunja ist?«
»Laß mich doch mit dieser Dunja in Ruhe«, es klang gereizt.
»Sicher war sie doch auch unten am Fluß.«
»Eben nicht.«
»Vielleicht hast du sie nicht gesehen.«
»Na, so große Menschenmassen bringen wir ja hier auch nicht zusammen.«
»Das bringt mich auf eine naheliegende Frage«, sagte ich. »Natürlich kenne ich mich hier nicht aus, aber soweit ich gesehen habe, ist dieser Ort doch nicht groß. Wenn es wirklich einen Mörder gibt – kommen denn hier so viele Leute dafür in Frage?«
Ludwig stieß ein kurzes Lachen aus. »Gut gefragt, Sherlock Holmes! Wenn Sie mich fragen wollen, ob ich jemanden verdächtige: nein. Wenn Sie mich fragen, ob die Leute ihn leiden konnten, dann ist die Antwort auch nein.«
»Ludwig!« sagte Frau Jarisch zurechtweisend.
»Na, ist doch wahr! Abgesehen von Anton und den Hunden. Wer hat ihn denn gern hier aufkreuzen sehen?«
»Na gut«, meinte ich. »Aber die Tatsache, daß jemand nicht

beliebt ist, ist doch nicht unbedingt ein Grund, ihn zu erstechen.«

»Konnten Sie ihn denn leiden?« fragte Ludwig. Die Frage klang naiv und ehrlich neugierig.

»Ich kannte Herrn Kaiser nicht sehr gut«, sagte ich. »Aber soweit ich ihn bis jetzt kennengelernt habe ... also ich kann nichts Negatives über ihn sagen.«

Ludwig betrachtete mich nachdenklich. Ich hatte keine Ahnung, was Kaiser ihnen über mich erzählt hatte. Zweifellos hätte es ihm ähnlich gesehen, keine näheren Auskünfte zu geben. Das ist der neue Mann, so sehen seine Kompetenzen aus, basta! Offenbar wußten sie auch nichts über meine Vergangenheit.

»Wir haben fünfunddreißig Arbeiter«, sagte Ludwig. »Da suchen Sie mal einen Mörder.«

»Warum soll einer von den Arbeitern ihn getötet haben«, meinte Frau Jarisch. »Das ist doch Unsinn, Ludwig. Er ist ja kaum mit ihnen zusammengetroffen.«

»Auch wieder wahr! Also kommen wir bloß in Frage. Du und ich, Burger. Sonst noch ein Vorschlag?«

Die schnoddrige Art des jungen Jarisch ging mir ein wenig auf die Nerven. Natürlich, der Junge mochte seine Erregung auf diese Art abreagieren, aber mich störte seine dumme Rederei nicht weniger als seine Mutter, der man ansah, daß nur meine Gegenwart sie davon abhielt, ihn zurechtzuweisen.

»Voriges Jahr hat er mal einen Wilderer angeschossen«, überlegte Ludwig weiter. »Er hat ihn lahmgeschossen, hat ihm die ganze Kniescheibe zertrümmert. Er soll ein sehr guter Schütze gewesen sein, jedenfalls konnte Anton das nie genug rühmen. Also hat er es wohl absichtlich getan.«

»Sollte er ihn totschießen?« fragte Frau Jarisch.

»Er sollte gar nicht auf einen Menschen schießen, zum Teufel noch mal. Schön, ich weiß, die Leute sollen nicht wildern. Aber sie tun es nun mal. Jedenfalls hat kein Hahn danach gekräht, es hat keine Untersuchung gegeben, nichts. Vielleicht hat der sich gerächt.«

»Ich bin dafür, daß du die Untersuchung der Polizei überläßt«, sagte Frau Jarisch kühl.
»Na klar. Aber sie werden uns jede Menge Fragen stellen, nicht?«
»Ja. Sie sollten vielleicht in Ihrer Ausdrucksweise vorsichtiger sein, Herr Jarisch«, sagte ich und wunderte mich selbst darüber, daß ich das sagte. Irgendwie gefiel mir der Junge, trotz seines unbeherrschten Benehmens. Er sah seiner Mutter sehr ähnlich, das gleiche feingezeichnete ebenmäßige Gesicht mit den dunklen Augen und dem dunklen dichten Haar darüber.
Und es erschien mir wichtig, gleich noch etwas anderes zu klären.
»Ich hoffe nicht, daß ich der Grund bin für Ihren ... eh, für Ihre Verärgerung.«
Jetzt errötete er ein wenig und wurde sichtlich verlegen. »Ach wo, gar nicht. Ich war ganz froh, daß Sie kommen würden. Ich habe nie behauptet, daß ich das hier allein schaffe. Nicht, Mutter? Ich hab' das damals gleich gesagt, als Herr Kaiser den Benno rausschmiß und dann sagte, ich soll den Laden hier machen. Ich hab' gesagt, ich kann das nicht. Ich verstehe viel zuwenig davon.«
Frau Jarisch sah mich an. »Es ist wahr, Herr Lanz. Ich glaube, hier war jeder froh, als wir hörten, daß ein neuer Leiter für das Sägewerk kommen soll. Wir erfuhren es erst vor vierzehn Tagen durch einen Anruf aus Wien. Wir wußten nichts Näheres. Und gestern nachmittag, als Herr Kaiser kam, hat er uns auch nichts darüber gesagt, nur daß Sie kommen würden, gestern oder heute. Alles andere ... wir wissen nicht, wieweit Herr Kaiser Sie informiert hat, wie sich alles hier entwickelt hat in den vergangenen Jahren.«
Ich machte »Hm« und äußerte mich nicht weiter. – Sie wußten nichts von mir, und ich wußte nichts oder nur wenig von ihnen und den Zuständen im Glainzer Tal. Kaiser war kein Mann vieler Worte gewesen. Er hätte mich vermutlich heute hier eingeführt, und keiner hätte es gewagt, viel dazu zu sagen. Auf jeden Fall mochte es besser sein, nicht erkennen zu

lassen, daß ich praktisch keine Ahnung hatte, wie der Betrieb bisher gelaufen war.

Eine weitere Erörterung blieb mir erspart. Molly fuhr hoch und bellte, daraufhin sprang Ludwig auf und rief: »Jetzt kommen sie. Scotland Yard. Jetzt geht's los.«

Er rannte zur Tür, blieb noch einmal stehen. »Wenn ich bloß wüßte, wo Dunja ist!«

In Frau Jarischs Stimme klang diesmal unbeherrschter Ärger, als sie ihn anfuhr: »Was geht es dich an, wo sie ist!«

Ludwig sagte langsam: »Wir wissen beide, daß sie gestern abend hier war, bei ihm, nicht wahr? Wirst du es der Polizei sagen?«

Für einen Moment schien er mich ganz vergessen zu haben. Erst als Frau Jarischs Blick von ihm zu mir ging, dann zurück zu ihm, blickte er unsicher auf mich.

»Es ist mir egal, wo Dunja sich herumtreibt«, sagte Frau Jarisch, und es klang sehr unfreundlich. »Es interessiert mich nicht, wo sie gestern war, wo sie heute ist.«

Das war zwar keine Antwort auf die Frage ihres Sohnes, aber deutlich genug. Sie ging an ihrem Sohn vorbei zur Tür hinaus, wohl um die Polizei in Empfang zu nehmen, denn mittlerweile hörte man draußen Autotüren schlagen.

»Zum Teufel!« sagte Ludwig wütend. Dann mit einem verlegenen Lächeln zu mir: »Mütter haben es nie gern, wenn man ein Mädchen gern hat.«

»Ich glaube, das mögen die wenigsten.«

»Na ja, dann wollen wir mal. Sie werden sich den Spektakel auch ansehen und anhören wollen, nicht? – Mensch, haben Sie ein Glück, daß Sie heute erst angekommen sind. Sie sind garantiert unverdächtig. Bleiben Sie lieber hier und passen Sie auf Molly auf, sonst rennt sie wieder runter zum Fluß. Sie ist so sensibel.« – Er bückte sich zu der Hündin, streichelte sie, und ein weicher, fast zärtlicher Ausdruck erschien in seinem hübschen, noch knabenhaften Gesicht. »Ja, mein braves Mädchen, ist schon gut. Mußt nicht traurig sein. War schlimm für dich.«

Er richtete sich auf, sah mich an. »Ist nämlich komisch, die

Hunde haben ihn geliebt. Er war doch wirklich nicht so oft da. Aber die Hunde waren ganz außer sich vor Freude, wenn er kam. Wie kommt so was?«
Ich hob die Schultern. »Ich bin kein Tierpsychologe. Aber soviel ich weiß, fühlen sich Tiere immer von einer starken Persönlichkeit angezogen.«
»Ah ja?« machte er nachdenklich. »Das könnte sein. Und Menschen fürchten sich vor einer starken Persönlichkeit. Oder hassen sie sogar. Ist es nicht so?«
»Es kann so sein, besonders wenn einer sehr schwach ist.«
Er gab mir einen langen Blick und verschwand aus dem Zimmer. Ich blieb mit der Hündin allein und kam mir reichlich fehl am Platze vor.
»Ja, Molly«, sagte ich. »Für dich war es ein Schock. Und was glaubst du, was es für mich ist? Das Ende vom Anfang gewissermaßen.«

Eine Weile später ging ich dann doch hinunter zum Fluß. Die Stelle war leicht zu finden, quer durch das ausgedehnte Gelände des Sägewerks, dann lief ein schmaler Weg ein Stück parallel zur Glainz, zwischen Fluß und Weg war eine sanft geneigte Wiese, dann gab es eine kleine Bucht, und um diese Bucht herum stand die gesamte Bevölkerung des Glainzer Tals und die Belegschaft des Sägewerks.
Unten am Ufer war Scotland Yard am Werk, wie Ludwig ironisch die brave Mannschaft aus Hallau genannt hatte. Ein Teil des üblichen Programms war schon absolviert, als ich kam, es wurde fotografiert und vermessen, die Umgebung eifrig durchforscht, ein weißhaariger kleiner Mann mit einer großen Tasche war wohl der Arzt, den sie mitgebracht hatten.
Und Otto Kaiser lag immer noch dort. Ich sah zunächst nur aus der Ferne die massige Gestalt des Holzkaisers; er lag mit dem Gesicht nach unten, die Beine hingen über die Böschung herab, direkt über dem Fluß, und es war nicht schwer zu erraten, daß der Täter die Absicht gehabt hatte, den Toten in den Fluß zu wälzen. Entweder war er ihm zu schwer gewesen,

oder er war gestört worden und hatte ihn einfach liegenlassen.
Ein untersetzter Mann im grünen Trachtenanzug war wohl der Chef der Untersuchung, jedenfalls führte er das Kommando, soweit ich erkennen konnte. Wer weiß, ob er jemals in seinem Leben schon einen Mordfall hatte klären müssen. Was mochte wohl in Hallau und Umgebung groß passieren? – Mal eine Schlägerei, Unfälle auf den Straßen und in den Bergen, Wilderer, wie Ludwig angedeutet hatte – aber daß einer gemeuchelt und gemordet im hellen Sonnenschein am Flußufer lag, in diesem weltverlorenen Tal dazu, wo einer den anderen kannte, das hatte es sicher noch nie gegeben. Und dann war es nicht ein unbedeutender Herr Nichts, sondern der Holzkaiser, einer der reichsten Männer des Landes.
Sicher war dem Bezirksinspektor aus Hallau der große Mann, zumindest dem Namen nach, wohlbekannt gewesen. Soviel ich wußte, lag eine der Papierfabriken, die Otto Kaiser gehörten, ebenfalls im Bereich der Bezirkshauptstadt Hallau.
Ich stand im Halbkreis, den die Leute um die Bucht gebildet hatten, und mich erfüllte Trauer um diesen Mann, der da tot lag. Gut – ich hatte ihn kaum gekannt. Mir hatte er gefallen. *Er* hatte mir die Chance geboten, ein neues Leben zu beginnen. Daß viele Leute ihn vermutlich nicht geliebt hatten, konnte ich mir dennoch gut vorstellen. Ein Selfmademan, hart wie ein Stein, so hatte ihn Saß charakterisiert. Es wurde keiner so reich in verhältnismäßig wenigen Jahren, wenn er ein weiches Herz und eine gütige Seele besaß, soviel war mir klar. Und natürlich mußte ein Mann wie er Feinde haben. Aber warum, um Gottes willen, sollte er sie gerade hier haben? Hier, wo die Leute durch ihn Arbeit fanden und wo er ja selbst kaum in Erscheinung trat.
Er war nur mittelgroß gewesen, ein schwerer, etwas bulliger Typ, ohne dick zu sein. Dunkel das Haar, dunkel die Augen, das Gesicht breit und kantig, der Mund hart, der Blick zupackend. Er entsprach eigentlich genau dem Bild, das man sich von einem dynamischen, diktatorischen Erfolgsmann machte. Jetzt war er tot. Und ich fand, daß es schade um ihn sei. Trotz-

dem unverständlich, daß der Täter ihn am Ufer hatte liegenlassen. Wenn der Mord an dieser Stelle nicht geschehen war, wenn der Tote hierher gebracht worden war, auf welche Weise war das geschehen? Tragen konnte man ihn nicht, jedenfalls nicht einer allein, dazu war er zu schwer. Also gefahren. Ich blickte zurück auf den schmalen Weg, der vom Werk und vom Dorf herführte. Wenn man ihn gefahren hatte, mußte man Spuren sehen, der Boden war weich und feucht. Wäre es nicht besser gewesen, der Täter hätte den Toten in die Wälder gebracht? Ein Stück weiter noch, dann wurde das Tal enger, dann begann der Wald direkt neben dem Weg. Dort hätte man ihn vermutlich lange nicht gefunden.
Es war die Frage, wieviel Zeit und wieviel Kraft der Täter gehabt hatte. Das Gelände stieg bald wieder an, wurde steil und sicher unwegsam. Wenn es einer von hier gewesen ist, dachte ich, einer, der sich auskennt in der Gegend, der hätte wohl einen Weg gewußt, der ins Verborgene führte. Natürlich war die Glainz auch kein schlechtes Versteck. Ich wußte nicht, wie tief sie war, aber sie hatte eine starke Strömung.
Dann fiel *sie* mir wieder ein. Wer war sie? War sie hier gewesen gestern abend? Hatte sie Kaiser gekannt? Eine tödliche Stichwunde im Rücken – eine Stichwunde im Arm. Konnte es so einen Zufall geben?
Vielleicht hatte es einen Kampf gegeben um dieses verschwundene Messer. Auf keinen Fall konnte eine Frau den kräftigen Mann niedergestochen haben. Und sie konnte ihn auch nicht hierher transportiert haben. Also hatte sie einen Helfer gehabt.
Dann hatte sie sich ins Auto gesetzt und war geflohen. Und der Mann, der ihr geholfen hatte? Wo war er, wer war es?
Ich war total verrückt. Keiner hatte etwas von einer verschwundenen Frau gesagt. – Aber was wußte ich denn? Bisher hatte ich nur Ludwig Jarisch und seine Mutter gesprochen. Wußte ich, was *sie* vielleicht wußten? Ich blickte mich verstohlen um, versuchte in den unbekannten Gesichtern um mich herum zu forschen. Es waren wohl die Arbeiter und

dann die Leute aus dem Dorfe. Keiner beachtete mich, alle starrten da hinunter zum Fluß.
Doch. Plötzlich traf mein Blick auf einen anderen Blick. Am Rande des Halbkreises stand der Mann, den ich zuvor auf der Straße getroffen hatte, der Mann mit dem Gewehr. Ob das dieser Jäger war, der Anton, von dem sie gesprochen hatten? Derjenige, der festgestellt hatte, daß das Jagdmesser fehlte. Jetzt drehte der Mann sich um und verschwand mit weiten ausgreifenden Schritten, ging über die Wiese auf dem Weg und dann talaufwärts. Sein Hund lief neben ihm her.
Er sucht das Messer, dachte ich; wenn er nicht ohnedies weiß, wo es ist, wird er es suchen, bis er es findet. Er oder sein Hund. Oder die Hündin Molly. Wenn es irgendwo ist, werden die drei es finden.
Unsinn. Wenn nicht der Tote, so konnte wenigstens das Messer im Fluß gelandet sein, das wäre das sicherste Versteck.
Das Verschwinden des Jägers gab den Blick frei auf ein Mädchen. Sie hielt sich etwas im Hintergrund, stand vorgeneigt und spähte ängstlich zu den Männern am Fluß hinab. Ihre Haltung hatte etwas Fluchtbereites, wie ein scheues Tier, das beim geringsten Laut davonlaufen würde. Sie schien hübsch zu sein, soweit ich es von hier sehen konnte. Sie hatte langes dunkles Haar, das ihr auf die Schultern fiel, und sie trug eine helle Pelzjacke. Sie sah nicht aus wie ein Bauernmädchen aus dem Tal.
Ich mußte sofort an Ludwigs Fragen nach einer gewissen Dunja denken. Ob sie das war?
Hinter mir hörte ich zwei Stimmen, Frauenstimmen, die sich halblaut unterhielten.
»Die Pelzjacke hat sie gestern noch nicht gehabt«, sagte die eine im Dialekt der Gegend.
»Nein. Die muß er ihr mit'bracht hab'n.«
»Meinst?«
»Ganz gewiß.«
»Aber wie's z'hauskommen is, so um halber neune etwa, hat's noch kan Pelz ang'habt. Ich hab' s' g'sehn, wie s' kommen ist.

Net amal an Mantel hat s' ang'habt. Dabei hat's dick g'schneit.«

Die Stimmen wurden leiser, flüsterten nur noch, so daß ich nicht verstehen konnte, was sie sagten. Aber dann im Eifer wurden sie wieder lauter:

»Weißt, was ich glaub'? Der Jarisch hat ihn erstochen. Er war doch immer so eifersüchtig wegen der Dunja. Neulich hat er sich mit dem Franz gestritten wegen ihr. Bloß weil sie mit dem Franz...«

Ein Mann, der neben mir stand, sagte böse: »Halt's Maul! Jetzt muß sich jeder gut überlegen, was er daherredet. Saudummes Weibergeschwätz, saudummes!«

»Is vielleicht net wahr?« Frauenstimme eins. »Der Jarisch is in die Dunja verliebt, das sieht a Blinder.«

»Und daß die Dunja mit an jeden geht, weiß ma eh«, Frauenstimme zwei.

»Die Dunja ist jung und hübsch und lacht gern amal mit einem Mann ein bisserl. Das ist alles.«

»Ah geh! Das werden Sie grad wissen! Euch hat s' ja alle verrückt gemacht. Alle Mannsbilder sind narrisch seit s' da ist, das ausgeschamte Luder.«

Ich hätte mich gern umgedreht, um die Sprecherinnen zu betrachten, hielt es aber für besser, so zu tun, als hätte ich nichts gehört. Da sprach der Mann neben mir mich an.

»Dummes Weibergeschwätz!« wiederholte er. »Die wissen gar nicht, was sie anstellen können damit.«

Der Mann war schon alt, hatte ein faltiges Gesicht, aber eine gesunde braune Farbe, seine Augen waren sehr hell, sein Haar grau.

»Ich nehme an, Sie sind Herr Lanz?«

»Ja«, sagte ich überrascht.

»Die Olga hat mir erzählt, daß Sie angekommen sind. Frau Jarisch meine ich. Ich bin Burger, der Buchhalter.«

Wir blickten uns an, dann zum Fluß hinunter.

»Tja«, machte Burger. »Eine verfluchte Geschichte.«

Und darauf schwiegen wir einträchtig. Es gab einfach nichts weiter dazu zu sagen.

Ich dachte mir, warum sie ihn denn nicht endlich wegbrachten, warum er da noch immer liegen mußte, das Gesicht im nassen Gras, das schwarze getrocknete Blut auf seiner Jacke; so armselig und ausgeliefert lag er da, und jeder durfte ihn anstarren.
Ich drehte mich abrupt um. Burger sah mich an. »Ich geh' hier weg«, sagte ich.
Er nickte. »Recht haben S'. – Warum sollen wir hier stehen und glotzen. Ich geh' auch. Die werden nachher schon kommen und fragen, wann s' was wollen. Der Brauer ist ja ein tüchtiger Mann, dem wird schon was einfallen.«
»Brauer?«
»Ja. Der da im grünen Anzug. Der Inspektor von Hallau. Ich kenn' ihn. Sehr umgänglich. Kein Angeber.«
Ehe wir gingen, blickte Burger noch einmal strafend auf die Frauen hinter uns. »Redet bloß nicht so einen Schmarrn daher. Ihr wißt nicht, was ihr damit anrichtet.«
Ich konnte die beiden nun auch sehen, Bauersfrauen aus dem Dorf, mit Kopftüchern und mißtrauischen Gesichtern. Wir gingen über die nasse Wiese, dann zum Weg, der auf das Werksgelände führte.
»Haben Sie ihn gesehen?« fragte Burger.
»Ja.«
»Er hat sich so gefreut, daß Sie herkommen. Gestern abend hat er mir noch von Ihnen erzählt. Daß Sie ein tüchtiger Fachmann sind und hier bald Ordnung schaffen werden. Ich hab' alles hergerichtet für Sie, die Bücher und so. Heute wollte er alles mit Ihnen besprechen und Sie dann selbst durchs Werk führen. Ich bleib' noch zwei, drei Tage, Burger, hat er gesagt, bis Herr Lanz sich auskennt. Und passen Sie mal auf, wie es hier in einem Jahr aussieht. Er liebte dieses Sägewerk nämlich, Herr Lanz, ganz komisch, aber es ist so. Das ganze Tal hatte er gern. Immer hat es ihn geärgert, daß es hier nicht richtig klappte.«
»Und warum klappte es nicht?«
»Tja, das hat so seine Gründe. Ich bin ja auch erst seit zwei Jahren hier. Es ist schlecht gearbeitet worden hier. Der Graf

hat sich um den Betrieb nicht gekümmert, er versteht nix vom Holz. Und der Benno war ein Luftikus und hat außerdem noch in die eigene Tasche gewirtschaftet.«
»Benno?«
»Der Tallinger. Der Graf hat ihn vor fünf Jahren als Leiter für das Sägewerk eingestellt. Und als Herr Kaiser das Werk vor zwei Jahren kaufte, ist der Benno zunächst geblieben. Aber ich hab' bald gemerkt, wie der Hase läuft. Dann hat der Kaiser erst der Sekretärin gekündigt – das war die Freundin von Benno –, und dann, als er die Dinge durchschaut hat, hat er den Benno 'nausgeworfen. Von heut auf morgen. Einen großen Krach hat es gegeben.
Herr Kaiser hat erst gesagt, er will ihn anzeigen. Aber was nutzt so ein Prozeß, net wahr? Das schleppt sich jahrelang hin und kostet auch nur wieder Geld. Vor einem halben Jahr hat er den Benno an die Luft gesetzt.«
»Und wenn ich richtig verstanden habe, seitdem hat Herr Jarisch hier die Leitung gehabt.«
»So ungefähr. Ich hab' ihm geholfen, wo ich konnte. Aber der Ludwig versteht auch nix vom Holz. Und er ist zu jung. Die Arbeiter haben keinen Respekt vor ihm.«
Wir gingen jetzt zwischen den Holzstapeln durch bis zur großen Halle, die dem Dorf am nächsten lag. Hier befand sich in einem Anbau das Büro, und ich war überrascht, als ich es sah; alles modern und großzügig eingerichtet, Schreibmaschine, Rechenmaschine, Aktenschränke, alles ordentlich und übersichtlich.
»Sieht gut aus.«
»Nicht wahr? Das hat er alles neu einrichten lassen. Vorher war's die reinste Schrottbude.«
Auch hier gab es eine Anzahl grüner Pflanzen, auf den Fensterbrettern, auf den Schreibtischen, sogar auf den Aktenschränken.
»Schön grün alles«, sagte ich.
»Das ist alles von der Olga. Ist nun mal ihre Leidenschaft. Ewig hat sie Ableger, oder wie das Zeug heißt, und das wächst und wächst, und sie weiß nicht, wohin damit.«

»Sieht ja ganz freundlich aus.«
»Stört nicht weiter. Sie meint, es verbessert die Luft. Als ob wir hier nicht genügend gute Luft hätten. Aber sie hat früher in der Stadt gelebt, und da mag's ja stimmen.«
»Frau Jarisch ist noch nicht lange hier?«
»Seit dem Sommer. Das Haus da drüben, wo Sie wohnen werden, das war auch so eine Bruchbude. Schönes altes Haus, aber ganz heruntergekommen; der Benno hat da gewohnt, ganz allein. Ich hab' erst unten im Dorf bei einem Bauern gewohnt. Wie die Olga gekommen ist, hat sie gesagt, also in dem verkommenen Haus wohnt sie nicht. Und da hat er alles umbauen lassen. Jetzt ist es sehr schön geworden. Wirklich ganz modern, mit allem Komfort. Ich wohne jetzt auch dort.«
Burger schob mir einen Stuhl hin. »Setzen Sie sich doch. Ich denke, wir trinken erst mal einen zum Einstand. Heute kann man's brauchen.« Aus dem Seitenfach seines Schreibtisches holte er eine Flasche Slibowitz und zwei Gläser heraus, schenkte langsam und sehr sorgfältig beide Gläser voll.
»Schwer, jetzt was zu sagen«, meinte er dann. »Herzlich willkommen, paßt heute schlecht. Ich könnt' sagen, ich freu' mich, daß Sie da sind, aber freuen kann man sich heute auch nicht. Tja!«
»Machen wir's halt ohne Trinkspruch«, sagte ich. Wir tranken, und Burger goß gleich noch einmal ein.
»Ich hab' mich wirklich gefreut, daß Sie kommen. Manchmal ist es schon recht einsam hier, besonders am Abend. Ich unterhalte mich gern mal mit einem gebildeten Menschen. Na, und ich lese halt viel. Und mit der Olga spiele ich Schach. Die Olga, die ist in Ordnung, wissen Sie.«
Ich nickte. Was sollte ich zu dem allen sagen? Ich war immer noch wie betäubt, hatte das alles nicht ganz begriffen.
»Ich habe mich auch gefreut, herzukommen«, sagte ich. »Was ich jetzt eigentlich hier soll, weiß ich nicht recht.«
»Ja. Herr Kaiser hat gesagt, Sie würden gern herkommen. Der Benno war nicht gern hier. Manchmal hat er sich tagelang nicht sehen lassen. Sie können sich vorstellen, wie es dann mit der Arbeit aussah. Der Ludwig ist auch nicht gern hier. Ist

ihm zu einsam. Na ja, er ist jung, will mal ausgehen und Mädchen sehen.«
Wir tranken den zweiten Schnaps und sinnierten still vor uns hin.
»Herr Kaiser hat gesagt, Sie hätten Schweres durchgemacht«, begann dann der Alte wieder. »Und Ihnen würde es gefallen hier, gerade weil es ruhig und abgelegen ist. Und die Arbeit tät' Ihnen auch Freude machen.«
»So. Hat er auch gesagt, was es war?«
»Nein. Aber ich weiß es trotzdem. Ich lese immer die Zeitung.«
»Aha.«
»Ich sage es Ihnen nur, damit Sie es wissen. Sonst habe ich zu keinem davon gesprochen. Die anderen wissen es nicht. Der Olga hab' ich's auch nicht gesagt. Ich hab' mir gedacht, wenn Sie wollen, können Sie es ja selbst erzählen.«
»Besonders gern spreche ich nicht davon.«
»Verständlich.«
Der dritte Schnaps.
»Schenken Sie die Gläser nicht so voll, Herr Burger. Wer weiß, was uns heute noch bevorsteht.«
»Verhöre, nehme ich an. Ihnen nicht. Aber mir. Sie habn's gut, daß Sie heute erst gekommen sind.«
Das war schon der zweite, der das feststellte.
Herr Burger zündete sich eine Pfeife an, ich eine Zigarette. Es war sehr still. Still und einsam. Die Arbeit ruhte. Der Holzkaiser war tot.
»Komisch«, begann Burger nach einer Weile, so als spreche er zu sich selbst. »Komisch mit dem Leben, nicht? – Da ist einer so reich und so mächtig, und dann ist er plötzlich tot. Ich möcht' wissen, wer's getan hat.«
»Das möchte vermutlich jeder wissen. Hoffen wir, daß die Polizei den Mörder bald findet.«
»Ja. Ist nicht so einfach. Ist alles ein bissel schwierig hier.«
»Wie meinen Sie das?«
»Kann ich auch nicht richtig erklären. Wir sind alle so – ja, so eine Art gescheiterte Existenzen, wissen Sie. Ich meine nicht

die Leute vom Dorf und die Arbeiter. Ich meine uns hier. Die Olga spricht nicht von sich und ihrem Leben. Sie stammt aus der Tschechei. Das ist alles, was ich weiß. Ihr Mann ist tot. Und der Ludwig ist so ein Unfertiger und – na ja, bissel ein Weichling, wenn Sie verstehen, was ich meine. Und ich – ich hab' auch viel durchgemacht. Na, und Sie ...«
Das brauchte er mir nicht zu erklären, das wußte ich selber. Doch nun kam es ihm wohl selber so vor, als müsse er die Düsternis nicht doch düsterer machen. Er suchte nach einem aufmunternden Wort, und er fand es.
»Die Olga kocht sehr gut, sie werden sehen, sie kocht großartig. So gut gegessen wie bei ihr habe ich noch nie.«
Ich lächelte. »Ja, das hat mir Herr Kaiser sogar schon erzählt.«
»Im Böhmischen kochen sie am besten.«
Ich erinnerte mich an meine Kindheit. Im Haus meines Onkels Severin war sehr gut gekocht worden, gut und reichlich und sehr fett.
»Böhmische Knödel«, sagte ich.
»Ja, die macht sie hervorragend. Und einen Entenbraten dazu, so einen haben Sie noch nie gegessen, ganz braun und knusprig. Wir haben gute Enten hier, nicht so gefrorenes Zeug, wie man es heute in der Stadt bekommt. Wenn Herr Kaiser da war, mußte sie ihm immer eine Ente braten. Wissen Sie, was er gestern gesagt hat zu ihr: Die Ente heben wir uns auf, bis Herr Lanz da ist, die esse ich mit ihm zusammen. Tja.«
Das rührte mich nun fast zu Tränen.
Nein. Ich konnte über den toten Kaiser nichts Schlechtes sagen. Sogar an das Essen hatte er gedacht, um es mir hier heimatlich zu machen.
»Sie mochten Herrn Kaiser gut leiden, wie es scheint«, sagte ich.
»Ich bin gut mit ihm ausgekommen. Und ich war dankbar, daß ich hier arbeiten konnte. Ich hatte nämlich keine gescheite Arbeit damals. Ich war ... Na, das erzähle ich Ihnen später mal. Ich bin siebzig. Mich hat keiner mehr eingestellt.«
»Und was meinen Sie, was nun mit dem Werk geschieht?«

»Keine Ahnung.«
Wer war der Erbe des Holzkaisers? Wie hatte er seine Firma überhaupt geführt, war er allein verantwortlich, war es eine Gesellschaft, hatte er Teilhaber? Ich hatte keine Ahnung. Und es kam mir taktlos vor, jetzt und hier, solange der tote Mann noch da draußen lag, danach zu fragen.
Möglicherweise wußte Herr Burger es auch nicht.
Ob sie es in Wien schon wußten? Fräulein Mellinger, die kühle Blonde vom Opernring, die mich gestern so gnädig-herablassend auf die Reise geschickt hatte.
Und dann fiel *sie* mir wieder ein.
»Wer wohnt eigentlich alles hier im Tal?«
»Die Leut' vom Dorf. Wir, die Olga, der Ludwig und ich. Die meisten Arbeiter kommen aus Glainz. Und ein paar von weiter hinten im Tal.«
»Wer ist Dunja?«
»Ach so, ja, die Dunja. Sie haben sie ja vorhin gesehen.«
»Ich hörte auch, was die Frauen sprachen.«
»Dummes Weibergeschwätz. Die Dunja ist jung und sehr hübsch und vielleicht ein bissel, na ja, ein bissel leichtlebig. Wie so junge Mädchen halt sind, wenn jedes Mannsbild ihnen nachschaut, net? Dann sind die Frauen immer bös. Sie ist Jugoslawin. Sie hat in Graz in einem Hotel als Zimmermädchen gearbeitet. Dort hat der Herr Kaiser sie kennengelernt und hat sie hergebracht. Erst hat sie der Olga im Haushalt geholfen, und jetzt ist sie hier bei mir im Büro. Seit die Nanni weg ist, das war eine gute Sekretärin, aber die war nicht lange hier. War ihr auch zu einsam.«
»Dann ist Dunja jetzt die Sekretärin?«
»Sekretärin ist zuviel gesagt. Sie probiert's halt. Bis wir jemanden kriegen. Ist schwer, ein Mädel hier in die Einsamkeit zu kriegen. Das wollen sie heute nicht mehr. Die Dunja tippt die Briefe, es geht langsam, und meist muß sie jeden Brief dreimal tippen, weil sie viele Fehler macht. Die wichtigsten schreib' ich selber.«
Blieb noch die Frage, warum Otto Kaiser ein Zimmermädel aus einem Grazer Hotel hierher verfrachtet hatte. Das konnte

natürlich ganz eindeutige Gründe haben, und wenn man die Bemerkungen der Frauen am Ufer drunten zu Hilfe nahm, kam man der Sache vermutlich näher.
Aber das ging mich nichts an, und danach zu fragen, wäre taktlos gewesen. – Immerhin, soviel hatte ich mitgekriegt, war auch der junge Jarisch in die hübsche Dunja verliebt, was seine Mutter nicht billigte. Da hätte man also ganz einwandfrei ein Eifersuchtsmotiv.
War es möglich, daß Ludwig Jarisch ein Mörder war?
Nein. Ich konnte es mir nicht vorstellen.
Aber wer war ich, darüber zu urteilen? Hätte ich mir früher vorgestellt, daß ich ein Mörder sei?
Eine Frage mußte ich noch loswerden. – »Gibt es eigentlich . . . ich meine, gibt es sonst noch eine Frau im Tal?«
Die Frage war zweifellos blöd, und Herr Burger sah mich dementsprechend erstaunt an. »Eine Frau? Was für eine Frau?«
Himmel, wie sollte ich das bloß formulieren, ohne mich verdächtig zu machen?
»Na ja, ich meine nur«, sagte ich vage und sah aufmerksam, wie Burger den vierten Schnaps einschenkte. Trinken war er offenbar gewohnt. Wenn er es vertrug, bitte sehr!
»Frauen gibt's noch viele hier. Die Frauen vom Dorf halt.«
»Und im Werk? Arbeiten da auch Frauen?«
»Frauen? Nein. Was soll eine Frau in einem Sägewerk?« Blöde Fragerei. Daß meine Unbekannte weder in einem Sägewerk arbeitete noch eine Oberglainzer Bauersfrau war, das wußte ich selber.
»Wenn Sie hier weibliche Gesellschaft suchen«, meinte Herr Burger und hob vorsichtig sein Glas, das er wieder bis zum Rand vollgeschenkt hatte, »da werden Sie enttäuscht sein. Wenn Sie eine Frau brauchen, hätten Sie sich eine mitbringen müssen.« Dann fiel ihm wieder ein, was mit mir los war, er sah mich erschrocken an und fügte hinzu: »Pardon!«
Ich gab es auf, leerte mein Glas, sagte: »Das war aber der letzte. Ich werde jetzt gehen und mein Gepäck ausladen.«
»Die Gräfin!« fiel ihm plötzlich ein. »Ja, natürlich, wir haben

sogar eine sehr fesche Frau hier im Tal. Oben, im Schloß. Die Schwester vom Grafen. Wenn sie da ist, heißt es. Sie ist viel auf Reisen. Aber seit sie geschieden ist, bleibt sie öfter längere Zeit droben bei ihrem Bruder. Das ist eine Fesche. Sehr was Apartes. Zur Zeit ist sie hier, wie ich hörte.«
Na also, das klang plausibel. Eine Gräfin und apart. Das mußte sie sein.
Herr Burger sah mich erwartungsvoll an, ob ich mit diesem Angebot zufrieden war.
»Aha«, sagte ich lahm. »Herr Kaiser kannte die Leute vom Schloß sicher auch.«
»Natürlich. Er hat ja von dem Grafen das alles gekauft hier. Den ganzen Wald rundherum. Und das Sägewerk natürlich. Das Sägewerk war billig, das war ja total verrottet, alles alte Maschinen, nix zu gebrauchen. Der Wald – na ja. Der Kaiser war gerissen, wissen Sie. Der wird schon nicht zuviel bezahlt haben. Aber der Graf war froh, daß er überhaupt was dafür gekriegt hat. Wer kauft denn schon in Österreich was?
Droben auf dem Schloß hatten sie nie Geld. Jetzt sind sie wieder flüssig, haben ein bissel renoviert, gehen mal auf Reisen und im Winter nach Wien und so. Solang's halt reicht. Wissen Sie, die Solmassys waren immer eine leichtsinnige Familie, das weiß jeder. Eine alte Familie, aber schon in der Monarchie gab's immer wieder Skandale mit denen. Einer soll mal nach Amerika ausgewandert sein. Das erzählen die Leute hier im Dorf. Ich weiß nix Genaues.«
So etwas zum Beispiel würde genau der Steingruber in Wien wissen. Neben seinem Antiquariat beschäftigte er sich von je mit der Geschichte der alten Familien. Die kannte er zum großen Teil auswendig.
Ich glaubte jetzt zu wissen, wer meine Unbekannte war. Fragte sich nur, was gestern abend zwischen ihr und Otto Kaiser und einem eventuellen Dritten vorgefallen war. War Ludwig Jarisch dieser Dritte? Der Graf? Sonst jemand? Und was hatte Dunja mit dem allen zu tun?
Ich war gerade erst angekommen, aber mir kam es vor, als

wisse ich mehr als alle anderen. Ich als einziger wußte, daß es noch eine zweite Stichwunde gab.
Warum bildete ich mir ein, daß es keiner außer mir wußte?

In den nächsten Stunden geschah nichts. Jedenfalls nichts, was mich betraf. Keiner fragte nach mir.
Die Polizei war schließlich vom Flußufer auf das Werksgelände gekommen, hielt sich dort eine Zeitlang auf, dann ließen sie sich im Wohnhaus nieder und begannen mit den Verhören.
Der Tote war weggebracht worden.
Ich hatte Zeit, mich in den beiden Zimmern im ersten Stock, die Frau Jarisch für mich vorbereitet hatte, häuslich einzurichten. Ich tat es mit gemischten Gefühlen. Ich wußte ja gar nicht, ob ich hierbleiben würde.
Es waren sehr hübsche Zimmer, geblühmte Vorhänge, die Sonne schien herein, und natürlich grünte und blühte es hier auch verschwenderisch. Nichts auf der Welt wäre mir lieber gewesen, als hier zu wohnen, hierzubleiben, hier zu arbeiten. Der Teufel sollte diesen verdammten Mörder holen!
So gegen drei Uhr kam Frau Jarisch zu mir herauf und fragte mich, ob ich nicht etwas essen wolle. »Ich habe natürlich heute nicht gekocht bei all der Aufregung. Aber ich habe eine Suppe gemacht. Und dann essen Sie vielleicht noch ein Brot. Die Herren von der Polizei mußten ja auch etwas bekommen.«
»Was machen die denn so?«
»Sie verhören einen nach dem anderen. Gerade vorher ist noch ein Herr aus Graz gekommen, ein Höherer. Ludwig meint, jetzt fangen sie sicher noch mal von vorn an.«
Als wir die Treppe hinuntergingen, meinte Frau Jarisch, ich müsse heute in ihrem Wohnzimmer essen. Im großen Eßzimmer hätte sich die Polizei etabliert.
Frau Jarischs gemütliches Wohnzimmer kannte ich ja schon, ich wurde diesmal an den runden Tisch plaziert, der am Fenster stand, dann kam sie und brachte mir einen großen Teller

mit Nockerlsuppe, Butter, Brot, Schinken und eine Flasche Bier.
Dann ließ sie mich allein. Der Hund war nicht mehr da. Dafür lag eine große gestreifte Katze auf dem Sofa. Sie hatte nur schläfrig geblinzelt, als ich kam, und nahm weiter keine Notiz von mir.
Vor dem Fenster sah ich einen ordentlich eingezäunten kleinen Garten, in dem es vermutlich, soweit ich Frau Jarisch inzwischen kannte, im Sommer in allen Farben blühen würde. Und ein Stück davon entfernt, ebenfalls eingezäunt und gut gehalten, einen Hühnerhof, in dem etwa ein Dutzend Hühner herumgackerten, bewacht von einem Bild von einem Hahn. Dies alles war ein Idyll. Dies war zu schön, um wahr zu sein. Und es war ja auch nicht wahr.
Aus Graz war also auch einer gekommen, um den Fall zu untersuchen. Verständlich, Otto Kaiser war schließlich ein großer Mann. Es würde nicht lange dauern, dann kam noch einer aus Wien.
Morgen würde es in Wien in der Zeitung stehen. Josy würde es lesen. Mir wurde heiß bei dem Gedanken. Ich mußte sie unbedingt heute noch anrufen. Und Dr. Saß? Ja, ihn vor allem – ihn mußte ich anrufen.
Aber wo sollte ich hier telefonieren? Im Büro? Im Haus? Vermutlich war die Leitung von der Polizei beansprucht. Also hinunterfahren nach Glainz und vom Postamt aus telefonieren. Aber ich konnte mich nicht dazu aufraffen. Ich mußte hierbleiben, ich mußte wissen, was geschah.
Schließlich hielt ich es in Frau Jarischs hübschem Zimmer nicht mehr aus, ich ging hinaus, langsam den Gang entlang, hörte Stimmengemurmel, trat ins Freie.
Auf dem Werksgelände standen die Männer herum, saßen auf den Bretterstapeln, rauchten, redeten. Als ich vorbeiging, sahen sie mich an. Ich grüßte, manche erwiderten den Gruß. Ob sie wußten, wer ich war? Oder hielten sie mich für einen Kriminalbeamten?
Ich ging zum Büro. Vielleicht war Herr Burger da und konnte mich über den Stand der Dinge informieren. Herr Burger war

nicht da. Statt dessen saß das Mädchen Dunja vor der Schreibmaschine, hatte das Gesicht in die Hände gestützt und starrte aus verweinten Augen vor sich hin. Als sie mich sah, stand sie erschrocken auf.
»Guten Tag«, sagte ich. »Herr Burger ist nicht da?«
»Nein. Er ist drüben im Haus.«
»Sie sind Dunja, wie ich gehört habe. Einen anderen Namen weiß ich noch nicht.«
»Dunja Milevic«, flüsterte sie so leise, daß ich sie nicht verstand und noch einmal nach dem Namen fragen mußte.
»Also, Fräulein Milevic. Mein Name ist Lanz. Sie wissen, wer ich bin?«
Sie nickte und sah mich aus großen angstvollen Augen an, als erwarte sie, daß ich sie gleich fressen werde.
Sie war wirklich sehr hübsch, selbst in dem verweinten und verschreckten Zustand, in dem sie sich befand, war das nicht zu übersehen.
»Sie arbeiten hier im Büro, wie ich gehört habe.«
Sie nickte. »Ich lerne es. Ich kann noch nicht gut schreiben.«
»Wird schon werden. Wie lange sind Sie schon im Tal?«
»Halbes Jahr.«
»Hm.« Ich setzte mich vor den Schreibtisch und blickte das Mädchen an und fragte mich, was wohl in diesem hübschen dunklen Kopf vorgehen mochte.
»Setzen Sie sich doch wieder«, sagte ich und versuchte möglichst freundlich-väterlich zu wirken. »Sicher war das doch auch ein großer Schreck für Sie?«
Sie ließ sich vorsichtig auf der äußersten Kante des Stuhls nieder, blickte mich immer noch an wie die Maus die Katze und nickte.
»Hat man Sie schon verhört?«
»Ja.«
»Und? Haben Sie etwas gewußt?«
Sie schüttelte wild, geradezu heftig den Kopf. »Ich weiß nichts. Gar nichts. Ich weiß nichts.« Ihre Stimme wurde laut, fast hysterisch. Genauso mochte sie auf die Frage der Beamten geantwortet haben.

»Wann haben Sie denn Herrn Kaiser zuletzt gesehen?«
»Gestern. Hier im Büro.«
Sie log. Wenn sie der Polizei genauso geantwortet hatte, wußten die auch, daß sie gelogen hatte.
Unter meinem prüfenden Blick füllten sich ihre Augen mit Tränen. – Was sollte ich dazu sagen? Am besten gar nichts. Ich hatte keine Ahnung, was sich hier abgespielt hatte. Dunjas Name war oft genannt worden.
»Ich weiß nichts«, flüsterte sie wieder. »Gar nichts.«
Aus ihr war nichts herauszubekommen, das war mir klar.
»Na, jetzt beruhigen Sie sich. Was machen Sie denn hier? Wollen Sie arbeiten?«
»Herr Burger hat gesagt, ich soll hier sitzen, wenn Telefon klingelt. Aber Telefon ist drüben im Haus eingeschaltet. Hier niemand telefoniert. Und dann Männer wollen mich wieder sprechen.«
Die Tränen liefen ihr über die Wangen. Ich dachte, es sei besser, sie allein zu lassen. Als ich hinausging, hörte ich noch ihr verzweifeltes: »Ich weiß nichts. Gar nichts.« Ich dachte mir, wenn jemand das gar so deutlich betonte, mußte man annehmen, daß er doch etwas wisse. Sie würden es nicht leicht haben mit ihr.
Angenommen, da war etwas gewesen zwischen ihr und Otto Kaiser. Ich versuchte, mir den Holzkaiser als Liebhaber vorzustellen. Nun – möglich war es schon. Er war nicht mehr der Jüngste, aber ein vitaler Mann. Denkbar war es schon, daß er sich so etwas Junges, Geschmeidiges ins Bett holte, wenn die Gelegenheit sich bot. Und das brachte mich natürlich wieder auf den jungen Jarisch.
Eifersucht! Enttäuschte Liebe!
Wer hätte es besser verstehen können als ich.
Als ich wieder beim Haus angelangt war, kam gerade ein Mann in Arbeiterkleidung heraus, er mochte etwa Mitte Vierzig sein, war gedrungen, sah kräftig und gesund aus. Er machte ein finsteres Gesicht und murmelte etwas vor sich hin, das nicht gerade freundlich klang.
Er blieb stehen, als er mich sah. »Sie sind der neue Direktor?«

»Lanz«, sagte ich.
»Ich bin Grunski.«
»Ach, der Werkmeister. Ich habe schon von Ihnen gehört.«
Eine einmalig dumme Situation! Wie benahm man sich, wenn man unter solchen Bedingungen eine Position antrat?
»Sie waren beim Verhör?«
»Ja«, murrte er, »schon zum zweitenmal. Die wollen immer dasselbe hören.«
»Hat man schon irgend etwas ermittelt?«
»Die tun sehr geheimnisvoll. Aber die wissen nischt. Und wir wissen ooch nischt. Meine Leute und ich. Wir kennen ja Herrn Kaiser kaum.«
Grunski war kein Einheimischer, das hörte ich. Er sah intelligent aus, der Blick seiner grauen Augen war wachsam und mißtrauisch.
»Wenn er hier war, ging er ja meist auf die Jagd. Ich hab' schon mal mit ihm gesprochen. Ja, ich hab' mit ihm gesprochen. Über die Arbeit und so. Aber über sonst nischt.«
»Wohnen Sie hier im Dorf, Herr Grunski?«
»Ich wohne in Glainz. Und ich bin gestern um halb sechs heimgefahren und heute früh um sieben wiedergekommen, wenn Sie das meenen. Das haben die mich drinne ooch gefragt.«
Ein leiser Ton von Feindseligkeit schwang in seiner Stimme mit.
»Ich meine gar nichts«, sagte ich ruhig. »Ich habe überhaupt keine Meinung, wie Sie sich leicht vorstellen können. Ich glaube, Sie finden hier weit und breit keinen, der sich dümmer vorkommt als ich.«
Grunski verzog den Mund zu einem Grinsen. »Na ja, ist schon komisch für Sie. Kann ich mir vorstellen.«
»Und was geschieht nun?«
»Ich soll die Leute jetzt nach Hause schicken, sagen die da drinne. Heute brauchen wir ooch nich mehr anzufangen. Morgen wird normal gearbeetet.«
»Na, wenigstens etwas. Meinen Sie, morgen werden alle kommen?«

Grunski kniff die Augen zusammen. »Das möchte ich denen doch geraten haben. Wäre ja komisch, wenn eener nich käme. Und Sie können mir glauben, Herr – Herr Lanz, mit uns hat das nischt zu tun. Meine Leute wissen davon nischt.«
»Um so besser.«
Die Augen halb geschlossen, blickte Grunski an mir vorbei über das Gelände. »Kann ja einer hier gewesen sein, der hier nischt mehr zu suchen hat, nich? Kann ja immer mal eener kommen, der sonst nich hier ist.«
»Denken Sie an etwas Bestimmtes?«
»Ich denke gar nischt. Ich bin nich von der Polizei. Sind schließlich auch Leute hier, die Herrn Kaiser besser gekannt haben als unsereener. Ich weeß nischt.«
Das klang ähnlich wie Dunjas Kundgebungen. Mit dem hier hatten es die Beamten auch nicht leicht gehabt.
»Da werd' ich jetzt sagen, daß morgen gearbeetet wird, 'n Abend.«
Damit ging er, ich sah, wie sich die Arbeiter um ihn scharten und wie er mit ihnen sprach.
Eigentlich hatte ich ins Haus zurückgehen wollen, aber auf der Schwelle kehrte ich wieder um und ging hinunter ins Dorf. Es war kühler geworden, aber die Sonne schien immer noch von einem blitzblauen Himmel. Ich mußte mal darüber nachdenken, worüber die Polizei vermutlich auch nachdachte: das Motiv.
Wenn einer umgebracht wurde, gab es meistens einen Grund. Eifersucht – das hatte ich schon. Was sonst noch? Hier zum Beispiel. – Otto Kaiser war ein reicher und mächtiger Mann gewesen. Ein Selfmademan mit undurchschaubarer Vergangenheit, dessen Herkunft im dunkel lag. Soweit Saß! Man wurde nicht in verhältnismäßig kurzer Zeit so reich und mächtig, wenn man immer gerade Wege ging. Man wurde kein Millionär, wenn man immer nett und rücksichtsvoll war. Klarer Fall. Ich konnte mir vorstellen, daß Kaiser mit brutaler Unbeirrbarkeit seinen Weg gegangen war. Früher mal bestimmt.
Wenn einer oben war, konnte er auf Brutalität verzichten.

Also – ein Feind von früher. Irgend jemand, dem er mal was angetan hatte. Gut. Aber wie kam der hierher? Hier, wo jeder Fremde sofort auffallen mußte. Es war unsinnig. Was bedeutete aber Grunskis seltsame Bemerkung: Kann ja einer gewesen sein, der hier nichts zu suchen hat.
Ich war mitten im Dorf, und es war nicht mehr so still wie am Vormittag. An den Türen und hinter den Zäunen standen die Leute und schwatzten. Ein aufregender Tag für das Dorf. Wenn ich vorbeiging, sahen sie mir nach. Vermutlich hielten sie mich für einen von der Polizei.
Und dann lag das Dorf hinter mir, die Straße stieg leicht an, da hinauf ging der Weg bis zur Kurve, hinter der die enge Schlucht lag, und dann ging es hinaus nach Glainz. Ein Stück vor mir ging links ein Weg ab, ebenfalls ansteigend, der führte zum Schloß hinauf.
Das Schloß! Ich blickte hinauf. Es war fast eine Burg, ein alter turmbewehrter Bau. – Ob *sie* dort wohnte? War sie gestern von dort gekommen? Und wo mochte sie heute sein? Ich sah ihr Gesicht noch so deutlich vor mir, spürte sie in meinen Armen, den Duft ihres Haares, als ich sie hinauftrug.
Wo hatte sie die Wunde her? –
Hinter mir aus dem Dorf kam ein Kleinbus. Ich trat zur Seite. Es waren die Arbeiter, die nach Glainz fuhren. Grunski saß am Steuer. Sicher hatte das Kaiser auch eingeführt, daß die Leute mit diesem Wagen transportiert wurden. Grunski warf einen Blick auf mich beim Vorbeifahren und nickte ein wenig. Gestern waren die Leute genauso heimgefahren. Nur später. Und heute morgen waren sie wiedergekommen. Auf jeden Fall waren sie nicht da, als Kaiser ermordet wurde. – Das war natürlich Unsinn. Genausogut konnte einer zurückgekommen sein, später am Abend oder in der Nacht. – Der Weg war nicht sehr weit.

Ohne zu wissen, warum ich es tat, bog ich von der Straße ab und ging den Weg zum Schloß hinauf. Dann sah ich, daß mir jemand entgegenkam, ein Mann, der gemächlich dahinspazierte. Eine schlanke, mittelgroße Gestalt, den Hut fesch seit-

lich gerückt, dann sah ich sein Gesicht und dachte mir, daß es wohl der Schloßherr höchstpersönlich sein mußte. Ich hatte mir keine Vorstellung von dem Grafen gemacht, aber irgendwie hatte ich mir einen älteren Herrn darunter vorgestellt. – Doch der mir da entgegenkam, jugendlich und braungebrannt, ein kokettes Bärtchen auf der Oberlippe, war höchstens Mitte der Vierzig.
Der Graf, immer vorausgesetzt, er war es, blieb stehen, als wir einander begegneten, lächelte mich freundlich an und grüßte. Also blieb ich auch stehen und erwiderte seinen Gruß.
»Wollen S' zu mir?«
»Eigentlich nicht. Ich gehe nur so spazieren.«
»Ah so, ich hab's nur gemeint, weil der Weg zum Schloß führt.«
»Darf man hier nicht hinaufgehen?«
»Aber freilich, freilich. Hier darf man herumspazieren, wo man will. Und wann S' bei mir vorbeischaun, freut's mich. Solmassy.«
»Lanz.«
»Ah, da sind Sie der neue Direktor. Und ich hab' g'meint, Sie sind ein Kriminaler.«
Der Graf sprach in heiterem verbindlichem Ton, ein freundliches Lächeln begleitete seine Worte, seine Augen blickten lebendig vergnügt. Was immer sich gestern und heute im Tal zugetragen hatte, war nicht imstande gewesen, seine gute Laune zu beeinträchtigen.
»Na, sagen S'! Und ausgerechnet heut' müssen S' daherkommen? So ein Pech! Sie sind heut' gekommen, nicht?«
»Ja, heute vormittag.«
»Grad recht zu dem ganzen Palawatsch.«
»Hm«, machte ich, etwas unsicher, ob er mit dem Palawatsch den Mord meinte.
»No ja, so gesehen ist es auch wieder ein Glück, daß Sie erst heute gekommen sind. Kann wenigstens keiner sagen, *Sie* haben ihn umgebracht. Weiß man schon, wer's war?«
»Mir hat niemand etwas Derartiges mitgeteilt«, antwortete ich leicht erstaunt über des Grafen leichtfertige Art, die Situation

zu beplaudern. »Mit mir hat noch nicht einmal die Polizei gesprochen.«
»Sag' i eh! Sie haben Glück.«
»Na ja, das ist Ansichtssache.«
»Bei mir sind s' droben gewesen und haben mich gefragt. No, was weiß ich schon! Manchmal haben wir einen Schnaps zusammen getrunken. Oder wir haben uns getroffen im Wald draußen. Wenn er meine Hirschen geschossen hat. No ja! Wissen S', ich geh' nicht auf die Jagd. Ich mag net schieß'n. Ich hab' g'nug davon g'habt im Krieg. Für immer und ewig. Von mir aus können die Hirschen hier steinalt werden. Hat meinen Papa schon immer geärgert, daß ich net schieß'n mag.« Er blinzelte zufrieden über das Tal, die Sonne stand schon schräg. »Sie sind grad zur rechten Zeit gekommen. Was die Jahreszeit betrifft, mein' ich. Im Frühling ist es am schönsten hier herinnen. Der Frühling kommt nämlich immer zeitig zu uns, obwohl wir so tief in den Bergen drinnen liegen. Aber nach Norden zu ist's halt doch geschützt – das macht viel aus. Sie werden schaun, wie schnell das geht. Nächste Woche blühn schon die Palmkatzerln drunten am Fluß.«
Ich hörte mir diese Naturbeschreibung höflich an.
Doch dann verdüsterte sich die fröhliche Miene des Grafen doch ein wenig, als er hinzufügte: »Schad' für den Kaiser. Er kann den Frühling nicht mehr sehen. Tut mir leid für ihn.« –
»Haben Sie Herrn Kaiser gestern gesprochen?« fragte ich, eigentlich nur um etwas zu sagen.
»Nein. Er ist ja erst am Nachmittag gekommen. Sicher hätt' er mich besucht, das hat er meistens getan, wenn er ein paar Tage da war. Er war gern hier heraußen. Ich war auch längere Zeit net da, wissen S'. Ich war in St. Moritz zum Skifahren. Und bisserl Spaß haben. Skifahren kann man hier bei uns nicht gut, keine gescheiten Abfahrten, zu viel Wald. Und auch sonst ist ja nix los. No, wenn's Ihnen einsam ist, besuchen Sie mich. Wir sind froh über jedes neue Gesicht, das hier auftaucht. – Ja, der Kaiser, ich hab' mich gern mit ihm unterhalten. Interessant so ein Mann wie der. Tüchtig, eminent tüchtig. No, jetzt ist er tot. Nutzt ihm das viele Geld auch nix

mehr. Tut mir leid für ihn. Leute, die viel Geld haben, sollten nicht so bald sterben. Für sie lohnt sich das Leben doch.«
Das war eine Weltanschauung, die etwas für sich hatte. Ehe ich mich dazu äußern konnte, rief der Graf lebhaft: »No, da kommt s' ja endlich!«
Ich drehte mich um. Drunten war ein Auto um die Kurve gekommen, die aus der Außenwelt hereinführte.
»Sie erwarten Besuch?« fragte ich und fühlte eine leichte Erregung in mir aufsteigen.
»Kein Besuch. Meine Schwester. Sie ist zum Einkaufen g'fahren. Sie ist auch erst ein paar Tage hier und hat festgestellt, daß alles, was man dringendst zum Leben braucht, net da ist. Das ist jedesmal das gleiche. Dann fährt sie los und kommt mit einem vollgepackten Wagen wieder. Und dann schlemmen wir ein paar Tage, solange der Vorrat reicht. Wenn Sie uns besuchen wollen, kommen S' bald, sonst ist von den besten Sachen nix mehr da.«
»Und Ihre Frau Schwester fährt dann extra nach Wien?«
»Nach Wien? Woher denn! Nach Hallau. Oder wenn s' ganz narrisch ist, fährt s' nach Graz und kauft dort ein.«
Ein Cadillac war es nicht. Jetzt bog der Wagen in den Weg ein, der herauf zum Schloß führte, ich starrte ihm gespannt entgegen.
Eine andere Frau. Kein blondes Haar, kein verstörtes blasses Gesicht. – Sondern ein lächelndes, hübsches, braungebranntes; kupferrotes Haar darüber.
Der Wagen hielt direkt vor uns, die Handbremse wurde energisch angezogen, das Fenster aufgekurbelt.
»Was ist los? Soll ich euch überfahr'n oder am End' rückwärts wieder abrutschen? Hast Besuch, Poldi?«
»Leider nicht. Wir haben uns nur so getroffen. Das ist Herr – Herr...«
»Lanz.«
»Ja, der Herr Lanz. Der neue Direktor vom Sägewerk, du weißt eh', ich hab' dir erzählt, daß einer kommt. Stell dir vor, grad heut ist er gekommen. Und du weißt ja nicht, was passiert ist, du wirst es kaum glauben...«

Sie machte eine wegwerfende Handbewegung. »Weiß ich schon. Falls du den Mord meinst.«
»Ah geh!« machte der Graf enttäuscht. »Du weißt es? Woher denn?«
»Na hörst! In Glainz drunten sprechen sie von nichts anderem. Ich hab' grad drunten noch eingekauft.«
Die Gräfin schien von der gleichen heiteren Gemütsart wie ihr Bruder zu sein. Sie zeigte keinerlei Erschütterung, nur . . . ja, wie sollte man es nennen? Sensationslust, um nicht zu sagen, Befriedigung, daß ihr Unterhaltung geboten wurde.
»Na, was sagst? Was sagst?«
»Bös ist das. Sehr bös. Weiß man schon, wer's war?«
»Keine Ahnung haben s'.«
»Und Sie sind heute angekommen?« fragte auch sie mich jetzt und betrachtete mich interessiert.
Der Graf beeilte sich, die Vorstellung zu beenden. »Das ist meine Schwester, Esther Barutti«, sagte er mit einer eleganten Handbewegung. Dann warf er einen neugierigen Blick in den Wagen. »Was hast denn alles mitgebracht?«
»Wirst schon sehen. Kommen Sie mit herauf zu einem Drink, Herr Lanz?«
»Vielen Dank«, sagte ich. »Ich käme gern. Aber ich bin heute sehr unruhig, das werden Sie verstehen. Ich möchte nicht zu lange unterwegs sein, falls . . .«
»Falls man den Mörder fangt«, vollendete der Graf gelassen. »Je, ich bin auch gespannt, wer's sein kann.«
»Erstochen hat man ihn, hab' ich gehört«, sagte die rothaarige Esther. »Jetzt sag schon, wer macht so was. Ich stell' mir das gar nicht leicht vor. So einen starken kräftigen Mann einfach zu erstechen. Der wehrt sich doch. Oder net? Was meinen Sie, Herr Lanz? Das kann doch gar net einfach sein?«
Der Graf nahm mir die Antwort ab. »Der Max meint, das muß einer gewohnt sein, mit dem Messer zu stechen. Er muß was verstehn von der Anatomie, verstehst? Damit er richtig trifft. Wann er nämlich . . .« Und ohne viel Umstände packte er mich an der Schulter, drehte mich zur Seite, hob die Hand mit einem imaginären Messer und führte den Mord vor. »Wann

er nämlich nicht genau zwischen ... No, jetzt hab' ich's vergessen zwischen welchen Rippen, also zwischen zwei bestimmten Rippen muß er durchtreffen, damit er das Herz erwischt. Sonst prallt das Messer an den Rippen ab und gar nix geschieht. So gut hat er's aber wieder auch nicht gemacht, weil's so geblutet hat. Er hat die Lunge verletzt. Der Max war drunten und hat sich's angeschaut. Soll sehr viel Blut gewesen sein. Also ein ganz sauberer Herzstich war's nicht.«
Ich verfolgte ziemlich verblüfft die Demonstration und die Erklärung, genauso wie mich die interessierte Miene der Gräfin Esther erstaunte. Aber die temperamentvollen Geschwister waren offenbar aneinander gewöhnt.
»Na ja«, meinte sie jetzt, wenig berührt und ganz sachlich, »ist ja net g'sagt, daß der Mörder ein g'lernter Chirurg war. Oder ein Fleischhauer. Net?«
»Ist wirklich schwer, dahin zu treffen. Der Max wird dir genau erklären, wie man's machen muß.«
Esther, die mich ansah, lachte. »Du hast den Herrn Lanz ganz schön erschreckt.«
»Wer ist Max?« fragte ich schwach.
Max, so erfuhr ich, war der Diener im Schloß. Und über seine präzisen anatomischen Kenntnisse solle ich mich nicht wundern. Max wisse einfach alles. Aber ich durfte auch auf keine falschen Gedanken kommen. Der Max sei bestimmt kein Mörder. Er sei schon über siebzig, und er könne nicht einmal ein Huhn schlachten.
»Aber wissen tut er alles. Oder fast alles«, meinte der Graf.
»No ja, sagen wir halt, er weiß mehr als ich. Klüger als ich war der Max immer.«
»Klüger als ich auch«, stimmte Esther freundlich zu. »Bloß gefolgt haben wir ihm nie.«
Diese Tatsache fanden beide sehr komisch, und als sie sich ausgelacht hatten, sagte Esther: »Jetzt komm, steig ein. Ich hab' einen Durst.«
»Hast einen Champagner mitgebracht?« fragte der Graf lüstern.

»Hab' ich. Aber jetzt hab' ich eigentlich an Tee gedacht.«
»Ach geh, du mit deinem faden Tee. Trinken wir lieber was Erfrischendes.«
Ich wurde noch einmal höflich gefragt, ob ich nicht doch mitkommen wollte, und als ich verneinte, kletterte der Graf in den Wagen. Esther fuhr an, rutschte erst ein Stück rückwärts und stob dann mit großem Gas bergauf.
Eine drollige Familie, fand ich. Besonders nahe schien ihnen der Tod von Otto Kaiser nicht zu gehen. Sie betrachteten ihn mehr als eine unterhaltsame Dreingabe zum geruhsamen Leben auf ihrem Hügel. Als Mörder kamen sie wohl kaum in Frage, dazu waren sie viel zu vergnügt. Auf jeden Fall wußte ich nun, daß meine Unbekannte und die Schwester des Grafen nicht identisch waren.

Als ich zum Haus zurückkam, fand ich Ludwig Jarisch vor, an die Hauswand gelehnt, eine Zigarette rauchend. Molly, die Jagdhündin, war auch wieder da.
»Na, da sind Sie ja«, meinte Ludwig. »Ihr Typ wird drinnen verlangt.«
»Die Polizei?«
»Genau. Die Herren möchten sich jetzt mit Ihnen unterhalten.«
»Gibt's was Neues?«
»Die sagen einem ja nichts. Aber sie machen einen ganz dumm mit ihrer Fragerei. Ich habe schon eine richtige Verhörpsychose. Immerzu überlege ich mir, was ich gesagt habe und was nicht und in welchem Ton. Die haben so eine hinterfotzige Art, einen zu fragen, daß man das dümmste Zeug darauf antwortet.«
»Hm. Ja, so ist das wohl.«
»Gehen Sie nur gleich rein. Mutter hat gerade noch mal Kaffee gekocht. Sie kommen grad recht, ehe er kalt wird.«
»Hat man denn noch nicht einmal einen Verdacht?«
»Verdacht?« Ludwig beugte sich zu der Hündin hinunter und streichelte sie. »Du bist ganz schmutzig, Mädchen. Und müde, was? Der Anton ist den ganzen Tag mit den Hunden in

der Gegend herumgekrochen, in jedem Winkel und in jedem Gebüsch. Er sucht das verdammte Messer. Bildet sich ein, er müsse es finden. So ein Blödsinn.«
Er richtete sich auf, sein Blick ging hinunter zum Fluß.
Ich sagte: »Ja, das habe ich auch gedacht. Im Fluß wäre das Messer am besten versteckt.«
»Genau. Das denken die drin auch. Die suchen gar nicht nach dem Messer. Der Anton tut so, als sei mit dem Messer etwas Besonderes los. Und was den Verdacht betrifft ... das kann ich Ihnen sagen, am meisten verdächtigen sie mich.«
»Sie?«
»Na ja, ist doch klar. Das haben sie inzwischen herausgebracht, daß der Chef ewig an mir herumgemeckert hat. Daß ich ihm nichts recht machen konnte. Als wenn ich dafür gekonnt hätte, daß der Benno so schlecht gewirtschaftet hat. Das wußte der Chef auch. Aber immer auf mir herumhacken. Manchmal habe ich mir das nicht gefallen lassen. Das haben die natürlich rausgekriegt.«
»Sie wollen sagen, daß Sie Streit mit Herrn Kaiser hatten.«
»Was heißt Streit? Er hat mich heruntergeputzt, und ich hab' mich eben manchmal gewehrt dagegen. Das haben ihm die Leute so erzählt. Na ja, und dann wegen Dunja.«
»Dunja!« Immer wieder Dunja.
»Jeder wußte hier, daß ich sie gern habe. Und jeder weiß auch, daß der Chef mit ihr ...«
»Was?«
Er wurde plötzlich wütend. »Was, weiß ich auch nicht. Sie war jedenfalls immer oben in seinen Zimmern. Und er hat ihr Geschenke mitgebracht.«
»Soviel ich gehört habe, hat er sie ja auch hierher gebracht.«
Ludwig gab mir einen zornigen Blick. »Sie wissen schon eine ganze Menge, wie?«
»Einiges. Sie waren eifersüchtig, nicht wahr?«
»Eifersüchtig! So ein Quatsch. Der Kaiser war ja viel zu alt für sie. Aber man weiß doch, wie das ist mit so einem Mädchen. Sie hat tausend Wünsche. Und sie ist ... man weiß ja, wie Mädchen sind.«

»Hat es wegen Dunja auch einmal eine Auseinandersetzung gegeben zwischen Ihnen und Herrn Kaiser?«
Ludwig warf mir einen finsteren Blick zu. »Was geht Sie denn das an?«
Ich schwieg und wartete.
»Ja. Als er das letzte Mal hier war. Da bin ich aus der Haut gefahren. Ob er sich nicht schämt – ein Mann in seinem Alter! Ja – das habe ich gesagt und noch einiges mehr.«
»Und er?«
»Ich kann gehen, wenn's mir nicht paßt, hat er gesagt. Hier aus dem Haus hat er mich rausgeschmissen. Er konnte brüllen, kann ich Ihnen sagen. Mutter hat ihn dann wieder beruhigt. Sie konnte gut mit ihm umgehen.«
»Und Dunja?«
»Ach, Dunja. Wie er weg war, hat sie mir versprochen, sie würde nicht wieder zu ihm hinaufgehen. Und dann kommt er und bringt ihr eine Pelzjacke mit. Und nun denken die, ich hab' ihn umgebracht. Und wegen Ihnen auch.«
»Wegen mir?«
»Na ja, die denken, er hätte mich sowieso rausgeschmissen, jetzt, wo Sie da sind.«
»Ich denke, ich gehe jetzt mal hinein.«
»Viel Spaß!« rief Ludwig mir nach.
Ich konnte nicht sagen, daß ich mich wohl fühlte in meiner Haut. Nach allem, was hinter mir lag, war das hier das letzte, was ich mir wünschen konnte. Ein Verhör. – Sicher, ich hatte mit dieser Sache nichts zu tun, und wie mir ja bis jetzt so ziemlich jeder versichert hatte, war es ein Glück für mich, daß ich erst heute eingetroffen war. Zeit genug, zu überlegen, was ich sagen würde, hatte ich auch gehabt. – Denn da war ja die Begegnung der letzten Nacht. Ich war mir noch immer nicht klar darüber, ob ich das erwähnen sollte oder nicht.
Das Zimmer, das Frau Jarisch als Eßzimmer bezeichnet hatte, war ein großer heller Raum, mit bunten Bauernmöbeln eingerichtet. An der rechten Wand befand sich ein riesiger weißer Kachelofen, von einer Bank umrundet. Sehr gemütlich. Wenn nicht gerade die Kriminalpolizei in diesem Raum residiert

hätte. Es waren zwei Herren aus Hallau, die ich schon am Vormittag am Fluß gesehen hatte, und ein schlanker, noch ziemlich junger Mann, der an einem Bauernschrank lehnte. Das mußte der aus Graz sein.
Frau Jarisch war da und schenkte gerade Kaffee ein. Sie wirkte ruhig und gelassen.
»Das ist Herr Lanz«, sagte sie, als ich hereinkam, geradeso, als stelle sie Gästen des Hauses einen neuen Gast vor.
»Trinken Sie auch eine Tasse Kaffee, Herr Lanz?«
»Gern«, sagte ich und merkte, daß ich nervös war.
»Bitte, nehmen Sie Platz«, sagte der ältere Beamte, von dem mir Burger erzählt hatte, daß er Brauer hieß und der Leiter der Dienststelle in Hallau sei.
Ich setzte mich Brauer gegenüber, und Frau Jarisch stellte eine gefüllte Kaffeetasse vor mich hin. »Zucker?« fragte sie fürsorglich. »Milch?«
»Bitte.«
Sie schwiegen alle, bis Frau Jarisch aus dem Zimmer ging.
»Ja, Herr Lanz«, sagte Brauer sodann und blickte mich friedlich an. »Ihre Angaben zur Person, bitte!«
Ich machte die gewünschten Angaben und nannte dann als letzte Adresse Josys Wohnung in Wien.
»Da war ich seit dem November vergangenen Jahres«, schloß ich. »Zuvor allerdings . . .«
Brauer winkte ab. »Wir wissen Bescheid.«
Das erleichterte die Situation. Ich war nicht gezwungen, ihnen das alles zu berichten.
»Wir haben mit Wien telefoniert, Herr Lanz, wir wissen, wer Sie sind. Das interessiert uns hier nicht. Immerhin« – er sah mich freundlich an – »können wir uns vorstellen, wie Ihnen zumute ist.«
Ich wollte den Mund zu einem Lächeln verziehen, es gelang nicht. Mein Mund war wie aus Holz.
»Eine üble Sache. Auch für Sie. Sie kommen hierher, um – na ja, sagen wir, um so eine Art neues Leben zu beginnen, und dann das.«
Ich nickte.

»Was wir von Ihnen wissen wollen, Herr Lanz: Woher und seit wann kennen Sie Herrn Kaiser, wo und wie oft sind Sie mit ihm zusammengetroffen, welcher Art war Ihre Verbindung zu ihm. Und schließlich möchten wir noch wissen, wie Sie den gestrigen Tag verbracht haben. Vielleicht können Sie das alles im Zusammenhang berichten!«
Ich konnte. Ich erzählte, daß Saß die Bekanntschaft mit Kaiser vermittelt, daß Kaiser mir die Stellung hier im Tal angeboten hatte, daß ich nur wenige Male mit ihm zusammengetroffen war und wie das jedesmal vor sich gegangen war. Und daß ich sonst über Kaiser oder sein Leben nichts wisse. Es ging besser, als ich dachte. Ich sprach sachlich und knapp, meine Nervosität verflog.
»Sie haben Herrn Kaiser also nur immer in seinem Wiener Büro getroffen. Hier im Glainzer Tal waren Sie noch nie?«
»Nein.«
»Ihre Gespräche mit Kaiser drehten sich nur um geschäftliche Belange?«
»Ja.«
»Das Angebot, hier zu arbeiten, war Ihnen demnach willkommen?«
»Ich war sehr glücklich darüber, und ich war Herrn Kaiser mehr als dankbar, daß er mir diese Chance gab.«
»Hm.« Brauer klopfte mit dem Bleistift, den er in der Hand hielt, auf den Tisch, dann blickte er zu dem Herrn aus Graz hinüber, der immer noch am Schrank lehnte und bisher kein Wort gesprochen hatte.
»Sie sind heute vormittag gegen elf Uhr hier eingetroffen, wie wir erfahren haben. Eigentlich hatte man Sie gestern schon erwartet. Wie kam es zu dieser Verzögerung?«
Ich berichtete von meiner verspäteten Abreise aus Wien, dem überraschend einsetzenden Schneefall und wie ich mich entschlossen hatte, unterwegs zu übernachten.
»Wo haben Sie übernachtet, und können Sie das nachweisen?«
Ich nannte den Namen des Dorfes, den Namen des Gasthofes und nahm aus meiner Brieftasche den Zettel mit der Rech-

nung, die der Wirt heute morgen für mich geschrieben hatte. Da stand alles drauf: der Übernachtungspreis für das Zimmer, mein Abendessen – ein Gulasch, ein Bier, fünf Viertel Wein.
Brauer verzog das Gesicht zu einem Schmunzeln. »Es gibt offenbar einen guten Wein in diesem Gasthof. Muß ich mir merken.«
Er reichte den Zettel dem Herrn am Schrank, der nur einen flüchtigen Blick darauf warf.
Jetzt gelang es mir auch, ein kleines Lächeln zustande zu bringen. »Doch, der Wein war gut, ich saß ziemlich lange in der Gaststube. Mir war nicht nach Schlafengehen zumute. Es war so, wie Sie sagten – ein neues Leben hat gestern für mich begonnen. Oder jedenfalls glaubte ich das da noch.«
»Also ich würde sagen«, meinte Herr Brauer, und sein Ton war jetzt sehr freundlich, »ein guter Engel war es, der es gestern hat schneien lassen. Für Sie war es jedenfalls ein guter Engel.«
Er trank seinen Kaffee aus, stand auf und begann im Zimmer hin und her zu spazieren. »Es tut mir leid für Sie, Herr Lanz, daß Sie nach allem, was Sie hinter sich haben, hier in eine Morduntersuchung verwickelt werden. Aber so, wie die Dinge liegen, sind Sie ja fein heraus. Glücklicherweise, meine Herren«, und nun blickte er seine beiden Kollegen an, den jungen aus Graz und den noch jüngeren aus Hallau, der wohl für das Protokoll zuständig war, »haben wir endlich jemanden, den wir nicht zu verdächtigen brauchen. Das ist auch für uns sehr angenehm.«
Der am Schrank nickte, und Brauer fuhr fort: »Wir werden das natürlich überprüfen mit Ihrer Übernachtung da, das ist nur eine Formsache. Sie haben den ganzen Abend in der Gaststube gesessen, dafür gibt es sicher Zeugen.«
Ich nickte. Brauer fuhr fort: »Sie haben in der Nacht in diesem Gasthaus auch geschlafen. Und außerdem wären Sie vermutlich auch der letzte, der Herrn Kaiser ermordet hätte, Sie konnten nur froh sein, daß er vorhanden war.«
Ich nickte wieder. – Nun hätte ich es sagen müssen.

Ich blickte vor mich auf den Tisch, nahm meine leere Tasse in die Hand, und Brauer fragte freundlich: »Möchten Sie noch einen Kaffee? Ich glaube, in der Kanne ist noch was drin.«

Der Herr Bezirksinspektor aus Hallau schenkte mir höchstpersönlich ein, rückte mir Zucker und Milch in Reichweite, und alle blickten wohlwollend auf mich, als ich in meinem Kaffee rührte. – War wirklich komisch: Wohlwollend waren die Herren von der Polizei immer gewesen, sogar damals, als ich wirklich einen Mann umgebracht hatte. Es war ein verdammtes Pech gewesen, was mir da widerfahren war, so hatten sie es immer betrachtet, und im Grunde mußte ich wohl ein sehr vertrauenerweckender, sympathischer Mensch sein, daß mich die Polizei so schätzte, sei es bei diesem oder jenem Mord. Diesmal allerdings würde ich mir ihr Wohlwollen verscherzen. Dann nämlich, wenn sie die Sache mit meiner Übernachtung nachprüften und dabei erfuhren, was sich gestern abend noch in diesem Gasthaus zugetragen hatte.

Aber wer oder was hinderte mich daran, nun zu sagen: Allerdings muß ich Ihnen noch etwas erzählen. Ich hatte gestern abend in diesem Gasthaus eine merkwürdige Begegnung. So gegen zehn Uhr etwa...

Na los, sag es, sag es! Warum sagte ich es nicht?

»Dann wären wir hier draußen eigentlich fertig«, sagte der Grazer, löste sich vom Schrank, nahm seine leere Tasse von der Ofenbank und stellte sie ordentlich auf den Tisch.

»Sie wollten die Kleine noch einmal sprechen«, erinnerte ihn Brauer.

Der Grazer winkte ab. »Die heult ja doch bloß und sagt, daß sie nix weiß. Die muß sich erst mal beruhigen, und morgen holen wir sie uns nach Hallau und nehmen sie dort in die Zange. Natürlich weiß sie doch verschiedenes, was zum Teil wichtig, aber auch unwichtig sein kann, und wenn sie den Mörder kennt, werden wir es schon aus ihr herausbringen. Und dann ist es eben doch der Jarisch. Eifersucht ist und bleibt ein Motiv. Alt wie die Welt und stets modern.«

»Er sieht nicht aus wie ein Mörder«, meinte Brauer nachdenk-

lich. Und dann, wie auf Kommando, sahen sie alle drei mich an. Wohl um festzustellen, ob ich wie ein Mörder aussah.
Der Grazer grinste. »Wirklich eine saudumme Situation für Sie. Kann mir vorstellen, wie das alles auf Sie wirken muß. Am besten, Sie stürzen sich morgen in die Arbeit, das wird Sie ablenken.«
»Ja«, sagte ich. »Solange hier noch gearbeitet wird. Ich habe ja keine Ahnung, wie das nun alles weitergeht.«
Ich dachte bei mir, daß ich vielleicht von ihnen etwas über die Familie des Holzkaisers erfahren könnte, was für Erben er hatte. – In diesem Moment klingelte das Telefon, das auf dem Tisch stand. Brauer hob ab, meldete sich, lauschte, sagte: »Danke. Geben Sie mir sofort Bescheid, wenn sich etwas ändert.«
»Immer noch nicht?« fragte der Grazer.
»Nein. Wie vom Erdboden verschluckt.«
»Wirklich seltsam.«
»Es muß in den Abendblättern stehen. Im Radio ist es durchgegeben worden.«
»Nirgends? Villa, Bahnhöfe, Flugplatz, Grenzübergänge?«
»Nirgends und nichts. Überall wird gut aufgepaßt. Sie ist verschwunden.«
»Die Tatsache bleibt, daß Kaiser noch lebte, als sie um neun hier weggefahren ist.«
»Ja. Ebenso kann sie in der Nacht zurückgekommen sein.«
»Sie hat heute morgen auf dem Semmering einen Kaffee getrunken. Man hat sie gesehen. Man hat den Wagen gesehen, sie ist dort kurz vor elf weitergefahren, sie muß gegen Mittag in Wien gewesen sein. Wo, zum Teufel, war sie in der Nacht?«
Ich lauschte mit wachsendem Staunen diesem Dialog. Von wem sprachen sie? – Von ihr natürlich. Aber wer, um Gottes willen, wer war sie denn?
Brauer und der Mann aus Graz standen voreinander, der eine rauchte eine Zigarre, der andere eine Zigarette, sie hatten ihren knappen Dialog geführt wie ein Pingpong-Spiel.
Mir brannte die Frage auf den Lippen: Bitte, von wem sprechen Sie?

»Wir müssen einen Aufruf in den Abendnachrichten bringen lassen«, sagte der Grazer, »falls sie in einem Hotel abgestiegen ist. Sie kann natürlich einen Liebhaber in Wien haben und ist bei dem und *will* sich nicht melden.«
Brauer nuckelte an seiner Zigarre. »Das würde beweisen, daß sie gewußt hätte, was hier passieren soll, rechtzeitig abgefahren ist, um unverdächtig zu sein, und erst einmal untergetaucht ist.«
Der Grazer schüttelte ungeduldig den Kopf. »Das wäre das Dümmste, was sie tun könnte. Ich kann mir nicht vorstellen, daß sie hier einen hatte, der für sie einen Mord begeht. Angeblich kannte sie hier ja keiner. Und zu der Abreise hat sie sich ganz plötzlich entschlossen.«
»Sagt Frau Jarisch.«
»Frau Jarisch – sehr richtig. Von ihr haben wir das meiste erfahren, aber im Grunde eben doch wenig, und sicher nicht alles, was sie weiß. Das ist jedenfalls mein Gefühl.«
Ein rascher aufmerksamer Blick traf mich. »Kannten Sie Frau Jarisch schon, ehe sie hierherkamen?«
»Ich habe sie heute vormittag zum erstenmal gesehen.«
»Hatte Herr Kaiser zuvor irgend etwas über sie gesagt?«
»Er sagte mir nur, daß eine Wirtschafterin hier wäre, die den Haushalt versorgt und sehr gut kochen könne.«
»Wußten Sie, daß sie die Mutter des bisherigen Leiters dieses Sägewerks ist?«
»Nein. Ich wußte praktisch überhaupt nichts über die Leute und die Zustände, die ich hier vorfinden würde. Nur die Bemerkung über Frau Jarisch ist einmal gefallen. Und dann war mir natürlich bekannt, daß das Sägewerk nicht sehr rentabel arbeitet und Herr Kaiser mit der bisherigen Führung nicht zufrieden war. Sonst hat er mir nichts erzählt. Er nahm wohl an, daß ich alles rechtzeitig genug erfahren würde, wenn ich erst hier wäre. Das war ja wohl auch der Grund, warum er selbst zugegen sein wollte, wenn ich meine Arbeit hier begann.«
»Er war kein Mann überflüssiger Worte, wie?«
»Nein.«
»So ein richtiger Managertyp.«

»Das auch nicht gerade. Mehr ein richtiger Unternehmer. Sehr selbstbewußt, wenn nicht selbstherrlich. Aber mit der Tüchtigkeit und dem Erfolg versehen, der das entschuldigen kann. Er hatte bestimmt viel zu tun, aber er machte niemals einen hektischen Eindruck. Das meiste, was ich über Herrn Kaiser weiß, sagte mir Dr. Saß, mein Anwalt. Er sagte mir, daß Kaiser dieses Holzimperium – wie Saß es nannte – praktisch in einem knappen Dutzend Jahre aufgebaut hat. Es begann wohl damit, daß er einige Sägewerke, auch eine Möbelfabrik und später die Papierfabriken sehr billig einkaufte. Es waren ja damals wirtschaftlich sehr schlechte Jahre für Österreich. Ziemlich bald begann er dann mit dem Exportgeschäft. Bekanntlich ist ja Österreich das drittgrößte Holzexportland in Europa. Und mit dem Export war wohl am schnellsten sehr viel Geld zu verdienen.«

»Interessant«, meinte der Grazer. »Kam Herr Kaiser denn von der Holzbranche her?«

»Ich weiß es nicht. Dr. Saß weiß es auch nicht. Er sagte mir einmal, daß kein Mensch so recht über die Herkunft beziehungsweise über das frühere Leben des Holzkaisers Bescheid wisse. In Wien nannte man ihn nur den Holzkaiser.«

»Und woher hatte er das Geld? Auch wenn er anfangs billig kaufte, etwas Geld wird er schließlich dazu gebraucht haben.«

»Auch das weiß ich nicht. Saß allerdings meinte, er müsse schon mit einem gewissen Vermögen begonnen haben. Denn auch bei größter Tüchtigkeit könne man nicht in so kurzer Zeit reich werden.«

Brauer seufzte. »Das tröstet mich. Ich begann gerade, mir Vorwürfe zu machen, warum ich nicht lieber Holz exportiert habe. Wo es hier so viel Holz gibt.«

Wir lachten alle bereitwillig, und ich fuhr fort: »Ich weiß auch, daß Kaiser hauptsächlich nach Italien exportierte und daß er in Mailand ein Büro unterhält. Er soll auch gut italienisch gesprochen haben. Und er selbst hat sich wohl auch hauptsächlich mit dem Exportgeschäft befaßt. Seine verschiedenen Betriebe, die er in Österreich hat, arbeiteten alle selb-

ständig, auch wenn sie immer sehr genau von ihm kontrolliert wurden.«
»Alles die Meinung von Dr. Saß?«
»Genau.«
»Sie hatten Herrn Kaiser früher nicht gekannt?«
»Dem Namen nach schon. Ich hatte ja selber mal eine kleine holzverarbeitende Firma.«
Darauf schwiegen wir alle eine Weile. Die Beamten dachten wohl nach. Und ich dachte auch nach, immer noch über dieselbe Frage: Wie konnte ich mich nach dieser verschwundenen Frau erkundigen, ohne gezwungen zu sein, von meinem gestrigen Zusammentreffen mit einer unbekannten Frau zu berichten. Denn wenn ich erst einmal gefragt hatte, mußte ich auch sagen: Ja, wissen Sie, gestern war das nämlich so, das habe ich Ihnen gar nicht erzählt, weil es nicht zur Sache gehörte. Dachte ich jedenfalls.
Ich wollte so verflucht gern wissen, wer diese Frau war, von der sie sprachen. Und gleichzeitig wollte ich *sie* nicht verraten. Obwohl ich ihr offenbar ein Alibi liefern konnte. Sie war nachts im Gasthof gewesen wie ich. Aber da war die Rede gewesen von einem Helfer oder einem Liebhaber.
»Na ja«, sagte der Grazer schließlich. »In Wien muß sowieso gründlichst recherchiert werden. Da wird man wohl auch einiges über das mysteriöse Vorleben des Herrn Kaiser erfahren. Und sicher hat ein Mann, der eine so schnelle Karriere gemacht hat, viele Feinde.«
»Es ist kaum anzunehmen, daß ihn jemand bis hierher in dieses einsame Tal verfolgt, um ihn um die Ecke zu bringen. Hier, wo jeder Fremde sofort auffällt.«
»Bleibt der eventuelle Liebhaber von ihr. Der es mit ihrer Hilfe oder ihrem Wissen getan hat.«
»Und warum gerade hier?« beharrte Brauer wieder. »Kaiser war viel auf Reisen, er war im Ausland, er hat ein eigenes Flugzeug, er fuhr im Wagen, es gab so viele Möglichkeiten, ihn unauffällig zu töten.«
»Es gab auch hier eine sehr unauffällige Möglichkeit: ein Jagdunfall. So etwas ist verhältnismäßig leicht zu bewerkstel-

ligen. Da kann man sehr schwer einen Mord nachweisen. Darum scheidet der Jäger aus. Darum scheidet der Graf aus. Das hatten wir alles schon.«

Lieber Himmel, an was sie alles schon gedacht hatten! Der Graf Solmassy. Darüber hätte ich sie aufklären können, der mag überhaupt nicht schießen. Hat seinen Papa schon immer geärgert. – Im Krieg hatte er jedoch offenbar geschossen, und darum konnte er es wohl auch. Aber Kaiser *war* nicht erschossen worden. Und mit den Rippen, durch die man hindurch treffen mußte, kannte der Graf sich auch nicht aus. Nur der Max wußte das.

»Warum und wann hat Kaiser in der vergangenen Nacht noch das Haus verlassen?« sinnierte Brauer vor sich hin.

»Hat er es verlassen?« fragte der Grazer zurück.

»Wenn er es nicht verlassen hat . . .«

»Eben. Da sind wir bei den Hausbewohnern. Jarisch. Der Sohn, die Mutter, beide gemeinsam? Ein Unbekannter, der eindrang, als alle schliefen.«

»Er hätte den Toten nicht unbemerkt und ungehört aus dem Haus bringen können. Die Hündin ist über Nacht im Haus.«

»Also doch die Jarischs? Der Junge tat es aus Eifersucht, die Mutter half ihm die Leiche wegzuschaffen.«

Schweigen. – Ich versuchte, es mir vorzustellen. Olga Jarisch? Ja. Helfen würde sie ihrem Sohn in einem solchen Fall, das schien mir sicher zu sein.

»Burger?«

Brauer winkte ab. »Der nicht. Er hat sich von allen, die hier sind, am freundlichsten über den Toten geäußert.«

»Das kann Theater sein.«

»Gut. Aber er ist alt und nicht sehr kräftig. Selbst wenn der Stich aus dem Hinterhalt geführt worden wäre, hätte keiner der Hausbewohner einen Grund gehabt, ihm bei der Beseitigung der Leiche zu helfen. Und was für ein Motiv sollte er haben?«

»Also Dunja? Eine Frau konnte meiner Meinung nach den Stich nicht ausführen. Und den Toten allein wegschaffen sowieso nicht. Sie kann höchstens wissen, wer es war.«

»Wenn sie es weiß, wird sie es uns sagen. Morgen. Oder wir nehmen sie gleich mit.«
»Nein. Sie muß ruhiger sein. Und sie muß Gelegenheit haben, von dem Mörder, falls er noch hier ist, Instruktionen entgegenzunehmen. Das wird sie sicherer machen. Und frecher. Wir kriegen sie trotzdem klein. Das ist bei der nicht schwer.«
Ich hörte mir das alles stumm an. Interessant, was sie alles so zusammenknobelten. Und wenn man einmal begann nachzudenken, fiel einem noch vieles ein. Warum, zum Beispiel, sollte Kaiser nicht doch noch einen späten Spaziergang gemacht haben? Und wen konnte er dabei nicht alles getroffen haben? So ziemlich jeden, einschließlich der Leute aus dem Dorf. Und den Grafen. Und den Max, der sich so gut in Anatomie auskannte. – Dann fiel mir der Schnee ein. Kein Wetter zum Spazierengehen. Was, in aller Welt, sollte Kaiser veranlaßt haben, bei diesem Wetter am späten Abend noch einmal das Haus zu verlassen? Also war der Mord doch im Haus geschehen.
»Hat es gestern hier eigentlich auch so geschneit?« fragte ich unwillkürlich.
»Ja. Sehr«, sagte Brauer und schmunzelte dann. »Ich sehe schon, Sie denken auch mit. Warum und wieso soll er noch mal weggegangen sein, das ist es ja.«
»Ja«, meinte der Grazer, »es sieht schlecht aus für Ludwig Jarisch.« Dann sah er mich an. »Sie sind fremd hier, Herr Lanz. Ganz neutral, würde ich sagen. Halten Sie die Augen offen. Vielleicht sehen oder hören Sie etwas, das Ihnen erwähnenswert vorkommt. Auch im Betrieb natürlich. Aber behalten Sie es für sich. Wenn Sie etwas zu berichten haben, bitte nur der Polizei. Es mordet einer auch zum zweitenmal.«
Sie gaben mir die Hand. Ich war entlassen. Noch auf der Schwelle zögerte ich und dachte mir, daß ich umkehren müßte, um das eine noch zu erzählen, das ich ausgelassen hatte. Dann war ich auf dem Gang, wollte hinauf in mein Zimmer gehen, aber ich kehrte an der Treppe um und trat ins Freie.
Es war mittlerweile dunkel geworden und ziemlich kalt. Der

Himmel war ganz klar, über dem Fluß stand ein einziger, sehr großer heller Stern.

Langsam ging ich über das Gelände, vorbei an den Holzstapeln, den stillen Schuppen und Hallen, und ich empfand gleichzeitig Zorn und Schmerz darüber, daß dieser Ort, an dem ich arbeiten und leben wollte und an dem es mir bestimmt gefallen hätte, nun entstellt war durch die schreckliche Bluttat, und soweit es mich persönlich betraf, auch ein Ort der Unsicherheit geworden war, denn ich wußte ja nicht, ob hier weitergearbeitet und ob ich noch gebraucht werden würde. Es war nichts mit dem neuen Leben. Nichts mit der Zukunft, es waren immer noch dunkle hoffnungslose Zeiten für mich.

Ludwig Jarisch hatte ich vor dem Haus nicht mehr gesehen. Ich traf ihn unten am Fluß.

Er stand in der kleinen Bucht, wo man Otto Kaiser gefunden hatte. Ich sah seine Silhouette vor dem helleren Hintergrund des Flusses schon von weitem. Er hörte mich nicht kommen, der weiche Wiesenboden, zerwühlt und schmutzig von den vielen Füßen, die heute hier herumgetrampelt waren, verschluckte meine Schritte.

Aber die Hündin, die bei ihm war, hörte mich und gab Laut. Ludwig fuhr herum. »Wer ist da?« Seine Stimme klang mißtrauisch.

»Ich bin es.«

»Ach, Sie. Ich bin direkt erschrocken.«

»Bißchen nervös? Na, kein Wunder. Mit dem unentdeckten Mörder in der Gegend.«

»Fertig mit der Vernehmung?«

»Ja. Viel hatte ich nicht zu sagen.«

»Und was suchen Sie jetzt hier?«

»Dasselbe könnte ich Sie fragen.«

Er lachte kurz auf. »Den Täter zieht es an den Ort der Tat, wissen Sie das nicht.«

»Soviel ich begriffen habe, war das nicht der Ort der Tat. Und warum sagen Sie das? Das ist doch ein törichtes Gerede.«

»Denken Sie denn nicht auch, daß ich es war?«

»Warum sollte ich das denken? Ich habe keine Veranlassung dazu.«
»Die denken es. Haben Sie denn das nicht gemerkt?«
»Wenn sie es ernstlich denken würden, hätte man Sie wohl verhaftet.«
»Offengestanden wundere ich mich darüber, daß sie es nicht getan haben.«
Ich stand neben ihm, und wir blickten beide über den Fluß. Drüben auf den Wiesen am anderen Ufer stand weißer Nebel. Und hinter den Wiesen stand wie eine dunkle Wand der Wald, aus dem die Berge aufstiegen.
»Herr Jarisch«, sagte ich, ohne ihn anzusehen, »warum haben Sie Kaiser gehaßt?«
»Das ist nicht wahr. Ich habe ihn nicht gehaßt. Ich habe mich manchmal geärgert, ich war wütend. Weil er mich behandelt hat wie einen dummen Jungen. Irgendwie hat er mir auch imponiert. Er war – wie soll ich das nennen? –, er war so sicher. Er war einer, der die ganze Welt in der Tasche hatte. Und sich den Teufel darum kümmerte, was andere dachten oder sagten oder wollten. Ich habe mich manchmal gefragt, wie man es anstellen muß, um so zu werden. So als ob, als ob – ja, als ob man der Mittelpunkt der Welt sei. Von des Gedankens Blässe nicht angekränkelt, verstehen Sie? Von keinem Zweifel angenagt. Mutter sagt, er war schon immer so.«
»Kennt Ihre Mutter ihn schon länger?«
»Ja. Sie hat ihn vor vielen Jahren kennengelernt. Noch im Krieg. Und sie sagt, da war er auch schon so. Obwohl er noch jung war.«
»Sind Sie deshalb hier, Sie und Ihre Mutter, weil sie ihn von früher kannte?«
»Ja. Es ging uns nicht besonders gut. Wir lebten zuletzt in Wien. Meine Mutter war lange krank, sie hat dazwischen immer wieder gearbeitet. Und ich hatte angefangen zu studieren. Wir hatten wenig Geld, und ich . . . Gott, ich bin eben nicht sehr tüchtig, das haben Sie ja vielleicht schon gemerkt. Eines Tages sagte sie mir, sie hätte einen alten Bekannten wiedergetroffen, der ihr eine Stellung angeboten hätte, ich könnte auch

einen Job von ihm haben. – Na, erst wollte ich nicht, Mutter hat mich überredet. Letzten Endes habe ich immer gemacht, was sie wollte. Ich bin eben ein Schwächling, das ist so.«

»Was haben Sie denn studiert?«

»Musik«, sagte er leise und starrte ins Wasser.

»Ach, du lieber Himmel!«

Der Junge lachte. »Sehen Sie, vielleicht begreifen Sie jetzt, daß ich kein begabter Sägewerksdirektor werden konnte. Aber wahrscheinlich bin ich als Musiker auch nicht sehr begabt, sonst hätte ich mich nicht breitschlagen lassen, plötzlich in Holz zu machen.«

»Wollen Sie damit sagen, daß Sie hierher kamen und keine Ahnung von dem ganzen Holzgeschäft hatten?«

»So ungefähr. Erst habe ich ja bei Kaiser in Wien gearbeitet im Büro. Ich gebe es zu, ich war widerspenstig, ich wollte nicht. Und er tat, als sei es das Wichtigste von der Welt, daß ich ein Holzkaufmann würde. Eines Tages meinte er dann, ich müsse Praxis haben, da anfangen, wo der Anfang sei. Wo das Holz herkommt.«

Wieder lachte er kurz und bitter auf. »Da kann ich noch von Glück reden, daß er mich nicht zuerst mal als Holzfäller in den Wald geschickt hat. Na ja, und da steckte er mich hierher. Damals regierte hier noch der Benno. Herr Tallinger, der sollte mich anlernen. Mit dem habe ich mich schon gar nicht vertragen, ein gräßlicher Kerl.

Kaiser schmiß ihn dann hinaus, feuerte ihn von heute auf morgen und verbot ihm, sich jemals wieder hier auf dem Gelände sehen zu lassen, sonst ließe er ihn von der Polizei abholen.

Das war im letzten Sommer. Ich war gerade vier Monate hier. Und dann sollte ich hier den Boß mimen.«

»Das war natürlich etwas viel verlangt.«

»Nicht wahr? Das sagen Sie auch. Und alle paar Wochen kam Kaiser an und stellte fest, was ich alles verkehrt gemacht hatte. – Doch – Sie haben schon recht, manchmal habe ich ihn gehaßt. Allein darum, weil ich hier sein mußte. Ein paarmal

habe ich ihm gesagt, ich will nicht und ich gehe weg, und er soll seine Dreckssägen allein in Gang halten. Das Gekreisch allein! Manchmal kann ich es nicht mehr hören.«
»Na ja, für musikalische Ohren mag es nicht immer sehr angenehm klingen«, sagte ich. Und verstand den Jungen nun ein wenig besser.
»Und es war so einsam hier. Sie müssen das mal im Winter erleben. Man kann nirgends hingehen. Kein Theater, kein Konzert, kein Lokal. Einfach nichts. Es war wirklich nicht zum Aushalten.«
»Und keine Mädchen.«
»Nein. Auch nicht.«
»Und dann kam Dunja.«
»Ja. Und die hatte er sich ja mitgebracht. Für sich. So ist es doch. Sie wissen es inzwischen auch, nicht?«
Er drehte sich abrupt um. »Gehen wir. Es wird Zeit zum Abendessen. Ist Scotland Yard abgezogen?«
»Ich weiß nicht. Aber ich hatte den Eindruck, daß sie für heute genug hatten.«
Wir gingen langsam über das Werksgelände zurück.
»Ob ich wohl heute abend mit Wien telefonieren kann?« fragte ich.
»Natürlich. Ist Ihre Frau dort?«
»Ich habe keine Frau. Meine Schwester – ich möchte meine Schwester anrufen.«
Saß würde ich auch gern anrufen und ihm erzählen, was hier passiert war. Vermutlich wußte er es schon.
»Gibt es eigentlich«, fragte ich, kurz bevor wir zum Haus kamen, »gar keine netten Leute hier? Irgendeine aparte Frau zum Beispiel. Außer Ihrer Dunja?«
»Wenn Sie so was hier suchen, sehe ich schwarz. Höchstens die Barutti, das wäre was. Oben vom Schloß. Sie soll ja wieder dasein.«
»Ich habe sie sogar schon kennengelernt.«
»Na, dann herzlichen Glückwunsch. Die hat allerhand Temperament. Ich war auch mal in sie verknallt. So am Anfang, voriges Jahr im Sommer, da bin ich fast jeden Abend zum Schloß

hinaufgegangen. Und dann kam ein Freund von ihr, da hatte sie keine Verwendung mehr für mich. So eine ist das, wissen Sie.«
Fast tat er mir leid. Er hatte offenbar hier sehr wenig Glück gehabt mit seinem Liebesleben.
Vor dem Haus blieb Ludwig stehen.
»Daß Sie es gleich wissen – ich bleibe nicht mehr hier. Nur noch so lange, bis das – bis das alles geklärt ist. Aber dann hau ich ab. Ob meiner Mutter das paßt oder nicht. Sie kann ja weiter von mir aus hier die Enten braten.«
»Und was haben Sie vor?«
»Weiß ich noch nicht.«
Es klang trotzig.

Der erste Abend im Glainzer Tal. Ich hatte mir keine bestimmte Vorstellung davon gemacht. Wenn ich mir etwas vorgestellt hatte, dann war es ein Zusammensein mit Otto Kaiser gewesen, ein ernsthaftes Gespräch über die zukünftige Arbeit, nachdem ich den ersten Eindruck gewonnen hatte.
Otto Kaiser war als toter Mann mit einem Loch im Rücken abtransportiert worden. Irgendwo lag er jetzt kalt und elend, und man schnitt ihn auseinander. Und irgendwo lief der Polizeiapparat auf hohen Touren, forschte, fragte, ermittelte. Irgendwo suchte man nach einer Frau.
Wir hier im Tal waren von jeder Neuigkeit abgeschnitten. Und trotzdem war es mir, als blickten wachsame Augen von irgendwoher in das nächtliche Tal, als würde jeder Schritt, den einer ging, jedes Wort, das einer sprach, jeder Gedanke, den einer dachte, bewacht, belauscht, belauert. Taten wir es nicht auch gegenseitig? War ein Mörder unter uns?
Ich rief Josy an, sie wußte bereits, was geschehen war. Es stand in den Abendblättern, auch Saß hatte sie angerufen. Saß, den ich danach zu erreichen suchte, war nicht zu Hause.
»Soll mein Mann zurückrufen, wenn er heimkommt?« fragte Frau Saß. »Brauchen Sie Hilfe?«
»Danke, nein. Diesmal nicht. Daß ich es nicht war, wissen sie. Und sonst – ja!«

»Tut mir leid für Sie, Herr Lanz. Mein Mann ruft Sie morgen bestimmt an. Vielleicht weiß man dann schon mehr.«
Wir waren zu viert beim Abendessen, die Stimmung war gedrückt, keiner sprach viel.
Ein junges Mädchen, das Moni hieß und Frau Jarisch in der Küche und im Haus half, räumte den Tisch ab.
»Na, Moni«, sagte Burger zu ihr, »dir hat's wohl heut' auch die Red' verschlagen? Kommst mir ganz fremd vor.«
Die Kleine wurde rot und huschte hinaus, ohne etwas zu sagen. »Sonst geht ihre Goschen wie ein Wasserfall«, meinte Burger.
»Du mußt sie nachher nach Hause bringen«, sagte Frau Jarisch zu ihrem Sohn. »Oder ich werde es tun. Ich habe sie vorhin holen müssen. Sie sagt, sie fürchtet sich, und sie will nicht mehr zu uns ins Haus kommen.«
»Hat sie am End' Angst vor uns?« fragte Burger, und Ludwig meinte: »Vielleicht denkt sie, daß wir zur Abwechslung jetzt sie abstechen.«
Frau Jarisch ließ es bei einem vorwurfsvollen Blick bewenden.
Ludwig sagte: »Sie sind doch so ein erfahrener Krimileser, Herr Burger, vielleicht lassen Sie uns mal wissen, was Sie ermittelt haben.« Und zu mir gewandt, fügte er hinzu: »Sonst erzählt er uns immer haarklein die Gruselgeschichten, die er abends im Bett liest. Da geht's viel komplizierter zu als bei einem echten Mord. Eigentlich müßten wir mindestens noch zwei oder drei Leichen inzwischen dazugekriegt haben. Nicht, Herr Burger? Was ein anständiger Krimi ist, der gibt sich nicht mit einer Leiche zufrieden.«
In diesem Augenblick verlor Frau Jarisch zum erstenmal an diesem Tag die Beherrschung. »Halt den Mund!« fuhr sie ihren Sohn zornig an. »Ich kann dein dummes Geschwätz nicht mehr hören. Es besteht wirklich kein Anlaß, faule Witze zu machen. Für dich schon gar nicht.«
Ludwig wurde blaß, stand von seinem Stuhl auf und fragte scharf: »Was willst du damit sagen, Mutter? Was soll das heißen, für mich schon gar nicht. Glaubst du am Ende auch, daß ich ihn umgebracht habe? Das glauben ja alle, nicht? Du also

auch. Ich wundere mich wirklich, warum sie mich nicht verhaftet haben.«
Frau Jarisch stand ebenfalls auf. Sie stand vor ihrem Sohn, sie war genauso groß wie er, ihre dunklen Augen blitzten: Wut, aber auch Angst waren in ihrem Gesicht zu finden, und ich dachte wie heute schon bei meiner Ankunft: Sie muß einmal eine bildschöne Frau gewesen sein.
»Aber, aber«, murmelte Burger bestürzt. »Aber Ludwig! Aber liebe Olga! Das geht doch nicht, wir dürfen doch nicht . . .« Er verstummte hilflos, da doch keiner auf ihn hörte.
Mutter und Sohn blickten sich immer noch stumm in die Augen. Dann erlosch der Zorn in dem Gesicht der Frau, sie war nun sehr blaß, sie sah alt aus, wie ausgelöscht. »Das habe ich nicht gemeint«, sagte sie leise. »Ich würde niemals denken, daß mein Sohn hinterrücks mit einem Messer einen Menschen erstechen würde. Du hast mir schon manchen Kummer gemacht. Es war oft schwer mit dir – das weißt du selber. Aber du bist niemals böse oder heimtückisch gewesen. Jähzornig – ja, das vielleicht. Das ist – ein Erbteil.«
»Du sprichst von meinem Vater?«
Frau Jarisch wandte sich ab. »Ja, ich spreche von deinem Vater.«
»Ja? Und? Was noch?« Seine Stimme klang aggressiv. »Willst du damit andeuten, ich hätte ihn im Jähzorn erdolcht?«
»Du warst eifersüchtig. Wegen dieser – dieser . . .«
»Ja?«
Das Gesicht vor dem ihres Sohnes fragte sie: »Hast du ihn getötet?«
»Mutter!« rief Ludwig entsetzt.
Frau Jarisch stöhnte auf. Sie sank auf ihren Stuhl und legte das Gesicht in beide Hände, so als schäme sie sich der Frage.
»Mutter!« wiederholte Ludwig erschüttert. »Du – du kannst mich das nicht im Ernst gefragt haben?«
»Aber Olga!« flüsterte Burger, kaum weniger erschüttert, »wie können Sie dem Bub das antun? Der Ludwig! Kein Mensch denkt so etwas.«
Ich blickte vor mich auf den Tisch. Es war eine peinliche

Situation für mich, der ich hier fremd war. Aber sie schienen mich vergessen zu haben. Eine Weile herrschte bedrückendes Schweigen. Ludwig zündete sich eine Zigarette an und gab sich Mühe, seine saloppe Haltung wiederzufinden.
»Vielen Dank, Herr Burger, für die Verteidigung. Aber die Polizei denkt es. Und meine Mutter offenbar auch. Der Polizei kann ich es nicht übelnehmen. Meine Mutter dagegen . . .« Er wandte sich ab, drehte sich dann plötzlich wieder um und schrie: »Nein, zum Teufel, ich habe ihn nicht umgebracht. Ich konnte ihn nicht besonders leiden, aber ich habe ihn nicht umgebracht. Ich war eifersüchtig wegen Dunja, gut, ich gebe es zu. Das habe ich nicht mal der Polizei verschwiegen. Du kannst Dunja nicht ausstehen, ich weiß es. Sie ist kein schlechtes Mädchen, ich kenne sie besser. Und es war ihr nicht recht, daß Kaiser gewisse Rechte auf sie geltend machte. Sie wollte das nicht.«
»Ja, vielleicht neuerdings. Deinetwegen«, sagte Olga.
»Na schön, neuerdings und meinetwegen. Sie hat mir versprochen, sie würde nicht mehr mit zu ihm hinaufgehen. Jawohl, sie hat es mir versprochen.«
»Aber sie war gestern bei ihm oben«, sagte Olga Jarisch.
»Er hat sie vom Büro aus mitgenommen«, sagte Burger begütigend. »Wir haben gestern lange gearbeitet, das wißt ihr ja. Und dann sagte er zu ihr: Komm mit, Dunjaschka, ich habe dir was mitgebracht.«
»Ja, eine Pelzjacke, wie jeder heute sehen konnte«, sagte Ludwig verbissen. »Und sie ging bereitwillig mit, wie immer.«
»Nicht so bereitwillig, ein wenig zögernd. Sie hatte Angst vor ihm. Und sie hatte Angst vor Ihnen, Ludwig.«
»Sie haben eine bemerkenswerte Beobachtungsgabe«, meinte Ludwig. »Vor mir hatte sie nicht die geringste Angst. Sie wußte schon, wie sie mit mir umgehen soll. Vielleicht war es ihr nicht ganz geheuer, weil *sie* da war. Aber sie ging mit und ließ sich eine Pelzjacke schenken. Wofür hat sie die wohl bekommen, was meinen sie, Herr Burger?«
Burger hob unbehaglich die Schultern und gab keine Antwort.

Mir erschien der Moment günstig, eine Frage zu stellen. »War eigentlich gestern abend noch jemand hier?«
»Wieso?« fragte Burger. »Wen meinen Sie?«
»Herr Jarisch sagte eben, weil *sie* da war. Wen meint er damit, seine Mutter?«
»Ich sprach von Frau Kaiser«, sagte Ludwig mürrisch, ohne mich anzusehen.
»Von wem?«
»Von seiner Frau.«
»Die Frau von Otto Kaiser? War die denn hier?«
Sie sahen mich alle drei an, als käme ich vom Mond.
»Aber ja«, meinte Burger. »Haben Sie denn heute nichts davon gehört, daß sie gestern hier war? Sie ist verschwunden, und kein Mensch weiß, wo sie ist.«
»Verschwunden? Ich hörte so eine Bemerkung während meiner Vernehmung, aber ich konnte mir keinen Vers darauf machen. Darum fragte ich auch jetzt. Seine Frau war hier? Kein Mensch hat heute etwas davon gesagt.«
Ich gab mir große Mühe, meine Stimme gleichgültig klingen zu lassen. – Das also war des Rätsels Lösung. Seine Frau. Eine sehr simple Lösung.
Warum war ich da nicht selber draufgekommen? Der Cadillac, der teure Pelzmantel. – Meine Unbekannte mit dem Messerstich im Arm – seine Frau!
»Wieso ist sie verschwunden? Was heißt das?«
Frau Jarisch hatte ihre Fassung wiedergewonnen. »Verschwunden ist nicht der richtige Ausdruck. Sie ist gegen neun Uhr von hier abgefahren. Herr Kaiser war zwar dagegen, daß sie noch fuhr, es schneie ja. Und erst hatte es auch geheißen, sie würde über Nacht bleiben. Aber sie ließ sich dann nicht zurückhalten. Er brachte sie noch selbst hinaus zum Wagen, und als er hereinkam, schimpfte er über die Unvernunft der Frauen. Auf jeden Fall lebte er noch, als sie wegfuhr.«
Das paßte genau. Wenn sie um neun hier weggefahren war, konnte sie eine Stunde später mit dem Wagen gerutscht sein und dann steckengeblieben. Es war kurz nach zehn, als sie in das Gasthaus kam.

»Kein Mensch«, sagte ich noch einmal, »hat auch nur ein Wort von Frau Kaiser gesagt.«
»Die Polizei hat uns ziemlich ausführlich nach ihr befragt. Aber wir kennen sie nicht. Sie kam am Nachmittag und ist abends wieder weggefahren, das ist alles.«
»Und wo ist sie jetzt?«
»Das weiß man eben nicht«, sagte Ludwig. »Sie ist in der Villa in Wien nicht angekommen.«
»Dann hat sie einen Unfall gehabt.«
»Das wüßte die Polizei bestimmt. Nein, wie es heißt, soll sie sowieso viel auf Reisen gewesen sein. Vielleicht ist sie irgendwo hingefahren und weiß noch gar nichts von ihrem Glück.«
»Was für ein Glück?«
»Daß sie Witwe geworden ist.«
Ich verstand weniger denn je. Was war gestern nur hier vorgegangen? Das Messer hatte demnach schon früher eine Rolle gespielt. Woher hätte sie sonst die Stichwunde gehabt? Wußten die das hier nicht, oder spielten sie mir alle zusammen Theater vor, mir und der Polizei?
»Was ist denn eigentlich vorgefallen?« fragte ich erregt. »Warum erzählen Sie mir nicht, was gestern hier los war?«
Frau Jarisch blickte mich prüfend an. »Was sollen wir Ihnen erzählen, Herr Lanz?«
»Was mit Frau Kaiser geschehen ist.«
»Das wissen *wir* doch nicht. Sie kam gestern nachmittag mit ihrem Mann hier an. Er war mit seiner Privatmaschine von Mailand nach Graz geflogen, und sie hatte ihn mit dem Wagen dort abgeholt. Für gewöhnlich tat das der Chauffeur, aber der hatte gekündigt. Und da ist sie selbst gefahren.«
»Und?«
»Was und? Weiter nichts. Wir haben sie auch zum erstenmal gesehen. Sie war noch niemals hier im Tal.«
»Und was tat sie denn gestern hier?«
Olga Jarisch blickte mich befremdet an. »Das habe ich Ihnen doch gerade erzählt.«
»Ich meine, als sie dann hier war.« – Ich versuchte, mich zu

beherrschen, schenkte mir nochmals Wein aus dem Krug ein, nahm mir eine Zigarette. Mein Benehmen mußte ihnen seltsam vorkommen.

»Sie ging lange spazieren. Als sie zurückkam, habe ich ihr Tee gemacht, sie trank ihn hier in diesem Zimmer. Dann sagte sie, sie würde jetzt fahren. Ich hatte gedacht, sie würde über Nacht bleiben. Wir unterhielten uns ein bißchen, nur ganz belanglos. Sie fragte mich, wie es mir hier gefiele und ob es nicht sehr einsam sei. Und dann wollte sie wissen, wie Ludwig zurechtkäme und ob er sich eingearbeitet hätte. Sie sprach sehr nett von ihm.«

»Wie komme ich denn zu der Ehre?« fragte Ludwig.

Olga Jarisch warf ihm einen kurzen Blick zu. »Ich nehme an, daß Herr Kaiser ihr von dir erzählt hatte.«

»Und da sprach sie nett von mir? Das finde ich aber unglaubwürdig.«

»Sie sagte, wenn ein Mensch eine Künstlernatur hat, dann sei es sicher sehr schwer für ihn, wenn er sich so gänzlich umstellen müsse. Es käme einer Vergewaltigung gleich, und sie halte das nicht für gut.«

»Das hat sie gesagt?«

»Ja.«

»Hat dich das nicht gewundert?«

Frau Jarisch zögerte. »Nun ja, vielleicht ein bißchen. Ich wunderte mich darüber, daß er ihr von dir erzählt hat.«

»Schade, daß ich sie nicht zu sehen bekommen habe«, meinte Herr Burger. »Sie soll eine Baltin sein, Herr Kaiser machte jedenfalls mal so eine Bemerkung. Sie ist in einem russischen Lager geboren. Ihren Vater haben die Russen verschleppt, sie kam mit ihrer Mutter nach dem Kriege nach Berlin.«

»Was sie alles wissen!« sagte Ludwig erstaunt.

Herr Burger errötete. »Es fiel mir gerade so ein. Ich hätte sie gern kennengelernt. Wie sieht sie denn aus?«

»Sie sieht sehr gut aus«, meinte Frau Jarisch gleichmütig.

»Und sie heißt Irina«, sagte Ludwig zu mir. »Sonst noch Fragen, Sherlock Holmes?«

»Ja«, sagte ich, ohne mich von ihm aus der Ruhe bringen zu lassen. »Was geschah weiter?«
»Als sie hier mit Mutter saß, kam ich und holte Zigaretten.«
»Ja, und du warst ziemlich schlecht gelaunt.«
»Weil er mich wieder heruntergeputzt hatte. Sie saß dort auf der Ofenbank, rauchte und sagte kein Wort. Sah mich nur immerzu an. Es machte mich ganz nervös.«
»Inzwischen hatte es angefangen zu schneien, und ich sagte zu ihr, ob es nicht besser sei, wenn sie über Nacht hierbliebe, ich könnte ihr das kleine Gastzimmer herrichten. Und es schien so, als sei sie damit einverstanden. Ludwig war wieder ins Büro gegangen. Und ich ging in die Küche, um Abendessen zu machen.«
»Und dann?« fragte ich beharrlich.
»Die Männer kamen lange nicht. Moni hatte den Tisch gedeckt, und ich fragte Frau Kaiser, ob wir nicht inzwischen essen sollten. Erst wollte sie nicht, aber dann aßen wir doch, sie aß sehr wenig. Und dann stand sie am Fenster, es war dunkel draußen, und es schneite wie verrückt. Ja.«
»Erzähle nur weiter«, sagte Ludwig herausfordernd, »denn jetzt wird's endlich interessant.«
Frau Jarisch sah ihn an und schwieg.
»Dann kann ich es ja erzählen. Herrn Lanz interessiert es doch offenbar sehr. Es muß so gegen acht gewesen sein, denke ich, als er mit Dunja hier ins Haus kam. Oder?«
»Ja«, murmelte Burger, »acht war es ungefähr, als sie hinübergingen.«
»Ich war nicht im Büro, er hatte mich ins Lager geschickt, und die Gelegenheit benutzte er, um Dunja ins Haus zu bringen. Vermutlich dachte er, seine Frau wäre weggefahren. Ich lief auch herüber, als ich sah, daß Dunja und er nicht mehr im Büro waren. Hier im Zimmer waren sie nicht, Frau Kaiser war allein, doch dann kam Mutter, und ich fragte, wo ist Dunja? Und Mutter tat so, als hätte sie nicht gemerkt, daß er Dunja mit ins Haus gebracht hatte. – Nicht, so war es doch, Mutter? Aber du hast es sehr wohl gemerkt.«

»Es war eine sehr peinliche Situation«, gab Frau Jarisch zu. »Und du benahmst dich sehr ungezogen.«
»Na, ich dachte, wenn seine Frau da ist, können wir mal reinen Tisch machen. Vielleicht hatte sie auch etwas dagegen. Ich sagte: Ist Dunja vielleicht oben? Macht sie private Überstunden?«
Herr Burger saß vornübergeneigt, er hatte ganz rote Wangen vor Aufregung bekommen. Und ich fragte mich, ob sie das alles genauso der Polizei erzählt hatten.
»Und dann?«
»Sie fragte so obenhin: Wer ist Dunja? Und Mutter sagte: Die Bürohilfe. Ach so, sagte sie. Dann ging sie zum Fenster, schaute hinaus und stellte fest, daß es immer noch schneie. Mutter fragte mich, ob ich jetzt essen wolle. Und ich sagte nein, verflucht noch mal, und ging wieder hinaus. Und sie kam auf den Flur. Und da hörte ich oben Dunjas Stimme, ziemlich laut sogar. Sie mußte es auch gehört haben, aber sie kam mit mir vors Haus, blickte in den Schnee und sagte: Ach, wie schön! – Also ganz normal ist die nicht, das könnt ihr mir glauben.«
»Mir war das wirklich alles sehr peinlich«, sagte Frau Jarisch. »Ich stellte in der Küche das Essen warm, schickte Moni nach Hause, und als ich wieder hier ins Zimmer kam, war sie nicht mehr da. Dann kam Dunja von oben. Ich sah es, weil ich die Tür offengelassen hatte. Sie heulte und lief aus dem Haus. Und dann dauerte es nicht mehr lange, dann kam Frau Kaiser die Treppe herunter, fertig angezogen, er kam hinterher, und es hieß, sie würde jetzt fahren. Na ja. Und da fuhr sie weg. Er kam herein und schimpfte, daß sie jetzt abfuhr, aber dann brachte ich ihm das Essen. Es schmeckte ihm sehr gut. Er würde zeitig ins Bett gehen, sagte er, um fünf käme Anton, und dann würden sie zur Jagd gehen. Aber es schneit doch, sagte ich. Morgen früh nicht mehr, sagte er. Und damit hatte er ja auch recht.«
»Wie immer und ewig, Amen«, meinte Ludwig. »Selbst das Wetter war ihm untertan.«
»Als ich kam«, sagte Burger, »saß er noch hier und meinte, es

wäre wieder mal sehr gemütlich bei uns. Ich hab' dann auch gegessen, und wir haben noch geredet, hauptsächlich von Ihnen, Herr Lanz, und wie das alles hier werden soll.«
»Und wann kamen Sie nach Hause?« fragte ich Ludwig.
»Später. Ich ging noch spazieren.«
»Spazieren? Bei dem Wetter?«
»Warum nicht. Die gnädige Frau hatte ja auch festgestellt, der Schnee sei etwas Schönes. Außerdem wollte ich ihm nicht mehr begegnen. Ich ging beim Reiter-Bauern vorbei, da wohnt Dunja. Erst wollte ich an ihr Fenster klopfen, die Vorhänge waren zugezogen, aber es war Licht. Doch ich war noch zu wütend und tat es nicht.«
»Was hatte denn Dunja heute dazu zu sagen?«
»Gar nichts. Sie hat den ganzen Tag geheult und pausenlos erklärt, sie wisse nichts«, sagte Ludwig.
Ich überlegte. Sie war hinaufgegangen, als Dunja oben war bei ihm. Es hatte einen Streit gegeben – vielleicht. Dunja lief fort und heulte. Nur sie konnte wissen, was vorgefallen war und woher der Messerstich kam. Ich mußte sie morgen fragen. Egal, ob sie heulte oder nicht.
Jedenfalls war Dunja dann in ihrem Zimmer unten im Dorf gewesen. Ludwig im Schnee spazieren. Frau Jarisch, Herr Kaiser, Herr Burger hier in diesem Raum. Und Frau Kaiser im Auto auf der Fahrt nach Wien. Verletzt und verstört.
Irina hieß sie.
Wann hatte Otto Kaiser in der Nacht das Haus verlassen, hatte keiner das bemerkt? Er hat in seinem Bett nicht geschlafen, wie Frau Jarisch heute vormittag gesagt hatte. Wollte er bei Dunja schlafen? Hatte Ludwig ihm dort aufgelauert? – Das war durchaus denkbar. Ich blickte zu dem Jungen hinüber. Er war wirklich schwer belastet, daran bestand kein Zweifel. Ich traf auf Ludwigs spöttischen Blick. »Nun, Sherlock Holmes, schon eine heiße Spur?«
»Sie müßten sie leichter finden können als ich. Sie kennen die Verhältnisse besser.«
»Na, Sie wissen doch jetzt auch schon ganz gut Bescheid.«
Aber wie war es mit dem Messer? – Natürlich konnte Kaiser

schon sehr früh zu seiner Pirsch aufgebrochen sein. Frau Jarisch hatte gesagt, er sei ein Frühaufsteher. Dann hatte er das Messer eben dabei. Und hatte dort seinen Mörder getroffen. Der Wilderer, von dem Ludwig sprach? Anton, der Jäger? Sonst jemanden.
Ein Mörder war hier im Tal. Er mußte noch hier sein. Aber wenn er im Wald getötet worden war, wie kam er an den Fluß? Und das verdammte Messer ...
»Das Messer hat man nicht gefunden?« sagte ich, mehr vor mich hin.
Frau Jarisch sah mich an, auch in ihren Augen stand jetzt Spott.
»Die Glainz ist sehr tief. Und sie hat eine rasche Strömung. Man hätte auch ihn nicht so bald gefunden, wenn es gelungen wäre, ihn über die Böschung zu stoßen.«
Ich blickte sie nacheinander an. Ich fühlte mich unbehaglich. Ich traute keinem mehr.
»Es beweist«, sagte ich, »daß der Mörder nicht sehr kräftig war.«
Frau Jarisch stand auf. »Ja. Oder in großer Eile. Die Holzfäller sind früh unterwegs. Anton war früh unterwegs. Und da unten an der Bucht wird man von weither gesehen. Hat noch jemand einen Wunsch? Ich gehe schlafen. Es war ein anstrengender Tag.«
»Ja«, meinte Burger, »gehen wir schlafen. Wenn wir können.«
»Sie können sicher«, meinte Olga Jarisch. »Sie schlafen doch immer wie ein Murmeltier.«
»Hoffentlich, hoffentlich. Heute, na, ich weiß ja nicht ... Was ich noch sagen wollte, Herr Lanz, das Messer – es war ein sehr wertvolles Stück. Er hat's mir mal gezeigt. Eine ganz schmale, ziemlich lange Klinge, der Griff war handgeschnitzt und endete in einem Adlerkopf.«
»Ein Adlerkopf?«
»Es sei sehr wertvoll, hat er gesagt, und es bedeute ihm viel. Sein Sohn werde es einmal von ihm erben.«
»Hat er denn einen Sohn?«

»Eben nicht. Nur eine Tochter. Aus erster Ehe. Aber vielleicht dachte er...«
»Was?« fragte Frau Jarisch spöttisch.
»So alt war er ja noch nicht. Er hätte ja noch einen Sohn bekommen können.«
»Er war sechsundfünfzig. Ein bißchen spät, um einen Sohn zu zeugen.«
»Bei seiner Vitalität? Nein, Olga, ihm hätte ich das glatt noch zugetraut.«
Dann fiel Frau Jarisch noch ein, daß sie Moni ganz vergessen hatte. Aber wie sich herausstellte, hatte diese sich allein auf den Heimweg gemacht, der – wie ich hörte – sowieso nicht länger als zehn Minuten dauern konnte.
»Und vermutlich ist sie gerannt, und dann sind es fünf Minuten«, meinte Ludwig.
Ich ging noch einmal vor die Tür.
Die Nacht war klar und kalt. Vor meinem Mund stand weißer Hauch. Am Himmel waren jetzt viele Sterne. Und da unten über der Bucht stand immer noch dieser eine besonders große, besonders helle Stern, den ich schon vorhin gesehen hatte.
Wann hatte es aufgehört zu schneien in der vergangenen Nacht? Wann war der Himmel klar geworden?
Es mußte hell gewesen sein hier im Tal in der vergangenen Nacht. Der Schnee mußte das Tal erhellt haben.
Einen toten Mann im Schnee zu transportieren... ein Schlitten? Natürlich ein Schlitten. Als man ihn fand, war der Schnee geschmolzen, und man sah keine Spuren mehr.
Nur unten, auf dem Stück Wiese an der Bucht, da hatte man Spuren gesehen. Da hatte der Mörder den schweren Körper auf die Böschung geschoben und dann versucht, ihn von dort ins Wasser zu stoßen. Und da hatte er erst gemerkt, wie hell es war. Durch den Schnee. Durch den Fluß.
Und vielleicht war der Stern hervorgekommen, und es war noch heller geworden. Da hatte der Mörder die Nerven verloren, war weggelaufen und hatte den Toten liegenlassen. Der Mörder oder die Mörderin.

Der Stern über des toten Mannes Bucht mußte das alles gesehen haben.

Es war eine Wohltat, daß der nächste Tag ein normaler Arbeitstag war. Oder sich jedenfalls bemühte, einer zu sein.
Ich war um sieben auf dem Gelände. Es war kalt, aber wieder ein klarer heller Tag. Die Sägen liefen an, ihr Kreischen erfüllte die Luft – für Ludwig mochte es ein gräßliches Geräusch sein, für mich Musik. Eine Weile stand ich neben einer der großen Gattersägen, sah zu, wie der Schlitten den Stamm heranfuhr, wie sich die scharfen Zähne der Säge durch den Stamm fraßen und auf der anderen Seite die geschnittenen Bretter herausfielen.
Grunski und Ludwig führten mich durch das Werk, zeigten und erklärten mir alles, und später saß ich im Büro und versuchte, mich mit den laufenden Aufträgen vertraut zu machen. Dreißig- bis vierzigtausend Festmeter Holz waren im vergangenen Jahr durch die Sägen gelaufen. Kaiser hatte ein Mindestsoll von fünfzigtausend als nächstes Ziel gesetzt.
»Zur Zeit fällen sie ziemlich weit hinten im Tal«, erklärte mir Burger. »Ludwig kann morgen einmal mit Ihnen hinauffahren. Die Holzfäller arbeiten im Akkord. Sie bilden jeweils eine selbständige Arbeitsgruppe mit einem Vorarbeiter, er rechnet draußen mit ihnen ab. Sie sind so eine Art Vertragsarbeiter, nicht fest an das Werk gebunden. Es gibt viel Wechsel, aber es bleibt immer noch so eine Art von solidem Stamm. Holzfäller gibt es hier in der Gegend von alters her. Natürlich sind es weniger geworden, die Arbeit ist hart. Ich denke, daß sie nächste Woche anfangen werden zu flößen. Die Glainz hat einen guten Wasserstand zur Zeit, der wird durch die Schneeschmelze noch besser. Wenn wir flößen, stellen wir Hilfskräfte ein. Die Anlandung ist eine Arbeit, die einer verstehen muß.«
»Und wo landen die Stämme an?«
»Gerade dort. In der kleinen Bucht.«
Ich verstand. In der kleinen Bucht, in der man Kaiser gefunden hatte.
Der Mörder hatte sich eine schlechte Zeit ausgesucht. Wenn

man schon geflößt hätte, wenn die schweren Stämme in die Bucht gefahren wären und die Leiche hätte darin gelegen, dann hätte man ihn wohl nie gefunden.

Während des Vormittags waren wir alle fleißig bei der Arbeit, wie auf Verabredung vermieden wir es, von dem Mord zu sprechen. Neues erfuhren wir auch nicht. Dunja saß vor der Schreibmaschine und tippte mit angespannter Miene. Sie machte vermutlich noch mehr Fehler als sonst. Burger gab ihr immer wieder einen geschriebenen Bogen zurück, dann wurde sie rot, warf einen scheuen Blick auf mich und begann von neuem.

Sie sah Ludwig nicht an, und Ludwig sah sie nicht an. Es war kurz vor zwölf, da kam der jüngere Beamte aus Hallau ins Büro, grüßte kurz und blickte Dunja streng an.

»Fräulein Milevic, zur Vernehmung.«

Sie wurde rot, dann blaß, blickte uns verzweifelt an.

»Na, geh nur«, sagte Burger tröstend, »sie werden dir schon nicht den Kopf abreißen. Heulst heut halt nicht und sagst alles, was du weißt.«

Aber sie war noch nicht aus dem Büro, da hatte sie schon wieder die Augen voller Tränen.

»Mit der werden sie auch heute nicht viel anfangen können, die hat's total derbröselt. Ich möcht' bloß wissen, warum 's gar so außer sich ist. Sonst war sie immer so munter, richtig keck manchmal. Gelacht den ganzen Tag und ihre schwarzen Haare geschüttelt, und die Männer – na ja, alle hatten sie gern, und sie hat jeden angelacht.«

»Hat sich denn der Ludwig gleich für sie interessiert?«

Ich konnte das fragen, denn Ludwig hatte vor kurzem das Büro verlassen und war auf dem Gelände.

»Ziemlich bald. Erst war sie drüben im Haus und hat der Olga geholfen, da hat er sie ja oft gesehen. Mit wem soll er denn hier poussieren? Eine Zeitlang hat ihn ja die Gräfin mit ihrer Gunst bedacht. Aber das war schnell wieder vorbei.«

»Sie ist die Schwester vom Grafen, sagten Sie gestern. Aber sie muß doch verheiratet sein. Der Graf nannte gestern einen anderen Namen, der klang italienisch.«

»Barutti, ganz recht. Haben Sie den Grafen denn kennengelernt?«
Ich erzählte ihm von meiner kurzen Begegnung mit dem Grafen und der rothaarigen Esther, und Burger meinte: »Na, dann wird s' bald hier aufkreuzen. Wenn ein Mannsbild da ist, das interessiert sie. Sie kam auch immer, wenn Herr Kaiser da war. Sie langweilt sich halt da oben. Ja, sie heißt Barutti, hat einen Italiener geheiratet. Das war aber wohl nicht das Richtige. Jetzt ist sie geschieden. Das heißt, sie lebt getrennt. Geschieden werden kann man ja in Italien nicht. Viel Geld scheint sie von ihm nicht zu kriegen. Wenn sie keins hat, kommt sie halt her und lebt bei ihrem Bruder.«
Kurz danach gingen wir zum Essen.
»Das war auch so was«, erzählte Burger mir auf dem Weg, »Herr Kaiser wollte gern eine Kantine für die Leute einrichten. Manche bringen sich ihr Essen mit. Die vom Dorf essen zu Hause. Aber manche fahren auch nach Glainz hinunter. Das dauert dann lange, bis sie wieder da sind. Herr Kaiser meinte, man könnte abends früher aufhören, wenn die Leute ihr Essen hier bekämen.«
Dunja war nach der Mittagspause noch nicht zurück.
Am Nachmittag kam Esther Barutti zu Besuch, wie Herr Burger schon vermutet hatte.
Und dann sah ich *sie* wieder.

So gegen vier war ich unten am Fluß bei den rohen Stämmen und beobachtete die Arbeit des großen Krans, der die Stämme stapelte, um Platz zu schaffen für die neu angeflößten Stämme. Ein noch ziemlich junger Bursche beunruhigte mich. Er konnte höchstens siebzehn sein und turnte mit geradezu artistischer Gewandtheit auf den Riesenstapeln herum, dirigierte den Kran, tauchte drunter durch, sprang hinauf und herunter, und ich wartete direkt darauf, daß er abrutschen und einen Fuß zwischen den Stämmen einklemmen würde oder daß einer der von ihm mit so leichter Hand eingewiesenen Stämme ins Rutschen kam und ihn mitriß.
Ich machte eine Bemerkung zu Grunski, der eine Weile neben

mir stand, doch der sagte gelassen: »Der Sepp kann das. Dem passiert nichts. Das ist der Geschickteste, den wir hier haben.«
Und dann sah ich also Esther Barutti, geborene Gräfin Solmassy, über das Gelände herangeschlendert kommen. Sie trug beigefarbene Hosen, eine grüne Lederjacke, ihr rotes Haar leuchtete in der Sonne. In respektvoller Entfernung von dem Kran blieb sie stehen und hob die Hand, als ich grüßte. Grunski hatte sie auch gesehen und brummte irgendwas vor sich hin.
»Wie?« fragte ich. »Haben Sie was gesagt?«
»Nischt. Ich hab's bloß nicht gern, wenn Fremde hier rumlungern.«
»Na ja, Fremde kann man wohl in diesem Fall nicht sagen. War ja mal ihr Betrieb, nicht?«
»Hätt'n ja behalten können.«
Ich hatte bereits erkannt, daß Grunski für mich hier der wichtigste Mann sein würde. Er wußte am besten Bescheid, er kannte die Aufträge, machte sich eigene Gedanken über die Reihenfolge der Zulieferung, überwachte auch das Transportsystem, die Fahrer wandten sich mit Fragen an ihn. Daß es wichtig sein würde, mit Grunski gut auszukommen, war mir klar, sonst konnte ich gleich wieder einpacken.
Einer seiner ersten Aussprüche am Morgen war gewesen: »Herr Kaiser hat immer alles mit mir besprochen.«
Der Satz stand für sich allein, aber er hatte eine unausgesprochene Fortsetzung: Etwa: Außer mir weiß doch keiner Bescheid.
Es war leicht vorstellbar, daß ein Mann wie Grunski einen Jungen wie Ludwig Jarisch nicht als Chef akzeptiert hatte. Ludwig konnte höchstens vier- oder fünfundzwanzig Jahre alt sein und verstand ja nach eigener Aussage nichts von Holz. Es war wirklich keine glückliche Idee von Otto Kaiser gewesen, Ludwig hier die Leitung zu übertragen, nachdem er diesen Benno gefeuert hatte. Aber freilich, ein neuer Mann mußte erst gefunden werden.
Ich hatte mir vorgenommen, Grunski gegenüber nicht den

Boß zu spielen, sondern sein Vertrauen und seine bereitwillige Mitarbeit zu gewinnen.
»Ich hoffe auf Ihre Hilfe, Herr Grunski«, hatte ich gesagt. »Es ist für mich jetzt schwer, einen Überblick zu gewinnen. Aber wir können nichts tun, als so gut wir vermögen zunächst einmal weiterzumachen. War eigentlich außer Herrn Kaiser jemals aus Wien jemand da?«
Nein, außer Kaiser war nie jemand hier gewesen. Mich beschäftigte wieder die Frage, wer denn nun eigentlich in Wien zuständig war, jetzt, nachdem Otto Kaiser nicht mehr lebte. In welcher Art hatte er seine Firma geführt, gab es Teilhaber, oder war es ein typisches Einkopfunternehmen? Es hätte Kaiser ähnlich gesehen.
Es würde Erbauseinandersetzungen geben. Es gab eine frühere Frau Kaiser, es gab eine Tochter, das wußte ich mittlerweile. Sonst wußte ich nichts.
Jedenfalls lief der Betrieb seit dem Morgen auf Hochtouren. Grunski war überall.
Er stammte aus Oberschlesien, wie ich aus seinen Personalpapieren ersehen hatte. War Soldat gewesen, nach dem Krieg in englischer Gefangenschaft, hier in Österreich, dann entlassen, war geblieben, hatte verschiedentlich gearbeitet, hier und dort, und dann ein Mädchen aus Glainz geheiratet.
Esther Barutti betrachtete mich wohlgefällig, als ich schließlich bei ihr anlangte. »Sie schaun aus, als wenn Sie hier aufgewachsen wären«, sagte sie und musterte meine Arbeitskluft. »Sind Sie ein richtiger Holzmensch?«
»Ich weiß nicht, was Sie darunter verstehen, gnädige Frau. Man könnte dem Wort einen Doppelsinn geben.«
Sie lachte und blitzte mich kokett aus schönen braunen Augen an. »Ich habe nicht gefragt, ob *Sie* aus Holz sind. Soviel verstehe ich von Männern, daß ich sagen würde: ganz gewiß nicht. So ein Mannsbild wie Sie! Nein, der Ausdruck stammt von Kaiser, dem Armen. Er hat immer gesagt, wenn ich doch nur mal einen richtigen Holzmenschen für das Werk finden würde! – Komisch, daß er sich so viel aus diesem Sägewerk hier gemacht hat, nicht? Er hatte viele gutgehende Betriebe

und war so reich. Der Betrieb hier konnte ihm doch wirklich nicht so wichtig sein.«
»Irgendwie verstehe ich es. Er war gewohnt, Erfolg zu haben. Und ein Betrieb, der mit roten Zahlen arbeitete, reizte vermutlich seinen Ehrgeiz. Ich könnte mir vorstellen, daß es so war.«
»Sie kannten ihn nicht näher?«
»Nein.«
»Schad'. Er war auch ein richtiges Mannsbild. Ich hab' ihn gut leiden können. Es gibt heute so selten noch richtige Männer. Wirklich schad', daß er tot ist. Aber wissen S' was?«
»Na?«
»Dieser gewaltsame Tod paßt irgendwie zu ihm. Er war auch ein gewalttätiger Mensch.«
Darauf fiel mir nicht gleich eine Antwort ein. Von diesem Gesichtspunkt aus hatte ich den Mord an Otto Kaiser noch nicht betrachtet.
Wir waren während des Gesprächs langsam über das Gelände geschlendert, jetzt blieb Esther stehen, blickte mit schiefgelegtem Kopf zu mir auf, setzte sich dann auf einen Stapel Bretter und fragte: »Rauchen Sie eine Zigarette mit mir? Und sagen Sie nicht, rauchen sei hier verboten. Wir werden das Holz schon nicht anzünden.«
Ich lachte. »Das dürfte Ihnen auch schwerfallen. Also gut, auf eine Zigarettenlänge. Mehr Zeit habe ich leider nicht.«
»Ja, ich weiß. Sie haben viel zu tun. Alle Männer von heutzutage haben immer viel zu tun. Es ist schrecklich.«
»Ist Ihnen ein Mann, der nichts tut, lieber?«
»Der ist noch viel schrecklicher. Mich dürfen S' nicht fragen. Ich bin mit einem verheiratet, für den ist Arbeit ein exotischer Begriff.«
Ich gab ihr Feuer und fragte dann: »Und was verschafft mir die Ehre Ihres Besuches?«
»Ich langweil' mich. Was soll ich denn den ganzen Tag oben tun? Die Geschichten, die mein Bruder erzählt, kenne ich alle schon. Ich bin ja ganz gern hier. Wenn ich weg bin, möcht' ich hier sein. Aber wenn ich hier bin, möcht' ich wieder weg. Hier passiert nie etwas.«

»Das können Sie im Moment kaum sagen.«
»Stimmt. – Gibt's was Neues?«
»Nicht daß ich wüßte.«
»Es tut mir trotzdem leid, daß es grad der Kaiser war. Ich hab' ihn gern gemocht. Mein Bruder auch. Und es war so nett, wie er immer von unserem Tal begeistert war. Direkt geschwärmt hat er. Wir haben's gar nicht mehr gesehen, wie schön es hier ist. Wenn man etwas so genau kennt, nicht? Aber dem Kaiser hat hier alles gefallen, die Landschaft, der Fluß, die Berge, der Wald, die Luft – einfach alles. Er hat darüber g'redet, wie wenn's das Paradies wär. Der Poldi hat amal g'sagt, also der zeigt uns erst, wie schön es zu Hause ist.«
»Na, das muß Sie doch gefreut haben.«
»Schon. Und wissen S', was der Kaiser noch gesagt hat? Wenn er alt sein wird, dann bleibt er für ganz hier. Dann kauft er uns das Schloß auch noch ab und wird hier leben. Was sagen Sie dazu? Wir haben uns schon überlegt, der Poldi und ich, was wir für das Schloß verlangen könnten.«
»Hätten Sie es denn verkauft?«
Sie nickte.
»Warum nicht? Sie meinen, man soll das Schloß seiner Väter nicht verkaufen? Heut' sind die Zeiten anders. Der Poldi hat keine Kinder. Und mein Sohn, der wächst in einem Internat auf. Ob der hier später wohnen möcht'? Ich glaub's nicht. Der redt heut schon so konfuses Zeug. So kommunistisches, wissen S'. Daß man keinen Besitz haben darf und allen alles gehört und so. Der macht dann vielleicht eine Kommune aus dem Schloß.«
»Wie alt ist denn Ihr Sohn?«
»Sechzehn ist er, der Lausbub. Aber heut sind s' ja so frühreif und wissen eh' alles besser.«
Mit einem raschen Seitenblick fügte sie hinzu: »Ich hab' sehr früh ein Kind gekriegt. Ich hab' mit achtzehn geheiratet und war nicht aufgeklärt.«
Ich versuchte es mit einem Kompliment. »Ich hab' mich grad gewundert, daß Sie schon so einen großen Sohn haben.«
»Danke. Das war lieb.«

»Hatte eigentlich Herr Kaiser Kinder?«
Esther war bestens informiert. »Eine Tochter aus einer früheren Ehe. Ich kenn' s'. Recht fad. Gar net hübsch. Die Mutter auch nicht. Warum er die geheiratet hat, weiß ich nicht.«
»Diese – eh' – Familie lebt auch in Wien?«
»Nein. Draußen im Reich. Sie ist eine Deutsche.«
Ich hätte gern weiter gefragt, zum Beispiel, woher sie das alles wußte, aber ich wollte nicht zu neugierig erscheinen.
Statt dessen sagte ich: »Wie ich gehört habe, ist Herr Kaiser wieder verheiratet.«
»Ja. Diesmal hat er eine Hübsche. No ja, jetzt hat er sich's leisten können. So eine große schmale Blonde. Bisserl kühl. Ich würd' sagen, gepaßt hat s' net zu ihm. Stammt auch von draußen. Eine Baltin, wie ich gehört habe. Das ist so was von droben draußen, so was Nordisches. Ich würd' sagen, er hat keine glückliche Hand gehabt mit seinen Frauen.«
Ich dachte im stillen, daß so eine Frau wie diese Esther ganz gut zu Otto Kaiser gepaßt hätte. Aber wer fand schon eine Frau, die zu ihm paßte! Vor allem, wer fand sie zur rechten Zeit.
»Die ist ja jetzt die Chefin hier. Da werden Sie ja bald mit ihr zu tun haben.«
»Kennen Sie Frau Kaiser?«
»Ja. Ich hab' sie zwei- oder dreimal gesehen. Das letzte Mal beim Opernball. Also da war sie wirklich ravissant. In einem ganz glatten weißen Kleid, nur so ein bisserl Glitzerzeug am Ärmel. Vielleicht sogar echt – leisten konnt' sie sich's ja. Bisserl hochmütig ist sie. High-browed, wie die Amerikaner sagen. Sie soll Künstlerin gewesen sein.«
»Künstlerin?«
»Was erschreckt Sie denn da so? Das gibt's doch. Ich glaube, Violine hat s' gespielt. – Oder Klavier?«
Die Gräfin legte nachdenklich den Kopf in den Nacken.
»Also genau weiß ich das nicht mehr.«
»Sie wissen eine ganze Menge, gnädige Frau.«
»No, wenn ein Mann so reich ist wie der Kaiser, dann wird über ihn geredet, ist doch klar, net? Die Ehe soll nicht beson-

ders glücklich gewesen sein, sagt man. Jedenfalls war sie viel auf Reisen. Und er hat immer mal so ein bisserl ... na, Sie wissen schon. Ein Mannsbild, ich sag's ja. Er soll ja hier auch so eine kleine Freundin gehabt haben.«
»So?«
»Tun S' doch nicht so, als ob S' das nicht wüßten. Das hat man Ihnen doch bestimmt erzählt.«
»Geredet wird viel.«
»Wenn man redet, ist meist auch was dran. Drum sitzt der Kleine auch mit der Nase im Dreck.«
»Ich nehme an, Sie sprechen jetzt von Ludwig Jarisch.«
»Von dem sprech' ich. Netter Bursche. Ich mag ihn gern. Bisserl jung und dumm halt noch. Der Kaiser hat's wichtig mit ihm gehabt. Wollt' ihn immer erziehen. Und da hat's ja wohl Ärger gegeben.«
Kein Zweifel. Gräfin Esther war bestens informiert. Mit ihr zu sprechen, war ganz nützlich. Damit entschuldigte ich mein müßiges Sitzen auf dem Holzstapel während der Arbeitszeit.
Etwas interessierte mich noch. »Aus dieser – dieser zweiten Ehe gibt es keine Kinder?«
»Nicht daß ich wüßte.«
Ich lachte ein wenig verlegen. »Entschuldigen Sie meine vielen Fragen. Aber meine Situation hier ist sehr seltsam. Ich hab' ja keine Ahnung, wie es weitergeht.«
Esther schenkte mir ihr verführerisches Lächeln. »No, ein Mann wie Sie, der kann sich doch die Positionen aussuchen.«
So gut sie sonst informiert war – über mich wußte sie offenbar nichts Näheres. Oder sie verbarg es geschickt. Ich stand auf. »Ja, ich muß dann wieder ...«
»Sie wollen mich loswerden? Ich hab' gedacht, Sie laden mich zu einer Jausen ein?«
»Es ist doch Arbeitszeit, gnädige Frau.«
»Ich lad' Sie dafür zum Nachtmahl ein. Heut oder morgen, wann es Ihnen paßt. Sie bekommen gut zu essen und einen prima Wein.«
»Ihre reizende Gesellschaft wäre das beste dabei.«

»Charmant, charmant«, fand Signora Barutti und zeigte mir ihre hübschen weißen Zähne. »Und die können S' noch bisserl haben, meine reizende Gesellschaft, wenn wir jetzt jausen gehen. Die Frau Jarisch kocht einen guten Kaffee.«
Ich seufzte und lachte dann. »Daß es einer Frau immer so viel Spaß macht, einen Mann von der Arbeit abzuhalten.«
»Sie haben einschlägige Erfahrungen gemacht? – No, wie auch nicht, so wie Sie ausschauen.«
Kein Zweifel, sie flirtete mit mir. Offenbar hatte sie mich auserkoren, ihr Dasein in dem einsamen Tal etwas unterhaltender zu gestalten.
Und natürlich, wie Männer nun mal so sind, ließ ich Sägewerk Sägewerk sein und folgte ihr zum Haus.
Dort standen zwei Autos. Der mir schon bekannte Wagen der Polizei und daneben ein großes elegantes, blitzendes Ungetüm: ein Cadillac.
»Dem Kaiser sein Wagen!« stellte Esther fest. »Was meinen S', wer da gekommen ist?«
Ich blieb stehen und wäre am liebsten umgekehrt.
»Da's der Kaiser nimmer sein kann«, fuhr Esther heiter fort, »wird's wohl Ihre neue Chefin sein. Soll ich mit hineinkommen? Oder ist das taktlos? Man müßte ihr ja kondolieren, net? Aber was sagt man in so einem Fall? Ich hab' so was noch net erlebt. Was meinen S'?«
»Ich weiß auch nicht«, murmelte ich. Meine Unschlüssigkeit war noch größer als ihre. Würde *sie* es sein?
»Jesses, da fällt mir ein, ich hätt' der Polizei was zu erzählen. Ich *muß* mitkommen.« Und damit steuerte Esther energisch auf das Haus zu.
Auf der Bank vor dem Haus saß ein Mann, ein breitschultriger, kräftiger Mensch mit schwarzem Haar und dicken schwarzen Brauen. Er trug einen braunen Anzug, hatte die Beine von sich gestreckt und rauchte.
Esther blieb stehen und betrachtete ihn ungeniert.
»Sie kenn' ich doch. Sind Sie net . . .«
Der Mann stand auf, er verbeugte sich mit einer gewissen Grazie und sagte: »Ivo. Der Fahrer von Herrn Kaiser.«

»Na, klar doch, der Ivo. Sie haben mich ja unlängst vom Opernball nach Hause gefahren. Na, was sagen S'? Ist das nicht schrecklich?«

Ivo, der Chauffeur von Herrn Kaiser, nickte, blieb höflich stehen und wartete ab.

»Ganz, ganz schrecklich«, meinte Esther mit Nachdruck. »Wir sind ja ganz... Haben Sie Frau Kaiser hergebracht?«

»Ja, Frau Gräfin.«

»Gott, die Arme. Ist ja schrecklich für sie. Na, wenn man bedenkt...« Und dann trat sie durch die Haustür, entschlossen, allen Schrecknissen unerschrocken gegenüberzutreten.

Ich tauschte einen Blick mit diesem Ivo, dann folgte ich Signora Barutti ins Haus. Mit sehr gemischten Gefühlen.

Das große Bauernzimmer war voller Menschen. Aber zunächst sah ich nur *sie*. Sie stand am Fenster, sie war noch viel schöner, als ich es in Erinnerung hatte. Heute trug sie ein graues Tweedkostüm und darunter einen schwarzen Pullover mit Rollkragen.

Esther, ohne sich zunächst um die anderen zu kümmern, ging mit ausgestreckter Hand auf sie zu. »Oh, meine Liebe...« Sie reckte sich, küßte die blonde Frau auf die Wange, sagte dann, wie schrecklich das alles sei und wie leid es ihr tue.

Das Gespräch im Raum war verstummt, alle blickten auf die beiden Frauen, nur der Mann aus Graz, der wie gestern am Schrank lehnte, sah mich an. Ich war an der Tür stehengeblieben.

»Entschuldigen Sie«, sagte Frau Jarisch leise und ging an mir vorbei aus dem Zimmer.

Esther wandte sich um und sagte, nun gewissermaßen für alle bestimmt: »Guten Tag, tut mir leid, daß ich hier so hereinplatz', ich hab' nicht gewußt, daß hier eine Versammlung stattfindet. Ich geh' gleich wieder, wenn ich störe. Ich hatte nur den Herrn Lanz überredet, mich zu einer Tasse Kaffee einzuladen.« Und dann wieder zu ihr gewandt: »Ich glaube, Sie kennen den Herrn Lanz noch gar nicht. Das ist der neue Direktor vom Sägewerk, den Ihr armer Mann engagiert hat.«

Ich machte eine Art Tanzstundenverbeugung in ihre Richtung und wartete ab, ob sie zu erkennen geben würde, daß wir uns nicht zum erstenmal sahen.
Irina Kaiser senkte leicht den Kopf. »Ja, ich habe davon gehört«, sagte sie über den Raum hinweg.
Ehe ich mir eine Antwort überlegen konnte, plauderte Esther weiter. »Also dann geh' ich wieder, wenn die Herren hier zu tun haben. Wenn auch... eigentlich hätte ich Ihnen was zu berichten, Herr Brauer.«
»Ja, bitte«, sagte der.
»Oder hat Ihnen mein Bruder schon telefoniert?«
»Nicht daß ich wüßt'.«
»Es ist ein Schlitten gewesen.«
»Ein Schlitten, so«, nickte Brauer, »das haben wir uns auch schon gedacht. Und wie haben Sie das ermittelt, gnädige Frau?«
»Ich nicht. Der Max, unser Diener. Der war heut vormittag herunten im Dorf, und da war er beim Blader, mit dem er so ein bisserl befreundet ist, und der Blader hat ihm erzählt, daß jemand in seinem Schuppen gewesen ist. Da ist was umgefallen, und der Schlitten steht nicht auf dem Platz, auf den er gehört.«
»Was ist das für ein Schlitten?«
»Ein ziemlich großer Langschlitten. Ich kenn' ihn, den Schlitten. Der Max hat ihn sich manchmal ausgeborgt, wenn er im Winter was hinauftransportieren mußt' zum Schloß. Und der Anton hat ihn sich auch geborgt, wenn er ein Stück Wild herunterbringen mußte bei hohem Schnee.«
»Und jetzt ist er wieder da, der Schlitten?«
»Ja. Er ist da, der Max hat ihn gesehen. Aber er stand nicht so richtig in der Ecke, in die er hineingehört.«
»Und vermutlich hat ihn Herr Blader mittlerweile wieder ordentlich aufgeräumt.«
Esther strahlte Brauer freundlich an. »Das ist anzunehmen. Hätt' er net tun solln, net wahr?«
Brauer seufzte. »Nein. Und wie war das also genau.«
»Der Max ist heraufgekommen und hat uns das beim Lunch

erzählt, und er hat gemeint, Sie müßten das wissen. Und mein Bruder hat gesagt, er telefoniert Ihnen.«
Brauer nickte mit stillem Kummer vor sich hin und warf einen anklagenden Blick auf den Grazer, der am Schrank lehnte und grinste.
»Der Blader meint, es kann kein Fremder gewesen sein, der den Schlitten geholt hat, sonst hätt' der Hund gebellt.«
»Es muß sogar einer gewesen sein, der dem Hund gut bekannt war, wenn er zugelassen hat, daß einer aufs Grundstück kam und etwas mitgenommen hat«, fügte Brauer hinzu. »Einer, der öfter mal was mitnimmt. Da hätten wir bis jetzt den Anton und den Max.«
Esther lachte belustigt auf. »Verhaften S' uns den Max net, Herr Inspektor. Ohne den Max sind wir aufgeschmissen da droben, mein Bruder und ich. Da nehmen S' lieber den Anton, der ist eh' immer so grantig.«
»Verhaftet haben wir schon jemanden.«
»Ah naa!« rief Esther erstaunt. »Darf man fragen . . .«
»Hier bleibt doch nichts geheim«, meinte Brauer resigniert. »Herr Tallinger hielt sich in Hallau auf.«
»Der Benno!« Esther war begeistert. »Hat der ihn umgebracht?«
»Er behauptet, er hätte nicht. Aber wir bekamen heute vormittag einen Anruf, daß er sich in Hallau befinde, und als wir zu der angegebenen Adresse kamen, war er gerade im Begriff, abzureisen. Da haben wir ihn auf alle Fälle erst mal mitgenommen.«
»Da war er bei der – bei der – na, bei der Dingsda.«
»Sie sind offenbar mit den – eh – Gewohnheiten des Herrn Tallinger wohlvertraut, gnädige Frau.«
»Wie sollt' ich nicht! Er hat schließlich lang genug bei uns gearbeitet. Und seine Weibergeschichten waren in der ganzen Gegend bekannt, da hat jeder darüber geredet.«
»Würde es Sie sehr aufhalten, Frau Gräfin, wenn Sie uns ein bisserl was über den Tallinger erzählen würden?«
»Aber gar net. Wenn Sie wüßten, Herr Inspektor, wieviel Zeit ich hab'.«

Hochbefriedigt ließ Esther sich in einem der holzgeschnitzten, mit geblümten Kissen belegten Sessel nieder, die in der Ecke hinter dem Kachelofen standen.
»Darf ich rauchen?« fragte sie.
Jeder der anwesenden Herren fuhr in die Tasche. Der große schlanke Mann, der in Frau Kaisers Nähe stand, war der schnellste. »Danke«, sagte Esther und blickte lächelnd zu ihm auf. »Sind Sie auch von der Polizei?«
Der große Mann verneigte sich leicht. »Entschuldigung, gnädige Frau, ich hatte bisher keine Gelegenheit, mich vorzustellen. Molina.«
»Das ist Dr. Molina«, sagte Frau Kaiser, die bisher außer der Begrüßung kein Wort von sich gegeben hatte, »der Anwalt meines Mannes. Signora Barutti, oder eigentlich Gräfin Solmassy, die Herrin des Tales.«
»Ich weiß, ich weiß«, sagte Dr. Molina. »Ich kenne den Grafen. Wir hatten ja seinerzeit bei den Verkaufsverhandlungen miteinander zu tun.«
Die Gräfin, nicht geneigt, sich hetzen zu lassen, zog nun auch die grüne Wildlederjacke aus, darunter kam ein knapper Pullover zum Vorschein, im gleichen Farbton wie ihre strammsitzende Hose.
Die Männer griffen nun auch alle zu ihren Zigaretten, Brauer fischte eine Zigarre aus seiner Brusttasche. Irina Kaiser meinte mit einem Blick in die Runde: »Wie wär's mit einer Tasse Kaffee? Ich glaube, Frau Jarisch wollte sowieso einen kochen.«
Sie mußte dicht bei mir vorbei, denn ich stand immer noch bei der Tür. Als sie an mir vorüberging, trafen sich unsere Blicke.
Ich hätte gern gewußt, was sie der Polizei erzählt hatte. Man würde sie ja gefragt haben, wo sie die Nacht verbracht hatte. Möglicherweise wußte sie weder den Namen des Dorfes noch des Gasthauses. Aber auf jeden Fall würde es herauskommen, daß wir dort zusammengetroffen waren.
»Also Benno Tallinger«, nahm Brauer den Faden wieder auf. »Was wissen Sie über ihn, Frau Gräfin?«

»Na ja, was so ziemlich jeder weiß. Als mein Bruder ihn seinerzeit angestellt hat als Leiter für das Sägewerk, das war so – warten S' –, so vor fünf Jahren etwa, war ich nicht da. Er war meinem Bruder von irgendwoher empfohlen worden. Am Anfang soll es ja auch ganz gutgegangen sein. Der Betrieb war viel kleiner als damals, wir hatten immer bloß so acht bis zwölf Arbeiter. Der Kaiser hat dann später gemeint, der Tallinger hätt' uns immer betrogen. Seine Bücher hätten nie gestimmt.«
»War denn kein Buchhalter da?«
»Damals nicht. Einen Buchhalter hat erst der Kaiser hergebracht. Ein Mädchen war da, eine Sekretärin, die machte auch die Buchhaltung, ein Fräulein – Fräulein, na, ich weiß nicht mehr, wie's geheißen hat, jedenfalls hat sie den ganzen Bürokram gemacht. Aber sie ist mit dem Benno ins Bett gegangen, und da hat er natürlich mit ihr machen können, was er wollte. Er ist so ein Mann. Einer, auf den die Frauen fliegen. Stark und sehr männlich und ziemlich unverschämt, auf so was fallen ja die meisten Frauen herein.«
»Aha«, machte Brauer und nuckelte an seiner Zigarre.
»Ja, das war eigentlich seine Hauptbeschäftigung«, erzählte Esther genüßlich. »Man kann sagen, er hat sich kreuz und quer durch die Gegend geschlafen. Wenn den mal einer umgelegt hätte, das hätt' mich nicht gewundert. Unsere Bauern hatten eine Mordswut auf ihn. Einmal haben sie ihn ordentlich verdroschen.«
»Alle?«
»Na, es werden schon ein paar zusammengeholfen haben. Wie gesagt, er ist ein großer kräftiger Kerl. Er kam dann rauf ins Schloß und hat sich beschwert. Mein Bruder hat ihm gesagt, er soll die Frauen und die Töchter von den Bauern in Ruh' lassen, dann täten sie ihm auch nix. Daraufhin hat er seine Tätigkeit wohl ein bisserl weiter weg verlagert. In manchen Fällen war es natürlich zu spät, die Reserl vom Latterer hat ein Kind gekriegt, und daß das vom Benno war, können Sie heut' noch deutlich sehn. Er hat's immer und überall versucht. Sogar mit mir wollt' er anbandeln.«

Die Herren schmunzelten. Brauer meinte: »Allerhand Mut, der Benno.«

»Net wahr? Ich sag' ja, daß er unverschämt war. Na, mich hat's nicht weiter gestört, ich hab' ihn nur amal ang'schaut, und dann war a Ruh'. Ich bin immer sehr gern ins Werk heruntergekommen, ich riech' das Holz so gern. Und da hat er sich wohl eingebildet, ich komm' seinetwegen.«

»Ja, und wie war das nun mit Hallau? Sie können sich offenbar vorstellen, wo er da war, sie nannten eine Frau Dingsda.«

»Da war mal was. Ziemlich was Dauerhaftes sogar, haben die Leut' erzählt. Aber ich will niemand hineinreiten.«

»Eine Andeutung, Frau Gräfin.«

»No, die Witwe von dem Baumeister.«

Brauer nickte. »Stimmt haargenau. Sie brauchen keine Rücksicht zu nehmen. Bei Frau Rappauer haben wir ihn heute vormittag festgenommen.«

»Da schau! Das hat lang gedauert. Der Rappauer war ein guter Kunde vom Sägewerk. Sie wissen sicher eh', Herr Inspektor, daß er der beste Baumeister weit und breit war. Und er hat viel Geld verdient. Sein eigenes Haus, net wahr, ist doch ein wahres Schmuckkastl.«

Brauer bestätigte durch ein Nicken.

»Ob der Benno schon was mit ihr gehabt hat, als der Rappauer noch lebte, weiß ich nicht. Dann ist er ja verunglückt, der Rappauer, und von da ab ist der Benno immer bei ihr gesteckt. Ist viel geredet worden drüber.«

»Frau Rappauer behauptet, sie sei mit ihm verlobt und sie hätten die Absicht, in Kürze zu heiraten. Deswegen sei er bei ihr gewesen.«

»Na, da kann man ihr nur gratulieren. Der wird ihr das ganze Geld durchbringen, und dann wird er s' sitzenlassen. So jugendfrisch is aa nimmer.« Eine Vernehmung mit Esther Barutti war zweifellos erfrischend.

Die Herren hatten entspannte Mienen und blickten nun erwartungsfroh Frau Jarisch entgegen, die mit einer großen Kaffeekanne ins Zimmer kam, gefolgt von Irina Kaiser.

Wieder sah sie mich an. Und sagte leise zu mir: »Warum set-

zen Sie sich nicht?« – Denn ich war der einzige, der noch stand, außer dem Grazer natürlich, der seinen Platz am Bauernschrank nicht aufgab.
Wie mochte es ihrem Arm gehen? Die Verwundung konnte nicht schlimm gewesen sein. Es fiel mir zwar auf, daß sie den rechten Arm schonte, sie rührte ihren Kaffee mit der linken Hand um und führte die Tasse auch mit derselben Hand zum Mund. – Aber so etwas tun manche Leute. – Ob sie von der Verletzung etwas erzählt hatte? Vor allem, woher sie stammte. Frau Jarisch ging wieder hinaus, nachdem sie alle mit Kaffee versorgt hatte. Währenddessen gab Esther noch einige Kommentare zu Frau Rappauer und fragte dann: »Hat der Benno den Herrn Kaiser abge... ich meine – ermordet?«
»Er hielt sich seit fünf Tagen in Hallau auf. Man hat ihn dort aber nicht zu sehen gekriegt und...«
Esther kicherte. »No ja, so ein Liebespaar, wenn sich eine Zeitlang nicht gesehen hat, net? Sie kennen die Rappauerin, Herr Brauer? Also, wenn ich mir vorstell'...«
Brauer gab ihr einen strafenden Blick und fuhr fort: »Wie wir erfahren haben, hat sich Herr Tallinger bei seinem Weggang von hier seinerzeit sehr unfreundlich über Herrn Kaiser geäußert. Man könnte sagen, er hat Drohungen ausgestoßen.«
»Ja, das hat er. Das weiß ich auch. Er tät's ihm heimzahlen, hat er gesagt. Dieser Emporkömmling, der sich sein ganzes Vermögen ohnedies zusammengegaunert hätt', da wisse er Bescheid, also dem werde er's noch zeigen.«
Mit einem Blick auf Irina Kaiser fügte sie hinzu: »Pardon! Aber so hat er halt geredet, der Benno. Es hat keiner weiter darauf geachtet. Hier war keiner böse, als Herr Kaiser ihn hinausgeworfen hat, die Arbeiter net, die Bauern net. Die Burschen aus dem Dorf sind dann auch wieder ins Werk zum Arbeiten gekommen. Vorher sind sie lieber weiter weggefahren zum Arbeiten.«
»Gut. Also fassen wir mal zusammen. Benno Tallinger hat sich während seiner fünfjährigen Tätigkeit hier allerseits unbeliebt gemacht. Teils durch Weibergeschichten, teils durch

ungeschicktes Verhalten den Arbeitern und Ansässigen gegenüber, und schließlich bei seinen Chefs, dem Grafen und nachher Herrn Kaiser, die er systematisch betrogen hat. Wie war es da eigentlich möglich, daß Ihr Bruder ihn so lange behalten hat, Frau Gräfin?«
»Ach, der Poldi! Der versteht doch nix vom Geschäft. Den kann jeder betrügen. Der Max hat immer gesagt: Der Benno muß weg, er traut ihm net. Der Max hat recht gehabt, wie immer. Irgendwie wird der Benno das schon ganz geschickt frisiert haben, zumal er ja mit der – der Sekretärin zusammengearbeitet hat.«
»War das diese Nanni, von der schon die Rede war?«
»Woher denn! Die Nanni war ein braves Mädel. Die hat der Kaiser angestellt. Die vom Benno – ach –, jetzt fallt's mir ein, Fräulein Meiwald hat s' geheißen, der hat der Kaiser gleich gekündigt, als er herkam. Sie ist nach Graz gegangen, soviel ich weiß. Vielleicht ist er bei der, wenn er nicht die Rappauerin beglückt.«
»Das wäre gut möglich«, meinte Brauer. »Soviel wir bis jetzt herausgebracht haben, hat er keine feste Anstellung mehr gehabt, seitdem er von hier fort ist.«
»Na sehen S'! Von irgendwas muß er doch leben. Er lebt von den dummen Weibern. Was macht denn die Meiwald in Graz?«
»Von einem Fräulein Meiwald«, sagte der Grazer, »hörten wir soeben zum erstenmal. Wir werden feststellen, ob sie in Graz lebt und mit dem Tallinger noch in Verbindung stand. Wir sind Ihnen jedoch sehr verbunden, Gräfin, Sie haben uns sehr geholfen.«
»Aber ich bitt' Sie, ist doch ganz selbstverständlich. Wir sind doch alle froh, daß Sie den Mörder so schnell gefunden haben. Ist doch ein ungutes Gefühl, wenn man denkt, der läuft so frei in der Gegend rum.«
»Bis jetzt haben wir Herrn Tallinger noch keinen Mord nachgewiesen.«
»Noch eine Tasse Kaffee, Gräfin?« fragte Irina.
»Dank' schön, gern.«

Sie schenkte auch den anderen ein, und dann kam sie mit der Kaffeekanne zu mir.
»Sie auch, Herr Lanz?«
»Bitte«, wollte ich sagen. Aber meine Stimme war nicht da. Als sie nahe bei mir stand, als ich ihr Gesicht so dicht vor mir sah, war mir ganz eigenartig zumute. Ich blickte zu ihr auf, sie stand ein wenig vorgeneigt, doch sie sah nicht die Kanne und nicht meine Tasse an – sie sah mich an. Ihre Augen waren wirklich graugrün, mit kleinen hellbraunen Flecken darin. Dann sah ich auf ihren Arm und griff nach der Kanne.
»Ich will lieber selbst ...«, murmelte ich.
»Danke«, sagte sie leise. »Es geht schon wieder.«
Aber ich hatte zuvor schon gesehen, daß sie beim Einschenken die große Kanne mit der linken Hand stützte. Sicher schmerzte noch jede Bewegung.
Die anderen hatten weiter geredet und nicht auf uns geachtet. Doch – einer. Als ich aufblickte, begegnete ich den wachsamen Augen des Grazers. Ich muß sie nachher allein sprechen, dachte ich. Wir müssen erzählen, daß wir uns getroffen haben. Wenn sie es herausfinden, kommen sie bloß auf dumme Gedanken. Was für Gedanken? Was konnten sie denn groß denken! Es waren Zeugen genug dabeigewesen, die gesehen hatten, wie das vor sich gegangen war.
Ich sah ihr nach, wie sie zurückging auf ihren Platz am Fenster, und es war mir egal, ob der Grazer mich beobachtete. Ich konnte jetzt nicht darüber nachdenken, was Irina Kaiser mir bedeutete. Ich wollte es gar nicht. Aber *daß* sie mir etwas bedeutete, das war mir bereits klar.
»Wissen S'«, sagte Esther gerade, »die Leut' werden alle ganz zufrieden sein, wenn sie hören, daß es der Benno war, den kann keiner leiden, und dem trauen sie so was auch zu. Wer sollte es denn sonst gewesen sein? Aus dem Dorf bestimmt keiner. Oder einer von den Arbeitern? Warum sollte er denn? Na, und der Jarisch, man hat gemunkelt, er könnt's gewesen sein wegen der kleinen Jugoslawin. No, das hab' ich mir auch nicht denken können. So ein netter Bub, der Ludwig. Der Benno ist schon recht als Mörder – das paßt gut. Es muß doch

eigentlich für Sie sehr befriedigend sein, meine Herren, daß Sie es so schnell herausgekriegt haben.«
»Wir haben noch kein Geständnis«, meinte Brauer. »Noch nicht einmal Indizien, jedenfalls keine Tatindizien. – Wollen wir uns jetzt mal den Schlitten ansehen? Beim – wie hieß er gleich? –, beim Blader. Wer ist der Blader?«
»Ein Bauer aus dem Dorf, er hat den Hof neben dem Reiter. Die beiden haben die größten Höfe hier. Aber der Blader hat das schönste Vieh. Ich komm' mit, ich zeig' Ihnen den Weg. Ich muß eh' hinauf und muß dem Poldi und dem Max das erzählen, das vom Benno.«
»Halten Sie es für möglich, daß der Hund vom Blader den Benno noch so gut gekannt hat, daß er ihn hereingelassen hat in den Hof und mit dem Schlitten hinaus und dann wieder hinein?«
»Warum net? Der Blader hat eine hübsche Tochter. Vielleicht hat der Benno mit der auch amal was g'habt. Und vielleicht hat er dem Hund eine Wurst mitgebracht...«
Brauer stand auf. »Gut. Gehen wir.« Mit einer formellen Verneigung zu Irina Kaiser hin: »Vielen Dank für den Kaffee, gnädige Frau.«
Der Grazer machte keine Anstalten mitzugehen. So blieben wir zu viert im Zimmer zurück. Irina Kaiser, Dr. Molina, der Grazer und ich.
Ich stand ebenfalls auf. »Ja, dann werde ich auch gehen.«
»Ich hätte Sie gern später noch gesprochen«, sagte der Grazer. »Finde ich Sie im Büro?«
»Ja.«
»Einen Augenblick!« hörte ich da ihre Stimme. »Herr Lanz, ich glaube, wir sollten Herrn Lechner von unserer Begegnung erzählen.«
Ich fühlte mich sehr erleichtert.
»Das wäre mir lieb, gnädige Frau. Ich hätte Sie gern daraufhin angesprochen – aber es waren so viele Leute da.«
Der Grazer blickte von ihr zu mir und machte, ohne die geringste Überraschung zu zeigen: »Ja. Und?«
»Ich habe Herrn Lanz heute nicht zum erstenmal gesehen«,

sagte Irina kühl und sachlich. »Vorgestern abend, als ich von hier abgefahren war – aber das habe ich Ihnen ja bereits alles berichtet. Nachdem ich mit dem Wagen steckengeblieben war und in dem Dorf da in den Gasthof kam, hatte ich einen kleinen Schwächeanfall. Die Fahrt war sehr anstrengend gewesen. Ich sagte Ihnen bereits, daß ich einen kleinen Unfall hatte, ich kam von der Straße ab und streifte einen Baum. Ich hatte wohl einen kleinen Schock. Jedenfalls war da ein Herr, der sich meiner annahm.«
»Ja?«
»Das war Herr Lanz. Wie ich heute sehe. Ich kannte ihn ja nicht.«
»Ein merkwürdiger Zufall«, meinte der Grazer. »Herr Lanz?«
»Genauso war es. Die gnädige Frau kam in die Gaststube, sagte, daß der Wagen am Ortseingang stehe und sich nicht mehr rühre. Und dann fiel sie in Ohnmacht.«
»In Ohnmacht? Und dann?«
»Ich – ich versuchte zu helfen. Ein bisserl hinlegen, ein Kognak...«
Was durfte ich sagen, was nicht?
»Herr Lanz überredete mich dazu, über Nacht in dem Gasthof zu bleiben. Es sei unsinnig, bei diesem Wetter zu fahren. Das sah ich schließlich ein. Er ließ sogar einen Arzt rufen, was natürlich überflüssig war, mir fehlte ja weiter nichts.«
Von der Stichwunde sagte sie nichts. Aber wenn man den Arzt befragte?
»Ja«, sagte ich. »So war es.«
»Am nächsten Morgen bin ich dann sehr früh aufgebrochen.«
Sie sah mich an. »Ich muß noch wegen meiner Unhöflichkeit um Entschuldigung bitten. Und ich bin froh, daß ich jetzt Gelegenheit habe, mich für Ihre Hilfe zu bedanken.«
Pause.
Der Rechtsanwalt saß zurückgelehnt und blickte unter halbgesenkten Lidern auf die Frau seines toten Mandanten.
Der Grazer sagte: »Es ist gut, daß Sie mir das erzählt haben, gnädige Frau. Wir wußten es nämlich schon.«
»Ach!«

»Ja. Als wir die Angaben von Herrn Lanz überprüften, erfuhren wir von Ihrem Auftauchen. Es war nicht schwer nach der Beschreibung des Wirtes zu vermuten, daß Sie der späte Gast waren. Wirklich – ein sehr merkwürdiges Zusammentreffen. Warum haben Sie uns eigentlich nichts davon erzählt, Herr Lanz?«
Ich lächelte. Mir war viel wohler zumute.
»Gestern, als ich hier mit Ihnen sprach, schien mir das nicht zur Sache zu gehören. Erst beim Abendessen erfuhr ich, daß Frau Kaiser hiergewesen und spät am Abend weggefahren sei. Da reimte ich mir das natürlich irgendwie zusammen.«
»Da waren Sie also nicht so sehr überrascht, als Sie Frau Kaiser heute hier wiedererkannten?«
Ich sah sie an. »Nein.«
»Na gut. Das wäre geklärt. Vor allem die Frage, wo Sie die Nacht verbracht haben, gnädige Frau. Die hat uns nämlich beschäftigt. So, wie die Dinge liegen, geben Sie beide sich gegenseitig ein erstklassiges Alibi.«
»Und den Täter haben Sie ohnedies«, warf Dr. Molina ein.
»Vielleicht. Obwohl ich nicht ganz verstehe, wieso er heute noch in Hallau war, wenn er in der vorletzten Nacht einen Mord begangen hat.«
»Nun, vielleicht fühlte er sich dort bei seiner Freundin sicherer als unterwegs. Von wem erhielten sie den Hinweis, daß er sich dort aufhielt?«
»Von wem schon? Von der lieben Nachbarin.«

Die Arbeiter waren schon nach Hause gefahren, als ich wieder aufs Gelände kam. Aber Burger und Ludwig saßen noch im Büro und waren an meinen Neuigkeiten höchst interessiert. Der Bub wurde ganz blaß. Und dann seufzte er tief auf. Es mußte ihn sehr belastet haben, daß man ihn für einen Mörder hielt.
»Ich danke Ihnen«, murmelte er. »Ich danke Ihnen.«
»Sie brauchen mir doch nicht zu danken.«
»Daß Sie es mir jetzt gesagt haben. Ich war schon ganz verzweifelt.«

Ich legte ihm die Hand auf die Schulter und empfand ein freundschaftliches warmes Gefühl für ihn. »Na, nun ist es ja gut.«
»Weiß es Mutter schon?«
»Das kann ich Ihnen nicht sagen. Ich habe sie nicht gesprochen.«
»Ich muß gleich zu ihr hinüber«, rief er und sprang auf. »Und Dunja?«
»Die werden sie uns wohl jetzt auch zurückschicken.«
»Ja, wenn von ihr noch was übrig ist«, meinte Burger. »Das arme Kind!«
»Wie kommt sie denn herauf von Hallau?«
»Wenn sie sie hinuntergebracht haben«, sagte Burger, »können sie sie gefälligst wieder herbringen.«
»Ich hol' sie, ich nehm' den Wagen und hol' sie. Ob ich das darf?« rief Ludwig.
»Sicher doch«, sagte ich. »Sausen Sie mal gleich los, solange die Herren noch da sind.« Wir sahen ihm beide durchs Fenster nach, wie er übers Gelände rannte.
»Da ist aber einer froh«, meinte Burger. »Das hat ihn schon bös mitgenommen. Ist ja auch kein Wunder. So, und jetzt erzählen Sie mir das mal richtig genau der Reihe nach.«
Ich versuchte es, so gut ich konnte. Burger kommentierte das Geschehen auf seine Weise. Und auch er war ganz befriedigt, daß Benno es gewesen sein sollte. Dieser Mann hatte offenbar bei keinem Menschen Sympathie genossen, ausgenommen bei seinen Freundinnen. Und das wohl auch nur immer vorübergehend.
»Tüchtig, unsere Polizei, nicht?«
»Na ja, so viel haben sie ja nicht dazu getan. Hätten Sie den Anruf von der Nachbarin nicht bekommen, wäre Herr Tallinger unbehelligt von dannen gerauscht.«
»Komisch, daß wir an den nicht gedacht haben. Aber man hat ihn eben lange in der Gegend nicht gesehen.«
»Ich habe mal daran gedacht, nachdem mir alle erzählten, wie unerfreulich sein Abgang von hier war. Es konnte ja nur jemand sein, der sich hier auskannte ...«

Wir beredeten den Fall noch eine Weile, dann versuchte ich, mich auf die Arbeit zu konzentrieren, aber das war schwer. Erstens hielt Burger nicht den Mund. Und zweitens dachte ich an sie.
Würde sie wegfahren? Würde sie hierbleiben? Würde ich sie heute noch einmal sehen? Irgendwie steckte in mir der Wunsch, genau wie zuvor Ludwig im Laufschritt hinüber ins Haus zu rennen.
Nachdem Burger merkte, daß aus mir beim besten Willen keine weiteren Informationen herauszuholen waren, litt es ihn nicht mehr im Büro. »Ich mach' Schluß für heute«, sagte er. »Mir wurlt es sowieso im Kopf herum wie ein Bienenschwarm.«
»Ja«, sagte ich, »gehen Sie hinüber und erkunden Sie weitere Details.«
Ich blieb allein im Büro, schob aber nach einer Weile die Korrespondenz der letzten Zeit, die ich durchlesen wollte, um einigermaßen auf dem laufenden zu sein, beiseite. Ich las sowieso jede Zeile dreimal und wußte dann immer noch nicht, was ich gelesen hatte.
Viel hatte ich erlebt in den letzten Tagen. Heute vormittag hatte ich lange mit Saß gesprochen, der mich angerufen hatte. Er war tief bekümmert, daß mir der Neubeginn so verpatzt worden war. Und Josy sei überhaupt ganz außer sich. Am liebsten wäre sie sofort aufgebrochen, um mir beizustehen.
»Ja«, hatte ich gesagt, »ich kann mir's denken. Sie hat sich wirklich in so eine Art Mutterrolle hineingelebt, was mich betrifft. Aber sagen Sie ihr, daß mir hier keiner was tut. Und helfen kann sie auch nicht.«
Und dann mußte ich wieder über alles nachdenken, was geschehen war, da waren all die Bilder, die in meinem Kopf herumgeisterten: die Frau, die am Abend blaß und verletzt in die Gaststube kam, der tote Mann da unten am Fluß, das Gespräch gestern abend und schließlich der heutige Nachmittag. Ich starrte auf die Papiere, die vor mir lagen, und der ganze Film lief vor mir ab.
»Störe ich?« fragte plötzlich eine Stimme hinter mir.

Ich fuhr herum. – Sie stand unter der Tür. Ich hatte sie nicht kommen gehört.
Ich stand auf. »Gnädige Frau!«
Sie schloß die Tür hinter sich und sah sich um. »Sie sind allein?«
»Ja.«
»Ich hatte es gehofft. Ich dachte, es ist ganz gut, wenn wir mal unter vier Augen miteinander sprechen.«
Sie sah mich an mit diesen hellen, ein wenig schräg gestellten Augen; sie war noch viel schöner, als ich sie in Erinnerung gehabt hatte. Ach – was heißt schön. Das ist so ein abgegriffener Ausdruck. Der eine findet dies schön und der andere jenes, und für das Gesicht einer Frau läßt sich überhaupt keine Norm aufstellen. Dieses Gesicht aber hatte ich geliebt vom ersten Augenblick an, buchstäblich von jener Sekunde an, da ich es zum erstenmal gesehen hatte.
Himmel, was dachte ich da! Ich mußte verrückt sein.
Ich war so verwirrt, daß ich vor ihr stand wie ein dummer Junge, daß ich mich nicht rührte, daß mir nichts zu sagen und zu tun einfiel.
Sie zog ein wenig die Brauen hoch, wohl erstaunt über mein Schweigen.
»Oder finden Sie nicht?«
»Doch, selbstverständlich«, stammelte ich wie ein Primaner und gab mir große Mühe, meine Befangenheit zu verbergen, zog den Sessel heran, wartete, bis sie sich gesetzt hatte. Ich war niemals ein geübter Charmeur gewesen, aber doch immerhin an den Umgang mit Frauen gewöhnt. Aber diesmal – so eine wie diese hatte ich noch nie gekannt. Das dachte ich. Und das ist wohl das typische Kriterium für einen Mann, den es erwischt hat.
Ich flüchtete mich zur Zigarettenschachtel, bot ihr an, aber sie lehnte ab.
»Nein, danke, jetzt nicht. Ich habe schon zuviel geraucht.«
Und als ich die Schachtel wegsteckte: »Aber deswegen können Sie ruhig rauchen.«
»Nein. Ich will jetzt auch nicht.«

Sie sah sich im Raum um und meinte: »Eigentlich ganz hübsch hier. Ich kenne das alles nicht. Ich war vor zwei Tagen überhaupt zum erstenmal hier im Glainzer Tal. Mein Mann schwärmte geradezu davon.«
»Und wie kam es, daß Sie nie hier waren«, sagte ich, nur um überhaupt etwas zu sagen.
»Ich kenne die Betriebe meines Mannes alle nicht. Ich weiß wenig von seiner Arbeit und von seinem Leben. Das ist – nun ja, für ihn war eine Frau ein Luxusgegenstand und kein Bestandteil seines wirklichen Lebens. Manche Männer sind so, nicht wahr? Man kommt sich dabei manchmal sehr überflüssig vor.«
Ich schwieg. Was sollte ich dazu sagen?
»Schade, daß ich das Tal unter so unerfreulichen Aspekten kennenlerne. Neulich kam ich nur her, weil ich meinen Mann in Graz abholte. Der Chauffeur hatte gekündigt. Und ich weiß, mein Mann konnte es nicht ausstehen, wenn seine Pläne durcheinandergerieten. Da ich gerade da war und Zeit hatte, bin ich halt gefahren.«
»Handelt es sich um den Chauffeur, mit dem Sie heute kamen?«
»Ivo. Ja. Ich bat ihn, noch einige Tage zu bleiben, da ich mich nicht wohl genug fühlte, um selbst zu fahren. Jetzt habe ich ihn nach Hallau geschickt, die kleine Jugoslawin zu holen. Sie sind ja Landsleute, vielleicht tut es ihr gut, mit einem Landsmann zu sprechen. Sie soll sehr verstört gewesen sein.«
»Ja, das war sie. Eigentlich wollte Herr Jarisch fahren und sie holen.«
»Er soll sich jetzt lieber um seine Mutter kümmern. Frau Jarisch sitzt drüben und weint.«
»Warum weint sie?«
»Ich denke, es ist so eine Art nervöse Reaktion auf die ganze Anspannung. Es war sicher für sie sehr schrecklich mitzuerleben, wie man ihren Sohn des Mordes verdächtigt. Das hat man doch getan, nicht wahr?«
»Ja.«

»Eben wegen der kleinen Jugoslawin. Und ich bin nicht dafür, daß Ludwig sich da weiter engagiert.«
Sie sagte das in sehr bestimmtem Ton. Und da sie wohl merkte, daß ich verwundert war, fuhr sie fort: »Sehen Sie, dieser Junge, dieser Ludwig, der soll noch etwas werden, nicht? Frau Jarisch ist eine Dame. Eine Frau aus guter Familie, das haben Sie sicher schon gemerkt. Und meinem Mann lag viel daran, Ludwig zu fördern. Ob er es auf die richtige Weise getan hat, weiß ich nicht. Es soll ja Ärger gegeben haben. Mein Mann war ein Despot. Sehr autoritär, wie man heute sagt. Und damit hat er bei dem Jungen wohl den falschen Ton benutzt. Der Junge ist trotzig geworden und mein Mann vermutlich immer unduldsamer. Das entnahm ich jedenfalls dem wenigen, was ich erfahren habe. Man wird sehen, wie sich das weiterentwickelt. Ob er wieder zu seiner Musik zurückkehrt oder in der Firma bleibt, das muß er selbst entscheiden. – Auf jeden Fall halte ich es für falsch, daß er sich an dieses Mädchen bindet. Nicht nur, weil sie die Geliebte meines Mannes war.«
Ich wunderte mich immer mehr. Erstens, daß sie dies mit so großer Gelassenheit aussprach. Und zweitens, daß sie sich für Ludwig Jarisch und seine Mutter interessierte. Diese Frau hier vor mir war kein oberflächliches Luxusgeschöpf. Und irgendwie, das wurde mir jetzt klar, war sie sich der Aufgabe bewußt, die auf sie zukam: das Erbe zu übernehmen.
Sie lächelte, als sie mein betretenes Gesicht sah.
»Er hatte hier und da so seine kleinen Freundinnen. Und ich wußte es. Ich kann nicht behaupten, daß meine Ehe sehr glücklich war. Mein Mann war eine außergewöhnliche Persönlichkeit. Mit einem Mann dieser Art ist es schwer, zusammenzuleben. Für mich war es jedenfalls nicht leicht. – Aber daß er jetzt so sterben mußte, das ist – das ist für mich ein furchtbarer Gedanke.«
Auch darauf wußte ich nichts zu sagen. Ich nickte nur. Sie streckte die Hand aus: »Geben Sie mir doch eine Zigarette. Das ist das beste gegen Gemütsbewegungen, nicht wahr?«
Ich zündete unsere Zigaretten an, dann sagte ich: »Herr Bur-

ger hat einen Slibowitz in seinem Schreibtisch, wie ich bereits weiß. Darf es ein kleiner Schluck sein? Trocken rauchen ist ungesund.«
»Gut. Ein kleiner Schluck.«
Als das erledigt war, blickten wir uns über den Schreibtisch hinweg an.
»Ich bin eigentlich recht froh, daß Sie es sind, den ich hier vorgefunden habe«, sagte sie dann. »Merkwürdig, daß wir uns dort in dem Dorf getroffen haben. Wenn ich nicht so durcheinander gewesen wäre, hätte ich mir eigentlich denken können, wer Sie sind. Ich wußte ja, daß man Sie hier erwartete. Mein Mann hatte mir auf der Fahrt hier heraus von Ihnen erzählt.«
»Ich würde Sie gern fragen, wie es Ihrem Arm geht.«
»Es war wirklich nicht weiter schlimm. Eine reine Fleischwunde, nicht sehr tief und ganz glatt. Ich bin gestern direkt durchgefahren nach Baden, und dort wurde ich dann fachkundig behandelt.«
»Darum waren Sie so spurlos verschwunden. Ich hörte gestern nachmittag ein Gespräch zwischen den Beamten, das sich um Sie drehte. Das heißt, man sprach von einer Frau, die verschwunden sei. Sie sei nicht zu Hause, sie sei in keinem Hotel, man vermutete, sie sei bei einem Freund gelandet. Ich hatte keine Ahnung, von wem die Rede war. Aber irgendwie brachte ich es mit Ihnen in Zusammenhang.«
»Ich war in Baden bei Wien«, sagte sie, und es klang wieder ein wenig hochmütig, »dort wohnt eine alte Freundin von mir. Sie ist mit einem Arzt verheiratet. Ich war also nicht bei einem Freund.« Das letzte Wort kam sehr prononciert.
»Pardon, ich gab nur wieder, was die Beamten so miteinander sprachen.«
»Ich fuhr nicht nach Hause. Ich war ziemlich fertig, das können Sie sich denken. Ich brauchte Hilfe. Und – nun ja, ein wenig Trost. Ich habe sonst keine Freunde in Wien. Echte Freunde, meine ich. Julia kenne ich seit meiner Kindheit. Als ich hinkam, wurde mein Arm behandelt, dann bekam ich ein Beruhigungsmittel und wurde ins Bett gesteckt. So erfuhr ich

erst am Abend, was hier geschehen war. Ich habe dann gleich in Hallau angerufen.«
»Schmerzt der Arm noch?«
»Ein wenig. Wenn ich ihn ruhig halte, merke ich kaum etwas. Sie möchten natürlich gern wissen, wie ich zu der Verletzung kam?«
»Sie brauchen es mir nicht zu erzählen, wenn Sie nicht wollen. Sie haben es ja offenbar der Polizei auch nicht gesagt.«
»Um die Dinge nicht unnötig zu komplizieren. Überhaupt, da der Fall ja nun geklärt ist.« Sie schwieg. Ich wartete ab.
»Ihnen will ich es erzählen, ich glaube, Sie haben ein Recht darauf. Ja, der Stich rührt von dem Jagdmesser meines Mannes her. Dieses verschwundene Messer mit dem Adlerkopf.«
»Und wie ist das geschehen?«
»Ach, das ist eine alberne Geschichte. Wie gesagt, ich hatte ja keine Ahnung, was hier los war. Und vorgestern hatte ich eigentlich die Absicht, gleich wieder nach Wien zu fahren. Erst ging ich spazieren, weil es draußen so schön war, dann plötzlich kam das schlechte Wetter. Frau Jarisch sagte, ich solle doch übernachten, es wäre ein Gastzimmer da. Und ich dachte, warum nicht? Die Fahrt ist ja doch ziemlich weit, nicht wahr? Und dann kam Ludwig. Es war die Rede von einem Mädchen, ich merkte, daß er eifersüchtig war. Da konnte ich mir ungefähr denken, was hier gespielt wird. Ich ging dann hinauf in die Zimmer meines Mannes und kam gerade zurecht zu einer dramatischen Szene. Die Kleine stand in eine Ecke gepreßt und fuchtelte mit dem Messer herum, das da wohl irgendwo gelegen hatte. Mein Mann hatte ihr den Arm verdreht und lachte, er findet – ich wollte sagen, er fand solche Auftritte herrlich.«
Sie biß sich auf die Unterlippe, blickte an mir vorbei.
»Ich bin nicht sehr erfahren in diesen Dingen. Aber es gibt wohl Männer, die haben erst Freude dran, wenn sie einer Frau möglichst Gewalt antun können.«
Ich sagte vorsichtig: »So etwas mag es geben.«
»Die Kleine war ganz außer sich, sie sagte immerzu: nein, nein, ich will nicht, laß mich los! Und er lachte. Ich wurde

schrecklich wütend, als ich das sah. Ich fand es so entwürdigend. Nicht meinetwegen. Sicher dachte er, ich sei schon weggefahren. – Nein – für ihn schämte ich mich. Mußte er denn so sein? Wissen Sie, früher habe ich – ach, ist ja egal. Jedenfalls warf ich die Tür hinter mir zu, stieß ihn beiseite und wollte dem Mädchen das Messer wegnehmen.
Die Kleine war ganz entsetzt, als sie mich sah. Dann geschah es irgendwie – ich kann es auch nicht mehr genau rekonstruieren, das Messer rutschte ihr weg und verletzte mich. Es muß eine sehr scharfe und spitze Klinge sein. Es tat im ersten Moment gar nicht weh, und ich war auch viel zu wütend, um darauf zu achten.
Mein Mann setzte sich auf sein Bett und lachte. Er lachte sich halbtot, er fand diesen Auftritt großartig. – Ja, so war er nun mal.«
Schwer, dazu etwas zu sagen. Als Ehemann war Otto Kaiser zweifellos kein reines Vergnügen gewesen.
»Die Kleine rannte hinaus, und ich ging auch, ließ ihn da sitzen. Ich ging ins Gastzimmer, wo mein Mantel und meine Tasche waren, ich sah wohl, daß mein Arm blutete, aber ich kümmerte mich nicht darum, ich hatte eine Wut, und ich wollte fort. – Sollte er doch zum Teufel gehen mit seinen lächerlichen Affären, ich hatte endgültig genug davon. Ich wollte ihn gar nicht mehr sehen.«
Sie entwickelte jetzt allerhand Temperament, die graugrünen Augen blitzten, und ihre Stimme war lauter geworden.
»Das blöde Messer hatte ich noch in der Hand. Ich steckte es erst mal in meine Tasche. Ich hatte eine sehr große Handtasche dabei, vielleicht erinnern Sie sich noch, weil ich ja doch länger unterwegs war. – Ja, so war das. Eine ganz dumme Geschichte. Und vielleicht verstehen Sie, warum ich das der Polizei nicht gern erzählen wollte.«
»Ja«, sagte ich lahm.
»Mein Mann ist tot. Warum soll man ihn noch auf diese Art – auf so eine Art herabsetzen. Ich habe es Ihnen jetzt erzählt. Und meinen Freunden gestern habe ich es auch erzählt. Sonst weiß es niemand.«

»Das erklärt auch, warum Dunja gar so außer sich war. Mit ihr konnte man gestern den ganzen Tag nicht reden, sie weinte ununterbrochen.«

»Sie war zweifellos die Geliebte meines Mannes. Aber jetzt wollte sie eben lieber den Jungen haben. Verständlich.«

»Aber dann ist Herr Kaiser gar nicht mit diesem Messer getötet worden«, fiel mir plötzlich ein. »Dann muß es eine andere Waffe gewesen sein.«

»Nein, es kann schon dieses Messer sein. Ich warf es aus dem Wagen.«

Jetzt war ich sprachlos.

»Sie warfen . . .«

»Ja«, sagte sie und schob die Unterlippe ein wenig vor. »Sollte ich vielleicht bewaffnet durch die Gegend fahren? Ich war kaum abgefahren, da – nun, ich brauchte ein Taschentuch, nicht wahr? Ich war auch ein wenig aufgeregt. – Ich griff in meine Tasche und hätte mich beinahe noch mal verletzt. Da hielt ich an und warf das verdammte Messer zum Fenster hinaus.«

»Einfach so in die Gegend?«

»Einfach so in die Gegend. Ja. Sollte ich es vielleicht zurückbringen?«

Ich stand auf, ging um den Schreibtisch herum, bis ich hinter ihr stand. Sie hatte zuletzt wie ein trotziges, unglückliches Kind gesprochen. Sie sah so jung und sehr hilfsbedürftig aus, nicht mehr die stolze kühle Fremde mit dem abweisenden Blick.

Und ich hatte den Wunsch, sie in die Arme zu nehmen. Einfach in die Arme zu nehmen und zu streicheln.

Sie blickte unsicher zu mir auf. »Das hätte ich nicht tun sollen, nicht wahr? Ich dachte, irgendeiner wird es am nächsten Morgen schon finden.«

»Irgendeiner hat es ja auch gefunden.«

»Ja. Aber es ist doch merkwürdig. Vielleicht war es doch ein anderes Messer.«

»Wo haben Sie es denn weggeworfen?«

»Ach, ich weiß nicht genau. Es war noch im Dorf. Ich war ge-

rade ein kleines Stück gefahren. Es war dunkel, und es schneite wie verrückt. Kein Mensch war auf der Straße. Ich machte im Fahren meine Tasche auf, die neben mir stand, und da hatte ich das Messer in der Hand. Ich erschrak, trat auf die Bremse, kurbelte das Fenster herunter und warf es im hohen Bogen hinaus. Es muß irgendwo im Schnee gelandet sein.«
Fast hätte ich gelacht. Das war so typisch weiblich gehandelt. Fenster auf – raus mit dem Ding. Und dann hatte sie vermutlich Gas gegeben und war losgebraust mit ihrem Riesenschlitten. Mit dem blutenden Arm, wütend, aufgeregt und dazu die schmale Straße über der Glainz. Im Dunkeln, bei Schneetreiben. Mir wurde ganz schlecht, wenn ich daran dachte. Ich stand hinter ihr und blickte auf ihren schmalen Nacken. Und ehe ich wußte, was ich sagte, sagte ich: »Ich könnte Sie verprügeln!«
Sie blickte mit offenem Mund zu mir auf. »Wie?«
»Zum Teufel, ja. Bei dem Wetter, in der Nacht, mit der Wunde am Arm und in Ihrem aufgeregten Zustand. Wissen Sie überhaupt, was Ihnen passieren konnte! Sie kannten die Straße nicht. Ich bin sie gestern bei Tag gefahren, und da schon mußte man gut aufpassen.«
»Aber . . .«
»Überlegen Sie doch mal! Wahrscheinlich sind Sie wie eine Irre durch die Nacht gerast. Ein Wunder, daß Sie lebend dort bei mir angekommen sind. Und da wollten Sie noch weiterfahren! Wenn ich nicht gewesen wäre . . . Sind Sie eigentlich immer so unvernünftig?«
Jetzt war ich es, mit dem das Temperament durchging. Der Gedanke, was ihr alles hätte passieren können, ließ mich im Moment alles andere vergessen.
Sie stand auf, immer noch ziemlich fassungslos.
»Hören Sie mal . . .«
»Ach! Sagen Sie nicht, ich sei unverschämt. Vielleicht bin ich es. Das ist mir egal. Ich sehe Sie noch genau vor mir, wie Sie da hereinkamen. Und dann kippten Sie um. Was wäre denn gewesen, wenn Sie während der Fahrt ohnmächtig geworden wären?«

»Ich bin eine ganz gute Autofahrerin.«
»Was wäre gewesen, wenn Sie ohnmächtig geworden wären?« fragte ich betont.
»Dann wäre es eben aus mit mir gewesen. Auch nicht weiter wichtig. Ich bin für nichts und niemand auf dieser Welt wichtig.«
Sie hatte wieder das Kindergesicht, trotzig und hilflos. Es war schwer, sie nicht in die Arme zu nehmen. Und schwer, nicht zu sagen: doch – für mich bist du wichtig.
Aber sie war meine Chefin, wie Esther es genannt hatte. Es fiel mir gerade noch rechtzeitig ein.
Ich mußte wohl ein sehr finsteres Gesicht machen, denn sie lächelte plötzlich und sagte: »Sie sehen aus, als ob Sie mich gleich fressen wollten. Also gut. Sie haben mir das Leben gerettet. – Ich bedanke mich nochmals dafür.«
Auf einmal war alles anders zwischen uns. Oder war es von Anfang an etwas Besonderes gewesen? Sicher, wir hatten uns unter ungewöhnlichen Umständen kennengelernt, und unsere zweite Begegnung verlief auch nicht unter normalen Verhältnissen. Sie sah mich lange an, und ich wich ihrem Blick nicht aus. Sie mußte alles, was ich empfand, in meinem Gesicht lesen. Es war sicher nicht schwer. Dann wandte sie sich ab.
»Gehen wir?« fragte sie leise. »Oder müssen Sie noch arbeiten?«
»Nein. Heute nicht mehr. Es würde doch nichts Gescheites.«
Ich schloß das Büro ab, dann standen wir draußen. Es dämmerte, es war schon fast dunkel, der Himmel rauchfarben verblaßt, und es würde nicht mehr lange dauern, bis man den Stern wiedersah.
»Könnten Sie mir zeigen, wo das war? Wo man ihn gefunden hat.«
»Wenn Sie wollen.«
Wir gingen langsam über das Gelände, den Weg durch die Wiesen und dann hinunter zur kleinen Bucht an der Glainz.
»Hier?« fragte sie.
»Ja.«

Sie schwieg, und ich blickte wie gestern abend über den Fluß, auf die Wiesen, auf den dunklen Wald, und es kam mir vor, als kenne ich das alles schon seit Jahren.
»Seltsam, er hat dieses Tal so geliebt. Und nun mußte er hier sterben.« Sie blickte hinab auf den Fluß, der ziemlich rasch strömte und noch eine letzte Helligkeit, einen grauen Silberschimmer widerspiegelte.
»Man wollte ihn ins Wasser werfen, nicht?«
»Es ist anzunehmen.«
Sie blieb lange still. Dann schauerte sie zusammen.
»Ist Ihnen kalt?«
»Ja.«
Ich zögerte, doch dann legte ich ganz behutsam meinen Arm um ihre Schulter. Ich dachte an ihre Wunde. Ich durfte ihr nicht weh tun.
Ich blickte zum Himmel.
»Da ist er.«
»Wer?«
»Der Stern. Sehen Sie ihn? Ganz blaß noch. Man sieht ihn kaum. Er war gestern abend schon da.«
»Was ist das für ein Stern?«
»Ich weiß es nicht. Irgendeiner. Ein einsamer Stern über einem einsamen Tal. Wenn der Himmel dunkler wird, ist er ganz hell und ganz groß.«
Ich lachte verlegen. »Wahrscheinlich halten Sie mich für einen romantischen Esel.«
Sie glitt sacht aus meinem Arm heraus und sagte leichthin: »Vielleicht. Aber das macht nichts. Ein wenig romantisch zu sein, ist nicht die schlechteste Eigenschaft für einen Mann. Gehen wir zurück?«
»Bleiben Sie heute nacht hier?«
»Ja. Es ist da noch etwas, worüber man sprechen muß.«
Ich fragte nicht, was es sei. Es war mir auch egal. Sie würde dasein an diesem Abend. Ich würde ihr Gesicht sehen, ihre Stimme hören. Und in der Nacht würden wir unter einem Dach schlafen. Zum zweitenmal nun.

Was ich in diesen letzten drei Tagen an Stimmungen durchlebt hatte, das ging auf keine Kuhhaut. Angefangen von der gewohnten Depression der vergangenen Jahre bis zu einer reinen Neubeginn-Euphorie, von dem Gefühl lebenslanger Mutlosigkeit bis zu erwartungsvoll überspannter Hoffnung, über eine neuerwachte unerwartete Aktivität, nur weil eine Frau aufgetaucht war, die in Ohnmacht fiel, bis zu dem tiefen Fall in letzter Verzweiflung, als ich den Toten am Fluß sah. – Und nun war ich bei Liebe angelangt. Das war ja wohl der größte Unsinn von allem.
Liebe! Eins war sicher: Nie und niemals wieder würde ich mich verlieben können. Das wußte ich. Und dabei blieb es. Und daß ich nach den Jahren der Enthaltsamkeit nun wie ein Schulbub auf eine attraktive Frau reagierte, war natürlich albern, aber sicher verständlich.
So war es und nicht anders. Und damit basta!
Trotzdem duschte ich mich mit Ausdauer, rasierte mich sorgfältig und entschloß mich dann, meinen grauen Anzug anzuziehen und den grün-schwarzen Schlips dazu umzubinden, den Josy mir zu Weihnachten geschenkt hatte. Er war aus reiner Seide, stammte aus der Kärntnerstraße, und Josy hatte gefunden, er stehe mir großartig.
Einen Moment zögerte ich noch, ehe ich hinunterging. Und am liebsten hätte ich mich wieder umgezogen. So wie es Frauen manchmal tun, wenn sie sich nicht entscheiden können, ob das blaue oder grüne oder am besten das gepunktete oder ein ganz solides Kostüm angebracht sei. Gestern hatte ich nur einen Pullover angehabt beim Nachtmahl.
Dann ging ich doch und war froh, daß ich mich so fein gemacht hatte. Irina hatte sich auch umgezogen. Sie trug ein glattes schwarzes Kleid aus Jersey, um den Hals einen lang herabfallenden türkisfarbenen Schal. Keinen Schmuck, nur glatte goldene Ohrclips. Das Kleid war ganz einfach, so eines von der Art, von dem man nicht wußte, kostete es hundert oder tausend Mark.
Sie war unbeschreiblich schön – aber ich glaube, das habe ich schon mehrmals gesagt. Ich werde es nicht mehr erwähnen.

Sie wirkte sehr schlank, sehr schmal, sehr hochbeinig in diesem Kleid. Ihr blondes Haar, so ein mattes, mittleres Blond, nicht gold, nicht hell, nicht dunkel – meiner Meinung nach ungefärbt, war glatt und ganz einfach frisiert. Vermutlich war die Frisur genauso raffiniert wie das Kleid, der Friseur genauso teuer wie das Modeatelier.
Sie saß auf der Ofenbank, hatte die Beine übereinandergeschlagen, ihr Rock war nicht zu kurz, nicht so, daß es unelegant gewirkt hätte, gerade so knapp am Knie, in meinen Augen die kleidsamste Länge für hübsche Beine. Sie hielt ein Glas mit einer hellen Flüssigkeit in der Hand, und das erste, was Dr. Molina mich fragte, als ich ins Zimmer gekommen war: »Mögen Sie auch einen Cocktail?« Ich nickte stumm. Er hätte mir Rattengift anbieten können. Wenn sie es trank, würde ich es auch trinken.
Der Anwalt, von Kopf bis Fuß ein Mann von Welt, ein eleganter Mann, ein Bild von einem Mann, machte sich am Tisch zu schaffen und meinte dabei: »Viel Auswahl gibt es hier nicht auf dem Land, es ist ein Wodka-Martini, ich hoffe, Sie mögen das, Herr Lanz.«
»Ja«, sagte ich blöde und grinste ihn an, um nicht pausenlos sie anzusehen.
»Einen Shaker haben wir natürlich auch nicht«, tadelte Dr. Molina, und ich merkte ihm an, wie wenig das Leben auf dem Lande nach seinem Geschmack war. Und dann dachte ich, wenn er der Anwalt von Otto Kaiser war, dann wußte er auch alles über mich, und dann würde er es *ihr* auch erzählt haben. Ich lehnte mich an den Bauernschrank, nach dem Grazer Vorbild, dabei fiel es nicht weiter auf, wenn ich gelegentlich mal zu ihr hinsah.
Sie sagte zu Molina: »Ihre Martinis sind auch erstklassig, Doktor, wie immer.«
Sie hatte wieder diesen leichten Dame-von-Welt-Ton, den ich schon einige Male vernommen hatte, er stand ihr nach Bedarf zu Gebote, und ich dachte mir, daß sie mühelos damit umgehen konnte, wenn es gebraucht würde. Daß sie anders sprechen und anders aussehen konnte, wußte ich inzwischen

ebenfalls. Dann kam Moni und begann den Tisch zu decken. Dabei huschte ihr Blick immer wieder zu der Dame auf der Ofenbank, und manchmal sah sie auch den schicken Anwalt an; es war schwer zu erkennen, wer von den beiden ihr mehr imponierte.
Als nächster erschien Burger. Er hatte sich ebenfalls ein frisches Hemd und einen dunklen Anzug angezogen und sein graues Haar sorgfältig gebürstet. Er sah sehr würdevoll und geradezu dekorativ aus. Das Ganze machte den Eindruck einer gepflegten kleinen Party. Schade, daß Esther und ihr Bruder nicht dabei waren. Sie hätten es bestimmt genossen.
Ich mußte an Otto Kaiser denken. Diese Frau war seine Frau, dieser Anwalt sein Anwalt. Und so mochte sein Leben zum Teil ausgesehen haben. Aber nur zum Teil und vermutlich zum geringsten Teil. Ein reicher Mann war er gewesen, ein Selfmademan, der vielleicht aus einfachen Verhältnissen kam. Eine starke Persönlichkeit dazu. Sicher hatte er nicht gern Cocktails getrunken. Lieber Bier. Oder einen guten Wein. Er war früh aufgestanden, zur Jagd gegangen. Oder früh aufgestanden und hatte gearbeitet. Manchmal hatte er auf Parties gesessen und war sich fremd vorgekommen. Obwohl er das sicher gut gekonnt hatte. Und für die Liebe war ihm so ein Mädchen wie die Dunja recht gewesen. Und wenn ich mir vorstellte ... Also, was ging das mich an? Und außerdem war er tot. Fast konnte man es vergessen.
Der nächste Auftritt: Ludwig und Molly, die Hündin. Irina streckte die Hand nach ihr aus, Molly ging hin, schnupperte an der Hand, seufzte ein wenig unwillig – Parfüm? – und legte sich dann nieder.
Burger und Ludwig bekamen auch einen Martini. Burger betrachtete das Glas ernsthaft und trank mit ebenso ernsthafter Miene. Ich zweifelte, ob es ihm schmeckte.
Ludwig dagegen sagte: »Gut! Mal was anderes. Überhaupt eine ganz veränderte Atmosphäre heute hier.«
Er sah Irina an. In seinem Blick lag Bewunderung. – Ob er Dunja gesehen und gesprochen hatte? Ich mochte ihn nicht danach fragen vor den anderen.

Irina trug auch an den Händen keinen Schmuck, nicht einen einzigen Ring. Aber so konnte man sehen, wie schön ihre Hände waren, mit schmalen langen Fingern, die Nägel lang und gewölbt, nur hell lackiert. Ich konnte das gut beobachten, während sie den Martini trank und eine Zigarette rauchte.
Mir fiel ein, was Esther erzählt hatte – Musik. Klavier oder Geige? – Warum hatte sie wohl Otto Kaiser geheiratet? Blöde Frage. Warum heiratet eine Frau einen reichen Mann?
Dann kam Frau Jarisch, und das Abendessen wurde aufgetragen. Wir bekamen eine klare Brühe, dann Forellen aus der Glainz, dann Wiener Schnitzel mit Salat. Anschließend eine Caramelcreme. Wir hätten im Sacher in Wien nicht besser essen können, und ich fragte mich, wann Frau Jarisch das alles gezaubert hatte bei der Aufregung und dem Betrieb.
Das Essen zog sich eine Weile hin, wir tranken Wein, es wurde Konversation gemacht. Es war alles so ein bißchen verfremdet, ein wenig unwirklich. Keiner sprach von dem Mord, keiner von Otto Kaiser, keiner von dem, was geschehen war, und von dem, was geschehen mußte.
Es war wie auf einer Bühne, und ich selbst gab mir große Mühe, meine Rolle gut zu spielen.
Einmal nur dachte ich: heute – vor einem Jahr... Aber ich schob den Gedanken rasch beiseite. Plötzlich war alles so fern gerückt, das Ganze, von dem ich gedacht hatte, ich würde es nie vergessen können.
Zweifellos wäre das ganze Unternehmen nicht so wohlgelungen verlaufen ohne Dr. Molina. Wieder einmal hatte ich Gelegenheit, das Geschick des Holzkaisers zu bewundern. So einen Anwalt zu haben, als Haus-, Hof- und Leibanwalt, bewies, wie gut er es verstanden hatte, in seinem eigenen Leben Regie zu führen. Ganz egal, wie einer es geschafft hatte, ohne dieses Talent, die richtigen Leute am richtigen Platz einzusetzen, hätte er es eben nicht geschafft. Es mußte eine angeborene, instinktive Intelligenz sein. Und es konnte mich, genau genommen, nachträglich stolz machen, daß der Holzkaiser mich für gut befunden und engagiert hatte.
Auch von Saß sprach Dr. Molina einmal. Er meinte, an mich

gewandt, was für ein tüchtiger und sympathischer Kollege Saß sei, er habe schon öfter mit ihm zusammengearbeitet, auch in Sachen der Firma Kaiser.

Ich nahm an, er erwähnte Saß, um mich wissen zu lassen, daß er über mich und mein Leben Bescheid wisse. Ich hatte sowieso nicht daran gezweifelt. Otto Kaiser würde mit ihm über mich gesprochen haben. Aber es störte mich auf einmal nicht mehr. Ich stand über den Dingen, ich hatte es abgestreift, mich interessierte nur noch das Hier und Heute und mehr noch das Morgen und Dort. Wie schnell das gegangen war! Was war der Grund dafür? Der Tod eines Mannes, den ich kaum gekannt hatte und der mir, seit er tot war, ständig vertrauter wurde?

Oder diese Frau, die mir gegenüber saß und deren Gegenwart stärker war als alle Vergangenheit? Immer wieder sah ich ihr Gesicht; schmal, ernst, die Wimpern gesenkt, während sie aß, der helle rasche Blick, wenn jemand sie ansprach, wenn sie jemanden ansah, die Bewegungen der schönen schmalen Hände, das leichte verbindliche Lächeln, wenn sie eine Antwort gab. – Es war alles so ... mein Gott, wie konnte man das ausdrücken? Es war alles so harmonisch an ihr, Haltung, Bewegung, Aussehen, ihre Stimme.

Wenn ich daran dachte, wie ich sie kennengelernt hatte. Das war doch bestimmt eine Ausnahmesituation gewesen. Und auch heute abend – das konnte man nicht als freundliches geselliges Beisammensein bezeichnen, und dennoch blieb der leichte harmonische Ton in ihrer Gegenwart erhalten. Ihre Anmut, ihr Charme, ihre Sicherheit ließen alles leichter werden. Ja – jetzt hatte ich es. Die ganze Frau war wie Musik. Eine ernste, ein wenig verträumte Musik, nie schrill und laut, Dur und Moll gemischt, ein paar Streicher, ein dunkler Celloklang, eine wehmütige Balalaika hineingezupft, ein wenig Blues – Himmel, ich war verrückt, komplett verrückt, ich machte da eine Mischung aus Tschaikowsky, Abendglocken und New Orleans zurecht, das war ein verwegener Cocktail, Dr. Molina konnte davon etwas lernen. – Ein Glück, daß keiner Gedanken lesen konnte.

Nach dem Essen, Moni hatte abgeräumt, Frau Jarisch den Krug neu mit Wein gefüllt, wir hatten uns Zigaretten angezündet, stand Ludwig auf.
»Ja«, meinte er zögernd.
Es sah aus, als wollte seine Mutter etwas sagen, aber ehe sie dazu kam, fragte Dr. Molina: »Wollen Sie fortgehen?« Ludwig warf einen raschen Blick zu seiner Mutter hinüber. »Ja, ich wollte bloß mal ... Dunja war vorhin noch nicht zurück. Ich wollte bloß mal sehen, ob sie inzwischen gekommen ist.«
»Bleiben Sie hier, Ludwig«, sagte Irina. Ihre Stimme klang freundlich, aber bestimmt. Ich wunderte mich, daß sie ihn Ludwig nannte, obwohl sie ihn doch kaum kannte.
»Sie wird noch nicht dasein. Ich habe Ivo gebeten, daß er sie zum Abendessen ausführt, in Hallau oder in Glainz. Ich dachte mir, das wird für sie vergnüglicher sein, als allein in ihrem Zimmer zu sitzen. Ivo kennt sie ja, er hat sich schon öfter mit ihr unterhalten, wenn er mit meinem Mann hier war. Das hat er mir auf der Herfahrt erzählt. Ich hatte sogar den Eindruck, daß sie ihm ganz gut gefällt.« Sie sagte das alles in freundlichem Plauderton, mehr so an alle gerichtet, aber für Ludwig war es natürlich bestimmt.
»So«, machte der ein wenig mürrisch.
Und nun sah sie Ludwig gerade an, lächelte und sagte: »Ich nehme doch an, daß Sie kein ernsthaftes Interesse an dem Mädchen haben.« Es war keine Frage, auch wenn ein leichter Frageton mitschwang. Aber es war so ausgedrückt, als ob sie das für ganz und gar unglaubhaft halten würde.
Und was Frau Jarisch mit sicher vielen Vorhaltungen nicht gelungen war, das gelang Irina jetzt mit diesem Lächeln und diesem Ton. Ludwig erwiderte – zwar etwas trotzig und mit roter Stirn –: »Nein, so auch wieder nicht. Ich dachte nur, man müßte sich mal um sie kümmern.«
»Na ja, eben, das dachte ich mir auch. Ivo erschien mir der richtige Mann dafür. Sie sind heute abend hier nötiger. Es gibt sehr viel zu besprechen, nicht?«
Ludwig blickte Irina etwas unsicher an und sagte: »Dunja ist nicht so eine.«

»Was für eine soll sie denn sein? Kein Mensch sagt etwas gegen sie. Und Sie können mir glauben, es interessiert mich wirklich nicht, was hier vorgefallen ist oder nicht. Im Hinblick auf Dunja. – Nur Sie sollten sich in keiner Weise binden, Ludwig. Sie sind zu jung. Und das Leben fängt für Sie jetzt an.«
Der letzte Satz klang irgendwie bedeutungsvoll. Ich sah, wie Frau Jarisch mit einer ruckartigen Bewegung den Kopf hob und Irina ansah.
Irina bemerkte es wohl und gab den Blick zurück, aber sie sprach weiter zu Ludwig. »Was mich ernsthaft interessieren würde, ist die Frage, ob Sie Ihr Musikstudium wiederaufnehmen wollen oder nicht. Sie wissen es vielleicht, oder vielleicht wissen Sie es auch nicht, daß ich auch einmal Musik studiert habe. In Berlin, an der Musikhochschule. Ich habe Geige gespielt. Ich habe sogar schon ein paar kleine Konzerte gegeben.«
Sie machte eine Pause, Ludwig sah sie an, und sie sah ihn an, schien allein zu ihm zu sprechen.
»Man sagte, ich sei recht begabt. Aber ich hatte nicht genug Geld, um es wirklich durchzuhalten. Vielleicht auch nicht genug Härte. Und dann hatte ich vor sechs Jahren einen Unfall. Ich brach mir den Arm, und zwar auf recht komplizierte Weise. Ich konnte sehr lange nicht spielen, und ich hatte Angst, daß ich nie wieder ganz voll einsatzfähig sein würde. Ich meine, daß es für eine Virtuosenlaufbahn reichte.«
»Welchen?« fragte ich dazwischen – ohne zu denken. Alle blickten erstaunt auf mich. »Entschuldigung«, murmelte ich und sah sie an. »Ich meine, welchen Arm?«
Sie lächelte, wirklich amüsiert diesmal, denn nur sie als einzige verstand die Frage.
»Ein Geiger braucht beide Arme sehr nötig«, belehrte sie mich nachsichtig. »Aber es war der rechte Arm.«
Ich hatte es mir gedacht. Sie war gefährdet an diesem Punkt. So etwas gab es. Onkel Severin in Böhmen fiel mir ein. Oder vielmehr die alte Köchin in seinem Haus, die Janka, die war Expertin in diesen Dingen. »Mußt dir merken, Bürscherl, wenn man fällt einmal auf rechtes Knie, man fällt immer auf

rechtes Knie. Gibt es Stellen an Körper von Menschen, wo sind in Gefahr. Kennst du Bibel? In Bibel steht: Ärgert dich dein rechtes Auge, dann reiß es aus. Hat Bibel recht. Ärgert Auge dich einmal, ärgert dich Auge immer.«
Ich zweifelte schon damals daran, daß die Bibelauslegung von Janka im theologischen Sinne ganz korrekt war, aber das plastische Bild von dem ausgerissenen Auge machte doch großen Eindruck auf mich.
Auf jeden Fall war Irinas rechter Arm ihre gefährdete Stelle, und darum mußte man dort besonders gut auf sie aufpassen.
Idiot! Wer? Du vielleicht?
»Woher wissen Sie, daß ich Musik studiert habe«, fragte Ludwig.
»Mein Mann hat es mir erzählt. Er mochte Sie sehr gern, Ludwig.«
»Er hat mit Ihnen über mich gesprochen?«
»Ja. Sogar öfter. Und ich habe ihm auch gesagt, daß es vielleicht nicht das richtige sei, Sie in das Holzgeschäft zu stekken, wenn Sie doch im Grunde ein Künstler sind. Das verstand er aber nicht so. Für meinen Mann war Kunst, war so etwas wie Musik einfach nicht existent. Das war auch für mich nicht immer ganz leicht, das werden Sie verstehen.«
»Ja«, sagte Ludwig verwirrt. Er begriff nicht, warum sie sich so mit ihm beschäftigte. Und ich verstand es auch nicht.
Nur eine schien es zu begreifen: Frau Jarisch. Sie stand plötzlich auf, ihr Gesicht war sehr bleich, sehr starr, die dunklen Augen wirkten ganz schwarz darin. »Ich weiß nicht, Ludwig«, sagte sie, und ihre Stimme schwankte, »wir sollten uns vielleicht zurückziehen. Ich denke, daß es besser wäre ... vielleicht hat ... haben ...«
»Nein, Frau Jarisch«, sagte Irina ruhig und stand ebenfalls auf. »Laufen Sie nicht davon. Sie müssen es ihm jetzt sagen.«
Frau Jarisch stand bewegungslos, wie angenagelt, ihre Schultern waren nach vorn gesackt.
»Was?« fragte Ludwig, seine Stimme klang hell, hoch und aufgeregt. »Was soll sie mir sagen?«
Irina trat zu Olga Jarisch, sie sagte eindringlich: »Es ist doch

besser, wenn er es von Ihnen erfährt. Die Testamentseröffnung dürfte nicht der richtige Augenblick sein. Nicht wahr, Dr. Molina?«
Der Anwalt nickte, er blickte mit freundlich-interessierter Miene von einem zum anderen. Burger machte ein ausgesprochen dummes Gesicht, und ich überlegte, ob diesmal Frau Jarisch in Ohnmacht fallen würde.
Irina fuhr fort: »Wir müssen natürlich nicht alle dabeisein. Wir können hinausgehen. Oder Sie gehen mit Ihrem Sohn in Ihr Zimmer.«
Pause.
»Was?« rief Ludwig wieder, aufgeregt.
Olga Jarisch hatte sich gefaßt. Sie richtete sich auf. Blickte Irina an und dann ihren Sohn.
Und dann blickte sie an beiden vorbei ins Leere und sagte: »Ich bereue es seit gestern, daß ich . . . daß ich es nicht längst gesagt habe. Ich habe ihm das Versprechen abgenommen, daß er schweigen wird. Noch schweigen. Er hat es gehalten. Von mir war es nicht recht.«
»Worüber soll ich schweigen?« rief Ludwig. »Ich verstehe kein Wort.«
»Nicht du. – Er. – Dein Vater.«
»Mein – Vater?«
»Er war dein Vater. Der Mann, der sich Otto Kaiser nannte, und der seit gestern tot ist, war dein Vater.«
Ich gestehe, daß ich nach Luft schnappte. Die Tatsache, die wir da erfuhren, die Frau Jarisch so lapidar von sich gab, war so überwältigend, daß ich zunächst gar nicht auf die merkwürdige Formulierung achtete, die sie gewählt hatte.
»Mein Vater?« flüsterte Ludwig, weiß im Gesicht jetzt auch er.
»Ja. Und vielleicht verstehst du nun, warum es für mich zu allem noch ganz besonders entsetzlich war, daß man dich verdächtigte. Und daß ich mich selber fragen mußte, ob es möglich sei, daß du . . .« Sie stöhnte auf, ihre Hand griff zum Herzen.
Schneller als ich war Dr. Molina bei ihr, stützte sie, schob ihr einen Sessel zurecht.

»Mein Vater! Er!« wiederholte Ludwig, immer noch ganz fassungslos.
Irina füllte ein Glas aus der Wasserkaraffe, die auf dem Tisch stand, und reichte das Glas Frau Jarisch.
»Besser?« sagte sie. Ihre Stimme klang warm und herzlich. »Es tut mir leid, daß ich Sie dazu gedrängt habe, Frau Jarisch. Aber Sie mußten es ihm sagen.«
»Sie haben es gewußt?«
»Ja. Mein Mann war . . . wie soll ich das erklären?« Irina nahm ihr Weinglas, trank im Stehen daraus, dann streckte sie Dr. Molina die Hand hin. »Haben Sie noch eine Zigarette für mich?«
Als die Zigarette brannte, ging sie noch einige Schritte durchs Zimmer, drehte sich dann um, stand wieder wie am Nachmittag nahe dem Fenster, nur daß es jetzt dort dunkel war.
»Wir sind heute alle sehr ehrlich zueinander, nicht wahr? Es ist ein besonderer Tag, man spricht nicht immer so offen mit Menschen, die einem im Grunde fremd sind. Man spricht meist nicht einmal offen mit denen, die einem nahestehen. Ich habe eigentlich außer meiner Mutter nie einen Menschen gehabt, der mir wirklich nahestand. – Meine Ehe – nun ja, sie war nicht gut, sie war nicht schlecht, sie war eigentlich gar keine Ehe. Für meinen Mann gab es nur seine Arbeit. Aber etwas muß ich an ihm rühmen: er war immer aufrichtig. Er war keiner, der unnötige Ausflüchte machte. Und das mit Ludwig hat er mir erzählt. Vor einem Jahr etwa.«
Irina kam langsam wieder zur Zimmermitte, legte ihre Hand auf die Lehne von Frau Jarischs Sessel. »Ludwig arbeitete damals seit einiger Zeit in dem Büro am Opernring. Es war noch nicht lange her, Frau Jarisch, daß Sie einander wieder begegnet waren, nicht wahr?«
»Nein«, antwortete Olga leise. »Das war im Herbst zuvor gewesen. Ich war vorher lange krank, ich lag ein Vierteljahr in der Klinik, Herzgeschichten, Kreislauf, unser Leben war schwer gewesen in den vergangenen Jahren. – Während meiner Krankheit hatte ich meine Stellung verloren, und es ist nicht einfach in meinem Alter, in Wien wieder eine Stellung

zu finden. Ludwig studierte, er arbeitete auch nebenbei, und dann fand ich etwas in einem Nachtlokal«, sie drehte den Kopf zur Seite, es war ihr nicht angenehm, von alledem zu sprechen. »Ich arbeitete dort als Garderobenfrau.« Sie blickte zu Molina auf, der ihr freundlich zunickte.
»Ich war dabei«, sagte Molina, »und es war irgendwie erstaunlich, wie bewegt und erfreut Kaiser war. Ich kannte ihn als ziemlich harten Geschäftsmann. Aber ich wußte auch, daß er Herz hatte und vielleicht sogar eine kleine sentimentale Ader, was man ja oft bei Männern seines Schlages findet.«
Er lächelte Frau Jarisch freundlich an. Er gewann immer mehr, je besser man ihn kennenlernte. Während des Sprechens hatte er ein Glas mit Wein gefüllt, das er Frau Jarisch reichte, füllte dann auch sein Glas wieder, trank, erzählte weiter, heiter, im Plauderton.
»Wir waren mit zwei Herren zusammen. Italienern, Geschäftsfreunde aus Mailand von Kaiser. Es war um ein Geschäft gegangen, abends waren wir zum Abschluß gekommen, ziemlich spät. Erst wollten die beiden noch nach Grinzing, aber wir redeten ihnen das aus, es goß in Strömen, dessen erinnere ich mich genau. Wir gingen dann in den ›Rauchfangkehrer‹ zum Abendessen, und dann wollten sie partout noch in ein Nachtlokal, na ja, so viele gibt's ja in Wien davon gar nicht, und ich wußte, daß Kaiser nicht gern in solche Lokale ging – ich nebenbei auch nicht –, und darum waren wir auch nicht sehr bewandert. Wir landeten dann irgendwo hinter dem Kohlmarkt in so einem Ding, es war eng und dunkel, Mädchen hopsten da herum, eine sang, ein paar setzten sich zu uns; wir hatten Sekt bestellt, und Kaiser war irgendwie nachdenklich.
Er sagte zu mir: haben Sie die Dame gesehen, die uns die Garderobe abgenommen hat? Er sagte wörtlich so, Dame, sagte er. Und ich sagte: Nein. Warum? Was ist mit der? – Ich kenne sie, sagte er. Na ja, vielleicht waren Sie schon mal hier, sagte ich. – Nach einer Weile stand er auf und verschwand. Erst dachte ich mir nichts dabei, aber als er nicht wiederkam, wunderte ich mich. Die Italiener waren mit den Mädchen be-

schäftigt, vorn machte eine Striptease, und dann dachte ich mir, er könne doch nicht einfach weggegangen sein. Er konnte grob sein, sogar brutal, aber unhöflich nie. Ich ging hinaus, und da lehnte er an der Garderobe. Und dahinter, Frau Jarisch, auf einem kleinen Stühlchen saßen Sie ganz blaß und verstört. Sie sahen sehr schlecht aus. Inzwischen haben Sie sich ja Gott sei Dank gut erholt und sind wieder kräftiger geworden.« Wieder sein nettes Lächeln.
»Und Kaiser sagte zu mir, in seiner geraden Art, die keine Umwege kannte: ›Mensch, Molina, ich habe Ihnen ja gesagt, daß ich sie kenne. Diese Frau war meine große Liebe.‹«
Frau Jarisch stützte den Arm auf die Sessellehne, legte ihr Gesicht in die Hand, und wir sahen, wie Tränen zwischen ihren Fingern hinunterfielen. Irina, die immer noch hinter ihrem Sessel stand, legte ihre Hand auf Olgas Schulter.
Mir war ganz komisch zumute, und als ich Burger ansah, merkte ich, es fehlte nicht viel, daß er auch weinte.
Ludwig hatte sich noch immer nicht gefaßt. Er war vollkommen außer sich, und das konnte man schließlich verstehen.
»Ja, so war das an dem Abend«, fuhr Molina fort. »Und so wie Kaiser nun einmal war, ließ er nicht wieder locker. Frau Jarisch war wohl ziemlich widerspenstig. Sie wollte sich nicht helfen lassen, sehr stolz, sehr abweisend war sie, er erzählte mir das ein paar Tage später, und er ärgerte sich darüber.
Er beauftragte mich herauszubringen, wo sie wohnte, na ja, und dann nahmen wir die Sache in die Hand. Sie mußte da aufhören in dem Bumslokal, wir schickten sie zur Kur. Ludwig hatten wir inzwischen auch entdeckt, und daß er nur *sein* Sohn sein konnte, wußte Kaiser sehr genau. Ich denke, Ludwig, das wird Ihre Mutter Ihnen selber erzählen wollen, wie es war, ehe Sie zur Welt kamen. Ich kann das wohl übergehen. Jedenfalls, wer Otto Kaiser gekannt hat, der weiß, daß es vollkommen hoffnungslos war, sich ihm zu widersetzen. Er erreichte immer, was er wollte. – So landete Ludwig, ehe er sich versah, in der Holzbranche. Und dann stellte Kaiser fest, daß die Luft hier im Tal und die Bewirtschaftung dieses Hauses genau das richtige für Olga Jarisch sein würden. Und Ludwig

sollte das Holzgeschäft von der Pike auf lernen. Und sollte auch eine Weile aus Wien weg. Soviel ich weiß, gab es da eine dumme Geschichte mit einem Mädchen, nicht? Und so kamen die beiden dann im Frühjahr, ja, so vor einem Jahr etwa, hierher. So war es doch, Frau Jarisch. Nicht wahr?«
Olga nickte.
»Ja. Um diese Zeit erzählte mein Mann mir von den beiden«, sagte Irina. »Und da ich wußte, daß er sich immer einen Sohn gewünscht hatte, war mir sofort klar, was das für ihn bedeutete. Er sagte, er wolle mir das nicht verschweigen, und ich sagte, das fände ich auch ganz in Ordnung, und soweit es mich angehe, sei mir sein Sohn stets willkommen. Ja – und dann war das sehr drollig« – sie hatte ihre Hand immer noch auf Frau Jarischs Schulter liegen – und sie lächelte –, »er hatte direkt ein wenig Angst vor Ihnen, Olga. Er sagte, ich muß sehr vorsichtig mit ihr sein, sie hat ein verheerendes Temperament, das weiß ich noch von früher. Es sieht zwar auf den ersten Blick so aus, als sei sie ruhiger geworden, aber das kann täuschen. Und dann nimmt sie mir den Ludwig wieder weg und verschwindet.
Er hatte Ihnen ja versprechen müssen, daß Ludwig nichts erfahren dürfe. Soviel ich weiß, hat er sich an das Versprechen gehalten. Warum haben Sie es ihm so schwer gemacht, Olga?«
Frau Jarisch schüttelte nur stumm den Kopf, ihr Gesicht lag immer noch in der Hand, sie weinte noch.
»Bis zum fünfundzwanzigsten Geburtstag, das hab' ich ihr versprechen müssen, na ja, wenn sie es partout will, ist ja nicht mehr lang hin – das sagte er mir damals. Aber nun, Ludwig, müssen Sie es früher erfahren. Denn immerhin erben Sie ein beträchtliches Vermögen. Das werden Sie in einigen Tagen bei der Testamentseröffnung hören.«
Ludwig saß immer noch auf seinem Stuhl mit dem gleichen fassungslosen Bubengesicht. Er sah sehr jung aus, und ich glaube, er tat jedem von uns leid. – Es muß ein komisches Gefühl sein, einen Vater zu bekommen, der am Tage vorher gestorben ist. Kam noch dazu, daß er sich mit Otto Kaiser nicht

besonders gut verstanden hatte, es war ein gespanntes Vater-Sohn-Verhältnis gewesen, absolut nichts Ungewöhnliches, nur wußten die meisten Söhne, daß er ihr Vater war, gegen den sie aufmuckten. Für Otto Kaiser war die Vaterrolle auch ungewohnt gewesen, er hatte sich offenbar zunächst einmal in übertriebene Erziehungsversuche gestürzt, die ja nicht gelingen konnten, da erstens der Junge nicht wußte, mit wem er es in Wirklichkeit zu tun hatte, und zweitens sie auch zu selten zusammen waren. Und man schließlich drittens einen angehenden Musiker nicht in einem Jahr zu einem Holzexperten umschulen kann.

Nein, Frau Jarisch hätte wirklich besser daran getan, ihren Stolz zu überwinden und Ludwig die Wahrheit zu sagen. So jung war er ja nun wirklich nicht mehr. Nun machte sie sich Vorwürfe. Und ich glaube, jedem tat es leid, daß Otto Kaiser nicht mehr dazu gekommen war, seinen Sohn wirklich seinen Sohn zu nennen. Und möglicherweise hätte Ludwig ganz gern einen Vater gehabt.

»Dr. Molina kennt das Testament meines Mannes, er ist der Testamentsvollstrecker. Ich kenne es auch. Er hat das alles sehr offen mit mir besprochen«, sprach Irina weiter, ganz sachlich und sehr ruhig. »Es ist genügend da, es reicht für alle. Ihre Mutter erbt selbstverständlich auch, Ludwig. Und dann ist da noch die erste Frau meines Mannes und die Tochter, die bekommen auch ihren Anteil.

Wir müssen überlegen, was mit der Firma geschieht. – Vor allem Sie müssen überlegen, Ludwig, ob Sie weiterarbeiten wollen oder lieber Musik studieren, Sie können tun, was Sie wollen. Aber Sie müssen es natürlich nicht heute abend entscheiden, wir werden noch oft und viel darüber sprechen müssen. Es war nur wichtig, daß Sie jetzt einmal Bescheid wissen. Und Sie sollen auch wissen, daß Sie und Ihre Mutter an mir eine Freundin haben.«

»Großer Gott!« kam es von Burger. Er hatte einen ganz roten Kopf vor Aufregung, die Pfeife war ihm ausgegangen. Dr. Molina hob den Krug mit dem Wein und blickte hinein. »Wem darf ich noch einschenken?«

Er machte die Runde mit dem Krug, es reichte nicht ganz, und Irina drückte Ludwig den Krug in die Hand und sagte: »Holen Sie uns noch eine Füllung, Ludwig?«
Und damit verschwand der Sohn und Erbe des Holzkaisers erst einmal aus dem Raum, mit dem gleichen verblüfften Gesicht, mit dem er die letzte halbe Stunde hier gesessen hatte.
Bis er zurückkam, hatte er sich aber ein wenig gefaßt. Er sah uns alle an und sagte, auf einmal ganz erwachsen und sehr bestimmt: »Ich wäre jetzt gern mit meiner Mutter allein. Würden Sie uns entschuldigen?«
Irina nickte. »Natürlich. Ich denke, es ist das beste, wenn Sie jetzt in Ruhe mit Ihrer Mutter sprechen, Ludwig. Aber nicht zu lange. Sie muß dann schlafen gehen. Ich habe ein leichtes Beruhigungsmittel dabei. Wenn Sie etwas brauchen, holen Sie es oben bei mir.«
Er nahm seine Mutter am Arm, sie stand schwerfällig auf, sah keinen an und ging langsam mit ihm aus dem Raum. Molly, die Hündin, stand auf und folgte ihnen zur Tür, aber sie kam zu spät, die Tür schloß sich vor ihrer Nase.
»Komm her, Molly«, rief Irina leise. »Bleib bei uns.«
Sie streckte wieder die Hand aus, diesmal schnupperte Molly etwas länger daran und schien befriedigt, der Parfümduft war wohl verflogen. Sie legte sich zu Irinas Füßen nieder.
»Ach«, sagte Irina. »Was für ein Tag! Ich bin auch müde, aber ich möchte noch nicht schlafen gehen. Trinkt ihr noch ein Glas Wein mit mir?«
»Natürlich, gnädige Frau«, sagte Molina. »Wir haben ja einen frischgefüllten Krug. Herrlich, dieser Veltliner. So frisch und lebendig.«
»Mich hat das ganz fertiggemacht«, sagte Irina, die nun irgendwie gelöst und entspannt erschien, sich wieder auf die Ofenbank gesetzt hatte, den Kopf zurückgelehnt, das Glas in der Hand. – »Es tut mir so leid für Otto. Das mit dem Ludwig. Mein Gott, er hat nicht oft davon gesprochen. Manchmal habe ich mich erkundigt, was der Junge macht. Er hat immer gesagt, der wird schon, der wird schon, der muß eben noch viel lernen. – Und nun, nachdem er Sie gefunden hat, Herr

Lanz« – sie sah mich an –, »wollte er ihn wieder nach Wien hineinnehmen und manchmal auf die Reise mitnehmen, und vermutlich hätte er es ihm dann doch einmal gesagt. Tut mir so leid, daß er diese Freude nicht mehr gehabt hat.«
»Wer weiß, wie der Bub sich benommen hätte«, meinte Molina.
»Auch nicht viel anders als heute. Erstaunt halt, aber im Grunde ist er ein netter Junge. Und dann diese blöde Geschichte mit der kleinen Jugoslawin, daß die auch noch dazwischenkommen mußte. Ist doch zu albern.«
»Aber stellen Sie sich vor, gnädige Frau«, meinte Molina, »unsere ehrenwerte Polizei hätte gestern gewußt, daß der Ludwig der Sohn ist. Daß er erbt. Da hätten sie doch das schönste Motiv gehabt. Auch für die Mutter ein Motiv. Mein Gott, hätten die hier ein Theater aufgeführt, wann s' das gewußt hätten.«
»Ja«, fiel Burger ein, »das wäre ein Motiv gewesen. Wissen Sie, da habe ich unlängst erst einen Krimi gelesen. Also da war es so: der Ermordete hatte zwei Söhne, und den einen hatte er enterbt, weil nämlich . . . aber erst muß ich erzählen, wie es mit dem anderen war. Das war nämlich so . . .«
Dr. Molina hörte höflich zu, jedenfalls tat er so.
Ich sah mir meine schöne blonde Geigerin an. Meine Chefin. Eine komische Ehe mußte das gewesen sein zwischen ihr und dem Holzkaiser. Er betrog sie, er servierte ihr ohne viel Umstände einen erwachsenen unehelichen Sohn, sie nahm sowohl das eine wie das andere mit Gelassenheit, wenn nicht mit Gleichgültigkeit hin.
Geliebt hatte sie ihn offenbar nicht. Aber sie hatte ihn geachtet. Auch geschätzt in gewisser Weise, das ging aus ihren Worten hervor.
Sie mußte eine sehr großzügige Frau sein, sehr verständnisvoll und ganz gewiß nicht habgierig. Es schien sie nicht im geringsten zu stören, daß Ludwig Jarisch und seine Mutter erbten. Es ist genug für alle da, hatte sie gesagt, auf die gleiche freundliche, sachliche Art, wie sie das meiste zuvor gesagt hatte.
Sie würde immer noch eine reiche Frau sein. Und das war ei-

gentlich sehr schade. Ich wünschte, er hätte sie enterbt. Oder sie wären geschieden, und sie wäre keine reiche Frau. Und was dann – du Idiot? – Ja, dann könnte ich vielleicht...
Was, du Idiot?
Nichts. Ich meine ja nur.
»Warum sehen Sie mich so an?« fragte sie.
»Tue ich das? Entschuldigen Sie bitte.«
»Oh, bitte.«
Pause.
»Ob der Stern jetzt richtig zu sehen ist? Ihr großer heller?«
»Müßte er eigentlich.«
Molina sah ihr nach, als sie mit Molly aus dem Zimmer ging, aber er sagte nichts. Kann ja einer mal hinausgehen. Er mußte sich weiter Burgers Geschichte anhören.
Ich folgte ihr nach einer kleinen Weile.
Sie stand vor der Tür. Molly lief draußen herum. Der Stern war da, weiß, groß, ganz klar.
»Sie werden sich erkälten«, sagte ich.
»Ja, es ist kalt.«
Sie hatte die Arme über der Brust gekreuzt und die Hände sich auf die Schultern gelegt, wie in dem Versuch, sich selber zu wärmen.
Ich trat dicht hinter sie, beugte mich dann herab und küßte die rechte Hand, die auf ihrer linken Schulter lag. Sie lehnte sich ganz leicht an mich und sagte: »So ist es schon ein wenig wärmer.«
Ich legte mein Gesicht ganz vorsichtig in ihr Haar.
Und hätte so stehen bleiben können bis zum Jüngsten Tag.

Allzu lange wurde es mir nicht vergönnt, mit ihr allein zu sein. Gerade als ich dachte, ich müßte irgend etwas sagen oder tun und ob sie wohl spürte, wie mein Herz an ihrem Rücken klopfte, kam Molina hinter uns aus dem Haus.
»Störe ich?« fragte er, es klang ein klein wenig anzüglich. Irina war nicht im geringsten verlegen. Sie löste sich sacht von mir, drehte sich zu ihm und machte: »Hm?«
Es klang sehr weich und verträumt, und meine Augen, die

sich an die Dunkelheit gewöhnt hatten, konnten den Ausdruck ihres Gesichts erkennen, es war auch weich und verträumt, und sie war so schön, so schön ... aber ich wollte das ja nicht mehr extra betonen.
Ich räusperte mich, war verlegen und sagte: »Hat Burger Sie mit seinen Schauergeschichten vertrieben?«
»Auch«, sagte der Anwalt, und es klang gut gelaunt. »Mein Bedarf an Mord und Totschlag ist im Moment gedeckt. Ich bin schließlich kein Strafverteidiger. Außerdem ist es momentan meine Aufgabe, über die gnädige Frau zu wachen. Und sie zu behüten. Aber wie ich sehe, haben Sie sich dieser Aufgabe bereits ermächtigt.«
Ehe ich darauf etwas erwidern konnte, möglichst etwas Gescheites, lachte Irina leise und sagte: »Das hat er ja schon vorgestern abend getan. Ohne das Eingreifen von Herrn Lanz wäre ich vermutlich in einem Abgrund gelandet.«
»Und wovor behüten Sie die gnädige Frau zur Zeit, Herr Lanz? Ein Mörder läuft hier wohl nicht mehr herum.«
»Wir haben den Stern betrachtet«, sagte Irina ernsthaft.
»Den Stern? Was für einen Stern?« fragte der Anwalt verblüfft.
»Der dort, der große helle, direkt über dem Fluß. Ich wüßte gern, wie er heißt.«
»Seit wann interessieren Sie sich für Astronomie?«
»Gar nicht. Ich weiß nicht, es ist nur ...« Sie verstummte.
Ich sagte: »Ich habe den Stern schon gestern abend gesehen. Und es schien mir, als stehe er direkt über der Bucht da unten. Und ich fragte mich, ob er wohl den Mord gesehen hat. Und den Täter kennt.«
»Sie hätten die Polizei auf diesen eventuellen Zeugen aufmerksam machen sollen, Herr Lanz«, fand Molina, in seiner Stimme klang Spott. Ich ärgerte mich, daß ich das gesagt hatte, das von dem Stern.
Sie sagte nachdenklich: »Ich habe etwas anderes gedacht. Ob dieser Stern wohl das letzte war, was er gesehen hat, ehe er starb.«
Ich hätte ihr sagen können, daß er mit dem Gesicht nach un-

ten lag, dort in der Bucht, und daß er wohl schon tot war, als der Stern hervorkam – aber wozu, sie mußte das nicht alles so genau wissen.
Molina stand neben uns und blickte nun auch interessiert zu dem Stern hinauf. »Einen Namen wird er schon haben. Und da man ihn nicht nur hier sieht, sondern vermutlich anderswo auch, werde ich mich sofort erkundigen, wenn ich wieder in Wien bin, wie er genannt wird. Stets zu Ihren Diensten, Madame.«
»Ach, in Wien«, sagte sie wegwerfend. »Es ist gar nicht wichtig, wie die Sterne in den Städten heißen. Dort gehören sie nicht hin. Sterne muß man draußen sehen. Wissen Sie, was ich immerzu denken muß, seit ich hier bin, Doktor? Ich muß an das Tal denken, von dem mein Mann manchmal sprach. Aus seiner Jugend. Von dieser Landschaft, die er so geliebt hat. – Ob er deswegen so gern hierher gekommen ist?«
»Tun Sie mir den Gefallen und kommen Sie jetzt hinein. Oder ich hole Ihnen einen Mantel. Es muß nahe null Grad sein. Sie werden sich erkälten.«
Geh weg! dachte ich, geh weg, und ich werde sie in die Arme nehmen, und sie wird nicht frieren. – Plötzlich war ich eifersüchtig auf den Anwalt. Er war ein sehr gut aussehender Mann. Wie alt mochte er sein? Mitte Vierzig vielleicht.
Wir gingen wieder ins Haus in das Bauernzimmer, wo Burger ganz allein saß, ein frisch gefülltes Glas vor sich und eine neu angezündete Pfeife im Mund. Uns war allen nicht nach Schlafen zumute. Ich fragte mich, was Olga Jarisch und ihr Sohn wohl taten. Man hörte keinen Laut aus den drei Zimmern am Ende des Ganges, die drei Zimmer, die Mutter und Sohn bewohnten, wie ich inzwischen wußte.
»Von was für einem Tal sprechen Sie, gnädige Frau?« nahm der Anwalt das Gespräch wieder auf.
»Ich weiß es eben nicht. Sehen Sie, mein Mann sprach sehr selten über sich und sein Leben. Ich weiß eigentlich kaum etwas von dem, was er früher getan hat. Manchmal dachte ich, es sei eine gewisse Absicht dabei, daß er alles, was früher war, so im Dunkel ließ. Sie wissen ja genausogut wie ich, und

jeder weiß es, daß man über ihn und seine undurchschaubare Herkunft geredet hat in Wien. Die Wiener klatschen gern, nicht wahr? Er wußte das natürlich auch. Und ich glaube, es hat ihn im stillen amüsiert, und er hat es eher gefördert. Er war doch wohl sehr gerissen. Er sagte sich, je weniger man von ihm wisse, um so interessanter sei er für die Leute.«

»Sie haben das sehr gut beobachtet, gnädige Frau. Ja, ich glaube auch, daß es so war. Er war im Grunde ein Menschenverächter. Er benützte sie für seine Zwecke, und er verachtete sie, weil sie vor seinem Geld krochen. Tatsache ist – soweit ich sein Leben kenne und zurückverfolgen kann –, daß er sein Vermögen auf ehrliche Weise verdient hat. Nur jenes gewisse Anfangskapital blieb im Dunkel. Aber ich kann Ihnen versichern, es war relativ gering. Was er geworden ist, hat er seinem Fleiß und seiner Geschicklichkeit zu verdanken.«

»Ich bin froh, daß Sie das sagen. Ich habe immer gewußt, daß er ein besonderer Mensch ist. – Als ich ihn heiratete – nun, er imponierte mir, das war es vor allem. Und ich war verhältnismäßig unerfahren, obwohl ich ja gar nicht mehr so jung war. Ich hatte immer bloß für meine Mutter und meine Musik gelebt. Und er war irgendwie – ja, irgendwie überwältigend für mich. Ich habe ein gutes Leben bei ihm gehabt. Besonders natürlich von der finanziellen Seite aus gesehen. Sonst – nun ja. Es war nicht immer ganz leicht.«

Ich wunderte mich, daß sie das alles aussprach. Ich hatte sie für verschlossen gehalten, sogar für kühl. Aber das war sie nicht, das merkte ich jetzt. Es war mehr eine Maske, die sie trug, eine Art Selbstverteidigung. Und plötzlich erinnerte ich mich, daß ich das schon an jenem ersten Abend gedacht hatte, in dem Gasthof dort, allerdings bezogen auf die Situation, in der sie sich befand.

»Und von was für einem Tal sprach er?« kam Molina auf den Ausgangspunkt zurück.

»Er sprach von hohen Bergen und von einer Landschaft, in der er offenbar einen Teil seiner Jugend verbracht hatte. Und da war von diesem Tal die Rede. Verstehen Sie recht, er erzählte

niemals im Zusammenhang davon. Es waren immer nur so kurze Bemerkungen, die er ganz unmotiviert machte. Einmal sagte er: Wenn der Adler hoch über dem Tal stand, wie ein schwarzer Punkt im Blau, dann wußten wir, daß es heiß bleiben würde. Und an eine andere Bemerkung erinnere ich mich auch genau. Ich weiß sogar noch, wo es war. Es war bei einem Empfang der englischen Botschaft, und jemand sprach von einer Expedition in den Himalaya, die gerade stattfand – irgendein berühmter Bergsteiger war dabei. Mein Mann sagte kein Wort dazu, es interessierte ihn offensichtlich nicht. Doch dann, kurz darauf, das Gespräch hatte sich anderen Dingen zugewandt, sagte er auf einmal leise, keiner hörte es – nur ich: Das ist ein technischer Verein, der da auf die Berge steigt. Auf den Bergen muß man allein sein, so einsam wie der Adler. Einmal bin ich so hoch hinaufgestiegen, daß ich ihm ganz nahe war. Ich stand allein zwischen den Felsen, und er stand direkt über mir. Sein Schatten verdunkelte die Sonne.«
Irina sah keinen von uns an, sie sprach langsam, wie in Trance, so, als erlebe sie jenen Eindruck noch einmal. »Ich saß, und er stand neben mir. Und ich weiß noch, daß ich zu ihm aufblickte, ganz verwundert, er war im Smoking und hielt sein Glas in der Hand; es war die übliche Szenerie bei solchen Anlässen. – Und er sprach von einem Adler, dessen Schatten die Sonne verdunkelte. Er hatte ein ganz anderes Gesicht als sonst, er war irgendwie fremd und fern. Es klingt absurd im Zusammenhang mit ihm – ich weiß –, aber in seinen Augen las ich Sehnsucht, Sehnsucht, ja! Ich fragte ihn: Wo war denn das? In den Alpen? – Aber da trat irgend jemand zu uns, und das Gespräch wurde wieder alltäglich. Ist das nicht merkwürdig?«
Molina nickte. »Sehr merkwürdig, ja. Er muß in seiner Jugend also ein Bergsteiger gewesen sein. Zu mir hat er davon nie etwas gesagt. Er sprach nur immer vom Fischen und vom Jagen, das waren wohl die Dinge, die er am liebsten tat.«
»Ja. Und darum kam er auch so gerne in dieses Tal, hier konnte er beides. Es war einsam hier und weltverloren, und es

muß ihn irgendwie an jenes Tal seiner Jugend erinnert haben. Natürlich ist er im letzten Jahr besonders oft hergefahren wegen Ludwig. Das verstand ich ja, daß er den Jungen öfter sehen wollte.«

»Was Olga und den Jungen betrifft«, sagte Molina, »so war ich von Anfang an sein Vertrauter. Soweit man sein Vertrauter sein konnte. Aber ich war nun mal Zeuge dieser Wiederbegegnung gewesen. Olga muß ihm einmal viel bedeutet haben. Näheres weiß ich auch nicht. Ich weiß nur, daß er sie im letzten Kriegsjahr in Prag kennenlernte und sie aus dem Land brachte, als die Verfolgung der Deutschen begann.«

»Aber sie ist doch keine Deutsche.«

»Sie ist Tschechin deutscher Herkunft. Sie ist in der Tschechoslowakei geboren und aufgewachsen, natürlich. Aber Sie wissen, die Tschechoslowakei war ein Nationalitätenstaat, und das deutsche Element war noch immer sehr stark vertreten. Das allein hätte ihr nicht geschadet, denn sie galt absolut als Tschechin. Aber sie hatte einen Deutschen geheiratet, der zuvor in Prag eine gewisse Rolle gespielt hat. Er war Sudetendeutscher, ihr Mann. Hatte im Reich studiert und sich habilitiert, war dann Dozent an einer deutschen Universität und kam im neununddreißiger Jahr, als die Nazis Prag besetzt hatten, an die Prager Universität, die sich dann Reichsuniversität nannte.

Ich kann Ihnen im Moment nicht sagen, welcher Fakultät er angehörte und welche Rolle er im Universitätsbereich – und möglicherweise auch politisch – gespielt hat. Vielleicht erfahren wir es eines Tages von Frau Jarisch, falls sie bereit ist, darüber zu sprechen. Auf jeden Fall war seine Stellung gefährlich genug, um seine Frau ebenfalls zu gefährden.«

»Und wo war er damals?«

»Er war wohl eingezogen, nehme ich an. Auf jeden Fall war seine Frau allein, Kinder hatte sie nicht. Sie muß so Ende Zwanzig gewesen sein und zweifellos sehr attraktiv. Ja, und dann begegnete sie irgendwann Otto Kaiser. Es war eine Affaire d'amour, und, wie es mir schien, keine unwichtige. Prag ist ja bekanntlich sehr spät befreit worden. Zwar standen

die Amerikaner schon in der Tschechoslowakei, aber sie durften Prag nicht nehmen, weil das die Russen für sich ausbedungen hatten. Es war ja damals so, daß sie das vorher alles untereinander aufgeteilt hatten, wer was kriegen sollte.
Und dann kam es im Mai 45 zu einem Aufstand in Prag. Man muß sich nun einmal vorstellen, was für ein Durcheinander in dem Land geherrscht haben muß. Es waren Deutsche da, es waren Russen da, Amerikaner und dann noch diese weißrussische Armee unter diesem Ukrainer, wie hieß er doch gleich? Wlassow, nicht? Die kämpften ja eigentlich auf deutscher Seite, aber dann halfen sie den Tschechen bei ihrem Aufstand. Es muß ein furchtbares Durcheinander gewesen sein.
Kaiser brachte die Frau, die er liebte, aus dem Land heraus. In diesem ganzen Hexenkessel brachte er dieses Kunststück fertig. Das sind so Sachen, auf die er stolz war. Er hat mir das auch nicht genauer erzählt, nur so kurz angedeutet, wie ich es jetzt eben auch tat. ›Ich konnte an allen Fronten kämpfen‹, sagte er dazu. ›Ich hatte kein Vaterland in diesem Krieg. Ich kämpfte nur für mich.‹
Er brachte sie auf die deutsche Seite des Erzgebirges, dort hielt er sie für sicher. Daß dieses Gebiet später auch in sowjetische Hände geraten würde, das konnte er nicht vermuten. Dort ließ er sie zurück. Und dort bekam sie das Kind. Erst drei Jahre später gelang es ihr, in den Westen zu kommen. Und Mitte der fünfziger Jahre kam sie dann nach Wien.«
»Sie muß viel erlebt haben. Und sie hat es schwer gehabt. Was war mit Ihrem Mann?«
»Er soll in einem russischen Lager gestorben sein.«
»Was für eine Zeit, in der wir leben!« sagte Irina. »Was für eine Welt! – Ich bin in einem russischen Lager geboren. Und meinen Vater haben die Russen verschleppt. Wir haben nie wieder von ihm gehört. Meine Mutter kam mit mir nach Berlin, als ich ein Kind war. Sie war auch eine Frau allein mit ihrem Kind, eine Frau ohne Heimat, ohne Familie, ohne Schutz. Wir haben viel Gemeinsames, Olga und Ludwig und ich. – Ich werde Ihnen etwas sagen, Doktor, ich bin sehr froh, daß Otto sie getroffen hat. Und daß sie wenigstens jetzt noch et-

was haben wird von seinem Geld und daß es ihr bessergehen wird.«

Ich sah sie an, und ich liebte sie sehr. Es war kein Neid und keine Habgier in ihr, sie war ein freier Mensch mit offenen Händen. Wie wenig gab es von dieser Art!

Sie streckte die Hand aus mit dem leeren Glas, das tat sie jedesmal, wenn sie ausgetrunken hatte. Und sie trank viel, wir alle tranken viel in dieser Nacht. Ich stand auf, trat zu ihr und schenkte ihr ein. Sie blickte zu mir auf, lächelte und sagte: »Danke.«

Ich benutzte die Gelegenheit, mich neben sie zu setzen.

»Ach, ich war so dumm. – Wissen Sie, Molina, ich bereue es jetzt, daß ich nicht schon früher einmal mit herausgefahren bin, um Olga und den Jungen kennenzulernen. Immer diese verfluchte Zurückhaltung! Ich dachte, ich muß taktvoll sein und mich im Hintergrund halten. Ich glaube, ich bin ihm viel schuldig geblieben. Nicht nur in diesem Fall. Überhaupt. Natürlich habe ich alles von meiner Seite aus gesehen. Nein – ich war nicht glücklich in dieser Ehe. Geld allein bedeutet nicht alles, nicht wahr? Ich habe nie den Zugang gefunden zu seinem wirklichen Wesen. Das war auch schwer. Und dann habe ich es eben aufgegeben. Frauen waren ihm nicht so wichtig. Was er in einer Frau suchte, das war etwas anderes. Und das *fand* er auch bei anderen. Ich war – ja, ich war so eine Art Dekorationsstück. Ich kam mir oft überflüssig vor. Und das hat mich ungerecht gemacht.«

Sie hob ihr Glas, trank und stellte es dann ziemlich heftig hin.

»Der Tod eines Menschen verändert die Perspektiven. Ich habe vieles falsch gemacht. Ich war einfach nicht die richtige Frau für ihn. Er hätte Olga heiraten müssen, die hätte viel besser zu ihm gepaßt.«

»Damals, als er Olga kennenlernte, war er verheiratet. Und sie auch. Und es war Krieg. Doch wenn er von dem Kind gewußt hätte, hätte er sie bestimmt gesucht.«

Irina hob die Hand, die geöffnete Handfläche nach oben, drehte sie dann und ließ die Finger herabsinken, so als falle ihr etwas aus der Hand.

»Ein vertanes Leben«, sagte sie, »verloren, verspielt, vertan. Wohin man blickt. Warum ist das bei uns so?«
»Es ist bei den meisten Menschen so«, sagte Molina. »Wer kann von sich sagen, er habe immer das Richtige getan und den besten Weg gefunden?«
»O doch, es gibt Menschen, bei denen es so ist.«
»Ja, natürlich, die gibt es. Es gibt genügend Menschen mit geraden Wegen und klaren Zielen. Aber es sind eigentlich nie die Besonderen. Es ist meist der Durchschnitt.«
Ich sagte: »Das ist immerhin ein Trost.«
Unsere Gläser waren schon wieder leer. Ich machte mit dem Krug die Runde, wir zündeten uns neue Zigaretten an; Burger, der lange kein Wort gesprochen hatte, paffte an seiner Pfeife. Und wir schwiegen eine ganze Weile.
Dann nahm Burger plötzlich die Pfeife aus dem Mund, sein Kopf war ein wenig gerötet, der Wein machte sich bemerkbar. »Übrigens, was das Tal angeht, die Landschaft seiner Kindheit, da kann ich Ihnen sagen, wovon die Rede war. – Ja, er hat das auch oft zu mir gesagt im letzten Jahr, daß er sich gern hier im Glainzer Tal zur Ruhe setzen würde, wenn er älter ist. Man konnte sich das bei ihm schlecht vorstellen. Alt sein und zur Ruhe setzen, das paßte einfach nicht zu ihm. Aber in seinen Träumen trafen sich da Vergangenheit und Zukunft.«
»Träume?« fragte Irina. »Hat er je geträumt? Das glaube ich nicht. Er war kein Mensch, der träumen konnte.«
»Das kann jeder«, widersprach Burger. »Aber egal, wie Sie das nennen. Bei ihm waren es Kindheitserinnerungen. Und je älter ein Mensch wird, um so stärker werden sie.«
»Wollen Sie sagen, Sie wissen, wo er seine Kindheit verbracht hat?« fragte Molina.
Burger schob die Pfeife vom linken Mundwinkel in den rechten, dann nahm er sie heraus und sagte: »Ja«, und steckte die Pfeife wieder in den Mund.
Wir blickten ihn alle drei gespannt an. Flüchtig schoß es mir durch den Kopf, wie seltsam diese Nacht war, geradezu gespenstisch: ein toter Mann, der so lebendig, so gegenwärtig war, der ständig mächtiger und beeindruckender wurde, so

als habe sein Tod ihn für die anderen erst sichtbar und hörbar gemacht. Hatten sie alle nur neben ihm hergelebt, hatte keiner gewagt oder hatte es keiner verstanden, ihn wirklich kennenzulernen, ihm nahezukommen? War Otto Kaiser so ein einsamer Mensch gewesen? Die Frau, die er liebte, hatte er verloren, den Sohn hatte man ihm vorenthalten, seine Frau hatte verständnislos neben ihm gelebt – besaß er keine Freunde, keine Verwandten?
Und was wußte Burger?
Burger lachte vor sich hin, so wie alte Männer das manchmal tun, still verschmitzt und irgendwie zufrieden, etwas zu wissen, was kein andrer wußte.
»Ich hab' ihn gekannt, den Stanko, als einen Jungen«, murmelte er vor sich hin.
Er war auch ein wenig betrunken, wie wir alle. Betrunken war vielleicht nicht der richtige Ausdruck. Wir waren losgelöst von der Wirklichkeit, und der Wein war nur zum Teil daran schuld. Es war die Stimmung dieser Nacht, ganz zu schweigen von den Ereignissen der vorhergegangenen Tage. Irgendwann gab man nach, dann war eine klar distanzierte Haltung zu Menschen und Dingen nicht mehr möglich. Und dann dies dazu: daß der Lebendigste hier in unserem Kreis der Tote war.
»Stanko?« wiederholte Irina verständnislos.
»Unter diesem Namen habe ich ihn kennengelernt, gnädige Frau. Das war im dreißiger Jahr. Nein, es war später, einunddreißig ist es gewesen. Er war ein blutjunger Bursch und kam da aus seinen Wäldern und seinen Bergen. So ein wilder, schwarzhaariger Bub, braun im Gesicht, dunkel die Augen, hübsch und unverdorben war er, schroff und ungebärdig wie der Karst und das Gebirgswasser in seinem Tal. Er hatte bis dahin nichts anderes getan als die Fische in den Flüssen und Seen zu fangen, Wild zu schießen, die Vögel aus der Luft zu holen und den Adler mit seiner Sehnsucht zu verfolgen. Aber das Messer – das Messer mit dem Adlerkopf, das hatte er damals schon. Er brachte es mit. Es war sein einziger Besitz.«
Irina zog die Schultern hoch. »Das Messer mit dem Adlerkopf«, wiederholte sie flüsternd.

»Er ist damit getötet worden, und er hat damit zuvor auch getötet. Tiere. – Vielleicht auch Menschen. Da, wo er herkam, nahmen sie es nicht so genau. Und vielleicht hat er es im Krieg auch benutzt, das Messer. Er trennte sich nie davon. Ich hab' mich manchmal gewundert, daß er es hierließ im Tal. Aber er führte ja jetzt ein zivilisiertes Leben, da brauchte er es nicht. Ein Unternehmer! Ein Millionär!« Burger kicherte wieder. »Wer hätte das gedacht, damals, als er aus den Bergen kam. Ein junger Wilder, der nicht lesen und schreiben konnte. Und dann einer der reichsten Männer Wiens. Einer, der auf dem Opernball tanzt, in einem Frack. Wer konnte das ahnen?«
»Und wo war das also, wo er herkam?« fragte Molina. »Was waren das für Berge, was für ein Tal?«
»Haben Sie mal Karl May gelesen?« fragte Burger, und dann kam wieder das hohe betrunkene Kichern. »Im Land der Skipetaren? – Da aus der Gegend kam er. Da unten, wo Albanien und Montenegro zusammenstoßen. Berge, Schluchten, Karst, Wildnis. Ein Leben in der Urzeit, auch noch in unserem Jahrhundert. Vielleicht ist es heute noch so. Albanien hat sich ganz und gar gegen die andere Welt abgeschirmt. Und in Montenegro hat Tito Städte gebaut. Sicher auch Fabriken und moderne Betriebe. Touristen kommen da nicht hin, auch heute noch nicht. Vielleicht sieht es in seinem Tal genau noch so aus wie damals. Und wenn man hoch genug hinaufsteigt, begegnet man nur dem Adler. Und die Männer tragen das Messer mit dem Adlerkopf noch immer locker in der Tasche und wissen damit umzugehen. Söhne des Adlers – so nannten sie sich. Vielleicht hat Tito sie gezähmt inzwischen, was weiß ich.
Wo genau dem Stanko sein Tal war, das habe ich nie begriffen. Das konnte er selbst nicht richtig beschreiben. Aber vergessen hat er es nie. Und wenn er hier bei uns im Tal war, dann träumte er von dem Tal seiner Kindheit, das habe ich ihm angesehen. Auch wenn wir hier nicht sehr wild sind. Aber er war ja inzwischen auch ruhiger geworden. Und älter. So ein Tal wie das hier hätte ihm genügt...«
Der Alte wirkte erschreckend. Nicht nur auf mich. Ich blickte

von der Seite in Irinas Gesicht und sah, daß es voll kindlichem Entsetzen war. Unwillkürlich legte ich meine Hand auf die ihre, und sie entzog mir die Hand nicht, im Gegenteil, sie hielt meine fest.
»Und wo war das, wo Sie mit ihm zusammengetroffen sind«, fragte Molina. »In Wien?«
»Ah wo, das war in Triest. Anfang der dreißiger Jahre. Ich sag's Ihnen doch. Siebzehn muß er gewesen sein. Warten Sie, ich kann's genau ausrechnen. Er war geboren im Jahre als der Krieg begann – im vierzehner Jahr. Damals war Triest noch eine österreichische Stadt. Österreichs größte und schönste Hafenstadt. Was für eine Stadt, Signora! Eine wunderbare Stadt. Und was für ein Hafen! Groß und modern und all die großen, weißen Schiffe. Wir haben die schönsten Schiffe der Welt gebaut. Die Triestiner Werften hatten Weltruf.
Ich weiß das. Ich habe im Hafen gearbeitet, in einer Werft. Nur im Büro, ich war immer nur ein Büromensch. Aber wenn man im Hafen arbeitet, ist das ein ganz anderes Gefühl. Man gehört dazu. Zu den Schiffen, zu dem Meer, zu der Welt. Auch wenn man nur im Büro sitzt.«
»Und da kam er also hin, dieser junge Mann, den Sie Stanko nennen«, versuchte Molina den Alten zurück zur Sache zu bringen.
»Ganz recht, da kam er hin. Als er kam, waren wir schon lange italienisch! Österreich hatte den Krieg verloren, wir hatten keinen Kaiser mehr, Triest war eine italienische Stadt geworden. Ja. Schad' um die Stadt. Und da kam er an, der Stanko kam aus seinen Bergen und wollte Seemann werden. Stellen Sie sich so was vor!«
Irina hatte ihre Hand fest um meine gekrampft, ich sah ihr an, daß sie sich fürchtete. »Stanko!« wiederholte sie den fremden Namen. »Hieß er denn so?«
»Seine Mutter hat ihn wohl so genannt. Nein, er trug keinen falschen Namen, wenn Sie das meinen. Otto Kaiser war sein echter Name. Aber er hat ihn erst viel später wieder angenommen.«
»Geht denn so etwas?« fragte Irina naiv-erstaunt.

»Bei ihm ging alles. Er hat sich das Leben so zurechtgebogen, wie er es brauchen konnte. Ich weiß nicht, was er in den Jahren dazwischen getan hat, ich meine zwischen damals und heute. Was für Namen er noch gehabt hat, wie er gelebt hat. Aber ich trau' ihm alles zu.«
Ich merkte, daß auch für Dr. Molina hier ganz neue Dinge zur Sprache kamen. Und ich bemerkte gleichzeitig, daß er sich bemühte, diese irre Situation auf den Boden der Tatsachen zurückzuführen. – Diesmal stand *er* auf, schenkte uns allen ein, bis der Krug leer war, dann sagte er: »Erzählen Sie doch einmal der Reihe nach, Herr Burger. Erzählen Sie uns alles, was Sie wissen.«
»Ich weiß gar nicht viel. Ich hab' in der Werft gearbeitet, im Büro – in der Lohnbuchhaltung. Ich bin in Görz geboren. Aber als Bub kam ich schon nach Triest, mein Vater hat schon in der Werft gearbeitet, als wir noch österreichisch waren.«
»Und aus was für einer Familie stammte Stanko?«
Burger kicherte. Seine Pfeife war ausgegangen, er zündete sie umständlich wieder an, nahm dann einen großen Schluck, ein Tropfen Wein rann über sein Kinn.
»Das war es ja gerade. Man hat über die Geschichte viel geredet. Mein Vater hat mir davon erzählt. Und manche Leute erinnerten sich noch daran zu meiner Zeit.«
»Was für eine Geschichte?« fragte Molina ungeduldig.
»Die Geschichte vom Franz Kaiser und seiner Mesalliance. Die Kaisers waren reiche Leute in Wien, angesehene Leute. Die Mutter vom Franz war eine Komteß aus dem Salzburgischen. Sein Vater war Hofrat. Hofrat Kaiser, er arbeitete im Staatsdienst. Ich weiß nicht mehr genau, was er gemacht hat, aber er war schon was Hohes. Und sicher wäre die Familie von Franz Joseph geadelt worden, damit haben sie bestimmt gerechnet.«
»Das wären also die Großeltern von Stanko gewesen.«
»Ganz recht. Der Franz – sein Vater, der war der jüngste Sohn. Ein bildschöner Bursch soll er gewesen sein. Er muß schon in Wien allerhand Affären gehabt haben. In Triest erzählten sie dann, er habe ein Duell mit einem Erzherzog gehabt.

Der Franz war Offizier, und er wurde strafversetzt, ganz weit weg in eine weltferne Garnison in der Herzegowina. Na ja, und da kam das dann so. Da ist er wohl dort durch das Land gestreift und durch die Wälder und Berge geritten und ist hierhin und dorthin gekommen, und da muß er das Mädchen getroffen haben.«
»Was für ein Mädchen?«
»Die aus Montenegro halt. Wissen Sie, ich war ja bloß ein Büromensch. Aber ich hörte solche Geschichten für mein Leben gern. Es gibt so viele merkwürdige Dinge auf der Welt. Ich habe so etwas nie erlebt, ich habe nur davon gelesen. Aber der Stanko – der war wie eine Figur aus einem Roman.«
»Dieser junge Offizier aus Wien, den man strafversetzt hatte, da hinunter in den Balkan – der war also der Vater von Otto Kaiser alias Stanko. Das wollen Sie doch sagen?«
Es war irgendwie rührend, wie Molina sich immer wieder bemühte, zu einem klaren Tatsachenbericht zu kommen. Und ebenso rührend war es, wie Burger, dessen Gedanken kreuz und quer durch seinen Kopf flatterten, sich immer wieder Mühe gab, diesen Bericht zustande zu bringen. »Ganz recht. Das war sein Vater. Irgendwo muß er ein Bauernmädchen aus Montenegro kennengelernt haben, eine, die mitten aus den Bergen kam, ein schönes, wildes, schwarzes Mädchen. Ich hab' sie nicht gesehen, aber so stell' ich sie mir vor. – Sie waren sehr streng da unten und paßten höllisch gut auf ihre Töchter auf. Es war eine Welt für sich, sie hatten ihr eigenes Recht, ihre eigene Moral. Die Sippe stand über allem. Es gab noch die Blutrache bei ihnen. Sie hatten lange unter türkischer Herrschaft gelebt, aber dann wurden sie ein autonomes Reich. Eine Zeitlang – kurz vor dem Kriege – waren sie sogar ein Königreich. Ja, da hatten sie einen König. Ein stolzes und freies Volk. Stolz und frei wie – na ja, wie die Adler, so müssen sie gewesen sein. Und so war der Stanko auch.«
»Also gehen wir noch mal zurück«, sagte Molina. »Dieser Offizier aus Wien, Franz Kaiser mit Namen, hatte also ein Bauernmädchen aus Montenegro kennengelernt. Und was passierte dann?«

»No, was soll passiert sein! Er hat sich in sie verliebt. Er hat sich so sehr in sie verliebt, daß er sie geheiratet hat. – Er mußte den Dienst quittieren, und die Familie hat ihn verstoßen. Und dann lebte er mit ihr und den Kindern in Triest. Was er eigentlich da gemacht hat, habe ich nie rausgekriegt. Jedenfalls gut ist es ihnen nicht gegangen, das wußte mein Vater noch. Er wird sich halt immer wieder hier und da was gepumpt haben. Arbeiten war er ja nicht gewohnt.«
»Sie sprechen von mehreren Kindern?«
»Dranitza gebar ihm drei Söhne. Otto, oder Stanko, wie sie ihn nannte, war der Jüngste. Er war im vierzehner Jahr geboren – ich sagte es schon. Dann begann der Krieg. Franz meldete sich sofort, und er fiel schon im Jahr fünfzehn. Dranitza kehrte mit ihren Söhnen nach Montenegro zurück.«
»Dann ist er also dort aufgewachsen«, sagte Molina. »Im südlichen Montenegro, nahe bei Albanien, vielleicht sogar in Albanien selbst. Dranitza ist zurückgekehrt zu ihrer Sippe. Daß die Familie ihres Mannes von ihr nichts wissen wollte, wußte sie ja.«
»Da kam er her«, murmelte Irina, es klang kindlich erstaunt.
»Sie wäre auch nicht zu ihnen gegangen«, meinte Burger. »Dazu war sie viel zu stolz. Da unten sind sie unbändig stolz. Sie wird es in ihrer Heimat auch nicht leicht gehabt haben. Denn die Montenegriner hatten von ihrer Heirat auch nichts wissen wollen. Für die war das genauso eine Mesalliance wie für die Wiener. Ein armer Mann muß Stankos Großvater nicht gewesen sein. Das merkte man ihm an. Jedenfalls für montenegrinische Begriffe nicht. Stanko war von einem unbändigen Stolz und einem umwerfenden Selbstbewußtsein. Dabei war er total ungebildet, konnte nicht lesen und schreiben. Das sagte ich ja schon.«
»Und was hat er dann gemacht, in Triest?«
»Zunächst hat er in der Werft gearbeitet. Erst hatte er den Wunsch, zur See zu fahren, aber das gab er schnell auf. Es geschah nämlich etwas Komisches mit ihm: Er war fasziniert von Triest. Er hatte nie eine große Stadt gesehen. Und jetzt war er einfach überwältigt.«

Burger paffte an seiner Pfeife, die Augen halb geschlossen. Und wir glaubten zu sehen, was er wirklich sah: die Stadt am Meer. – Er selbst noch jung und dazu der junge Bursche aus den fernen Bergen.
»Triest war eine wunderbare Stadt, all die herrlichen Paläste und die Kirchen, das Gebirge im Hintergrund und zu Füßen der Königin die blaue Adria. ›Die Königin der Adria‹, so nannten wir unsere Stadt. Und wenn es die Venezianer noch so sehr ärgerte, die mit ihren Sümpfen und den trüben Kanälen und ihren schmutzigen Gassen – was waren sie gegen Triest, la Regina di mare adriatico.«
Wir schwiegen geduldig und warteten, bis er wieder zur Sache kam. Es hatte wenig Zweck, ihn zu unterbrechen. Er redete und redete, er war zurückgekehrt in die Zeit seiner Jugend, er schilderte uns die Stadt, ihre Plätze und Straßen, ihre Paläste und Kirchen, und jeder Name, den er nannte, schien neue Erinnerungen in ihm zu wecken. Und immer wieder tauchte der junge Montenegriner in seiner Erzählung auf.
»Ich war selber jung damals, so Anfang der Dreißig, aber dem Stanko gegenüber war ich ein erwachsener Mann, nicht? Es machte mir Spaß, ihm alles zu zeigen und zu erklären. Wir durchstreiften zusammen die ganze Stadt, an den Abenden oder am Sonntag. Ich kann mich noch genau daran erinnern, als wir das erste Mal zusammen oben auf dem Kastell waren. Ich erzählte ihm, daß hier einst ein römischer Tempel gestanden hatte und daß die Überreste, die man noch sah, aus dem 1. Jahrhundert stammten. Kannst du dir das vorstellen, Stanko, sagte ich, das erste Jahrhundert christlicher Zeitrechnung, da hat man diese Säulen gebaut, auf dem gleichen Boden, auf dem du jetzt stehst. No, ich glaube, so richtig vorstellen konnte er sich das nicht, er war ein Mensch der Gegenwart, und die alten Römer bedeuteten ihm nichts. Ich führte ihn durch die San-Giusto-Kathedrale, erklärte ihm alles, und er hörte mir bereitwillig zu, aber am meisten Eindruck machte ihm der Blick über die Stadt und auf das Meer hinaus von da oben. Ich weiß noch genau, es war ein schöner, heller Abend, die Sonne stand noch hoch über dem Horizont, und plötzlich

hatte sich eine schmale lange Wolke vor sie gelegt, wir sahen die Sonne selbst nicht mehr, doch unten auf dem Meer erschien ein großer roter Kreis, es sah aus, als brenne das Meer. Und dann tauchte die Sonne wieder unter der Wolke hervor, und wir blieben schweigend da stehen und warteten, bis sie tiefer und tiefer sank und schließlich im Meer untertauchte. Sein Gesicht war ganz andächtig, als ich ihn ansah. Schön, nicht, sagte ich. Er schwieg und nickte nur. Aber er hat diesen Abend so wenig vergessen wie ich. Voriges Jahr war es, im Sommer, da standen wir mal draußen am Fluß, und der Himmel war rot über den Bergen, die Sonne war schon verschwunden, hier kann man ihr ja nicht zusehen, bis das Meer sie verschluckt, hier sinkt sie sehr plötzlich hinter die Berge, da sagte er auf einmal zu mir: Erinnerst du dich, Burger, damals in Triest, als wir oben auf dem Hügel waren und die Sonne unterging? Ich dachte wirklich, sie sei ins Meer gefallen. Und du hast mir dann stundenlang erklärt, als wir hinuntergingen, daß wir es seien, daß die Erde es ist, die sich bewegt, unter der Sonne wegbewegt. Ich hab' dir's nicht geglaubt, Burger. Und weißt du was? Ich glaub's heut noch nicht. Tja, Signora, Signori, so war das damals in Triest.«
Wir blickten uns an und schwiegen, warteten, daß der Alte weiterredete.
»Natürlich war er immer gern am Kai, da war Betrieb, da war was los. Aber oft, am Sonntag, machten wir einen Ausflug in den Karst, in irgendeinen der kleinen Orte, dann kehrten wir in einer Trattoria ein und tranken Pinot, das ist der beste Wein, den es in Italien gibt, Sie können es mir glauben. Pinot blanco, Pinot grigio, man trinkt ihn zum Fleisch, zum Fisch. Und was für herrliche Fische gab es zu essen, man konnte sie sich selbst aussuchen, und sie brieten sie einem vor den eigenen Augen. Und natürlich zeigte ich ihm auch Schloß Miramare, wo der unglückliche Maximilian gelebt hatte, ehe er Kaiser von Mexiko wurde, und wo sie ihn dann erschossen haben. Das alles zeigte ich ihm, erklärte es ihm, erzählte ihm alles, was ich selbst wußte. Er wollte immer alles ganz genau wissen, er fragte und fragte, wie ein kleines Kind. Ja und dann

sagte ich ihm, er solle doch hingehen und etwas lernen. Wir hatten ja damals die Faschisten, und die taten viel für die jungen Leute. Ich sagte dem Stanko, er solle doch ein paar Kurse besuchen, Abendschulen und so was, damit er ordentlich italienisch lernte und lesen und schreiben. Und was soll ich Ihnen sagen, er machte das! Erst sträubte er sich ein bissel, aber er hatte schon begriffen, daß ein dummer, ungebildeter Mensch eine Plage für die Umwelt und noch mehr für sich selber ist. Da ging er in die Schule. Er war sehr sprachenbegabt. Erst lernte er Italienisch, und von mir lernte er so nebenbei noch Deutsch. Vielleicht weil es die Sprache seines Vaters war. Von Wien redete er viel. Er wollte von mir immer wissen, wie es in Wien aussehe, ob es auch so eine große Stadt sei wie Triest.
Größer, sagte ich, viel größer. Eine schöne Stadt. Nur ein Meer haben sie dort nicht, sie haben nur die Donau. – Ich war selber nur ein einziges Mal in Wien gewesen. Ich hatte wenig Geld. Und damals verreiste man ja auch noch nicht so viel. Ja, so war das mit dem Stanko.«
»Er lernte also Italienisch und Deutsch. Er arbeitete in der Werft. Als was?«
»Na, als Werftarbeiter. Beim Schiffsbau. Was sonst sollte er tun? Er hatte ja nichts gelernt, man mußte ihn ja erst anlernen. Am besten lernte er rechnen. Darin war er geradezu ein Genie. Na ja, das hat er ja später dann bewiesen. Und er kam mit allen Leuten gut aus, obwohl er manchmal grob und abweisend sein konnte, aber es war sehr komisch, man respektierte ihn – so jung er war.
Nun muß man wissen, daß die Beziehungen zwischen den Italienern und den Jugoslawen nicht die besten waren. Politisch gesehen. Nicht soweit es Triest betraf, denn Triest hatte immer eine gemischte Bevölkerung gehabt, dort lebten immer die Deutschen, also die Österreicher, die Italiener und die Slowenen zusammen, und es gab nicht mehr als die üblichen Streitereien, die es in solchen Grenzgebieten immer gibt. Aber zwischen Italien und Jugoslawien stand es nie zum besten. Italien erhob immer Ansprüche auf Dalmatien, auf die Hafen-

städte. Und Jugoslawien war ja nur so ein lockeres Staatengebilde damals, fix zusammengeschustert nach dem Krieg, und sie vertrugen sich untereinander keineswegs. Serben und Kroaten und Slowenen, die Bosnier und die Montenegriner – das war ein ewiges Feilschen und Streiten, am liebsten hätte jeder seinen eigenen Staat gehabt. Die Sprachen und die Religionen waren verschieden, große Teile des Landes hatten jahrhundertelang unter türkischer Herrschaft gelebt. Na ja, es war immer wild zugegangen auf dem Balkan, das wußte schließlich jeder, kein Wunder, daß man Anno 1914 unseren Thronfolger dort ermordet hatte. Es war ein Land voller Anarchisten und heißblütiger Köpfe. So manche Kreise, besonders die bessere Gesellschaft, die träumten auch in den dreißiger Jahren noch von den Zeiten der Monarchie und hätten sich am liebsten wieder Österreich angeschlossen. Aber es gab zu der Zeit schon allerhand Kommunisten dort unten, das waren die Jungen, die alles verändern wollten, und als der nächste Krieg dann losging und Mussolini endlich tun konnte, was er schon immer gern getan hätte, nämlich in Jugoslawien einmarschieren, um die Küste und möglichst noch mehr zu erobern und Italien anzuschließen, und als der Hitler ihm zu Hilfe kommen mußte, weil die Italiener das natürlich nicht schafften, da hatte es der Tito nicht schwer, seine berühmten Partisanen zusammenzukriegen. Dagewesen waren sie schon vorher, jetzt hatten sie allen guten Grund, zu kämpfen und ihre neue Zukunft zu schaffen.«
In Burgers Erzählungen ging es immer wilder durcheinander, und immer mehr verloren wir Stanko aus den Augen, um den es ja ging.
»Damals in den dreißiger Jahren, da hatten sie in Jugoslawien einen König. Den haben sie erschossen in Paris. Wann war das denn?«
Das wußte Molina. »Das Attentat auf König Alexander fand 1934 statt, und zwar in Marseille, nicht in Paris. Das war überhaupt ein wildes Jahr. Ein Mörderjahr; Hitler ließ seine alten Kampfgefährten umbringen. In Österreich wurde Dollfuß ermordet. Übrigens der Balkanpakt war damals auch geschlos-

sen worden. Ganz fremd ist mir die Ecke da unten auch nicht. Es gibt einen Zweig meiner Familie, der lebte in der Julischen Krain. Ich war als Bub dort oft in den Ferien. Ich erinnere mich noch, wie sie über den Balkanpakt sprachen.«
Der Krug war schon wieder leer. Doch keiner von uns hatte Lust, schlafen zu gehen. Wir blickten fragend auf Irina, sie saß zurückgelehnt, eine blonde Strähne fiel ihr in die Stirn. Sie wirkte gar nicht mehr kühl, nicht mehr fern, sie sagte: »Ja. Holt noch Wein. Wir wollen weiter trinken. Und ihr sollt mir noch erzählen. Alles will ich wissen.«
Ich mußte daran denken, daß die Balten wohl auch so ein Gemisch waren, ein Grenzvolk, das aus vielen Quellen kam, in dem viele Einflüsse zusammenkamen, deutsche, russische, skandinavische und nicht zuletzt das starke eigene baltische Wesen, das ja in der Geschichte lange eine Rolle gespielt hatte. Es war eine ganz andere Ecke als die, von der wir sprachen, und doch mußte es manche Parallele geben: das gemischte Blut, die gespaltene Tradition, die ewige Unruhe.
Ich begleitete Burger in den Keller, um Wein zu holen, weil ich dachte, er würde es nicht mehr allein schaffen. Aber er ging noch gerade und sicher, nur schweigen konnte er nicht mehr, er redete und redete ununterbrochen. Politik, Zeitgeschehen, Mord und Krieg, alles wirr durcheinander. Und immer wieder kam er auf die Stadt Triest zurück.
»Sie müssen einmal da am Canale Grande stehen«, sagte er unten im Keller und machte eine weite Bewegung mit dem Weinkrug, »o ja – wir haben auch einen Canale Grande, nicht nur die Venezianer haben so was – da reicht das Meer bis in die Stadt hinein, und da müssen Sie einmal stehen und hinaufblicken zu San Antonio. Und rechts und links die gelben Häuser und darüber der blaue Himmel, in der Mitte der Canale mit den vielen Booten darauf. O ja, Signore, das müssen Sie sehen! Das vergessen Sie nie wieder in Ihrem Leben. Aber im Winter – da konnte es kalt sein bei uns, wenn die Bora von den Bergen herunterpfiff, oh, Amico, es war da bitterkalt.«
Auf dem Weg hinauf war er wieder bei den Schiffen angelangt, die sie gebaut hatten, die schönsten, prächtigsten

Schiffe der Welt. Und oben dann kam er von den Schiffen auf die Frauen zu sprechen.

»Die schönsten Frauen ganz Italiens finden Sie in Triest. Ach – was sage ich, die schönsten Frauen Europas. Die Mischung macht es. Frauen sind immer da am schönsten, wo die Völker sich vermischen, und da war romanisches, germanisches und slawisches Blut in einem. Das waren Frauen!«

Er leerte in einem großen Schluck sein ganzes Glas, blickte dann versunken hinein in das leere Glas und sagte: »Meine Frau war eine echte Triestinerin. Ihr Haar war goldblond. Und ihre Augen ganz schwarz.«

Wir blickten uns an, und keiner wagte es, ihn nach dieser Frau zu fragen, was aus ihr geworden sei.

Immerhin brachten ihn die Frauen endlich zu Stanko zurück.

»Er dachte nicht mehr daran, zur See zu fahren, nachdem er unsere Mädchen gesehen hatte. Und dann kam er sehr schnell auf die Idee, Geld zu verdienen, weil er das für die Mädchen brauchte. Und er wollte auch nicht als dumm gelten, darum lernte er so eifrig. Deutsch lernte er bei mir, Italienisch in der Abendschule und bei den Mädchen. Um Politik kümmerte er sich nicht. Ob Italien oder Jugoslawien – das war ihm eins. Sein Vater war Österreicher gewesen. Ich glaube, das begriff er jetzt erst richtig und begann es in seinem Gebirglerhirn zu verarbeiten. Und Montenegro war das Land seiner Kindheit, das Land seiner Mutter. Aber er löste sich sehr schnell davon, mir schien es jedenfalls so. Er schrieb niemals nach Hause, und er sprach nach einem Jahr nicht mehr davon. Das wichtigste waren die Mädchen und das Geld. Und weil ihm das Geld nicht reichte, fing er an zu schmuggeln. In einem Grenzland blüht der Schmuggel ja immer und an einer Küste erst recht. Er sprach zu mir ganz ungeniert darüber, ich warnte ihn, denn die italienische Polizei war damals recht tüchtig. Aber er lachte nur. Ihn würde keiner erwischen, das Hinterland kannte er bald wie seine Hosentasche. Und er war gewohnt, sich in Karst und Bergen zu bewegen mit nachtwandlerischer Sicherheit.

Eines Tages hörte er auf, in der Werft zu arbeiten. Ich verlor

ihn aus den Augen. Es kam auch daher, ich heiratete und hatte anderes im Kopf.«
»Aber er hat doch auch geheiratet«, warf Irina ein. »Neununddreißig, soviel ich weiß.«
»Ja, das stimmt. Er ist nach Deutschland gegangen und hat dort geheiratet. Das erzählte mir ein Arbeiter aus der Werft, der ihn noch manchmal später getroffen hat. Aber warum er nach Deutschland ging, das weiß ich nicht.«
»Wegen des Mädchens«, sagte Irina. »Das ist eines von den wenigen Dingen, die ich von ihm weiß. Ich kenne seine Frau nicht, aber ich habe ihn danach gefragt. Sie war die Tochter eines Schiffsingenieurs aus Bremen. Der arbeitete damals im Triester Hafen. Es war die Zeit der großen Freundschaft zwischen Deutschland und Italien. Er muß irgendeine Kapazität gewesen sein auf dem Gebiet des Schiffbaus, und ein Nazi war er auch. Seine Tochter hat ihn mal besucht in Triest, sie war blutjung, gerade achtzehn geworden. Sie sei damals ganz hübsch gewesen, hat er mir gesagt. Und eben etwas ganz anderes. Er wollte sie unbedingt haben. Und offenbar bekam er ja immer, was er haben wollte.«
»Ja«, sagte Molina, »er reiste ihr nach Deutschland nach. Anfang 39 haben sie geheiratet. Sie war bereits schwanger, sonst hätten ihre Eltern wohl nicht die Einwilligung zu dieser Ehe gegeben.«
»Ob sie zur Beisetzung kommt?« fragte Irina.
»Keine Ahnung. Wir haben sie jedenfalls vom Ableben ihres früheren Mannes verständigt.«
»Gott, wie mir graut vor diesem Auftrieb. Wir hätten ihn hier begraben sollen, hier im Tal.«
»Ich nehme an, daß wenigstens seine Tochter kommen wird.«
»Eva-Maria. Die kenne ich. Wir haben sie mal eingeladen zum Opernball. Und auch sonst war sie gelegentlich in Wien. Na ja!«
»Sehr richtig«, bestätigte Molina, »kein sehr liebenswertes Mädchen. Zur Zeit studiert sie wieder. Sie studiert praktisch seit zehn Jahren. Ich glaube, jetzt ist sie bei Psychologie angelangt. Dazwischen war sie verheiratet, ist geschieden. Ihr Va-

ter hat sie sehr großzügig unterstützt, sie besitzt ein schönes Haus in München-Grünwald. Das hat ihr Vater ihr zum einundzwanzigsten Geburtstag geschenkt. Dort lebt sie mit ihrer Mutter. Soweit mir bekannt ist, vertragen sich die beiden Damen nicht besonders. Herr Kaiser war immer etwas ungehalten, wenn er von einem Besuch in München zurückkehrte.«
»Ja«, bestätigte Irina ernsthaft, »das ist mir auch aufgefallen.«
Plötzlich lachte sie laut auf und hob gleich danach erschrocken die Hand an den Mund. »Ich muß schlafen gehen. Ich habe zuviel getrunken«. Und dann mit unglücklichem Gesicht zu Molina: »Muß ich die beiden nun wirklich treffen?«
»Es wird sich nicht umgehen lassen, gnädige Frau. Spätestens bei der Testamentseröffnung.«
»Ich werde froh sein, wenn ich das alles hinter mir habe. Die Beisetzung, die Testamentseröffnung, ach – das ist schrecklich. Wie gut, daß ich Sie habe, Doktor. Sie dürfen mich nicht allein lassen.«
Molina gab irgendeinen Schmus zum besten, und ich haßte ihn geradezu. Ich war eifersüchtig. – War irgend etwas zwischen den beiden? Sie schienen recht vertraut miteinander zu sein.
Burger war eingeschlafen. Den Kopf nach vorn geneigt, schnarchte er leise vor sich hin.
Wir weckten ihn behutsam, und Molina meinte, er würde ihn hinaufbringen in sein Zimmer.
»Die zweite Tür links von der Treppe«, sagte ich. »Warten Sie, ich helfe Ihnen.«
Das erwies sich als nicht notwendig. Burger, wieder wach und auf den Füßen, kam ganz gut allein die Treppe hinauf, Molina begleitete ihn nur vorsichtshalber.
Ich machte ein Fenster auf, um den Rauch hinauszulassen. Irina war mit hinausgegangen in den Flur, kam aber zurück und stellte sich neben mich.
»Es ist ganz still dahinten«, sagte sie. »Ob sie schläft? Frau Jarisch, meinte ich.«
»Hoffen wir es.«
»Wir müssen ganz leise sein.«

»Aber das sind wir ja.«
»Wo ist Ihr Stern?«
»Von hier aus kann man ihn nicht sehen.«
Wir standen eine Weile schweigend nebeneinander an dem offenen Fenster.
»Es ist alles so seltsam«, sagte sie flüsternd, »mir ist, als ob ich träume. Finden Sie nicht, daß das alles wie ein Traum ist?«
»Ja.«
»Ein ganz verrückter, unwirklicher Traum. Er ist tot. Ich habe es noch gar nicht richtig begriffen. Und auf einmal ist er wieder da. Stanko. Montenegro. Haben Sie so etwas schon einmal gehört? Das ist doch unwirklich. Warum hat er mir das nie erzählt?«
»Ich weiß es nicht.«
»Doch, ich weiß es. Es ist meine Schuld. Ich habe mich zu wenig für ihn interessiert. Aber da waren immer seine Geschäfte. Wir waren sehr wenig zusammen. Er hat sein Leben für sich gelebt. Vielleicht dachte er . . . Ob er nie wieder dort gewesen ist? In seinem Tal, in seinen Bergen?«
»Anscheinend nicht. Vergessen Sie nicht, nach dem Krieg war es ein kommunistisches Land. Vielleicht wollte er deswegen nicht wieder hin.«
»Ach, heute kann man doch ohne weiteres dahin reisen. Ob er seine Mutter nie wiedergesehen hat? Und seine Brüder? Eigentlich – eigentlich müßten sie doch auch etwas erben.«
Sie sah mich aus weiten offenen Augen an, sie sah jung und unschuldig aus, das alles war so erschreckend für sie gewesen, irgendwie unheimlich. Aber mir war das alles egal. Und Stanko war mir egal, auch Stankos Brüder und ob sie erbten, das alles ging mich nichts an, ich sah nur sie, und ehe ich überlegen konnte, was ich tat, griff ich mit beiden Händen nach ihr und zog sie an mich.
Sie schrie auf, und mir fiel ein, daß ich ihren verletzten Arm umfaßt hielt. Ich ließ ihren rechten Arm los und hielt sie desto fester um den linken, zog sie eng an mich und küßte sie.
Wirklich – ich wußte nicht, was ich tat, es war ein Überfall, aber ich hielt sie, und ich küßte sie – und sie wehrte sich nicht.

Sie hielt ganz still, lag reglos in meinem Arm, und nun konnte ich sie ganz umarmen, ich fühlte ihren schlanken festen Körper an meinem, und sie küßte mich auch.
Frauen können bekanntlich auch in einer solchen Situation sehen und hören, also war sie es, die den leisen Schritt des Anwalts vor der Tür hörte, sie bog den Kopf zurück und stemmte sich von mir weg – und da kam auch schon Molina zur Tür herein.
»Was ist?« fragte er. »Geht ihr nicht schlafen?«
Ich hätte keine Antwort herausgebracht, aber sie sagte ganz gelassen, mit ruhiger Stimme: »Doch, gleich. Wir haben nur noch ein wenig gelüftet. Wie spät ist es denn eigentlich?«
»Viertel nach zwei. Höchste Zeit ins Bett, gnädige Frau. Nach all der Aufregung.«
»Ja. Sie haben recht. Ich bin auch todmüde. Haben Sie Herrn Burger gut in seinem Zimmer abgeliefert?«
»Ja. Der verträgt was. Er wollte noch mal anfangen zu erzählen.«
Ich schloß behutsam das Fenster und wandte mich dann um. Ich wagte kaum, sie anzusehen. Aber sie sagte in ganz gleichmütigem Ton zu mir: »Armer Herr Lanz! Und Sie sollen morgen arbeiten. Schlafen Sie nur ordentlich aus und stehen Sie nicht so früh auf.«
Und dann wandte sie sich ohne Übergang an Molly und fragte: »Willst du noch einmal hinaus?«
Aber Molly wollte nicht. Sie begab sich zu ihrem Lager am Ende des Ganges, vor Frau Jarischs Tür, und rollte sich dort mit einem zufriedenen Seufzer zusammen.
Ich löschte das Licht und folgte den beiden die Treppe hinauf. Sie bewohnte die Zimmer ihres Mannes. Der Anwalt schlief im Gästezimmer, das neben Burgers Zimmer lag. Und meine beiden Zimmer lagen am Ende des Ganges – am anderen Ende wohlgemerkt.
Ich sagte: »Gute Nacht, gnädige Frau«, und machte einen artigen Diener. Sie reichte mir die Hand, die ich küßte. »Gute Nacht!« sagte sie und zu Molina gewandt: »Wann fahren wir morgen?«

»So gegen Mittag, denke ich. Hier haben wir im Augenblick wohl nichts mehr zu tun. Vielleicht hören wir noch etwas Neues aus Hallau.«
Nun wußte ich, daß sie morgen verschwinden würde, und ich fühlte mich ganz elend.
Es ist alles wie ein Traum, hatte sie gesagt, und damit hatte sie vollkommen recht. Alles, alles war ein Traum. Ein wirrer, verrückter und herrlicher Traum. Wahrscheinlich war ich überhaupt noch in meiner Zelle in Stein an der Donau. Im Gefängnis träumt man manchmal so wirr.
Ich sah ihr Gesicht, sah ihren Mund, den ich geküßt hatte, und dann wandte sie sich um, und die Tür schloß sich hinter ihr.
»Na, dann schlafen Sie mal gut, mein Lieber«, sagte Molina und gab mir einen Klaps auf die Schulter. Es klang ein wenig spöttisch, und vermutlich wußte er genau über meinen Zustand Bescheid.
»Gute Nacht«, sagte ich und wandelte steifbeinig den Gang entlang zu meiner Zimmertür.
In meinen Armen spürte ich noch ihren Körper. Und an meinen Lippen ihren Mund. Das würde ich nie mehr vergessen. Auch wenn es das einzige Mal gewesen war, daß ich sie im Arm gehalten hatte.

Am nächsten Morgen war so viel los, daß keine Zeit blieb zum Nachdenken.
Zunächst traf ich sowohl Burger als auch Ludwig beim Frühstück, und wir vermieden es, auf die Gespräche des gestrigen Abends zurückzukommen, und sprachen nur über das Tagesprogramm. Ludwig Jarisch machte noch immer einen verstörten Eindruck, er war fahrig und nervös, zweifellos plagte ihn das alles sehr, was er erfahren hatte, und es würde noch lange dauern, bis er sich mit dem veränderten Lebensbild zurechtfinden würde.
Olga servierte uns einen besonders starken Kaffee. Auch sie war still, und man sah ihr an, daß sie wenig geschlafen hatte in der vergangenen Nacht.

»Es ist wohl sehr spät geworden?« fragte sie mich, in dem deutlichen Bemühen, ein normales Dasein herzustellen.
»Ziemlich«, sagte ich. »Hoffentlich haben wir Sie nicht gestört.«
»Hab' das große Reden gekriegt, Olga«, erzählte Burger. »Sie kennen das ja schon von mir. Wenn ich mal anfange, kann ich nicht mehr aufhören.«
An diesem Tag sollte ein größerer Auftrag ausgeliefert werden. Um neun schon waren die Lastwagen da und wurden beladen. Ich stand eine Weile dabei, sah aber dann, daß Grunski das allein schaffte. So begann ich einen Rundgang durch die Hallen.
Ich war kaum im Büro gelandet, da brachte Grunski Ludwig herein, der mit schmerzverzerrtem Gesicht humpelte. Er hatte beim Verladen helfen wollen, und dabei war ihm ein schwerer Balken auf den Fuß gefallen.
»Das kommt davon, wenn sich Leute über Sachen meistern, von denen sie nischt verstehn«, ließ uns Grunski wissen. Es klang nicht schadenfroh oder bösartig, sondern er mußte nur wieder mal loswerden, wie wenig er von Ludwigs Tätigkeit auf diesem Gelände hielt.
Er verzog sich gleich wieder, um weiter die Verladung und den Abtransport zu überwachen. Und ich kümmerte mich um Ludwigs Bein, zog ihm den Schuh aus, was gar nicht einfach war, denn der Fuß war bereits dick geschwollen. Ich ließ ihn den Fuß bewegen, was ihm große Schmerzen bereitete.
»Es muß auf alle Fälle geröntgt werden. Vielleicht ist es nur eine Prellung, es kann aber auch etwas gebrochen sein. Gibt es in Glainz einen Arzt, der ihn röntgen kann?«
Gab es nicht. Man mußte nach Hallau fahren. Da war ein Spital.
Ich ging vor die Tür und blickte hinüber zum Haus, wo inzwischen der Cadillac aufgefahren war, also mußte der Chauffeur, der im Gasthaus in Glainz übernachtet hatte, auch dasein.
»Nachdem Sie ja nun so eine Art Chef hier in der Firma sind«, sagte ich und legte dem Jungen die Hand auf die Schulter,

»sehe ich es nicht ein, warum Sie nicht mit dem Chefwagen und dem Chauffeur fahren sollen.«
Es war das erste Wort, das auf die Ereignisse des gestrigen Abends anspielte.
Ludwig blickte zu mir auf und verzog den Mund zu einem Grinsen.
»Ich werde Ihnen mal was sagen, Herr Lanz, ich bin direkt froh, daß mir das passiert ist. In der Nacht habe ich kaum geschlafen, und immerzu ist es mir, als ob mich einer anstoßen und aufwecken müßte. So als ob man träumt. Aber es ist mehr ein Alptraum.«
Schon wieder einer, der träumte. Nachgerade wurde das alles hier eine Traumwelt. Und man begrüßte einen schmerzenden Fuß als erfrischende Realität.
»Ich bin einfach durchgedreht. Restlos. So ungeschickt, wie Grunski tut, bin ich nun auch nicht. Ich habe schon oft beim Verladen geholfen. Aber ich habe meine Gedanken heute einfach woanders gehabt. – Jetzt habe ich einen kaputten Haxen und kann wenigstens mal an was anderes denken. Danke, Herr Burger!«
Das galt dem Slibowitz, den Burger als schmerzstillendes Mittel inzwischen eingeschenkt hatte. Er fragte mich, ob ich auch einen wolle, aber ich lehnte entschieden ab.
»Nein, danke, ich habe keine Schmerzen am Fuß, und darum fehlt mir die Ausrede, schon am frühen Morgen wieder mit dem Saufen zu beginnen.«
Burger begann mit Hallau zu telefonieren, und es dauerte eine geraume Weile, bis er Anschluß und Auskunft bekam.
»Sollen wir Sie inzwischen hinüberbringen zum Haus?« fragte ich Ludwig.
»Nein. Bloß nicht. Ich wünschte, wir brauchten Mutter das gar nicht zu sagen, sie hat Aufregungen genug gehabt. Heute nacht habe ich mir wirklich Sorgen um sie gemacht. Sie war ganz am Ende. Zum Teufel! Konnte sie mir das nicht früher sagen? Mußte ich mich so ruppig zu ihm benehmen? Jetzt macht sie sich pausenlos Vorwürfe. Na, und ich – ich denke mir auch so manches, was ich lieber nicht denken möchte.«

»Es ist nun mal, wie es ist«, gab ich einen alten Gemeinplatz von mir. »Es hat wenig Zweck, nun darüber nachzugrübeln, was gewesen wäre, wenn . . .«
»Laßt mich hier bei euch sitzen, bis mich einer hinüberfährt. Wenn ich still sitze, ist es auszuhalten.«
Wir schoben ihm einen Stuhl unters Bein, er bekam einen zweiten Slibowitz und eine Zigarette.
Ich machte mich daran, die Post zu öffnen. Dunja war übrigens noch nicht erschienen.
Aber ich kam nicht zum Arbeiten, denn Ludwig konnte den Mund nicht halten. Nun, da der Bann gebrochen war, der Bann des morgendlichen Schweigens, mußte er über seinen Fall reden.
»Stellen Sie sich das mal vor, Sie kriegen plötzlich einen Vater serviert. Das ganze Leben lang habe ich keinen gehabt. Es hat geheißen, er sei tot. In Gefangenschaft gestorben, und seinen Sohn hat er gar nicht mehr zu sehen bekommen. Das hat sie mir einfach so vorgeschwindelt. Dabei hat sie ihn schon ein Jahr lang nicht mehr gesehen, ich meine, er war schon seit Anfang 44 weg, er konnte gar nicht mein Vater sein. Und sie hat immer gesagt, er sei kurz auf Urlaub dagewesen. Es ist mir unbegreiflich, wie Frauen lügen können. Einfach so – in allem Ernst einem so etwas vorzumachen. Ein Leben lang.«
Es war mehr ein Monolog, wir brauchten nicht viel dazu zu sagen. Offensichtlich hatte er sich die ganze Nacht damit herumgeschlagen, und nun mußte er es einfach loswerden. Der wehe Fuß und der Schnaps taten das übrige.
»Ein Leben lang hat sie mich belogen!«
»Aber Ludwig«, meinte Burger begütigend, »das müssen Sie doch verstehen. Sie kennen doch Ihre Mutter. – Ihrem eigenen Sohn zu beichten, ihr Mann sei an der Front gewesen und sie habe mit irgendeinem Fremden ein Verhältnis gehabt und der sei sein Vater. Und dann sei er verschwunden, also das hätte sie nie über die Lippen gebracht. Sie kennen sie doch.«
»Na gut. Na schön. Vielleicht solange ich klein war. Aber als ich erwachsen war, konnte sie es mir doch sagen? Oder zumindest, nachdem er aufgetaucht war. Mein Vater? Mein Va-

ter! Das müßt ihr euch mal vorstellen. Und jetzt ist er auch tot. So was ist doch nicht zu fassen.«
Er stützte den Ellenbogen auf die Schreibtischkante, legte den Kopf in die Hand, und einen Moment befürchtete ich, er würde anfangen zu weinen.
Es war wirklich viel, was da über ihn hereinbrach.
»Komm, trink noch einen Schnaps, Ludwig, und reg dich nicht so auf«, sagte Burger. Vor lauter väterlicher Besorgnis duzte er den Jungen jetzt, und es war verständlich. »Tut der Fuß noch sehr weh?«
»Ach, der Fuß! Der Fuß ist mir Wurscht. – Ich hätt' so gern mal einen Vater gehabt. Auch wenn ich mich mit ihm gestritten hätte. Das macht doch nichts, oder?«
Und nun legte er wirklich den Kopf auf die Schreibtischkante und weinte. Der Junge war total am Ende. Ich dachte mir, am besten würde es sein, sie behielten ihn gleich in Hallau im Spital. Er brauchte einfach Ruhe und Abstand. Aber er hob gleich wieder den Kopf, in seinen Augen standen noch Tränen, und ich dachte, daß es die dunklen, fast schwarzen Augen Otto Kaisers waren. Allerdings waren auch Olgas Augen dunkelbraun, es war schwer zu sagen, von wem er sie hatte. Der Junge sah jetzt aus wie ein Achtzehnjähriger.
»Es sei so eine dubiose Sache gewesen mit ihm, hat sie mir heut nacht erzählt. Sie sagt, sie weiß bis heute noch nicht, was er eigentlich wirklich in Prag gemacht hat. Er war nicht etwa Soldat oder bei der Besatzung oder irgend so was. Er hat Geschäfte gemacht – mitten im Krieg. Irgendwelche Zwischenhandelsgeschäfte. In Rumänien und in Ungarn hatte er Waren aufgekauft, alles mögliche, was es damals offiziell ja nicht gab, aber doch immer noch vorhanden war. Stoffe und Leder und auch Lebensmittel. Aber auch Ersatzteile und sogar Waffen hat er gehabt. – Zuletzt hat er bei ihr gewohnt, und sie sagt, ihr war manchmal angst und bange, daß sie ihn verhaften würden und sie mit. Aber er hat die besten Verbindungen gehabt, auch zur deutschen Wehrmacht und zur Partei, die waren alle seine Kunden. Er hat ein Auto gehabt. Stellt euch das vor, 1944 in Prag ist er mit einem eigenen Wagen herum-

gefahren, und er war in Zivil und immer prima angezogen. Sie hat alles von ihm gekriegt, zu essen, zu trinken und anzuziehen, was sie nur wollte. Aber sie sagt, das war nicht der Grund – sie hat ihn geliebt. Er wäre in seiner Art einmalig gewesen. Wie ein Vulkan. Das hat sie wörtlich gesagt, heute nacht: wie ein Vulkan. Das hat meine Mutter gesagt.«
Es klang so kindlich und so bestürzt, daß wir unwillkürlich lachen mußten, Burger und ich.
Und wir ersahen daraus, wie auch das große Reden, das große Mitteilungsbedürfnis heute nacht über Olga Jarisch gekommen war. Eine verzauberte Hexennacht war das gewesen für uns alle, eine Traumnacht.
Ich hatte mit meiner früheren Freundin Rosmarie mal den ›Sommernachtstraum‹ gesehen – und natürlich war es albern, in diesem Zusammenhang daran zu denken. Was hatte unser Erlebnis hier im Tal mit Shakespeares ›Sommernachtstraum‹ zu tun? Ich weiß nicht, wie ich auf diesen blöden Gedanken kam. Es war eben nur, weil ich mir dachte, daß es solche Nächte gab, die außerhalb jeder Ordnung waren, fern aller normalen Zustände. Nächte, wo man nicht ganz bei sich war, wo man Dinge tat, dachte und erlebte, die es sonst nicht gab. Irgend so etwas dachte ich, nur am Rande, ohne es zu Ende zu denken. – Denn nun kam der zweite Unglücksfall dieses Tages auf mich zu.
Grunski brachte einen Verletzten, einen jungen Burschen, der Toni hieß und der Doppelbesäumsäge zu nahe gekommen war. Sie hatte ihm den halben Finger fast abgetrennt. Er blutete furchtbar und war käseweiß im Gesicht.
»Blöder Hund, du blöder«, schimpfte Grunski, während er ihn hereinschleppte, »sag ich euch nich immer, ihr sollt uffpassen und eure dämlichen Köppe zusammennehmen, aber nee, da wird gelabert und gelabert, und die Oogen habt ihr überall, nur nich da, wo se hingehören.« – Und so ging es weiter, während Burger den Verbandskasten anschleppte und ich – so gut ich konnte – einen Verband anlegte. Burger trat wieder mit der Slibowitzflasche in Aktion.
»Der kann dann gleich mit runterfahren, zum Doktor«, be-

stimmte ich. In diesem Moment kamen Irina und Dr. Molina zur Tür herein.
Ein turbulenter Vormittag – das konnte man sagen.
»Um Gottes willen«, rief Irina, als sie das Blut sah. Ich hatte gar keine Zeit, sie anzusehen, denn ich bemühte mich, den Finger möglichst kunstgerecht hinzukriegen, damit der Arzt ihn dann auch wirklich annähen konnte.
»Was ist denn hier passiert?«
Burger berichtete in ordentlicher Reihenfolge von den Unglücksfällen dieses Morgens, und der Toni stöhnte, und sein Kopf kippte nach hinten.
Irina stellte sich hinter ihn und hielt seinen Kopf, während ich meinen Verband anlegte. Und Molina betastete Ludwigs Fuß, Grunski trank auch einen Schnaps, wir waren alle voll beschäftigt, und damit auch keiner fehlte, kam nun – es war mittlerweile etwa halb elf – Dunja angetanzt. Sie war sehr fein angezogen und trug die neue Pelzjacke, blieb an der Tür stehen und betrachtete erst mal das Bild, das sich ihr bot.
»Ivo ist da«, sagte Irina, »er kann gleich fahren. Das ist ja furchtbar. Ja, ist ja gut, ist ja gut, der Finger wächst bestimmt wieder an«, und sie streichelte Tonis Kopf, der nur noch stöhnte. Und dann fragte sie, ob Ludwigs Fuß sehr weh tue.
Ich richtete mich auf, der Verband war fertig, doch ehe ich etwas sagen konnte, kam einer herein und meldete, sie seien fertig mit dem Verladen und ob sie die Verladepapiere haben könnten, sie müßten nun fahren.
Burger hatte die Papiere fertig, Grunski nahm sie und sagte: »Ich muß mir das erst ansehn, was ihr da für Mist gemacht habt. Heut ist der Deibel los, und ihr fahrt mich nich, ehe ich nich alles genau geprüft habe. Sonst kippt ihr mir unterwegs noch die ganze Ladung um.«
Grunski und der Arbeiter verschwanden, und Molina sagte: »Bei euch ist was los – das kann man sagen.«
Dunja, die nicht mehr weinte, aber auch nicht lachte, sah keinen an, blickte starr in eine Ecke und ließ uns wissen: »Ich kündige. Ich möchte weg.«

Wir sahen sie alle an. Bisher hatte keiner von ihr Notiz genommen.
»So«, meinte Burger, »du willst weg. Wo willst du denn hin?«
»Ich will weg. Ich möchte bitte haben Papiere. Ich nicht bleiben hier.«
»Das kommt aber plötzlich«, sagte ich.
Sie vermied es immer noch, einen von uns anzusehen. Ihr hübsches kleines Gesicht war ganz hart vor Entschlossenheit, sie hatte sich offenbar auf diesen Auftritt gut vorbereitet. Die Turbulenz der Szene kam ihr dabei zu Hilfe. Keiner von uns hatte jetzt Zeit oder Lust, sich weiter mit ihr zu befassen.
»Was mich betrifft«, sagte ich schließlich, nachdem niemand sich äußerte, »so kann ich dazu nicht viel sagen. Herr Burger, können Sie so ohne weiteres auf die Hilfe von Fräulein Dunja verzichten?«
»Kann ich, kann ich«, meinte Burger. »So groß war die Hilfe auch wieder nicht. Warum hast du's denn so eilig, Dunja?«
»Ich will weg. Ich kündige«, wiederholte sie wie ein Papagei.
»Ja – das haben wir schon gehört. Muß denn das gleich heute sein?«
»Ja. Gleich. Ich habe schon Koffer gepackt.«
Ich blickte Ludwig an. »Herr Jarisch?«
Der zuckte nur mit den Schultern. Sein Interesse an Dunja schien vollkommen erloschen. Es gab jetzt wichtigere Dinge für ihn.
»Gnädige Frau?«
Das erste Mal, das Irinas Blick mich voll traf.
»Warum fragen Sie mich, Herr Lanz? Ich habe hier doch nichts zu bestimmen.«
Ich blickte auf ihren Arm, aber es war jetzt nicht der Moment, davon zu sprechen. Und sie hatte ja auch zuvor nicht davon sprechen wollen. Die Messergeschichte war, soweit es sie betraf, vom Tisch.
»Wo willst du denn hin?« fragte Burger.
»Ich nehme Mittagszug in Glainz. Ich fahre nach Graz. Ich kann wieder in Hotel arbeiten. Kann ich immer kommen zurück, hat Chef gesagt zu mir.«

»Na schön«, meinte Burger, »wenn's so eilt, dann suche ich dir deinen Kram heraus, und du kriegst dein Geld und dann fährst halt nach Graz, dummes Luder.«
»Vielleicht sollte man noch rückfragen bei der Polizei in Hallau«, ließ sich Dr. Molina vernehmen, »ob die junge Dame nicht mehr benötigt wird.«
Aber das hätte er nicht sagen sollen. Das brachte Dunja wieder an den Rand der Hysterie. »Ich kein Mörder. Mörder ist gefangen. Polizei mich schicken nach Hause gestern. Polizei sagen, alles gut.« Sie rief das mit schriller, hoher Stimme, und in ihren Augen begann es verräterisch zu glitzern.
»Sei doch still, kein Mensch sagt, daß du ein Mörder bist. Der Herr Doktor meint nur wegen der Vernehmung. Ob man dich vielleicht noch als Zeuge braucht.«
»Ich weiß nichts. Ich weiß gar nichts«, und damit war sie wieder bei der Verkündigung angelangt, mit der ich sie kennengelernt hatte. Was mich betraf, so konnte ich nicht recht verstehen, was Otto Kaiser an diesem Mädchen gefunden hatte. Oder Ludwig. Aber ich hatte ja die lachende, kokette Dunja nicht erlebt. Also konnte ich wohl nicht mitreden.
»Ich denke, Doktor«, sagte Irina, »das wichtigste ist jetzt, daß Ivo mit dem Wagen kommt und die beiden Opfer abholt. Damit sie zum Arzt kommen. Würden Sie ihm bitte Bescheid sagen?«
»Gut«, sagte Molina. »Und wenn Sie mir das Telefon durchstellen würden, Herr Burger, dann kann ich vom Haus aus gleich mit Hallau telefonieren.« Er warf Dunja einen scharfen Blick zu, der sie den Kopf einziehen ließ.
Eine halbe Stunde später war die gesamte Fuhre verladen. Olga, die von dem Unfall ihres Sohnes nun gehört hatte, war herübergekommen und mußte auch noch beruhigt werden.
»Ich glaub' nicht, daß es gebrochen ist, Mutter«, sagte Ludwig. »Es tut ziemlich weh, aber so schlimm ist es auch nicht. Reg dich bloß nicht auf. Das hier ist ganz unwichtig.«
Da der Inspektor in Hallau nichts dagegen hatte, daß sich Dunja Milevic nach Graz begab, unter der Voraussetzung, sie würde sich dort bei der Polizei melden und bei Bedarf zur

Verfügung stehen, konnte Dunja gleich mitfahren. Er würde sie nach Hallau mitnehmen, meinte Ivo, der ein ziemlich mürrischer, einsilbiger Mann war, und sie am Bahnhof absetzen.

»Ob das was mit ihm zu tun hat?« fragte Irina nachdenklich, als wir alle vor der Tür standen und dem Cadillac nachsahen.

»Mit ihm? Mit wem?« fragte Molina. »Was meinen Sie, gnädige Frau?«

»Ich kenne Ivo nicht sehr gut«, sagte sie. »Er war nicht lange bei uns, und ich habe ihn so gut wie nie in Anspruch genommen. Ich fahre meinen Wagen selbst. Er hat eigentlich immer nur meinen Mann gefahren. Oder mich höchstens mal am Abend in die Oper oder so was. Er war nie besonders freundlich oder zugänglich. Ich weiß gar nicht, wo Otto ihn her hatte. Unser letzter Fahrer war drei Jahre da. Er hat dann in eine Tankstelle eingeheiratet. – Nein, ich weiß nicht, wo Ivo herkam. Aber heute hat er sich ganz besonders merkwürdig benommen. Er hat doch gestern mit der Kleinen zu Abend gegessen, ich sagte es doch. Vielleicht hat er ihr das eingeredet, daß sie hier weggehen soll?«

»Kann schon sein. Vielleicht hat sie sich bei ihm ausgeweint, sie sind ja wohl Landsleute, nicht? Und er hat gesagt, mach, daß du wegkommst. Wußte er, daß Kaiser sie hergebracht hat?«

Irina hob die Schultern. »Woher soll ich das wissen? Wenn sie es ihm erzählt hat, dann wußte er es.«

»Nun, Sie sagten gestern, Ivo wäre schon öfter mit Ihrem Mann hier draußen gewesen. Und er hätte die Kleine gekannt. Vielleicht hat er das eine oder andere mitgekriegt.«

Sie hatte plötzlich wieder ihr hochmütiges Gesicht. »Ach, es ist mir egal. Ich will nichts mehr davon hören. Gut, daß sie weg ist. Und Ivo hat ja sowieso gekündigt, der geht auch. Vielleicht treffen sie sich dann in Graz. Mir ist es wirklich egal.«

Dr. Molina meinte: »Ludwig schien es auch egal zu sein, daß sie ging.«

»Ja. Gott sei Dank. Es ist ganz gut, daß sie fort ist und daß er sie nicht mehr sieht.«

Wir waren mittlerweile wieder hineingegangen ins Büro, sie stand mitten im Raum, sah uns der Reihe nach an und sagte etwas Überraschendes:
»Ihr werdet vielleicht über mich lachen. Aber ich habe das Gefühl, ich muß mich darum kümmern, daß aus dem Jungen etwas Ordentliches wird. Er ist Ottos einziger Sohn. Ich habe keine Kinder. Und dann hat er nur noch diese unliebenswürdige Tochter. Aus Ludwig soll etwas werden. Und ich glaube, Olga wird es verstehen, daß ich mich irgendwie dafür verantwortlich fühle. Ich glaube, daß ich gut mit ihm auskommen werde. Ich hoffe es jedenfalls.«
Sie blickte uns geradezu herausfordernd an und fragte dann mißtrauisch: »Lachen Sie, Herr Dr. Molina?«
»Nein, meine Gnädigste, wie könnte ich! Sie werden sich um den Jungen kümmern, werden dafür sorgen, daß er endlich einen richtigen Beruf erlernt und daß er dumme kleine Mädchen in Zukunft stehen läßt und . . .«
»Ach! Ich wußte ja, daß Sie mich nicht ernst nehmen.«
»Sie irren sich, gnädige Frau. Es wird nicht Ihre einzige Aufgabe sein. Es kommen eine ganze Menge Entscheidungen in der nächsten Zeit auf Sie zu. Sie werden sich nicht nur um Herrn Kaisers Sohn, Sie werden sich auch um Herrn Kaisers Firma kümmern müssen. Es war sein Betrieb, sein Kopf, seine Arbeit, sein Einsatz. Die Firma war er selbst.«
»Sie wollen doch damit nicht sagen, daß ich jetzt tun soll, was er getan hat?« Es klang ehrlich entsetzt.
»Nein, gnädige Frau, damit wären Sie wirklich überfordert. Aber man muß eine Lösung gut überlegen. Ob die Firma weitergeführt werden soll, ob man eine GmbH daraus macht oder sonst eine Gesellschaft. Ob man überhaupt verkauft, falls man keinen guten Kopf dafür findet. Es ist schade, daß Ludwig wirklich nicht der richtige Mann dafür ist. Oder jedenfalls noch nicht. Zunächst wäre ich dafür, einen Treuhänder einzusetzen, und dann . . .«
Sie schnitt ihm mit einer heftigen Bewegung das Wort ab.
»Nicht heute, lieber Doktor. Ich kann beim besten Willen jetzt kein vernünftiges Gespräch darüber führen. Nächste Woche,

übernächste Woche. So lange wird es ja noch Zeit haben. Ach, es ist einfach zuviel. Ich habe sehr viel Angst vor dem allen. Einen Prozeß wird es schließlich auch noch geben. Wegen diesem Benno.«
»Ja. Aber damit werden Sie kaum etwas zu tun haben. Sie kannten ihn ja nicht.«
»Nein. Gott sei Dank nicht.«
Burger angelte nach seiner Slibowitzflasche und betrachtete sie betrübt. Er hätte uns jetzt sicher gern ein Stamperl angeboten, aber die Flasche war leer.
»Sie entschuldigen mich«, sagte ich. »Ich hab' draußen zu tun.« Ich mußte einfach weg aus ihrer Nähe. Für sie war alles so schwer, ich sah es ein. Aber ich konnte ihr nicht helfen. Und dieser tüchtige Anwalt, der nebenbei so ein charmanter Mann war, würde sich schon um sie kümmern. Das tat er gern, und das würde er mit Ausdauer tun. Ich zweifelte nicht mehr daran, daß er in sie verliebt war.
Die Lastwagen waren fort, in den Hallen wurde gearbeitet, Grunski hatte die Arbeit bestens eingeteilt, alle Sägen liefen. Heute war Freitag. Die nächsten zwei Tage würde Ruhe sein auf dem Gelände. Dann kam ich endlich einmal zur Besinnung. Und nächste Woche begann die Anlandung der neuen Stämme.
Ludwig hatte mit mir einmal hinaufsteigen wollen zu den Holzfällern, fiel mir ein. Damit war es nun auch nichts. Nun, ich konnte mir einen anderen Führer besorgen.
Als ich mit meinem Rundgang fertig war und zum Büro zurückkam, standen Irina und Molina vor der Tür. »Wir wollten gerade einmal da hinunter gehen zu der Bucht«, sagte sie. »Kommen Sie mit?«
»Ich habe noch zu tun, gnädige Frau. Und Sie kennen den Weg.«
Sie zog die Brauen zusammen, und ihre Augen blickten kühl. »Ich möchte aber, daß Sie mitkommen.«
Ich verbeugte mich leicht. »Bitte. Sie sind jetzt hier der Chef.«
Sie hob ein wenig das Kinn, und ihre Lippen kräuselten sich

amüsiert. »Ah ja, das stimmt. Ihrer auch, Herr Lanz. Nicht wahr, Doktor, bis wir den Treuhänder haben, bin ich der Chef.«
»So ist es, gnädige Frau.«
Wir setzten uns in Bewegung quer durch das Gelände, bis zu dem Weg, der hinab zur Bucht führte. Ich ging links von ihr, Molina rechts. Wir sprachen nicht. Die Sonne schien, und es war fast schon warm. Irina trug wieder das graue Kostüm und den schwarzen Pullover, ihr Haar war unbedeckt. An den Füßen trug sie feste Halbschuhe, das war auch wichtig, denn der Weg und noch mehr die Wiese waren immer noch feucht.
Ob sie sich erinnerte, daß ich sie geküßt hatte? – Und vor allem, daß *sie* mich geküßt hatte? Und was mußte ich jetzt tun, um nicht wie ein vollendeter Idiot zu wirken?
In der kleinen Bucht standen wir eine Weile. Der Doktor sah sich das alles nun auch noch an, er hatte es ja bis jetzt nicht gesehen, und er fing noch mal an von dem Schlitten, und wo die Tat wohl geschehen sein mochte, und wieso Kaiser außerhalb des Hauses war, und wo der Benno ihm aufgelauert haben mochte. Und ob die kleine Jugoslawin nicht doch etwas beobachtet hatte und es darum so eilig hatte, zu verschwinden.
Es war das übliche Thema, das wir nun seit Tagen vor- und rückwärts durchgekaut hatten, aber ich dachte mir, darüber solle sich nun die Polizei den Kopf zerbrechen. Es war ja auch gar nicht so wichtig, wie und wo und warum es geschehen war. Es *war* geschehen, und das war das Schlimme. Sie würden den Benno in die Zange nehmen, so lange, bis er gestand. Und dann kam der Prozeß, und dann würde er eingesperrt. Das kannte ich ja alles. Man würde ihn länger einsperren als mich, aber eines Tages würde man ihn begnadigen. Otto Kaiser aber war tot.
Mochte er gewesen sein, wie er wollte. Ich fand, daß es schade um ihn war. Ich hätte gern für ihn und mit ihm gearbeitet.
Und plötzlich sagte ich das. Nur diesen einen Satz: »Ich hätte gern für ihn und mit ihm gearbeitet.«

Irina, die unverwandt in den sonnenglitzernden Fluß gestarrt und sich nicht gerührt hatte und kein Wort zu dem gesagt hatte, was der Doktor da auseinandersetzte, sah mich an. Sie sagte nichts. Sah mich nur an. Ernst und nachdenklich. Dann legte sie den Kopf in den Nacken und blickte hinauf zum Himmel.
»Ob es hier auch Adler gibt?«
»Sicher. Warum nicht?« antwortete Molina. »Ich bin nicht sehr bewandert in solchen Dingen, Sie wissen ja, ich bin ein Stadtmensch. Aber ich glaube, wo es Berge gibt, da gibt es auch Adler.«
Wir wandten uns zum Gehen, und als wir wieder auf dem Weg waren, blieb Irina stehen und deutete auf den Weg, aber in der anderen Richtung.
»Wo geht es da hin?«
»Weiter ins Tal hinein«, sagte ich. »Sie sehen ja, das Tal wird bald wieder sehr eng, und ich nehme an, der Weg steigt dann an und führt in die Berge. Vielleicht sind auch noch ein paar einzelne Höfe dahinten. Ich bin bis jetzt noch nicht dazu gekommen, mich in der Gegend umzusehen.«
»Ich möchte da noch ein Stück weitergehen.«
»Aber liebe gnädige Frau!« rief Molina entsetzt. »Es ist bald Mittagszeit. Und es sieht doch sehr unwegsam aus da hinein. Und naß ist es auch.«
»Lieber Doktor, Sie brauchen ja nicht mitzugehen«, sagte sie gelassen und blickte auf seine Füße. »Sind das die einzigen Schuhe, die Sie mithaben?«
»Die einzigen, gnädige Frau. Und schauen Sie bloß, wie sie ausschauen.«
Es waren elegante schwarze Schuhe aus dünnem Leder, und sie hatten schon vom Weg in die Bucht nasse und schmutzige Ränder bekommen.
»Ja, ich seh' es. Es sind keine Schuhe für das Land. Aber sehen Sie, Doktor, *ich* möchte gern noch ein kleines Stück da hineingehen, ein ganz kleines Stück. Wir haben gestern so viel getrunken und geraucht, ich brauche einfach ein wenig Luft. Und viel schöner als heute kann das Wetter gar nicht sein.

Und wer weiß, was mich in Wien alles erwartet. Die nächste Woche wird bestimmt furchtbar. – Also, ich geh' auf alle Fälle eine halbe Stunde spazieren. Ich kann allein gehen.«
Und bei diesen letzten Worten sah sie mich an.
»Herr Lanz wird Sie sicher gern begleiten«, meinte Molina in dem mir schon bekannten süffisanten Ton.
»Herr Lanz hat zu arbeiten, das haben Sie doch gehört«, sagte sie sanft. »Ich habe ihn schon zu dem Gang hier herunter an den Fluß veranlaßt, ich würde es nie wagen, ihn zu bitten, daß er noch weiter mitkommt.«
Ein Biest war sie also auch! Aber welche Frau war das nicht.
»Vermutlich wird sich die Bilanz des Sägewerks nicht grundlegend verändern, wenn er jetzt die halbe Stunde bis zum Mittagessen noch spazierengeht«, meinte Molina. »Zumal heute sowieso die halbe Belegschaft schon ausgefallen ist. Also los, geht spazieren! Ich kümmere mich inzwischen um die Aperitifs. Und werde mal fragen, was es zu essen gibt. Hunger habe ich jetzt schon. Das muß wohl die Gebirgsluft machen.«
Und damit wandte er sich einfach um, ließ uns stehen und spazierte in Richtung Dorf.
Irina legte den Kopf schief und blickte mich an.
»Böse?«
»Nein. Warum sollte ich?«
»Sie machen so ein finsteres Gesicht.«
»Das sieht nur so aus. Es war wirklich ein bißchen viel los heute morgen.«
»Nicht nur heute morgen, es war immerzu viel los. Aber sagen Sie nicht, daß Sie das aus der Ruhe bringt.«
»Um Himmels willen, kommt es Ihnen so vor, als ob mich das alles nicht erschüttern könnte?«
»Sie machen auf mich den Eindruck des berühmten Felsens in der Brandung.«
»Ich meinerseits habe den Eindruck, Sie machen sich über mich lustig. Und das geschieht mir recht. Ich habe mich schon viel zu sehr aus der Ruhe bringen lassen. Und Sie wissen genau, von wem.«

»Von wem?« fragte sie unschuldig.
»Kommen Sie«, sagte ich und berührte ihren Ellenbogen. »Wenn Sie schon spazierengehen wollen, dann gehen wir. Allzuviel Zeit haben wir nicht, sonst läßt Ihr Beschützer Sie suchen.«
Wir setzten uns in Bewegung, nebeneinander auf dem Weg, der tiefer ins Tal hineinführte und bald nach dieser Stelle auf beiden Seiten von Büschen eingerahmt wurde.
»Er ist der Meinung, daß ich von Ihnen ausreichend beschützt werde.«
»Das hat er bestimmt nicht gesagt.«
»Gesagt nicht. Aber ich weiß, daß es so ist. Er weiß ja schließlich, daß Sie mich neulich abends auch schon beschützt haben.«
»Wider Ihren Willen.«
»Oh, eigentlich war ich doch ganz folgsam.«
»Es blieb Ihnen ja auch gar nichts anderes übrig.«
»Das Gefühl hatte ich auch. Vermutlich hätten Sie mich mit Gewalt festgehalten, wenn ich nicht geblieben wäre.«
»Halten Sie mich für einen gewalttätigen Menschen?«
»Na, ein bißchen vielleicht. Auf jeden Fall sehr energisch.«
Das erstaunte mich so, daß ich eine Weile schweigend neben ihr herging. Jahrelang war ich nichts als ein Häufchen Elend und Verzweiflung gewesen. Und auch in den letzten Monaten war es nicht viel anders, obwohl ich mir Mühe genug gegeben hatte, wie ein normaler Mensch zu agieren. Ich war mir dennoch vorgekommen wie ein Mensch ohne Mark in den Knochen und ohne Blut in den Adern. – Hatte das Zusammentreffen mit dieser Frau genügt, alles zu verändern? – In jenem Augenblick, als sie dort in die Gaststube trat, hatte mein neues Leben begonnen. Das war mir jetzt klar.
Der Weg wurde schmal, zeitweise ging sie vor mir her, mit ausgreifenden Schritten, gerade im Rücken, den Kopf erhoben. Sie war wunderbar. Sie konnte tun, was sie wollte, bei ihr gefiel mir alles.
Nur ich wußte nicht, was ich tun sollte. Was ich jetzt und hier tun sollte, was sie von mir erwartete. Daß ich mich wie ein

Gentleman benahm und den Abschluß des gestrigen Abends nicht erwähnte? Daß ich darauf zurückkam, und wenn ja – auf welche Weise?
Sie forderte mich heraus, mit allem, was sie sagte und tat, das merkte ich wohl. Ich wußte nur nicht, zu welchem Zweck. Der Weg senkte sich abwärts, führte einmal ganz nahe an die Glainz heran, die hier wieder schmaler war und ziemlich wild, dann stieg er wieder sacht an, und wir kamen an einem kleinen einsamen Gehöft vorbei. Ein Hund bellte, eine Frau stand im Hof und blickte neugierig zu uns her.
Dann kamen wir plötzlich in den Wald, der Weg führte leicht nach rechts, wurde steiler, es ging bergan. Ich dachte, sie würde umkehren, aber sie ging immer weiter mit ihren langen Schritten; ich ging jetzt hinter ihr. An einer Stelle verbreiterte sich der Weg, hier stand eine hohe kerzengerade gewachsene Fichte, und von hier hatte man einen Blick in das Tal und auf den Fluß.
»Sie sind hier noch nicht gewesen?«
»Nein. Ich weiß auch nicht, wohin der Weg führt, das möchte ich nur zu bedenken geben. Ich bin bis jetzt nur einmal durch das Dorf gegangen. Und ein Stück den Weg hinauf, der zum Schloß führt.«
»Ah ja! Die Gräfin haben Sie ja auch bereits kennengelernt. Eine sehr attraktive Frau, nicht wahr?«
»Ja, sehr.«
»Dann wird es Ihnen hier wenigstens nicht zu langweilig werden.«
»Sicher nicht. Gräfin Esther hat mich schon eingeladen, sie und ihren Bruder zu besuchen.«
Wenn sie mich herausforderte, konnte ich sie auch herausfordern.
»Wie nett für Sie!« sagte sie gleichgültig und ging weiter.
Ich blickte verstohlen auf meine Uhr. Wir waren schon mehr als eine halbe Stunde unterwegs. Und zurück mußten wir schließlich auch noch. Nicht, daß es mir etwas ausgemacht hätte, mit ihr weiter den Berg hinaufzulaufen. – Von mir aus – stundenlang.

Wir waren jetzt mitten im Wald, es war still, und es roch gut, durch die Bäume sickerte das helle Frühlingssonnenlicht. Dann kamen wir auf eine größere Lichtung, und hier teilte sich der Weg, auf der einen Seite führte er weiter nordwärts, also tiefer ins Tal hinein, und man konnte sehen, daß er von hier aus wieder abwärts ging. Rechts bog der Weg sehr scharf ab in den Wald hinein. Wir blieben stehen.
»Gehen wir da weiter«, rief sie und wies in die linke Richtung.
»Darf ich Sie darauf aufmerksam machen, gnädige Frau, daß es bereits nach zwölf ist und daß dieser Weg weiter fort führt?«
»Na und?«
»Es ist nicht meinetwegen. Soviel ich weiß, wollten Sie heut mittag nach Wien fahren. Und Sie müssen doch erst noch etwas essen.«
Aber nun hatte ich es ganz falsch gemacht. »Sie können es wohl gar nicht erwarten, bis ich wieder weg bin?« Es war ihr warm geworden beim Steigen, sie hatte die Kostümjacke geöffnet, ihr Haar war verwirrt, ihre Wangen frisch von der Gebirgsluft, sie sah aus wie ein junges Mädchen. So stand sie vor mir, und es wäre alles wunderbar gewesen, wenn sie wirklich nur ein junges Mädchen gewesen wäre.
Ich sah sie an, ziemlich ernst, und vermutlich machte ich wieder das, was sie ein finsteres Gesicht nannte. »Ja«, sagte ich.
Sie öffnete den Mund, um etwas zu sagen, dann schloß sie ihn wieder und senkte den Blick.
»Also gut! Kehren wir um.«
Aber ich stand ihr im Weg in meiner ganzen Größe. Ich hatte das Gefühl, alles falsch gemacht zu haben, aber ich wußte nicht, was ich sagen und tun sollte, ich wußte nur das eine, daß ich sie so gerne in die Arme genommen hätte. Aber – gerade das, das ging einfach nicht.
»Verstehen Sie mich doch«, sagte ich verzweifelt. »Ich gebe mir doch alle Mühe, mich wie ein vernünftiger Mensch zu benehmen.«
»Aber es gelingt Ihnen ja sehr gut. Sie sind ein vorbildlich vernünftiger Mensch. Gehen wir also!«

Ich ließ sie den einen Schritt tun, der uns trennte, jetzt war sie dicht vor mir, und ich sagte unsinnigerweise: »Darf ich dich noch einmal küssen?«

»Aber das – das ist gar nicht vernünftig. Einmal ist nicht so schlimm. Aber wenn man es wieder tut...« Sie schloß die Augen und bog den Kopf zurück.

Ich nahm sie behutsam in die Arme und küßte sie. Wie lange, weiß ich nicht. Endlos. Dieser Kuß dauerte endlos.

Und als sie schließlich den Kopf zur Seite bog und ihre Wange an meine legte, wußte ich, daß sie recht gehabt hatte. Der Kuß in der Nacht, in der Irrealität und Trunkenheit dieser Nacht, hatte nichts bedeutet. Dieser zweite Kuß hier in der Mittagsstunde, unter dem frühlingshellen Himmel, wissend und bewußt erlebt, der bedeutete viel.

Denn alles, was ich mir bis jetzt noch hatte ein- und ausreden können, das galt nun nicht mehr. Ich liebte sie. Ich legte meinen Mund in ihr Haar.

»Du!« sagte ich. »Du!«

Wir küßten uns wieder. Und ich weiß nicht, wie lange wir dort gestanden hätten, da hörte ich es rascheln.

Sie hatte es auch gehört und fuhr zurück. Und dann sah ich – genau wie vor zwei Tagen – zuerst den Hund, der aus dem Gebüsch sprang, und dahinter kam der Jäger.

Ich raffte mein bißchen Verstand zusammen, das mir noch geblieben war, und sagte: »Ah – der Anton! Grüß Gott!«

Der Jäger blickte uns mit seiner gewohnt unbewegten Miene an.

Ich sagte: »Das ist Anton, der Jäger. – Anton, das ist Frau Kaiser.«

Es war albern, aber was sollte ich sonst wohl sagen. Ich fragte mich, was er gesehen hatte. Wir standen mitten auf der Lichtung, und so dicht war der Wald hier nicht. Er mußte uns gesehen haben. Er machte eine Bewegung mit der Hand nach oben, als wolle er zu seinem Hut greifen, auf halbem Wege aber überlegte er es sich und knurrte bloß etwas vor sich hin.

Irina, rasch wieder beherrscht, wie es Frauen immer gelingt,

lächelte und streckte ihm die Hand hin. »Anton! Mein Mann hat mir viel von Ihnen erzählt.«
Es blieb ihm nichts anderes übrig, als ihre Hand zu nehmen und zu schütteln, und dabei brummte er wieder etwas, was kein Mensch verstehen konnte. Sie beugte sich zu dem Hund hinunter, der neben uns stand, und sagte: »Und das ist bestimmt Moritz?«
»Sicher ein Bruder von Molly«, sagte ich.
»Der Sohn«, ließ uns Anton wissen.
Sie versuchte so etwas wie ein Gespräch. Wie gern ihr Mann hier immer zur Jagd gegangen sei, und es solle ja sehr viel Wild in dieser Gegend geben; Anton nickte ein paarmal gnädig mit dem Kopf.
Und ehe wir noch die Konversation weiterführen konnten, kam plötzlich mit großen Sprüngen ein zweiter Hund auf die Lichtung, der genauso aussah wie der Moritz und die Molly. Offenbar gehörte er auch zur Familie. Und auf dem Weg, der von rechts her kam, näherte sich eine Gestalt im grünen Trachtenanzug, den Hut fesch aufs rechte Ohr gerückt: Graf Poldi!
Das belebte die Szene.
»Küss' die Hand, gnä' Frau! Daß ich Sie hier treff'! Grad vorhin hab' ich zu meiner Schwester gesagt, ich möcht' die gnädige Frau so gern begrüßen. Aber es ist ja alles so schrecklich. Ich bin noch ganz durcheinand'. Es ist doch schrecklich, ausgerechnet hier bei uns, hier in der Einsamkeit muß so was passieren. Liebe gnädige Frau, ich kann Ihnen ja gar net sagen...«
Und so ging es eine Weile weiter. Nun ging das Ganze noch einmal von vorn los, der ganze Fall wurde aufgerollt, und Irina stand dabei und nickte, manchmal sagte sie etwas, aber viel brauchte sie nicht zu sagen, Graf Poldi bestritt mühelos die Unterhaltung für uns alle.
Bloß als wir beim Benno angelangt waren, sagte plötzlich der Anton etwas dazu. »I glaub's net«, sagte er.
»Was, mein Lieber?« fragte der Graf. »Was glauben S' net?«
»Daß es der Benno war. Dös glaub' i net.«

»Ah naa? Und warum net?«
»Der Benno ist ein Feigling gewesen. Der hätt' so was nie getan.«
»Na, ob's grad so eine Heldentat ist, einen Menschen hinterrücks derstechen, i weiß ja net...«
Eine Weile unterhielten sich der Graf und der Anton über die Frage, ob zu so einer Tat Mut gehöre oder nicht. Für seine Verhältnisse wurde der Anton sogar recht gesprächig.
»Haben Sie denn einen bestimmten Verdacht?« wollte der Graf wissen. Und der Anton machte eine düstere Miene und zuckte die Schultern, und ich bekam einen mißtrauischen Blick ab. Und auch Irina blickte er nicht gerade freundlich an, ich dachte mir, wenn er uns vorhin beobachtet hat, dann dachte er vielleicht, wir hätten seinen Herrn gemeinsam umgebracht.
Diesmal blickte Irina auf die Uhr. »Um Himmels willen, wir müssen ja hinunter. Frau Jarisch wartet bestimmt schon mit dem Essen. Und wir wollen ja fahren.«
»Ja«, sagte ich, »es ist höchste Zeit. Vermutlich ist der Weg, auf dem wir gekommen sind, der kürzeste. Ich kenn' mich hier noch nicht so aus.«
»Kommen S' mit mir«, sagte der Graf, »ich zeig' Ihnen den kürzesten Weg. Da, wo ich gerade hergekommen bin, und dann geht's direkt abwärts ins Tal, Sie kommen dann grad' überm Sägewerk raus. Bisserl steil ist der Abstieg. Was haben S' denn für Schuh an?« Er blickte auf Irinas Schuhe und meinte, damit könne sie den Abstieg wagen.
Wir nahmen Abschied von Anton, der diesmal wirklich an seinem Hütchen rückte, und dann gingen wir auf dem Weg, den der Graf gekommen war, zurück.
Irina und der Graf voran, ich hinterdrein.
Wann denn die Beisetzung sei, wollte der Graf wissen, er und seine Schwester würden selbstverständlich nach Wien kommen. Irina sagte, sie wisse es noch nicht. In einem Fall wie diesem müsse die Kriminalpolizei erst die... das... also, es müsse erst freigegeben werden. Sie vermied das Wort Leiche, und sie tat mir leid, daß sie nun wieder mitten in all dem

Grauen war. Sie sagte, daß Dr. Molina meine, die Beisetzung werde sicher Mitte nächster Woche sein, und sie werde den Grafen rechtzeitig verständigen. Dann sprachen sie noch mal über den Benno, und der Graf meinte, im Gegensatz zu Anton traue er dem so etwas eigentlich schon zu, aber besser würde es natürlich sein, wenn man ein Geständnis von ihm hätte. Schließlich kamen wir zu der Stelle, wo ein schmaler Weg wirklich ziemlich steil abwärts führte; wir konnten von hier aus die Hallen des Werkgeländes sehen.
Wir blieben stehen, und der Graf fragte, ob er recht gehört hätte, die gnädige Frau fahre heute bereits nach Wien zurück.
»Ja«, sagte Irina. »Das haben wir vor.«
»Das ist aber schad', wirklich. Wir haben gedacht, die Esther und ich, ob Sie nicht heut abend zu uns heraufkommen wollen. Wir kriegen nämlich einen interessanten Besuch.«
»So?« machte Irina gleichgültig.
»Interessant auch für Sie, gnädige Frau. Es ist ein alter Freund von mir, ein Schriftsteller. Ein sehr gescheiter Mann, weitgereist. Und er kannte Ihren Gatten recht gut.«
»Ja?« fragte Irina, schon weniger gleichgültig.
»Einmal san s' hier bei mir zusammengetroffen, ganz zufällig. Und sind zusammen zur Jagd gegangen. Das war, na warten S?' Ist schon lang her, damals hatte der Kaiser grad das Sägewerk gekauft. Aber sie kannten sich von früher. Das heißt der Bernhard kannte den Kaiser. Er hat nicht weiter darüber geredet, aber ich hab's gemerkt. Und hinterher hat er gesagt zu mir: Der Kaiser, das wär' einer der interessantesten Männer, die er kenne. Der hätt' ein Leben geführt, so bunt und phantastisch, das könnt' sich kein Schriftsteller ausdenken. Er ist einer, net wahr, das hab' ich eh gesagt. Und jetzt, Sie werden's kaum glauben, heut in der Früh kam ein Telegramm von dem Bernhard, er hätt' das gelesen von Kaisers Tod, und er käm heut zu uns heraus, er müsse das genau wissen. An Ort und Stelle müsse er das hören.
Sind neugierige Leute, die Schriftsteller. Und jetzt denke ich mir, ob Sie nicht heraufkommen wollen heute abend zu uns, gnädige Frau? Reisen S' halt erst morgen. Was wollen S'

in Wien? Das wird eh eine Strapaz' in den nächsten Tagen.«
»Ja«, sagte Irina und seufzte, »das glaube ich auch.«
Höflicherweise sagte der Graf noch zu mir, daß es ihn freuen würde, wenn ich mitkäme. Und natürlich gelte die Einladung auch für Dr. Molina, den er ja kenne damals von den Verkaufsverhandlungen her.
Dann nahmen wir endgültig Abschied für diesmal und machten uns an den Abstieg.
Er war wirklich steil, aber Irina war geschickt und gewandt, sie hätte meine Hilfe nicht gebraucht, aber ich blieb trotzdem immer wieder stehen und reichte ihr die Hand, und sie nahm sie, und wenn sie von einem Stein heruntersprang oder über eine Bodenschwelle, landete sie dicht bei mir. Und einmal zog ich sie hinter einen dicken Baumstamm, und wir küßten uns.
»Ich bin verrückt«, sagte ich, »total verrückt.«
»Aber nein, du bist vernünftig. Ganz schrecklich vernünftig. Und du wirst es wieder ungestört sein, wenn ich fort bin.«
»Mußt du wirklich fahren heute?«
»Ich kann doch nicht bleiben. Muß *ich* halt vernünftig sein. Und was soll denn Molina denken?«
Das war das richtige Stichwort für mich. »Ja, natürlich. Der wird dich mir schon wegnehmen. Das sieht ja ein Blinder, wie verliebt er in dich ist.«
Sie lachte. »Ach – wie heißt du? Severin? Das ist ein hübscher Name.«
»Tut mir leid. Ein sehr altmodischer Name.«
»Mir gefällt er. Ist sicher ein Heiliger, nicht? Severin, der Molina und in mich verliebt! Er ist mein Anwalt. Oder er war der Anwalt meines Mannes, jetzt ist er meiner, es ist seine Pflicht, mir zur Seite zu stehen. Mein Gott, du redest wirklich wie ein Verliebter!«
Ich hielt sie ganz fest an mich gepreßt, ich war wie von Sinnen, ich hatte wirklich alle Vernunft vergessen. »Was glaubst du, was ich bin?«

»Ach, laß mich los, ich – ich kann jetzt nicht... Es ist alles so... Ich bin ganz durcheinander, wirklich.«
Es war sicher nicht fair von mir, die ganze Verwirrung, in der sie sich befand, so auszunützen. Ihr Mann war seit zwei Tagen tot, und er war noch nicht einmal begraben, und ich – ich war ein Totschläger und Mörder, ein vor kurzem entlassener Sträfling, und sie war meine Chefin und eine reiche Frau. Aber das hatte ich einfach alles vergessen. Hier und heute hatte ich es vergessen. Morgen würde die Welt wieder zurechtgerückt sein, ich würde meine Stellung kündigen und mir eine andere suchen, ich würde... Es war egal, was ich tun würde.
»Komm«, sagte sie und nahm mich an der Hand und zog mich hinter dem Baum hervor. »Wir müssen jetzt wirklich hinunter. Der Molina schickt sonst einen Suchtrupp los.« Diesmal lief sie voran, leichtfüßig sprang sie über Wurzeln und Steine, ich kam ihr kaum nach.
»Nicht so schnell«, rief ich, »du wirst dir den Fuß verknaxen.«
»Ist doch egal«, rief sie zurück, »dann kann ich hierbleiben. Leg' mich zum Ludwig ins Spital nach Hallau und brauch' das in Wien nicht alles mitzumachen. Ach, der arme Ludwig! Wir wissen noch gar nicht, wie's ihm geht. Und der Finger vom Toni. Komm, wir müssen jetzt schnell hinunter.«
Sie war wie ein junges Mädchen, lebhaft, temperamentvoll, nichts war übriggeblieben von der blassen hoheitsvollen Fremden der ersten Nacht.
Auf dem letzten Stück, unten schon im Tal, während wir aufs Haus zugingen, sagte sie noch: »Dr. Molina, damit du es weißt, hat eine bildhübsche junge Frau. Sie ist Schauspielerin am Josefstädter Theater. Aber das ist schließlich kein Grund, unhöflich oder ungalant zu mir zu sein. Oder?«
»Nein – ich bin ein Depp.«
»Ja.«
Molina stand vor dem Haus und schüttelte pausenlos den Kopf, während wir auf ihn zugingen.
»Wir haben uns verlaufen«, rief Irina, schon von weitem, wie ein Kind, das Angst vor Strafe hat. »Und dann haben wir den

Grafen getroffen, und er hat uns einen Weg herunter gezeigt. Einen ganz steilen. Da hinten, sehen Sie, da sind wir heruntergekommen. Schimpft die Frau Jarisch? Ist das Essen kalt geworden?«

»Sie hat Gulasch gemacht. Das läßt sich ja leicht aufwärmen.«

»Habt ihr von Ludwig etwas gehört?«

»Ein Fußknochen ist angebrochen.«

»Oje! Das ist schlimm.«

»Na, das heilt schnell. Sie haben ihn erst mal drüben behalten, weil sie den Gips erst anlegen können, wenn die Schwellung weg ist. So in zwei, drei Tagen etwa kriegt er den Gips, und dann kann er nach Hause. Und dem Toni sein Finger ist angenäht und wird auch in Ordnung gehen. Den haben sie auch erst mal behalten.

Mit dem Inspektor habe ich auch gesprochen, das Geständnis von Benno haben sie noch nicht, er leugnet hartnäckig, er sagt, er hätte die Grippe gehabt und bei seiner Freundin im Bett gelegen. Und sie bestätigt das, sie habe ihn gepflegt, er habe Fieber gehabt und Halsschmerzen, deswegen sei er nicht aus dem Haus gekommen, und deswegen habe auch keiner ihn zu sehen gekriegt. Er huste auch jetzt noch, sagt der Inspektor.

So, das wären die letzten Neuigkeiten vom Tage. Haben Sie noch welche zu bieten, gnädige Frau?«

Sie schüttelte stumm den Kopf.

Molina sah mich an. »Sie, Herr Lanz?«

In seinen Augen funkelte es geradezu, und ich dachte, so ein Mann wie er, der mußte uns alles anmerken, und zumindest hatte er gesehen, daß sich auf Irinas Lippen keine Spur von Rouge mehr befand.

»Sie sind wirklich außerordentlich tüchtig, Doktor«, sagte Irina kleinlaut.

»Vielen Dank, gnädige Frau. Und nun kommen Sie herein und essen erst mal. So eine Bergtour macht doch Appetit, nicht? Ach – ehe ich es vergesse, Ivo ist noch nicht zurück. Wir können sowieso noch nicht fahren.«

Ivo war auch zwei Stunden später noch nicht zurück, und da kam uns das schon sehr komisch vor.
Wir hatten gegessen, einen Kaffee getrunken, dann war ich wieder an die Arbeit gegangen, hatte versucht, mich auf die Arbeit zu konzentrieren, was verständlicherweise nicht so einfach war.
Molina kam gegen halb fünf zu mir ins Büro und erzählte mir das von Ivo.
»In Hallau ist er offenbar auch nicht mehr. Ich habe gerade noch mal den Inspektor angerufen und gebeten, nach dem Wagen suchen zu lassen. Der fällt schließlich dort auf.«
»Aber wo soll er denn sein?«
»Na, wir vermuten, daß er das Pupperl nach Graz hineingefahren hat. Das ist ja anscheinend doch ein ganz g'hauter Fratz, die versteht's. Auch wenn's uns hier die Unschuld vom Lande vorgespielt hat. Und da er sowieso gekündigt hat, ist's ihm eh Wurscht, sagt er sich halt, machst die Fahrt noch mit dem Pupperl. So wird's sein.«
»Und was machen Sie nun?«
»Ja, ich muß unbedingt heut noch nach Wien. Ich hab' morgen früh eine Besprechung. Ist zwar Samstag, aber ich hab's extra von heut auf morgen verschoben.«
»Wenn Sie meinen Wagen nehmen wollen – bitte!«
»Sie brauchen Ihren Wagen hier heraußen. Nein, wir haben das schon besprochen, wir nehmen dem Ludwig seinen, der kann jetzt ohnedies nicht fahren mit einem Gipsbein. Na, jetzt warten wir noch eine halbe Stunde, vielleicht kommt der Fallot.«
Ich zwang mich am Schreibtisch sitzen zu bleiben. Aber immer wieder spähte ich aus dem Fenster hinüber zum Haus. Der Cadillac tauchte nicht auf. Schließlich sah ich den Volkswagen vom Ludwig wegfahren.
Sie war nicht mehr gekommen, um mir adieu zu sagen. Gut! Gegen halb sieben Uhr ging ich langsam hinüber zum Haus. Es war sehr still auf dem Gelände, still und leer. Die ganze Welt war leer für mich. Ich fühlte mich müde und alt. Auch im Haus war es still. Totenstill.

Burger und Frau Jarisch waren mit Grunski nach Hallau gefahren, um die beiden Kranken im Spital zu besuchen und ihnen zu bringen, was sie noch brauchten.
Nachher würden sie wiederkommen, wir würden still zusammensitzen und dann zeitig schlafen gehen. – Die Welt war leer. Und ich hatte Zeit und Gelegenheit über das lange Wochenende, die letzten Reste meiner Vernunft zusammenzusuchen.
Ich wollte die Treppe hinaufgehen, da hörte ich Molly im Bauernzimmer leise Laut geben. Hatte man sie dort allein eingeschlossen? – Ich öffnete die Tür und blickte hinein. Molly war da. Aber sie war nicht allein.
»Irina!«
Sie saß in einem der geblümten Sessel am Fenster und hatte ein Buch in der Hand.
»Warum machen Sie so ein entsetztes Gesicht, Herr Lanz?«
»Herr Gott!«
Ich stand unter der Tür wie vom Donner gerührt.
»Ist was?« fragte sie.
»Ich hab' gedacht, du bist weggefahren.«
»Sind Sie sehr enttäuscht, daß ich noch da bin?«
»Ich hab' gedacht, du bist weggefahren und hast mir nicht einmal adieu gesagt.«
»Ich weiß gar nicht, was ich getan habe, daß Sie mir so schlechte Manieren zutrauen.«
Ich ging schnell zu ihr, stützte die Hände rechts und links auf die Sessellehne und beugte mich über sie.
»Du bist da?«
»Ich bin da.«
»Warum?«
»Ach, ich hatte keine Lust, noch so spät zu fahren. Molina hat auch gesagt, ich soll hierbleiben und warten. Vielleicht kommt der Herr Chauffeur doch noch zurück. Und dann war der Max da – der Diener oben vom Schloß – und hat uns noch einmal eingeladen für heute abend. Ich habe gesagt, wir kommen hinauf zu einem Glas Wein.«
»Wer?«

»Du und ich.«
Ich nahm ihr Gesicht in die Hände. »Weißt du, wie mir zumut ist?«
»Nein. Sag's!«
»Ich kann's nicht sagen. Es gibt einfach keine Worte dafür.«
»Dann sag's ohne Worte.«
Das konnte ich.

Ivo und der Wagen tauchten auch im weiteren Verlauf des Abends nicht auf. Der Inspektor aus Hallau rief noch einmal an. Dr. Molina hatte auf der Rückfahrt nach Wien kurz bei ihm vorgesprochen, und man hatte den Fall beredet. In Graz hatte man inzwischen ermittelt, dort hatte man weder den Cadillac gesehen, noch war Dunja in dem Hotel eingetroffen, in dem sie früher gearbeitet hatte.
»Es sieht so aus, als hätte Ihr Fahrer mit dem Wagen und dem Mädchen das Weite gesucht«, meinte der Inspektor. »Wir veranlassen natürlich noch eine Fahndung in Wien und an den Grenzen.«
»Das ist mir aber unangenehm«, sagte Irina. »Vielleicht hat er einen Unfall gehabt.«
»Das wüßten wir bestimmt.«
Wir besprachen den Fall auch noch mit Frau Jarisch und Burger, nachdem sie aus Hallau zurückgekehrt waren.
»So ein Flitscherl«, sagte Burger erbost. »Ich hab' ihr immer die Stange gehalten, ich hab' immer gesagt, sie ist im Grunde ein braves Mädl, halt ein bisserl lebenslustig. Aber mir scheint, sie hat's faustdick hinter den Ohren.«
»Meine Beurteilung war da wohl etwas zutreffender«, konnte Olga sich nicht verkneifen zu sagen. »Aber ihr Männer seid's alle gleich, ihr fallt immer auf dieselbe Tour herein, ob alt oder jung spielt keine Rolle.«
Erstmals machte ich mir richtig klar, nun nachdem wir soviel mehr wußten, daß die Situation für Olga hier auch nicht gerade sehr erheiternd gewesen war. Kaiser, der Mann, den sie einmal geliebt hatte und der der Vater ihres Sohnes war, hatte vor ihren Augen ganz ungeniert ein Verhältnis mit einem jun-

gen Mädchen gehabt. – Schön, so etwas hatte mit Liebe nichts zu tun, er hatte die Kleine hierhergebracht, um ihr eine Arbeitsmöglichkeit zu geben, und wenn er hier war, ging er halt grad mal mit ihr ins Bett. Das tat er vor den Augen seines Sohnes und den Augen der Frau, die er einst geliebt hatte. Doch – rücksichtslos war dieser Mann schon gewesen. Rücksichtslos und bedenkenlos. Er liebte nur sich selbst. Es war ein natürlicher, geradezu tierhafter Egoismus, ohne Bosheit, aber auch ohne ein Gefühl für das Verletzende, das sein Verhalten für andere Menschen haben mußte. So war er gewesen, in allem. In gewisser Weise, trotz Geld, Erfolg und einem Mindestmaß an Manieren, war er der Wilde aus den Bergen geblieben, der kein anderes Gesetz kannte, nur das, welches er sich selbst gab.
Es war verständlich, daß eine Frau wie Irina, kultiviert und sensibel und, wie ich nun wußte, auch warmherzig und liebebedürftig, mit so einem Mann nicht glücklich sein konnte. Daß diese Ehe wirklich nur der Form nach bestanden hatte. Und es war wirklich nicht nötig, daß sie sich heute Vorwürfe machte, es habe ihr an Verständnis gemangelt und sie sei ihm vieles schuldig geblieben. Keine Frau mit empfindsamem Wesen hätte das alles ertragen können, ohne entweder zu gehen oder sich zumindest in ihre eigene Welt zurückzuziehen.
Ich machte eine Bemerkung dieser Art, als wir mit meinem Wagen zum Schloß hinauffuhren.
Sie erwiderte: »Ich habe die Absicht gehabt, mich scheiden zu lassen. Schon seit langem. Und wenn du mich fragst, warum ich es nicht getan habe, so weiß ich keine rechte Antwort darauf. Es war nicht das Geld und die Stellung, die mir die Ehe mit ihm bot. Es war eigentlich Feigheit oder, besser gesagt, Lebensangst. Ich bin keine sehr tüchtige, selbständige Frau. Immer habe ich ein wenig Angst vor dem Leben gehabt. Ich habe es an meiner Mutter gesehen, wie schwer es ist für eine Frau, wenn sie sich allein durchs Leben schlagen muß. Meine Mutter war wie ich. Nein – das stimmt nicht, sie war viel zarter, viel schutzbedürftiger. Und sie hat es so schwer gehabt.

Sie war nicht zuletzt der Grund, daß ich ihn geheiratet habe. Das war vor fünf Jahren. Ich war fünfundzwanzig, und ich wußte schon, daß ich keine Karriere als Geigerin machen würde. Und da war auch der Unfall.«
»Was war es für ein Unfall?«
»Ach, etwas ganz Dummes. Ein Kran stürzte um bei einem Neubau. Ich wurde zu Boden geschleudert, und es war ein Wunder, daß ich nicht tot war. Ich hatte eine Gehirnerschütterung und diesen komplizierten Armbruch. Der Arm war mehrmals gebrochen, und es dauerte sehr lange, bis er wieder heil war. Eine gewisse Schwäche blieb zurück – jedenfalls in der ersten Zeit. Es war keine Rede davon, daß ich wieder richtig arbeiten konnte. Ich war damals sehr verzweifelt. Und es ging uns schlecht. – Dann lernte ich ihn kennen. – Ach, es ist unnötig, davon zu sprechen.«
»Doch. Erzähl es mir. Wo hast du ihn kennengelernt?«
Wir waren an der Stelle angelangt, wo die Zufahrt zum Schloß abbog, ich hielt den Wagen an, wandte mich zu ihr und legte den Arm auf ihre Sitzlehne.
»Es war so, ich bemühte mich, etwas zu verdienen, und damals war eine Ausstellung in Berlin – die Funkausstellung. Ich hatte einen Job bekommen an einem Stand, so als eine Art Hosteß, da nehmen sie ja gern Mädchen dafür, die Sprachen und ein bißchen repräsentieren können. Ich kann Englisch und Französisch, und ich spreche sogar ein wenig Russisch, das hatte ich von meiner Mutter gelernt. Otto war gerade in Berlin, er besuchte mit ein paar Geschäftsfreunden die Ausstellung, und sie kamen auch zu unserem Stand. Es waren Franzosen dabei, und ich mußte das Gespräch übersetzen. Er sagte gar nichts weiter dazu, aber er sah mich immerzu an mit seinen dunklen Augen. Am nächsten Tag kam er wieder und wollte mich zum Abendessen einladen. Ich lehnte ab.«
»Und dann?«
»Am Tage darauf kam ein riesiger Blumenstrauß. Und dazu eine schriftliche Einladung, er erwarte mich am Abend im Hilton. Der Aussteller, bei dem ich arbeitete, sagte: Mädchen, sei nicht doof. Weißt du, wer das ist? Einer der reichsten Männer

Wiens. Sei bloß nicht so etepetete, geh doch hin und iß mit ihm zu Abend, damit vergibst du dir nichts. Na ja, und da ging ich eben. Du mußt das verstehen, ich war über ein Jahr krank gewesen, und ich war sehr allein. Die Freunde, die ich früher gehabt hatte, das waren meist junge Leute aus der Musikhochschule. Ich kannte wenig Männer. Ich war ein bißchen zurückgeblieben in der Beziehung.«

Ich küßte sie auf die Schläfe und sagte: »Das finde ich wunderbar.«

Sie lachte. »Typisch Mann.«

»Und dann eroberte er dich also im Sturm.«

»So war es auch nicht. Er war sehr nett. Gar nicht zudringlich oder so. Irgendwie faszinierte er mich. So einen Mann hatte ich noch nie gesehen. Seine Kraft, seine Sicherheit, dieses – ja, wie soll ich das erklären? –, dieses unwahrscheinliche Selbstbewußtsein, das keinerlei Zweifel kannte. Das hatte ich noch bei keinem Menschen erlebt. – Und dann war er weg. Aber er schickte mir Blumen, alle vier – fünf Tage kamen Blumen. Und dann kam er selber wieder. Er führte mich groß aus, wollte mir Geschenke machen, das wollte ich aber nicht. Er versuchte gar nicht, mich zu seiner Geliebten zu machen. Er sagte mir ganz einfach und ohne Umschweife, schon bei seinem dritten Besuch: Ich möchte Sie heiraten! So etwas hatte ich noch nie erlebt, und das ist für eine Frau irgendwie überwältigend.«

»Seltsam – seine Einstellung zu Frauen. Er suchte sich zum Heiraten offenbar immer Frauen aus, die nicht zu ihm paßten.«

»Ja, das habe ich später auch begriffen. Für die Liebe hier und da Mädchen, die ihm gefielen und mit denen er, glaube ich, ziemlich rücksichtslos umging. Aber mich wollte er zur Repräsentation. Zur Dekoration gewissermaßen. Das habe ich natürlich später erst verstanden. Es war nicht Liebe, es war für mich irgendwie so . . na ja.«

»Faszination. Und eben doch sein Geld.«

»Ja, ich gebe es zu. Es war verlockend, aus allen Schwierigkeiten herauszukommen. Und ich dachte auch an meine Mutter.

Und dann – es war so –, in gewisser Weise war er unwiderstehlich.«
»Dann habt ihr also geheiratet?«
»Ja. Es ging mir gut. Ich hatte alles, was eine Frau sich wünschen kann. Und er ließ mir sehr viel Freiheit und war sehr großzügig. Daß ich ihn nicht betrügen würde, wußte er. Ich bin nicht der Typ Frau. Und daß er mich betrog – das nahm er als sein natürliches Recht in Anspruch.«
»Und dein Herz? Oder wie man das nennen soll.«
Sie legte den Kopf auf meinen Arm. »Ich hatte keines mehr. Ich war immer noch allein, und ich war manchmal unglücklich. So in menschlicher Beziehung eben. Du verstehst, was ich meine. Aber sonst ging es mir blendend. Ich war viel auf Reisen, oft mit meiner Mutter zusammen. Sie lebt jetzt in Bad Reichenhall. Sie hatte immer mit den Bronchien zu tun. Vor vier Jahren brachte ich sie dahin zur Kur, und dort traf sie ganz überraschend eine alte Freundin, mit der sie in Riga in die Schule gegangen war. Ja, und dann sagte ich, warum ziehst du nicht hin, das Klima bekommt dir gut, du hast Gesellschaft, und für mich ist es nicht so weit, wenn ich dich besuche. Und nun lebt sie dort, sie hat eine sehr schöne Wohnung – ich bin oft bei ihr. Und sie hat ihre beiden Katzen und endlich mal ein friedliches Leben.«
»Und in all den Jahren hast du keinen Mann geliebt?«
Sie blickte mir ins Gesicht, die Augen weit offen, den Kopf immer noch auf meinen Arm gelegt. »Wenn du meinst, ob ich hier und da geflirtet habe – das habe ich. Und Verehrer hatte ich immer sehr viel. O ja.«
»Das meinte ich nicht.«
»Eine Frau, die reich ist und viel herumkommt und nicht gerade furchtbar häßlich ist, die hat immer Männer, die ihr den Hof machen.«
»Das meinte ich nicht.«
»Geliebt habe ich überhaupt noch nie in meinem Leben. So richtig geliebt. So, was ich mir darunter vorstelle. Aber ich habe vielleicht sehr weltfremde Vorstellungen von der Liebe. Sehr altmodische.«

Ich wußte nicht, ob sie mir Theater vorspielte. Der Teufel kenne sich mit den Frauen aus. War ich nicht ein gebranntes Kind? Vielleicht war es ganz gut, wieder einmal daran zu denken. Denn alles, was sie sagte, war nicht dazu geeignet, mich wieder zur Besinnung zu bringen.
»Das kann ja noch kommen«, sagte ich betont sachlich. »Du bist nun erst recht eine reiche Frau. Und frei und ledig dazu, und direkt furchtbar häßlich bist du auch nicht.«
»Danke!« sagte sie kühl. »Und ich meine, nun sollten wir fahren. Wir sind sowieso schon spät dran.«
Sie richtete sich auf und setzte sich gerade hin.
»Irina!«
»Hm?«
»Ich wünschte...«
»Was?«
»Nichts. Ich bin ein Idiot. Fahren wir.«
Ich startete den Wagen und fuhr mit ziemlichem Tempo den Berg hinauf zum Schloß. Wir sprachen kein Wort mehr, bis wir oben waren.
Ich wußte nun einiges von ihr, und es ärgerte mich, daß sie Otto Kaiser geheiratet hatte, was natürlich völlig unsinnig war. Er hatte sie fasziniert kraft seiner Persönlichkeit, und viel Geld hatte er auch gehabt. So etwas wirkt immer auf Frauen, auf alle und jede. Und ob sie ihn nun geliebt hatte oder nicht, sie war jedenfalls bei ihm geblieben. Und konnte mir vielleicht einer sagen, was das war: Liebe?
Ich hatte meine Lektion gelernt. Oder nicht?
Doch. Man durfte das nicht vergessen.
Und ernsthaft stand ich ja hier sowieso nicht zur Debatte. Ich nicht.

Der Abend auf dem Schloß verlief sehr kurzweilig. Wir wurden von Max feierlich empfangen und dann in einen riesengroßen Raum geleitet, wo gewölbte Balken auf dicken Säulen ruhten, wo ein Kaminfeuer brannte, wo dunkle alte Möbel in der Gegend herumstanden und wo es trotz aller Weite und Düsternis gemütlich war.

Der Graf kam uns entgegen, küßte Irina beide Hände, klopfte mir auf die Schulter, Esther küßte Irina auf die Wange und hätte beinahe auch mich umarmt, und sie taten beide, als freuten sie sich aus tiefstem Herzensgrunde, uns zu sehen. Und vielleicht war es sogar wahr.
Der Gast, den man uns angekündigt hatte, war eingetroffen und erwies sich als Überraschung. Es war ein zierlicher schmaler Herr mit einem mageren scharfgeschnittenen Gesicht unter weißem Haar, und es war Bernhard Blumenthal. Nicht irgendein Schreiberling, wie die Äußerungen des Grafen hätten vermuten lassen, sondern ein sehr bekannter, man durfte sagen weltberühmter Autor, dessen Namen ich sogar kannte, so wenig Literaturkenner ich auch war.
Unlängst erst – in den vergangenen Monaten, als ich bei Josy meine große Leseperiode hatte, hatte ich drei Bücher von ihm gelesen, zwei Romane und ein politisch-zeitgeschichtliches Buch. Zwei davon in der Emigration geschrieben, das dritte vor fünf Jahren entstanden. Irina kannte den Namen des berühmten Schriftstellers und seine Bücher natürlich auch. Sie hatte auch sein neuestes Buch, das erst im letzten Herbst erschienen war, gelesen, es spielte im Vorderen Orient, im Libanon und in Israel, und ich erfuhr bei der Gelegenheit, daß die von mir geliebte Millionärin diese Länder aus eigener Anschauung kannte.
Darum drehte sich das Gespräch zunächst um die Länder und um das Buch, und Irina hatte allerhand Gescheites dazu zu sagen, was den großen Mann sehr erfreute.
Er sagte: »Solche Leser wünscht man sich. Die nicht nur lesen, sondern auch begreifen und eine Meinung dazu haben.«
»Es ist eine Schand'«, ließ sich der Graf vernehmen, »aber ich hab's noch nicht gelesen, ich geb's zu.«
»Du bist und bleibst ein ungebildeter Mensch, Poldi, das ist ja das Kreuz mit dir. Dabei hast so viel Zeit und Muße. Aber naa, in der Gegend herumwurlen und den Madeln nachsteigen, das ist das einzige, was du kannst.«
»Hast es du am End' gelesen?«
»Freilich hab' ich's gelesen. Denkst, ich hätt' mich getraut,

dem Berni vor die Augen zu kommen heut', wann ich's net gelesen hätt'? Ich les' alle seine Bücher noch druckfrisch. Außerdem hat er mir's geschenkt. Es steht drüben in der Bibliothek, und gleich morgen setzt dich nieder und liest es.«
Blumenthal lachte und meinte, das ließe er sich gefallen, so einen energischen Lesebefehl, das sollte viel öfter passieren, das würde den Umsatz erheblich steigern. Und dann würde er ja noch miterleben, wie der Poldi sich durch die ersten Seiten durchquäle, und nachher sei er ja wieder abgereist, und der Poldi würde erlöst sein.
»Ist's denn so kompliziert?« fragte der Graf eingeschüchtert. »Ich bin halt ein Banause, und wann's schwierig wird, dann passe ich. Dann geht's mir wie mit der Musik. Ich hör' immer noch am liebsten Puccini, ich bin halt ein primitiver Mensch.«
»Ah geh, Puccini, übernimm dich nur net. Sag, du hörst am liebsten die Fledermaus und die Lustige Witwe, da stimmt's eher.«
So blödelten sie noch eine Weile herum, und ich, um nicht ganz deppert dazustehen, nannte die drei Titel, die ich gelesen hatte, und erwähnte noch, daß meine Schwester Josy, die Mittelschulprofessorin sei und eine sehr kluge Frau, den Schriftsteller Blumenthal zu ihren Lieblingsautoren zähle und seine Bücher sogar in der Schule von den Schülerinnen lesen lasse.
»So, jetzt langt's«, sagte Blumenthal. »Ich bin eingebildet genug, wie jeder Autor, es ist gar nicht nötig, das noch zu unterstützen.«
»Ich hab's gern, wenn jemand eingebildet ist«, meinte Esther. »Das Gräßlichste, was es gibt, san bescheidene Leut'. Also die machen mich ganz krank. Bescheidenheit ist keine Zier. Bescheidenheit ist eine greisliche Untugend. Weil nämlich alle bescheidene Leut' Heuchler san.«
Das brachte uns auf Goethe, der auch nicht bescheiden gewesen sei, wie Blumenthal wußte. Und von ihm kamen wir über Beethoven, Napoleon, Metternich, Bismarck, Wagner, Thomas Mann, Max Reinhardt bis zu de Gaulle, die alle nicht bescheiden gewesen wären, vielleicht waren es auch noch ein paar mehr Namen – zu der Erkenntnis, daß Bescheidenheit

weder eine Tugend noch eine Untugend sei, nur eben niemals da zu finden, wo etwas geboten würde.
»Vielleicht hast du recht, Esther«, sagte der Schriftsteller abschließend, »Bescheidenheit ist wirklich keine Tugend. Eine Persönlichkeit, ob im positiven oder im negativen Sinn, so zu bezeichnen, ist niemals bescheiden. Was sie aber haben kann und haben sollte und meist auch hat, ist Demut. Demut vor dem Größeren und noch mehr vor dem Unnennbaren, Unerkennbaren, Unerreichbaren. Und das haben sie gehabt, alle, die wirklich groß waren. Sei es Demut vor Gott, sei es Demut vor der Natur, sei es Demut vor dem Tod. Und auch vor dem, was in ihnen war und was sie selbst nicht geschaffen hatten, nicht verhindern und fördern konnten. Demut vor der unbekannten Kraft, die sie auszeichnete.
Aber diese Demut bekennen sie nur im Gespräch mit sich selbst. Die Bescheidenheit jedoch geht vor die Türen. Sie ist auf den Gassen zu treffen.«
Es war wirklich ein gescheites Gespräch. Ich hatte mich noch nie in solcher Gesellschaft befunden, es beeindruckte mich sehr.
Und es beeindruckte mich auch, wie klug und gewandt sich Irina in diesem Gespräch ausdrücken konnte.
Am Rande machte es mir Spaß, Max zu beobachten. Er war die ganze Zeit zugegen, schenkte Wein ein, reichte eine Platte mit raffinierten Leckerbissen herum, und auch wenn er natürlich nichts dazu sagte, war seine Mimik so ausdrucksvoll, daß ich das Gefühl hatte, er verstand nicht nur, was gesprochen wurde, sondern es sei schade darum, daß er nicht mitreden konnte.
Offenbar war ich nicht der einzige, dem das aufgefallen war.
Blumenthal sagte auf einmal: »Max! Wenn ich mich nicht irre, haben Sie mein letztes Buch gelesen.«
Max machte einen Diener und sagte: »Selbstverständlich, Herr von Blumenthal. Ich habe jedes Ihrer Bücher gelesen.«
»No, wer sagt's denn!« ließ sich der Graf vernehmen. »Wir wissen das eh, der Max ist der Gescheiteste von der ganzen Familie.«

Auf diese Weise verging die erste Stunde. Und dann kamen wir zu Otto Kaiser. Der Übergang war ganz leicht, das Thema Persönlichkeit war immer noch auf dem Tisch.
Bernhard Blumenthal war über den Verlauf der Ereignisse im Tal inzwischen genau unterrichtet worden, wir hatten nichts Neues hinzuzufügen. Außer dem Verschwinden von Ivo, Dunja und dem Cadillac, das ja mit dem Fall an sich nichts zu tun hatte.
»Psychologisch vielleicht so zu erklären«, meinte Blumenthal, »daß die außergewöhnliche Situation auch die am Rande Beteiligten zu außergewöhnlichen Reaktionen bringt. Oder hätten Sie Ihrem Fahrer zuvor schon ein ähnliches Verhalten zugetraut, gnädige Frau?«
»Das kann ich nicht sagen. Ich kenne ihn zu wenig. Ich habe kaum mit ihm zu tun gehabt. Er wohnte nicht bei uns im Haus. Er hatte, soviel ich weiß, ein eigenes Zimmer irgendwo in Wien. Er war hauptsächlich für meinen Mann da, der nicht gern selbst fuhr.«
»Wie lange war er bei Ihnen angestellt?«
»Seit letztem Herbst, glaube ich. Nein, warten Sie, es war im November, daß mein Mann ihn einstellte. Ferry hatte im September geheiratet. Und er blieb noch so lange, bis mein Mann einen neuen Fahrer hatte.«
»Nun ja, es wäre zu ermitteln, woher Ihr Mann ihn hatte. Ob Referenzen vorlagen, ob er ihn auf ein Inserat gefunden hatte.«
»Er war sehr schweigsam und irgendwie unzugänglich und sprach auch nicht sehr gut Deutsch. Er machte keineswegs auf mich einen unehrlichen Eindruck. Wenn er wirklich den Wagen hätte stehlen wollen, das hätte er längst tun können. Ich frage mich nur, was hat er davon?«
»Nun, wenn es ein amerikanischer Wagen, neuestes Modell, ist, kann er auf jeden Fall damit gutes Geld machen. Angenommen, er bringt ihn über die Grenze. Nach Deutschland. Oder noch besser nach Italien. Er braucht bloß andere Papiere dazu. Den Wagen umspritzen lassen – dafür gibt es genügend Möglichkeiten.«

»Soll er glücklich damit werden«, sagte Irina. »Wenn es nach mir geht, braucht man nichts zu unternehmen. Es wäre mir nur lästig.«
»Dieser Ausspruch ist typisch für einen Menschen, der das Geld, das er ausgibt, nicht selbst verdient hat«, sagte Blumenthal, und als Irina ein wenig errötete, fügte er hinzu: »Verzeihung, gnädige Frau, das sollte keine Bosheit sein, nur eine ganz reale Feststellung. Ihr Mann hätte sicher nicht so reagiert, auch wenn er den Verlust eines teuren Wagens zweifellos leicht verschmerzen konnte.«
»Da haben Sie sicher recht«, gab sie zu. »Aber Sie müssen begreifen, daß der Wagen für mich im Moment wirklich das unwichtigste Ding der Welt ist.«
»Männer werden immer mutig, wenn eine Frau im Spiel ist«, meinte Esther. »Die kleine Jugoslawin wird ihn zum Dieb gemacht haben. Sie soll ja ganz herzig gewesen sein. Nicht, Max? Das hast du doch sogar gesagt.«
Max verbeugte sich und bestätigte mit ernsthafter Miene: »Ein sehr reizendes junges Mädchen, Frau Gräfin. Ich würde sagen, kein Mann konnte sie übersehen.«
Ein kleines unbehagliches Schweigen entstand, denn zweifellos wußte jedermann in der Runde, daß das reizende junge Mädchen auch von Otto Kaiser nicht übersehen worden war.
Ich sagte: »Na, ich habe sie bloß heulend erlebt. Von ihren Reizen habe ich nichts bemerkt.«
Das brachte Esther dazu, sich sehr zu amüsieren: »Stellt's euch bloß vor, der Lanz hätt' sich nun auch noch in sie verknallt. Also das wär' doch dann ein herrlicher Palawatsch geworden.«
»Esther!« ließ sich der Graf Poldi ungewohnt streng vernehmen und warf einen strafenden Blick auf seine Schwester. »So komisch ist das ja alles wirklich net.«
Aber wozu gab es kluge Schriftsteller in dieser Welt. Blumenthal rettete die Situation. »Komik und Tragik liegen in unserem Leben immer dicht beieinander, ja – sie überlagern sich oft. Das ist ja das entwaffnend Natürliche an einem Kind: es lacht unter Tränen. Es gelangt vom Schmerz übergangslos in

die Freude, und es ist keine Lüge dabei. Wir reagieren nicht mehr so natürlich. Oder besser gesagt: wir wagen es nicht. Wir sind den Konventionen verhaftet und glauben, wir müssen uns einer tragischen Situation mit allen Äußerungen anpassen. Und darin sind wir eben nicht natürlich und schon gar nicht ehrlich. Aber sie haben ganz recht, gnädige Frau, lassen Sie ihn dahinfahren mit dem nagelneuen Cadillac. Es ist wirklich unwichtig. Interessiert es Sie nun, zu hören, wann und wo ich Ihrem Mann zuerst begegnet bin?«
Irina blickte etwas ängstlich zu ihm hinüber und sagte: »Ja. Ja, natürlich.«
Aber ich hatte das Gefühl, sie hätte viel lieber nichts davon gehört. Sie war der Enthüllungen müde.
»Triest!« sagte der Schriftsteller nur. Weiter nichts.
Irina sah mich an. Die hier wußten nicht, wovon wir gestern abend gesprochen hatten. Aber wir wußten nun schon eine ganze Menge.
»Triest«, wiederholte Irina. »Ja, ich weiß, daß er dort gewesen ist. Als junger Mensch.«
»Von welcher Zeit sprechen Sie?«
»Die dreißiger Jahre. Er kam als Siebzehnjähriger dorthin und blieb etwa bis 1938.«
»Das ist mir bekannt. Er hat mir selbst davon erzählt. Aber er kam wieder da hin, Ende der vierziger Jahre. Wissen Sie das auch?«
Sie schüttelte den Kopf, und sie tat mir leid. Man sollte sie endlich in Ruhe lassen.
»Wir leben schnell in unserem Jahrhundert«, sagte Blumenthal. »Es passiert so viel, und wir erfahren zu viel. Die Neuigkeit von heute ist morgen vergessen. An das, wovon gestern die Zeitungen voll waren, erinnert sich übermorgen kein Mensch mehr. Was wißt Ihr noch von Triest?«
Die Frage war an Poldi gerichtet, dann sah Blumenthal Esther an.
Der Graf sagte: »No ja, da war das, nach dem Krieg. Ich weiß eh, alle Zeitungen waren voll davon. Jahrelang.«
»Esther?«

»Ich war mit einem Italiener verheiratet, das meinst doch, net? Ich müßt' es wissen. Aber – Berni, sei nicht so ungalant, so alt bin ich noch net.«

Der Schriftsteller lehnte sich zurück, legte die Fingerspitzen zusammen, nickte Max zu, der sein Glas wieder gefüllt hatte.

»Der Freistaat Triest. Den gab es damals. Bis zum Ende des ersten Weltkrieges eine österreichische Stadt, dann eine italienische Stadt und nach dem zweiten Weltkrieg ein Zankapfel zwischen Italien und Jugoslawien.

Eine Hafenstadt ist immer interessant. Venedig spielt als Hafen heute keine Rolle mehr. Triest ist die Verbindung Europas über die Adria in die Welt. Das wußten sie alle. – Es ist jahrelang darum erbittert gerungen worden, wer die Stadt bekommen soll. Das faschistische Italien gehörte zu den Besiegten. Aber durch die Kehrtwendung am Schluß, durch die Befreiung vom Faschismus, die Abkehr von Deutschland auch wieder nicht so ganz.

Italien nahm so einen Fifty-fifty-Standpunkt ein nach dem Kriege, so etwas haben sie ja immer gut verstanden. Und die Siegermächte wußten nicht recht, wie sie sich verhalten sollten. Der Faschismus war rechtzeitig abgetreten, Italien hatte am Schluß auf der richtigen Seite gekämpft. Jugoslawien hingegen war ein kommunistischer Staat. Jedoch es hatte tapfer gegen Faschismus und Nationalsozialismus gekämpft. – Wenn es nur nicht kommunistisch geworden wäre. – Aber dann stellte sich heraus, es war ein verhältnismäßig umgänglicher Kommunismus, einer, der mit sich reden ließ. Ja, es war eine vertrackte Situation für die Siegermächte. Irgendwie hätte sich das alles ja wunderbar arrangieren lassen.

Wenn nicht Triest gewesen wäre!

Italien wollte es haben. Oder – behalten muß man sagen! Tito beanspruchte es für sein Land. Die Bevölkerung war von jeher gemischt. Die Stadt Triest vornehmlich von Italienern bewohnt, das Hinterland von Slowenen.

Die Stadt liegt, das muß man ehrlicherweise zugeben, genaugenommen auf jugoslawischem Gebiet. Ein schmaler Küsten-

streifen, nicht viel mehr als eine Straße und die Bahnlinie, verbindet sie mit Italien.«
»Ah ja, das weiß ich«, meinte Esther, »ich kenn' Triest. Wirklich eine schöne Stadt. Und man fahrt da direkt zwischen Meer und Bergen hinein. Das Stückl Land ist ganz schmal.«
»Der Streit um Triest dauerte bis in die Mitte der fünfziger Jahre. Von 1947 bis 1954 war es ein Freistaat, stand unter UN-Kontrolle und war von Engländern und Amerikanern besetzt. Das Gebiet um die Stadt war geteilt in Zone A und Zone B. A gehörte den Italienern, B den Jugoslawen, die nach dem Sieg und unter Tito sehr stark und selbstbewußt geworden waren.
Es war ein einziger Unruheherd. Ein Ort des Kampfes, der Ungerechtigkeit, der Unsicherheit. Es gab Vertreibungen, Flüchtlinge, Polizeiaktionen und Untergrundaktionen. Es gab Schmuggel, Mord und Totschlag, Waffenschiebungen. Wie immer und überall auf der Welt, wo es Unruhe und Unsicherheit gibt, kann man im trüben fischen. Um mich eines Sprichwortes zu bedienen.«
Eine Pause entstand. Irina hatte den Kopf gesenkt. Jetzt blickte sie auf, ihre Augen waren voller Abwehr, voller Qual.
»Sie wollen sagen, mein Mann hatte mit dieser ... mit dem allem zu tun gehabt?«
»Ich habe ihn in jener Zeit kennengelernt. Ich lebte damals noch in England und war längere Zeit als Korrespondent einer Zeitung in Triest. Ich habe einiges über diese Zeit geschrieben, für meine Zeitung. Ich habe mehr, als ich geschrieben habe, erlebt und begriffen. Vielleicht schreibe ich eines Tages ein Buch darüber. Obwohl – ich sagte es bereits –, es gehört heute der Vergangenheit an, unsere Zeit lebt zu schnell.
Otto Kaiser war damals einer der mächtigsten Untergrundherrscher in diesem Gebiet. Er hatte zweierlei Personalpapiere. Das eine Papier lautete auf den Namen Branko Milevic, das andere auf den Namen Pietro Danello. Er war auf beiden Seiten zu Hause. Die Demarkationslinie war für ihn an jeder Stelle durchlässig.
Die Zone A und B, die Stadt Triest waren sein Operationsge-

biet. Es ist unsinnig, heute von Legalität oder Illegalität zu sprechen, es ist vorbei. Er hatte weder nationale Gefühle, noch kämpfte er gegen die Menschen, weder für diese noch für jene. Er machte Geschäfte, illegale Geschäfte im Untergrund. Ich kann nicht einmal sagen, daß wir es nicht gewußt hätten. Sie sehen, wir wußten es. Er war nicht der einzige, der es tat. Er war nur der Erfolgreichste. – Es war der Grundstock seines Vermögens. Der Beginn, die erste Stufe auf der Leiter seiner Karriere.«
Eigentlich war keiner sehr überwältigt von den Eröffnungen Blumenthals.
Der Graf machte: »No ja!«
Esther sagte: »Also das trau' ich ihm zu. Es hat mancher so angefangen, net? Ist doch ganz üblich.«
Irina machte ein unglückliches Gesicht und sagte gar nichts. Keiner hatte bei dem Namen Milevic gestutzt. Nur ich. – Dunja Milevic. Konnte das ein Zufall sein? Aber ich hütete mich, etwas zu sagen. Am Ende wurde jetzt noch eine politische Affäre aus dem Ganzen. Im Grunde war es doch lächerlich. Das war mehr als fünfzehn Jahre her. Und irgendwie hatte ich das Gefühl: es war genug. Genug der Enthüllungen und Offenbarungen, genug von Otto Kaisers Vergangenheit; Stanko, Branko, Pietro, wer weiß, welche Namen noch auftauchten. Schön – er war eine zwielichtige Persönlichkeit gewesen, er hatte in der Wirrnis europäischer Zustände, an der Not des Krieges sein Geld gemacht, so viele Länder waren jetzt genannt worden, Deutschland, Italien, Jugoslawien, die Tschechoslowakei, Ungarn, Rumänien und am Ende Österreich, von mir aus konnte er mit Stalin oder Hitler oder sonst wem auch immer Schwarzgeschäfte gemacht haben, es war genug. – Er war tot. Und sollte endlich tot sein. Der Wildling aus den Bergen Montenegros mußte nun begraben werden. Er hatte sein Leben gehabt. Und es schien, es war mehr als ein Leben gewesen. Sein Schatten sollte *ihr* Leben nicht mehr verdunkeln.
Ich sah zu ihr hin. Sie sah blaß und zerquält aus. Sie war nicht mehr das fröhliche, unbeschwerte Mädchen, das heute mit

mir durch den Wald gelaufen war. Zum Teufel, sie sollten sie in Ruhe lassen.
Ich blickte zu dem Schriftsteller hinüber und sagte im ruhigsten Ton, den ich aufbringen konnte: »Das ist wirklich sehr interessant. Wir hatten gestern schon ein Gespräch mit einem Mann, der Herrn Kaiser aus Triest kannte. Wir wissen über seine Herkunft Bescheid, über seine Jugend, auch über vieles, was er im Krieg gemacht hat. Er war ein Mann ohne Vaterland – das hat er selbst gesagt. Er lebte, arbeitete und kämpfte nur für sich selbst. So nach und nach schält sich das heraus aus dem ganzen Wust. So eine Art moderner Absolutismus. L'Etat c'est moi, das könnte man auch über sein Leben schreiben. Möglicherweise hat es Leute seiner Art immer gegeben, und es wird sie immer geben.«
Ich war selber ganz erstaunt über mich, wie gescheit ich auf einmal daherreden konnte. Auch Blumenthal sah mich überrascht an.
»Das ist sehr gut, was Sie eben gesagt haben. Ja, das trifft es. Das trifft es erstaunlich gut. Und das ist auch der Punkt, wo die Kritik des Betrachters aufhört.«
»Und das bringt mich auf etwas, was Gräfin Esther gestern sagte«, fuhr ich fort, kühn geworden. »Sie sagten, Gräfin, er habe einen Tod gefunden, der zu ihm paßt. Als Sie es sagten, habe ich es nicht verstanden. Und Sie sagten es, glaube ich, auch instinktiv. – Aber Sie hatten recht. Es ist so.«
Esther sah mich ganz verblüfft an. »Hab' ich das gesagt? Wirklich? Na, was sagst, Poldi? Manchmal kann ich auch gescheit sein.«
Blumenthal blickte von mir zu Irina, und ich glaube, er begriff. Er begriff, daß ich sie schützen wollte, vor weiteren Enthüllungen, ja – selbst vor einem weiteren Gespräch über den Tod ihres Mannes, über das Leben ihres Mannes, und daß sie nun an einem Punkt angelangt war, wo sie es nicht mehr ertragen konnte, mehr zu hören und mehr zu erfahren. Er mußte es ihr ansehen. Sie saß da wie erloschen. Er wechselte sehr rasch und geschickt das Thema. Er machte das wirklich gut. Erst redete er noch ein bißchen über Italien und Jugoslawien,

erzählte eine gute Geschichte über Tito, dann war er in der Gegenwart angekommen, Weltpolitik überhaupt von heute, und dann landete er bei Vietnam. Und so wenig erfreulich dieses Thema auch sein mochte, mit Vietnam hatte Otto Kaiser jedenfalls nichts zu tun gehabt.
Irina sagte nicht mehr viel dazu. Eine knappe Stunde später entschuldigte sie sich damit, daß sie müde und wirklich etwas mit den Nerven am Ende sei. Und jeder sagte, das verstehe er gut und wie man sie bedauere.
Und dann konnten wir gehen.
Sie brachten uns hinaus in den Schloßhof, es war eine dunkle Nacht, Wind war aufgekommen, über den Himmel zogen Wolken. Der Stern war nicht zu sehen.

Ich ließ den Wagen langsam im zweiten Gang hinabrollen. Ich schwieg, und auch sie sagte nichts. Und dann merkte ich, daß sie weinte. Das erste Mal, seit ich sie kannte.
Ich war versucht, unten am Berg wieder anzuhalten, aber ich fuhr weiter durch das schweigende Dorf, überall war es schon dunkel. Am liebsten hätte ich den Wagen gewendet und wäre mit ihr fortgefahren. Ganz, ganz weit weg, wo sie nichts mehr von alldem hören und sehen würde.
Vor dem Haus wollte ich sie aussteigen lassen, aber sie schüttelte den Kopf, also fuhr ich den Wagen in den Schuppen, wir stiegen aus, und ich nahm sie in die Arme. Sie zitterte.
»Es ist gut, ist ja alles gut, denk nicht mehr daran. Wir hätten nicht da hinaufgehen sollen. – Denk nicht mehr daran, hörst du! Ich bin ja da.«
Ja, das sagte ich, und es kam mir gar nicht zu Bewußtsein, wie anmaßend das war. Ich hielt sie fest und wartete, bis sie aufgehört hatte zu zittern. – Während wir zum Hause gingen, fing es an zu regnen.
Auch im Haus war Gott sei Dank schon alles still und dunkel. Molly kam uns entgegen und begrüßte uns, wir streichelten sie und gingen die Treppe hinauf. Oben standen wir vor ihrer Tür, ich wußte nicht, was ich tun sollte, aber sie faßte mich am Arm und sagte: »Nein, laß mich noch nicht allein.«

So kam ich zum erstenmal in die Zimmer Otto Kaisers. Es waren zwei Räume, beide sehr einfach eingerichtet.
Im ersten Zimmer waren ein Tisch und ein paar Sessel, ein großer dunkler Schrank und auf der anderen Seite noch ein Schrank, in dem hingen die Gewehre. Daneben war das Schlafzimmer, ein altmodisches Bauernbett, und ich dachte, ob er darin mit Dunja gelegen hatte, und nun sollte sie darin schlafen. – Dann kam mir ein verrückter Gedanke. Vielleicht war Dunja gar nicht seine Geliebte gewesen? Dunja Milevic! Am Ende war sie auch eine Tochter von ihm? Konnte man wissen? Bei ihm war alles möglich, vielleicht hatte er noch mehr Kinder. Und es konnte passieren, daß die verschwundene Dunja bei der Testamentseröffnung auftauchte. Aber nein – das hätte Molina ja gewußt.
Im Moment war das alles nicht wichtig. Ich sah Irina an, wie sie da vor mir stand, mit diesem unglücklichen, ganz erloschenen Gesicht, und ich nahm sie bei der Hand und sagte: »Komm mit! Wir wollen über das alles nicht mehr reden. Sieh dir mal meine Zimmer an. Die sind viel hübscher.«
Sie gab keine Antwort, aber sie kam bereitwillig mit. Wir schlichen leise über den Gang, ich wies auf Burgers Zimmertür und legte den Finger auf die Lippen und tat übertrieben geheimnisvoll, ich versuchte sie aufzuheitern, dabei war es mir im Grunde ganz egal, ob Burger uns hörte oder nicht.
Meine Zimmer waren wirklich hübscher. Sie hatten helle buntbemalte Möbel, auf dem Tisch stand ein Blumenstrauß, und rundherum gab es grüne Pflanzen. Eine Flasche Wein stand da, eine Flasche Mineralwasser und ein Teller mit Äpfeln, das machte Olga so. Ich zeigte ihr das alles und sagte: »Sieh mal, die Olga ist doch wirklich ein Schatz. Die sorgt für mich wie eine Mutter für ihren Sohn.«
»Ja, sie ist lieb«, sagte Irina bereitwillig, und dann füllten sich ihre Augen wieder mit Tränen.
Ich nahm sie in die Arme. »Warum weinst du? Sag mir, warum du weinst. Das alles ist doch nicht so wichtig. Ist doch egal, was er da in Triest gemacht hat. Wären wir doch bloß heute abend nicht hinaufgegangen zu denen.«

»Es sind bloß die Nerven. Weißt du – ich kann jetzt wirklich nicht mehr. Ich will alles gar nicht mehr wissen. Muß ich das jetzt immer und immer anhören? Wo ich hinkomme?«
»Nein. Das ist bald vorbei. Du hast doch gehört, was Blumenthal gesagt hat. Unsere Zeit lebt so schnell. Was gestern war, ist morgen vergessen. In ein paar Tagen ist alles vorüber. Dann kannst du eine schöne Reise machen, ganz weit weg. Und keiner wird mehr zu dir davon reden.«
»Nein«, rief sie, »nein, ich will nicht, ich will das alles nicht mehr.« Sie schlang die Arme um mich und legte ihren Kopf auf meine Schulter. Ich stand da und hielt sie fest, ganz fest.
Ich merkte, wie sie ruhiger wurde, wie sie sich entspannte, ich hörte ihr Herz klopfen, und dann war Otto Kaiser endlich verschwunden, und wir waren allein, sie und ich.
»Du bist so groß«, sagte sie.
»Ja, es ist schrecklich, ich weiß. Ein Meter sechsundachtzig. Ohne Schuhe.«
»Ich finde es nicht schrecklich. Es tut mir gut.«
Ich schluckte.
»Möchtest du ein Glas Wein?«
Sie schüttelte den Kopf.
»Einen Apfel?«
Wieder Kopfschütteln.
»Was möchtest du?«
»Ich weiß nicht. Nichts.«
Und nach einer kleinen Pause, sehr leise: »Nicht allein sein.«
Ich hob meinen Mund aus ihrem Haar, blickte starr in die Luft und fragte: »Weißt du, was du da sagst?«
Sie schüttelte wieder den Kopf und sagte: »Ich will gar nichts wissen. Du sollst es wissen.«
Ich schob sie sacht ein Stück von mir weg und blickte in ihr Gesicht.
»Schau mich nicht so an«, sagte sie. »Und frag mich nichts mehr. Ich will nicht gefragt sein. Und ich will nicht antworten.«
Sie legte die Arme um meinen Hals und küßte mich. So wie

sie mich bisher nicht geküßt hatte. Es war Antwort genug. Als sie mich losließ, sagte ich: »Tut dir dein Arm noch weh?«
Das war mein letzter Versuch, sie und mich zur Besinnung zu bringen.
»Ein bißchen – nicht sehr. Eigentlich hätte der Verband heute gewechselt werden müssen.«
War das wirklich erst drei Tage her, daß sie da in der Gaststube gestanden hatte? Eine Fremde in der Nacht. Und heute mir so vertraut, mir so nah wie kein Mensch je zuvor.
»Du bleibst bei mir? Jetzt?«
Sie nickte.
Ich sagte: »Du kennst mich nicht. Du weißt nicht, wer ich bin. Was mit mir war. Wo ich – herkomme.«
Sie warf den Kopf zurück und rief laut und heftig: »Doch, ich weiß. Ich weiß es. Es ist mir egal. Ganz egal. Hör auf mit Geschichten, die früher waren. Ich bin hier, was willst du denn noch?«
»Pst«, machte ich. »Du weckst das ganze Haus.«
»Das ist mir auch egal. Und wenn du noch ein Wort sagst, dann gehe ich.«
»Nein. Jetzt bleibst du.«
Ich ließ meine Hände an ihren Armen entlanggleiten. »Einen Pullover habe ich dir unlängst schon ausgezogen, da habe ich mich doch gar nicht so dumm angestellt oder?«
»Das geht viel leichter heute, das Kleid hat einen Reißverschluß im Rücken.«
Sie hatte recht. Das Kleid ging viel leichter auf und ließ sich mühelos abstreifen. Ich betrachtete den Verband an ihrem Arm, ein schöner, breiter Verband, er saß noch gut, aber ich würde vorsichtig sein mit ihrem rechten Arm. Daran mußte ich denken. – Falls ich noch imstande sein würde, etwas zu denken.
Dann hob ich sie auf, trug sie in das andere Zimmer und legte sie in mein Bett.
Bisher war es irgendein Bett gewesen. Aber nun, da sie darin lag, war es *mein Bett!*

Es regnete in dieser Nacht. Und es regnete auch noch am nächsten Morgen, ein warmer sachter Frühlingsregen, der den Winter endgültig vertrieb, die Erde weich und bereit machte. Ein stiller, sanfter Regenmorgen, man sah direkt, wie das Grün erwachte, wie die Knospen sich dehnten. Ich stand vor der Tür und blickte hinaus in die graue Stille, die schützend wie eine sichere Hülle war. Die Berge waren kaum zu sehen, nur zu ahnen. – Und ich war glücklich! Ich war so unbeschreiblich glücklich, wie ich es nie in meinem Leben gewesen war.
Nie.
Sie hatte wie ein Kind geschlafen in meinem Arm in dieser Nacht, und nachdem sie erwacht war, sagte sie mir, das sei die erste Nacht gewesen, in der sie wieder geschlafen hätte seit vier Tagen.
Und sie sagte noch etwas anderes. Sie sagte: »Es war die erste Nacht meines Lebens, in der ich glücklich war.«
Das war auch ein Grund, ein Grund dazu, daß *ich* so glücklich war.
Dann war ich hinausgegangen auf den Gang, hatte nach unten gelauscht, und als ich Burgers Stimme hörte, der mit Olga unten sprach, ging sie hinüber in die anderen Zimmer. Ich rasierte und duschte mich, und ich pfiff dabei, ich zog mich an und ging hinunter und bemühte mich um ein harmlos-sachliches Gesicht.
»Na? Ausgeschlafen?« fragte Olga, und ich bildete mir ein, es klinge anzüglich. Aber das mußte ich mir ja einbilden, vermutlich hatte sie nichts bemerkt.
Sie waren in der Küche, so eine richtige schöne große Bauernküche, Burger hatte schon gefrühstückt. Olga stellte Wasser für meinen Kaffee auf und erzählte dabei, daß Ludwig bereits angerufen habe, es gehe ihm den Umständen entsprechend gut, sie seien alle schrecklich nett zu ihm, er hätte eine Krankenschwester mit Namen Walburga, sie verwöhne ihn, wie er noch nie im Leben verwöhnt worden sei. Für den Fuß bekomme er Umschläge, und die Schwellung sei schon zurückgegangen, morgen, spätestens übermorgen bekomme er den

Gips, und dann dürfe er heim. Schmerzen hätte er kaum. Auch der Toni sei schon wieder ganz munter, und wir sollten ungestört das Wochenende genießen.
Ich hörte mir das alles befriedigt an und meinte, ein paar ruhige Tage hätten wir uns alle verdient.
Dann ging ich vor die Tür und sah mir den Regen an. Molly kam mit, sie stand eine Weile neben mir, und dann trabte sie davon, ihr schien der Regen auch zu gefallen.
Es war wunderbar ruhig. Die Hallen und die Schuppen lagen still. Irgendwann, vermutlich am Montag, ging das Leben weiter. Ob sie bleiben würde bis zum Montag? Ich spürte sie in meinen Armen, an meinem Körper, ich spürte mich in ihr, ich war erfüllt von ihr. Und auch von mir. Denn man darf ja nicht vergessen, wie ich gelebt hatte in den vergangenen Jahren; ich war tot und leer gewesen, kein Mensch mehr, aber auch kein Mann.
Ich war wie neugeboren. Nicht wiedergeboren. Nein – ganz neu geboren. Denn das, was ich in dieser Nacht erlebt hatte, das hatte ich noch nie erlebt.
Nachher würde ich Josy anrufen. Natürlich konnte ich ihr nicht erzählen, was mit mir passiert war, nicht am Telefon, aber ich konnte ihr sagen, daß es mir gutginge und alles wunderbar sei. Nein, das konnte ich auch nicht sagen, sonst dachte sie am Ende, ich sei übergeschnappt.
Ich ging wieder hinein. Olga servierte mir mein Frühstück. Sie kam mir heute auch entspannter und erleichterter vor, und ich dachte, das müsse der Regen ausmachen. Er wirkte einfach nervenberuhigend.
Olga und Burger sahen mir mit einem gewissen Erstaunen zu, während ich frühstückte. Olga sagte: »Heute haben Sie aber einen guten Appetit.«
»Ihr Kaffee, Olga, ist der beste, den ich in meinem Leben getrunken habe«, sagte ich, und es war ein Glück, daß Josy das nicht hörte, »und noch nie hat mir ein Frühstück so gut geschmeckt wie das heute.«
Olga lächelte, und Burger meinte: »Sag' ich auch immer, bei der Olga ist man bestens versorgt. Wenn ich so denk' – seit

vielen Jahren ist es mir nicht so gutgegangen wie hier bei der Olga.«
Mittag würden wir Ente mit böhmischen Knödeln bekommen, teilte er mir noch mit, justament und gerade, wir hätten uns das verdient, und ewig könne der Mensch ja nicht in Sack und Asche gehen. Das sei wider die Natur.
Ob Frau Kaiser noch hierbleibe, wollte Olga wissen, und ich sagte, ich wisse es nicht. Offenbar schlafe sie ja noch, und das sei ja nur gut, und gut würde es auch sein, wenn sie hierbliebe, ein bißchen Ruhe wäre genau das, was sie brauche.
Burger wollte wissen, wie es auf dem Schloß gewesen sei, und so erzählte ich ihnen, was wir noch erfahren hatten. Warum sollte ich es ihnen verschweigen? Auch war es besser, davon zu sprechen, solange Irina noch nicht da war.
Burger fand das alles sehr interessant, und es stellte sich heraus, daß er über den Streit um Triest gut informiert war, er hatte sich als Triestiner damals sehr dafür interessiert.
»Ich hab' den Anfang noch miterlebt, aber dann bin ich fortgegangen. Meine Frau ist gegen Ende des Krieges gestorben, und ich wollte nicht mehr italienisch sein und auch nicht jugoslawisch werden, und da bin ich fortgegangen.«
Wir erfuhren nun noch einiges aus seinem Leben. Einige Jahre hatte er am Wörther See gelebt, in Velden, das war damals englisch besetztes Gebiet, und er hatte erst bei den Engländern gearbeitet, auf einer militärischen Dienststelle, und dann in einem Hotel.
»Erst kamen hauptsächlich Engländer und Amerikaner hin, so Urlauber halt, und es ging uns ganz gut. Ich bin gut mit ihnen ausgekommen. – Als wir dann den Staatsvertrag hatten, bin ich nach Wien gegangen, da war es wesentlich schwieriger. So jung war ich nimmer, und die wirtschaftlichen Verhältnisse waren nicht die besten.«
Er hatte dann öfter die Stellung gewechselt und manchmal gar keine gehabt. Er überging das sehr rasch, offenbar sprach er nicht gern davon, es mußte ihm schlechtgegangen sein. Von Otto Kaiser hätte er gehört und gelesen, und eines Tages faßte er sich ein Herz und ging zu ihm.

»Ich wußt' ja nicht, wie er sich benehmen würde. Es war lange her. Und vielleicht wollte er an damals nicht erinnert werden. Ich war darauf gefaßt, daß er mich hinauswerfen würde. Beziehungsweise gar nicht empfangen.«
Aber so war es nicht. Bei seinem dritten Besuch am Opernring traf er den Holzkaiser an, der ließ ihn hereinkommen in sein prächtiges Büro und begrüßte ihn wie einen alten guten Freund. »Ja, ihr könnt sagen über ihn, was ihr wollt, und was er auch getrieben hat – er hat trotzdem ein Herz gehabt. Ja, ein Herz.«
Zuerst hatte Burger am Opernring gearbeitet, eine sehr bescheidene untergeordnete Stellung war es. Denn: »Er hat ja dort sehr tüchtige Leute. Alles Experten. Also das hat er verstanden, sich die richtigen Leute auszusuchen, da war keiner ein Versager. Wer nicht nach seinem Sinn war, den schmiß er hinaus, da kannte er kein Pardon.«
Danach kam Burger in eine der Papierfabriken. Und dann, nachdem Kaiser das Sägewerk im Glainzer Tal gekauft hatte, kam er hierher.
»Er hat mir vertraut, er wußte, daß er sich auf mich verlassen kann. Auch wenn ich schon so alt bin.«
Irina kam in die Küche. Sie sah jung aus, jung und zart und wunderschön, und sie war ein wenig verlegen, redete alles mögliche, es tue ihr leid, daß sie so lange geschlafen habe, aber es sei so still gewesen, und sie hätte es einfach mal nötig gehabt, richtig auszuschlafen. Und Frühstück brauche sie wirklich nicht mehr.
»Natürlich brauchen Sie das«, sagte Olga mütterlich und setzte wieder Kaffeewasser auf.
Burger und ich waren aufgestanden und hatten unseren Diener gemacht, und ich bemühte mich um ein Gespräch und vor allen Dingen um irgendwelche Blickpunkte, um sie nicht immerzu anzusehen. Ich hatte sie geliebt in dieser Nacht, und sie hatte bei mir geschlafen, und wenn jetzt umgehend die Welt untergehen würde, wäre mir das auch gleich. Was morgen oder übermorgen oder irgendwann sein würde, daran wollte ich nicht denken.

Sie trug den grauen Kostümrock und den schwarzen Pullover, sie sagte: »Es ist schrecklich, ich habe gar nichts anzuziehen mit. Ich dachte ja nicht, daß ich so lange hierbleibe.«
Daraufhin mußte ich lachen, sie blickte mich strafend an und fragte: »Warum lachen Sie, Herr Lanz? Das ist doch gar nicht komisch.«
Ich konnte gar nicht aufhören zu lachen. Alle drei blickten mich verwundert an, und Irina sagte zu Olga: »So albern kann sich auch nur ein Mann benehmen.«
Ich beherrschte mich mühsam und sagte: »Verzeihen Sie, gnädige Frau, Sie haben ganz recht. Was täten wir auf dieser Welt ohne Frauen? Wenn eine Frau erst einmal feststellt, daß sie nichts anzuziehen hat, da kommt die Welt langsam wieder in Ordnung.«
»Aber es ist doch wahr, ich habe ja fast kein Gepäck. Außer diesem Kostüm und dem schwarzen Kleid habe ich nichts dabei. Das ist doch langweilig. Ob man in Hallau etwas kaufen kann?«
Damit hatten Olga und sie für einige Zeit Gesprächsstoff. Doch – wußte Olga, in Hallau gebe es schon einige ganz nette Geschäfte, und die seien auch heute vormittag noch geöffnet. »Aber ob Sie natürlich dort das finden, was Sie für geeignet halten, bezweifle ich.«
»Warum?« fragte Irina und begann zu frühstücken. »Mir steht alles. Ich will ja keine Haute-Couture-Modelle kaufen. Bloß vielleicht noch ein Kleid und ein paar Hosen und zwei Pullis oder so. Das wird es doch geben.«
Meine geliebte kleine Millionärin, dachte ich, wie selbstverständlich dir das geworden ist, einfach hingehen und kaufen, und Hallau ist nur eine steiermärkische Bezirkshauptstadt, aber wir werden dort für dich die schönsten Sachen finden, denn dir steht wirklich alles. Genaugenommen aber brauchst du nichts; du ziehst den Rock und den Pullover wieder aus, und wir gehen ins Bett. Und damit wäre das Problem gelöst.
Daß das nicht ging, wußte ich, also bemühte ich mich, seriös zu sein. Und wir kamen zu dem Entschluß, nach Hallau zu fahren, Olga würde mitkommen, wir konnten alle Ludwig be-

suchen, ihm etwas zu lesen bringen und Zigaretten und eine Flasche Wein und außerdem für Madame in Hallau ein paar schicke Sachen kaufen.
Vielleicht auch mal den Inspektor besuchen, schlug ich vor, und fragen, ob er von dem Wagen und Ivo etwas gehört hatte. Falls der Inspektor heute im Dienst war.
»Ach, wozu denn«, meinte Irina. »Ich will gar nichts mehr davon hören. Soll er doch zu des Teufels Großmutter fahren mit dem Wagen.«
Es dauerte genau noch zehn Minuten, da rief der Inspektor aus Hallau an. Sie hätten den Wagen gefunden. In Klagenfurt. Er sei bei einer Tankstelle am Stadtrand am gestrigen Nachmittag abgestellt worden mit dem Auftrag, ihn zu waschen, aufzutanken und Öl zu wechseln. Da man ihn bis jetzt nicht abgeholt hatte, war der Tankstellenbesitzer beunruhigt gewesen und hatte einem Polizisten, der vorbeikam, davon erzählt. Da die Fahndung nach dem Wagen lief, war das also nun in Hallau gelandet. Und in Klagenfurt und Umgebung ermittelte man inzwischen, ob Ivo und Dunja dort zu finden seien.
Ob sie sich darauf einen Vers machen könne, wollte der Inspektor von Irina wissen.
»Nein«, sagte sie. »Können Sie?«
»Auch nicht.«
»Wir wollen nachher sowieso nach Hallau fahren und Herrn Jarisch besuchen«, sagte Irina. »Wir kommen dann bei Ihnen vorbei.«
Als die Damen reisebereit waren, ging ich hinüber in den Schuppen, wo wir die Wagen unterstellten, um meinen zu holen. Ich parkte direkt vor der Haustür und wartete. Es regnete nur noch ganz sacht, man konnte es kaum noch Regen nennen. Es war ein wunderbares Wetter.
Vom Dorf her sah ich Anton, den Jäger, kommen. Moritz war natürlich bei ihm, auch Molly, die die beiden offenbar auf dem Morgenspaziergang getroffen hatte.
Olga und Irina traten aus dem Haus, und Olga sagte: »Ich hoffe, die Einkäufe werden nicht allzu lange dauern. Ich muß schließlich kochen.«

Und Irina darauf mit ernster Miene: »Allgemein bin ich eine schnell entschlossene Käuferin. Ich weiß immer genau, was ich will oder nicht. Aber möglicherweise ist es in Hallau etwas schwieriger als in Wien oder in Paris.«
Ich grinste, hielt den Damen den Wagenschlag auf und sagte: »Also los, fahren wir! Darf ich bei den Einkäufen dabeisein?«
»Ich lege großen Wert darauf, daß Sie dabei sind, Herr Lanz.«
»Eigentlich hätte lieber ich mitfahren sollen«, meinte Burger. »Ich verstehe bestimmt mehr von Mode als der Lanz.«
»Wie kommen Sie denn darauf?« fragte ich beleidigt. Ich hatte den Wagen angelassen, da sah ich, daß der Jäger auf uns zukam, er winkte, er hatte irgend ewas in der Hand und kam jetzt geradezu angerannt.
»Der will noch was«, meinte Olga.
Molly war als erste da. Ich kurbelte das Fenster herunter, und dann sah ich schon, was Anton in der Hand hielt. Ich stieg aus.
»Das kann nicht wahr sein!«
Auch Burger starrte entgeistert auf das, was der Jäger uns auf offener Hand darbot.
»Ja«, sagte Burger, »das ist es.«
Das Messer mit dem Adlerkopf.

Auf seinem Gang durchs Dorf, das an diesem Regenmorgen still und verlassen war, hatte der Jäger Molly gesehen, die im Garten des Reiter-Bauern wie eine Verrückte in den Beeten scharrte, so daß die Erdbrocken nur so flogen. Anton hatte sie angerufen, sie hatte sich nicht stören lassen. Während er hineinging in das Anwesen, kam schon der Reiter-Bauer selbst, der bei seinen Kühen im Stall gewesen war, angelaufen und schimpfte auf die Hündin. Und dann sahen sie, was Molly ausgegraben hatte, was vor ihr lag und was sie mit triumphierendem Bellen präsentierte. Das Messer mit dem Adlerkopf.
»Es muß tief in der Erde gesteckt haben«, sagte Anton. »Es ist ein großes Loch, das sie gegraben hat.«
Wir blickten uns alle ratlos an.

»Beim Reiter-Bauern hat Dunja gewohnt«, sagte Burger.
»Ja«, sagte der Jäger. »Da ist es. Im Garten vor ihrem Fenster.«
Mir fiel ein, was Ludwig gesagt hatte damals am ersten Abend. »Ich bin runtergegangen zum Reiter-Bauern, wo sie wohnt. Der Vorhang war zugezogen, aber es brannte Licht in ihrem Zimmer.«
Lieber Gott, fing nun alles noch einmal von vorn an? Also hatte Dunja doch mehr gewußt, als sie zugab. Ihr desperater Zustand wurde nun erklärlicher. Es war möglich, daß sie den Mörder gesehen hatte. Darum ihr ewiges: Ich weiß nichts. Gar nichts weiß ich.
Ich sagte es und fügte hinzu: »Und darum ist sie auch so plötzlich verschwunden. Sie hat Ivo dazu überredet, sie wegzubringen. Sie kannte den Mörder. Vielleicht hatte sie Angst.«
»Ich hab's gleich gesagt, daß es der Benno net war«, sagte der Jäger. »Der net.«
»Was für Liebhaber hatte denn Dunja noch?« fragte ich. »Wer kann es denn dann gewesen sein?«
An Ludwig wollte ich nicht wieder denken. Nein, ich war sicher, daß er es nicht getan hatte. – Wir standen alle um den Jäger und das Messer herum, und ich wagte kaum, Olga anzusehen. Sie war schon wieder ganz grau im Gesicht. Ich wußte, was sie dachte. Aber ich wußte auch, wer sie von ihrer Angst befreien konnte. Sie mußte erfahren, daß das Messer nicht im Hause gewesen war. Daß es der Mörder, wer immer es gewesen war, auf der Straße gefunden hatte. Daß er vielleicht sogar beobachtet hatte, wie es aus dem Wagen geworfen wurde.
Irina mußte nun die Geschichte des Messers erzählen – soweit es sie betraf. Sie brauchte es nicht hier zu tun. Aber dem Inspektor mußte sie davon berichten. Denn solange man davon ausging, daß das Messer im Haus gewesen war, mußte man Ludwig verdächtigen.
»Steigen Sie ein«, sagte ich zu Anton. »Wir sind sowieso dabei, eben nach Hallau zu fahren. Es hat wenig Zweck, den Inspektor herauskommen zu lassen. Wenn Fingerabdrücke auf

dem Messer waren, hat der Regen sie abgewaschen. Und Molly hat das übrige besorgt. Er kann sich die Fundstelle später noch ansehen. Wir werden das jetzt auf der Hinfahrt auch gleich tun.«

Moritz blieb bei Burger und Molly, und wir fuhren los. Beim Reiter-Bauern hielten wir an und gingen in seinen Garten. Er war da und außerdem seine Frau, seine beiden Söhne, seine Schwiegertöchter, der Knecht, die Magd und das halbe Dorf. Auf dieser Seite des Hauses, wo Dunjas Zimmer gewesen war, befand sich ein kleiner Garten. Die Reiter-Bäuerin zog hier Gemüse und auch Blumen. Jetzt standen nur ein paar kahle Büsche da, ein bißchen Rasen, alles grau und zerweicht vom Regen. Das Messer hatte mitten in einem Beet gesteckt. Und es mußte tief im Boden gewesen sein, weil es wirklich ein tiefes Loch war, das Molly gegraben hatte.

Wir standen alle da herum, es war eine ansehnliche Versammlung, und jeder sagte etwas dazu, aber keiner wußte, was man davon halten sollte. Bis einer kam, der wußte es.

»Hallo! Was tut ihr denn da?« rief eine Stimme über den Zaun. »Is am End' schon wieder was passiert?«

Es war der Graf in einem Lodenmantel und neben ihm sein Gast, Bernhard Blumenthal. Sie machten offenbar einen Spaziergang. Sie betrachteten ebenfalls das Loch im Boden. Und Anton, der vermutlich in seinem ganzen Leben noch nie so viel geredet hatte wie an diesem Morgen, erzählte das Ganze noch einmal von vorn. Dann redeten wieder alle durcheinander. Der Graf rief immer wieder: »Jetzt so was aa! Dös gibt's ja gar net. Ein Messer im Boden. Kann mir einer sagen, was das bedeuten soll?«

Endlich kam der Schriftsteller zu Wort.

»Das kann ich. Ein ganz klarer Fall. An dieser Stelle ist Otto Kaiser getötet worden. Und ich kann euch auch das Motiv sagen. Blutrache!«

Wir starrten ihn alle sprachlos an. Eine Weile blieb es totenstill. Ich faßte nach Irinas Hand, sie stand neben mir.

»Geh, Berni«, brachte der Graf schließlich hervor, »was redst da! Blutrache! So ein Schmarrn. Wo gibt's denn so was noch?«

»Das gibt es noch. Das Messer im Boden an der Stelle, wo die Erde das Blut des Getöteten trank, meldet den Vollzug der Blutrache. Ein alter Brauch. – Ich würde sagen, die Polizei hat den Falschen eingesperrt.«

Am Nachmittag waren wir in Klagenfurt. Wir, das hieß: der Inspektor Brauer mit seinem Assistenten, Blumenthal, Irina und ich. Blumenthal hatte es sich nicht nehmen lassen, mitzufahren. Der Fall interessiere ihn, hatte er mitgeteilt. Und der Inspektor, ein belesener Mann, der den berühmten Schriftsteller kannte und der These von der Blutrache zwar etwas mißtrauisch, aber doch beeindruckt gegenüberstand, hatte nichts dagegen gehabt, daß Blumenthal mitkam. Brauer saß bei uns im Wagen, und unterwegs erzählten wir ihm alles, was er noch nicht wußte.
Die Geschichte von Irinas Verletzung hatte er schon in Hallau erfahren, und er machte Irina große Vorwürfe, daß sie es ihm nicht berichtet hatte. Ich bekam auch mein Fett ab.
»Mein Gott«, sagte Irina, »ich wollte das Mädchen nicht in Ungelegenheiten bringen.«
»Aber das Messer, gnädige Frau! Sie mußten uns doch sagen, was mit ihm geschehen war.«
Er wollte wissen, wo sie es weggeworfen hatte. Wir waren extra noch mal ins Glainzer Tal gefahren. Erstens wollte Brauer die Fundstelle des Messers sehen – das Loch im Garten vom Reiter-Bauern. Zweitens wollte er die Stelle wissen, wo Irina das Messer aus dem Wagen geworfen hatte. Sie wisse es nicht mehr genau, sagte sie, irgendwo mitten im Dorf. Ja, es könne sein, daß es in der Nähe des Reiterhofes gewesen sei. Es hatte geschneit, und sie kannte ja die Gegend nicht.
»Das würde erklären, daß der Schlitten so ohne weiteres bei dem Blader aus dem Schuppen geholt werden konnte«, meinte Brauer, »der Hund vom Blader kannte Dunja sicher, wenn sie im Nebenhaus wohnte.«
Der Blader-Bauer bestätigte das. Ja, Fräulein Dunja sei manchmal ins Haus gekommen, und mit dem Hund, der noch jung war, hatte sie manchmal gespielt.

»Sie war also beteiligt an der Sache«, faßte Brauer zusammen, als wir wieder abfuhren. »Sie kennt den Mörder, sie hat geholfen bei dem Transport der Leiche. Allein kann sie es nicht getan haben. Entweder hat sie den Mörder angestiftet zu der Tat. Oder sie war von vornherein als Lockvogel gedacht. Und wenn da was dran ist an der Sache mit der Blutrache – zu verrückt so eine Vorstellung, so was gibt's doch gar nicht mehr. Bei uns hier in der Steiermark haben wir jedenfalls keine Blutrache – das steht fest.«
»Das läßt nur eine Schlußfolgerung zu«, sagte Blumenthal, »der Mörder stammt nicht von hier. Es besteht eine Verbindung von ihm zu Kaisers früherem Leben. Der verschwundene Chauffeur.«
»Ivo?« sagte Irina. »Aber warum...«
»Das Warum könnte er nur selbst beantworten. Und bedenken Sie eins, Herr Inspektor, er betrachtet sich nicht als Mörder. Das sind andere Gesetze.«
»Es sind die gleichen Gesetze«, knurrte der Inspektor. »Wir leben nicht mehr im Mittelalter. Ich glaube kaum, daß der Marschall Tito ein Anhänger der Blutrache ist. Er hat einen sehr modernen Staat da drüben aufgebaut, ich war dort schon auf Urlaub. Gnädige Frau! Erzählen Sie mir bitte alles von diesem Ivo. Wie heißt er denn eigentlich noch?«
Es stellte sich heraus, daß Irina das gar nicht wußte, sie kannte den Fahrer ihres Mannes nur als Ivo. Im November hatte er seine Stellung angetreten. Sie sei damals gar nicht dagewesen, und sie hatte ihn eigentlich immer nur zu sehen gekriegt, wenn man abends einmal ausgegangen sei. Einige Male habe er sie abends ins Theater gefahren, auch wieder abgeholt.
»Auf der Fahrt vorgestern hier heraus war ich das erste Mal längere Zeit mit ihm zusammen. Ich sprach mit ihm über das Tal und ob er oft dagewesen sei. Er erzählte mir, daß er meinen Mann etwa jeden Monat einmal hinausgefahren hätte, im ganzen also vier- oder fünfmal. Und ich fragte ihn noch, ob er Dunja kenne, und er sagte ganz gleichgültig: Ja, ich kenne sie. Das war alles.«
»Er hatte gekündigt?«

»Ja. Das war am Dienstag. Nein – Montag abend. Da rief Fräulein Mellinger an, das ist die Sekretärin meines Mannes in Wien. Sie sagte, der Chauffeur wäre ganz überraschend ins Büro gekommen und habe seine Papiere verlangt. Er hätte keine Begründung angegeben, nur gesagt, daß er sofort die Stellung aufgebe, auf die restliche Bezahlung verzichte er. Und sie sagte noch: Ihr Gatte landet morgen gegen elf in Graz, ich kann ihn in Mailand nicht mehr erreichen, er wollte den Abend bei Bekannten auf dem Land verbringen. Und sie würde versuchen, telefonisch in Graz einen Wagen zu beordern, der ihn abholte. Und da sagte ich – eigentlich weiß ich nicht, warum –, ich würde fahren und ihn in Graz abholen.«

»Haben Sie das schon einmal getan?«

»Doch. In Wien habe ich ihn manchmal abgeholt. In Graz noch nie.«

»Und warum sind Sie nach Graz gefahren, gnädige Frau?«

»Warum? Aus Gefälligkeit. Nein, das stimmt nicht ganz. Ich wollte ganz gern einmal mit hinausfahren ins Glainzer Tal. Ich war ein wenig neugierig, so könnten Sie es nennen.«

»Neugierig? Auf was? Auf das Glainzer Tal?«

Ich sah ihr Gesicht im Rückspiegel, sie biß sich auf die Lippen. Es gab noch so vieles, was der Inspektor nicht wußte. Er saß neben mir und hatte sich umgewandt, ließ sie nicht aus den Augen. Blumenthal saß hinten neben ihr.

»Ich denke, gnädige Frau«, sagte ich, »wir müßten nun dem Herrn Inspektor so nach und nach alles erzählen, was er noch nicht weiß.«

»So gibt es also noch mehr, was ich nicht weiß. Was wissen Sie denn, Herr Lanz?«

»Alles das, was ich in den letzten drei Tagen gehört habe. Ich glaube, Herr Blumenthal wird bestätigen, wenn er erst alles kennt: Es ist ein Roman.«

»Na, dann mal los!« knurrte Brauer.

Da war also zunächst die Geschichte von Olga und Ludwig Jarisch. Dann die etwas verworrenen Erzählungen von Burger. Und schließlich die letzten Ergänzungen, die Bernhard Blu-

menthal am Abend zuvor geliefert hatte und die er nun etwas genauer wiederholte. Der Inspektor saß reglos, den Blick auf die nasse Fahrbahn gerichtet, es regnete wieder stärker; er paffte wütend an seiner Zigarre, und ich kurbelte immer wieder das Fenster auf, damit wir nicht ganz erstickten.
»Weiß Gott, ein Roman«, sagte er, das war schon kurz vor Klagenfurt. »Und mehr ein Fall für Interpol. Nicht für mich. Ich kann schließlich nicht in all diesen Ländern ermitteln. Die meisten liegen heute hinter dem Eisernen Vorhang. Und wenn das wirklich ein Fall von Blutrache ist, dann kann er seinen Ausgangspunkt ebensogut in Rumänien oder Honolulu oder was weiß ich sonst haben!«
»Montenegro ist ein sehr passender Ausgangspunkt«, meinte Blumenthal.
»Montenegro!« stieß Brauer hinter einer dicken Rauchwolke hervor. »Soll ich vielleicht in Montenegro ermitteln, was dort vor fünfzig Jahren passiert ist. Ich geb' den Fall nach Wien ab. Sollen die sich den Kopf zerbrechen. Und wenn dieser Ivo wirklich etwas damit zu tun hat, ist er längst auf und davon. Wir sind hier sehr nahe der Grenze. Zweier Grenzen.«
»Haben Sie keine Fahndungsmeldung an die Grenzen gegeben?« fragte Blumenthal sanft.
»Natürlich habe ich, heut mittag. Und wann ist dieser Herr Ivo verschwunden? Gestern mittag. Also! Sogar mit einem Fahrrad wäre er auf und davon.«
»Sie nannten gestern den Namen Milevic«, sagte ich zu Blumenthal, »erinnern Sie sich?«
»Ja, natürlich. Ich sagte, daß Kaiser seinerzeit in Triest unter anderem den Namen Branko Milevic führte.«
»Ist das ein häufiger Name in Jugoslawien?«
»Dunja Milevic«, sagte Brauer. »Und wann waren Sie in Triest, Herr Blumenthal?«
»Der Freistaat existierte von 1947 bis 1954. Im Oktober 54 wurde das Londoner Abkommen verkündet, das die Sache endgültig regelte. Triest zu Italien. Die Zone A zu Italien, die Zone B zu Jugoslawien. Ich war dort von 50 bis 52 etwa, mit Unterbrechungen. Ich schrieb für eine Londoner Zeitung.

Dann hatte ich diesen Job aufgegeben und kehrte 53 nach Triest zurück. Als Privatmann. Weil mich die Stadt und ihr Schicksal interessierten.«

»War Kaiser oder Branko oder wer auch immer dann noch dort?«

»Nein. Oder genauer gesagt, ich weiß es nicht. Aber ich kannte einen Mann in Triest, einen Journalisten, der müßte Bescheid wissen. Er war ein Irredentist. Ein Anhänger der Irredenta. Falls Ihnen das etwas sagt.«

»Nicht unbedingt«, meinte Brauer. »Obwohl mir so ist, als hätte ich das Wort schon gehört.«

»Die Irredenta war eine Bewegung, eine politische Bewegung versteht sich, die noch auf die Zeit vor dem ersten Weltkrieg zurückgeht. Wie Sie wissen, gehörte ein großer Teil Oberitaliens im vorigen Jahrhundert noch zu Österreich. Die Los-von-Österreich-Bewegung war eine der Quellen des Irredentismus.«

»Was heißt denn das, zum Teufel noch mal, Irre-, Irredingsda?«

»Irredenta«, belehrte ihn Blumenthal, »übersetzt man am besten ins Deutsche, oder sagen wir mal, es wurde übersetzt in sehr poetischer Form mit dem Ausdruck ›unerlöste Gebiete‹. Das richtete sich im vergangenen Jahrhundert vornehmlich gegen Österreich. Italien führte drei Freiheitskriege gegen Österreich, den ersten 1848, den es verlor, den zweiten 1859, den es mehr oder weniger gewann. Die Schlacht von Solferino, Herr Inspektor, ist Ihnen sicher ein Begriff. Sie müssen das in der Schule gelernt haben.«

Brauer brummte etwas Unverständliches und warf seinen Stummel zum Fenster hinaus. Wir fuhren gerade ins regengraue Klagenfurt ein.

»So nach und nach holte sich Italien seine nördlichen Landesteile zusammen. Nach 1859 gab Habsburg die Lombardei auf. Und nach dem dritten Krieg 1866 bekam Italien Venetien.«

»1866 hatten wir Krieg mit den verfluchten Preußen«, gab der Inspektor seine Geschichtskenntnisse zum besten.

»Auch«, sagte Blumenthal. »Italien hatte sich übrigens damals mit Preußen verbündet. Wohlüberlegt.«
»Sieht ihnen ähnlich.«
»Von ihrem Standpunkt aus war es ganz verständlich. Sie wollten nun endlich mal ihr Land zusammenhaben. Vergessen Sie nicht, Herr Inspektor, wenn es jemals eine Weltmacht auf dieser Erde gab, eine wirkliche Weltmacht, dann war es das antike Römische Reich. Letzten Endes sind wir alle heute noch die Erben dieses Reiches, seiner Gesetze, seiner Macht, seiner Tradition. Alle Großmächte, die wir heute kennen – die im Osten und die im Westen –, haben niemals den Einfluß und die Macht des Römischen Reiches besessen und werden sie auch nie besitzen.
Natürlich war die Welt damals viel kleiner. Aber sie kannte nur einen Herrscher: das Römische Reich. Als das weströmische Reich im 5. Jahrhundert zugrunde ging, zerbrach die Einheit der Welt. Und ein Reich Italien hatte es seitdem nie gegeben. Im vorigen Jahrhundert gab es einen Mann, der es schaffen wollte und schaffen konnte.«
»Cavour!« ließ sich der Inspektor triumphierend vernehmen. »Also das habe ich nun wirklich in der Schule gelernt.«
»Sehr gut. Zu Ende des vorigen Jahrhunderts war Italien geeint. Es schloß sogar dann den berühmten Dreierbund mit Deutschland und Österreich. Aber es war nur mit halbem Herzen dabei. Die Feindschaft zu Österreich war zu tief verwurzelt. Und die Irredenta kämpfte weiter. Da blieb noch manches zu bereinigen. Zum Beispiel: Triest.«
»Da wären wir«, seufzte der Inspektor, der mich mit Handbewegungen durch Klagenfurt gelotst hatte bis zum Domizil seiner hiesigen Kollegen.
»Und was geht mich diese verdammte Irredenta heute noch an?«
»Eigentlich nichts mehr. Nur damals zu jener Zeit, die uns hier beschäftigt, da wurde sie noch einmal sehr wirksam. Damals richtete sich ihr Kampf gegen Jugoslawien. Es ging wieder um Triest. Und um Dalmatien.«
»Sie entschuldigen mich«, sagte Brauer und kletterte aus dem

Wagen. Sein Assistent, der allein mit dem Polizeiwagen gefolgt war, hielt hinter uns. Der Arme! Er hatte das alles nicht mitgekriegt. Und was immer Brauer ihm erzählen würde, es würde nur ein matter Aufguß sein.
Ich kurbelte beide Fenster herunter und wandte mich um.
»Vielen Dank!« sagte ich. »Für den Geschichtsunterricht. War wirklich interessant. Zigarette?«
»Danke, nein«, sagte Irina. »Ich bin schon ganz vergiftet. Eine Tasse Kaffee hätte ich gern.«
»Schön. Ich werde mal ganz vorsichtig nachforschen, ob Brauer da drin länger zu tun hat. Ich nehme an, daß wir dann zu der Tankstelle fahren, wo Ihr Wagen steht, gnädige Frau. Und das wär's dann ja wohl. Ivo, was immer er nun getan hat: bloß einen Wagen geklaut, ein Mädchen entführt oder Blutrache ausgeübt – Blutrache ausgeübt? sagt man das so? –, ist bestimmt schon über alle Berge. Im tiefsten Montenegro oder wo auch immer. Bei Tito, Breschnew, Mao oder ... Wie heißt eigentlich der Chef von Albanien?«
Und wir erlebten den ganz großen Triumph, daß Blumenthal auch einmal etwas *nicht* wußte.
»Irgenwas mit Ho –«, meinte er. »Damned, es fällt mir nicht ein.«
»Ho kenn' ich nur Ho-Tschi-Minh«, sagte ich. »Und den brauchen wir hier wohl nicht. Gott sei Dank. Aber mir scheint dieser Boß von Albanien ein sehr tüchtiger Mann zu sein. Staatschefs, die man nicht kennt, sind die besten. Über die muß man sich nicht ärgern.«
Ohne Zweifel – ich benahm mich ein wenig albern. Aber ich hatte auch bloß Nerven. Und nachgerade war mir das alles ziemlich egal. Und wichtig war nur eins: *sie,* die da hinter mir saß. Alles, was zwischen ihr und mir geschehen war, das war wichtig. Und sie sollte nicht blaß und traurig hinter mir sitzen. Sie sollte es sowenig vergessen haben wie ich.
Ich sah sie an, froh, daß sie über meinen Ausspruch ein wenig gelächelt hatte, ich sah sie lange und ausführlich an, und es war mir total gleichgültig, was Blumenthal sich dabei dachte.
»Na?« sagte ich.

Sie nickte. »Ja«, sagte sie.
Blumenthal blickte von ihr zu mir und dann wieder zu ihr, und er sagte auch nur ein Wort.
»Gut«, sagte er.

Wie ich erwartet hatte, fuhren wir zu der Tankstelle am Stadtrand, diesmal schon ein Konvoi von drei Wagen, besichtigten den Cadillac, der blitzblank und saubergewaschen da stand, hörten uns an, was der Tankmann zu sagen hatte. Dann fuhren wir zur Stadt zurück, der Assistent Brauers aus Hallau durfte zu seinem großen Entzücken den Cadillac steuern. – Eigentlich hätte es zurückgehen sollen ins Polizeibüro, aber mein Vorschlag, ob man nicht das weitere bei einem Kaffee und einem Gugelhupf besprechen könne, fand allgemeine Zustimmung.
Der Klagenfurter Inspektor kam auch mit, und nun erfuhren wir, was der Inspektor bereits wußte. An den nahe liegenden Grenzübergängen nach Jugoslawien und Italien hatte man bereits nachgeforscht. Dort waren die beiden Verschwundenen niemand aufgefallen. Aber etwas anderes hatten die Klagenfurter ermittelt, was ganz interessant war. Ermittelt war zuviel gesagt – sie hatten eine Meldung bekommen, die vielleicht mit unserem Fall in Zusammenhang zu bringen war.
Ein Bauer hatte ein Stück vor der Stadt einen Wagen im Wald gesehen, der dort einsam und verlassen stand. Ein grauer Fiat 850. Das war am Donnerstag nachmittag gewesen. Freitag nachmittag ging er noch einmal zu der Stelle, da war der Wagen noch da. Er erzählte mittags dem Gendarm davon, und der ging am Nachmittag nachschauen. Da war der Wagen weg. Der Fiat hatte ein italienisches Kennzeichen gehabt. Die Nummer hatte sich der Bauer leider nicht gemerkt.
Diese Meldung war erst vor einer Stunde etwa eingelaufen. Und Brauer begann nach guter alter Kriminalistenweise zu kombinieren.
»Nehmen wir also an, Ivo wäre unser Mann. Dann ist er Dienstag von Wien ins Glainzer Tal gefahren. Mit diesem Fiat. Den Wagen hat er dort auch irgendwo in einem Seiten-

weg gelassen, nachts war er im Dorf, hat Kaiser getötet, ist herübergefahren nach Klagenfurt, noch in der Nacht, hat den Wagen hier versteckt und ist mit dem Zug nach Wien gefahren. Gestern ist er mit Dunja im Cadillac hergekommen, Cadillac hiergelassen, Fiat geholt, ab die Post. Heim zu seinen Bluträchern. Geht! Geht wunderbar. Hat sich gemeldet bei seinem Häuptling, Auftrag ausgeführt. Irredingsda erledigt. No?«

»Irredenta sitzt auf der anderen Seite«, klärte ihn Blumenthal auf.

»Ich werd' Ihnen mal was sagen, das ist mir ganz Wurscht. Ich soll einen Mörder fangen, und der ist weg. Ob ich den bei den Italienern oder bei den Jugoslawen suchen soll, ist mir auch Wurscht. Ich find' ihn da nicht, und ich find' ihn dort nicht.«

»So ist es«, stimmte Blumenthal zu, »genausogut kann er nämlich nach Wien zurückgefahren sein und ist dort untergetaucht. Oder nach Deutschland oder in die Schweiz oder sonstwohin. Man hat ihn gestern mittag gegen halb zwölf das letzte Mal gesehen. In Hallau. Als er die beiden Verletzten im Spital ablieferte. So war es doch? Er hat jetzt genau« – Blumenthal blickte auf die Uhr – »neunundzwanzig Stunden Vorsprung. In der Zeit kommt er bei den heutigen Verkehrsmitteln bis nach Amerika, sogar von Hallau aus.«

»Is Wurscht, ich sag's eh«, meinte der Inspektor, »den Benno muß ich laufenlassen. Er hustet wirklich gottserbärmlich, ich hab' ihn untersuchen lassen, er hat noch einen roten Hals und einen Schnupfen dazu. Vielleicht ist er wirklich nur bei der Rappauerin im Bett gelegen. Ich hab' genug. Ich geb' den Fall ab nach Wien, soll'n die sich den Kopf zerbrechen, die wissen eh alles besser.«

Er trank seinen Kaffee aus, und ich hatte den Eindruck, am liebsten hätte er die Tasse voll Wut an die Wand geschmissen.

»Nur noch eine Frage, gnädige Frau, dann frag' ich nix mehr. Wie war das mit dem Ivo in Wien? Die Sekretärin hat Sie angerufen, er hat gekündigt, per sofort. Hat sie sonst noch etwas dazu gesagt?«

»Nein. Nur daß es eine Unverschämtheit sei und daß sie ihn

sowieso nie habe leiden können, den Ivo. Er sei so unfreundlich gewesen. – Fräulein Mellinger wird auch seinen vollen Namen wissen und sicher auch, wo er in Wien gewohnt hat.«
»Schön. Sie sind dann nach Graz gefahren und haben Ihren Mann abgeholt. Hat Ihr Mann irgend etwas dazu gesagt, ich meine, daß Ivo so plötzlich gekündigt hatte?«
»Nein. Kein Wort.«
»Und wo kam der Ivo dann auf einmal wieder her?«
»Mittwoch war ich bei meinen Bekannten in Baden, das wissen Sie ja. Abends fuhr ich nach Wien hinein in unser Haus. Molina kam am Abend noch. Ein paar Reporter waren da und so. Am nächsten Morgen war Ivo plötzlich da. Er sagte, er hätte in der Zeitung gelesen, was passiert sei, und wenn ich ihn benötige, stehe er zur Verfügung. Wie Sie jetzt wissen, hatte ich die Verletzung am Arm und war ganz froh, daß ich nicht selber fahren mußte. Daß Molina mitkam, entschied sich erst in letzter Minute.«
»Er fuhr also mit Ihnen ins Glainzer Tal, der Ivo. Und das ist es, was ich nicht begreife. Kein Mensch hat ihn verdächtigt. Er hätte schon am Mittwoch über alle Berge sein können. Warum ist er noch einmal hineingefahren?«
»Dunja«, sagte ich.
»Na gut, na schön. Die konnte schlimmstenfalls auch allein verschwinden.«
»Er mußte damit rechnen, daß man das Mädchen verdächtigt. Vielleicht auch, daß sie sich ungeschickt benahm, die Nerven verlor, inhaftiert werden würde.«
»Da war ich auch nahe dran«, sagte Brauer.
»Und er konnte nicht damit rechnen, daß man so schnell einen Täter fand, der Dunja von diesem Verdacht befreite und ihr es möglich machte, zu verschwinden. Er hat sie zweifellos dabei beraten, wie sie es am besten anstellt.«
»Wenn er wirklich der Bluträcher ist, hat er gute Nerven. Aber das gehört wohl zu dem Geschäft. Nein, meine Herren, mit mir net. Ich mach' einen Bericht nach Graz und nach Wien, und damit gebe ich auf.«

»Bericht nach Graz ist nicht mehr nötig«, sagte eine Stimme hinter uns. »Ich bin schon da.«
Das Café, in dem wir saßen, war an diesem Samstagnachmittag ganz gut besucht, und wir waren so in unser Gespräch vertieft gewesen, daß wir gar nicht auf die Leute achteten, die kamen und gingen.
Nun stand er auf einmal bei uns am Tisch: der schlanke elegante Herr aus Graz. Der, der so gern am Bauernschrank lehnte.
»Lechner!« rief Brauer überrascht. »Wo kommen Sie daher?«
»Ich bin Ihrer Spur gefolgt. Ich brauche eine Tasse Kaffee und einen genauen Bericht.«
»O nein«, stöhnte ich, »nicht noch einmal.«
»Machen Sie einen Spaziergang durch Klagenfurt«, schlug Herr Lechner höflich vor. »Es hat aufgehört zu regnen, und die Luft ist wunderbar.«
»Können wir nicht einfach nach Hause fahren?« sagte Irina, und ich fragte mich, was sie mit zu Hause meinte. Meine Zimmer im Glainzer Tal?
»Bitte, gnädige Frau, küss' die Hand übrigens«, und er tat es, der fesche Herr aus Graz, »tun Sie ganz nach Belieben. Ich denke, daß ich von Herrn Brauer alles erfahren werde, was ich wissen muß. Und notfalls finde ich Sie ja in Wien.«
»Wir müssen ohnedies jetzt in Wien ermitteln«, meinte Brauer. »Hier und im Glainzer Tal erfahren wir nichts Neues mehr.«
»Ich«, sagte Blumenthal, und er sprach allein zu Irina, »hätte einen anderen Vorschlag, gnädige Frau. Da wir jetzt einmal hier sind und Ihren schönen Wagen zur Verfügung haben, machen wir doch noch einen kleinen Rutsch nach Triest.«
Wir blickten ihn alle recht verblüfft an, und ich sagte: »Kleiner Rutsch ist gut!«
»Von hier nach Villach, dann über die Grenze, über Tarvis, Venzone hinab in die Ebene, bei Udine treffen wir die Autobahn, also ich würde sagen, mit dem Caddy und zur jetzigen Jahreszeit, ohne großen Touristenverkehr, sind wir in drei Stunden dort. Wir kämen gerade zum Abendessen zurecht.«

»Aber warum denn, um Himmels willen?« fragte Irina.
»Waren Sie schon einmal in Triest, gnädige Frau?«
»Nein«, sagte sie, und es klang abwehrend, »ich bin auch nicht neugierig darauf.«
»Es ist eine sehenswerte Stadt. Und in gewisser Weise gehört sie zum Leben Ihres Mannes. Sehr entscheidend sogar, würde ich sagen.« – Der Schriftsteller lehnte sich zurück. »Ich bin nun einmal ein neugieriger Mann, das gehört zu meinem Beruf. Wir wissen nun einiges, das andere vermuten wir nur. Ich möchte den Rest auch noch genau wissen.«
»Und Sie sind der Meinung, daß Sie den Rest in Triest erfahren werden?« fragte der Grazer gespannt.
»Ich habe vorerst noch keine Meinung, nur ein Gefühl. Instinkt – wenn Sie so wollen. Intuition, sollte man vielleicht besser sagen. Auch das gehört zu meinem Beruf. Zumindest hoffe ich in Triest einen alten Bekannten zu treffen, der vielleicht noch mehr weiß von jener Zeit damals als ich. Ich war ja nur vorübergehend und auch nicht die ganze Zeit da.«
»Von was für einer Zeit sprechen Sie, und wovon ist überhaupt die Rede? Und wieso Triest?« fragte der Grazer, und man sah ihm an, wie wenig es ihm behagte, daß es Dinge gab, die er noch nicht wußte.
»Das ist eine lange Geschichte«, meinte Brauer. »Streit um Triest, Irre ... Irredenta und so, Kaisers Untergrundtätigkeit in jener Zeit. Kann sowieso kein Mensch begreifen. Ich erzähl's Ihnen dann.«
»Interessant«, meinte Herr Lechner, und man merkte, wie ungern er uns scheiden sah.
Aber Blumenthal hatte einen Entschluß gefaßt. Er rief die Serviererin, bezahlte die gesamte Rechnung, und nun stand er auf.
»Gnädige Frau?«
»Nein«, rief Irina impulsiv, »nein, ich will nicht. Ich will nicht mehr. Ich habe genug von allem.«
Blumenthal blickte von ihr zu mir. »Und wenn er mitfährt?«
Ich blickte ein wenig erbost zu dem berühmten Mann auf.
»Ich hätte sie ohnedies nicht allein fahren lassen«, sagte ich.

»Sie wäre nicht allein gefahren«, sagte Blumenthal, »sondern mit mir. Glauben Sie nicht, daß ich imstande bin, Madame zu beschützen?«
Irina sah mich mit unglücklichem Gesicht an. Ich wußte nicht, was ich sagen sollte. Mir war auch nicht nach Triest zumute. Viel lieber wäre ich mit ihr zurück ins Glainzer Tal gefahren, zurück in das Haus, zu Olgas Abendessen, zurück in meine Zimmer. Alles mit ihr, versteht sich.
»Ich habe ja gar kein Gepäck«, sagte sie verzweifelt.
»Ich verspreche Ihnen ein erstklassiges Hotel«, sagte Blumenthal, und er sah unerhört jugendlich und unternehmend aus. »Und wenn ich ein erstklassiges Hotel habe, habe ich auch einen erstklassigen Portier. Ein erstklassiger Portier aber kann alles besorgen, was der Mensch braucht. Ein Nachthemd oder einen Pyjama, ein Döschen Creme, Wimperntusche und einen Lippenstift und alles, was sonst noch benötigt wird.«
»Einen Lippenstift habe ich«, sagte sie kläglich.
»Zahnbürsten«, sagte ich.
»Zahnbürsten und Rasierapparate«, wurde ich belehrt, »hat ein erstklassiges Hotel sowieso vorrätig.«
»Triest«, sagte Herr Lechner aus Graz, und man merkte ihm an, daß er uns am liebsten festgehalten hätte, »also ich möchte doch verflixt gern wissen . . .«
»Herr Brauer wird es Ihnen erzählen«, meinte Blumenthal ungerührt, »er ist ein genauer Kenner der Triester Geschichte mittlerweile.«
Brauer seufzte und kramte eine neue Zigarre aus seiner Brusttasche. »Sie können das viel besser erzählen als ich, Herr Blumenthal.«
Aber Blumenthal war nicht mehr zu bremsen. »Kommen Sie«, sagte er zu Irina und streckte ihr seine schöne schmale Hand entgegen, »kommen Sie, gnädige Frau. Wir steigen draußen in Ihren feudalen Wagen und suchen uns das feudalste Hotel. Wenn Sie wollen, wird man Ihnen auch ein Kleid für den Abend besorgen.«
Irina mußte unwillkürlich lachen.

»Darf ich also mitkommen?« fragte ich, fest entschlossen, mich nicht abhängen zu lassen.
»Ungern, mein Lieber, höchst ungern«, sagte Blumenthal. »Mit dem Caddy und dieser Frau in einem teuren Hotel einzutreffen, das wäre noch einmal ein Höhepunkt in meinem Leben geworden.«
»Die Reihenfolge«, erwiderte ich freundlich, »die Reihenfolge ist falsch. Mit dieser Frau und dem Cadillac – so herum geht es.«
»Ich sehe schon, mein Freund, Sie sind ein Idealist. Das freut mich. Darum dürfen Sie auch mitkommen.«
So gingen wir also und ließen die Kriminalisten mit allen halb, viertel und gar nicht gelösten Problemen allein.

Blumenthal hatte es sich nicht nehmen lassen, sich selbst ans Steuer zu setzen, er meinte, ich sei ja bisher gefahren, jetzt komme er dran.
Ich saß hinten und konnte nur still vor mich hin staunen. Er fuhr einen rasanten Stil. Er fegte nur so am Wörther See entlang, nach Villach hinaus, und wir waren über der Grenze und in Tarvis in Null Komma nichts. Die Straßen waren kaum befahren, ein verregneter Samstagnachmittag und keine Reisezeit – da kam man gut voran.
Auf der Fahrt durch das Gebirgstal hinab nach Venzone gab er dazu noch geologische, ethnische und historische Beschreibungen über Land und Leute. Als wir endlich bei Udine auf die Autobahn kamen, war ich versucht, die Augen zuzumachen. Ich bildete mir ein, auch kein schlechter Autofahrer zu sein, aber immerhin war ich ja einige Zeit aus dem Verkehr gezogen gewesen. Und mit so einem Wagen war ich ja schließlich noch nie gefahren.
»Sie sollten auf Raketen umsatteln«, sagte ich, und er lachte. Sein scharfgeschnittenes Profil hatte etwas Kühnes, Vorwärtsdrängendes, und ich dachte, daß ich mir einen Dichter eigentlich immer ganz anders vorgestellt hatte.
Irina sprach wenig. Sie gab nur höfliche kleine Bemerkungen und Antworten von sich. Ihr Arm machte mir Kummer. Es

war alles so anstrengend für sie, und der Verband hätte längst gewechselt werden müssen.
Es war dunkel, bis wir nach Triest kamen. Die Straße führte zuletzt oben am Karst entlang, dann schien es, als kämen wir durch eine Art Mauerlücke, und dann sahen wir unter uns Triest liegen, die Lichter der Stadt, die Lichter des Hafens und davor – ein geheimnisvoll schimmerndes Dunkel – das Meer. Hellerleuchtet zog ein Dampfer gerade aus der Bucht hinaus.
»Wie schön!« sagte Irina.
»Nicht wahr?« machte Blumenthal befriedigt. »Es geht nichts über eine Hafenstadt. Hafenstädte, ganz egal, an welchem Platz der Welt, haben mich immer fasziniert. Sie haben ihre eigene Geschichte und ihre ganz besondere Atmosphäre.«
Sonst verlief alles ungefähr so, wie er es versprochen hatte. Wir fanden das erstklassige Hotel, und wir wurden mit allem versorgt, was wir brauchten. Nicht zuletzt mit einem ausgezeichneten Abendessen und einem herrlichen Wein. Jedoch danach war Blumenthals Tatendrang noch immer nicht gestillt. »Jetzt machen wir noch einen Besuch«, kündigte er uns an, nachdem er telefonieren war.
»Einen Besuch?« fragte Irina mit mäßiger Begeisterung.
»Bei meinem Bekannten, diesem italienischen Journalisten, von dem ich bereits sprach.«
»Aber dazu brauchen Sie mich doch nicht.«
»Ich habe ihm schon angekündigt, daß ich eine schöne blonde Frau mitbringe. Wollen Sie ihn so enttäuschen?«
»Sie sind wirklich einmalig«, sagte Irina und lächelte ihm zu.
»Faszinierend«, sagte ich pointiert. »Ein faszinierender Mann. Passen Sie auf, Herr Blumenthal, die gnädige Frau hat eine Schwäche für faszinierende Männer mit einer gewissen autoritären Ausstrahlung.«
Ja, ich war ein wenig boshaft. Denn ich war direkt eifersüchtig auf diesen unwahrscheinlichen Mann, obwohl er doch – na ja, also doch schon bald sechzig sein mußte.
Blumenthal sah mich mit hochgezogenen Brauen an. »Es wäre mir ja auch lieber gewesen, Sie wären nicht mitgekommen«, sagte er.

Der Mann, den wir besuchen wollten, hieß Giacomo, wie Casanova weiland. Er hatte in seinem Leben offenbar alles getan, was mit Reden und Schreiben zu tun hatte: Er war Politiker gewesen, Journalist, Schriftsteller, Rundfunkreporter, Kriegsberichterstatter, er stammte aus sehr guter alter Familie – so Blumenthal – und war zunächst Offizier gewesen wie sein Vater, ein Beruf, der ihm nicht zugesagt hatte, er hatte bald damit aufgehört.
»Er ist etwas ganz Originelles«, sagte Blumenthal, »er ist so eine Art konservativer Revolutionär. Man kann genausogut sagen, ein revolutionärer Konservativer. Es gibt nämlich nichts auf dieser Welt, was es nicht gibt. – Er ist allerdings auch, das darf man nicht unterschlagen, eine Strecke seines Lebens Faschist gewesen. Aber nur bis zu einem gewissen Punkt und dann nicht mehr. Als der Faschismus nämlich nicht mehr revolutionär war, aber auch niemals zu einem gediegenen Konservatismus gelangte, da fand Giacomo ihn nicht mehr goutable.«
Ich muß zugeben, mein Interesse, diesen Giacomo kennenzulernen, war äußerst gering. Lieber hätte ich den Abend ruhig bei einem Glas Wein beschlossen, Irina an meiner Seite, und wäre dann bald zu Bett gegangen. Und ich hatte das Gefühl, daß auch sie müde war und etwas belästigt von dem ständigen Anspruch, etwas zu tun.
Giacomo wohnte in einer engen Straße der Altstadt, und seine Wohnung war so, daß wirklich nur ein Italiener sich darin wohl fühlen konnte. Die Begrüßung war überschwenglich, aber da ich nicht Italienisch verstehe, konnte ich sie nur als Zuschauer genießen. Er und Blumenthal hatten sich offenbar seit vielen Jahren nicht gesehen, und es dauerte ziemlich lange, bis Giacomo seinem Glück darüber, den so lange vermißten Freund endlich wieder in die Arme schließen zu können, genügend Ausdruck verliehen hatte. Dazwischen bekam Irina immer wieder ein Kompliment ab, was sie, die offenbar etwas Italienisch verstand, jedesmal mit einem Lächeln quittierte. Ein etwas kühles und hochmütiges Lächeln. Sie glich auf einmal wieder der Fremden unserer ersten Begegnung.

Schließlich waren wir auf altersschwachen, zerschlissenen Sesseln etabliert, alle vorhandenen Getränke wurden vor uns aufgebaut; Wein, Grappa, Campari und sogar eine Flasche Whisky. Ich entschied mich für Whisky, den ich nicht mag. Ich trinke ihn eigentlich nur, wenn ich schlechter Laune bin. Giacomo wurde ermahnt, deutsch zu sprechen, was er ausgezeichnet konnte. Und dann kam Blumenthal ziemlich schnell zur Sache.
»Amico, erinnerst du dich an deinen Freund Pietro Danello?«
»Naturalmente, naturalmente«, rief Giacomo. »Du meinst Branko?«
»Ich meine Branko.«
Und nun kam die Überraschung. »Er ist tot«, rief Giacomo und schlug die Augen schmerzerfüllt zur Decke auf. »Povero Pietro!«
»Woher weißt du das?« fragte Blumenthal verblüfft.
»Aber Bernardo, ich bitte dich. Ich lese jeden Tag zehn Zeitungen. Ich weiß alles.«
Blumenthal hatte Irinas Namen nicht genannt, er hatte sie als eine offenbar von ihm zärtlich geliebte Freundin vorgestellt, so wußte Giacomo nicht, daß er die Witwe des verblichenen Pietro-Branko vor sich hatte, und konnte ungestört sprechen.
Soviel ich begriffen hatte, war Giacomo der Irredentist, von dem Blumenthal gesprochen hatte, und er hatte wohl nur mäßige Sympathien für Österreicher und schon gar keine für Jugoslawen. Seinerzeit mußte er mit großem Einsatz dafür gekämpft haben, daß Triest italienisch blieb, die Zone B ebenfalls italienisch wurde und am besten noch Dalmatien und ganz Jugoslawien dazu. Er schien so eine Art Mittelsmann zur britisch-amerikanischen Besatzung der Freistaatjahre gewesen zu sein. Für den Kommunismus hatte er ebenfalls nichts übrig, und das war es, was den ehemaligen Pietro-Branko in seinen Augen auszeichnete, daß dieser niemals ein Kommunist gewesen war, wenn er schon das Pech gehabt hatte, als halber Jugoslawe auf die Welt zu kommen.
»Was ist das, Jugoslawien?« rief Giacomo emphatisch aus. »Das ist etwas, das es gar nicht gibt. Schaut, liebe Freunde, es

ist ein großer Unterschied zwischen einem Triestiner, einem Römer und einem Sizilianer. Doch sie sind alle Italiener. Sie haben eine gemeinsame Muttersprache, eine gemeinsame Tradition, ihre große Geschichte. Und sie haben eine gemeinsame Religion. Sie sind eine Einheit. Und was ist Jugoslawien? – Ein Völkergemisch. Volksstämme, die einander nicht lieben und verstehen, die verschiedene Sprachen haben und verschiedene Religionen. Auch der Kommunismus wird es nicht fertigbringen, sie in ein Volk zu verwandeln.«
Blumenthals Einwand, daß dies doch heute weitgehend gelungen sei, wischte er mit einer Handbewegung vom Tisch. Und zwar wörtlich zu verstehen: ein Glas ging dabei zu Bruch.
Er erging sich noch in weitschweifigen Ausführungen zu diesem Thema, geriet im Eifer wieder ins Italienische, und ich merkte, daß es in dieser Ecke Europas immer noch alte, offenbar nicht ausrottbare Ressentiments gab, von denen ich bisher nichts gewußt hatte. – Vielleicht auch nur bei Menschen von Giacomos Generation – das wußte ich nicht. Es interessierte mich auch nicht sonderlich, und auch Blumenthal war nicht geneigt, sich in die Diskussion über lange zurückliegende Zeiten zu verlieren.
»Gut, gut«, sagte er, »doch das soll jetzt nicht unser Problem sein. Woher wußtest du, daß Otto Kaiser, Pietro und Branko identisch sind?«
»Wie sollte ich es nicht wissen? Hältst du uns für Toren? Für Anfänger? Wir kannten damals bereits seine drei Namen.«
»Ich kannte nur zwei.«
»Bene, Amico, du warst ein Fremder in diesem Land. Du wußtest dennoch mehr, als die meisten Fremden je begriffen haben.«
»Es war auch nicht zu begreifen. Die Rolle, meine ich, die er spielte. Eine Zeitlang glaubte ich, es sei eine politische Rolle. Bis ich merkte, daß ihm eins so gleichgültig war wie das andere, der italienische und der jugoslawische Standpunkt. Er spielte drüben den jugoslawischen Patrioten und hier den italienischen, er versorgte beide Seiten mit Material und Neuig-

keiten, die er hier wie dort verkaufte. Und nebenbei schmuggelte er, was sich nur schmuggeln ließ, und nicht zuletzt waren es Waffen. Von hier nach drüben. So war es doch. Und du willst behaupten, ihr hättet das gewußt?«
»Wir wußten es. Er war ein Verbindungsmann. Das allein zählte. Daß er dabei sein Geld verdiente – warum sollte er nicht?«
»Und als er meinte, er hätte genug davon verdient, verschwand er von hier. Rechtzeitig, ehe der Boden ihm zu heiß werden konnte.«
»Ein kluger Mann, der so handelt.«
Nun ja. Das war wohl echter romanischer Pragmatismus. Der Mann ohne Vaterland, der nur für sich kämpfte.
»Warum nannte er sich Milevic? Hieß seine Mutter so?«
»Ah no, no. Wenn er drüben war, wohnte er in Capodistria. Bei einem Fischer, der Milevic hieß. Er galt dort als sein Bruder.«
»Und wenn er hier war?«
»War er in Triest. Er hatte eine Freundin hier, Lucia, sie wohnte dicht am Hafen. Bei ihr lebte er.«
»Der Fischer Milevic – kennst du ihn?«
»Er ist tot. Ertrunken bei einem Schirokko.«
»Hatte er eine Frau, Kinder?«
»Naturalmente. Eine Frau, viele Kinder.«
»Hatte er einen Sohn, der Ivo hieß? Eine Tochter Dunja?«
Das wußte Giacomo nicht. Aber es würde sich feststellen lassen, meinte er. Seines Wissens allerdings sei die Familie ins Innere des Landes verzogen, die Kinder längst verheiratet.
»Wie kam es, daß du Pietro so gut kanntest?«
Nun wurde die Geschichte interessanter. Giacomo hatte die Bekanntschaft Pietros während des Krieges gemacht. Im Jahr 43, das wußte er noch genau. Damals war Giacomo als Kriegsberichterstatter in Albanien und Montenegro, das ja von deutschen und italienischen Truppen besetzt war. Zu jener Zeit waren Titos Partisanen schon sehr stark. Verborgen in den Bergen und Wäldern des unwegsamen Landes, waren sie einfach nicht zu bekämpfen und schon gar nicht zu besiegen von

den verhältnismäßig schwachen Kräften der deutschen Wehrmacht, die dort eingesetzt waren.
Und nun fügte sich ein anderer Mosaikstein in das buntbewegte Leben Otto Kaisers. – Anscheinend war der ganze Balkan für ihn ein ertragreiches Handelsgebiet gewesen. Er fand überall Dinge, mit denen man handeln konnte, er fand Verkäufer und Käufer. Als Käufer brauchte er keinen privaten Schwarzmarktkunden, dafür waren ihm die militärischen Dienststellen des italienischen und deutschen Militärs gerade recht.
Da war die Sache mit den Schaffellen. Schafe waren in diesem Land, wie auf dem ganzen Balkan, immer in großen Mengen gezüchtet worden. Schaffelle aber wurden dringend gebraucht für die Wintermäntel der Offiziere, der Flieger vornehmlich.
»In Bulgarien, in Rumänien, in Serbien, überall hat er die Felle aufgekauft. Das hat er mir selbst erzählt. An sich konnte er in Bulgarien, das ja mit Deutschland verbündet war, auch mit Rumänien, solange es die Russen nicht besetzt hatten, viel einfacher arbeiten als in Jugoslawien, das durch die Partisanen *immer* Kriegsgebiet war. Er war auch nur nach Montenegro gekommen, um seine Mutter und seine Brüder zu sehen. Das sagte er mir jedenfalls.«
»Er hatte zwei Brüder, nicht wahr?« warf ich ein.
»Er hatte einen leiblichen Bruder und einen Blutsbruder. Blutsbrüderschaft galt damals viel bei diesen Völkern. Einer seiner leiblichen Brüder war noch als Kind gestorben. Sein zweiter Bruder war ein fanatischer Kommunist geworden und kämpfte damals bei den Partisanen. Er ist später gefallen. Aber am nächsten stand ihm wohl sein Blutsbruder. Ein Mann seines Alters, der im gleichen Ort wie er aufgewachsen war. Er ist mein Freund, sagte er damals zu mir, ich bin zurückgekommen in das Tal meiner Kindheit, um meinen Freund wiederzutreffen.«
»Und er hat ihn getroffen?«
»Er hat ihn getroffen. Er blieb eine Zeitlang dort, vergaß wohl auch seine Geschäfte für kurze Zeit, aber dann wurde ihm die

fanatisierte Kriegsstimmung wohl zu unbequem. Er tauchte in Dubrovnik auf, wo wir zu der Zeit ein recht vergnügtes Leben führten. Und er kam als Pietro Danello. Und frage mich nicht, wie er zu diesem Namen kam, ich weiß es nämlich nicht. Wir haben eine sehr lustige Zeit zusammen verbracht.
Er erzählte mir von seinem Blutsbruder. Milovan, so hieß er. Und ob ich dem nicht helfen könne. Ich? habe ich gesagt, warum, wieso? – Milovan war kein Kommunist, er wollte auch keiner werden. Er ging nicht zu den Partisanen und war deshalb vielen Anfeindungen ausgesetzt. Nicht, daß er mit den Deutschen sympathisiert hätte, das auch nicht. Er fühlte sich als freier Montenegriner und hätte am liebsten gesehen, wenn Montenegro wieder autonom geworden wäre.«
»Und womit solltest du Blutsbruder Milovan helfen?«
»Herauszukommen aus dem Partisanengebiet, ihm eine Arbeit zu verschaffen, ohne daß er als Feind und Verräter angesehen würde. – Nun, das war schwer. Das ging über meine Kräfte. War auch nicht meine Aufgabe.«
»Und was geschah dann?«
»Pietro verschwand aus Dubrovnik, so plötzlich, wie er gekommen war. Und dann habe ich ihn erst im Jahre 47 wiedergesehen, hier in Triest. Nun, was er hier tat, weißt du selbst. Milovan, der Blutsbruder, war übrigens dann auch drüben in Capodistria, er lebte mit seiner Familie bei Milevic, dem Fischer. Er hatte sich mit dem Kommunismus nicht abfinden können.
Pietro brachte ihn dann herüber in die Zone A, es kamen ja viele Flüchtlinge damals von drüben, die dem Kommunismus entgehen wollten. Doch dann kam er um.«
»Er kam um?«
»Ja. Bei irgendeiner nächtlichen Streiterei. Ich glaube, Pietro ist es sehr nahe gegangen. Das hat ihm wohl auch die Lust an der weiteren Untergrundtätigkeit verdorben. Er verschwand kurz darauf von hier. Und seitdem habe ich ihn nie wiedergesehen. Ich glaube, er ist auch nie wieder in Triest gewesen.«
Das war zweifellos alles ganz interessant, aber es nützte uns nicht viel. So nach und nach konnte man nun das ganze Leben

Otto Kaisers zusammensetzen, von einigen Lücken abgesehen.
Gemessen an früher, hatte er ja in den vergangenen fünfzehn Jahren geradezu das Leben eines Spießers geführt. Das Leben eines gutsituierten fleißigen Geschäftsmannes. Aber das war ja das wirklich Bewundernswerte an ihm; wie er sich stets dem Gesetz der Zeit und seiner Umgebung angepaßt hatte. – War er in den Jahren seiner Kindheit in Montenegros Bergen ein junger Wilder gewesen, so mußte man seine erste Triestiner Zeit als Lehrjahre betrachten. Folgte die Zeit in Europa während des Krieges, die er mit irgendwann erwachtem Geschäftssinn für seine Zwecke nützte, in der er seinen eigenen Feldzug führte, der nur seinem Nutzen diente, was er dann mit einer offensichtlich ganz einträglichen Ernte während der Triester Krisenjahre abschloß, um dann, erwachsen und klug geworden, in den Jahren des wirtschaftlichen Aufschwungs ein erfolgreicher Unternehmer zu werden.
Eine halbe Stunde später, als wir nach Hause gingen durch die schon südlich warme Luft dieses Abends, faßte ich alles noch einmal zusammen und endete mit der Frage an Blumenthal: »Reizt Sie die Geschichte nicht als Schriftsteller? Der Roman eines einzigen großen Abenteuers – das ist dieses Leben doch?«
»Ja, Sie haben recht«, sagte Blumenthal, »es ist ein Thema, das wirklich reizvoll wäre. Und was das Erstaunlichste dabei ist: sein Glück. – Dieser Mann hat mit allem, was er tat, legal oder illegal, ein unverschämtes Glück gehabt. Er ist einfach immer durchgekommen.«
»Bis auf sein Ende. Da hat ihn sein Glück verlassen.«
»Wie man's nimmt. Sein Ende paßte zu seinem Leben. Da muß ich Esther recht geben. Es wäre einfach ein Stilbruch, wenn er an Lungenkrebs oder einem Herzinfarkt gestorben wäre.«
Irina hatte in den letzten Stunden fast kein Wort gesprochen. Jetzt sagte sie: »Man müßte Ingeborg fragen, ob sie sein Leben als so wohlgelungen betrachtet.«
»Wer ist Ingeborg?«

»Seine erste Frau. – Oder fragen Sie mich. Ihn selbst können Sie nicht mehr fragen. – Es war ein Leben ohne Liebe, ohne Wärme. Seine Brüder sind tot. Sein Freund. Von seiner Mutter haben wir nichts mehr gehört, und er hat von ihr auch nie gesprochen. Fragen Sie Olga, fragen Sie seinen Sohn, seine Tochter. Es gibt keinen Menschen, der wirklich zu ihm gehört hat.«
»Vielleicht hat er das nicht gebraucht.«
»Möglich.«
»Er hat für die Menschen, die sein Leben begleiteten, gut gesorgt.«
»Mit Geld.«
»Sie sollten über Wohlstand nicht gar so abfällig urteilen, Irina«, sagte Blumenthal. »Manchem bedeutet es mehr als Liebe.«
»Möglich«, sagte sie wieder.
»Übrigens – seine erste Frau. Sie kennen sie?«
»Nein.«
»Sie hat nicht wieder geheiratet?«
»Nein.«
»Er kann nicht lange mit ihr zusammengelebt haben«, sann Blumenthal nach. »Eigentlich gar nicht. Und ich kann auch verstehen, warum. Als der Krieg begann, wird er sich gedacht haben, daß es besser sein würde, von der Bildfläche zu verschwinden. Er war letzten Endes Österreicher, jung genug, man hätte ihn einziehen können. Aber irgendwie war er wohl gar nicht richtig erfaßt. Selbst den gründlichen Deutschen ist er durch die Maschen geschlüpft. Auch dazu gehört Talent. Und das, was Sie Liebe nennen, das hat er wohl wirklich nicht gebraucht.«
»Nein«, sagte sie, und ihre Stimme klang hart. »Das hat er nicht gebraucht. Und er hat auch keine Liebe bekommen. Keine wirkliche Liebe.«
Ich sah sie von der Seite an. Ihr Gesicht war verschlossen. Sie hatte genug von allem, mehr als genug.
Als wir ins Hotel kamen, schlug Blumenthal vor, noch einen Drink in der Bar zu nehmen. Irina lehnte ab. Sie sei todmüde

und habe weder Lust auf einen Drink noch auf ein Gespräch, man möge sie entschuldigen. Das klang sehr entschieden, und ich hatte das Gefühl, es galt auch mir. Sie wollte allein sein. Ich blickte sie fragend an, aber sie wich meinem Blick aus und sagte auch mir sehr bestimmt: »Gute Nacht!«
Wir nahmen unseren Drink allein, wieder Whisky, ich war auch müde und mißgestimmt, und selbst Blumenthal verfiel in Schweigen und schien zu weiteren Gesprächen nicht aufgelegt.
Schließlich war ich in meinem Zimmer, im ungewissen, was ich tun sollte. An ihre Tür klopfen? Aber vielleicht schlief sie schon. Sie anrufen? Das war erst recht rücksichtslos. Ihr Arm machte mir Sorgen. Vielleicht hatte sie Schmerzen. – Morgen würde ich als erstes einen Arzt besorgen. Die Wunde mußte angesehen und der Verband erneuert werden.
Meine Laune wurde immer schlechter. Ich hätte gegen diese Fahrt nach Triest energisch protestieren müssen. Es war einfach zuviel für sie gewesen in den letzten Tagen. War es nötig, die Geschichten von Giacomo auch noch anzuhören?
Otto Kaiser war ein toter Mann. Er hatte sein Leben gelebt. Viele Leben waren es gewesen genaugenommen, und sie mußten wohl nach seinem Geschmack gewesen sein, sonst hätte er sich sein Dasein anders eingerichtet. – Und nun sollte er wirklich tot sein.
In einer Woche, dachte ich, wird sie alles überstanden haben. Dann kann sie verreisen. Kann zu ihrer Mutter fahren. Oder sonstwohin. Weit weg.
Ich? – Was für eine Rolle sollte ich in ihrem Leben spielen? Es kam mir in dieser einsamen Nachtstunde geradezu lächerlich vor, daß ich mir jemals eingebildet hatte, überhaupt eine Rolle in ihrem Leben spielen zu können. Aber ich hatte es ja auch nicht getan. Was eigentlich wollte ich von ihr? Je länger ich darüber nachdachte, um so unruhiger und unglücklicher wurde ich. Ich zog mein Jackett wieder an und ging hinunter. Ich würde noch einen Whisky trinken. Ich hatte gerade die richtige Stimmung für Whisky.

Jedoch die Bar war bereits geschlossen.
Aber ich wollte nicht hinaufgehen in mein Zimmer, schlafen konnte ich doch nicht.
Langsam schlenderte ich am Kai entlang. Am Hafen würde es sicher irgendwo noch etwas zu trinken geben.

Ich fand eine Bar, die sogar ziemlich voll war, ein Mädchen setzte sich zu mir an den Tisch, eine üppige Dunkle, und es störte sie nicht, daß ich sie nicht beachtete. Jetzt trank ich Grappa, den ich verabscheue. Ich saß da, starrte vor mich hin und geriet immer tiefer in ein abgrundtiefes Loch der Verzweiflung. Warum, wußte ich selber nicht genau. Vielleicht war ich ein wenig betrunken. Ich hatte das Gefühl, an diesem Abend alles falsch gemacht zu haben; natürlich hätte ich noch zu ihr gehen müssen. Ich hätte sie nicht allein lassen dürfen.
Die Signorina an meinem Tisch redete auf mich ein, streichelte meinen Arm, offenbar erschien ich ihr trostbedürftig. Eine Weile saß ein kleiner betrunkener Italiener mir gegenüber und erzählte eine lange Geschichte.
Und langsam begann ich mich darüber zu wundern, wo ich eigentlich war und was ich hier tat. Und ob es mir wohl je gelingen würde, aus dieser Ecke aufzustehen und den Weg zurück ins Hotel zu suchen. Es war immer leerer geworden in dem Beisel, ein wenig stiller. Ich starrte schon einige Zeit auf die Tür und nahm mir vor zu gehen.
Plötzlich sah ich einen unter der Tür stehen. Ich war also doch betrunken.
Ich sah Ivo unter der Tür. Sehr oft hatte ich ihn ja nicht gesehen. Und genaugenommen ja auch nicht genau angesehen. Und noch genauer genommen, sahen die sich hier sowieso alle irgendwie ähnlich. – Ich starrte also weiterhin ziemlich gleichgültig auf die Figur unter der Tür und rührte mich nicht. Der Mann schien jemanden zu suchen, er rief dem Wirt etwas zu, ich verstand nicht, was er sagte, nur den Namen Tino glaubte ich zu hören. Falls das ein Name war. Der Wirt rief etwas zurück, schüttelte mehrmals lebhaft den Kopf, und der unter der Tür sah sich nun im Raum um. Es war nicht sehr hell

hier drin, das muß man auch bedenken, er kam zwei, drei Schritte ins Lokal, musterte die schrägen Gestalten, die noch da saßen, und dann fiel sein Blick auf mich. Irgendwie fiel ich ja wohl aus dem Rahmen hier.
Einen ewig währenden Moment starrten wir uns gegenseitig ins Gesicht. Dann machte er kurz kehrt und verschwand. Und nun wurde ich endlich wach. Ich sprang auf, schob die Signorina unsanft beiseite, sauste zur Tür hinaus.
Der Wirt schrie mir etwas nach, schließlich hatte ich diese gräßlichen Grappas nicht bezahlt – aber ich war schon weg. Draußen sah ich ihn laufen. Er zog ein Mädchen hinter sich her, lange dunkle Haare flatterten, konnte das Dunja sein? Der Kai war ziemlich leer zu dieser nächtlichen Stunde, und während ich lief und Tempo zulegte, dachte ich, daß ich doch wohl sehr betrunken sein mußte. Die Umgebung verschwamm vor meinen Blicken, und einmal stolperte ich über eine Unebenheit und wäre beinahe gestürzt.
Allein wäre er mir entkommen. Aber Dunja, auf hohen Absätzen, konnte nicht so schnell laufen. Sie blieb einmal in den Schienen der Hafenbahn hängen, er riß sie hoch, zerrte sie weiter, sie schrie etwas, eine Gestalt stellte sich mir in den Weg, ich stieß sie zur Seite, und nun war ich ihm schon sehr nahe, da machte er eine scharfe Wendung und verschwand im Schatten eines langen, niedrigen Gebäudes. Es schien so eine Art Lagerhalle zu sein.
Ich bog um die Ecke – noch um eine Ecke – verhielt kurz und lauschte, hörte Keuchen ganz in meiner Nähe, stürzte in das Dunkel hinein, und dann sah ich das Messer über mir blitzen.
»Ne!« schrie das Mädchen hoch und hell und schrill. »Ne!« Mit ihrem ganzen Körper warf sie sich gegen seinen erhobenen Arm, der Arm rutschte ab, das Mädchen schrie wieder, diesmal vor Entsetzen, und dann stürzte es zu Boden. Es war dunkel hier hinten, wir sahen uns nur als Schemen. Ich stürzte mich auf ihn, wir rangen, fielen zu Boden, er faßte nach meiner Kehle, er war stark, aber ich war stärker, ich kam los aus seiner Umklammerung, und dann lag er unter mir, ich hob die Faust und ... nein!!

Nein!!
Nie wieder! Nie wieder würde ich mit meiner Faust einen Menschen niederschlagen. Die Trunkenheit riß. Ich war ganz nüchtern. – Nie wieder!
Ich ließ mich zur Seite gleiten, er war sofort wieder auf den Beinen, holte mit dem Fuß aus, um nach mir zu treten, das war für mich eine günstige Chance, ich riß ihm das Standbein weg, und er stürzte mit einem dumpfen Krach zu Boden. Der Boden war aus Zement, ich hielt entsetzt den Atem an. Auch auf diese Weise konnte man einen Menschen umbringen.
Aber dann stöhnte er, begann sich aufzurappeln, ich drückte ihn mit beiden Armen auf den Boden und sagte: »Hör doch auf, Mensch! Hör doch bloß auf!«
Einen Moment lagen wir beide da, ich war ganz kalt jetzt, ganz klar, und das merkte er wohl, plötzlich gab er nach.
»Was ist mit Dunja?« sagte ich.
Bei unserem Kampf hatten wir uns ein Stück von der Stelle entfernt, wo sie zu Boden gestürzt war. Jetzt waren wir nahe an der Kaimauer gelandet, ein kleines Stück noch, und wir wären beide in das Hafenbecken gestürzt. Auch ganz gut zur Ernüchterung.
Wir standen beide auf. Ich behielt ihn im Auge, denn ich wußte ja nicht, ob es eine Finte war und ob er wieder anfangen würde.
Aber – er war auch zur Besinnung gekommen. Wir fanden Dunja an einer Mauer, sie lag da, stöhnte leise, es war zu dunkel, um zu erkennen, was mit ihr los war.
Dann hörten wir trappelnde Schritte den Kai entlangkommen.
»Carabinieri!« stieß er hervor und bückte sich nach dem Messer, das er selbst bei der Dunkelheit entdeckt hatte.
»Laß das!« sagte ich und gab ihm einen harten Schlag auf das Handgelenk. »Sei still!«
Unsere Gesichter waren nur fahle Flecken in der Dunkelheit, aber ich merkte, daß er mich ansah. Und so standen wir beide reglos an der Wand, bis die laufenden Schritte vorbei waren.
Dann bückte ich mich zu Dunja. »Hast du sie verletzt?« Er stieß ein paar unverständliche Worte hervor, dann fielen ihm

endlich ein paar deutsche Vokabeln ein. »Das Messer! Messer sie treffen.«
»Sie wollte offensichtlich nicht, daß du noch einen umlegst, du Idiot. Komm, faß an!«
Wir hoben sie hoch und trugen sie um das Gebäude herum, sehr leise, denn auf dem Kai waren Schritte und Stimmen zu vernehmen.
Wir fanden eine Stelle, wo eine Laterne ein wenig Licht gab, und legten Dunja vorsichtig hin. Sie war bei Bewußtsein und sagte: »Ist nicht schlimm. Gar nicht schlimm.« Sie blutete ziemlich heftig an der Schulter, wo das Messer sie getroffen hatte, und ich dachte, so ähnlich muß es bei Irinas Verletzung vor sich gegangen sein. Nur daß Dunja wohl mehr verletzt war, weil das Messer zum Stoß geführt worden war.
»Wir müssen sie verbinden«, sagte ich.
Er kannte sich aus im Hafen. Wir trugen Dunja ein Stück weiter, immer im Schatten der Lagerhallen, bis wir zu einer Halle kamen, die er aufstieß und in der ein mattes Licht brannte. Es roch nach Bananen. Hier mußte erst kürzlich eine Ladung Bananen gelöscht worden sein. Wir zogen Dunja die Bluse aus, sie blickte mit großen dunklen Augen zu uns auf, ihre Lippen zitterten, aber sonst war sie ruhig. Es war nur eine Fleischwunde, ein tiefer Riß von der Schulter herab über den Oberarm, fast die gleiche Stelle wie bei Irina.
»Zieh dein Hemd aus!« sagte ich zu ihm.
Er war jetzt ganz friedlich. Streichelte immer wieder Dunjas Wangen, das Blut, das aus ihrer Schulter floß, machte ihn endlich fertig. – Er zog sein Hemd aus und begann es in Streifen zu reißen, und wir verbanden die Wunde, so gut es uns gelang.
»Aber sie muß zum Arzt«, sagte ich. »Verstehst du! Arzt. Du bringen sie zum Doktor.«
Er nickte. »Natürlich. Ich bringe sie zu Doktor.«
Jetzt konnte er auch wieder einigermaßen deutsch reden.
»Ist nicht schlimm«, sagte Dunja und lächelte.
Ich glaube, es war das erste Mal, daß ich sie lächeln sah. Sie hob den gesunden Arm und legte ihre Hand an seine Wange.

»Nicht schlimm. Und ich so froh, daß du ihn nicht hast totgemacht.«
Ich grinste. »Vielen Dank für die Lebensrettung, Dunja.«
»Wie kommen Sie hier?« fragte sie.
»Kleiner Besuch in Triest.«
»Sie mich suchen?« fragte er.
»Ich bin nicht von der Polizei«, sagte ich. »Ich wußte nicht, daß Sie hier sind, Ivo. Niemand weiß es. Bis jetzt. Aber sagen Sie mir eins: Warum haben Sie Kaiser getötet?«
Er schwieg, starrte verbissen vor sich hin. Dunja begann zu weinen, ohne einen Laut. Die Tränen liefen über ihr Gesicht, eben hatte sie noch gelächelt.
»Warum haben Sie ihn getötet?«
»Er hat meinen Vater getötet.«
»Ihren Vater? Und wer ist Ihr Vater?«
Es war nicht so einfach, die Geschichte zusammenzubekommen. Dunja, die besser deutsch sprach als er, half so gut sie konnte, mir alles zu erklären, auch wenn sie immer blasser und matter wurde.
Milovan, Stankos Blutsbruder aus Montenegro, war Ivos Vater gewesen.
Ivo hatte als zwölfjähriger Junge miterlebt, wie Stanko seinen Freund und Blutsbruder im Streit getötet hatte. Das war im Jahre 1952 auf dem Höhepunkt des Streites um Triest. Er erstach eben diesen Milovan, den er kurz zuvor aus der Zone B samt seiner Familie herausgebracht hatte auf italienisches Gebiet. Soweit ich begriff, hatte Milovan erst zu diesem Zeitpunkt erfaßt, welche zwielichtige Rolle sein Freund Stanko spielte. Darüber hatte er ihm Vorwürfe gemacht, es war zum Zerwürfnis gekommen, und Milovan wollte zurück auf jugoslawisches Gebiet. Für ihn war Stanko ein Verräter, von dem er sich lossagte. Das war der Streit, der tödlich endete.
Ivo hatte es nicht vergessen. Unter dem Gesetz der Blutrache war er aufgewachsen, und offenbar hatte seine Mutter ihn früher daran gemahnt, den Tod des Vaters zu rächen. Doch Stanko war verschwunden.
Dunja war damals ein Kind von einem Jahr. Milovans Frau

lebte mit den Kindern dann bei dem Fischer Milevic in Capodistria, bis sie später zurückkehrte in ihre Heimat.
Ivo kam als junger Mann zur Marine. Sein Heimathafen war Rijeka, später fuhr er bei der Handelsmarine und war oft im Triester Freihafen. Dort kam er mit Dunjas Bruder zusammen und lernte auch die herangewachsene Dunja kennen. Vor drei Jahren hatte er abgemustert und war seitdem Lastwagenfahrer gewesen.
Dunja war schuld, daß er Stankos Spur fand. Er wollte sie heiraten, aber sie wollte nicht. Sie wollte hinaus in die Welt. Von einer Freundin, die in Graz arbeitete, erfuhr sie, wie angenehm das Leben dort sei, also ging sie auch nach Graz. Dort im Hotel lernte Otto Kaiser sie kennen, und sie, leichtsinnig und lebenshungrig, ging mit ihm. Für Ivo war es nicht schwer gewesen, sie zu finden, denn sie hatte sehr vergnügt nach Hause geschrieben, wie gut es ihr gehe und wie lustig es sich in Österreich leben lasse. Ivo kam nach Graz, um sie zu besuchen, besser gleich abzuholen, dort erfuhr er von ihrer Freundin die neue Adresse im Glainzer Tal. Mehr erfuhr er noch nicht. Er rief sie an, und sie trafen sich in Hallau. Das war ein ganz normales Rendezvous; bei dieser Gelegenheit machte sie ihm allerhand Zauber vor, die neue Stellung sei außerordentlich günstig, sie könne viel Geld verdienen, und das wolle sie noch eine Weile tun und dann zurückkommen und ihn heiraten.
Dann verlor sie ein wenig den Überblick; sie war eben doch ein dummes, unbedachtes Kind. Als sie hörte, daß Kaiser einen Chauffeur suchte, schickte sie ihm Ivo. Vielleicht war es auch die Gier nach Kaisers Geld, die sie so unüberlegt handeln ließ.
Ivo entdeckte beides zugleich: daß Otto Kaiser Stanko war, der seinen Vater getötet hatte, und daß Dunja Kaisers Geliebte war. – Bis dahin war er ein harmloser junger Mann gewesen, verliebt in ein Mädchen, das ihn schon geraume Zeit an der Nase herumführte. Die Blutrache hatte er vergessen, er war schließlich ein moderner junger Mann.
Aber nun sammelten sich Haß und Groll in ihm, und die rich-

teten sich gegen Kaiser. Aber er dachte nicht an Mord. Zuerst einmal wollte er Dunja zurückhaben. Er kündigte seine Stellung, er fuhr ins Glainzer Tal, um sie zu holen. Und – das war nun das Erstaunliche – er war an jenem Dienstag, der der Mordnacht vorausging, schon gegen Mittag im Tal gewesen, also vor Kaiser dort eingetroffen.

Es war wirklich ein merkwürdiger Zufall, daß niemand ihn gesehen hatte. Er traf Dunja in der Mittagspause, aber die schickte ihn erst mal nach Hallau zurück. Sie werde ihn dort anrufen; wenn sie ihren Koffer gepackt haben würde, könne er sie abholen.

Als Kaiser dann kam, wagte sie es jedoch nicht, ihm sofort zu sagen, daß sie beabsichtige abzureisen. Mir kam es vor, daß sie zu diesem Zeitpunkt keineswegs dazu entschlossen war. Da war schließlich noch der Flirt mit Ludwig. Und Kaisers Geschenke waren auch nicht zu verachten. Vielleicht hätte sie Ivo wieder vertröstet und fortgeschickt.

Ivo vermutete das wohl auch. Er kam am Abend ins Tal, ließ seinen Wagen in einem abgelegenen Waldweg stehen, gelangte im Dunkel bis zu ihrem Haus und wartete, bis sie kam. Heulend nach dem Auftritt mit Kaiser und Irina. – Ihr Fenster lag zu ebener Erde, sie ließ ihn herein, und dort verbrachte er den Abend mit ihr, sie wurden sich wohl mehr oder weniger einig.

Otto Kaiser kam gegen elf Uhr. Er wollte ihr gutmütig die Pelzjacke bringen, die sie in der Aufregung der abendlichen Szene hatte liegenlassen. Vielleicht wollte er sie auch anschließend mit in sein Bett nehmen, sicher sogar. Doch statt Dunja kam Ivo aus dem Fenster, und es kam zu einem Handgemenge im Garten des Reiter-Bauern.

Wenn man Ivo glauben konnte, hatte Kaiser als erster ein Messer in der Hand.

Sein Messer – das Irina weggeworfen hatte.

Er mußte es auf dem Weg durch das nächtliche Dorf gefunden haben. Im Schnee war es sicher leicht zu sehen gewesen. Ivo besaß genau das gleiche Messer, Milovans Messer. Und dieses Messer traf Kaiser schließlich tödlich.

So ungefähr reimte ich mir die Geschichte aus den oft schwer verständlichen Sätzen der beiden zusammen. Es war kein Mordplan vorhanden gewesen, die Tat war im Affekt geschehen. Sogar Notwehr konnte man geltend machen.
In der Nacht noch flüchtete Ivo bis zur Grenze. Dunja hatte ihm zwar geholfen, die Leiche Kaisers aus dem Garten wegzuschaffen, weigerte sich aber verzweifelt, mit ihm zu gehen. Sie sagte, sie wolle ihn nie wiedersehen. An der jugoslawischen Grenze kehrte Ivo wieder um, fuhr bis in die Gegend von Klagenfurt, versteckte den Wagen dort im Wald und nahm dann einen Frühzug nach Wien. Hier stimmte sein Verhalten mit den Mutmaßungen des Inspektors überein. Warum er das getan hatte, konnte er nicht genau sagen. Der Grund dafür war wohl Dunja. Er liebte sie, er wollte sie immer noch nicht aufgeben. Und darum kam er auch wieder ins Tal, auf die Gefahr hin, daß sie inzwischen alles gestanden haben würde. Er war bereit, zu seiner Tat zu stehen. Sicher hätte Dunja auf die Dauer den Verhören nicht standgehalten. Daß man Benno Tallinger verhaftete und die Ermittlungen zunächst eingestellt wurden, kam ihnen zu Hilfe. Jetzt war Dunja endlich bereit, ihm zu folgen. Als er sie abholte, steckte er das Messer in den Boden. Man sollte es finden und wissen, daß Benno es nicht getan hatte.
Es war, wie gesagt, eine sehr verworrene und oft schwer verständliche Geschichte, manches mußte ich mehr erraten, als daß ich es verstand.
»Sie muß sofort zu einem Arzt«, sagte ich, auf Dunja weisend, die mit geschlossenen Augen an seiner Schulter lehnte. Unser notdürftig angelegter Verband war durchgeblutet. Ich saß auf einer leeren Kiste, er auf dem Boden, Dunja, die halb ohnmächtig schien, neben ihm.
»Werden Sie nicht die Polizei rufen?« fragte er.
»Was hätten Sie getan, Ivo, wenn ich Sie nicht heute nacht dort in der Trattoria erkannt hätte?«
»Ich habe angeheuert auf ein Schiff, es fährt morgen aus.«
Ich nickte. Das war naheliegend.
Etwas war mir absolut nicht klar.

»Hat Kaiser gewußt, daß Sie der Sohn Milovans sind?«
Ivo schüttelte den Kopf. »Nein.«
»Aber er muß doch Ihren vollen Namen gekannt haben.«
Seine Mutter hatte wieder geheiratet, drei Jahre nach Milovans Tod. Einen Bauern aus ihren heimischen Bergen. Der adoptierte den Jungen, weil er selbst keinen Sohn hatte. Vielleicht auch führte Ivo von da an nur den Namen des Stiefvaters, ganz deutlich wurde mir seine Erklärung nicht. Als er älter wurde, verstand er sich mit dem neuen Vater nicht sonderlich gut, er kam erst fort auf eine Schule, und später ging er zur Marine.
»Ich werde Ihnen etwas sagen, Ivo. Tun Sie, was Sie wollen. Gehen Sie auf das Schiff. Lassen Sie Dunja hier zurück. Ich werde heute nacht nicht zur Polizei gehen. Aber wenn ich Ihnen einen Rat geben darf, dann gehen Sie selbst zur Polizei. Stellen Sie sich. – Es wird Ihnen sehr nützen bei der Verhandlung. Und ich kann Ihnen einen erstklassigen Rechtsanwalt empfehlen.«
Er sah mich schweigend an. Im Halbdunkel der Lagerhalle sah ich ihn nur undeutlich, aber ich sah dennoch, daß seine dunklen Augen voller Schwermut und Trauer waren.
»Sie sind sehr gut zu mir«, sagte er dann stockend.
»Und du hättest ihn beinahe auch noch getötet«, flüsterte Dunja mit geschlossenen Augen.
Er sah mich an. »Warum – warum tun Sie das?«
»Ich habe auch einmal einen Menschen getötet, ohne daß ich es wollte, und ich hatte nicht mehr und nicht weniger Grund dazu als Sie.«
Ich stand auf. »Eins allerdings muß ich Ihnen auch noch sagen. Morgen werde ich der Polizei melden, daß ich Sie im Hafen gesehen habe. Das verstehen Sie?«
Er nickte.
»Gut. Soll ich Ihnen jetzt helfen, Dunja irgendwohin zu bringen?«
Er schüttelte den Kopf. »Ich kann allein.«
Er nahm sie auf die Arme und trug sie aus dem Lagerschuppen.

Ich fragte mich, wo er denn jetzt – es war mittlerweile drei Uhr geworden – mit ihr hinwollte. Er konnte sie doch unmöglich den ganzen Kai entlang bis zur Stadt schleppen. Sie war zwar leicht und zierlich, aber immerhin, es war ein ganzes Stück Weg.
Aber er brachte sie zu einem Boot, das in der Nähe angebunden lag, legte sie vorsichtig hinein. Sie hob grüßend die Hand zu mir hinauf. »Es tut gar nicht weh«, sagte sie, »gar nicht. Es ist nicht schlimm.«
Dann ruderte er mit ihr durch den Hafen davon. Ich sah dem Boot nach, bis das Dunkel es verschluckte. – Ob er sie zum Arzt brachte? Ob er morgen zur Polizei ging?
Ich kann nicht sagen, daß ich mir sehr gescheit vorkam. Hatte ich mich nicht unverantwortlich verhalten? – Er konnte sie draußen über Bord werfen und flüchten. – Nein. Richtig hatte ich das sicher nicht gemacht.
Was Inspektor Brauer und der Herr aus Graz zu meinem Verhalten sagen würden – daran wagte ich gar nicht zu denken.
Eine Weile suchte ich zwischen den Lagerschuppen nach dem weggeworfenen Messer, eins von beiden mußte es wohl sein. Aber ich fand es nicht. Die Hallen sahen alle gleich aus. Ich wußte nicht mehr, an welcher Stelle ich ihm das Messer aus der Hand geschlagen hatte.
Langsam ging ich schließlich den Kai entlang in mein Hotel zurück.
Die Carabinieri sah ich nicht mehr.
Na ja, es mochte wohl öfter mal nachts einen Streit im Hafen geben.
Es mochte öfter vorkommen, daß einer weglief und ein anderer hinterdrein. Und daß ein Mädchen schrie.
Keinesfalls durfte ich vergessen, morgen meine Grappas zu bezahlen. Vorausgesetzt ich fand die miese kleine Bar wieder. Es gab viele von der Sorte hier.

»Nein«, sagte ich. »Ich denke, daß ich besser nein sagen muß. Ich weiß nicht, wie ich zu diesem ehrenvollen Auftrag komme. Ich meine, womit ich dieses Vertrauen verdiene.

Aber ich denke, es sind wohl Leute da, die weit besser als ich dafür geeignet sind.«

»Mein Lieber, Sie sind vielleicht ein sturer Hund!« sagte Saß. Es klang ehrlich erbost.

Molina lächelte auf seine charmante, verbindliche Weise und meinte: »Ich denke, Sie werden sich das Ganze noch einmal in Ruhe überlegen, Herr Lanz. Man kann in einem so schwerwiegenden Fall nicht sofort ja oder nein sagen. Sagen wir eine Woche? – Eine Woche Bedenkzeit. Das ist ein faires Angebot.«

Irina, die an uns allen vorbeisah und in den Garten blickte, auf den gepflegten tiefgrünen Rasen, auf die vielen leuchtenden Blumen, sah mich jetzt voll an.

»Das Vertrauen bringe *ich* Ihnen entgegen, Herr Lanz. Es war mein Vorschlag. Ich habe mit Herrn Dr. Molina und Herrn Dr. Saß darüber gesprochen, und sie meinten beide, es sei ein guter Vorschlag. Ich verstehe nichts von Geschäften. Und ich habe mich in diesem Fall von meinem Gefühl leiten lassen. – Aber die Entscheidung müssen Sie selbst treffen.«

Sie legte ihre Hand auf den Kopf des grauen Pudels, der artig neben ihr saß, dann kehrte ihr Blick gelangweilt in ihren vornehmen Millionärsgarten zurück.

Ich war mir bewußt, daß ich ein bockiges Gesicht machte. Und daß ich mich saudumm benahm. Und überhaupt ein unmöglicher renitenter Mensch war. Ich hätte niemandem auf der Welt, nicht einmal mir selbst, erklären können, warum ich mich so benahm.

Weil ich ein enttäuschter und verlassener Liebhaber war? Lieber Himmel, man durfte so etwas nicht einmal denken. Eine Frau hatte in der Verwirrung dramatischer Tage, die außerhalb jeder Normalität standen, einmal mit mir geschlafen. Ein feiner Mann vergaß so etwas. Und ein Realist bildete sich nicht ein, das hätte etwas mit Liebe zu tun.

War es so?

So war es.

Molina stand auf. »Ja. Leider. So schön es sich hier sitzt, ich habe noch zu tun.«

Und da auch Saß sich erhob, hampelte ich meine fast zwei Meter auch in die Höhe.
Ich dachte, sie würde vielleicht sagen, ich solle noch bleiben – aber sie sagte es nicht.
Wir küßten ihr alle drei die Hand, und dann kam noch ihre Mutter aus dem Garten herauf, eine schlanke, noch gar nicht alte Dame, die fast noch genauso hübsch war wie die Tochter, wir küßten auch ihr die Hand und gingen dann nicht durch das Haus, sondern die Stufen von der Terrasse herab und seitwärts um das Haus herum auf die Straße. An der Hausecke wandte ich mich noch einmal um, aber sie sah mir nicht einmal nach, sie sprach mit ihrer Mutter, sie lächelte, sie sah braungebrannt und hübsch und sehr zufrieden aus. Sie trug ein dunkelblaues ärmelloses Kleid mit einem weißen Kragen, es war sehr warm an diesem Maitag in Wien, und ich dachte noch einmal: Nein. Ich habe nein gesagt, und dabei bleibt es. Und die Stellung im Sägewerk werde ich auch demnächst kündigen.
»Können Sie mir vielleicht sagen, Sie dreimal vernagelter Depp«, begann Saß, als wir auf der Straße standen, aber Molina unterbrach ihn gleich. »Lassen Sie ihn, Herr Kollege. Er hat eine Woche Zeit zum Überlegen, und dann wird er ja sagen.«
»Da haben Sie sich ganz gewaltig getäuscht«, sagte ich. »Da sage ich erst recht nein. Habe die Ehre.«
Und damit stieg ich in meinen Wagen und fuhr ihnen davon.
Ich benahm mich nicht nur blöd, sondern auch unhöflich. Aber das war mir im Moment ganz egal.
Ich hatte sie endlich wiedergesehen, und ich hatte sechs Wochen lang nichts anderes getan als von dieser Stunde geträumt. Alles mögliche hatte ich mir vorgestellt. Manchmal viel, manchmal wenig, manchmal gar nichts.
Aber das hier war weniger als gar nichts. Eine kühle hochmütige Fremde hatte ich getroffen. Es verbot sich ganz von selbst, sich dieser Frau gegenüber an etwas zu erinnern, das vielleicht einmal vorgefallen war. Vielleicht. Möglicherweise hatte ich das auch nur geträumt.

Ich besuchte nicht einmal Josy. Ich wollte nichts und niemand sehen.
Ich fuhr stracks aus Wien hinaus die mir nun schon wohlbekannte Strecke. – Genau sieben Wochen war es her, daß ich zum erstenmal hier gefahren war. Jetzt war es Mitte Mai. Ein grüner, warmer, herrlicher Mai. Die Sonne begleitete mich auf dem ganzen Weg, und erst, als ich durch Hallau kam, fing es an zu dämmern.
Ich war froh, als ich wieder im Tal war. So oder so – ich würde es bald verlassen müssen. Kündigen würde ich, ja, das war es.
Sie hatten schon gegessen, aber Olga servierte mir mein Abendessen nach. Sie saßen alle drei um mich herum und warteten, daß ich etwas erzählte.
»Was war denn los?« fragte Ludwig. »Was wollte denn die hohe Direktion von Ihnen?«
»Nichts Besonderes.«
»Möcht' wissen, warum Sie dann partout heut hineinkommen sollten«, meinte Burger.
Ich schwieg.
»Übrigens hat das Fräulein aus Hallau heut angerufen, Sie wissen schon, die neulich sich hier vorgestellt hat. Sie wird nächste Woche anfangen.«
»Na, ist das nicht ein Glück? Bin ich endlich von diesem Posten erlöst«, sagte Ludwig.
Wir hatten ihn nämlich in den letzten Wochen als Sekretärin mißbraucht. Solange er das Gipsbein hatte, war er ganz bereitwillig tätig gewesen. Er tippte zwar nur mit zwei Fingern, und Fehler machte er auch reichlich, aber er war ganz froh, etwas zu tun. Seit er wieder laufen konnte, war er zunehmend ungeduldig geworden.
»Heute bin ich eine ganze Stunde spazierengegangen«, erzählte er mir, »bergauf und bergab. Ich spüre überhaupt nichts mehr.«
»Das ist ja fein«, sagte ich.
»Und daß Sie's wissen, bald schlägt die Stunde des Abschieds. Glainzer Tal, ade. Ich fahre Ende der Woche nach Wien. Und dann lebe ich wieder mein Leben.«

»Viel Erfolg«, sagte ich. »Ich hoffe, Sie werden ein zweiter Karajan.«
»Ich hab's vor«, sagte er bescheiden.
»Sie haben aber wenig gegessen«, stellte Olga tadelnd fest. »Hat's Ihnen nicht geschmeckt?«
»Doch, sehr gut. Danke.«
»Sicher hat er zu Mittag in Wien gut gespeist«, meinte Burger. »Wo denn?«
»Ich weiß nicht«, sagte ich. »Ich hab's vergessen, wie das Lokal heißt.«
»Warum sind S' denn so grantig?« fragte Burger. »Haben Sie sich geärgert in Wien?«
»Nein. Gar nicht.«
Sie blickten mich alle drei besorgt an, und zum erstenmal, seit ich sie kannte, gingen sie mir auf die Nerven. Ich zündete mir eine Zigarette an, Olga schenkte mir noch einmal Wein ein, und schließlich sagte ich es ihnen. »Sie haben sich jetzt entschlossen, eine GmbH aus Kaisers Firma zu machen. Und sie haben mir angeboten, als geschäftsführender Teilhaber einzutreten.«
»Na, großartig!« sagte Ludwig. »Gratuliere! Das ist die beste Idee, die sie haben konnten. Hat sicher der Molina ausgekocht.«
»Ich hab' abgelehnt.«
Tiefes Schweigen.
»Und warum?« fragte Olga endlich.
Ich hob die Schultern. »Ich will nicht.«
»Und warum nicht?«
Es war schwer, darauf zu antworten. »Ich bin der Meinung, daß sie drin Leute haben, die besser dafür geeignet sind. Ich bin neu in der Firma. Ich bin hier auf einem verhältnismäßig unwichtigen Außenposten, und das seit knapp zwei Monaten. Ich finde, diese Position kommt mir nicht zu.«
»Und ich finde, Sie haben Holz statt einem Gehirn im Kopf«, sagte Ludwig respektlos.
»Kann sein«, sagte ich. Dann stand ich auf. »Ich geh' noch ein Stück spazieren. Guten Abend.«

Molly, die neben der Tür lag, sprang auf und bewegte erwartungsvoll die Rute. »Du kannst mitkommen.«
Ich hatte nicht nur Holz im Kopf, ich hatte auch da Holz, wo man normalerweise ein Herz hat. Oder ein Gefühl. Oder sonst irgend so was Ähnliches.
Langsam schlenderte ich über das Sägewerksgelände, roch den vertrauten Geruch, ging dann hinaus, den Weg zum Fluß hinab, durch die Büsche, tiefer in das Tal hinein. Die Büsche waren jetzt voll jungem Laub, und es duftete nach Frühling. Ein halber Mond stand silbern am hellen Nachthimmel. Wie auch immer, es würde mir schwerfallen, von hier wegzugehen. Aber je eher, um so besser. Es gab schließlich noch mehr Sägewerke in Österreich, und ich hatte keine Bedenken, ich würde schon eine neue Stellung finden.
Eine Weile saß ich unten an der Glainz auf einem Baumstumpf und wurde ein wenig friedlicher. Vielleicht benahm ich mich wirklich albern. Wann wurde einem schon so eine Chance geboten? Einmal und nicht wieder. Konnte ich nicht vergessen, was zwischen ihr und mir gewesen war? Konnte ich nicht dieses generöse Angebot annehmen, viel Geld verdienen und mich des Vertrauens würdig erweisen, das man mir entgegenbrachte?
Wenn sie es vergessen hatte, konnte ich es auch vergessen. Also. Eine Woche Bedenkzeit. Gut. Ich würde bedenken.
Nein. Ich würde nicht bedenken. Ich hatte abgelehnt, und dabei blieb es.
Ich sei ein sturer Hund, hatte Saß gesagt. In gewisser Weise stimmte das. War ich schon immer gewesen. Man verändert sich eben nicht.
Die Glainz schimmerte silbern im Mondlicht und murmelte leise und fröhlich vor sich hin, sie war ruhiger geworden, nicht mehr so ungebärdig wie nach der Schneeschmelze. Ich schlenderte langsam zurück, aber ich konnte mich nicht entschließen, ins Haus zu gehen. Ich wollte kein Gespräch mehr heute abend. Keine Fragen.
Ludwig ging also zurück nach Wien. Er würde sich eine Wohnung mieten, Geld hatte er ja jetzt, und seine Studien wieder-

aufnehmen. Olga war hin- und hergerissen, sie ließ ihren Sohn ungern allein, aber wir, Burger und ich, hatten ihr in der letzten Zeit klargemacht, daß ihr Sohn erwachsen sei und daß sie ihn nun endlich einmal sich selbst überlassen mußte. »Na, schön«, hatte sie schließlich widerwillig zugestimmt, »dann bleibe ich eben hier.« Sie blieb ganz gern im Tal. Sie fühlte sich wohl hier. Und jede Mutterrolle war einmal ausgespielt. Das sah sie wohl ein.
Eine neue Sekretärin bekamen wir also auch. Gut. – Das Sägewerk lief problemlos. Wir hatten viele Aufträge, die Arbeit klappte. Wir beschäftigten zur Zeit 51 Arbeiter.
Oben auf dem Schloß war Licht. Esther würde auch wieder dasein. Sie war vierzehn Tage fort gewesen, in England bei Bekannten. Ich überlegte kurz, ob ich noch hinaufgehen sollte zu einem Besuch. – Zu spät, zehn Uhr. Keine Zeit, um noch einen Besuch zu machen.
In der letzten Zeit war ich viel oben auf dem Schloß gewesen. Mit beiden, mit Graf Poldi und mit Esther, hatte ich mich gut angefreundet. Besonders viel waren wir zusammen, als in den Osterferien Esthers Sohn dagewesen war, er hielt sich oft im Sägewerk auf, ich war mit ihm zum Fischen gegangen. Ein netter Bub, wir hatten uns gut vertragen. Jetzt war er wieder in seinem Internat. Aber in den großen Ferien würde er wiederkommen.
»Er braucht einen Vater«, hatte Esther gesagt. »Dann kann noch ein ganz normaler Mensch aus ihm werden.«
Auch Josy hatte mich besucht. Es beruhigte sie, daß ich mich wohl fühlte hier draußen und daß alles einigermaßen glimpflich abgegangen war. Natürlich mußte ich ihr die ganze Tragödie noch einmal genau erzählen. Irgendwie war sie stolz auf mich, sie sagte: »Du hast das großartig gemacht.«
»Möchte bloß wissen, wieso. Was hätte ich denn sonst tun sollen!«
Denn meine Rolle, die ich bei der Aufklärung des Mordes gespielt hatte, war natürlich in den Zeitungen ausführlich gewürdigt worden. Das Ganze war überhaupt ein fetter Braten für die Reporter gewesen. Ehemaliger Totschläger stellt Tot-

schläger und überredet ihn, sich selbst zu stellen. So ungefähr, mal auf den primitiven Nenner gewisser Blätter gebracht, stand in den Zeitungen zu lesen.
Ja. Ivo hatte sich gestellt. Er war jetzt in Untersuchungshaft. Im Prozeß würde Saß ihn verteidigen. Er war damit in besten Händen – wer wußte das besser als ich.
Auch für Dunja hatte Saß gesorgt, er hatte sie nach Österreich zurückgeholt; sie arbeitete in einem Kaffeehaus in Wien als Serviererin. Sie war so eine Art Wiener Berühmtheit geworden. Sechs Heiratsanträge hatte sie schon bekommen, hatte Saß mir heute vormittag erzählt. Bis jetzt spielte sie noch die Rolle einer treuen Liebenden. Sie wollte auf ihren Ivo warten. Wie lange sie das durchhielt, war eine andere Frage.
Aber ich wollte ihr nicht unrecht tun. Vielleicht würde sie wirklich auf ihn warten.
Die Zeitungen und Illustrierten hatten den Fall groß ausgeschlachtet. Eine Zeitlang hatten sie uns hier im Tal auch aufgesucht. Bis aus Deutschland waren sie gekommen. Und natürlich war ich das interessanteste Objekt für sie. Ich war ziemlich unzugänglich, aber immerhin wußte nun jedermann hierzulande, was es mit mir auf sich hatte. Zum zweitenmal gewissermaßen war ich berühmt geworden.
Zum Teufel, begriffen die denn das nicht in Wien, daß ich wirklich nicht der richtige Mann war, in Zukunft Otto Kaisers Firma zu repräsentieren?
Das, zum Beispiel, hatte ich gesagt heute nachmittag beim Gespräch in der vornehmen Villa von Madame Kaiser. Und Saß hatte kühl erwidert: »Wieso denn das? Menschenskind, haben Sie nicht begriffen, in welcher Zeit wir leben? Publicity ist heute alles. Auch im Geschäftsleben. Sie sind ein interessanter Mann, Lanz, für alle und für jeden. Es wird der Firma nicht schaden. Es wird ihr nützen.« Molina hatte dazu genickt. Komische Anwälte waren das. Früher sah man auf guten Ruf und weiße Westen. Heute war eben alles anders.
Irina hatte dazu nichts gesagt. Sie hatte überhaupt wenig gesagt. Eigentlich kaum etwas. Es war alles so unpersönlich zwischen uns – unpersönlicher konnte es kaum sein. Aber so

mußte es natürlich sein zwischen einem Geschäftsführer und der Hauptaktionärin. Logisch.
Ich saß auf einem Holzstapel, rauchte und starrte böse den Mond an. Molly saß neben mir und wunderte sich, warum wir nicht nach Hause gingen.
Warum war ich eigentlich böse auf Irina? Was – um alles in der Welt – hatte ich denn erwartet?
Auch sie hatte schlimme Zeiten hinter sich. Auch über sie waren die Reporter hergefallen, auch sie hatte viel ertragen müssen. Mehr als ich.
Es hatte eine ganze Weile gedauert, bis sich die Gemüter um den Fall des Holzkaisers beruhigt hatten. Zu vielfältig, zu interessant und schließlich auch zu zwielichtig war die Gestalt des Mannes, den es betraf. Artikel, Berichte, Reportagen, die Zeitungen hatten einen wunderbaren Stoff, und dann folgten die Illustrierten. Wir waren alle darin vorgekommen.
War es denn ein Wunder, daß Irina davor geflohen war? Gleich nach der Beisetzung war sie verreist. Verschwunden. Einfach weg. Auch für mich.
Und das war es, was mich so kränkte.
Das?
Nein. Nicht nur.
Von Molina erfuhr ich schließlich, wo sie war. Er kam noch einmal heraus, er war sehr nett. Und er erzählte ganz beiläufig, daß sie mit Bernhard Blumenthal nach Mexiko geflogen sei.
»Das ist gut«, sagte er. »Das ist schön weit weg. Eine ganz andere Welt. Da wird sie auf andere Gedanken kommen.« Er blickte mich dabei mit schiefgelegtem Kopf an.
Ich sagte kühl: »Sie haben recht. Das ist sehr schön weit weg. Und Blumenthal ist eine erstklassige Gesellschaft für sie. Sehr unterhaltend.«
»Genau. Es ist nicht einzusehen, daß sie mit einem Nervenzusammenbruch in einem Sanatorium die Sache beschließt.«
Die Sache.
Die Sache war der Tod ihres Mannes.
Ich war überhaupt keine Sache.

Und heute hatte sie mich nach Wien bestellt. Madame war wieder da, braungebrannt und mit den Nerven bestens in Ordnung, und sie hatte mir angeboten, die Firma Kaiser in Zukunft zu leiten.
Danke.
Es blieb nicht viel übrig für mich.
Es blieb immerhin: Nein!

Am Samstag morgen fuhren sie alle nach Wien.
Ludwig, um sich dort häuslich einzurichten. Olga, um ihm wenigstens für einige Tage dabei zu helfen. Und im letzten Moment hatte sich Burger überraschend dazu entschlossen, sie zu begleiten.
»Ich möcht' auch wieder mal in die Stadt hinein. Wien ist im Mai am schönsten. Montag bin ich wieder da.«
»Von mir aus können Sie ruhig ein paar Tage länger bleiben«, sagte ich.
Und er, ganz gelassen: »Gut, dann bleibe ich bis Mittwoch. Geh' ich mal wieder in die Oper.«
Olga hatte für mich vorgekocht und mir genau erklärt, wie ich mich ernähren sollte.
»Ich werde schon nicht verhungern«, sagte ich.
»Nein«, sagte sie und lachte ganz fröhlich, »das denke ich auch nicht. Aber hoffentlich langweilen Sie sich nicht.«
»Bestimmt nicht.«
Gräfin Esther schien ähnliche Besorgnisse zu haben. Sie kam am Nachmittag, um zu schauen, ob mir auch nichts abgehe.
»Mon Dieu, Severin, Sie sind hier so allein. Haben Sie auch ordentlich zu Mittag gegessen?«
»Gräfin«, sagte ich, »mir geht es bestens. Ich habe gegessen, bin gut ausgeruht und bin sehr froh, daß ich mal für mich allein bin.«
»Schon gut, schon gut, Sie sind wirklich zur Zeit unausstehlich. Ich geh' gleich wieder. Sollte Ihnen dennoch der Sinn nach ein bisserl Unterhaltung stehen, freuen wir uns, wenn Sie heraufkommen.« Sie seufzte. »*Ich* jedenfalls bin froh um ein bisserl Unterhaltung. Ich werde eh jetzt oft hier sein. Wir

müssen sparen, der Poldi und ich. Solange wir denken konnten, der Kaiser kauft uns das Schloß ab, haben wir immer gedacht, wir kommen noch mal zu Geld. Damit ist's jetzt nix. Alt und grau und verschimmelt werd' ich auf dem verflixten Kasten da oben werden.«
Wir tranken einen Kaffee zusammen, und dann brachte ich sie vors Haus. Wir standen da noch eine Weile und redeten. Der Himmel war blau, die Sonne schien, und sie sagte: »Also, da hat der Poldi schon recht, net? Der Frühling hier im Tal ist wunderbar.«
»Ja«, sagte ich. »Da hat er recht.«
Vom Dorf her kam ein weißes Mercedes-Cabrio hergerollt, und sie sagte: »Ui! Sie bekommen Besuch, Severin.«
»Nicht, daß ich wüßte.«
Ich bekam Besuch.
Der Wagen hielt direkt vor uns, und Irina stieg aus. Sie trug dunkelblaue Hosen und einen blau-weiß gestreiften Blazer, ihr blondes Haar war wundervoll frisiert, sie war zu schön, um wahr zu sein. Und ich machte ein dummes Gesicht.
Zunächst begrüßten sich die beiden Damen auf das liebevollste, und Esther rief: »Das ist aber nett, daß Sie kommen. Der arme Severin ist ganz allein. Ich bin grad gekommen, um ihn ein bisserl zu trösten. Alle haben sie ihn allein gelassen.«
»Der Arme!« sagte Irina und schenkte mir ein kühles Lächeln. »Es ist wirklich lieb, daß Sie sich um ihn kümmern, Gräfin.«
»Ja, das hab' ich die ganzen Wochen lang getan.«
Daß sie davon vierzehn Tage in England gewesen war, verschwieg sie.
»Wieso ist er denn allein?« fragte Irina. »Wo sind denn die anderen?«
»Alle san s' nach Wien gefahren«, klärte Esther sie auf. »Die Olga, der Ludwig, sogar der Burger.«
»Ach nein!« rief Irina überrascht. »Da komme ich wohl recht ungelegen.«
Sie blickte mich fragend an, und ich machte notgedrungen einen Diener und sagte: »Keineswegs, gnädige Frau.«

»Ach, ich denk', er freut sich, daß Sie ihn besuchen«, meinte Esther.
So redeten sie eine Weile hin und her, ich stand dabei wie ein Depp. Dann gingen wir ins Haus, auch Esther kam noch einmal mit, ich servierte einen Slibowitz, wir rauchten eine Zigarette, dann blickte die Gräfin auf die Uhr und rief: »Um Gottes willen, ich muß ja hinauf. Wir kriegen Besuch zum Tee.«
»Aber bleiben Sie doch noch«, sagte ich leicht verzweifelt. Aber sie hatte es auf einmal sehr eilig. Ich brachte sie hinaus und sah ihr nach, wie sie flott aufs Dorf zu marschierte, und dann stand ich immer noch da und immer noch – und dann ging ich schließlich hinein.
»Na, Ihnen war es aber sehr wichtig, daß sie noch hierbleibt«, sagte Madame Kaiser spitz, als ich wieder ins Bauernzimmer kam.
Ich sagte erst mal nichts und wartete ab.
»Mir scheint, ich komme wirklich ungelegen.«
Und als ich immer noch nichts sagte, fügte sie hinzu: »Sie haben sich wohl gut angefreundet mit der Gräfin?«
»Ja. Sehr gut.«
»Das ist nett für Sie, nicht? Dann war es Ihnen nicht so langweilig.«
»Langweilig war es mir gewiß nicht. Ich habe genügend Arbeit.«
»Wo sind denn die anderen?«
»Nach Wien gefahren, Sie haben's ja gehört. Ludwig für ganz. Er will ja nun wieder studieren.«
»Ja, ich weiß. Er soll doch recht begabt sein, wie ich hörte. Also soll er es halt versuchen.«
»Ja.«
Sie hatte am Tisch gesessen, und nun stand sie auf, ging zum Fenster, blickte hinaus, wandte sich dann um.
»Seltsam.«
Ich schwieg.
»Wieder hier zu sein, meine ich.«
Ich schwieg.
»Ist es Ihnen sehr lästig, daß ich hier bin?«

»Warum sollte es mir lästig sein, gnädige Frau. Es ist nur, Sie haben ja gehört, Frau Jarisch ist nicht da. Aber Sie werden ja ohnedies nicht lange bleiben wollen.«
»Das kommt darauf an«, sagte sie langsam. »Eigentlich hatte ich gedacht, ich könnte das Wochenende hier verbringen.« Und als ich nichts darauf sagte, » ... das Wetter ist so schön, nicht? Ich dachte, wir könnten wieder einmal spazierengehen und ... ich wollte hören, ob Sie schon zu einer Entscheidung gekommen sind.«
»Sie haben meine Antwort gehört. Nein!«
»Ich akzeptiere dieses Nein nicht. Ich möchte, daß Sie nach Wien kommen und die Leitung der Firma übernehmen.«
»Das kann ich nicht.«
»Warum nicht?«
»Weil ich nicht will.«
»Und warum wollen Sie nicht?«
»Weil ich halt nicht will.«
Wir starrten uns an über die Länge des Raumes hinweg, sie immer noch am Fenster, ich an der Tür.
Eine Weile blieb es totenstill.
Dann senkte sie den Kopf und sagte leise: »Es ist ja wirklich sehr schön hier. Es gefällt Ihnen, nicht wahr?«
»Ja, aber ich werde trotzdem ...«
»Aber ich«, unterbrach sie mich, »ich weiß nicht ... doch, ich könnte mich sicher daran gewöhnen, hier zu leben.«
»Wie soll ich das verstehen?« fragte ich steif.
»Oh, verdammt!« rief sie laut und gar nicht mehr damenhaft, »steh doch nicht wie ein Holzklotz da an der Tür. Severin!«
Sie ging zum Tisch und setzte sich auf die Kante.
»Würdest du die Güte haben, mir ein Stück näher zu kommen?«
Es gab zwei Möglichkeiten. Ich konnte aus dem Zimmer gehen und sie da sitzenlassen. – Ich konnte auch ...«
»Bitte, komm her!« sagte sie.
Also ging ich hin.
Sie saß auf der Tischkante, und ich stand vor ihr.
»Warum bist du so böse auf mich?«

»Böse, gnädige Frau? Warum sollte ich böse auf Sie sein?«
»Doch, du bist böse auf mich. Und ich weiß auch, warum. Aber was sollte ich denn machen? Ich konnte es einfach nicht mehr ertragen, die Reporter und die Fragen und die Neugier, ich hatte es satt. Ich stand so im Mittelpunkt. Und wenn ich zu dir gesagt hätte, bitte, komm zu mir und bleib bei mir, wirf sie alle hinaus, was hätten sie dann alle gedacht und gesagt? Ich konnte doch nicht gleich, am Tage nach der Beerdigung gewissermaßen, mit einem neuen Mann zusammenleben. Was hätte das für einen Eindruck gemacht? Bitte, überleg doch mal. Wo sie sich sowieso die Finger wundgeschrieben haben über das alles.
Und ich habe ja schon gleich daran gedacht, daß du die Firma leiten sollst. Und da mußte ich doch jedes Gerede vermeiden. Begreifst du das denn nicht? Ich habe mit Blumenthal darüber gesprochen, das war ein ganz Außenstehender, aber er wußte doch genau Bescheid, nicht? – Ich habe ihm gesagt, ich liebe diesen Mann, aber in der jetzigen Situation kann ich das nicht offen bekennen. Wie soll ich mich am klügsten verhalten?«
Sie blickte zu mir auf und legte eine Hand auf meine Brust. »Ob du das begreifst.«
Ich gab keine Antwort und blickte nur wie ein störrischer Maulesel in ihr geliebtes schönes Gesicht.
»Und Bumenthal hat gesagt: Sie müssen eine Weile fort aus Wien. Möglichst weit fort. Ich mache eine Studienreise durch Mexiko, mein nächstes Buch soll nämlich dort spielen. Begleiten Sie mich für eine Weile, Sie lernen ein interessantes Land kennen, werden abgelenkt, können sich auch noch mal in aller Ruhe alles überlegen – das mit der Liebe und so –, es vergeht ein bißchen Zeit. Bleiben Sie zwei, drei Monate fort, und dann werden Sie wissen, was Sie tun wollen. So war es, Severin!«
Sie nahm jetzt beide Hände und versuchte mich zu schütteln. »Genau so. Ich bin schon nach vier Wochen zurückgekommen, weil ich es nicht ausgehalten habe. Und dann habe ich gleich mit Molina gesprochen, und der hat den Saß dazugeholt. Und wir haben uns so gefreut, daß wir dir das sagen

konnten mit der Firma. Ich dachte, du freust dich und du verstehst vor allem, wie es gemeint ist. Was *ich* damit meine. Und nun stehst du da und siehst mich an, als hättest du mich nie gesehen.«
»Verstehen? Ich verstehe kein Wort«, sagte ich stur.
Sie legte den Kopf an mein hellblaues Polohemd. »Doch, du verstehst mich ganz genau. Ich war doch wirklich nicht lange weg. Sieh mal, wenn ich getan hätte, was mir am liebsten gewesen wäre, dann wäre ich gleich zu dir gekommen. Es ging doch aber wirklich nicht. Ich habe mit Mutti auch darüber gesprochen, sie hat auch gesagt, es geht nicht. Du gefällst ihr übrigens gut, aber sie meint, du hast einen Dickschädel. Und da hat sie, verdammt noch mal, recht. Ach!«
Sie seufzte sehr gekonnt, und dann ging es weiter in einer neuen Tonart: »Vielleicht habe ich mir das auch nur alles eingebildet, daß du ... vielleicht war das für dich bloß so ... Und vielleicht liebst du überhaupt die Gräfin. Sie ist ja viel hübscher als ich.«
Das war zu dumm, um darauf zu antworten.
»Aber wenn es nicht so ist, und wenn du vielleicht ...«, sie seufzte wieder. »Du brauchst ja die Firma nicht zu leiten, wenn du nicht willst. Genaugenommen hätte ich viel lieber einen Mann, der nicht Tag und Nacht arbeitet. Und ich lebe auch mit dir hier im Tal, wenn du willst. Das macht mir gar nichts aus und ... Bitte, knirsch nicht mit den Zähnen! Du bist zwar einen Meter sechsundachtzig groß, aber ich kann es bis hier herunter hören. Ich kriege eine Gänsehaut davon.«
»Davon?«
»Im Moment davon, ja. Und bitte benimm dich nicht so abscheulich. Ich bin hier, und ich bin nur für dich hier. Aber, wenn du es partout kompliziert machen willst, dann bitte! Du kannst entscheiden, was du willst, ob du hierbleiben oder nach Wien kommen willst. Vielleicht willst du auch lieber nach Australien. Mir ist es egal. Ich will nur bei dir sein. Natürlich habe ich gewußt, daß du heute allein bist. Ich habe die ganze Woche lang mit Olga telefoniert. Ich weiß genau, was im Kühlschrank steht und was sie für dich gekocht hat und

wann ich was auf welche Weise wärmen soll. Und ich hab' gesagt, sie muß Burger auf jeden Fall mit hineinnehmen nach Wien, damit er uns hier nicht stört. Alle wissen es, alle. – Nur du nicht!«
»Was wissen alle?«
Da biß sie in mein blaues Polohemd. Und in das, was darunter war.
»Vielleicht könntest du dich daran erinnern«, sagte sie, und jetzt war sie wütend, »daß du zwei Arme hast. Es ist sechs Wochen her, daß du mich umarmt hast.«
»Und Blumenthal?«
Sie hob den Kopf und blickte mit großen Unschuldsaugen zu mir auf. »Blumenthal?«
»Was hast du mit ihm gehabt?«
»Mit ihm? – Severin, bist du verrückt? Er ist zweiundsechzig. Er wußte von Anfang an, daß ich dich liebe. Ich habe meistens mit ihm über dich gesprochen. Er ist mein Freund, ein richtiger Freund. Und du gefällst ihm sehr gut. Und ... Ach! Du tust mir weh!«
»*Was* wußte er von Anfang an?«
»Ich sag's nicht noch einmal. Jetzt bist du dran. Es geschieht mir ganz recht, ich hätte nicht herkommen sollen.«
»Und warum bist du hergekommen?«
»Ja, das frage ich mich auch. Ich fahre sofort zurück nach Wien. Und ich will dich nie wiedersehen. Nie. Oh – nein, laß mich los! Du bist ein liebloser, hartherziger Mensch. Du sollst mich loslassen! Ich will nichts mehr von dir wissen. Ach – nein – nein, ich – oh!«
Ich hob sie hoch von der Tischkante, trug sie zur Tür, machte die Tür mit dem Ellenbogen auf, stellte sie draußen so lange ab, ohne sie loszulassen, bis ich die Haustür abgeschlossen hatte, und dann nahm ich sie wieder auf die Arme und stieg mit ihr die Treppe hinauf.
Molly war uns nachgelaufen, bellte zweimal unsicher und fragend. Sie fand das neue Spiel einerseits ganz lustig, andererseits aber auch irgendwie bedrohlich.
»Du weißt«, sagte ich, während ich sie die Treppe hinauftrug,

»daß du das ganze Wochenende über mit mir allein in diesem Haus bist.«

Sie hatte das Gesicht auf meine Schulter gelegt und murmelte: »Wirklich? Das habe ich mir gar nicht so richtig klargemacht. Aber vielleicht kommt deine Freundin, die Gräfin, einmal zu Besuch.«

»Die Tür ist abgeschlossen. Sie wird denken, ich bin weggefahren.«

»Das wird sie nicht denken. Mein Wagen steht vor der Tür. Du kompromittierst mich so furchtbar, daß es eigentlich nur zwei Möglichkeiten gibt. Entweder ich muß mich in der Glainz ersäufen, oder du mußt mich heiraten.«

»Eins von beiden«, sagte ich. »Bis Montag werde ich es mir überlegt haben, was ich dir empfehle.«

Vergiß, wenn du leben willst

Cornelia

Josef, der Hausdiener vom »Schwarzen Bären«, ist der erste in Dornburg, der die Fremde zu sehen bekommt. Am frühen Nachmittag ist es, so gegen drei; er steht vor dem Portal des Hotels, die letzten Mittagsgäste haben das Haus verlassen, und nun ist es still auf dem Marktplatz; ein paar Wagen parken da, alles einheimische, keine fremden darunter.
Die Dornburger sind wieder unter sich, keine Urlaubsgäste mehr. Und ein schöner Herbst ist dieses Jahr, windstill ist es, südlich weich die Luft. Der Josef läßt sich die milde Oktobersonne auf den Kopf scheinen, unterdrückt ein Gähnen und blinzelt schläfrig.
Da sieht er den Wagen kommen. Er kommt von Norden her, rollt langsam über den Marktplatz, biegt in eine Parklücke ein und hält.
Eine Weile rührt sich nichts. Der Josef späht hinüber. Ein heller, fast weißer Wagen ist es, ein französischer, wie ihm scheint, so genau kennt er sich mit Automarken nicht aus. Schließlich öffnet sich die Tür, und der Fahrer steigt aus. Oder vielmehr die Fahrerin. Josef richtet sich auf und nimmt die Schultern nach hinten. Ein Gast! Ein Gast für den »Schwarzen Bären«, das erkennt er sofort.
Die Frau bleibt einen Moment, wie unschlüssig, neben dem Wagen stehen; sie betrachtet die mittelalterlichen Fassaden der Häuser, die den Marktplatz umgeben, zuletzt haftet ihr Blick auf dem »Schwarzen Bären«.
Während sie auf ihn zukommt, hat Josef Zeit genug, sie zu betrachten. Eine große, gutgewachsene Frau. Sie hält sich gerade, geht gelockert und diszipliniert zugleich; alles an ihr beweist die Frau von Geschmack, das Tweedkostüm, die Schuhe, die Tasche unter dem Arm; eine teure, unauffällige Eleganz, die Kleidung, Haltung und Auftreten gemeinsam schaffen. Josef ist durchaus in der Lage, das zu beurteilen, vielleicht nicht im einzelnen, aber als Gesamteindruck. Er hat lange Erfahrung, denn der »Schwarze Bär« ist ein erstklassi-

ges Hotel, eins mit drei Sternen, und sein Besitzer ein Mann von Kultur und Haltung, der seine Mannschaft gut geschult hat. Das Gesicht der Fremden ist genauso, wie Josef es erwartet hat. Klar geformt, schmal, die Brauen hoch gebogen, der Blick ernst, fast abweisend; ein kühler, ein wenig hochmütiger Mund, eine hohe Stirn, glattes dunkelblondes Haar. Sie ist nicht mehr jung, diese Frau, aber von jener Art, der das Älterwerden nicht viel anhaben kann.
Sie bleibt vor ihm stehen, und Josef macht eine kleine Verbeugung.
»Haben Sie ein Zimmer frei?« fragt sie.
»Bitte sehr«, erwidert Josef. »Selbstverständlich, gnädige Frau. Wir haben Zimmer frei.«
Sie reicht ihm ihren Wagenschlüssel. »Holen Sie bitte mein Gepäck, und bringen Sie den Wagen in die Garage.«
Und dann tritt sie an ihm vorbei durch die offene Tür in das alte Gewölbe, das dem »Schwarzen Bären« als Halle dient.
Beeindruckt blickt Josef ihr nach. Was für eine Frau!! Gibt ihm den Schlüssel, gibt ihm kurz ihre Anweisungen und verschwindet. Offenbar hält sie es für selbstverständlich, daß er Auto fahren kann. Er kann es nicht. Er ist seit dreißig Jahren im »Schwarzen Bären«, und es war niemals notwendig, daß er ein Auto lenkte. Jetzt wird er es auch nicht mehr lernen. Muß er also diesen frechen Burschen, diesen Charly, zu Hilfe holen. Der kann natürlich fahren, obwohl er gerade neunzehn Jahre alt ist und außer einem großen Mundwerk nicht viel zu bieten hat. Charly! Das sagt alles, eigentlich heißt er Karl. Aber ein so normaler Name ist dem Grünzeug heutzutage nicht mehr fein genug.
Er trabt hinüber zu dem weißen Auto und holt das Gepäck der Dame, es ist nicht viel, zwei helle Lederkoffer, eine große Tasche.
Beim ›Empfang‹ angekommen, sieht er, daß der Chef selber da ist. Eigentlich ist jetzt die Stunde seiner Siesta, aber der Josef wundert sich trotzdem nicht über seine Anwesenheit. Es ist komisch – aber irgendein sechster Sinn scheint ihm jedesmal zu verraten, wenn interessante Gäste kommen; da ist er immer zur Stelle.
In seiner typischen Haltung, ein wenig vorgebeugt, was sehr

verbindlich wirkt, ein diskretes Wohlwollen im Gesicht, so steht er vor der schönen Fremden, und Josef hört ihn sagen: »Ich werde Ihnen die Zimmer zeigen, gnädige Frau.« Also ein besonderer Gast! Wenn der Chef die Zimmer selber zeigt, bedeutet das eine Auszeichnung, wie das Personal des Hauses sehr wohl weiß.

Clementine, die junge Hotelsekretärin, steht hinter dem Pult und gibt sich wie immer Mühe, Würde und Überlegenheit auszustrahlen. Wie meist gelingt es ihr nur unvollkommen. In ihrem zarten, noch unbeschriebenen Mädchengesicht mischen sich Neugier und Bewunderung. Sie schiebt den Meldezettel näher, doch der Chef winkt kurz ab. »Das hat Zeit. Die gnädige Frau kann sich später eintragen.«

Er weist mit der Hand zu der breiten Treppe im Hintergrund. »Darf ich bitten, gnädige Frau? Leider haben wir keinen Fahrstuhl. Aber wir gehen nur in den ersten Stock. Ich darf vorangehen?«

Die Fremde dankt mit einem kleinen Nicken und folgt ihm zur Treppe.

Clementine beugt sich weit über das Pult und sieht ihr nach. Tolle Beine! Lang und schlank und gerade. Und eine fabelhafte Figur!

»Na, na«, meint der Josef, »fall nicht vornüber. Kennst du sie denn?«

Clementine löst den Blick von der Treppe und sieht den Hausdiener böse an. Sie ärgert sich immer, wenn er sie duzt. Es verträgt sich nicht mit ihrer Würde als Sekretärin und zeitweiligem Empfangschef eines Hotels vom Range des »Schwarzen Bären«. Bei solch einer Gelegenheit beschließt sie dann immer, Dornburg zu verlassen und sich anderswo eine Stelle zu suchen. Hier wird man sie nie respektieren. Wenn schon der Hausdiener es wagt, sie zu duzen.

Sicher, der Josef hat sie schon gekannt, als sie noch ein kleines Mädchen war und mit dem Schulranzen auf dem Rücken Samstag mittags kam, um ihren Vater vom Frühschoppen abzuholen. Dann durfte sie am Weinglas nippen, der Apotheker zog sie an ihren blonden Zöpfchen und fragte: »Nun, Tinchen, hast du heute nicht nachsitzen müssen?«, und der Josef, der am Eingang stand, wenn die Herren gingen, lächelte sie an, und

sie machte einen tiefen Knicks vor ihm. Jetzt soll sie eine Autorität für ihn darstellen. Manchmal tut er ja so, als ob sie eine wäre. Aber sie ist nie ganz sicher, ob er es ernst meint.
Nun macht sie also eine hochmütige Miene oder das, was sie dafür hält, und sagt: »Woher soll ich sie denn kennen? Sie hat sich ja nicht eingetragen. Sie haben ja gehört, was der Chef gesagt hat.« Und dann, ihren Ärger vergessend, nur noch neugierig: »Vielleicht ist es eine berühmte Schauspielerin? Eine Filmschauspielerin aus Frankreich? Sie hat so ein bißchen Akzent, nicht?«
Josef schüttelt nachdrücklich den Kopf. »Das ist keine Filmschauspielerin. Das ist eine Dame. Eine Frau von Welt, Tinchen. Soviel solltest du inzwischen hier gelernt haben, daß du das erkennst.«
»Ich heiße Clementine«, sagt sie ärgerlich. »Und für Sie bin ich Fräulein Munk. Merken Sie sich das endlich, Josef.«
Josef grinst ungekränkt. »Ist schon gut, Fräulein Munk. Reg dich nicht auf, Fräulein Munk. Ich muß halt immer noch dran denken, wie du das kleine Tinchen warst und immer herkamst und pieptest: ›Ist Vati da?‹« Er piept es wirklich, mit hoher Kinderstimme, und es klingt sehr komisch.
Clementine findet es nicht komisch. Sie runzelt zornig die runde Jungmädchenstirn.
»Das ist schließlich lange her.«
»So lange auch wieder nicht. Und viel größer bist du inzwischen nicht geworden, Fräulein Munk.«
Da hat er sie an ihrer empfindlichsten Stelle getroffen. Sie wäre so gern ein langbeiniges, hochgewachsenes Mädchen geworden, sie hätte so gern eine Figur gehabt wie die Fremde, die eben das Haus betreten hat.
»Tragen Sie lieber das Gepäck hinauf anstatt zu schwatzen«, weist sie Josef zurecht und wendet sich wieder ihrer Schreibmaschine zu.
»Bin schon unterwegs«, sagt der Josef und bückt sich nach den Koffern. Da fällt ihm noch etwas ein. »Wo ist denn der Lausbub, der Charly? Hier sind die Autoschlüssel von der Dame. Er soll den Wagen in die Garage fahren.«
»Charly hat heute nachmittag frei.«
»Schon wieder? Er war doch erst vor zwei Tagen weg.«

»Nicht mal Auto fahren können Sie«, meint Clementine spöttisch. »Ein schöner Hausdiener für ein Hotel wie unseres.«
»Ich bin so alt geworden ohne Auto, da wird's die paar Jahre auch noch gehen.« Er nimmt das Gepäck, bewegt sich auf die Treppe zu, aber dann stellt er die Koffer noch einmal ab. »Wieso war er denn da? Schläft er denn heute nicht?«
»Weiß ich auch nicht. Plötzlich stand er da, gerade als die Dame hereinkam.«
Josef nickt befriedigt. »Er merkt's eben immer.«
»Was?«
»Wenn jemand Besonderer kommt. Wenn jemand kommt, der jemand ist. Das merkt er. Darum sind wir auch ein Hotel mit drei Sternen.«
»Ja«, sagt Clementine mokant, »nur daß die Gäste bei uns ihr Gepäck erst eine Stunde nach ihrer Ankunft ins Zimmer bekommen.«
Mit übertriebener Geschäftigkeit steigt der Josef die Treppe hinauf. »Bin schon oben, Tinchen. Äh, Verzeihung, Fräulein Munk.«

Im ersten Stock hat der Chef inzwischen die beiden Zimmer aufgeschlossen, die ihm für den eleganten Gast angemessen erscheinen. Das große Mittelzimmer, das auf den Marktplatz hinausgeht und von dem aus man einen direkten Blick auf die gotische Fassade des ›Bürgerhauses‹ hat, jenen alten Bau an der Stirnseite des Marktplatzes.
Das Zimmer gegenüber geht auf den Garten hinaus. Es sind die besten Zimmer des Hotels, sie sind mit wertvollen Möbeln eingerichtet und haben ein Badezimmer.
Die Fremde entscheidet sich für das Zimmer zum Garten. Es wird ruhiger sein, meint sie. Der Chef bestätigt es.
»Außerdem ist der Blick sehr hübsch«, fügt sie hinzu.
Das stimmt. Die alten Bäume im Garten, Kastanien und Ahorn, leuchten in bunten Herbstfarben. Über ihre Gipfel erblickt man fern eine majestätische Silhouette vor dem blaßblauen Himmel.
»Was ist das für eine Burg?«
»Die Dornburg. Sie gab der Stadt den Namen.«
Ihr Blick wird weich, bekommt etwas Verträumtes. »Ich habe

so etwas lange nicht mehr gesehen«, sagt sie leise, mehr zu sich selbst.

»Es ist nur noch eine Ruine«, sagt der Hotelier. »Aber man hat von oben einen schönen Blick über das Land. Ein Teil der alten Festungsanlagen ist noch gut erhalten. Ebenso der Turm. Falls es Ihre Zeit erlaubt, gnädige Frau, sollten Sie einmal einen Spaziergang hinauf machen.«

Sie wendet sich um und lächelt. »Das werde ich tun.« Ihr Blick wandert durch das Zimmer, es ist sonnendurchflutet.

»Sie haben ein schönes Hotel, Herr...«

Der Hotelier verbeugt sich dankend. »...Gruber. Vielen Dank, gnädige Frau.«

In der offenen Tür erscheint Josef mit dem Gepäck.

»Haben Sie einen Wunsch, gnädige Frau?« fragt Gruber. »Wünschen Sie noch zu speisen?«

»Nein, danke. Wenn Sie mir einen Mokka heraufschicken ließen...«

»Selbstverständlich, gern.«

Herr Gruber verläßt das Zimmer. Josef legt die Koffer behutsam auf die Kofferständer, öffnet die Schranktür und hängt den leichten Kamelhaarmantel auf einen Bügel.

»Der Wagen wird sogleich besorgt«, sagt er dann, nur um etwas zu sagen. Er hat sich das schon überlegt, er wird einfach den Tankwart holen von der Tankstelle aus der Kirchengasse. »Ich bringe den Schlüssel dann herauf.«

»Nicht nötig. Lassen Sie ihn beim Portier.«

Josef schweigt verwirrt. Einen Portier besitzt der »Schwarze Bär« nicht. Aber es ist wohl unnötig, das zu erklären. Die Fremde kommt auf ihn zu, greift in die Tasche ihres Kostüms und reicht ihm ein Zweimarkstück. Josef nimmt es mit einer tiefen Verbeugung und entfernt sich, die Tür leise hinter sich schließend.

Cornelia blickt einen Moment lang abwesend auf die geschlossene Tür. Die Frage, die schon eine Weile hinter ihr herläuft, hat sie eingeholt.

Was tue ich eigentlich hier?

Sie greift nach ihrer Handtasche, sucht den Kamm, tritt zum Spiegel. Dort trifft sie auf ihren Blick.

Was tust du hier?
Du bist verrückt. Du suchst ein Gespenst. Und wenn es wirklich hier umgeht, was ich nicht glaube, dann geht es dich nichts an. Dich nicht mehr.
Nein. Dich nicht.
Sie hält ihren Blick im Spiegel fest. Blaugraue Augen, die sie starr ansehen.
Wen sonst? Wen – wenn nicht mich?
Diese Stadt, dieses Land ist voll von Gespenstern. Vergangenheit, die nicht leben darf und nicht sterben kann. Oder vielleicht auch sehr gut lebt, was weiß man denn? Willst du auf Gespensterjagd gehen?
Geht es dich etwas an?
Du lebst ein anderes Leben. Mit anderen Menschen. In einer anderen Zeit. Was früher war, geht dich nichts mehr an. Du hast es vergessen. Vergessen, hörst du!
Ich habe es nicht vergessen. Und all die Gespenster in diesem Land – ach, was heißt in diesem Land, all die Gespenster in jedem Land, in jeder Zeit, sie gehen mich nichts an. Aber dieses eine, dieses eine ist mein Gespenst. Wen ginge es etwas an, wenn nicht mich.
Sie fährt sich mit einigen heftigen Strichen durchs Haar, zieht die Kostümjacke von den Schultern und wirft sie mit der gleichen heftigen Gebärde aufs Bett.
Ein breites französisches Bett. Zwei können darin schlafen. Gewöhnlich findet man in Deutschland solche Betten nicht, es ist eine französische Sitte. Vielleicht aber hat man hier in dieser südwestlichen Ecke ein wenig französische Bräuche angenommen. Was für ein hübsches Zimmer! Wie kultiviert eingerichtet! Darin gleicht es keineswegs einem französischen Hotelzimmer.
Sie geht wieder zum Fenster und blickt hinaus. Dieser Garten mit seinen herbstlich bunten Bäumen! Rot und Gold und Braun, dazwischen das grüne Gras. Was für Farben! Und da draußen auf dem Hügel die Burg.
Deutschland! Sie wollte nie wieder hierherkommen. Und nun ist sie da. – Sie ist in Deutschland.
Sie hat es nicht auf den Flugplätzen gedacht, nicht in Frankfurt, nicht in Berlin, nicht in anderen Hotelzimmern, nicht

einmal, als sie bei Thomasin am Bett saß, als sie deutsch mit ihm sprach – mit ihm übrigens als einzigem –, in Hotels, im Flugzeug, überall sonst hat sie englisch gesprochen, ach ja, mit seiner Wirtin noch, kurz nur, gerade das Nötigste.
Komisch war das, in Deutschland wieder deutsch zu sprechen. Zu Hause spricht sie es oft mit ihrer Tochter. Aber hier – hier ist das anders.
Ein fremdes Land ist es. Fremder als jedes fremde Land, in dem sie je gewesen ist.
Aber hier nun auf einmal – hier denkt sie: ich bin in Deutschland. Ich bin – zu Hause.
Eine dumme kleine Stadt. Ein Nest, das keiner kennt. Dornburg – nie gehört. Eine typische deutsche Kleinstadt. Hügeliges Land ringsherum, viel Wald, bunte Bäume, diese komischen alten Häuser da unten und natürlich – eine Burg. Gehört wohl dazu. Ebenso wie die Leute, die hier leben. Kleine Spießbürger. Kleinstädter. Der deutsche Kleinstädter, man kennt ihn. Sie sprechen hier einen anderen Dialekt als den, den sie kennt. Aber sie sind vermutlich genauso, wie sie zu Hause waren. Sie sind in der ganzen Welt so, in Frankreich, in England, in Amerika. Überall ein bißchen anders und im Grunde einander sehr ähnlich.
Die hier also leben mit ihren alten Häusern, ihrem Hügelland, Berge und See nicht weit entfernt, sie haben da oben eine Burg, und sie haben ein sehr hübsches gepflegtes Hotel, der Hotelier ist ein Gentleman, man merkt das, sie trinken Wein – jedenfalls anzunehmen, daß sie hier Wein trinken –, ihre Frauen sind dick und engstirnig, die Männer sind es meistens auch, sie können sehr kleinlich sein und sehr giftig blicken – aber ansonsten ist alles friedlich und freundlich und freundlich und friedlich, oder jedenfalls scheint es das zu sein, und dazwischen haben sie ein paar Gespenster herumlaufen, aber keiner weiß es oder will es wissen, es stört auch keinen, und vielleicht sind es gar keine Gespenster und sie ...
»Das Gespenst bin ich«, sagt Cornelia laut gegen die Fensterscheibe. »Das Gespenst bin ich.«
Natürlich. Sie ist es, die nicht vergessen kann. Sie ist es, die immer daran denken muß. Wie eine Närrin, die nur einen Gedanken in ihrem Kopf behalten kann. Eine gefangene Maus,

die ewig im Kreis in ihrem Käfig umherrennt. Ausgerechnet sie, die gar keinen Grund hat, sich über ihr Leben zu beklagen. Alles ist da, was man sich wünschen kann. Geld, ein schönes, geräumiges Haus mit Blick über die blaue Bucht von San Francisco, viel schöner als in einer so miesen kleinen Stadt. Sie hat ein Auto für sich allein, sie kann reisen, wohin sie will. Da ist Freiheit und Wohlstand und – einfach alles ist da. Ein Mann, der sie liebt, eine Tochter, ein – nun ja, eine Art Aufgabenkreis, nichts Wichtiges, aber was ist schon wichtig.
Ja eben! Was ist wichtig? Gewiß nicht, daß sie hier in diesem Nest Dornburg auf Gespensterjagd geht. Das ist bestimmt nicht wichtig. Nur weil Thomasin ihr dieses Bild gezeigt hat? Ein Zeitungsbild, undeutlich wie alle Zeitungsbilder. Lächerlich, auf so etwas hereinzufallen.
»Eine Nacht«, sagt sie laut. Eine Nacht wird sie in diesem französischen Bett schlafen. Und wenn morgen die Sonne noch scheint, wird sie zu dieser alten Burg hinaufspazieren, just for fun. Und dann wieder abreisen. Zurück nach Paris und mit der nächsten Maschine nach Hause.
Sie wird es Philip gar nicht erzählen, daß sie in Deutschland war. Er weiß ja, daß sie niemals wieder dahin wollte. Nach Frankreich, nach Spanien, nach Italien – sehr gern, aber nicht nach Deutschland. Irgendwie tut es ihm leid, er hat sich damals sehr wohl gefühlt in Berlin. 1945, 1946, 1947 – feine Sache, ein Sieger zu sein, auch wenn ringsum Trümmer liegen und die Menschen hungern.
»Und dann, Darling, habe ich dich kennengelernt, vergiß das nicht. That was top of all. Schönste Zeit meines Lebens. My little Corny, all lost in that awful time. All alone. Just waiting for daddy to help her.«
Ja – die kleine Cornelia, so einsam, so allein, so verzweifelt, und der gute Philip, der einen Krieg gewinnen mußte, um sie zu finden und ihr zu helfen. Und das war dann die schönste Zeit seines Lebens.
Er hat sie gefunden, er hat ihr geholfen, hielt ein wunderbares Leben für sie bereit, hatte es in der Tasche, zog es heraus, und bums – da war es! Ein herrliches Leben. Und sie kann tun, was sie will in diesem Leben.
Warum haßt sie ihn dann manchmal?

Nein – nein – sie haßt ihn nicht. Das ist Unsinn. Sie ist ihm dankbar, sie hat ihn gern, sie tut für ihn, was eine Frau für ihren Mann tun muß. Sie kann ihn nicht lieben, nein, das nicht. Aber das darf er nicht merken. Er kann nichts dafür, daß er ist, wie er ist. Ein Amerikaner eben, gesund und selbstsicher, unbelastet, so – so robust. So anders, so ganz anders als der Mann, den sie geliebt hat.
Aber das versteht er sowieso nicht. Gott sei Dank versteht er es nicht. Und sie ist ihm dankbar. Schon wegen Simone. Denn alles, was sie hat, hat Simone auch. Und das ist das einzige, was zählt.
Mein Leben? Mein Leben ist lange vorbei. Ich bin selbst ein Gespenst. Gespenster können nicht lieben, Gespenster können nicht leben. Ach, Phil! Du hast nie gemerkt, daß ich ein Gespenst bin. Ich habe es selbst nicht gemerkt. Aber jetzt – heute – seit ich hier bin – seit ich in Deutschland bin!
Es klopft. Sie fährt zusammen und blickt starr zur Tür. »Ja?« Ein älterer Ober kommt herein. »Der Mokka, gnädige Frau.« »Ach ja, – danke.«
Sie bleibt unbeweglich stehen, sieht zu, wie der Ober die Tasse und das Kännchen sorgfältig auf den runden Tisch setzt, einen Teller mit Gebäck daneben stellt, einladend den Sessel zurechtrückt.
»Bitte sehr, gnädige Frau.«
»Danke. Vielen Dank.«
Wieder allein, öffnet sie das Fenster. Ein sonniger Oktobertag. Die Sonne scheint, die Leute hier im Hotel sind nett und höflich und gutartig, sie würden niemals Gespenster unter sich dulden. Philip ist ihr Mann und wird sich freuen, wenn sie wiederkommt. Simone ist ins College zurückgekehrt, und Allan, ihr blonder, schlaksiger Boyfriend, wird sich wieder um sie bemühen, leicht verzweifelt um sie bemühen, denn Simone – was hatte sie erst kürzlich gesagt?
»Weißt du, Mum, irgendwie ist es ja komisch mit mir. Ich bin so anders als die anderen. Ich will es gar nicht – ich will sein wie sie. Aber dann will ich auch wieder nicht. Ich bin einfach anders. Ob es daher kommt, daß ich in Europa geboren bin? Aber davon weiß ich doch gar nichts mehr. Ich bin ja immer hier gewesen. Oder ist es, weil du anders bist?«

Sie hatte erst einmal schlucken müssen. »Bin ich anders, Simone?«
Und dann, nach einem kleinen Schweigen – sie hatte ihre Tochter währenddessen angesehen, dieses junge Gesicht, so vertraut, die dunklen Augen, das kurze dunkle Haar, dieser Mund, ach, dieser Mund, der sie immer an ihn erinnerte –, sagte Simone: »Wenn ich nur wüßte, wie er gewesen ist, mein Vater. Wann wirst du mir von ihm erzählen?«
Und als sie schwieg, sich stumm abwandte, fuhr Simone fort: »Du hast immer gesagt: später – wenn ich älter bin. Ich bin doch jetzt alt genug. Andere, die mit mir in der Schule waren, sind schon verheiratet. Haben schon Kinder. Wann bin ich denn alt genug, um von ihm etwas zu hören?«
Wann würde Simone alt genug sein, um zu hören, wer ihr Vater war, wie sehr ihre Mutter ihn geliebt hatte, was mit ihm geschehen war? Wann würde Simone dazu alt genug sein?
Wenn ich alt genug sein werde, um von ihm sprechen zu können.
»Dein Vater ist tot.«
»Das weiß ich ja. Phil sagt...«
»Was sagt Phil?«
»Er weiß ja auch nicht viel. Er sagt, die Nazis haben ihn umgebracht. Aber das ist so lange her. Und Phil sagt, du liebst ihn immer noch.«
»Phil sagt... Man kann Tote nicht lieben.«
Schweigen. Sie sahen einander an. Die Frau, die Simon liebte. Und Simons Tochter.
»Und es ist wahr«, sagte Simone schließlich leise, »du liebst ihn noch!«
»Nein. Man kann einen Toten nicht mehr lieben.«
Aber man kann seinen Mörder hassen.
Das denkt sie jetzt. In Deutschland. Im »Schwarzen Bären« zu Dornburg.
Kann man einen Toten lieben, noch zwanzig Jahre später? Man kann den Mörder hassen, noch hundert Jahre danach. Und wenn sie Simon je geliebt hat, dann muß sie seinen Mörder finden. Sie hat zwanzig Jahre nicht nach ihm gesucht. Thomasin hat ihn für sie gesucht. Und hat ihn gefunden. Weil auch er ihn haßt. – Hat er ihn wirklich gefunden?

Das weiß sie noch nicht. Bis jetzt hat sie nichts als sein Bild, einen Zeitungsausschnitt.

Sie zieht es aus der Tasche und sieht es an. Hundertmal hat sie es angesehen. Ein Bild von einer Ausstellung. Mehrere Männer sind auf diesem Bild zu sehen. Ein Minister besucht die Ausstellung. Neben ihm geht die Frau Minister und trägt einen Blumenstrauß. Um beide herum viele Leute. Im Hintergrund ein Messestand. Der Minister will ihn gerade besichtigen – oder hat ihn gerade besichtigt. Zwei Männer sind an diesem Stand zu sehen, sie lächeln, sie sind offensichtlich angetan von dem Ministerbesuch.

Es steht nicht dabei, wie diese Männer heißen, noch was für ein Stand das ist.

»Aber das kann man bei der Messeleitung erfahren«, erklärte Thomasin eifrig. »Das Bild ist allerdings schon zwei Jahre alt, aber das läßt sich bestimmt feststellen.«

»Und Sie denken wirklich, das ist er?«

»Ja. Sehen Sie das denn nicht, Cornelia? Wenn sogar meine alten Augen das sehen. Das ist er ganz sicher.«

»Das Bild ist so undeutlich«, hatte sie gemurmelt.

»Man könnte bei der Redaktion ein besseres Bild bekommen. Sie haben sicher so etwas im Archiv.«

Das war in Berlin, vor einer Woche. Sie hatte das Bild angestarrt. Hatte gelesen, was darunter stand, immer wieder.

»Vergessen Sie nicht«, sagte Thomasin, »ich bin Maler. Oder – ich war es. Das Typische in einem Menschen, in seiner Haltung, seinen Kopf – wenn ich es einmal gesehen habe, erkenne ich es immer wieder. Er ist es bestimmt.«

Wenn Thomasin recht hat. Wenn er es ist. Ein Minister schüttelt ihm die Hand. Die Mörderhand.

»Vielleicht kann man in diesem Ort da etwas herausbringen«, meinte Thomasin. »Das wäre das einfachste. Sehen Sie, der Name ist deutlich zu lesen. Dornburg. Ich habe auf der Karte nachgesehen. Es ist ein kleines Städtchen im Süden unten, zwischen dem Bodensee und dem Schwarzwald. Hübsche Gegend muß es sein. Falls der Mann zu dem Messestand gehört, gehört er auch zu Dornburg. Der Name der Firma ist leider nicht mehr mit draufgekommen. Aber das würde sich wohl dort feststellen lassen. Falls er etwas mit dieser Firma zu tun

hat. Vielleicht arbeitet er dort. Er hat bei einem Schmied gelernt, nicht?«
»Es sieht nicht so aus, als ob er als Schmied auf diesen Messestand gekommen ist.«
»Na ja, in diesen Zeiten. Heute haben die komischsten Subjekte Chancen gehabt. Nach diesem Krieg. Kann ja sein, er hat dort eine Position. Irgend etwas.«
Das interessiert Thomasin nicht sonderlich. Er ist Künstler – was Leute in einer Fabrik oder in einer Firma tun, bedeutet ihm nicht viel. Ob sie da Schmied sind oder Ingenieur – er versteht das eine und das andere nicht.
»Sie meinen, ich soll da hinfahren. Nach Dornburg?«
»Das wäre das einfachste. Dann wüßten Sie gleich, ob er es ist oder nicht ... Ich wäre selbst gefahren. Aber Sie sehen ja, mit mir ist nichts mehr los. Ich mache nur noch eine Fahrt. Die letzte. Und das bald, Cornelia.«
»Bitte,« sagt sie und legt ihre Hand auf seine kalte, knochige Greisenhand. Sie sitzt bei ihm am Bett, in der Klinik, sie hat dafür gesorgt, daß er ein Einzelzimmer bekommen hat, sie hat Geld hinterlegt, sie weiß nun, daß er wenig Geld hatte in all den Jahren, und sie schämt sich, daß sie seinen Briefen geglaubt hat, als er schrieb, es ginge ihm gut. Und jahrelang hat sie sich überhaupt nicht mehr um ihn gekümmert, um Simons alten Lehrer. War es, weil sie eben doch vergessen wollte?
»Ich weiß es, Cornelia. Es macht mir nichts aus. Aber dies hier, das hat mich belastet. Aus der Welt zu verschwinden und der soll weiterleben, nein. Das darf nicht sein. Und es kann doch kein Zufall sein, Cornelia, daß Sie gerade jetzt gekommen sind. Gerade jetzt. Neunundvierzig haben wir uns das letzte Mal gesehen, wissen Sie noch. Sie haben Grant geheiratet und gingen nach Amerika. Und sind nie wiedergekommen. Und jetzt – jetzt sind Sie auf einmal da. Seit drei Wochen habe ich dieses Bild. Ich wollte Ihnen schreiben. Und dann hatte ich den Herzanfall – aber ich bin nicht gestorben. Ich konnte nicht sterben, ehe ich Sie nicht gesprochen habe.« Der alte Mann spricht keuchend und stockend, er regt sich auf dabei, er sieht schon aus wie gestorben, seine Hände zucken, seine Lippen zittern.
Cornelia klingelt nach der Schwester, bekommt von ihr einen

vorwurfsvollen Blick; der alte Mann erhält eine Spritze. Cornelia geht.
Am nächsten Tag kommt sie wieder. Und am Tag darauf noch einmal. Und dann verspricht sie Thomasin, daß sie in diesen kleinen Ort, in dieses Dornburg fahren wird. Keine Ahnung, wie das ist und wo das ist. Aber sie wird hinfahren und sehen, ob der Mann auf dem Zeitungsbild dort zu finden ist. Und ob es der Mann ist, den sie suchen, Thomasin und sie. Der Mann, der Simon getötet hat. Simon und vielleicht andere auch. Der Mörder.
»Ich muß zurück nach Paris«, sagt sie, »und von dort fahre ich in dieses Dornburg. Ich werde Ihnen berichten, Herr Thomasin.«
»Bald, Cornelia, bald. Ich kann nicht lange darauf warten.«
»Sie haben Zeit genug. Sie werden jetzt hier gut versorgt. Sie werden bald wieder gesund sein. Und dann fahren Sie zur Kur. Ich werde mich jetzt immer um Sie kümmern. Ich werde...«
Er hebt die Hand. »Schon gut, mein Kind. Ich brauche nicht mehr viel. Ich will bloß noch wissen, ob Sie ihn gefunden haben.«
Nun also ist sie in Dornburg. Ein Zeitungsbild in der Tasche. Und weiter? Sie kann das Bild nicht jedem zeigen und fragen: Kennen Sie diesen Mann?
Doch. Das kann sie natürlich. Diesen freundlichen Hotelier zum Beispiel – Herrn Gruber. Er kennt sicher die meisten Leute hier. Sie kann sich auch erst einmal umsehen in Dornburg. Es eilt ja nicht. So sehr eilt es nicht – es hat zwanzig Jahre Zeit gehabt. Es kommt auf ein paar Tage nicht an.
Aber vielleicht tut sie auch gar nichts. Fährt zurück nach Paris und nimmt das nächste Flugzeug, das sie nach Hause bringt. So geht es natürlich auch.
Sie kommt nach Hause, geht zu Phil, legt die Arme um seinen Hals und küßt ihn. Und sagt zu ihm: »Mein lieber Phil, ich bin dir so dankbar. Und ich liebe dich. Und ich bin gern bei dir. Ich war in Deutschland, es ist ein schönes Land, und es geht ihnen gut dort, wir können einmal wieder hinfahren, wenn du willst, es gibt keine Gespenster mehr dort, jedenfalls keine für mich, ich habe Thomasin wiedergesehen, der bald

sterben wird – du erinnerst dich an Thomasin? –; es ging ihm schlecht, wir hätten ihm Geld schicken sollen, aber das war natürlich meine Schuld, ich war feige, ich wollte von Deutschland nichts sehen und hören, ich dachte immer, Thomasin würde... Aber er weiß nichts, und er stirbt bald. Keine Gespenster mehr in Deutschland, Phil. Nicht eines. Nicht für mich.«
Das könnte sie sagen, wenn sie heimkam.

Vom Fluß steigt feuchter Nebel auf und hüllt die Brücke in einen silbernen Schleier. Verschwommen zittert das Licht der Laternen über dem Weg. Unter den Bäumen in den Anlagen am Ufer des Flusses ist es dunkel. Clementine schiebt ihre Schulter leicht an seine. Ihre Füße streifen durch raschelndes Laub.
»So viele Blätter sind schon gefallen«, sagt sie. »Wenn jetzt mal ein richtiger Wind kommt, sind die Bäume kahl.«
»Das Ganze nennt sich Herbst«, erwidert er mit leichtem Spott. »Schon mal davon gehört, Tinchen?«
»Ich bin traurig, daß du wieder weggehst. Traurigsein paßt gut zum Herbst, nicht?«
»Man sagt so.«
»Gerade jetzt, wo ich mehr Zeit hätte.«
»Zum Traurigsein?«
»Ach, sei nicht albern. Zeit für dich natürlich.«
»Kann ja wohl nicht wahr sein. Damit habe ich gar nicht mehr gerechnet.«
Sie richtet sich etwas auf im Gehen und verkündet mit geschäftiger Wichtigkeit: »Wir hatten eine gute Saison.«
»Freut mich. Aber so ist das Leben nun mal. Jedenfalls bei uns beiden. Wenn ihr Saison habt, habe ich Ferien. Und wenn mein Semester beginnt, habt ihr ruhige Zeit. Wohnt denn überhaupt noch ein Mensch in eurem Luxusladen?«
»So das übliche um diese Zeit. Hauptsächlich Vertreter. Heute ist allerdings eine tolle Frau gekommen. Eine Amerikanerin.«
»Muß es auch geben«, sagt Jochen mäßig interessiert.
»Du«, sagt Clementine eifrig, »das ist wirklich eine tolle Frau. Sieht fabelhaft aus. So etwas – etwas Besonderes hat sie, weißt du. Eine Frau von Welt.«

»Na, das ist ja etwas für den guten Gruber. Solche Gäste liebt er.«
»Er hat sie selber auf ihr Zimmer geführt, sie hat das große Zimmer mit Bad, das auf den Garten hinaus. Sie ist mit dem Auto da, einen Citroën hat sie, einen weißen. Sogar der Josef war ganz erschlagen.«
»Du offensichtlich auch.«
»Mhm. Weißt du, das ist so eine Frau, wie ich eine sein möchte.«
Jochen lacht, bleibt stehen und zieht sie zärtlich an sich. »Ach, Tinchen, mein Hühnchen, das fehlt mir gerade noch, daß du dich aufführst wie so eine überdrehte Amerikanerin.«
Clementine macht sich energisch frei. »So ist die nicht! Eine wirkliche Dame. Sehr ernst ist sie und sehr zurückhaltend. Cornelia heißt sie. Cornelia Grant. Und sag nicht immer Tinchen zu mir, das klingt gräßlich.«
»Mir gefällt es. Es paßt zu dir.«
Sie seufzt. »Das ist es ja eben. Das ist ja das Unglück.« Er lacht wieder, nimmt ihr Gesicht in seine Hände und küßt sie auf die Nasenspitze. Dann gehen sie weiter. Sie verlassen den Weg, der am Ufer weiterführt, und gehen hinaus auf die Brücke.
»Nebel«, sagt Jochen, »Herbstnebel. Schau, das Pflaster ist ganz feucht.«
Sie bleiben stehen und blicken in das dunkle Wasser.
»Ich wünschte, sie würde länger bleiben«, sagt Clementine nach einer Weile.
»Wer?«
»Na, die Amerikanerin. Wir haben solche Gäste gern. Sie passen in unser Hotel.«
»Weißt du, Tine«, sagt Jochen ein wenig ungeduldig, »es freut mich ja, daß dir dein Beruf Spaß macht. Aber nachgerade kann man mit dir über nichts anderes mehr reden als über das Hotel. *Unser* Hotel. Wie sich das anhört. Ich bin schon eifersüchtig auf den alten Laden.«
Sie lacht übermütig und schiebt ihren Arm unter seinen.
»Wenn du weiter keinen Grund zur Eifersucht hast...«
»Das möchte ich dir nicht geraten haben. Mit eurem alten Kasten werde ich es wohl noch aufnehmen können. Außerdem

denke ich mir, daß sich deine Begeisterung legen wird, wenn du den Job erst länger hast.«
Clementine legt den Kopf in den Nacken und schaut in den schwarzen Himmel hinauf. Kein Stern, kein Mond, nichts. Und wie still es ist. So still ist es in Dornburg immer, wenn der Winter kommt. Auch im Hotel würde es still sein. Keine Fremden, nur die bessere Gesellschaft von Dornburg, die gelegentlich ihre Feste und Familienfeiern im »Schwarzen Bären« abhält. Die Herren, die abends ihren Schoppen trinken. Wieviel Spaß hat ihr der Sommer mit seinem lebhaften Betrieb gemacht. Viel Arbeit, sicher – aber das war gerade schön.
»Ich bin jetzt schon ein halbes Jahr im ›Schwarzen Bären‹«, meint sie versonnen. »Weißt du, ich glaube, Herr Gruber ist ganz zufrieden mit mir. Gestern hat er gesagt...«
»Schluß jetzt«, unterbricht Jochen sie energisch, nimmt sie bei den Schultern und dreht sie zu sich herum. »Kein Wort mehr von Herrn Gruber und dem ›Schwarzen Bären‹. Morgen reise ich ab. Wann ich wieder nach Hause komme, steht in den Sternen. Ich muß fürs Examen büffeln.«
»Aber Weihnachten doch?«
»Vermutlich. Aber da habe ich ja Familie. Und es sind auch nur ein paar Tage. Ich hab' in diesem Sommer sehr wenig von dir gehabt, Tinchen.«
Clementine neigt sich zu ihm und legt sanft ihre Wange an seine. »Ich weiß. Aber wir hatten wirklich eine große Saison. Und ich *muß* einfach immer dasein. Weißt du, ein Hotel, das ist nicht wie ein gewöhnliches Büro...«
»Okay, okay, und eine Hotelsekretärin ist keine gewöhnliche Sekretärin. Das hast du mir oft genug erklärt. Aber wenn ich jetzt noch einmal das Wort Hotel höre, springe ich in die Dorn.«
Clementine lacht. Wie ein kleiner froher Vogel fliegt ihr helles Lachen über den Fluß, verfängt sich drüben in den Zweigen der Bäume, und die Frau, die in den Anlagen am Ufer steht, blickt hinüber zur Brücke und sieht vage die zwei Gestalten im Nebel.
»In die Dorn«, wiederholt Clementine. »Die ist schon ziemlich kalt.« Sie reibt ihre Wange an seiner. »Wir werden uns noch lange genug haben.«

»Hoffentlich. Und dann ohne Hotel.«

»Spring!« ruft sie übermütig. »Spring in den Fluß! Du hast Hotel gesagt.«

»Freche Biene!« Jochen nimmt sie fest in die Arme, zieht sie an sich und küßt sie auf den Mund. »Keinen Respekt vor einem zukünftigen Doctor juris.«

»Das ist noch lange hin. Erst mal abwarten, ob du nicht durchs Examen fällst.«

»Das wäre ein Schlager. Dann würde mich mein Alter Herr wohl höchstpersönlich hier im Fluß ersäufen.«

»Aber dann hätte er vielleicht nichts mehr dagegen, daß du mich heiratest.«

»Erst recht. Dann würde er um so energischer auf einer guten Partie bestehen.«

Clementine seufzt. »Wenn er bei uns im Restaurant ißt oder wenn er zum Stammtisch kommt, das tut er ja manchmal, dann guckt er durch mich hindurch, als sei ich Luft.«

»Ärgere dich nicht«, sagt Jochen fröhlich. »Er wird sich schon an dich gewöhnen.«

»Ich ärgere mich nicht«, ein wenig Hochmut schwingt in ihrer Stimme. »So etwas gibt es anscheinend immer. Vater sollte Mutti auch nicht heiraten. Und dann sind sie so glücklich geworden.«

»Das machen wir ihnen nach. Ja?«

Sie legt die Arme um seinen Hals, und versunken küssen sie sich eine Zeitlang. In Clementines blondem Haar schimmern Nebeltropfen. Herbstnebel über dem Fluß. Doch Frühling für die beiden, die jung sind und sich lieben.

Am Ende der Brücke, an den Stamm eines Ahorns gelehnt, steht Cornelia. Sie hat die Hände in die Taschen ihres Mantels vergraben und blickt hinüber zu dem Liebespaar, das mitten auf der Brücke steht und sich selbstvergessen küßt. Und es ist, als spräche aus den Zweigen des Baumes eine leise Stimme zu ihr. »Nun beginnt das Leben. Du und ich. Nichts sonst gibt es auf der Welt. Ich will dich so glücklich machen, wie keine Frau es je gewesen ist. Wenn erst der Krieg vorbei ist...«

Und sie hat geantwortet: »Es genügt mir, wenn ich immer so glücklich sein werde, wie ich heute bin.«

Und er: »Warte doch. Warte ein paar Jahre. Sagen wir zehn, ja? Zehn Jahre? Dann wirst du um zehnmal 365 Tage glücklicher sein. Und in zwanzig Jahren...«
Die beiden von der Brücke kommen auf sie zu, sie gehen eng nebeneinander, Hand in Hand, sie sprechen leise und eifrig, sie sehen nichts und niemand auf der Welt, auch nicht die Frau, die unter dem Baum steht.
Als sie unter der Laterne am Ende der Brücke durchgehen, sieht Cornelia das Gesicht des Mädchens. Es ist die Kleine aus dem Hotel. Und er ist ein großer Blonder, breitschultrig, jung – dann sind sie vorbei.
Cornelia lauscht ihren Schritten nach, bis sie nicht mehr zu hören sind. So fängt es an. Liebe – Hoffnung – Träume! Alles nur Träume. Es wird immer schöner, in zehn Jahren, in zwanzig Jahren. Gibt es das wirklich?
Doch. Ich weiß, daß es das gibt. Ich hätte Simon immer geliebt. In zehn Jahren, in zwanzig Jahren, bis zu meinem letzten Tag. Ich liebe ihn heute noch. Auch wenn er mir die zehnmal dreihundertfünfundsechzig Tage schuldig geblieben ist.
Sie geht langsam auf die Brücke hinaus, bleibt an der gleichen Stelle stehen, wo das Liebespaar stand. Eine einsame schmale Gestalt, allein im Nebel.
Und es kommt ihr vor, als sei sie immer allein gewesen.

Später, in ihrem Zimmer, kann sie sich nicht entschließen, ins Bett zu gehen. Sie sitzt im Sessel, die Stehlampe neben ihr wirft einen runden Kreis auf den Teppich. Sie hat die Lampe etwas beiseite gedreht, so daß ihr Gesicht im Schatten liegt. Als hätte sie Angst, daß einer ihr Gesicht sehen könnte. Ein Gesicht, das niemand kennt. Nicht das lächelnde, wohlgepflegte Amerikagesicht, das alle kennen: Philip, ihr Mann; die Freunde und Bekannten. Die Geschäftsleute, der Couturier, bei dem sie arbeiten läßt, der Mann, der ihren Wagen wäscht, das Personal. Ihre Tochter...
Simone? ›Du bist anders wie die anderen‹, hat Simone gesagt. Sieht sie das Gesicht hinter dem Gesicht? Und Philip? Sieht er es auch? Kaum. Er hat es nie gekannt. Oder doch? Er sieht sie ja mit den Augen der Liebe. Damals. Und heute immer noch.

Ich bin ihm so viel schuldig geblieben. Ich weiß es. Und er weiß es auch. O nein, er darf es nicht wissen. Er soll es nie wissen. Wenn ich zurückkomme, werde ich ihn lieben. So wie er es verdient. Ich will ihn lieben.
Sie hebt langsam das Glas, trinkt, ein herber, frischer Wein, jung und lebendig. Wein aus diesem Land, wie sie ihn nie getrunken hat. Zu Hause, früher, tranken sie selten Wein. Nur bei Festen, an Geburtstagen, bei Hochzeiten, bei Taufen, und dann war es ein anderer Wein. Rheinweine, Moselweine, schwere Rotweine. Ihr Vater liebte schwere Rotweine. Er trank nicht viel davon, zwei oder drei Glas, die aber mit Genuß.
Sie trinkt noch einmal. Sie hat sich eine Flasche auf ihr Zimmer bringen lassen, nachdem sie unten im Restaurant gegessen hatte.
Die Leute von den Nachbartischen hatten sie angesehen. Nicht aufdringlich, gewiß nicht. Aber sie hatte es gespürt. Herr Gruber war vorbeigekommen, hatte gefragt, ob sie zufrieden sei. Ein Lächeln von ihr. »Danke! Es schmeckt ausgezeichnet.«
Und jetzt würde sie die ganze Flasche Wein austrinken, damit sie schlafen kann. Und morgen wird sie abreisen. Direkt nach Paris, den geliehenen Wagen abgeben und mit der nächsten Maschine über den Atlantik zurückfliegen.
Noch ein Schluck Wein. Eine ungeheure Anstrengung: Aufstehen, sich ausziehen, ins Bett gehen.
Bis in alle Ewigkeit könnte sie hier so sitzen bleiben. In der Behaglichkeit dieses Raumes, der im Dunkel liegt, in der Stille, die sie umgibt. Sie kann sich nicht erinnern, daß es in all den vergangenen Jahren eine Stunde gegeben hat wie diese. Eine Stunde, in der sie so ganz allein mit sich war. Versunken die Welt, in der sie jetzt lebt. Nicht mehr Mrs. Grant.
Cornelia, Cornelia von Elten, die Tochter auf Gut Eltenstein. Das Haar weht über ihre Schultern, wenn sie im Herbst über die Stoppeln reitet. Wie ein dunkelgoldener Schleier sieht es aus. Das sagt jedenfalls Simon, der immer ein paar Meter zurückbleibt, denn sein brauner Wallach kann nur schwer mit Tessa, ihrer Fuchsstute, Schritt halten. Tessa, edelstes Trakehnerblut, hart und schnell, und klüger als die meisten Menschen, die sie je gekannt hat. Tessas rotblonde Mähne weht im Wind, genau wie ihr eigenes Haar, sie streckt sich in weiten

Galoppsprüngen, setzt ohne zu zögern über die Einfassung der Koppel und steht dann auf einen leisen Zuruf. Nie ist Tessa mit ihr durchgegangen, nie war sie ungehorsam. Sie vertraut ihrer Reiterin wie diese dem Pferd. Sagt Cornelia leise: Komm!, dann geht die Stute voran, durch Gestrüpp, durch Wasser, durch fremden Lärm.

Und Tessa kommt auch vertrauensvoll mit in jener Nacht, als ihre Herrin sie stumm und langsam vom Hof wegführt, ein Stück in den Wald hinein. Sie bleibt stehen, spürt verwundert die nasse Wange der Herrin an ihrem Hals, sie schnaubt leise, versteht nicht, was geschieht. Bis der Schuß fällt. Cornelia tut es selbst. Sie zielt sicher, und wenn Tessa noch Zeit hat, sich zu wundern, was dies bedeuten soll, so kann es nur der Bruchteil einer Sekunde gewesen sein. Aber weiß man, wie lange eine Sekunde währt im Augenblick des Todes? Man weiß es nicht, bevor man es nicht selbst erfährt.

Tessa würde später verstehen, warum es sein mußte, da, wo sie dann sein würde. Denn daß sie irgendwo – irgendwo! – sein würde, daran glaubte Cornelia fest. Dort, wo auch Simon war. Wohin auch sie am liebsten gegangen wäre. Gleich – im selben Augenblick. Tessa würde begreifen, warum es geschehen war. Weil ihr nichts Böses geschehen sollte auf dieser Erde. Weil die Herrin sie nicht mehr beschützen, sie nicht mitnehmen konnte, war der Tod der beste Schutz, die größte Tat der Liebe.

Es war kalt in jener Nacht, der Boden hart gefroren. Eine Weile kniete Cornelia neben dem toten Pferd, sie konnte nicht mehr weinen. Die Verzweiflung, die sie erfüllte, hatte ihr Herz so hart und trocken gemacht wie die Erde, auf der sie kniete. Die Erde ihrer Heimat, die sie so liebte. Und die zu locken schien: Bleib doch hier! Bleib auch hier! Du mußt mich nicht verlassen.

Sie hatte schon oft daran gedacht, nicht erst in dieser Stunde. Sollte sie allein zurückbleiben in dieser unverständlich gewordenen Welt? Ihr Vater tot, ihr Bruder gefallen in Rußland. Simon erschlagen.

Aber da war das Kind. Vor einem halben Jahr hatte sie es zur Welt gebracht. Simons Kind. Sollte sie es töten, wie sie das Pferd getötet hatte? Es ging über ihre Kraft. Dann ihre Mutter.

So elend und verzweifelt. Und so stolz und still dabei. Durfte sie sie im Stich lassen?
Die Waffe in der Hand, ging sie zurück zum Haus, lebend und doch gestorben. Und dann gab es so viel zu tun. Die Flucht aus dem toten Land. Nach Westen! In ein neues Leben? Eine Zukunft? O nein. Daran dachte sie nicht. Sie sah nur die Aufgaben, die jetzt und heute zu erfüllen waren. Das Kind und die Mutter zu retten, sie irgendwo an einen sicheren Ort zu bringen. Und noch eine Aufgabe war da, nicht klar erkannt, aber dunkel gefühlt und nie vergessen: Simons Tod zu rächen. Dafür zu sorgen, daß sein Mörder bestraft würde.
Die Mutter starb im letzten Monat des Krieges in Berlin. Im Luftschutzkeller, als die Bomben auf die Stadt herniederschlugen.
»Du mußt fort, du mußt fort, Cornelia. Ihr müßt beide fort von hier. Das Leben geht weiter. Für dich und das Kind.«
Daran glaubte sie damals nicht. Die nächste Bombe würde sie treffen, sie beide. Und dann war alles ausgelöscht.
Sie überlebten doch. Und die Verantwortung für das Kind, die Aufgabe, für sein Leben, für sein Wohl zu sorgen, band auch sie wieder an das Leben.
Was für ein kümmerliches Leben!
Bis Philip kam. Sie konnte ihn nicht lieben. Aber sie duldete seine Umarmung. Sie wurde später seine Frau. Sie tat es für Simone, für das Kind des Mannes, den sie so unbeschreiblich geliebt hatte.

Cornelia sitzt im Sessel, das Weinglas in der Hand, sie starrt in das dunkle Zimmer, das ihr so vertraut ist, als kenne sie es seit Jahren. Dort stehen sie alle, die sie verloren hat. Der Vater, die Mutter, der Bruder. Simon. Er ist so nahe, sie braucht nur die Hand auszustrecken, um ihn zu berühren. Sie sieht das schmale ernste Gesicht mit den schwermütigen dunklen Augen. Ach, diese Augen! Wie glücklich konnten sie leuchten. Sein zärtlicher, liebender Mund. Er hat die Geige in der Hand. Gleich wird er spielen.
Sie hebt langsam die Hand, streckt sie ihm entgegen. Und dann verlischt der Spuk.
Cornelia richtet sich auf, streicht sich über die Stirn, gießt den

letzten Wein in ihr Glas und zündet eine Zigarette an. Die ganze Flasche Wein? Sie ist das nicht gewöhnt. Aber sie wird schlafen können.
Und morgen wird sie überlegen, was zu tun ist. Ob sie abreist oder bleibt. Denn hier in dieser romantischen kleinen Stadt mit der Burgruine und den hübschen alten Häusern lebt sein Mörder.
Vielleicht.
Vielleicht lebt er hier. Sie weiß es noch nicht.
Viele Jahre sind vergangen. Aber was bedeutet Zeit im Angesicht der Schuld. Schuld verjährt nicht. Die Jahre können ihr nichts anhaben.
Durch die Stille der Nacht hört sie das Schlagen einer Kirchturmuhr. Zwei Uhr in der Nacht. Eine späte Stunde. Oder eine frühe Stunde. Nicht zu spät für sie. Und Zeit für ihn, der Simon getötet hat. Höchste Zeit.

Clementine hat viel zu tun am nächsten Morgen. Sie beeilt sich mit der Arbeit. Wenn sie rechtzeitig fertig wird, kann sie den Chef vielleicht um eine freie Stunde bitten.
Herr Gruber kommt gegen halb zwölf von der Stadtratssitzung zurück, er scheint gut aufgelegt, trägt den Hut in der Hand, und wie stets betrachtet Clementine seine elegante, aufrechte Gestalt mit heimlicher Bewunderung. Sie ist ein wenig verliebt in ihren Chef, gerade so viel, daß es ihrer Arbeit im Hotel, die sie ohnehin gern tut, den letzten Reiz gibt. Sie ist klug genug, beide Gefühle voneinander zu trennen und der Schwärmerei für ihren Chef keine törichte Sentimentalität beizumischen.
Sie lächelt zu ihm auf, als er in ihr kleines Büro tritt, das direkt hinter dem Empfang liegt.
»Die Bestellungen sind alle draußen«, sagt sie.
»Gut. Gibt es sonst etwas Neues?«
»Nummer 27 ist plötzlich abgereist, er hatte einen Anruf. Sonst alles in Ordnung. Wird's klappen mit dem Golfplatz?«
»Es sieht so aus. Die Mehrheit war heute durchaus dafür. Und wir haben Unterstützung von privater Seite bekommen. Unsere Herren Unternehmer scheinen ebenfalls das Bedürfnis nach ein wenig Bewegung in frischer Luft zu haben. Auch Ihr

Schwiegervater in spe hat sich sehr lebhaft für das Projekt eingesetzt.«

Clementine zieht eine kleine Grimasse. »Na, den kann ich mir als Golfspieler kaum vorstellen. Aber wenn der seinen Segen gibt, wird es bestimmt was. Auf ihn hören sie ja alle.«

Gruber lacht. »Er ist eben eine dynamische Persönlichkeit, wie man zu sagen pflegt. Ist das Verhältnis immer noch so kühl?«

»Das wäre zuviel gesagt. Es existiert überhaupt nicht.«

»Trösten Sie sich, Clementine. Ich glaube, Jochen ist durchaus Manns genug, sich gegen seinen Vater durchzusetzen. Das hat er ja mit seinem Studienwechsel bewiesen. Ihr seid sowieso noch zu jung zum Heiraten. Ich bin sehr froh, wenn ich Sie noch eine Weile behalten kann.«

Clementine strahlt. »Ja? Ich bleibe auch noch gern. Ich würde furchtbar ungern von Ihnen fortgehen.«

»Klingt nicht gerade nach einer Braut, die es nicht erwarten kann.«

»Ach«, meint sie, »verheiratet ist man lange genug.«

Gruber nickt mit ernster Miene. »Das ist wahr.«

»Und von Braut kann sowieso keine Rede sein. Wir sind nicht richtig verlobt. Nicht offiziell, meine ich. Aber das ist ja auch nicht nötig. Ich finde so was spießig. Und Jochen auch.«

»Sehr schön, wenn ihr euch darüber einig seid.«

»Darf ich...«

»Nun?«

»Darf ich dann schnell mal weggehen? Ich würde Jochen gern zur Bahn bringen.«

»Fährt er heute? Ah ja, das Semester beginnt wohl bald. Na, dann laufen Sie mal. Und grüßen Sie ihn von mir.«

»Danke, Herr Gruber.«

»Aber Clementine – was machen Sie, wenn der Herr Papa am Bahnhof ist?«

»Der ist bestimmt nicht da. Das tut er nie. Außerdem ist er heute nach Zürich gefahren. Jochens Mutter kam früher immer mit an die Bahn. Aber seit sie krank ist... Sie hat nichts gegen mich. Ich meine, nichts dagegen, wenn Jochen und ich...«

»Das kann ich mir denken. Sie tut bestimmt niemand etwas Böses. Wie geht es ihr denn?«

»Nicht gut. Jochen fällt es schwer, sie wieder allein zu lassen. Er sagte, wenn er da ist, ist es für sie – besser. Sie ist dann nicht so...«

Clementine verstummt. »Nicht so bedrückt«, fügt sie hinzu. ›Unglücklich‹ hat sie sagen wollen. So hat Jochen es genannt.

»Hm,« macht Gruber und sagt auch nichts mehr. Er weiß ohnedies, wie es um Jochens Mutter bestellt ist. In einer kleinen Stadt bleibt nichts verborgen. Obwohl – was weiß man wirklich über diese Frau. Sie stand von jeher im Schatten ihres Mannes. Kaum, daß man sie in der Stadt zu sehen bekam, auch früher nicht, als sie noch nicht krank war. Ihr Mann spielt eine große Rolle. Ein tüchtiger Mann, hochangesehen. Er hat viel getan für Dornburg, für den Aufbau und die Entwicklung der Stadt. Seine Ehe – nun ja, manchmal passen eben zwei Menschen nicht zueinander. Ein dynamischer Mann, wie schon gesagt, ein tatkräftiger Unternehmer, der das größte Werk im weiten Umkreis leitet. Und eine kleinbürgerliche, scheue Frau, die ewig vor etwas Angst zu haben scheint. Die hier so fremd geblieben ist wie am ersten Tag ihres Hierseins.

Ihr Mann kommt allein. Oder mit der anderen Frau. Der Junge studiert in München. Das Verhältnis zwischen Vater und Sohn ist kühl geworden. Ob Clementine der Grund ist? Herr Gruber betrachtet seine anmutige kleine Sekretärin, die emsig auf ihrem Schreibtisch Ordnung macht.

Nicht unbedingt. Das Verhältnis zwischen Vätern und heranwachsenden Söhnen kühlt sich sehr leicht ab, er hat das oft genug erlebt. Das ist wohl ein ganz natürlicher Vorgang. »Na, dann sausen Sie mal los«, sagt er. »Fährt er mit dem zwölf Uhr dreißig?«

»Ja.«

»Höchste Zeit! Und, Clementine, gehen Sie auf dem Rückweg mal bei der Gärtnerei vorbei und lassen Sie sich zeigen, was wir am Samstag für das Stiftungsfest der Schützengilde für Blumen bekommen können. Und sagen Sie dem alten Halunken, wenn er mir wieder so welke Blumen liefert, haben wir das letzte Mal von ihm bezogen. Es gibt schließlich noch andere Gärtnereien in Dornburg.«

»Mach ich«, verspricht Clementine. Sie läßt ihren Schreibtisch im Stich, wirft einen flüchtigen Blick in den Spiegel. Ihre Nase glänzt ein wenig, macht auch nichts. Jochen ist daran gewöhnt.

»Da müssen wir aber neue Prospekte machen lassen«, sagt sie, »wenn wir wirklich den Golfplatz kriegen.«

»Machen wir sowieso im nächsten Frühjahr. Ich habe da eine großartige Idee.«

Es ist überhaupt Herrn Grubers Idee und sein ganzer Ehrgeiz, nicht nur durchreisende Touristen, sondern bleibende Feriengäste nach Dornburg zu bekommen. Seiner Meinung nach haben es die Leute langsam satt, kostbare Urlaubstage auf langen Fahrtstrecken zu verplempern und sich im Ausland über alles mögliche zu ärgern. Ist Dornburg nicht wunderbar geeignet für erholsame Ferientage? Es hat ein mildes, bekannt gutes Klima, viel Sonne und wenig Regen. Ein hübsches altes Städtchen, romantisch und gepflegt, eine liebliche Umgebung, grün und friedlich, mehrere gute Hotels und ein erstklassiges Haus, sein eigenes. Darum auch sein Bemühen um den Golfplatz. Den hat er den Herren im Stadtrat schon lange in leuchtenden Farben geschildert. Wenn man gutes Publikum herbekommen will, muß man etwas bieten. Dornburg besitzt ein modernes Schwimmbad und nicht weit entfernt einen kleinen See, in dem man herrlich baden kann. Es gibt ausreichend Tennisplätze. Herr Gruber spielt selbst und ist im Vorstand des Tennisklubs; er hat dafür gesorgt, daß neue Plätze angelegt wurden.

Seine vorletzte Idee waren die Reitpferde. Dazu hatte er sich mit einem Gut in der Nähe des Städtchens in Verbindung gesetzt, dort wurde ohnedies geritten, und man hatte noch ein paar Pferde dazugekauft. Nun haben die Sommergäste die Möglichkeit zu Ausritten.

Angler können weiter flußaufwärts in der Dorn nach Forellen fischen.

All das liest man in den Prospekten des »Schwarzen Bären« und in den Anzeigen, die laufend in den großen Tageszeitungen erscheinen. Im kommenden Jahr oder schlimmstenfalls im übernächsten Jahr kommt dann der Golfplatz dazu, das Gelände hat er schon ausgesucht, der Kampf im Stadtrat ist so gut wie gewonnen. Dann kommen bestimmt gute Gäste, auch

Ausländer, zu einem längeren Aufenthalt nach Dornburg. Amerikaner zum Beispiel.
Sein derzeitiger amerikanischer Gast fällt ihm ein.
»Haben Sie Mrs. Grant heute schon gesehen?« fragt er Clementine, die schon unter der Tür steht.
»Nein. Sie hat sich das Frühstück hinaufbringen lassen.«
Er tritt mit Clementine hinaus zum Empfang, und im gleichen Augenblick kommt Cornelia Grant langsam die Treppe herab. Herr Gruber begrüßt sie und begleitet sie vor das Portal. Ehe Clementine eilig über den Marktplatz zur Bushaltestelle läuft, hört sie noch, wie der Chef der Amerikanerin einiges über die Geschichte der Stadt erzählt. Das ist, neben seinen Bestrebungen, Dornburg zu einem modernen Erholungsort zu machen, seine zweite Leidenschaft.

Kurze Zeit darauf überquert auch Cornelia den Marktplatz. Sie läuft nicht eilig und erwartungsvoll wie Clementine, die ein Ziel hat, sie geht langsam, zögernd und unentschlossen, denn sie hat kein Ziel. Bestenfalls eine Aufgabe; aber diese scheint ihr jetzt im hellen Tageslicht, nachdem die düsteren Nachtgedanken verflogen sind, reichlich absurd.
Sie soll feststellen, ob ein bestimmter Mann in dieser Stadt lebt. Und wenn es so wäre? Wenn sie es feststellte? Was dann? Sie ist kein angriffslustiger Mensch, eher das Gegenteil, sie schreckt zurück vor spektakulären Taten, ja, fast könnte man sagen, vor Taten überhaupt. Sie ist ein Mensch, der froh ist, wenn man ihn in Ruhe läßt. Daran hat auch das Leben in den Vereinigten Staaten, in diesem tatenfrohen, unternehmungslustigen Land nichts ändern können. Ebensowenig wie das gegenwartsbewußte Leben drüben sie nicht von ihrer eigenen unglücklichen Vergangenheit lösen konnte.
Sie ist klug genug, das selbst zu wissen. Im Grunde ist es so, daß sie sich immer mehr in sich selbst zurückgezogen hat, auch wenn es ein flüchtiger Beobachter nicht merken konnte. Wie oft hat sie gedacht: Was wißt *ihr* denn? Auf welchem Stern lebt *ihr* denn?
Hochmütig hat sie es gedacht, aus einem Gefühl der Überlegenheit heraus, und auch davon weiß sie, daß es töricht ist. Gibt es einen Grund, stolz darauf zu sein, daß Europas ewige

Zwietracht auch ihr Leben zerstört hat? Ist es ein Anlaß zu Überheblichkeit, weil eine der Grenzen durch ihr Herz und durch ihr Leben gegangen ist? Daß das Kämpfen und Sterben von Jahrhunderten auch ihrer Generation nicht erspart geblieben ist?
Ihre Tochter ist in Amerika aufgewachsen, und sie hat ihr bewußt nicht viel erzählt von der Vergangenheit. Nichts von jener Grenze, die am Anfang allen Übels stand, kaum von ihrer Jugend, nur wenig vom Krieg und nichts – fast nichts – von Simon. Es war ihre Überzeugung, dies wäre der beste Weg, um Simone wirklich ein besseres und freieres Leben zu verschaffen.
Jetzt, wie sie hier geht, im hellen Sonnenschein zwischen den schönen alten Häusern, denkt sie: aber Simone muß Deutschland dennoch kennenlernen. Ich werde mit ihr wieder herkommen. Nicht gerade hierher nach Dornburg, es gibt viele alte Städtchen wie dieses, es gibt das schöne grüne Land. Sie soll es sehen. Mit mir. Sie wird es sehen, unbelastet von den trüben Gedanken an eine Vergangenheit, die für mich so schrecklich ist. Und auch ich – ich muß endlich von der Vergangenheit frei werden. Nicht durch eine Tat der Rache und des Hasses. Durch Vergessen.
Am Ende des Marktplatzes bleibt Cornelia stehen und blickt um sich. Also doch abreisen. Und zwar sofort. Nun – sagen wir morgen. Warum nicht einen Tag hier vertrödeln, ansehen, was der Hotelier ihr empfohlen hat, den Spaziergang hinauf zur Burg machen. Morgen dann abreisen, vielleicht mit kleinen Umwegen durch das Elsaß zurück nach Paris und den geliehenen Wagen wieder abliefern. Er gehört einem jungen Franzosen, dessen Namen sie vergessen hat. Aber er steht in ihrem Notizbuch. Ein charmanter dunkelhaariger Junge, ein kleiner Playboy, wie Ethel lachend sagte, immer bereit, einer schönen Frau zu Diensten zu sein.
»Ich kann mir ja einen Wagen in einem Verleih mieten«, hatte sie gesagt. Und Ethel darauf: »What for? Jules hat drei Wagen. Er kann leicht einen entbehren. Ich frag' ihn gleich.«
Und damit war Ethel auf den hübschen Jungen zugesteuert, der mit zwei Mädchen an der Bar saß, die in einer Scheune aufgebaut war. Sehr originell, wie alle fanden. Jules kam gleich

darauf mit Ethel herangeschlendert und erklärte eifrig, daß er ihr sein Herz oder, falls ihr das lieber wäre, selbstverständlich auch seinen Wagen zu Füßen legte. So war sie zu dem weißen Citroën gekommen.

Das war vor einigen Tagen gewesen, auf einem Landsitz in der Nähe von Paris, wo Ethel ihre Hochzeit feierte. Ethel hatte immer originelle Einfälle. Es war ihre vierte Heirat, ein reicher belgischer Industrieller war diesmal der Glückliche, und die Idee, die Hochzeit auf dem Lande zu feiern, stammte natürlich von Ethel. Sie hatte Freunde in der ganzen Welt, und gelegentlich fand sich darunter immer wieder ein Ehemann für sie.

Ihre Heirat war auch der Anlaß für Cornelias Europareise gewesen. Ethel war Phils Schwester, attraktiv, exzentrisch, sehr amüsant und eine große Lebenskünstlerin.

»Niemals hat sich ein Mensch aus meiner Familie darum gekümmert, wenn ich heirate«, hatte sie vorwurfsvoll am Telefon erklärt. »Diesmal bestehe ich darauf, daß ihr dabei seid.« Phil hatte trocken darauf erwidert, um ihre erste Heirat habe sich die ganze Familie sehr intensiv bemüht, allen voran Momy, die alte Mrs. Grant, aber Ethel habe es darauf angelegt, gerade diese so sorgfältig arrangierte Ehe zu einem riesigen Fiasko werden zu lassen. Drum sei es wohl besser, sie besorge sich ihre Ehemänner nun allein.

»Das tue ich ja auch, du kannst mir keinen Vorwurf machen. Aber du könntest mir wenigstens Glück wünschen, als mein einziger Bruder«, antwortete Ethel.

»Alles Glück der Welt, Baby«, rief Phil über den Ozean hinüber. »Und besonders deinem armen Opfer. Aber leider ist es mir unmöglich, ihn selbst in Augenschein zu nehmen.« Phil hatte immer so viel zu tun. Diesmal war gerade ein wichtiger Prozeß vorzubereiten, und seine politischen Ambitionen erforderten außerdem gerade zu dieser Zeit eine dringende Reise. Cornelia begriff nie so ganz, was das alles für dringende Dinge waren, die ihn jahraus, jahrein beschäftigten. Es interessierte sie auch nicht sonderlich. Phils Betriebsamkeit auf so vielen Gebieten war ihr immer ein wenig unheimlich. Die Vehemenz, mit der sich amerikanische Frauen oft in das Berufsleben und vor allem in die politischen Pläne ihrer Männer

einschalteten, war ihr fremd. Phil erwartete es wohl auch nicht von ihr.
So war sie also nach Paris gekommen. Und da bei Ethel niemals etwas planmäßig ablief, wunderte es sie nicht weiter, daß die Hochzeit um eine Woche verschoben werden mußte. Damit hatte es angefangen. Denn Cornelia beschloß von einer Minute auf die andere, nach Berlin zu fliegen.
»Nach Berlin?« hatte Ethel maßlos erstaunt gefragt. »Warum denn das? Du wolltest doch nie...«
»Nein. Ich wollte nie.«
»Und warum jetzt?«
»Ach – weißt du, ich...«
»Sentimental journey?« fragte Ethel spielerisch, aber sie sah ihre Schwägerin prüfend dabei an. Sie kannte Cornelia nicht sehr gut, aber immerhin gut genug, um zu wissen, daß diese es nie lernen würde, schwere Dinge leichtzunehmen. Und sie wußte, daß alles, was mit Cornelias Vergangenheit zusammenhing, tabu war im Hause ihres Bruders. Keiner wußte viel darüber. Cornelia schwieg, und die anderen schwiegen auch. Dazu kam – Ethel mochte die Frau ihres Bruders, auch wenn sie ganz anders war als sie selbst.
»Hast du eigentlich noch Bekannte dort?« fragte sie.
Cornelia zögerte mit der Antwort. »Nein.« Und nach einem kleinen Überlegen fügte sie hinzu: »Das heißt, ich weiß es nicht.«
»Du weißt es nicht?«
»Ich habe mich nicht mehr darum gekümmert.«
»Du mußt doch Verwandte haben, Familie. Da, wo du herstammst, I guess, it would be a kind of clan.«
»Sure. It had been. Once.«
Ja, es war eine große Familie gewesen. Tanten und Onkel, Vettern und Basen und was alles noch daranhing. Ein Clan ganz gewiß! Die großen Familien auf den alten Gütern in Westpreußen und Ostpreußen waren verwandt und verschwägert miteinander, daß es sich kaum noch auseinanderhalten ließ. Viele Gesichter, viele Stimmen, die ihr einfielen, wenn sie an ihre Jugend dachte. Sie konnten nicht alle umgekommen sein, viele mochten sich gerettet haben. Mochten irgendwo sein. Cornelia wußte es nicht. Sie hatte ihr altes Leben so

endgültig abgestreift, so endgültig – wie Simon tot war. Und vielleicht war gerade das der Fehler gewesen, der größte, den sie machen konnte. Vielleicht war daher die Vergangenheit in ihr so lebendig geblieben.

»Es kann schon sein, daß noch jemand in Berlin ist«, sagte sie nach einer Weile, fast widerstrebend. »Vielleicht.«

»Vielleicht? Du weißt es nicht genau?«

Nein, sie wußte es nicht genau und sie schämte sich. Sie saßen an einem kleinen Tisch vor dem Georges V bei einem Aperitif, müde von Ethels letzten shoppings. Vor ihnen, wie auf einem Fließband, zogen die Wagen, die Menschen über die Champs-Elysées.

»Nein. Ich weiß es nicht. Ein Freund – ein Freund meiner Familie. Oder eigentlich – eigentlich ein Freund von Simons Familie, genauer, ein Freund seiner Mutter. Und Simons Lehrer in vielen Jahren. Später lebte er in Warschau.« Sie hatte ihn als Kind oft bei Simons Eltern getroffen. »Er muß sehr alt sein. Wenn er noch lebt. Nach dem Krieg war er in Berlin. In der ersten Nachkriegszeit waren wir zusammen. Er war der einzige Mensch damals, der sich um mich gekümmert hat. Um mich und Simone. Ehe Phil kam natürlich. Aber er war damals sehr krank. Er ...« Sie stockte; es war so schwer, darüber zu sprechen. – »Er hat viel durchgemacht.«

»Oh!« hauchte Ethel mit großen Augen, erschreckt darüber, daß es Menschen gab, die Dinge am eigenen Leib erlebt hatten, die sie nur aus der Zeitung kannte.

»Ich glaube nicht, daß er noch lebt«, fügte Cornelia rasch hinzu. »Es ist unwahrscheinlich.«

Die Sonne schien auf Paris, sie saßen hier, zwei verwöhnte Frauen, ohne Sorgen, ohne Verantwortung, vor einer Stunde noch hatte Ethel bei Givenchy zwei Kleider probiert, dann hatten sie Parfüm gekauft und eine ganz bestimmte, sehr teure, absolut ewig die Jugend erhaltende Creme – das behaupteten jedenfalls Ethel und die Verkäuferin –, und jetzt, jetzt sollte sie hier zwischen Einkaufen und Diner von einem alten Mann erzählen, den man halb totgeschlagen hatte und der zugegen gewesen war, als Simon – oh, nein, nein!

Unwillkürlich schloß sie die Augen und preßte die Lippen zusammen. Sie konnte nicht darüber reden, nicht jetzt und hier und auch anderswo nicht. Niemals. Sie war Simons Tod so oft in Gedanken mitgestorben. Sie wollte es nicht mehr tun. Nicht, wenn es sich verhindern ließ.

»Du hast dich gar nicht mehr um ihn gekümmert?« fragte Ethel – und es klang vorwurfsvoll –, denn bei aller Oberflächlichkeit war sie sehr gutherzig.

»O doch, natürlich. Früher schon. Als ich in Amerika war, schickte ich ihm Pakete. Einmal auch Geld. Aber er schrieb mir, es ginge ihm gut, er habe Geld bekommen. – Sie haben ja später Entschädigungen bezahlt, nicht? Und die Verhältnisse in Deutschland wurden ja schnell wieder besser.«

Ihr war, als müsse sie sich entschuldigen. Warum hatte sie nicht mehr an Thomasin geschrieben? Weil sie vergessen wollte. Und der alte Mann hatte das offenbar begriffen. Er schrieb ihr auch nicht mehr. Sicher war er nun tot.

Dann also war sie nach Berlin geflogen – und damit hatte alles wieder begonnen. Thomasin war nicht tot. Und er hatte nicht vergessen, er sowenig wie sie. Und weil sie mit ihm gesprochen hatte, darum war sie hier in Dornburg.

Dornburg! Nie gehört. Keine Stadt für Mörder. Eine friedliche Kleinstadt in der Herbstsonne.

Da steht sie auf dem Marktplatz und weiß nicht, was sie tun soll. Weglaufen? Weglaufen wäre ihr das liebste! Im Haus hinter ihr ist eine Bankfiliale, eben fährt ein Taxi vor, ein Herr steigt aus, zahlt, betritt die Bank. Als der Wagen wieder anfahren will, winkt Cornelia ihm hastig. Erst als sie darin sitzt, fällt ihr ein, daß sie kein Ziel hat.

»Wohin, die Dame?« wird sie gefragt.

»Oh...« Ja, wohin? »Zum Bahnhof, bitte.«

Ein Ziel ist so gut wie das andere. Mal sehen, wie der Dornburger Bahnhof aussieht. Vielleicht bekommt man dort eine amerikanische Zeitung zu kaufen.

Sie schaut rechts und links aus dem Fenster während der Fahrt, um einen Eindruck von der Stadt zu bekommen. Ein Platz, eine Kirche, eine Brücke über den Fluß – ist sie hier heute nacht spazierengegangen? Ist das die Brücke, auf der das Liebespaar stand? Nein, das war nur eine Brücke für Fußgänger gewesen. Schließlich fahren sie durch eine lange Allee, Pappeln auf beiden Seiten, golden auch sie. Und am Ende der Allee also der

Bahnhof, ein netter kleiner Bahnhof, auf der einen Seite ein Vorgarten mit buntgedeckten Tischen. Leute kommen und gehen, ein Zug pfeift, eine Lautsprecheranlage tönt.
Eine amerikanische Zeitung gibt es nicht, nur eine englische, die drei Tage alt ist. Cornelia kauft sie und nimmt noch die Frankfurter Allgemeine dazu und eine Illustrierte, damit die Fahrt zum Bahnhof wenigstens einen Zweck gehabt hat. Dann tritt sie auf der inneren Seite, wo die Gleise sind, ins Freie, sieht zu, wie ein roter Schienenbus die Station verläßt, dann kauft sie Zigaretten und steht schließlich wieder auf dem Bahnhofsvorplatz.
Im Moment fallen ihr keine weiteren Erledigungen mehr ein. Oder doch?
Vor dem Bahnhof stehen zwei Telefonzellen, eine davon ist leer. Zögernd geht sie darauf zu.
In diesem Moment fährt ein blaugrauer Mercedes schwungvoll heran, dicht an ihr vorbei und hält. Der Chauffeur hat hinten gesessen, er steigt aus, öffnet den Kofferraum und holt das Gepäck heraus. Die vordere Tür hat sich ebenfalls geöffnet, zwei schlanke Beine unter einem superkurzen Röckchen kommen zum Vorschein, darauf folgt ein sehr junges, sehr lebhaftes Mädchen, das laut lachend auf den Mann einspricht, der den Wagen gesteuert hat. Die Kleine ist so quirlig, daß sie beim Zurücktreten an Cornelia stößt, der daraufhin die Zeitungen unter dem Arm hervorrutschen und zu Boden fallen. Der junge Mann bückt sich, hebt sie auf, entschuldigt sich höflich, mit einem sehr anziehenden Lächeln – und reicht Cornelia die Zeitungen.
Sie sagt: »Danke« und setzt ihren Weg fort, hört noch, wie der junge Mann sagt: »Paß doch auf, du verrückter Floh, du rennst ja die Leute um.«
Vor der Telefonzelle dreht sie sich um und blickt den beiden nach, die den Bahnhof betreten. Der junge Mann kommt ihr irgendwie bekannt vor.
In der Telefonzelle blättert sie eine Weile im Telefonbuch, es sind mehrere Orte darin verzeichnet, schließlich findet sie Dornburg, findet das P und sucht einen Namen.
Der Name steht nicht darin. Das erleichtert sie maßlos. Thomasin hat sich getäuscht. Es gibt diesen Mann in Dornburg

nicht. Das Ganze ist eine Täuschung – ein Irrtum. Als sie aus der Telefonzelle tritt, lächelt sie. Was für ein wundervoller Tag! Was für eine reizende kleine Stadt, dieses Dornburg! Sie wird ein paar Tage hierbleiben, just for fun. Wird die alten Häuser und die Burg besehen und sich an der Herbstsonne freuen. Sonst ist weiter nichts zu tun. Sie atmet tief. Sie ist fast glücklich in diesem Moment. Keine Gespenster in dieser Stadt, keine lebenden jedenfalls.
Auf dem Bahnhofsvorplatz hält ein Bus, aus dem eine Anzahl Menschen klettern. Als eine der ersten kommt die blonde Sekretärin aus dem »Schwarzen Bären«. Sie blickt nicht rechts noch links, stürmt geradezu in den Bahnhof hinein.
Jetzt weiß Cornelia auch, woher sie den jungen Mann kennt, der ihr die Zeitungen aufgehoben hat. Es ist der junge Mann von der Brücke. Er scheint abzureisen. Und er muß aus guten Verhältnissen stammen, wenn eine Limousine mit Chauffeur ihn an den Bahnhof bringt. Und das Mädchen aus dem Hotel liebt ihn. Und das andere junge Mädchen, der verrückte Floh? Falls es keine zweite Freundin ist, dann – nun, dann vielleicht seine Schwester? ›Du verrückter Floh‹ ist eine durchaus denkbare Anrede für eine kleine Schwester. Cornelia wendet dem Bahnhof den Rücken und geht gemächlich unter den Pappeln entlang in Richtung Stadt.
Sie summt sogar ein wenig vor sich hin. Wie nett es ist, einmal über andere Leute nachzudenken. Seit gestern nachmittag erst ist sie in der Stadt, aber sie kennt schon einige Leute vom Sehen und weiß sogar schon etwas über ihre Verhältnisse. So ist das nun mal in kleinen Städten.
Kurz ehe die Allee zu Ende geht, wird sie von dem blaugrauen Mercedes überholt. Diesmal sitzt der Chauffeur am Steuer, die Kleine neben ihm. Cornelia sieht die erhobene Stupsnase und das toupierte braune Haar. Sonst ist niemand im Wagen.
Eine Woche in dem gemütlichen alten Hotel zu wohnen, gut zu essen, diesen herrlichen Wein zu trinken, im Herbstsonnenschein spazierenzugehen, in dem breiten Bett zu schlafen, das alles erscheint ihr im Moment das reizvollste Erlebnis, das sie sich denken kann. Einmal ganz für sich allein sein. In einer anderen Welt, wo keiner sie kennt.
Eine Fremde, die gekommen ist und wieder gehen wird, und

keiner weiß, wer sie ist. Sie kann auch ein paar Ausflüge mit dem Wagen machen. Vielleicht einmal in den Schwarzwald fahren oder zum Bodensee hinunter. Vielleicht noch irgendeine andere hübsche Stadt entdecken, Dornburg wird nicht die einzige dieser Art sein.
Vielleicht – ach, ganz egal, was sie tun wird. Sie weiß schon jetzt, daß ihr alles Spaß machen wird. Jetzt – nachdem sie gesehen hat, daß die gesuchte Dame nicht im Telefonbuch steht.

Clementine ist so spät zum Bahnhof gekommen, weil sie den Bus verpaßt hat; es hat nur noch für wenige Worte und einen Händedruck gereicht. Ganz zum Schluß, ehe er den Zug bestieg, hat Jochen sich zu einem Kuß durchgerungen. Er fällt ein wenig flüchtig aus, ein wenig geniert und ein wenig trotzig.
Clementine kann das alles sehr wohl aus diesem Kuß herausspüren. Sie unterdrückt eine Schnute, lächelt scheinbar unbefangen, aber ihr Blick ist kühl und selbstbewußt. So blickt sie, seit sie auf den Bahnsteig gekommen ist und Paulette Fuhrmann entdeckt hat. Kurz zuvor noch ein flink laufendes Mädchen, voll Eifer, voll Ungeduld, zu dem Geliebten zu kommen, haben sich Gesicht und Haltung verändert, als sie gesehen hat, daß er nicht allein ist. Ihr Schritt wird langsamer, das lässige Lächeln, der kühle Blick kommen ganz von selbst. Was hatte *die* am Bahnhof verloren? Es verdirbt ihr den ganzen Abschied von Jochen.
Jochen, der sie erwartet hat, ist die sekundenschnelle Verwandlung nicht entgangen. Er grinst ein wenig bei Clementines hoheitsvollem Auftritt. O Tinchen, mein Hühnchen, denkt er zärtlich, wenn du wüßtest, wie süß du bist.
Paulette bekommt zum Abschied einen Kuß auf die Wange und einen leichten Klaps. »Und nun setz dich gefälligst auf den Hosenboden, du verrückter Floh, sonst bleibst du das nächste Mal wieder sitzen. Dein letztes Zeugnis war grausig genug.« Paulette zischt wie eine gereizte kleine Schlange. »Möchte wissen, was dich das angeht.«
Sie ist wütend, daß er das vor Clementine sagt. Zwar hat sie seine Hilfe beim Lernen und zuletzt, seit die Schule wieder angefangen hat, bei den Hausaufgaben gern in Anspruch genom-

men. Sie haßt die Schule, war immer eine schlechte Schülerin, und das Abitur wird sie wohl nur schaffen, weil sie eben Paulette Fuhrmann ist. Ihre Mutter legt nun einmal Wert darauf, daß sie das Abitur macht. Paulette sieht nicht ganz ein, wozu. Sind sie nicht reiche Leute? Haben sie nicht Geld genug? Das genügt doch für ihren ferneren Lebenslauf. Und die Ansicht ihrer Mutter: wenn du einen gebildeten Mann heiraten willst, mußt du selbst gebildet sein, findet sie lächerlich. Mit Bildung hat noch keine einen Mann erobert. Wenn sie allerdings an Jochen denkt – er würde sicher eine ungebildete Frau ablehnen. Was er an dieser pummeligen kleinen Gans findet, die in einem Hotel Briefe tippt, das versteht sie jedenfalls nicht. Und es ärgert sie, daß er sie ausgerechnet hier als kleines Schulmädchen hinstellt. Waren sie nicht im vergangenen Sommer viel zusammen? Beim Tennisspielen, beim Schwimmen, bei Ausflügen mit dem Wagen, war doch immer prima. Viel öfter war sie mit ihm zusammen als diese Hoteltippse.
Jochen winkt zum Zug heraus, solange er die beiden Mädchen sehen kann. Als er sich in seine Ecke setzt, denkt er darüber nach, ob Paulette wohl Clementine mit dem Wagen zur Stadt mit zurücknehmen wird. Vermutlich nicht.
Er kennt Paulette gut genug. Die beiden Mädchen verlassen zwar gemeinsam den Bahnhof, doch dann sagt Paulette, ohne Clementine dabei anzusehen: »Bye, bye!« und schlendert zu dem Mercedes. – Clementine sieht dem Wagen gleichgültig nach. Sie hat es nicht anders erwartet. Und sie wäre sowieso nicht mitgefahren. Nur schade, daß sie ihr Rad nicht dabei hat, dann wäre der Weg zur Gärtnerei nicht so weit.
Wie kurz zuvor Mrs. Grant spaziert auch sie jetzt unter den Pappeln dahin und denkt über verschiedenes nach. Über Jochen natürlich vor allem. Wie das wohl weitergehen wird mit ihnen beiden. Er will sie heiraten, das hat er mal so ganz en passant erwähnt, vor einem Jahr schon. Sie hat es zur Kenntnis genommen, nicht ganz so en passant, es nimmt viel Raum ein in ihrem Denken und Streben. Nicht daß sie versessen auf die Ehe ist. Sie ist jung, in diesem Jahr zwanzig geworden. Und Jochen ist sechsundzwanzig. Mit dem Heiraten eilt es nicht. Aber so in zwei oder drei Jahren etwa – dann würde sie Jochen gern heiraten. Sie zweifelt nicht daran, daß sie ihn dann

noch lieben wird. Sie weiß, daß er der Richtige ist, sie weiß es ganz genau.
Ebenso genau weiß sie, daß Jochens Vater auch dann gegen ihre Heirat sein wird. Aber das beunruhigt sie nicht weiter, der Alte wird sich damit abfinden müssen, daß sie seine Schwiegertochter wird. Immer vorausgesetzt, Jochen bleibt dabei.
Was Jochens Vater will, weiß sie ebenfalls. Jochen soll in die Firma einheiraten. Fuhrmann & Co., landwirtschaftliche Maschinen. Die größte Fabrik in weitem Umkreis. Es gibt keinen Herrn Fuhrmann mehr, keinen Co. Es gibt nur noch Frau Fuhrmann und Tochter Paulette. Paula Fuhrmann, um genau zu sein. Das einzige Kind, das Paul Fuhrmann seiner Frau hinterlassen hat.
Jochens Vater ist der Leiter der Fuhrmann-Werke. Er hat die Fabrik zu dem gemacht, was sie heute ist. Er hat eine kleine Beteiligung. Und er möchte, daß sein Sohn das Ganze bekommt. Verständlich.
Clementine spitzt die Lippen und pfeift leise vor sich hin. Jawohl, sie versteht es. Auch wenn ihr eigener Vater zu den Honoratioren des Städtchens gehört hat, er war Kreistierarzt, so bedeutet das nichts gegen die Fuhrmann-Werke. Außerdem ist ihr Vater lange tot, und Geld hat es in ihrer Familie nie gegeben.
Kurz vor der Stadt biegt sie nach rechts ab und nimmt den schmalen Weg, der zwischen zwei Zäunen, am Stadtrand entlang, zur Gärtnerei führt.
Eine prächtige Hochzeit soll es werden. Hier in Dornburg. Sie weiß heute schon, wie ihr Brautkleid aussehen soll. Mutter wird glücklich sein, sie hat Jochen sehr gern. Dann fallen ihr die Kinder ein. Kinder muß sie natürlich auch haben. Zwei. Oder besser drei? Zwei Jungen und ein Mädchen. Oder zwei Mädchen und ein Junge? Sie muß gelegentlich einmal darüber nachdenken.
Wo sie wohl leben werden? Hier, in Dornburg? Oder anderswo? Jochens Interesse an den Fuhrmann-Werken ist gering. Das hat er erstmals bewiesen, als er nach zwei Semestern kurz entschlossen umsattelte. Sein Vater hatte sich vorgestellt, er solle Betriebswirtschaft studieren, fünf oder sechs Semester, ein Abschluß mußte nicht unbedingt sein, und dann in der

Fabrik arbeiten. Doch dann kam Jochen mit dem Wunsch, Jura zu studieren. Und zwar ganz und vollständig mit allen Konsequenzen, bis zum Referendar, bis zum Assessor; und promovieren wollte er natürlich auch. Der Vater war dagegen, es kam zu einem ernsthaften Streit zwischen den beiden, dann hatte Jochen seinen Willen durchgesetzt. Heute ist der Alte stolz auf seinen tüchtigen und strebsamen Sohn. Und natürlich ist Jochen dann keineswegs auf die Fuhrmann-Werke angewiesen. Das weiß sein Vater, das weiß er selbst, das weiß Clementine. Ihr ist es recht.

Ein kleiner Unsicherheitsfaktor ist Jochen selbst. Er kann es sich natürlich auch anders überlegen mit dem Heiraten. Schließlich geht er nicht mit geschlossenen Augen durch die Welt, und hübsche Mädchen gibt es überall. Hübschere als Clementine Munk aus Dornburg, eventuell auch dies. Zum Beispiel in München, wo er studiert. Manchmal stellt sie ein paar entsprechende Fragen, dann lacht er. Er lacht, aber er sagt nichts. Was ist zum Beispiel mit den Studentinnen? Man weiß ja, wie sie sind. Clementine weiß es zwar nicht, aber sie hat eine ganz bestimmte Vorstellung davon; kluge und schöne Mädchen, die darauf aus sind, den jungen Männern, mit denen sie studieren, die Köpfe zu verdrehen. Das ist oft der Hauptzweck ihres Studiums. So hat jedenfalls ihr Vater immer gesagt, wenn er von seiner eigenen Studienzeit erzählte und Mutter ein bißchen ärgern wollte. Damit muß man also rechnen.

Sie ist großmütig genug, Jochen einen gelegentlichen Flirt, einen Kuß hier und da zuzugestehen. Man darf nicht spießig sein. Hat sie nicht auch den neuen jungen Lehrer geküßt, damals beim Frühlingsfest, und anschließend war sie einige Male mit ihm spazierengegangen, und dabei, nun ja, dabei hatten sie sich auch noch ein paarmal geküßt.

Sie lächelt vergnügt vor sich hin. War sehr nett gewesen. Und mehr oder weniger war es ihre Schuld. Sie ist noch nicht so lange aus der Schule, daß der Gedanke, einen Lehrer zu küssen, nicht sehr verführerisch gewesen wäre. Eigentlich ist es ja eine Gemeinheit von ihr gewesen. Der Arme hatte sich ernstlich in sie verliebt, und sie erklärte ihm dann hoheitsvoll, sie sei verlobt. Ein wenig Reue packt sie, wenn sie an den

verletzten Blick des jungen Mannes denkt. Na ja, er hat eben noch keine Erfahrung mit Frauen. Ein anständiger Junge. Und sie, nun, sie ist eben eine gefährliche Frau mit allerhand Hintergründen. Das Tinchen. Von wegen Tinchen! Clémentine! – Für sich selber spricht sie ihren Namen immer französisch aus. Klingt irgendwie toll.
Später, nachdem sie in der Gärtnerei gewesen ist, geht sie auf die Post. Dort entdeckt sie in einer Telefonzelle die Amerikanerin. Offensichtlich hat Mrs. Grant hier Bekannte, wenn sie telefonieren will.
Während der Postbeamte die Marken abzählt, sieht Clementine, wie Mrs. Grant im Telefonbuch blättert, dann das Buch zuklappt und die Zelle verläßt, ohne telefoniert zu haben. Kurz danach, auf der Straße, geht Mrs. Grant vor ihr her. Heute trägt sie ein taubenblaues Kostüm und Schuhe mit flachen Absätzen. Wieder bewundert Clementine Gang und Haltung der Fremden. Schon über vierzig, und dann so gut aussehend, und diese fabelhaften Beine...
Das ist eben Rasse, denkt Clementine ein bißchen neidisch. Ich werde nie so aussehen. Na ja, mit drei Kindern. Ob Mrs. Grant wohl Kinder hat? In Amerika ist das Kinderkriegen ja Mode. Allerdings kann man sich Mrs. Grant kaum als Mutter vorstellen. Aber das ist Unsinn. Warum soll sie keine Kinder haben. Einen Mann hat sie sicher auch.
Daß es nicht sehr lange dauern wird, bis sie Mr. Grant kennenlernt, das kann Clementine natürlich nicht wissen.

Das vorletzte Haus in der Lindenallee, wie die vornehmste Villenstraße in Dornburg heißt, ist das schönste und zugleich gediegenste. Mit seiner sanft gerundeten Fassade und den hohen Fenstern gleicht es fast einem kleinen Schlößchen. Es liegt in einem parkähnlichen Garten, weit genug von der Straße entfernt, daß man einen umfassenden Blick darauf haben kann. Rechts und links der Einfahrt und auf der Rasenfläche vor dem Haus blühen zu jeder Jahreszeit – außer im Winter natürlich – die allerschönsten Blumen. Das fängt im Frühjahr mit Krokussen an, und jetzt, in diesem ungewöhnlich milden Herbst, blühen noch Rosen in voller Pracht, als stünde der Sommer erst vor der Tür.

Wenn etwas Rita Fuhrmann mit der Tatsache versöhnen kann, daß sie ihr Leben in Dornburg verbringen muß, dann ist es dieses Haus. Sie liebt es geradezu zärtlich; seine gediegene Vornehmheit, die hohen Räume, den offenen Kamin im Salon, die breite Treppe, die in das Obergeschoß führt. Sie hat viel Mühe und viel Geld darauf verwendet, es geschmackvoll und kostbar einzurichten. Darum sieht sie auch gern Gäste im Haus. Auch immer wieder gern neue Leute, Fremde, die stets, wenn sie das erste Mal dieses Haus betreten, ihrer Bewunderung Ausdruck geben. Wo gibt es denn noch solche Häuser, pflegen die Gäste zu sagen, wer kann es sich noch leisten, so großzügig zu bauen, solche Räume zu errichten. »Sehen Sie sich doch diese modernen Bungalows an, gnädige Frau! Was ist denn dran an denen? Der sparsame Rechenstift moderner Architekten spitzt aus allen Ecken. Kein Raumgefühl. Es sind Quadratmeter, die man bebaut hat. Ich bin sicher, der Erbauer dieses Hauses hat nie etwas von Quadratmetern gehört.«

So etwa drückt sich der Maler Martin Morgau aus, der berühmteste Künstler, international berühmt wohlgemerkt, den Dornburgs bescheidene Mauern beherbergen. Die Dornburger sind sehr stolz auf diesen Mann. Er bekommt hin und wieder Preise, und wenn Dornburgs Name in der großen Presse erwähnt wird, geschieht es im Zusammenhang mit seinem Namen.

Rita Fuhrmann legt großen Wert darauf, daß der Künstler bei jeder passenden Gelegenheit zu den Gästen ihres Hauses gehört. Abgesehen von seinem Ruhm wirkt er auch noch außerordentlich dekorativ mit seinem weißhaarigen Löwenkopf. Seine kräftigen männlichen Hände erwecken in der Gastgeberin immer ganz bestimmte Gelüste, denn Rita ist eine sehr sinnliche Frau. Leider besitzt der Maler eine ebenso reizlose wie aufmerksame Gattin, die ihn nie von der Leine läßt. Wenn man den Mann bei sich sehen will, muß man sie ebenfalls einladen.

Aber zurück zum Haus. Manchmal hat Rita Fuhrmann mit dem Gedanken gespielt, Dornburg zu verlassen, das einer Frau so wenig Unterhaltung und Abwechslung bieten kann. Doch die Villa läßt sie nicht los. Allerdings, sie ist viel auf Reisen. Sie kennt die großen Städte, in denen es sich lohnt einzukaufen, und sie kennt genauso die amüsantesten und mondänsten Urlaubsorte. Man kann sagen, daß sie ihr Leben in jeder Beziehung mit Genuß lebt.

In dem Haus Lindenstraße 19 haben immer reiche Leute gewohnt. Trotzdem konnte Paul Fuhrmann es sehr billig erwerben – 1938, als der Jude Herzheimer, dem damals das größte Textilgeschäft in Dornburg gehörte, die Stadt Hals über Kopf, praktisch über Nacht, verließ, nachdem man ihm nicht nur im Geschäft, sondern auch in der Villa einige Male die Fenster eingeworfen und seinen Hund vergiftet hatte. Herzheimer war in die nahe Schweiz gegangen, später nach Amerika. Mit der Wahrnehmung seiner Rechte, was ein sehr hübscher, aber in seinem Fall leider nur fiktiver Ausdruck war, hatte er seinen langjährigen Freund, den Rechtsanwalt Moser, beauftragt. Moser gab sich alle Mühe, doch Dornburg war damals, wie auch nicht, stramm nationalsozialistisch und daher gegen Juden eingestellt, und wenn der Anwalt sich gar zu nachdrücklich für die sogenannten Rechte seines entflohenen Freundes eingesetzt hätte, wären ihm Arbeit und Leben in seiner Heimatstadt noch mehr erschwert worden, als es ohnehin schon geschah. Denn Dr. Moser, Bewohner der Lindenstraße 12, alteingesessener Dornburger, ein Mann von Kultur, Geist und hohen Ansprüchen auf vielen Gebieten, unter anderem auch auf dem der deutschen Justiz, lebte in jenen Zeiten ohnedies kein leichtes Leben. Zudem besaß er Temperament. Es fiel ihm schwer, zu schweigen, wo schweigen geboten schien. Er lernte es mit der Zeit. Anfang des Krieges gab er die Praxis auf, ging still, mit schmal gewordenen Lippen durch seine kleine Stadt, die ihm so fremd geworden war, mied schließlich sogar auch den Stammtisch im »Schwarzen Bären«, der ihm nicht mehr geheuer war, erlebte noch die Genugtuung, daß die Nazis stumm und klein und unbedeutend wurden, auch die Freude, daß sein Sohn heil aus dem Kriege heimkam, wurde von den Franzosen aus seinem Haus geworfen, verbrachte das letzte Jahr in einem kleinen Zimmer bei seinem Freund, dem Kreistierarzt Dr. Munk, hoffte immer noch, von seinem anderen Freund, dem in Amerika ansässig gewordenen Theo Herzheimer, eine Nachricht zu erhalten und starb schließlich im Jahre 1947 an einer Grippe.

Soviel über Rechtsanwalt Dr. Moser, nur so ganz nebenbei, ein kleiner Dornburger Lebenslauf – ach, was bietet so eine kleine Stadt für Lebensläufe, Bände könnte man damit füllen – und zurück zu dem Haus Lindenstraße 19.
Dr. Moser war froh gewesen, als sich in Paul Fuhrmann ein Käufer fand, der bereit war, einen immerhin akzeptablen Preis zu zahlen, was anständig war in damaliger Zeit. Sie wurden binnen einer halben Stunde über den Kauf einig, ließen ihn auch gleich notariell besiegeln, denn Eile tat not, der Kreisleiter war ebenfalls scharf auf die feine Villa des Juden und hätte vermutlich keinen Pfennig dafür bezahlt.
Paul Fuhrmann war damals ein Mann Mitte der Vierzig, gut aussehend, lebensfroh, etwas zur Korpulenz neigend, aber mit einer, wie man zu sagen pflegt, schönen Seele. Er liebte vor allem: Musik, Blumen, schöne Häuser und schöne Frauen. Womit wir uns Rita Fuhrmann, seiner späteren Gattin, nähern. Zuvor sei noch die Fabrik erwähnt. Sie war damals noch ein kleines, aber recht lukrativ arbeitendes Unternehmen, entstanden aus einer dörflichen Schmiede. Fuhrmann Großvater hatte Unternehmergeist besessen, Fuhrmann Vater noch mehr, er hatte es durch Tüchtigkeit und Aufnahme eines finanziell starken Teilhabers – das war der Co. – zu ansehnlichem Wohlstand gebracht.
Fuhrmann Sohn brauchte nur noch weiterzumachen. Das tat er, obwohl er lieber etwas anderes getan hätte. Gesang studiert, zum Beispiel, denn er besaß einen wohlklingenden Bariton. Und war, wie gesagt, den schönen Künsten zugetan. Aber das kam natürlich nicht in Frage. Zusammen mit dem Co. führte er nach seines Vaters Tod die Fabrik, die während der Nazizeit florierte, ganz zu schweigen vom Krieg, wo man Fremdarbeiter beschäftigte und nicht mehr nur Landmaschinen herstellte. Damals wurde Fuhrmann Sohn ein reicher Mann. Er war uk. gestellt, nachdem der Co. gleich zu Anfang des Krieges einen Schlaganfall erlitt und nicht mehr viel arbeiten konnte. Der Sohn des Co. hatte Pech, er wurde eingezogen und überlebte den Krieg nicht.
Allerdings und sehr bedauerlicherweise überlebte ihn Paul Fuhrmann auch nicht lange. Er erlag im Jahre 1950 einem Herzschlag, siebenundfünfzig Jahre alt, zu früh, viel zu früh,

wie jeder sagte, jedoch hatte er nicht nur Weib und Gesang, auch den Wein, das gute Essen und schwere Zigarren außerordentlich geliebt. Mangel hatte es im Hause Fuhrmann nie gegeben, nicht in der Kriegs- und Nachkriegszeit, und von Gaylord-Hauser-Ernährung und Fastenkuren wußte man damals noch nichts. In dem schönen Haus Lindenstraße 19 blieben zwei weibliche Wesen zurück: Rita Fuhrmann, die Frau, und Paula Fuhrmann, die dreijährige Tochter.

Rita Larsen, eigentlich Gertrud Obermeier geheißen, war Herrn Fuhrmann erstmals 1939 begegnet. Sie war zu jener Zeit Operettensoubrette im Stadttheater von F., eine bemerkenswert hübsche, aber mäßig begabte junge Sängerin. Die Schwierigkeiten, die sich ihrer Karriere in den Weg stellten, waren mannigfaltig. Ihre Stimme war ganz niedlich, aber klein und schlecht ausgebildet, für die Oper unzureichend, für die Operette ging es gerade eben noch. Ihre Figur dagegen, vollendet, aber etwas stattlich, wäre für die Opernsängerin ideal gewesen, für die Soubrette hingegen nicht zierlich genug. Die Figur einer Sängerin, die Stimme höchstens für die Soubrette, das paßte einfach nicht. Die Bühne hat ihre Gesetze. Rita Larsen hatte das bald erkannt. Nach F. bekam sie mit Mühe ein Engagement an das Stadttheater in R. Der Weg nach München, Berlin oder gar nach Wien, wovon sie einmal geträumt hatte, würde für sie immer versperrt sein, das wußte sie. Sie machte sich da keine Illusionen.

Verehrer hatte sie immer reichlich besessen und auch reichlich davon Gebrauch gemacht. Am Ende jedoch erwies sich, wenn man es einmal von der praktischen Seite aus betrachtete, daß dieser Paul Fuhrmann, wenn auch mehr als zwanzig Jahre älter als sie, die beste Partie sein und bleiben würde, die sich ihr je geboten hatte. Er war glücklicherweise unverheiratet, lebte zwar in dieser komischen kleinen Stadt, in der sie ihn sogar einige Male besucht hatte, und er besaß – ein großes Plus für ihn – ein außerordentlich prächtiges Haus. Außerdem war er kein Banause, Musik und Theater liebte er von Herzen, und wenn sie sich in Abständen trafen – meist kam er sie besuchen, erst in F., später machte er auch die weitere Reise nach R. –, zeigte er sich als aufmerksamer Kavalier und eifriger Liebhaber.

1943 heiratete sie ihn. Gerade noch rechtzeitig genug, daß ihr die Schließung der Theater im letzten Kriegsjahr gleichgültig sein konnte. 1947 kam Tochter Paula zur Welt, und drei knappe Jährchen darauf war die lebenslustige Soubrette zur erst ein wenig betrübten, dann jedoch recht lustigen Witwe geworden. Und zur alleinigen Inhaberin der Landmaschinenfabrik Fuhrmann & Co. in Dornburg.
Dies war kein so einfaches Problem. Rita hatte wenig Interesse für das Werk, jedenfalls anfangs nicht, und auch nicht das geringste Talent zur weiblichen Unternehmerin. Das Werk arbeitete damals sehr bescheiden, mit keineswegs beachtlichen Umsätzen.
Heute jedoch ist Rita eine sehr reiche Frau, sie hat nicht wieder geheiratet, was verschiedene Gründe hat. An Gelegenheiten hätte es nicht gefehlt. Aber sie hat ihr Leben genossen und genießt es noch, auch wenn sie zu ihrem allergrößten Kummer mittlerweile achtundvierzig Jahre alt geworden ist.
An diesem sonnigen Oktobertag des Jahres 1964 fährt sie kurz vor dreizehn Uhr mit ihrem Sportkabriolett durch das offenstehende Tor zur Villa. Beim Einbiegen sieht sie den graublauen Mercedes ihres Geschäftsführers und Teilhabers vor dem Haus halten und ihre Tochter Paulette heraushüpfen. Sie stellt ihren Wagen vor der Garage ab und wartet, bis Paulette herangekommen ist.
»Nun?« fragt sie »Du warst also doch am Bahnhof?«
»Klar.«
»Und hast die letzte Stunde geschwänzt.«
»War nur Chemie.«
»Nur?«
»Kapier' ich sowieso nicht. Und Chemikerin will ich ja nicht werden, nicht?«
»Hast du das deinem Lehrer mitgeteilt?«
Paulette quietscht vergnügt. »Nicht so direkt. Ich hab' ihm erzählt, daß ich wahnsinnige Halsschmerzen habe und daß mich die Dämpfe bei den Versuchen furchtbar zum Husten reizen. Da war er froh, mich loszuwerden.«
Rita nickt. Sie ist an derartige Geschichten gewöhnt und erregt sich nicht weiter darüber. Für so ungeheuer wichtig hält sie die Schule auch nicht. Paulette soll, wenn möglich, das Abi-

tur machen, und sie wird es schon eines Tages machen. Wäre ja gelacht, wenn man ihre Tochter durchfallen ließe, das würde die Schule sich bestimmt nicht trauen.
Mutter und Tochter gehen ins Haus. Das Mädchen nimmt Rita einige Päckchen ab, der Tochter die Schultasche. Das Essen werde in zehn Minuten serviert.
Rita geht in ihr Wohnzimmer, das mit Kirschbaummöbeln und einer lindgrünen Sesselgarnitur sehr hell und freundlich eingerichtet ist. Sie nimmt sich ein Glas Portwein aus der Hausbar, auch die Tochter bekommt eines.
»Schick siehst du aus«, sagt Paulette. »Neue Frisur. Steht dir gut.«
»Mhm.« Rita betrachtet sich zufrieden in dem ovalen Spiegel, der über einer kleinen Vitrine hängt. Schick sieht sie aus, sie findet es selber. Die hellblonden Haare sind kurz geschnitten, in einer lockeren Ponywelle in die Stirn frisiert. Das Make-up ist vollkommen. Sie hat den Vormittag bei der Kosmetikerin und beim Friseur verbracht. Vierzig, einundvierzig vielleicht, mehr würde man ihr nicht geben.
Oder mache ich mir etwas vor?
Eine besorgte kleine Falte erscheint auf ihrer Stirn, als sie sich genauer im Spiegel mustert. Frauen machen sich wohl immer etwas vor, soweit es ihr Alter betrifft.
»Ich fahre nachher nach Zürich«, teilt sie ihrer Tochter mit.
»Schon wieder?«
»Was heißt schon wieder?«
»Du warst erst vor vierzehn Tagen in Zürich.«
»Na, und? Ich kann nicht ewig in dem Nest hier versauern.«
»Aber ich – ich kann, was?«
»Kümmere dich um deine Schule. Verreisen kannst du später.«
»Was machst du denn schon wieder in Zürich?«
»Was soll ich machen? Einkaufen. Halt so – was man eben in Zürich macht. Übermorgen ist eine Premiere, da habe ich Karten bestellt.«
Sie fährt gern nach Zürich. Sie wohnt im Baur au Lac, genießt es, dort ein verwöhnter Gast zu sein, besieht die Schaufenster in der Bahnhofstraße, kauft, was ihr gefällt, immer nur schicke und immer nur teure Sachen, sie hat ein paar Bekannte in der

Stadt, mit denen sie zum Essen geht, ins Theater, drei oder vier Tage später kommt sie zurück. Es ist keine weite Fahrt, sie braucht knapp drei Stunden mit ihrem Wagen. Diesmal übrigens wird sie Gus in Zürich treffen.

»Du hast es gut«, seufzt Paulette. »Bringst du mir wenigstens etwas mit?«

»Du hast gerade genug anzuziehen.«

»Du auch.«

»Das ist etwas anderes.«

»Wieso denn?«

Rita seufzt und schweigt. Einer Siebzehnjährigen klarzumachen, wie ungeheuer wichtig es ist, was man mit achtundvierzig anzieht, ist wohl vergebliche Liebesmüh.

»Was hat Jochen denn gesagt?«

»Ach der! Der ist ja blöd. So ein richtiger Affe. Bildet sich sonst etwas ein. Als ob er schon ein erwachsener Mann wäre.«

»Na, das ist er ja schließlich auch.«

»Kann ich nicht finden. Und weißt du was? Sein doofes Tinchen war auch an der Bahn.«

»So.«

»Was sagst du dazu?« fragt Paulette empört.

Rita lächelt. »Sie liebt ihn anscheinend. Und er sie auch.«

»Phhh! Er sie! Was kann ihm an der schon gefallen!«

»Weiß man es? Da mußt du ihn schon selber fragen. Ich wundere mich nur, was dir an ihm so gefällt.«

»Mir? Überhaupt nichts. Mir ist Jochen ganz schnuppe. Ich hab' schließlich ganz andere Boyfriends. Oder nicht?«

Rita lächelt immer noch. »Wie man's nimmt. Vielleicht kommt es daher, weil Jochen eben doch schon ein Mann ist. Und die anderen – na ja ...«

Von den anderen ist keiner älter als achtzehn oder neunzehn. Pennäler meist noch. Paulette duldet ihre Verehrung oder wie man das nennen will, aber Jochen ist etwas anderes. Rita kann das verstehen. Sie mag Jochen Weege sehr gern. Diesen Sommer war er viel hier im Hause. Er half Paulette beim Arbeiten, gab ihr richtige Nachhilfestunden, dann planschten sie hinter dem Haus im Swimming-pool herum, gingen zum Tennisspielen, manchmal hatte Rita den jungen Mann zum Kaffee oder zu einem Aperitif eingeladen. Ihr gegenüber ist Jochen immer etwas befangen. Zurückhaltend. Auch das kann sie verstehen. So wie die Dinge liegen...

»Schließlich sind sie ja auf uns angewiesen«, erklärt Paulette voller Hochnäsigkeit.

»Wer?«

»Die Familie Weege.«

»Auf uns? Wie man's nimmt. Man könnte auch sagen, daß wir auf Herrn Weege angewiesen sind.«

»Du vielleicht«, sagt Paulette, und es klingt boshaft. Rita zieht die Brauen hoch. »Du auch. Er hat für uns das Geld verdient.«

»Das hätte ein anderer auch gekonnt. Die Fabrik war schließlich schon da, ehe er gekommen ist.«

Das stimmt. Aber das, was daraus geworden ist, hat Gustav Weege zustande gebracht.

»Jochen ist bestimmt auf uns nicht angewiesen«, sagt Rita. »Er wird seine eigene Karriere machen.«

»Wenn er mich heiratet, hat er das nicht nötig.«

Rita ist so perplex, daß ihr nicht gleich eine Antwort einfällt. So etwas hat Paulette noch nie gesagt. Sie ist also wirklich in Jochen verliebt. Gestern war sie noch ein Kind, so scheint es Rita jedenfalls. Und auf einmal – die Wandlung muß sich in diesem Sommer vollzogen haben. Nachhilfestunden in Latein und Mathematik, bei Gott – und jetzt spricht sie von Heirat.

»Lieber Himmel«, sagt sie verwirrt, »auf was für Ideen du kommst! Das hat doch noch Zeit. Heiraten! Du bist noch ein Kind.«

»Findest du?« Paulette schaut in den Spiegel, sehr zufrieden mit dem, was sie sieht. Hübsch ist sie, gut gewachsen, eine kleine Frau, fix und fertig, da bleiben keine Wünsche offen. Rita sieht es auch.

»Onkel Gus will das auch«, sagt Paulette triumphierend.

Unvermutet steigt Zorn in Rita auf. »Kann sein«, sagt sie kalt. »Aber es gibt auch andere Möglichkeiten. Ich kann die Fabrik jederzeit verkaufen.«

»Das wirst du nicht tun.«

Sie wird es nicht tun. Denn es ist ja nicht nur das Geld. Es ist auch die Geltung. Die Macht, die sie besitzt, solange die Fabrik ihr gehört. Die Macht über Gustav Weege. – Ist es ein

Wunder, daß die Kleine in den Jungen verknallt ist? Ist es ihr vielleicht gelungen, in all den Jahren, sich von Gus zu lösen?
Sie hat es oft genug versucht. Liebe? Ist es noch Liebe? Nun, wenn es je Liebe in ihrem Leben gegeben hat, dann ist es dieser Mann gewesen. Das hat begonnen, als ihr Mann noch lebte, als Gustav Weege damals, völlig mittellos, aus der Schweiz nach Dornburg kam und eine Anstellung in der Fabrik erhielt. Er war vor den Nazis in die Schweiz geflüchtet, hatte dort das Kriegsende erlebt, und eines Tages war er hier in Dornburg aufgetaucht.
Nach Pauls Tod war alles in seine Hände übergegangen. Wieso – warum – es ist schwer zu erklären. Er ist tüchtig, gewiß. Er ist der geborene Unternehmer. Aber es begann damit, daß Rita ihn liebte. Zuerst war er allein. Seine Frau und den Jungen holte er später nach Dornburg. Eine Scheidung kam nicht in Frage. Rita war auch nie sicher, ob sie ihn hätte heiraten mögen.
Sie weiß es heute noch nicht. Sie will ihn behalten, und sie hat ihn immer behalten. Aber vieles an ihm stört sie. Seine Rücksichtslosigkeit, sein Egoismus, seine Härte; vermutlich muß ein Mann so sein, der das leistet, was er geleistet hat. Sie erkennt es an. Aber privat hat sie oft darunter gelitten.
Nein, heiraten will sie ihn nicht. Und sie spielt immer mit dem Gedanken – seit zehn Jahren schon –, nachdem die erste große Leidenschaft sich gelegt hat, sich von ihm zu befreien. Und dazu gehört auch immer der Gedanke: Ich kann die Fabrik ja verkaufen. Dann brauche ich ihn nicht mehr. Aber was wäre dann? Sie würde aus Dornburg verschwinden, aus ihrem schönen Haus, aus dieser Stadt, in der sie jemand ist. Nachher wäre sie nichts als eine alternde Frau, die Geld besitzt. Irgendwo leben, reisen, vielleicht noch einmal ein Mann, aber das ist nicht sicher – sie blickt noch einmal flüchtig in den Spiegel – möglich immerhin, und dann ...
Was sie jetzt besitzt, wird sie nicht wieder bekommen. Kein Mann kann je wieder so fest an sie gebunden sein wie Gustav Weege. Er liebt die Fabrik, und darum liebt er sie. Und Paulette will er für seinen Sohn. Fuhrmann und Weege. Wieder ein Co. Dann würde die Fabrik ihm gehören. Rita lächelt ihrem Spiegelbild zu und zieht die blonden Haare etwas tiefer in die

Stirn. – Der Junge soll nur sein Tinchen heiraten. Das wird Gus ärgern. Paulette ist noch ein Kind. Sie wird sich noch oft verlieben. –
»Komm«, sagt sie leichthin, »wasch dir die Hände. Wir wollen essen. Und ich bring' dir was Schönes aus Zürich mit.«

Cornelia ist in der Mittagssonne durch die ganze Stadt gelaufen. Dann an der Dorn entlang, bis zum Hügel, auf dem die Burg thront. Hier ist sie eigentlich schon müde. Spazierengehen sind Amerikaner nicht gewöhnt.
Am Fuße des Burgberges ist ein Lokal, eine breite Terrasse mit gedeckten Tischen. Nebenan sind die Tennisplätze. Sie verweilt dort einen Augenblick, spielt mit dem Gedanken, hier einzukehren. Aber dann macht sie sich doch daran, zur Burg hinaufzusteigen. Sie kann auf dem Rückweg hier Kaffee trinken.
Der Weg hinauf kommt ihr weit vor, er steigt ziemlich an, windet sich in Serpentinen um den Berg herum. Meist geht sie im Schatten unter den Waldbäumen, manchmal aber in der Sonne. Es wird ihr so warm, daß sie die Kostümjacke um die Schultern hängt.
Der Ausflug lohnt sich. Als sie oben ist, freut sie sich, als habe sie einen Achttausender bestiegen. Nur zwei Leute sind außer ihr hier oben, ein junges Paar, er macht Aufnahmen, teils von der Landschaft, teils von dem Mädchen, das auf der Burgmauer sitzt und mit den Beinen baumelt.
Die Burg ist wirklich nur noch eine Ruine, obwohl sie von der Stadt aus so mächtig wirkt. Was man von unten sieht, ist nur Fassade, die aus der Nähe reichlich brüchig wirkt. Aber die alten Steine erweisen sich bei näherem Hinsehen als massiv und dauerhaft. Auch der Turm ist noch gut erhalten. Rund und wuchtig begrenzt er das Bauwerk im Westen, steil über einem Abhang thronend.
Die beiden jungen Leute machen sich daran, ihn zu besteigen, nachdem sie ihren Film verknipst haben. Cornelia sieht sie im Turminneren verschwinden, und nach einer Weile erscheinen die beiden oben auf der Spitze des Turmes.
Die Aussicht von hier aus ist wundervoll. Sie stützt sich auf die hüfthohe Mauer und schaut ins Land hinaus. Wie schön!

Die goldenen Herbstfarben, das Grün der Wiesen, das schwärzliche Grün der Nadelwälder, weit, weit geht der Blick, nach Süden zu ist es hügelig, aber im Norden und Osten liegt das Land offen vor ihr.
Die Stadt sieht bezaubernd aus von hier oben. Eng erscheinen die Gassen, die Häuser spitzgiebelig und romantisch, die Türme stechen in den blauen Himmel, die Dächer sind rot und grün, alles sieht fröhlich und verspielt aus, als habe Walt Disney die Stadt unten erbaut, sie liebevoll angemalt und poliert.
Mit den Augen verfolgt Cornelia den Weg, den sie eben gegangen ist. Sie bekommt direkt Respekt vor sich selbst. Ein weiter Weg.
Der Bahnhof liegt ganz am anderen Ende. Dort ist die Pappelallee, dort das Schienenband. Und wo ist der Marktplatz? Der »Schwarze Bär«?
Sie lächelt. Keiner sieht ihr Lächeln. Sie selbst ist sich seiner nicht bewußt. Vielleicht hat sie keiner in all den vergangenen Jahren so lächeln sehen. Froh, unbeschwert, ganz dem Augenblick, dem schönen Bild, das sich ihr bietet, hingegeben.
Sie ist glücklich. Sie hat vergessen, warum sie nach Dornburg gekommen ist. Die kleine Stadt, entgegengesetzt ihrer alten Heimat, kommt ihr wie ein Zuhause vor.
Dies Land ist ja so klein. Deutschland – ein winziger Fleck auf der Landkarte. Wenn man amerikanische Entfernungen gewöhnt ist – ein Ländchen. In die Heimat ihrer Jugend kann sie nicht mehr, nie wieder. Wer weiß auch, wie es heute dort aussieht. Aber hier – das ist auch Heimat.
Sie hat vergessen, warum sie nach Dornburg gekommen ist.
Sie wird morgen wieder daran denken.

Die gelöste, fast heitere Stimmung, in die der Spaziergang auf den Burgberg Cornelia versetzt hat, hält für den Rest des Tages an. Eine Urlaubsstimmung ist es fast, ein Wohlbehagen des Alleinseins, des Fürsichseins, wie sie es noch nie empfunden hat. Am Abend speist sie wieder im Hotel, mit gutem Appetit heute, sie hat ja nicht zu Mittag gegessen und war lange an der Luft. Sie geht früh in ihr Zimmer hinauf, läßt sich wieder Wein bringen, keine ganze Flasche heute, nur ein Viertel von dem offenen, herben Landwein aus Baden.

Mit der Absicht, ein paar Zeilen an Thomasin zu schreiben, setzt sie sich an den kleinen Schreibtisch. Aber dann merkt sie, daß es nichts zu schreiben gibt. Ihm nur mitzuteilen, daß sie hier ist, kommt ihr unsinnig vor. Schließlich kann sie ihm keine Ansichtskarte schicken und schreiben: die Gegend ist hübsch, das Wetter ist schön, es gefällt mir gut hier unten.
Es ist nicht der Zweck ihrer Reise, ein paar Urlaubstage zu verbringen. Und sonst hat sie nichts erledigt, außer einem ergebnislosen Blick ins Telefonbuch. Das Zeitungsbild jemand zu zeigen – sie hat es nicht getan. Also unterbleibt das Schreiben nach Berlin. Das nächste, was ihr einfällt: Phil zu schreiben. Aber das ist erst recht Unsinn. Er wird nicht begreifen, was sie hier tut, und sie kann es ihm nicht erklären. Sie hat mit ihm von Paris aus telefoniert, vor Ethels Hochzeit. Bei einem zweiten Gespräch, nach der Hochzeit, konnte sie Phil nicht erreichen. Er war verreist.
Gut. – Bleibt Simone. Was sie ihrer Tochter schreiben möchte, weiß sie sofort.

> Ich bin in Deutschland. Als ich mit dir von hier fortging, warst du fünf Jahre alt. Seitdem war ich nicht hier und du auch nicht. Aber ich möchte, daß wir zusammen herkommen. Im nächsten Sommer. Du sollst wissen, wie es hier ist. Du sollst alles, alles sehen, mit mir zusammen. Und ich will dir alles erzählen, was du wissen willst. Von meinem Leben, meiner Jugend, meinen Eltern. Von deinem Vater. Ich wollte nie darüber sprechen, du weißt es. Ich war feige, ich hatte Angst vor der Vergangenheit. Aber jetzt sehe ich, wie weit sie entfernt ist.

Hier stocken ihre Gedanken. Wirklich so weit entfernt? Gestern abend noch hat sie hier gesessen, in dem gleichen Zimmer, und die Vergangenheit war so nahe.
Aber das gilt nicht für Simone.

> Du sollst alles erfahren, du hast ein Recht darauf. Ich wünschte, ich könnte dir meine Heimat zeigen. Aber sie ist heute weiter entfernt als der Mond, meine Heimat in Ostpreußen. Das weite, flache Land, der hohe, helle Himmel,

die Wiesen und Wälder, die Seen, unser Haus, die Pferde. Ich kann dir nicht beschreiben, wie sehr ich meine Heimat geliebt habe. Und ich konnte mir nie vorstellen, daß man auch anderswo leben könnte. Genauso habe ich Simon geliebt. Von allem Anfang an. Er gehörte einfach dazu. Ich konnte mir ebensowenig vorstellen, daß ich einen anderen Mann je lieben könnte.

Für mich war es eine unzerstörte, heile Welt, obwohl sie es in meiner Kindheit schon lange nicht mehr war. Der erste Weltkrieg, die Veränderungen, die nach ihm kamen, hatten den Keim zu allem Übel gelegt. Ich hörte es, wenn meine Eltern, unsere Verwandten und Bekannten davon sprachen, aber ich begriff es nicht, denn ich hatte es nicht anders gekannt. Ich wuchs mit der neuen Grenze auf. Und mit der Tatsache, daß Simon hinter dieser Grenze lebte. Für uns jedoch gab es keine Grenze.

Wenn ich mich zu erinnern versuche, wann Simon in mein Leben getreten ist – nein, es ist Unsinn, es auf diese hochtrabende Weise auszudrücken – denn so war es nicht. Was ich sagen will, ist nur, daß es eine Erinnerung zurück in meine früheste Kindheit gibt, die mit ihm zusammenhängt. Es gibt bestimmte Szenen und Situationen, die man nie vergißt. Ich war noch klein, vier oder fünf Jahre alt. Es war an einem Sonntag, ja, es muß ein Sonntag gewesen sein, weil alle Zeit hatten, und Simon war mit seinen Eltern bei uns zu Besuch. Simons Vater und mein Vater waren alte Freunde. Und mein Vater war ihm Freund geblieben, was gar nicht so selbstverständlich war, ich werde später versuchen, das zu erklären.

Wir waren alle im Gartenzimmer, mir ist so, als seien noch andere Familienmitglieder anwesend gewesen, aber ich weiß nicht mehr genau, wer – auf jeden Fall meine Tante Luise, Vaters Schwester, denn sie lebte bei uns.

Simon war damals etwa zehn oder elf Jahre alt. Ein schmaler schöner Knabe. Ja, er war schön, mit seinen großen dunklen Augen, deinen Augen, Simone, dem dunklen Haar, das ihm in die Stirn fiel, dem bräunlichen Teint, er war still und klug, und ich bewunderte ihn sehr.

Er stand neben dem Flügel und spielte auf seiner Geige. Sei-

ne Mutter begleitete ihn. Ich sehe das Bild so lebendig vor mir, ich könnte es malen, wenn ich dein Talent hätte, Simone. Aber du weißt, ich habe keine künstlerischen Talente, gar keine, im Gegensatz zu deinem Vater, der malen konnte, genau wie du, Geige spielen, und manchmal schrieb er sogar Gedichte. Später. Für mich.
Das Bild also, das ich sehe. Simons Mutter am Flügel. Sie war eine bildschöne Frau, mit dunklem Haar und dunklen Augen, genau wie ihr Sohn. Sie war eine berühmte Pianistin, und sie war Polin. Und da bin ich schon mitten in dem ganzen Konflikt, den du nicht verstehen wirst.
Simons Vater war ein ostpreußischer Gutsbesitzer genau wie mein Vater, und daß er eine Polin geheiratet hatte, mochte sie noch so schön sein, wurde ihm von seinen Standesgenossen nie verziehen. Es war eine glückliche Ehe. Oder es hätte eine glückliche Ehe sein können, denn sie liebten sich – wenn nicht der Schatten der ewigen Feindschaft beider Völker immer über ihr gelegen hätte.
Ach, es ist so schwer, das alles zu erklären. Heute – nach so langer Zeit.
Und ich habe das Bild wieder verlassen, das ich dir schildern wollte. Simons Mutter also am Flügel, Simon neben ihr mit der Geige. Sie spielten wunderschön. Ich wußte damals natürlich nicht, was sie spielten, aber später bildete ich mir immer ein, es müsse die F-Dur-Romanze von Beethoven gewesen sein. Oft genug habe ich sie später von Simon gehört, und wenn ich ihn an diese Szene erinnerte, lachte er und sagte, es könne vielleicht die Romanze gewesen sein, vielleicht aber auch etwas anderes, was er sich da mühselig zusammengekratzt habe.
Nun, so war es nicht. Er spielte sehr gut, damals schon, das sagte jeder. Ich natürlich konnte das nicht beurteilen, ich weiß nur, daß es mir vorkam wie reine Engelsmusik. Ich hatte keine Ahnung von Musik. Radio gab es damals noch nicht bei uns auf dem Land, und in einem Konzert war ich noch nie gewesen. Das einzige, was ich an Musik kannte, war das Orgelspiel unseres Kantors in der Kirche und der Gesang der Mägde im Stall oder am Abend auf dem Hof.
Und da stand ich also, ein kleines Mädchen, an das Knie

meiner Mutter gelehnt. Den Arm um mich gelegt, lauschte sie genauso aufmerksam wie ich. Aber genaugenommen sah ich mehr als ich hörte. Ich sah diesen Jungen, diesen Simon, den ich natürlich schon kannte, aber bisher nicht weiter beachtet hatte, er war ein Mensch unter vielen, der in mein Leben gehörte, ich war ja auch noch zu klein, er kam auch nicht oft, er ging in die Schule und war nur in den Ferien zu Hause auf dem Gut. Aber da stand er nun und spielte wie ein Engel und war so schön und so fremdartig, so anders als alle anderen, ich starrte ihn an und staunte und hätte ewig da so stehen können und ihn hören und ihn sehen. Hinter den beiden, die da musizierten, waren die Flügeltüren nach dem Garten weit offen, man sah den Himmel, das Land senkte sich sacht, man erblickte in der Ferne die Felder, auf denen das reife Getreide stand – es war, ich kann es nicht anders erklären, es war wie ein Zauber. Der Sommernachmittag, die beiden schönen Menschen, die anders waren als wir anderen, und dazu die Musik.
Ich glaube, den Erwachsenen ging es nicht anders als mir. Als die beiden zu spielen aufhörten, blieb es eine Weile still, dann stand mein Vater auf, räusperte sich ein paarmal und sagte: »Das war schön, sehr schön.« Er war verlegen, das konnte sogar ich hören, und das kam bei ihm eigentlich nie vor. Meine Mutter küßte mich aufs Haar und flüsterte: »Hast du gut zugehört? Eine schöne Musik, nicht wahr?«
Ich nickte, noch ganz benommen, mein Blick hing an Simon, zu dem jetzt einer nach dem anderen hinging, sie sagten alle etwas zu ihm, manche schüttelten ihm die Hand, er wurde ein bißchen rot, es paßte ihm nicht, daß man so viel Aufhebens um ihn machte.
Ja, so war das damals. Und ich glaube, das war der Moment, in dem ich begann, Simon zu lieben.
Cornelia hält inne, ihr ist geradezu warm geworden, sie trinkt den letzten Schluck Wein und seufzt.
Dann liest sie, was sie geschrieben hat. Nein, so ist es nicht richtig. Das geht wie Kraut und Rüben durcheinander. Daraus kann kein Mensch klug werden. Wenn sie Simone beschreiben will, wie das damals war, dann muß sie systematisch vor-

gehen. Dann muß sie von vorn beginnen. Und ohne die Ekstase eines verliebten jungen Mädchens, die anscheinend immer noch in ihr aufwallt, wenn sie sich mit Simon beschäftigt.
Dann muß sie etwa so beginnen:
> Unser Gut Eltenstein lag nahe der Weichsel, südöstlich von Marienwerder. Unweit der polnischen Grenze, der neuen Grenze, die man nach dem ersten Weltkrieg diesem Lande zugefügt hatte. Es war ein mittelgroßes Gut, das seit Generationen der Familie meines Vaters gehörte und das wir, mein Bruder und ich, als die uns rechtmäßig zustehende Heimat betrachteten, ohne ganz zu begreifen, daß die Willkür der Grenzziehung auch uns dieser Heimat hätte berauben können, noch ehe wir geboren waren, beziehungsweise, noch ehe wir hätten erkennen können, was Heimat ist.

Doch an diesem Abend schreibt Cornelia nicht weiter. Der Schwung, der sie vorangetrieben hat, als sie die kleine Geschichte aus ihrer Kindheit niederschrieb, ist vergangen. Sie ist auf einmal müde, todmüde. Sie geht schlafen.

In dieser Nacht träumt sie von der Heimat. Sie geht mit ihrem Vater hinaus zu der Koppel hinter dem großen Haferfeld, wo die Jährlinge weiden. Sie ist ein kleines Mädchen, aber sie trägt bereits Stiefel und Reithosen wie der Vater, und sie hört verständig zu, als der Vater mit ihr – auf den Koppelzaun gestützt – von den Pferden spricht. »Der Schwarze dort, der kleine stämmige mit den frechen Nüstern, der wird einmal gut. Er hat gar keine Abzeichen, siehst du, schwarz von Kopf bis Fuß. Er hat Feuer. Und Mut. Das sieht man heute schon. Den werde ich mir behalten. Mit dem werde ich es noch einmal versuchen.«
Sie weiß, was der Vater meint. Und sie weiß auch – im Traum – daß ihre Mutter dagegen sein wird. Der Vater war einst bei den Königsberger Kürassieren, er ist ein begnadeter Reiter, ist auf vielen Turnieren gestartet und hat manchen Preis nach Hause gebracht. Bis zu jenem bösen Sturz. Sie kennt die Geschichte nur aus Erzählungen, es geschah ein halbes Jahr nach ihrer Geburt. Damals wurde er schwer verletzt: Gehirn-

erschütterung, ein gebrochener Arm, gebrochene Rippen, und eine davon war in die Lunge gedrungen und hätte ihn beinahe getötet. Das Pferd hieß Toledo und mußte erschossen werden, weil es ebenfalls schwer verletzt war. Und sie weiß auch – im Traum –, genau wie sie es immer wieder gehört hatte, daß ihr Vater sich selbst die Schuld gab und den Tod des begabten Pferdes schwerer nahm als seinen eigenen Unfall. Er sei zu früh mit dem Pferd zu dem schweren Springen gestartet, so sagte er, das Pferd sei zu jung gewesen, noch nicht reif und besonnen genug, nicht genügend trainiert.
Und darum sagt sie auch jetzt, ernsthaft über den Koppelzaun blickend: »Da wirst du aber noch lange warten müssen.« Der Vater nickt und sagt: »Ich weiß, sieben bis acht Jahre. Aber das macht ja nichts.«
Der kleine Schwarze kommt mit wilden Kapriolen über die Wiese gestürmt, er schlägt hinten aus, springt wie ein Böcklein, übermütig, voll Lebenslust. Und der Vater sagt, Freude im Blick: »Den werde ich mir selber zureiten, da kommt kein anderer hinauf.«
Die Mutter hat ihm das Versprechen abgenommen, keine Turniere mehr zu reiten, er hat es versprochen. Und sie hat ständig Angst um Friedrich, Cornelias Bruder, der tollkühn die höchsten Hindernisse angeht und davon redet, was er später einmal für Siege erringen wird.
»Mir gefällt die dort«, sagt die kleine Cornelia im Traum und deutet auf das zierliche Füchslein, das nicht weniger munter als der Schwarze über die Wiese trabt. »Ein nettes Pferdchen«, bestätigt der Vater, »die kannst du einmal reiten. Das ist die Tessa.«
»Tessa! Tessa!« ruft Cornelia lockend über den Zaun und streckt die Hand aus. Aber das Pferdekind hört nicht und galoppiert quer über die Wiese, ohne sich noch einmal umzublicken. Doch dann ist Tessa auf einmal ein erwachsenes Pferd, und Cornelia ist ein großes Mädchen, sie sitzt auf der Stute, fliegt, fliegt über eine endlose Weite, der Wind pfeift um ihre Ohren, ein Graben – sie setzen hinüber, immer schneller wird das Pferd, immer höher der Himmel, immer weiter die Welt – und dann ist auf einmal der Boden weiß, weiß und steinhart, es ist Winter, die Erde trägt nur noch Eis, kaltes

glitzerndes Eis, und sie will den wilden Lauf des Pferdes zügeln, seine Hufe finden keinen Halt auf dem glatten harten Boden, sie werden stürzen, sie müssen stürzen, aber Tessa fliegt über die weite weiße Fläche, sie berührt den Boden gar nicht mehr, sie kann gar nicht stürzen, denn sie lebt nicht mehr. Sie fliegt davon, in den Himmel, in den Pferdehimmel, der auch ein Menschenhimmel sein muß, denn sie nimmt ihre Reiterin mit.
Cornelia erwacht, ihr Herz klopft, ihre Lippen sind geöffnet, genau wie bei dem wilden Ritt, sie liegt ganz atemlos in ihrem Bett. Minutenlang muß sie sich besinnen, wo sie eigentlich ist. Sie will Licht machen, läßt die Hand sinken. Nein, nicht sehen, wo sie wirklich ist. Sie ist ja zu Hause, Tessa steht unten im Stall, die Eltern schlafen, ihr Bruder schläft, es ist alles wie früher.
Sie schläft wieder ein.
Von Simon hat sie nicht geträumt.

Am nächsten Tag holt sie das Auto aus der Garage, fährt planlos in das Land hinaus, wohin die Straße sie führt. Der Himmel ist wieder blau und voller Sonne, anscheinend gibt es in diesem Land keine Wolken. Sie kommt durch Dörfer und in eine andere kleine Stadt, sie ißt zu Mittag, fährt weiter. Sie ist heiter, ganz gelöst, fast ein wenig berauscht von der Luft und der Freiheit.
Einmal hält sie an einem Feldweg, läßt den Wagen stehen und geht den Rain entlang. Die Felder sind leer, die Erde ist gepflügt, sie riecht frisch und gut. Was sie hier wohl anbauen mögen? Roggen, Weizen? Und Zuckerrüben? Zu Hause auf den Feldern gab es Hafer und Roggen. Und Zuckerrüben. Weizen wurde nicht angebaut. Der schmale Weg ist trocken, aber weich, man könnte hier gut mit einem Pferd traben. Man könnte auch hier ein Gut haben, oder wenn kein Gut, einen Bauernhof, nur einen kleinen Bauernhof, ein bißchen Land und Tiere natürlich. So möchte sie noch einmal leben. Sie begreift nicht, wie sie die ganzen Jahre anders leben konnte. Und sie überlegt in dieser Stunde ernsthaft, wie sie es anstellen soll, um wieder so zu leben. Sie müßte Phil verlassen, herüberkommen nach Deutschland, einen kleinen Hof kaufen – wie

lächerlich, so etwas zu denken. Sie hat kein Geld. Das Geld, das sie ausgibt, von dem sie lebt, verdient Phil. Sich Phil als Bauer vorzustellen, ist ein Witz. Auf dem Lande zu leben wäre das letzte, was er täte. – Und sie? –
Zwanzig Jahre hat sie ein fremdes Leben gelebt. Zwanzig Jahre lang *konnte* sie nicht glücklich sein. Es war nicht nur wegen Simon. Es war das fremde Leben, der fremde Kontinent, der fremde Mann, gewiß all das – aber es war vor allem, weil sie nicht leben konnte, wie sie wollte. Hat sie gewußt, was sie wollte? Nein. Aber sie weiß es jetzt.
Und sie denkt noch einmal ernsthaft: Ich kann mich scheiden lassen, ich kann nach Deutschland zurückkehren. Ich habe kein Geld und kann mir kein Gut, keinen Hof kaufen. Aber vielleicht ein kleines Haus auf dem Land? Einen Stall mit einem Pferd? Und Hunde, Katzen, Hühner? Ein kleiner Garten?
Sie hat keine Ahnung, was so etwas kosten könnte – heute in Deutschland. Aber auch wenn es wenig kostet, sie hat kein Geld. Wie überhaupt leben die Menschen heute hier?
Sie steht am Waldrand, an einen Baumstamm gelehnt, blickt über die Felder und denkt angestrengt darüber nach, wie sie in Deutschland leben könnte.
Es ist eine Spielerei, sie weiß es. Sie hat keinen Grund, Philip zu verlassen, und sie wird es auch nicht tun. Sie will nur einmal darüber nachdenken, wie es wäre, so zu leben. Und dann kommt ein böser Gedanke: Wenn Philip stürbe? Er arbeitet so viel, klagt manchmal über Herzschmerzen, seine Leber ist auch nicht in Ordnung; falls er also sterben würde, er ist vermögend, er ist hoch versichert – dann könnte ich es mir leisten. Sie hebt die Hände, legt sie vor die Augen. O nein, nein – warum denkt sie so etwas? Es ist so häßlich. Sie schämt sich. Philip, der immer gut zu ihr war, der sie aus all dem Elend herausgeholt hat, der sie liebt, heute genau noch so wie damals – sie schämt sich.
Nach einer Weile läßt sie die Hände sinken, atmet tief. Komisch, wie die Gedanken in einem Menschen kommen und gehen. Nie hat sie so etwas gedacht. Sie hat Philip nie betrogen, nicht einmal geflirtet mit einem anderen Mann. Aber das ist natürlich kein Beweis für Liebe. Man kann einen Mann

betrügen und kann ihn zehnmal mehr lieben, als sie Philip je geliebt hat. Ihre Treue war genauso Gleichgültigkeit wie ihr ganzes Leben mit Philip. Wenn sie ihn betrogen hat, hat sie ihn mit Simon betrogen, mit der Erinnerung an eine Liebe, die für sie die einzige war. Und vielleicht ist es ein schlimmerer Betrug als jeder andere mit einem lebenden Mann. Und jetzt also betrügt sie ihn mit ihren Träumen. Mit einem Wunsch. Hier zu bleiben. Hier zu leben.
Aber das wird vorübergehen. Das muß vorübergehen. Ein paar Tage noch wird sie hier bleiben, mit diesen Wünschen, diesen Träumen. Sie wird an früher denken, sich erinnern, wie sie sich nie erinnert hat. Und dann wird es endgültig vorbei sein. Sie wird nie mehr daran denken. Nie mehr. Auch nicht an Simon.
Weit weg von ihr, drüben über den Feldern am Straßenrand, steht der weiße Wagen. Sie geht langsam darauf zu, den gleichen schmalen Weg zurück, und als sie dort ist, öffnet sie den Wagenschlag, nimmt ihre Handtasche heraus und aus der Tasche das Bild. Das Zeitungsbild. Sie blickt es noch einmal an, den Mann im Hintergrund, von dem Thomasin gesagt hat, er wäre es. Sie hat das Bild niemandem gezeigt. Sie wird es niemandem zeigen. Sie zerreißt es langsam und sorgfältig in kleine Fetzen, läßt sie davonwehen.
Dann steigt sie in den Wagen, wendet und fährt zurück. Zurück nach Dornburg.

Nachmittags sitzt sie in ihrem Zimmer und schreibt. Sie schreibt den ganzen Nachmittag und Abend, läßt sich das Essen heraufkommen. Den nächsten Tag verbringt sie auf die gleiche Weise, fährt am Vormittag mit dem Wagen fort, geht über Feldwege, durch Wälder, steht an Weiden und sieht den Kühen zu, ja, sie trifft sogar auf einer Koppel zwei Pferde, ein seltener Anblick ist das geworden.
Sie kommt zurück ins Hotel und schreibt.
Im Hotel feiern sie irgendein Fest, sie hört die Tanzmusik leise in ihrem Zimmer, sie ißt wieder oben.
Der nächste Tag ist ein Sonntag. Am Morgen läuten die Kirchenglocken. Der Hotelier ist unten, als sie weggeht, er begrüßt sie, fragt, ob der Lärm des Festes sie gestört habe.

Keineswegs, sagt sie, es sei kaum etwas zu hören gewesen. »Es geht leider heute noch weiter«, sagt Herr Gruber. »Vor der Stadt ist ein Rummelplatz. Und am Nachmittag ist Königsschießen. Abends wird wohl wieder bei uns gefeiert werden. Aber Sie müssen deswegen nicht immer oben zu Abend speisen, gnädige Frau. Ich reserviere Ihnen auf jeden Fall im Wappenzimmer eine Nische. Sie können dort ganz ungestört essen. Die Schützen sind hinten im Saal.«

»Danke«, sagt Cornelia, »danke sehr. Natürlich kann ich auch unten essen.«

Das Wappenzimmer, das weiß sie inzwischen schon, ist der kleine, dunkel getäfelte Raum hinter dem großen Restaurant. Das hübscheste Zimmer des Lokals.

»Nur wenn Sie es wünschen«, fügt Herr Gruber hinzu.

Sie lächelt ihn an. »Warum nicht? Vielleicht bekomme ich den Schützenkönig zu sehen.«

Sie fährt heute nicht weg, geht ein wenig in der Stadt spazieren, die voller Leben ist, kommt hinaus zu dem Rummelplatz und nimmt sich vor, am Abend wirklich unten zu essen. Es wird nett sein, die festlichen Dornburger ein bißchen zu betrachten.

Von Mittag an bis abends sitzt sie in ihrem Zimmer und schreibt. Das strengt an. Sie ist anschließend wie gerädert, ganz steif. Eine Weile liegt sie auf dem Bett, mit geschlossenen Augen, noch ganz versunken in die Vergangenheit.

Was Simone dazu sagen wird, daß sie ihr die Geschichte ihrer Jugend aufschreibt? Ganz gewiß wird sie lachen. Sie ist jung, sie ist mit Spott leicht bei der Hand, dem leichthändigen Spott dieser selbstsicheren jungen Amerikanerinnen. Und gleich neben dem Spott kommt die Psychoanalyse, das andere Hobby dieser Jungen.

»Ah, Mum, das hat dir sicher gutgetan«, wird sie sagen. »Die beste Selbstreinigung, die man sich vorstellen kann. Wenn man nicht reden will, soll man wenigstens schreiben. Du bist nun mal ein introvertierter Typ, dir fällt das Reden schwer. Laß mal sehen, was du da zusammengebastelt hast.«

Nun, es ist noch nicht so sicher, ob Simone ihre Schreiberei zu sehen bekommt. Ob überhaupt jemand sie zu sehen bekommt. Ein anderer kommt sowieso nicht in Frage. Aber vielleicht

zeigt sie Simone einmal, was sie geschrieben hat. Später. – Vielleicht auch nicht. Sie kann die Blätter genausogut zerreißen. So wie sie das Bild aus der Zeitung zerrissen hat.
Wie müde sie ist! Am liebsten würde sie schlafen. Aber hungrig ist sie auch. Sie hat den ganzen Tag nichts gegessen, mittags war es unten im Restaurant so voll, das sah sie im Vorbeigehen, und da hatte sie auch keinen Hunger. Aber jetzt könnte sie hinuntergehen, Herr Gruber wollte ihr ja eine Nische im Wappenzimmer reservieren, essen und dann noch einen kleinen Spaziergang machen. Es ist schon dunkel, im Oktober wird es früh Nacht.
Sie steht auf, geht ins Badezimmer und dreht den Hahn auf. Sie wird baden, ein hübsches Kleid anziehen und mal schauen, was die Dornburger so treiben an einem Sonntagabend.
Eine Stunde später betritt sie unten das Restaurant. Es ist voll besetzt, vom Saal hört man Musik, ringsherum redet es, ruft es und lacht. Dornburg feiert sein Schützenfest.
Etwas zaghaft bleibt Cornelia an der Tür stehen, die von der Halle ins Restaurant führt, bereit, das Unternehmen aufzugeben und sich telefonisch etwas zum Essen auf ihr Zimmer zu bestellen.
Aber da ist Herr Gruber bereits an ihrer Seite. Ihm entgeht ja bekanntlich nichts, er hat Mrs. Grant bereits gesehen. »Darf ich bitten, gnädige Frau?« Er geht ihr voran ins Wappenzimmer, sie durchqueren das große Restaurant, und trotz ihrer angeregten Unterhaltung finden viele Zeit, einen Blick auf die Fremde zu werfen, die an ihnen vorbeigeht.
Nicht daß es in Dornburg keine hübschen Frauen gäbe, nicht daß sie keine feschen Kleider besäßen – dennoch –, das ist eine Fremde, eine schöne Fremde, die aus dem Rahmen fällt, das bemerkt jeder. Cornelia trägt ein Kostüm aus schwarzer Seide mit weißem Revers und weißem Kragen. Der Kragen steht ein wenig hoch, das Revers ist schmal, es sieht streng aus und sehr elegant. Das kurze dunkelblonde Haar ist glatt und eng an den Kopf gebürstet, läßt die hohe Stirn frei, nichts stört die Harmonie dieses Gesichts, ein schönes Gesicht, die hohen Brauenbögen, die großen graublauen Augen, die herbe Wangenlinie.
Eine schöne Frau. Eine Frau mit einem Gesicht, das denkt

Herr Gruber, als er sich an der Tür noch einmal herumdreht und zu ihr hinüberblickt. Keine auffallende Frau im Sinne des heutigen Schönheitsideals, das nicht. Aber für den, der Augen hat zu sehen, für den, der ein Gesicht erkennen kann – eine schöne Frau.
Herr Gruber kehrt noch einmal zurück. »Wir haben Rebhühner heute abend, gnädige Frau, die ich sehr empfehlen kann.«
»Das wäre sehr fein«, erwidert Cornelia höflich, obwohl es ihr auf einmal gar nicht mehr wichtig ist, zu essen. Sie ist scheu, es stört sie, hier so allein zu sitzen unter den fröhlichen Dornburgern. Fast verspürt sie ein wenig Sehnsucht nach Philip. Wäre es nicht nett, wenn er jetzt neben ihr säße? Sie könnten die Leute betrachten und raten, wer diese gewichtig aussehenden Männer an dem großen runden Tisch ihr gegenüber wohl sein mögen? Sie amüsieren sich manchmal mit diesem Spiel, wenn sie in einer fremden Stadt in einem Lokal sitzen. Philip ist ein guter Beobachter.
»Könnte ich einen Martini haben? Sehr trocken?« fügt sie hinzu, auch das ist ein kleiner Gruß an Phil. Er trinkt nach geheiligter amerikanischer Sitte immer sehr trockene Martinis vor dem Essen. Sie hat sich nie viel daraus gemacht, aber heute wird sie einen trinken. Und wenn sie zurück sein wird...
»Selbstverständlich.« Herr Gruber teilt ihren Wunsch Herrn Klose, dem weißhaarigen Oberkellner, mit, der inzwischen mit der Speisekarte am Tisch erschienen ist.
Beide Herren verschwinden. Cornelia bleibt mit der Speisekarte allein und setzt sich weit in die Nische zurück. Ein Rebhuhn also, warum nicht? Phil ißt am liebsten große saftige Steaks. Simone übrigens auch, in dieser Beziehung ist sie eine echte Amerikanerin. Mit ostpreußischen Gerichten hat Cornelia bei ihnen nie viel Anklang gefunden. Sie legt die Speisekarte zur Seite. Sie wird das Rebhuhn essen, sich einen Wein dazu empfehlen lassen und dann wieder hinaufgehen in ihr Zimmer.
Das Essen ist ausgezeichnet, der Wein ebenfalls. Es schmeckt ihr, und die Befangenheit, so allein hier zu sitzen, schwindet mit der Zeit. Man sieht auch nicht mehr so viel zu ihr her, die Leute sind mit sich selbst beschäftigt, und sie kann in Ruhe ihre Umwelt beobachten.

Sie hat sich noch ein zweites Viertel Wein kommen lassen. Wenn sie es ausgetrunken hat, wird sie gehen. Ein paar Schritte noch an die Luft und dann ins Bett. Es ist neun Uhr. Sonntag abend.

Da betritt ein neuer Gast das Wappenzimmer; ein großer stattlicher Mann. Er verweilt eine Sekunde unter der Tür, kommt nicht dazu, das Lokal zu überblicken, denn die Männer an dem runden Tisch haben ihn gesehen und rufen und winken ihm zu. Offensichtlich wurde er erwartet, ein Stuhl am Tisch ist freigeblieben.

Cornelia hat ihn nicht mehr erwartet. Sie war dabei, ihn zu vergessen. Doch sie erkennt ihn sofort, im gleichen Augenblick, als er unter der Tür erscheint.

Sie sitzt reglos. Sie starrt ihn an. Es ist, als verwandle sich ihr Körper in Eis. Es beginnt bei den Fingerspitzen, in ihrer Hand, die gerade das Weinglas heben wollte, und kriecht durch ihren Körper bis an ihr Herz. Auch ihr Herz wird Eis sein in wenigen Minuten, dann wird sie umfallen und nie mehr aufstehen. Aber sie fällt nicht. Sie sitzt da, zu Eis erstarrt, und an dem Tisch mit den gewichtigen Männern, den Honoratioren, den ehrenwertesten und wohlhabendsten Bürgern von Dornburg, sitzt der Mann, um dessentwillen sie hergekommen ist. Der Mann, von dem sie gehofft hat, es gäbe ihn nicht mehr. Der Mann, den Thomasin auf einem undeutlichen Zeitungsfoto sofort erkannt hat.

Auch sie erkennt ihn sofort. Als sie ihn das letzte Mal gesehen hat, war er ein junger Mann. Er trug eine Uniform. Jetzt ist er ein Mann um die Fünfzig und trägt einen erstklassigen Maßanzug. Er ist stärker geworden, natürlich auch älter, aber sonst hat er sich nicht verändert. Man muß ihn wiedererkennen. Er ist ein gutaussehender Mann, von jenem kräftigen Typ, den manche Frauen lieben. Sein Haar ist immer noch voll, das Blond mit Grau gemischt, das Kinn kantig und hart, die Augen kalt und nicht leicht zu erforschen.

Sie sieht alles mit fotografischer Deutlichkeit. Hat auch bemerkt, daß er mit Hochachtung an jenem Tisch begrüßt worden ist, daß man ihm einschenkt, die Herren trinken Flaschenwein, ihm zuprostet, daß einer offenbar einen Witz macht, die Herren lachen, das Gespräch geht weiter. Herr Gruber kommt

vorbei, begrüßt den neuen Gast, spricht ein paar Worte mit ihm. Ein geachteter Mann in Dornburg, das ist leicht zu erkennen. Der erste praktische Gedanke, den sie denkt, ist läppisch: Warum steht er nicht im Telefonbuch?
Nun, dafür mag es viele Erklärungen geben. Zum Beispiel die, daß er nicht direkt in Dornburg, sondern in einer Nachbarstadt oder irgendwo in der Umgebung lebt. Zum Beispiel auch die, daß er unter anderem Namen hier lebt. Daß er bei der SS war und den Krieg in Polen verbracht hat, mit allem, was für einen Mann seiner Art dazugehörte, dürfte ihm für sein Leben nach dem Krieg nicht eben förderlich gewesen sein. Manche sind nach Südamerika gegangen, manche nach Ägypten, manche sind dageblieben und untergetaucht.
Und manche tauchen wieder auf, hier oder dort, sie heißen anders oder sehen anders aus, sie tun etwas anderes, das sowieso, und die Zeit vergeht. Die Zeit vergeht, und die Menschen vergessen. Und Polen ist weit. Und vielleicht hat jener dort nicht so viel Schuld auf sich geladen, wie sie denkt. Sie kennt ja nur eine Schuld. Sie weiß nur von einem Mord. Ein Mord spielt gar keine Rolle. Hat damals jedenfalls keine gespielt. Großer Gott, wieviel Menschen sind getötet worden! Ein paar mehr oder weniger, es kam nicht darauf an. Und wieviel Morde blieben ungesühnt.
Und jetzt – endlich! – sieht er sie auch. Bisher ist er nicht dazu gekommen, sich umzusehen, er hat nach rechts und links geantwortet, hat dem und jenem zugetrunken – und jetzt also, während irgendeiner eine längere Geschichte erzählt, schaut er auf und blickt sich um.
Der kleine Tisch in der Nische liegt in seinem Blickfeld. Es ist nicht sehr hell im Wappenzimmer. Aber hell genug, um die Gesichter zu erkennen. Seine Augen sind offenbar gut. Und eine Frau wie Cornelia – es wurde bereits erwähnt – fällt natürlich auf.
Er sieht sie also. Und auch er erkennt sie sofort. Gewiß, sie ist zwanzig Jahre älter geworden, aber sie hat das gleiche Gesicht. Schließlich hat er sie zuvor zwanzig Jahre lang gekannt. Und er hat sie geliebt, begehrt, angebetet. Und gehaßt! Wie hat er sie gehaßt! Denn für ihn war sie unerreichbar wie ein Stern, wie der Himmel selbst. Der Pole bekam sie, der dunkelhaarige,

verweichlichte Pole, der Träumer, der Spinner, der sogenannte
Künstler. Der bekam sie. Den hat sie geliebt. Immer nur den.
Und er, ein deutscher Mann wie aus dem Bilderbuch, er war
für sie nie gut genug.
So war es. Er hat es nicht vergessen. Und da sitzt sie auf einmal und sieht ihn an. Schön wie einst. Daß sie hier ist, versteht er nicht. Er hat geglaubt, sie sei tot. Er hat nie von ihr gehört. Hat sie nie gefunden, obwohl er nach ihr geforscht hat,
heimlich, ganz vorsichtig. Aber daß sie jetzt hier ist, das ist
für ihn eine tödliche Gefahr. Doch das denkt er nicht gleich.
Erst denkt er gar nichts. Sieht sie nur. Erstarrt genau wie sie.
Seine Hand krampft sich zur Faust, der Stiel des Weinglases
zerbricht unter diesem Griff. Der Wein fließt über den Tisch,
sein Finger blutet. Das hat nur Sekunden gedauert, keiner hat
gemerkt, warum es geschah. Am Tisch lachen sie ihn aus, weil
er das Glas zerbrochen hat, Herr Klose kommt und tupft den
Tisch trocken, bringt ein neues Glas. Die Herren witzeln über
seine Kräfte, sagen:
»Prost! Scherben bringen Glück! Mein Lieber, da sieht man
wieder mal, wo noch Mark in den Knochen sitzt!« und was
dergleichen Sprüche mehr sind.
Er lacht mit verzerrtem Mund. Trinkt. Leert das ganze Glas
und würde es am liebsten werfen. Da hinüber werfen in die
Nische, wo diese Frau sitzt, die noch am Leben ist. Er blickt
nicht mehr hinüber. Es ist schwer, da nicht hinzusehen. Es
kostet eine unmenschliche Kraft. Aber er weiß, wenn er noch
einmal hinsieht, dann kann er nie mehr wegsehen, dann werden es alle merken.
Und er denkt: Was wird sie jetzt tun?
Er denkt: Warum ist sie hier?
Er denkt: Wo kommt sie her? Was tut sie? Woher weiß sie,
daß ich hier bin? – Sie hat mich gefunden.
Und wieder: Was wird sie tun?
Sie hat alles beobachtet. Der Zwischenfall mit dem Glas hat
die Erstarrung in ihr ein wenig gelöst, sie kann wieder atmen,
sie ist imstande, den Kopf zu bewegen, das Glas zu heben, zu
trinken, eine Zigarette anzuzünden.
Und jetzt kommt es wie Erschlaffung über sie. Er ist also hier.
Thomasin hatte recht. Er lebt.

Sie empfindet weder Haß noch Triumph, nicht das Siegesgefühl eines erfolgreichen Jägers.
Sie hat nicht gejagt, sie ist hierhergefahren, weil sie glaubte, eine Pflicht zu erfüllen. Oder wenn Haß sie hergeführt hat, so spürt sie ihn nicht mehr, seit sie hier ist. In den letzten Tagen hat sie sich mit ganz anderen Dingen beschäftigt. Mit der Landschaft, mit ihren Träumen, mit ihren Erinnerungen. Natürlich, auch er gehört zur Vergangenheit. Aber er war auf einmal so vergangen gewesen wie alles andere auch.
Da sitzt er nun.
Und sie denkt: Was soll ich tun?
Sie ist keine Frau, die zu dramatischen Szenen neigt, nicht die Frau, die aufspringt, die schreit, die ihn anklagt, die irgend etwas tut, gerade in diesem Moment.
Aber alles andere, was sie tun könnte, kommt ihr im Augenblick ebenfalls absurd vor. Angenommen, sie geht zur Polizei. Angenommen, sie sagt... Ja, was eigentlich? Sie erhebt Anklage. Nun gut. Das muß sie beweisen. *Wie* will sie Dinge beweisen, die zwanzig Jahre zurückliegen und die sie nicht selbst miterlebt hat. Thomasin ist ein Zeuge. Gut. Vielleicht findet man andere Zeugen.
Aber allein sich einmal den ganzen Hergang vorzustellen: da geht sie also hin und sagt: Dieser Mann ist ein Mörder. Hier in Dornburg dies zu tun, ist vollkommen sinnlos. Hier ist er ein angesehener, bekannter Mann, das sieht sie. Sicher gibt es in Deutschland eine Stelle, wo man diese Anklage erheben kann. Sie hat davon gehört. Und dann beginnt ein langer Weg. Fragen, Verhöre, Öffentlichkeit.
Kann sie das? Will sie das?
Ihr graut davor. Soviel ist sicher. Sie haßt jedes Aufsehen. Sie fürchtet sich vor fremden Menschen. Sie könnte hingehen und ihn über den Haufen schießen, das vielleicht. Nein. Nicht einmal das könnte sie. Sie kann gar nichts. Sie hat Angst, und sie möchte fliehen. Weglaufen, einfach weglaufen. Nicht einmal das bringt sie fertig. Sie sitzt in ihrer Nische im Wappenzimmer. Sie sitzt und starrt vor sich hin. Manchmal schaut sie hinüber zu dem anderen Tisch. Die Männer lachen und reden.
Und sie wünscht eins mit aller Inbrunst: Sie wünscht, sie wäre nie nach Dornburg gekommen. Sie hätte niemals Thomasin

besucht. Sie will nach Hause. Sie will zurück. Zurück zu Phil, zu Simone, in das andere Land, den anderen Kontinent, weit, weit weg.

In dieser Nacht kann sie nicht schlafen. Verständlich. Sie ist spät hinaufgegangen in ihr Zimmer, weil es unmöglich schien, den Weg vorbei an dem runden Tisch mit den Männern zu gehen. Als sie es schließlich tut, ist sie ganz steif, ihre Beine sind wie aus Holz, ihr Gesicht so verkrampft, daß es schmerzt. Sie blickt nicht rechts noch links; als sie an dem Tisch vorbeigeht, hat sie einen Moment die wahnsinnige Vorstellung, daß er aufstehen und sie ansprechen könnte.
Aber das tut er natürlich nicht. Er blickt nicht auf, blickt ihr nicht nach, wie es einige der Männer tun.
Er muß sich doch wundern, daß sie hier ist. Er muß doch neugierig sein. Ob er den Hotelier nach ihr fragt? Sicher. Das wird er tun. »Ach, sagen Sie mal, Gruber, wer ist denn eigentlich die Dame, die so einsam den ganzen Abend in ihrem Winkel saß. Noch nie gesehen hier. Hotelgast?« So etwa.
»Ja. Seit einigen Tagen. Eine Amerikanerin. Auf der Durchreise hier. Ich weiß nichts Näheres.« Das könnte Herr Gruber antworten. – Er wird nicht fragen, um keinen Preis der Welt. Das werden die anderen tun. Er braucht nur zuzuhören. Kann so tun, als sei ihm die Frau in der Nische gar nicht aufgefallen. Viel werden sie nicht erfahren, weder er noch die anderen Herren. Herr Gruber redet nicht über seine Gäste. Abgesehen davon weiß er wirklich nichts über diesen Gast.
Wie am ersten Abend sitzt sie im Sessel bei der Stehlampe. Sie denkt darüber nach, was sie tun soll. Alles in allem, ganz sachlich gesehen, ist der Zweck ihres Besuches in Dornburg erfüllt. Der Mann, den sie gesucht hat, lebt, er ist hier. Daß sie hier, heute oder morgen, nichts unternehmen wird, das weiß sie schon. Der einzige, der ihr nun weiterhelfen kann, ist Thomasin. Er wird ihr sagen, was zu tun ist.
Einmal hat sie schon Briefpapier vor sich liegen, um ihm zu schreiben. Aber das ist Unsinn. Es regt den alten Mann nur auf. Sie muß also wieder nach Berlin. Thomasin wird eine Anzeige machen. Sie wird sich anschließen. Das ist wohl der richtige Weg. Sie atmet erleichtert auf, als sie zu diesem Ergebnis

gekommen ist. Das gibt einen Aufschub, zwingt sie nicht zum Handeln. Noch nicht. Sie kann von hier nach Frankfurt fahren, von dort nach Berlin fliegen. Sie hat noch einen Tag Zeit. Oder auch zwei Tage. Dann wird man sehen.
Es ist spät, bis sie zu Bett geht. Und dann schläft sie nicht. Jetzt endlich denkt sie an Simon. Wenn man ihn fragen könnte...
»Simon, was soll ich tun?«
Im gleichen Moment kennt sie seine Antwort. »Nichts.«
Das ist es, was Simon antworten würde. Nichts sollst du tun. Fahr nach Hause. Geh fort. Bewahre dir deinen Frieden. Mein ist die Rache, spricht der Herr.
Fast muß sie lächeln in der Dunkelheit. Aber genau das würde Simon antworten. Sie als einzige, außer seiner Mutter natürlich, hatte um seine tiefe Frömmigkeit gewußt. Er war protestantisch erzogen. Aber Salomea, seine Mutter, war gläubige Katholikin gewesen. Was für eine großartige Frau war sie gewesen! Eine Polin, eine Frau von seltener, glühender Schönheit, eine berühmte Künstlerin, mit dieser inbrünstigen Frömmigkeit, wie sie nur der Osten hervorgebracht hat. Unwillentlich vielleicht, aber unwiderstehlich hatte sie den einzigen Sohn von Kindheit an beeinflußt, es konnte gar nicht anders sein. Und Simon, so klug und so verständig schon als Kind, hatte gewiß bald begriffen, daß sein Vater dies nicht gern sah, daß er nicht teilhaben konnte daran. Wann hatte er den Zwiespalt in der Ehe seiner Eltern begriffen, wann den Konflikt, der das Leben in dieser Familie verdüsterte?
Cornelia erinnert sich gut genug daran, wie er zu ihr davon gesprochen hat. Das erste und einzige Mal. Sie liebte ihn, und er wußte es. Und er war ihrer Liebe immer ausgewichen. Ja, sie wußte ganz genau, wann das war, sie wußte den Tag und die Stunde. Sie war neunzehn Jahre alt, es war der Sommer, ehe der Krieg begann. Gerüchte, Unruhe, Blut hier und dort, Mord.
Sie hatte Simon lange nicht gesehen. Nach den Jahren auf der Akademie in Warschau war er in Paris gewesen. In diesem Sommer kam er, um sie zu besuchen. Ein wunderbarer Sommer, warm und sonnig, ein ostpreußischer Sommer mit dem hohen hellen Himmel, mit gleichmäßiger Wärme, dem Duft

nach Heu, nach reifem Getreide, nach dem Schweiß der Pferde. Simon und Cornelias Vater führten lange politische Gespräche. Simon haßte Hitler, er brachte Neuigkeiten aus dem Ausland, die man auf dem Lande nicht kannte.

»Diesmal wird es nicht gut gehen«, sagte Simon. »Wenn er tun wird, was er tun will, wenn er mit Polen versuchen wird, was er mit Österreich und der Tschechoslowakei gemacht hat, dann gibt es Krieg.«

Wilhelm von Elten wiegte zweifelnd den Kopf. »Man hört böse Dinge«, gab er zu. »Die Polen machen auch viele Fehler.«

»Sie werden gereizt.«

»Gewiß. Und sie waren immer leicht zu reizen. Sie lassen sich gern reizen, vergiß das nicht, Simon. Ja, gewiß, du magst recht haben. Zweimal Größenwahn trifft hier zusammen, das ist eine gefährliche Situation. Hitler ist größenwahnsinnig, und die Polen sind es auch.«

Simon hörte so etwas nicht gern. Er fühlte sich Polen verbunden, er war ein halber Pole, und vielleicht sogar mehr als ein halber. Cornelia blickte ängstlich von ihm zu ihrem Vater. Sie ärgerte sich über die Worte ihres Vaters, er sollte Simon nicht verletzen, wenn dieser endlich wieder einmal da war.

»Aber der Korridor ist ein Unrecht, und er bleibt ein Unrecht«, fügte ihr Vater hinzu. »Und daß er eines Tages Unheil bringen würde, das habe ich immer befürchtet.« Dieses Lied kannte sie. Sie kannte es, seit sie auf der Welt war, sie war zugleich mit dem Korridor geboren. »Hitler will doch keinen Krieg«, sagte Cornelias Mutter, die immer begütigen mußte, wo es irgend ging. »Das hat er selbst gesagt.«

Simon lachte höhnisch. »Der hat schon viel gesagt. Und das Gegenteil getan.«

Die Mutter schüttelte tadelnd den Kopf. Sie mochte Hitler ganz gern. Sie hatte ihn zweimal in Berlin gesehen, einmal bei den Olympischen Spielen, einmal während der Grünen Woche. Sie fand ihn imponierend. Und für Deutschland außerordentlich wichtig.

Ihr Mann war nicht ganz ihrer Meinung. Ihm gefiel Hitler weniger. Seine Art und Weise, das Auftreten, diese ewig lauten, ewig langen Reden mißfielen ihm sehr. Andererseits – er wiegte den Kopf –, natürlich, man müsse zugeben, er habe sich

in der kurzen Zeit als sehr nützlich für Deutschland erwiesen. Man werde wieder respektiert in der Welt. Deutschlands Ansehen sei gewachsen.
»Findest du?« fragte Simon und seine Stimme war kalt, sein Gesicht verschlossen. »Ich bin da anderer Ansicht. Ich komme aus dem Ausland. Ich weiß, was die Leute denken. Die Leute, die denken können, das ist natürlich überall nur ein geringer Teil der Bevölkerung. Ich bin der Meinung, Hitler schadet Deutschland so sehr, wie noch keiner dem Land geschadet hat – und Deutschland hat eine ganze Reihe ungeschickter und unbrauchbarer Herrscher gehabt.«
Er sprach wie ein Fremder, wie ein Ausländer selbst, das wurde an diesem Tag deutlich klar. Auch Cornelias Vater schien es zu empfinden, er schwieg verstimmt.
Ein unerfreuliches Gespräch. Cornelia empfand es wie einen Schmerz. Simon war hier, und man verstand ihn nicht. Er sollte sich nicht ärgern, man konnte über andere Dinge sprechen.
Sie stand rasch auf. »Kommst du mit? Du hast Tessa noch nicht begrüßt. Und Domina hat vorgestern geworfen. Vier Stück sind es, süß sind sie.« Domina war die Jagdhündin ihres Vaters. »Komm mit. Ich zeig' sie dir.«
Als sie nebeneinander zum Stall gingen, sie froh darüber, daß sie ihn losgeeist hatte, sagte sie: »Die dumme Politik. Neuerdings wird immerzu davon geredet. Ich kann's schon nicht mehr hören. Können sie Hitler wirklich nicht leiden im Ausland?«
Er lächelte. »Du sprichst jetzt auch davon, Kleines. Nein, sie können ihn nicht leiden. Die meisten jedenfalls. Und nun laß uns wirklich von etwas anderem reden.«
Sie besuchten die Hündin mit ihrem Wurf, dann Tessa in der Box.
»Na, Mädchen«, sagte Simon und klopfte ihr den seidenglatten Hals, »kannst du immer noch so schnell laufen?«
Tessa betrachtete ihn zurückhaltend und legte dann ihre Nüstern auf Cornelias Arm.
»Sie kennt dich nicht mehr«, sagte Cornelia traurig. »Warum kommst du auch so lange nicht?«
»Hast du mich denn vermißt?«
Sie gab keine Antwort, sah ihn nur an. Er konnte alles in ihrem

Gesicht lesen. Beide dachten in diesem Moment das gleiche. Vor zwei Jahren, an einem Herbstabend, nach einem langen Ritt über die Wiesen und Stoppeln, hatte er sie geküßt. Einmal war es geschehen, später nie wieder. Sie waren sich seitdem immer nur kurz begegnet. Simon war meist in Warschau, später in Paris. Von dem Kuß war nie zwischen ihnen gesprochen worden. Cornelia hatte danach manchmal das Gefühl gehabt, er vermeide ein Alleinsein mit ihr. Es hatte sie betrübt, aber nicht allzusehr. Sie wartete geduldig. Sie liebte ihn, und er mußte es wissen; eines Tages würden sich ihre Wege treffen.
Sie lehnte ihren Kopf an den Hals des Pferdes und blickte ihn ruhig an. Er hob die Hand und zeichnete leicht mit dem Finger die Kontur ihres Gesichtes nach, von der Schläfe bis zum Kinn. »Ich möchte dich wieder einmal malen«, sagte er.
»Ja.«
»Aber ich bleibe nicht hier.«
»Ich denke, du bleibst ein paar Wochen.«
»Nein. Besser nicht.«
»Warum nicht?«
»Aus vielen Gründen.«
»Gehst du zurück nach Paris?«
»Nein. Ich will bei meiner Mutter bleiben.«
Wie er das sagte, erkannte sie seine Sorge daraus. Die Zeit. Der Krieg, von dem er sprach.
»Es gibt bestimmt keinen Krieg«, sagte sie.
»Ich wünschte, du hättest recht.«
Sie verließen den Stall, gingen über den Hof, dann durch den rückwärtigen Ausgang, der auf die Wiesen führte. Es war immer noch sehr warm, obwohl die Sonne schon tief stand. Schweigend gingen sie nebeneinanderher. Das Gelände stieg leicht an; der schmale Feldweg zwischen hohem Getreide, mohnblumenrot und kornblumenblau am Rand getupft, war eine steile Gasse, die wegführte von aller Unbill der Welt. Sie gingen bis hinauf zu dem kleinen lichten Buchenwäldchen, das auf einem flachen Hügel lag. Hier hatten sie als Kinder oft gespielt. Verstecken, Indianerspiele, Simon war Winnetou, Fritz Old Shatterhand, sie meist eine Indianersquaw, manchmal ein Trapper, wie es das Spiel ergab. Oft hatte Karl mit ihnen gespielt, aber das geschah nur in allerfrühester Zeit.

Cornelia, die im Grunde immer zu klein für die Spiele der Jungen gewesen war, hatte die Rivalität und den häufigen Streit zwischen den Jungen selten ganz begriffen. Es kam eine Zeit, da war Karl jedoch ihr einziger Begleiter. Simon war nur noch in den Ferien da, Fritz ebenfalls – er ging in Königsberg aufs Gymnasium.
Sie spielte nicht mit Karl, er war schon zu groß, arbeitete bereits auf dem Hof. Aber der Vater hatte nichts dagegen, daß er die Kleine begleitete, auf Ritten, auf Spaziergängen, so war sie nicht ohne Aufsicht. Später hatte sie manchmal darüber nachgedacht, ob Karl das eigentlich gern getan hatte. Er war immer ziemlich schweigsam gewesen, doch freundlich und geduldig ihr gegenüber, obwohl er sonst als jähzornig, manchmal sogar als unverträglich galt. Waren die anderen beiden Jungen, Fritz und Simon, in den Ferien zu Hause, dann kam er selten mit ihnen, und als er vierzehn, fünfzehn Jahre alt war, ging er ihnen aus dem Wege. Er war der älteste von den dreien, ein großer, kräftiger Junge, hübsch mit seinen blonden Haaren und den klaren blauen Augen. Aber er gehörte doch nicht richtig zu ihnen, die Kinder wußten das, auch er. Sein Vater wurde vom Gutsherrn hochgeschätzt – er war der Stallmeister des Hofes – und galt als bester Pferdekenner weit und breit.
Aber das alles war lange vorbei. Jetzt waren sie erwachsen. Karl arbeitete nicht mehr auf dem Hof. Und Simon war ein junger Mann von vierundzwanzig Jahren, fremdartig und schön, sehr klug, sehr besonnen für sein Alter, ein Künstler. Cornelia liebte ihn. Als sie langsam unter den weit auseinanderstehenden Buchen dahinschlenderten, betrachtete sie ihn immer wieder heimlich von der Seite. Er war anders als die anderen. Dieses schöne schmale Gesicht, das Gesicht seiner Mutter, die dunklen Augen unter dichten langen Wimpern, das weiche schwarze Haar und seine Hände mit den schmalen Gelenken und den langen sensiblen Fingern – es gab keinen Mann weit und breit, der so aussah wie er. Die junge Cornelia maß jeden an ihm, sie konnte nicht anders. »Wie geht es Fritz?« fragte Simon, nachdem sie lange geschwiegen hatten. »Hat er das Soldatenleben nicht bald satt?«
»Ach, ich weiß nicht. Ich glaube, es macht ihm Spaß. Er ist

jetzt Oberleutnant. Nächstes Jahr wird er entlassen. Dann wird er auf dem Gut arbeiten.«
»Hoffentlich«, sagte Simon, und es klang düster.
»Was meinst du?«
»Nichts weiter. Und du, Cornelia?« Er sprach ihren Namen sehr langsam, sehr melodisch aus, er liebte ihren Namen, er hatte es ihr früher schon gesagt. Er sei wie dunkle Musik in Moll, ein Celloton. Sie hatte sich das andächtig angehört und war sehr stolz auf ihren Namen. Glücklich darüber, daß ihm wenigstens etwas an ihr gefiel.
»Was, und ich?«
»Ich habe noch nichts von dir gehört. Was du so treibst.«
»Ich? Immer dasselbe. Ich helfe Vater, ich reite die jungen Pferde zu, ich helfe Mutter.«
»Du solltest doch einmal in die Schweiz ins Pensionat?«
Sie lachte. »Ich will aber nicht. Was soll ich denn da? Etwas Französisch habe ich ja gelernt. Ich will nicht weg von hier.«
»Nie?«
»Nein! Nie!«
»Aber wenn du einmal heiratest? Einen Mann, der nicht von hier ist.«
Sie dachte darüber nach. »Den möchte ich lieber nicht.«
Jetzt lachte er. »Das ist ein vernünftiger Standpunkt. Dann heiratest du eben einen Junker von einem der Güter hier.«
Sie schwieg verletzt. Er wußte genau, daß sie keinen anderen wollte, nur ihn. Aber sie war ihm eben nicht klug genug. Ein dummes Mädchen vom Lande, das nichts von der Welt gesehen hatte. Danzig, Königsberg, Berlin, die Ostseeküste, die Kurische Nehrung, das war alles. Und er – Warschau, Berlin, Paris, Rom – das kannte er alles schon.
»Ich heirate überhaupt nicht«, sagte sie finster.
»Das wäre aber schade. So ein hübsches Mädchen wie du.«
Kindlich erstaunt blickte sie ihn an. »Du findest mich hübsch?«
»Ja. Das tue ich. Und ich verstehe etwas davon. Dein Gesicht hat eine edle Form. Das ist es, worauf es ankommt. Du bist noch zu jung, aber später wird sich das herausmodellieren, verstehst du? Dein Gesicht wird reifen, wird Gehalt bekommen, Leben...« Das war ein Thema für ihn, er war vor Eifer stehengeblieben, seine Hände begleiteten seine Worte mit wei-

chen Gesten. »Ich glaube, daß du einmal eine sehr schöne Frau sein wirst.«
»So wie deine Mutter?«
»Anders. Aber auf deine Weise genauso schön.«
»Deine Mutter ist die schönste Frau, die ich je gesehen habe. Das sagt Vater auch.«
Simon nickte. »Ja, ich weiß es. Ich werde sie jetzt wieder malen. Willst du uns einmal besuchen in Warschau?«
»Ich glaube, Vater hätte es nicht gern.«
»Dein Vater sollte nicht so einseitig sein. Sein Standpunkt ist gefährlich. Die Völker müssen miteinander leben. Wir *müssen* es einfach. Wenn wir nicht miteinander leben können, werden wir alle sterben.«
»Es ist zuviel Unrecht geschehen.«
»Gewiß. Aber wohl auf allen Seiten. Man muß es lernen, auch mit dem Unrecht zu leben.«
»Das kann mein Vater nicht.«
»Nein. Ich weiß. Alle seinesgleichen können es nicht. Und dadurch kommt immer wieder neues Unrecht in die Welt. Ich bin froh, Cornelia, daß ich male. Daß die Kunst meine Heimat sein wird, nicht irgendein Land, irgendein Staat. Meine Bilder versteht jeder. Jeder, der Augen hat, zu sehen. Jeder, der sehen will. Ich kann überall in der Welt leben. Es muß nicht Polen sein, es muß nicht Deutschland sein. Ich will keinen Teil haben an ihrem Streit, an ihrer Unversöhnlichkeit. Nein, Deutschland wird es gewiß nicht sein. Nicht das Deutschland dieses Herrn Hitler.«
»Du willst nicht hier leben, hier bei uns? Nicht auf dem Boden deiner Väter?«
Er verzog das Gesicht. »Was für pathetische Worte: auf dem Boden meiner Väter! Da, wo das Gut meines Vaters sich ausbreitet, auf diesem Boden ist schon viel geschehen. Da haben polnische Herzöge, preußische Fürsten, Ordensritter und vielleicht auch einmal Steinzeitmenschen gelebt, gejagt und geliebt, und sie sind dort gestorben. Der Boden gehört keinem. Er gehört sich selbst. Und er überlebt uns alle. Klammert euch doch nicht so an dieses Stück Boden. Die wirkliche Heimat ist anderswo. Hier –«, er klopfte sich an die Stirn –, »hier ist meine Heimat. Und das ist aller Besitz, den ich brauche.«

»Dein Vater hat anders gedacht.«
»Ich weiß. Väter denken immer anders. Er hat Opfer gebracht für dieses Stück Boden. Er hat Verrat geübt.« – Er hob abwehrend die Hand, als Cornelia ihn unterbrechen wollte. »Laß, ich weiß es. Er hat es immer als Verrat angesehen, daß er für seinen Besitz und für meine Mutter sein Vaterland verlassen hat. Daß er für Polen optiert hat. Es hat sein Leben vergiftet. Es hat die Ehe meiner Eltern vergiftet, ihre wirklich große Liebe. Es hat meine Mutter unglücklich gemacht. Es hat mir ein für allemal das Heimatgefühl geraubt. Nein, ich brauche keinen Boden. Ich brauche nur mich selbst.«
Er hatte zuletzt laut gesprochen, ein Vogel in der Nähe schrie erschrocken, strich durch die Zweige ab.
Nach einer Weile sagte Cornelia leise: »Es klingt sehr hochmütig, was du sagst.«
»Ich bin nicht hochmütig. Gewiß nicht. Ich bin voller Demut. Vor Gott. Vor der Kunst. Sogar vor den Menschen. Ich wünschte so sehr, sie könnten glücklich sein. Ich würde mein Leben hergeben, um den Menschen zu helfen. Wenn man es könnte. Aber man kann es nicht. Keiner kann es. Gott *könnte* es. Aber er tut es nicht. Ich denke oft darüber nach, warum er es nicht tut. Er muß Gründe haben. Aber ich verstehe sie nicht. Und darum konnte ich Gott nicht dienen, weil ich auch in seinem Namen den Menschen nicht hätte helfen können.«
Sie wußte, worauf er anspielte. Es hatte eine Zeit gegeben, da wollte er Pfarrer werden. Konvertieren und in ein Kloster gehen. Lauter solche Dinge hatte er im Kopf. Sein Vater hatte maßlos darunter gelitten. Zwischen Vater und Sohn hatte es danach nie mehr Freundschaft gegeben, denn auch die Entscheidung des Sohnes für die Kunst war für den Vater keine gute Art zu leben.
»Du möchtest nie mehr hier bei uns leben?« kam Cornelia auf das Thema zurück, das ihr am Herzen lag.
»Nein. Ich liebe dieses Land, das weißt du. Aber meine Eltern hat es unglücklich gemacht. Und jetzt ist es wieder ein neuer Unruheherd. Es gibt keinen Frieden hier.«
Keinen Frieden? Die Abendsonne leuchtete durch die Buchenblätter, glitt an den glatten silbernen Stämmen schräg hernieder, es war so still, so friedlich hier, nirgends auf der Welt

konnte es friedlicher sein als in diesem Land. »Ich wäre so glücklich, wenn du hier wärst«, sagte Cornelia leise.
Er blieb stehen, legte die Hände auf ihre Arme und zog sie sacht an sich. »Ich weiß es, Cornelia.«
Sie blickte zu ihm auf, er legte die Hände um ihr Gesicht und küßte sie auf die Lippen, sanft, ganz leicht, aber sie erzitterte bis auf den Grund ihres Herzens. Sie liebte ihn, liebte ihn so unbeschreiblich. – »Du willst hierbleiben. Ich nicht. Du bist Deutsche. Ich bin Pole.«
»Du bist kein Pole.«
Er lächelte. »Siehst du, nicht einmal du willst das hören. Warum nicht? Ich *bin* Pole. Mein Vater hat für Polen optiert. Auch wenn er Deutscher war. Meine Mutter ist eine echte Polin. Das Glück meiner Eltern ist daran zerbrochen. Wenn ich hier bliebe – bei dir, Cornelia –, wäre es genauso. Wenn du zu mir kommen willst, mußt du von hier fortgehen.«
Sie stand reglos, ganz erstarrt vor Schmerz und Glück und Verzweiflung. Es machte sie unbeschreiblich glücklich, was er eben gesagt hatte, und es ließ sie verzweifeln, denn sie erkannte seine Unerbittlichkeit. Nur ein bitterer Weg für sie blieb. Sie mußte sich entscheiden: Für ihn. Oder für die Heimat.
Er hielt immer noch ihr Gesicht in seinen Händen, sah sie an, ganz nahe, sah, wie ihre Augen sich mit Tränen füllten, ihre Lippen zitterten. Er küßte sie auf die Augen, legte dann die Arme fest um sie und zog sie dicht an sich.
»Du sollst es dir in Ruhe überlegen«, sagte er weich. »Ich weiß, was es für dich bedeutet.«
»Ich möchte so gerne bei dir sein«, flüsterte sie.
»Aber du möchtest immer hierbleiben, das hast du gerade vorhin gesagt.« Er legte die Wange an ihre Schläfe, sie standen lange so, unbeweglich, im Wald erwachten die Vogelstimmen, Abendmusik, die Blätter rauschten ganz leise.
»Bedenke eines, Cornelia. Wir können niemals – niemals! – in diesem Land zusammen glücklich werden. Meine Eltern konnten es auch nicht. Und sie haben sich sehr geliebt. Nicht in Deutschland und nicht in Polen. Wir können in Italien leben, in Frankreich, in der Schweiz, wo du willst. Nur nicht hier.«
»Ich kenne diese Länder nicht«, flüsterte sie ängstlich. Es war dumm, so etwas zu sagen, sie wußte es.

»Du wirst sie kennenlernen. Es eilt ja nicht. Ich kann überall Bilder malen.«
»Aber ich? Ich kann nicht malen. Was soll ich dort tun?« Er löste sich von ihr, lächelte zärtlich. »Das wird sich finden. Laß dir Zeit. Ich brauche sowieso noch ein paar Jahre, bis ich heiraten kann. Wenn es soweit ist, werde ich dich fragen. Und bis dahin wirst du wissen, wo du sein möchtest. Bei mir. Oder lieber hier. Du bist ganz frei, Cornelia, ich werde dich nicht beeinflussen. Und wenn du gegen mich entscheidest – ich bin dir nicht böse. Ich werde es verstehen. Und ich werde immer dein Freund bleiben.«
Sie legte den Kopf auf seine Schulter, es war so schwer, die Tränen zurückzuhalten. Im Grunde hatte sie sich schon entschieden. Sie wollte bei ihm sein. Und wenn sie jetzt zu weinen begann, so begann sie zu weinen um die Heimat. Es waren Abschiedstränen. –

Cornelia sitzt im Sessel in ihrem Hotelzimmer in Dornburg, sie weint auch jetzt. Ach, Simon! Ich habe die Heimat verloren und dich trotzdem nicht bekommen. Daran haben wir damals beide nicht gedacht. Wir waren so harmlos. Daß alles viel, viel schlimmer kommen würde, als wir es uns vorstellten, das haben wir nicht gewußt.
Und du – so gut, so verständnisvoll, so schön, so klug, so – ach, es schnürt ihr die Kehle zu. Noch einmal wallt der Haß in ihr auf. Getötet haben sie dich. Gepeinigt, getreten, erschlagen. – Erschlagen wie Ungeziefer. Und ich soll es vergessen. Ich soll es nicht rächen, jetzt, wo ich es rächen könnte.
Willst du das wirklich?
Simon! Gib mir Antwort. Du willst das wirklich?

Eine Nacht, die kein Ende nimmt. Eine Nacht ohne Schlaf ist eine Nacht ohne Gnade, und da die Tage so gnadenlos sind, braucht der Mensch das Geschenk des Schlafes, Gottes gnädigstes, erbarmungsvollstes Geschenk.
Als der Morgen dämmert, ist Cornelia wie ein zerbrechliches, hauchdünnes Gefäß, das ein unvorsichtiger Laut zersprengen könnte. Denn eine Entscheidung – eine Entscheidung hat sie immer noch nicht getroffen.

Sie verläßt das Hotel in den Vormittagsstunden, sie geht durch die Straßen, sie betritt wieder einmal eine Telefonzelle und verläßt sie sogleich wieder, ohne das Telefonbuch aufgeblättert zu haben. Wozu denn? Wozu in den Orten der Nachbarschaft nach dem Namen suchen, da sie den Mann ja gesehen hat. Da sie ja nun weiß, daß er hier ist.

Es ist warm, ein weicher, lauer Wind weht in den Gassen, der Himmel ist nicht mehr gleichmäßig blau, weiße schmale Wolken, gezackt, unwirklich langgezogen, mustern ihn – Föhn! Sie hat Kopfschmerzen, sie ist blaß und müde und gleichzeitig erregt.

Sie wendet der Stadt den Rücken, geht wieder am Fluß entlang, über die Brücke, den Weg hinaus zum Burgberg. Unter ihren Füßen raschelt das Laub, die Welt ist leer, es sind kaum Menschen da, vielleicht auch sieht sie an ihnen vorbei.

Heute ist der Burghof verlassen. Sie blickt mit fiebrigen Augen übers Land. Sie muß sich entscheiden. Denn heute noch wird sie abfahren, dies jedenfalls weiß sie gewiß. Sie wird die Stadt verlassen, in die sie mit Angst kam, die sie freundlich aufnahm und die ihr in wenigen Tagen fast heimatlich wurde.

Nur wohin – wohin wird sie fahren? Über Frankfurt nach Berlin? Oder über Paris nach Hause? – Sie denkt: nach Hause. Und sie denkt es fast zärtlich. Phil hat seit Tagen nichts von ihr gehört, das ist unverzeihlich. Er wird sich Sorgen machen.

Sie kann durchfahren, dann ist sie heute abend in Paris. Und morgen schon vielleicht bekommt sie eine Passage im nächsten Klipper, der nach den Staaten fliegt.

Sie wird nicht zurückkehren. Nicht nach Deutschland. Nicht in die Vergangenheit. Sie wird nicht vergessen, sie wird nicht verzeihen, aber sie wird nicht zurückkehren. Tut sie damit das Richtige?

Sie geht im Burghof hin und her, von einer Seite zur anderen, blickt ins Tal, auf die Stadt hinab, auf die fernen Berge. Hier und jetzt wird die Entscheidung fallen. Und sie wird endgültig sein.

Dann kommt sie der Gedanke an, auch noch den Turm zu besteigen. Eine schmale Tür führt ins Dunkel. An der Tür ist ein Schild ›Besteigen des Turms geschieht auf eigene Gefahr‹. Die Dornburger taten gut daran, dieses Schild hier anzubringen. Die Treppe ist schmal, geht in steilen Windungen nach oben, die Stufen sind abgetreten, bröckeln hier und da. Nur spärliches Licht fällt durch kleine Mauerlöcher. Aber der Blick oben von der Höhe entschädigt für den ungemütlichen Aufstieg. Das Turmplateau ist klein, hier spürt man den Wind viel mehr, es ist kein böser, kein harter Wind, er ist warm und schmeichelnd, aber er wischt in kurzen, heftigen Stößen durch die Turmzinnen. Er zerzaust ihr Haar, macht sie ein wenig schwindlig.

Und er verstärkt das Gefühl der Verlorenheit. Sie will nicht mehr so allein sein. Irgendwoher muß ihr jetzt Ruhe kommen.

»Ich werde nach Hause fahren«, sagt sie laut in den Wind. Vielleicht kann sie erst einmal alles mit Phil besprechen. Der Gedanke ist neu, bisher hat sie an diese Möglichkeit nicht gedacht. Doch warum nicht? Phil ist Anwalt, er weiß vielleicht Rat.

Doch sie weiß schon in dieser Minute, daß sie es nicht tun wird. Wenn sie ihr Haus in San Francisco betreten haben wird, dann ist dieses Kapitel abgeschlossen. Ein kurzer Brief an Thomasin: ein Irrtum, eine Verwechslung. Aus!

Sie atmet auf. Sie lächelt. Sie wird nach Hause fahren. Und sie wird vergessen. Warum nicht? So viele Menschen können so vieles vergessen, warum nicht sie auch?

Ein letzter Blick über das Land. Abschied von Deutschland. Sie streicht das Haar aus der Stirn.

Ich komme nie wieder. Nie.

Da hört sie eine Stimme hinter sich.

Jemand sagt: »Cornelia!«

Sie fährt herum, ihre Augen werden dunkel vor Entsetzen, sie spürt es wie einen Griff an der Kehle.

Da, wo die Treppe auf dem Plateau mündet, steht er.

Das war der letzte schöne Tag in diesem Jahr. In der Nacht ziehen von Westen her Wolken über das Land, und in den frühen Morgenstunden fängt es an zu regnen. Auf einmal ist es wirklich Herbst. Es scheint, als würde es viel später hell an diesem Tag. Die Stadt liegt dunkel und mißmutig unter einem düsteren Himmel.

Gegen zehn Uhr am Morgen stellt sich Herr Gruber eine Weile unter das Portal und blickt in den grauen Tag hinein. Er denkt darüber nach, daß es nun die Zeit ist für ihn, auch mal eine kleine Reise zu machen. Portugal steht in diesem Jahr auf dem Programm. Dort war er noch nie. Ein bißchen Seewind, ein paar Tage Meer, vielleicht noch ein wenig Sonne, eine ausgiebige Forschungsreise durch Lissabon. Einmal Gast sein, das macht ihm Spaß.

Er kommt zurück zum Empfang mit der Absicht, Clementine zu beauftragen, sich nach den Flugverbindungen zu erkundigen. Clementine steht hinter dem Pult und blickt ihm entgegen, ein wenig irritiert, wie ihm scheint. In der Hand hält sie einen Schlüssel.

»Was ist?« fragt er.

»Der Zimmerschlüssel von Mrs. Grant.«

»Reist sie ab?«

»Sie war heute nacht nicht da.«

»Oh!« sagt Herr Gruber. Und nach einer Weile: »Nun ja. Sie hat nicht angerufen?«

»Nein.«

»Nun, das mag – eh, private Gründe haben.«

Clementine nickt.

»Ist sie mit dem Wagen fortgefahren?«

»Ich weiß nicht.«

Herr Gruber schaut ein wenig später in der Garage nach. Der Wagen von Mrs. Grant ist da.

Man hört im Laufe des Tages nichts von ihr. Und am Abend ist sie immer noch nicht da. Herr Gruber ist beunruhigt. Die Sache kommt ihm merkwürdig vor. Wenn Mrs. Grant Bekannte besucht hätte, dort über Nacht geblieben wäre, hätte man es erfahren. Wo kann sie sein?

Er steht am Abend wieder unter dem Portal und blickt auf den Marktplatz hinaus. Es regnet immer noch. Als er in die Halle zurückkommt, blickt ihm Clementine fragend entgegen. Josef, der Hausdiener, der am Pult steht, schaut besorgt von Herrn Gruber zu Clementine und wieder zu Herrn Gruber.

»Tja«, sagt Herr Gruber. Was ist zu tun? Mrs. Grant hat am Vormittag des vergangenen Tages das Hotel verlassen. Wie sie es täglich tat. Seitdem hat man nichts von ihr gehört. Soll man die Polizei – –? Falls sie aber wirklich irgendwo zu Besuch ist, würde man unnötiges Aufsehen erregen.

»Haben Sie eine Ahnung, ob sie Bekannte in der Gegend hat?« fragt er Clementine.

»Ich weiß es nicht. Einmal habe ich sie in einer Telefonzelle gesehen. Sie hat im Telefonbuch geblättert.«

»Hm. Also muß sie jemand kennen hier in der Nähe.«

Wenn er etwas unternimmt, die Polizei einschaltet, könnte das von Mrs. Grant sehr übel vermerkt werden. Sie kann jeden Moment ins Hotel zurückkehren. Unwillkürlich blickt er zur Tür. Aber da kommt niemand.

Herr Gruber beschließt, ganz privat, von seinem Zimmer aus, den Polizeidirektor Busse, den er persönlich gut kennt, anzurufen. Ob ihm vielleicht irgend etwas bekannt geworden sei von einem Unfall oder ähnlichem. Ein Gast des Hauses wird vermißt.

Eine Viertelstunde später weiß er, daß die Polizei weder von einem Unfall noch einem sonstigen Zwischenfall etwas weiß. Busse führt sogar noch einige Telefonate in der Umgebung. Kein Mensch hat die amerikanische Dame gesehen. Noch eine Nacht vergeht. Eine Nacht voll Regen, der ein trüber Regentag folgt. Am Vormittag kommt Busse persönlich ins Hotel. Gemeinsam mit Herrn Gruber besichtigt er das Zimmer der amerikanischen Dame, stellt ein paar Fragen. – Das Zimmer ist ordentlich aufgeräumt, die Koffer sind nicht gepackt, nichts deutet auf die Absicht einer Abreise hin. Herr Busse läßt sich berichten, was Herr Gruber über den Gast seines Hauses weiß. Das ist nicht viel. Die Dame heißt Cornelia Grant, kommt aus San Francisco, fährt einen Wagen mit Pariser Nummer. Wo sie herkommt, was sie hier tut, das weiß Herr Gruber nicht. Auch Herr Busse stellt Fragen nach eventuellen Bekannten oder Verwandten. Er erfährt auch nur, was Clementine Munk, die Hotelsekretärin, zu berichten weiß, daß die Amerikanerin in einer Telefonzelle auf der Post in einem Telefonbuch geblättert und die Zelle wieder verlassen hat, ohne zu telefonieren.

Angenommen, sie hat jemand gesucht in dieser Gegend, so folgert Herr Busse, und habe ihn mittlerweile gefunden, so könnte sie sich natürlich dort aufhalten. Unverständlich sei

es dennoch, daß sie zwei Nächte fortgeblieben sei, ohne das Hotel zu verständigen, ohne sich mit dem zu versorgen, was ein Mensch braucht, der irgendwo über Nacht bleibt: einer Zahnbürste, einem Schlafanzug, einem Cremetopf – der kommt bei einer Dame wohl noch dazu.
»Immerhin«, kommt Herr Busse schließlich zu einem Ergebnis, »muß man einen Unfall in Betracht ziehen. Ich werde meine Leute jetzt beauftragen, in der Umgebung Ermittlungen aufzunehmen. Sie sagen, die Dame machte einen durchaus vertrauenswürdigen Eindruck?«
»Hundertprozentig«, sagt Herr Gruber mit Nachdruck.
Es besteht auch kein Grund, an Zechprellerei zu denken. Der Wagen ist da, das Gepäck ist da.
»Machte sie einen – eh, bedrückten Eindruck?«
»Wie meinen Sie das?«
»Nun, hatten Sie das Gefühl, daß die Dame unglücklich war?« Herr Gruber denkt sorgfältig darüber nach. »Eigentlich nicht. Ernst, ja. Sehr zurückhaltend. Warum fragen Sie das?«
»Nun, immerhin, es wäre möglich...«
»Sie denken an Selbstmord?«
Beide Herren betrachten sich schweigend. Clementine hat große angstvolle Augen bekommen. – Herr Gruber schüttelt den Kopf. Nein. Das hält er für ausgeschlossen.
»San Francisco«, spricht Herr Busse leise vor sich hin, und wie er es sagt, klingt es irgendwie abenteuerlich. Wenn jemand so einfach von San Francisco nach Dornburg kommt, ist ihm allerhand zuzutrauen.
»Warum mag sie wohl hierhergekommen sein?« fragt er.
Das weiß niemand. Niemand hat ein Gespräch mit Mrs. Grant geführt, es sei denn über das Menü oder über den Wein, den sie dazu trinken wollte.
Am nächsten Tage, es regnet immer noch, sind alle Beteiligten davon überzeugt, daß etwas passiert sein muß. Keine Frau hält sich tagelang, ohne die Kleider zu wechseln, bei Bekannten auf. Noch dazu, nachdem das Wetter sich geändert hat. Herr Busse hat einige seiner Beamten mit Ermittlungen beauftragt, die alle ergebnislos verlaufen. Man findet ein paar Lokale in der Umgebung, wo Mrs. Grant mal gegessen oder Kaffee getrunken hat, in Dornburg erinnern sich einige Geschäfts-

leute an sie, aber am Montag, am letzten Tag, hat niemand sie gesehen.

Herr Gruber, Herr Busse, der Bürgermeister und einer der Inspektoren von Herrn Busse beraten gemeinsam darüber, ob man die Familie von Mrs. Grant in San Francisco verständigen soll (falls sie eine Familie hat) oder sich an das nächstgelegene amerikanische Konsulat wenden soll.

Es ist ein schwieriger Fall. Ein Fall, wie er in Dornburg noch nicht vorgekommen ist. Angenommen, Mrs. Grant ist mit einem Mann zusammen, einem Freund, einem Liebhaber, was ja denkbar ist, so würde man eine peinliche Situation heraufbeschwören, wenn man einen eventuellen Ehemann in San Francisco oder einen Beamten des Konsulats alarmieren würde.

»Frauen sind ja auch manchmal launisch«, gibt Herr Busse zu bedenken. »Sie kann jemanden getroffen, jemanden kennengelernt haben, hat sich Hals über Kopf entschlossen, zu verreisen. In die Schweiz beispielsweise, nach Frankreich, die Grenzen sind ja nicht weit. Was kümmert sie das Gepäck, was der Wagen? Die Frau scheint vermögend zu sein. Sie kann sich neue Kleider kaufen, und einen Wagen bekommt sie auch überall.«

Polizeidirektor Busse entwickelt eine ungewohnte Phantasie. Der Hauch der großen weiten Welt weht ihn an. Da ist eine Frau, schön und reich, allons, gehen wir, sagt sie, läßt alles stehen und liegen und fliegt davon. Warum soll es das nicht geben?

Herrn Gruber kommt es unwahrscheinlich vor. Er ist der einzige von den Herren, der Mrs. Grant kennt. Das heißt, Herr Busse und der Bürgermeister haben sie gesehen; am Sonntag abend, als die Herren am Stammtisch saßen, hatten sie Gelegenheit, Mrs. Grant in ihrer Nische im Wappenzimmer zu betrachten. Die Herren erinnern sich daran. Eine schöne, elegante Frau – nun also.

Aber, wie gesagt, Herr Gruber kennt sie besser, ihm kommen Herrn Busses Vermutungen unglaubhaft vor. Außerdem weiß er inzwischen, spürt es instinktiv, daß etwas passiert ist.

In der folgenden Nacht hört es auf zu regnen. Und am Tag

darauf ist es trüb und sehr kühl. Die Bäume sind fast kahl geworden. Wind und Regen haben ihre Ernte gehalten, haben die Reste des Sommers zertreten, verweht, zerschlagen. Gegen Mittag versucht eine blasse Sonne sich durchzukämpfen, gibt es bald wieder auf. In allen Häusern in Dornburg wird geheizt.
Herr Gruber hat seine Reise nach Portugal vergessen. Clementine trägt zum erstenmal einen Pullover mit Rollkragen. Sie bekommt den ersten Brief von Jochen, das heißt, Brief ist übertrieben, ein paar Zeilen sind es nur, ziemlich trocken und nüchtern; die ferne Stadt, seine Arbeit haben ihn wieder verschluckt, er vergißt sie. Nicht ganz vielleicht, aber sie tritt in den Hintergrund. Es schmerzt ein wenig. Aber sie ruft sich selbst zur Ordnung. Er muß arbeiten, muß studieren, schließlich soll etwas aus ihm werden. Dafür muß sie Verständnis haben. – In den Mittagsstunden, sie hat Zeit, es ist sehr ruhig im Hotel, Herr Gruber hat sich wieder einmal zur Stadtpolizei begeben, um Beratung zu halten, setzt sie sich an die Schreibmaschine und schreibt ihrem Jochen. Der Brief handelt hauptsächlich von der verschwundenen Mrs. Grant. Schließlich ist es das Aufregendste, was Clementine inzwischen erlebt hat. Du erinnerst dich an die Amerikanerin, von der ich dir erzählt habe? Stell dir vor...
Zur selben Zeit schreibt Paulette Fuhrmann in der Mathematikarbeit eine Fünf. Das heißt, sie weiß noch nicht, daß es eine Fünf werden wird, aber sie vermutet es. Mathematik macht ihr keinen Spaß, die ganze Schule macht ihr keinen Spaß, und sie möchte Tolles unternehmen. Nach Amerika fahren oder heiraten oder Filmschauspielerin werden. Auf keinen Fall in die Schule gehen.
Und ihre Mutter steht in dieser Stunde vor einem ihrer zahlreichen Kleiderschränke und schaut ihre Pelze an. Ein Ozelot, ein Persianer und ein Nerz. Dazu eine dreiviertellange Seehundjacke, und eine Nerzstola. Ausreichend, sollte man sagen. Für Dornburg mal bestimmt. Was also könnte sie sich diesen Winter kaufen? Die Seehundjacke kann Paulette bekommen – dann hat sie Grund, sich selbst etwas Neues zu kaufen. In Zürich werden zur Zeit zwei Abendkleider, ein Cocktailkleid und zwei Tagesensembles für sie angefertigt. In den

nächsten Tagen wird sie zur Anprobe hinfahren. Dann muß sie nur noch überlegen, wo sie im Laufe des Winters hinreist, um die neuen Stücke vorzuführen. St. Moritz vielleicht, aber nicht vor Februar. Vielleicht ein paar Tage nach Paris? Nach Rom? Jetzt gleich, ehe es Winter wird. Allein?
Rita ist schlechter Laune. Sie ist so viel allein in letzter Zeit. Gustav Weege hat keine Zeit für sie. Sie hat ihn seit Tagen nicht gesehen. Viel Arbeit. Er ist nervös, schlecht gelaunt. Genau wie sie auch. Sie findet das Leben in Dornburg wieder einmal unerträglich. *Unerträglich!* Wie und wo aber soll sie leben? Wenn ihr das nur einer sagen könnte!
Draußen vor der Stadt, am Hang des Burgberges, unter einem kahlen Weißdornstrauch liegt Cornelia. Sie ist tot. Sie starrt mit leeren, stummen Augen in den grauen Himmel. Der Regen ist über ihr Gesicht geflossen, die nassen Blätter haben sie zugedeckt.
Ist ihre Seele davongewandert? Hat sie Simon wiedergefunden? Tessa?
Hat sie eine Heimat gefunden?
Wer kann das wissen.

Die Brücke, die im Westen der Stadt über die Dorn führt, ist in der frühen Abendstunde voller Autos, Fahrräder und Fußgänger. So etwas wie Stoßverkehr gibt es in Dornburg auch. Die außerhalb der Stadt Wohnenden streben heimwärts, sofern sie bereits Feierabend haben. Von draußen kommen noch ein paar zu späten Einkäufen in die Stadt. Hinter der Brücke verengt sich die Straße, führt durch eines der schmalen Stadttore. Ein Engpaß. Seit einiger Zeit hat man hier eine Verkehrsampel angebracht, die dafür sorgt, daß die Straße noch voller wird, weil sich der Verkehr auf ihr staut.
Zwischen Brücke und Tor steht der Polizist Obreder. Er hat heute Dienst an dieser Stelle. Jeden Abend um diese Zeit steht einer hier und achtet darauf, daß alles mit rechten Dingen zugeht. Es dunkelt schon, es ist empfindlich kühl, und der Himmel hat sich schon wieder mit dunklen Wolken bezogen. Heute nacht wird es wieder regnen.
Über die Brücke kommen auf ihren Fahrrädern zwei halbwüchsige Buben angestrampelt. Sie treten heftig in die Pedale,

winden sich halsbrecherisch zwischen den Autos durch. Obreder hat sie längst erspäht und runzelt die Stirn des Gesetzes, er reckt sich vollends zu drohender Größe auf, als die beiden, ungeachtet des roten Lichtes, von der Brücke her zum Tor hinüberflitzen.

»Da soll doch gleich...«

Da sind die beiden Sünder, atemlos, aufgeregt – und ehe Obreder den Mund auftun kann, reden sie, nein, schreien sie schon beide auf ihn ein.

»Droben am Burgberg – mitten im Wald – wir haben sie gefunden – Michel ist direkt über sie gestolpert – da liegt sie – am Burgberg...«

»Zum Donnerwetter«, unterbricht Obreder mit lauter Stimme das unverständliche Geschrei der beiden, »was wollt ihr eigentlich? Was ist denn passiert?«

Die Buben verstummen wie auf Kommando, sehen einander flüchtig an, der Polizist sieht die Angst, das Entsetzen in den Kindergesichtern, und dann sagt der Größere der beiden, es ist Dieter Lechner, der Sohn von Dr. Lechner, dem Chefarzt des Kreiskrankenhauses – Obreder kennt den Jungen zufällig –, der also sagt: »Eine tote Frau. Am Burgberg liegt eine tote Frau. Mitten im Wald.«

Und der andere Junge fügt hinzu: »Die ist bestimmt ermordet worden.«

Pause. Die Kinder sehen den Polizisten erwartungsvoll an. Obreder zieht drohend die Brauen zusammen. Wollen die beiden ihn auf den Arm nehmen?

»Ist das wahr?« fragt er scharf und schaut den jungen Lechner finster an.

»Auf Ehrenwort! Da liegt eine Frau, und die ist tot.«

»So«, sagt Obreder und schaut den Autos entgegen, die von der Brücke her zum Tor rollen. Und sofort erinnert er sich, daß in den letzten Tagen von einer verschwundenen Frau die Rede war. Man hat bereits nach ihr gesucht.

»Dann kommt mal mit«, sagt er und wendet sich stadtwärts. »Das müßt ihr noch mal genauer berichten.«

Obreder vorweg, die Kinder, die Räder schiebend, hinterher, so marschieren sie durch das Tor. Zur Stadtpolizei von Dornburg.

Philip

Der einsamste Mensch zwischen Himmel und Erde, das ist Philip Grant an diesem Tag. Die Boeing 707 fliegt mit einer Zwischenlandung in Los Angeles geradewegs über den Pol nach London. Aber sie könnte genausogut unter Wasser fliegen oder jenseits der Sterne, er würde es nicht merken, nicht hören und nicht sehen. Er ißt nicht, er schläft nicht, er trinkt nur einen Whisky ab und zu und starrt vor sich hin. Den anderen Passagieren, den Stewardessen ist er unheimlich. Keiner kann mit ihm reden, und wenn er angesprochen wird, gibt er verkehrte Antworten. Die Maschine fliegt ihm viel zu langsam, und doch wünscht er im geheimen, sie käme nie an. Er begreift nicht. Er versteht nicht, was geschehen ist. Er kann es nicht verstehen. Es muß irgendein furchtbarer Irrtum sein. Ein absoluter Nonsens.
Zu dieser Erklärung hat er sich durchgerungen, als er in London ankommt.
Noch eine Stunde Flug von London nach Frankfurt. Er ist müde, wie gelähmt. Seit vierundzwanzig Stunden hat er nicht geschlafen. Diese seltsame Nachricht aus Deutschland fand er vor, als er von einer schwierigen Verhandlung nach Hause kam.
Cornelia tot? – Was für ein verdammter Unsinn! – Sie war ja gar nicht in Deutschland. Sie war in Paris und hätte längst wieder dasein müssen. Es muß eine Verwechslung vorliegen. Irgend jemand hat ihr den Paß gestohlen. Irgend etwas muß mit ihr geschehen sein – das schon. Sie hat seit Tagen nichts hören lassen. Aber wo findet er sie? In Frankfurt doch sicher nicht. Warum also fliegt er überhaupt nach Frankfurt?
Mit starren, rotgeäderten Augen sitzt er da. Das Herz schmerzt ihn. Das Atmen fällt ihm schwer.
Ein Mann wie er, immer tatkräftig, immer aktiv, immer gutgelaunt, wer ihn kennt, würde erschrecken, wenn er ihn sähe.
Die Dame neben ihm tippt ihm mit dem Handschuhfinger

auf den Handrücken. »Sie müssen sich anschnallen, haben Sie nicht gehört? Wir landen gleich.«
»Beg your pardon? Oh yes, sure.« Er fummelt mit dem Gürtel herum, bis die Stewardeß kommt und ihm hilft.
Steifbeinig klettert er aus der Maschine. Es regnet auf dem Rhein-Main-Flughafen. Es ist kalt. Es ist windig. Er zieht den Hut tiefer in die Stirn. Ob Cornelia hier ist und ihn abholt? Vielleicht hat sie inzwischen erfahren, was man ihm da für einen komischen Bären aufgebunden hat.
Wie war der Name des Ortes, wo er hinfahren soll? Er hat ihn vergessen.
Als er die Halle betritt, hört er seinen Namen. Eine Lautsprecherstimme fordert ihn auf, zum Auskunftsschalter zu kommen. Na also, da haben wir es schon. Das Ganze ist Unsinn, wird sich gleich aufklären.
Er richtet sich etwas auf und versucht ein Grinsen. Immer diese Schwierigkeiten mit den Deutschen, alles müssen sie komplizieren. Ein gestohlener Paß, und sie machen eine Tragödie draus. Sieht ihnen wieder mal ähnlich.
Ein junger, schlanker Herr erwartet ihn. Er trägt einen hellen Trenchcoat und einen weichen grünen Hut, er sieht gut und manierlich aus, ein Amerikaner, man sieht es auf den ersten Blick. Er fragt: »Mr. Philip Grant?« Er sagt: »Hallo!« Er verzieht keine Miene dabei. Offenbar hat Cornelia ihn geschickt.
Cornelia hat ihn nicht geschickt, wie sich herausstellt. Der junge Mann kommt vom amerikanischen Konsulat in Frankfurt und hat den Auftrag, Mr. Grant zum Konsulat zu geleiten. Das Konsulat habe sich der Sache angenommen, erfährt er, und werde ihm selbstverständlich zur Seite stehen. »I'm sorry, Sir«, sagt der junge Mann vom Konsulat. Philip fragt nicht, warum. Er hat begriffen, daß es wahr ist. Oder vielleicht, eventuell doch wahr sein könnte. Dieser Irrtum hat sich herumgesprochen. Auf jeden Fall möchte er noch eine Weile daran glauben, daß es ein Irrtum ist. Denn es kann nicht wahr sein, es kann einfach nicht wahr sein, daß Cornelia tot ist.
Auf dem Konsulat erfährt er alle Einzelheiten, soweit sie bekannt sind. Er sitzt da und schüttelt den Kopf und starrt vor sich hin und trinkt wieder Whisky.

Er wird gefragt, ob er weiß, was seine Frau in Dornburg getan hat.
Dornburg? Nie gehört. Mrs. Grant hat den Namen des Ortes nie erwähnt? Nie.
Es muß doch einen Grund gehabt haben, daß sie dorthin gefahren ist? Wenn es einen Grund gehabt hat, er kennt ihn jedenfalls nicht. – Seine Schwester fällt ihm ein – Ethel. Vielleicht weiß sie es. Sie hat Cornelia zuletzt gesprochen. Wo seine Schwester sich aufhalte?
Bedaure, auch das weiß er nicht. Sie macht eine Hochzeitsreise momentan. Er hat keine Ahnung, wohin.
Das dürfte sich feststellen lassen, meint der Konsul. Er kennt Ethel. Ihr dritter Mann war ein amerikanischer Geschäftsmann, der gelegentlich auch in Frankfurt zu tun hatte. Vielleicht wissen die Pariser Freunde von Mrs. – eh, wie nennt sich Ethel Grant derzeit?
Philip runzelt die Stirn und denkt angestrengt nach. Er ist todmüde, müde zum Umfallen. Das Glas mit dem Whisky zittert in seiner Hand. Bedaure, ihm fällt es nicht ein, wie seine Schwester zur Zeit heißt. Irgendein französischer Name, der Mann ist Belgier, soviel er weiß.
Der Konsul sieht in dem fehlenden Namen keine Schwierigkeit. Man wird sofort in Paris nachfragen. Der Name und der Aufenthalt von Ethel Grant wird sich mühelos feststellen lassen.
Ja, sure.
Tja!
Schweigen im Raum. Philip bekommt sein Glas wieder gefüllt. Die Frage, ob er etwas essen möchte, verneint er.
Dann müsse man ja wohl nun nach Dornburg fahren. Mr. Southby, das ist der junge Mann mit dem Trachtenhut, würde ihn selbstverständlich begleiten und ihm alles abnehmen, was ihm abgenommen werden könne.
Philip sitzt und rührt sich nicht. Bis er das Glas wieder an die Lippen hebt. Er trinkt es aus, der Whisky widersteht ihm. Vor seinem Blick sind rote Nebel.
»Ermordet, sagen Sie?«
Murdered? Can that be true?
Der Konsul hebt die Schultern.

Man weiß es nicht genau. Aber die Art und Weise, wie – nun ja, es ist möglich.
Eine Frau liegt mitten im Wald. Kein Schuß, kein Stich, keine Anzeichen einer Erdrosselung – gewiß. Nur eine Wunde am Kopf. Und ein gebrochenes Genick.
Philip steht schwerfällig auf. Sein Körper ist wie aus Stein.
»Ich glaube es nicht. Ich glaube nicht, daß sie es ist, bis – bis ich sie selbst gesehen habe.«

Er sieht sie, er hat sie gesehen – sie ist es. Tage und Nächte ohne Schlaf, ohne Essen, nur Angst, Aufregung und Whisky. Philip bekommt einen Herzanfall und landet im Kreiskrankenhaus in Dornburg. Bei Dr. Max Lechner. Dr. Lechner weiß genau Bescheid über alles, sein Sohn hat schließlich die Tote gefunden. Ganz Dornburg weiß Bescheid, ganz Dornburg ist außer sich vor Schreck, daß so etwas hier passieren konnte. Zwei Landstreicher hat man festgenommen und einen Lastwagenfahrer, der Schmuggelware fuhr. Leider ist keiner als Mörder zu gebrauchen.
Übrigens glauben viele Leute nicht an Mord. Ist ja lächerlich. Die Frau kann ausgerutscht und gestürzt sein. Das kommt vor. Busse macht sich nur wichtig, wenn er von Mord redet.
Busse macht sich gar nicht wichtig, und er redet nicht gern von Mord. Ihm wäre es recht und lieb, wenn die Frau ausgerutscht und gestürzt wäre. Es gibt steile Stellen am Burgberg. Der Boden war naß und glitschig. Nein, auch wieder nicht. Der Regen kam erst am nächsten Tag. Aber naß oder nicht, da wo die Tote lag, kann sie sich das Genick nicht gebrochen haben. Der Boden ist dort weich, damit schlägt man sich kein Loch in den Kopf. Man kann hinfallen und sich das Bein brechen, das wäre denkbar. Aber man kann sich nicht zu Tode stürzen, an dieser sanft geneigten Stelle, und man kriecht auch dazu nicht unter einen Busch, abseits vom Wege.
Aus der Landeshauptstadt kommen zwei geübte Kriminalisten, die jedoch die Meinung vertreten, daß man nun, nach Tagen, nachdem alle Spuren verwischt seien und der Regen dazwischengekommen sei, sowieso an Ort und Stelle nichts mehr ermitteln könne. Falls es Blutspuren gegeben haben sollte, Schleifspuren, sie sind nicht mehr zu sehen.

In der Handtasche der Toten fehlt die Geldbörse. War eine darin? Höchstwahrscheinlich. Aber Dollars und Reiseschecks finden sich im Hotel in der großen Tasche. Viel kann sie nicht bei sich gehabt haben. Immerhin, das fehlende Portemonnaie ist verdächtig. Die Landstreicher, der Schmuggler, ein paar verdächtige Individuen aus der Gegend rundherum werden streng verhört.
Sonst ist in der Tasche alles drin, was hineingehört. Spiegel, Kamm, Lippenstift, ein Taschentuch, eine Sonnenbrille – ja, eigentlich weiter nichts. Es ist, wie gesagt, nur eine kleine Tasche, wie man sie halt zum Spazierengehen mit sich führt. Die große Tasche ist im Hotel. In keiner der Taschen befindet sich das Zeitungsbild. Das Bild wäre wichtig. Aber Cornelia hat es zerrissen.
Kann also immerhin sein, sie hat keine Geldbörse bei sich gehabt. Ein bißchen loses Geld steckt in der Kostümtasche. Sie trägt ihre Ringe, das Armband und eine goldene Brosche am Revers. Alles echter Schmuck.
Niemand hat ihr das weggenommen. Das entlastet die Landstreicher, den Schmuggler und die anderen Verdächtigen.
Zwei Tage nach Philip kommt Ethel. Sie war überraschenderweise in Wien. An der Riviera sind die meisten Hotels schon geschlossen, in Rom war es ihr zu staubig, und der neue Mann, der Belgier, ist ein begeisterter Opernfreund. Er wollte Karajan in der Wiener Staatsoper hören.
Ethel kommt und nimmt die Sache in die Hand, sie kann das viel besser als der junge Mann aus dem Konsulat. Und natürlich auch besser als Philip, der kaum Deutsch spricht. Die paar Brocken, die er sich nach dem Kriege in Berlin angeeignet hat, sind längst vergessen. Cornelia sprach niemals Deutsch mit ihm. – Außerdem ist Philip krank. Ethel macht das alles. Sie spricht zwar auch nicht Deutsch, aber sie setzt den jungen Mann aus dem Konsulat richtig ein. Sie veranlaßt die Überführung der Toten, bringt die Dornburger Behörden in Trab, Busse und seine Leute zum Schwitzen, und sie bringt Philip wieder auf die Beine.
Dabei ist sie ehrlich betrübt über alles, was geschehen ist. Sie mochte Cornelia sehr gern, wir hörten schon davon. Sie verhindert auch, daß man Simone herüberkommen läßt. Das

ist nicht nötig. Das Kind würde unnötig gequält damit. Es ist schon schlimm genug für sie. Ethel weiß, Philip weiß es natürlich erst recht, wie sehr Simone ihre Mutter liebt. Es wird schwer sein mit ihr.
Was Ethel bedauerlicherweise nicht weiß: Warum ist Cornelia ausgerechnet nach Dornburg gekommen.
Philip fragt, die Polizei fragt. Ethel weiß es nicht. Der Name Dornburg wurde nie genannt.
Das einzige, was Ethel weiß: Cornelia war in Berlin. Sie wollte einen Freund besuchen. Sie hat ihn auch getroffen, das hat Ethel kurz erfahren, aber nichts Näheres, es war ja gerade Hochzeit, und sie hatte anderes im Kopf.
Wie heißt der Mann? Cornelia nannte seinen Namen nicht. Philip denkt angestrengt nach, wie der Name war. Er kann sich denken, wen Cornelia besuchen wollte. Er hat den alten Mann ja auch gekannt, damals, nach fünfundvierzig in Berlin. Wie hieß er bloß? Cornelia hat ihm später noch geschrieben, sie hat Pakete geschickt. Ob man zu Hause in San Francisco etwas unter ihren Postsachen darüber finden wird?
Busse würde den Namen gern gleich wissen. Es könnte eine wichtige Spur sein. Vielleicht weiß dieser Mann in Berlin, warum sie nach Dornburg gekommen ist. Vielleicht – Busse nennt einige Namen, vielleicht ist der gesuchte dabei, und Mr. Grant erinnert sich, wenn er ihn hört.
Mr. Grant erinnert sich wirklich. Er sitzt in seinem Zimmer im Krankenhaus, er darf bereits aufstehen, es geht ihm besser, Ethel ist bei ihm und dieser Herr Busse und noch ein anderer Herr von der Polizei. Und als Herr Busse, wie gesagt, einige Namen nennt, stutzt Philip, wie er den Namen Thomasin hört.
Ja, natürlich, gewiß. Das ist der Name. Thomasin. So hieß der Mann, mit dem seine Frau damals, als er sie kennenlernte, viel zusammen war. Thomasin – ein alter Freund aus ihrer Jugend.
Woher Herr Busse den Namen hat? Nun, Herr Busse hat natürlich gelesen, was Mrs. Grant in den letzten Tagen ihres Lebens aufgeschrieben hat. Es ist seine Pflicht. Er braucht schließlich Hinweise, und hier hat er ja auch schon einen. Was seine Frau geschrieben hat, will Philip wissen. Nun, so eine

Art Jugenderinnerungen. Und dann Geschehnisse aus dem Krieg. Es ist offenbar für Mrs. Grants Tochter bestimmt, das ginge aus den Aufzeichnungen hervor.
Philip und Ethel können das nicht lesen, es ist deutsch geschrieben. Der junge Mann aus dem Konsulat, der übrigens wieder abgereist ist, hätte es übersetzen können. Aber das will Philip nicht. Wenn es für Simone bestimmt ist, soll es Simone auch bekommen, ohne daß jeder seine Nase hineingesteckt hat. Schlimm genug, daß es hier bereits Fremde gelesen haben.
Ob es denn – Philip druckst eine Weile herum – es ist auch schwer, das auszudrücken – der zweite Herr von der Polizei kann einigermaßen Englisch, er dient als Dolmetscher, aber so perfekt ist er auch wieder nicht –, ja also, ob denn diese – eh, Aufzeichnungen den Eindruck erweckten, als wäre es ein – nun, eine Art Abschiedsbrief?
Das findet Herr Busse nicht. Und wie auch immer, ein Selbstmord scheidet aus. Kein Mensch könne sich selbst das Genick brechen und sich dann unter einen Busch legen.
Die Kriminalisten, die Dornburger und die auswärtigen, sind zu der Überzeugung gelangt, daß Mrs. Grant an einem anderen Ort gestorben ist, nicht dort, wo man sie gefunden hat. Und das bedingt das Vorhandensein einer zweiten Person. Eines – Mörders.
Daran besteht wohl kein Zweifel.
Da ist zum Beispiel die Sache mit dem Knopf. Das Kostüm war beschmutzt und an einer Stelle sogar zerrissen. Und es fehlte ein Knopf. Man hat im Umkreis, wo man die Tote fand, alles sorgfältig abgesucht, der Knopf ist nicht da. Der Knopf ist überhaupt nicht auf dem Burgberg, jedenfalls nicht auf den Wegen, nicht auf dem Burghof, nicht im Hotelzimmer, nicht im Auto. Einen Knopf kann man natürlich immer mal verlieren. Aber Mrs. Grant war nicht die Frau, mit einem abgerissenen, also einem nicht vorhandenen Knopf herumzulaufen.
Die Handschuhe dagegen hat man gefunden. Ein Stück oberhalb, neben dem Weg. Den einen da, den anderen dort. Ein Knopf ist natürlich schwerer zu finden als ein Handschuh. Man sollte meinen, ein Schuh wäre auch leichter zu finden. Aber den zweiten Schuh hat man nicht gefunden. Noch nicht,

betont Herr Busse. Man findet ihn bestimmt eines Tages. Nun gut, ist nicht so wichtig, irgendeiner war da, der die Frau unter den Busch gelegt hat. Vermutlich war sie da schon tot. Und dieser unbekannte Mensch hat sie wohl auch getötet, daran zweifelt eigentlich niemand.
Nur weiß man nicht, wer es ist. Und es ist sehr schwer, einer Spur nachzugehen. Mrs. Grant war fremd hier. Sie kannte niemand. Sie hat mit niemand gesprochen, keiner weiß, warum sie herkam. Wenn man *das* wüßte, wäre man ein Stück weiter. Aber man kennt immerhin jetzt den Namen des Mannes, den sie höchstwahrscheinlich in Berlin besucht hat. Ein alter Freund. Vielleicht weiß er etwas. Bestimmt sogar. Thomasin war der Name.
Die Kollegen in Berlin werden gebeten, sich um Herrn Thomasin zu kümmern. Herr Busse sitzt erwartungsvoll, gewissermaßen reisefertig, in Dornburg. Er wird selbst nach Berlin fahren. Es ist der erste richtige Kriminalfall seines Lebens. Er muß und wird herausbekommen, wer die Frau umgebracht hat.
Die Antwort aus Berlin kommt sehr rasch. Herr Thomasin ist tot. Er starb zwei Tage bevor Cornelia Grant starb. An Herzschwäche ist er gestorben, in einem Krankenhaus. Er war übrigens zweiundachtzig Jahre alt, und wenn man bedenkt, was er alles erlebt und überlebt hat, so muß er ein zäher Mensch gewesen sein.
Als Herr Busse die Nachricht aus Berlin erhält, die Nachricht vom Tode des Herrn Thomasin, packt ihn eine kalte Wut. Nichts bleibt ihm in Händen, nichts. Muß der auch noch tot sein! Verflucht und zugenäht!
Er wird trotzdem nach Berlin fahren. Vielleicht hatte Herr Thomasin Bekannte, Verwandte oder Freunde. Irgend etwas, irgendeine Kleinigkeit muß doch herauszubringen sein. Das einzige, was er hat, sind die Aufzeichnungen der Toten. Er hat eine Abschrift machen lassen. Er hat sie mindestens fünfzigmal gelesen. Er muß nach allen Leuten forschen, die darin erwähnt werden. Er wird nicht lockerlassen, ehe er nicht weiß, wer die Frau getötet hat.
Diese Absicht teilt er Mr. Grant und dessen Schwester mit, als er die beiden das letzte Mal sieht. Mr. Grant geht es besser, der Arzt hat ihm erlaubt zu reisen, seine Schwester wird ihn nach

San Francisco begleiten. Es wird Zeit, daß sich einer um Simone kümmert. Der neue Ehemann, der inzwischen nach Brüssel zurückgekehrt ist, wird ebenfalls mitkommen.

Philip kneift die Augen etwas zusammen, als er Herrn Busses energische Abschiedsworte vernimmt. To hell with you, denkt er, du wirst es nie herausbringen. Ich werde einen Detektiv herüberschicken, diese Germans haben bloß ein großes Mundwerk, und dann hört es gleich auf. Nichts dahinter. Hab' ich mir damals, 1945, schon immer gedacht. Hat sich nicht geändert. Verdammtes Land! Verdammtes Volk! Er will sie nie wiedersehen. Sie haben Cornelia getötet. Damals ist es ihnen nicht ganz gelungen, jetzt haben sie es nachgeholt. Lausiges Land!

Zornig und verbittert fliegt Mr. Philip Grant in die Staaten zurück. Der Rückflug ist dennoch besser als der Herflug. Er weiß jetzt, woran er ist. Ethel ist bei ihm und der neue Schwager, ganz patenter Kerl, gefällt ihm gut. Scheint viel Geld zu haben, spricht erstklassiges Englisch, kennt die Welt.

Ethel und der neue Schwager sorgen dafür, daß er regelmäßig ißt auf der Reise, daß er nicht zu viel trinkt und daß er seine Tabletten nimmt. Und sie unterhalten sich mit ihm.

Philip ist nicht so verzweifelt allein wie auf dem Herflug in dieses verdammte Europa. Ethel streichelt seine Hand, lächelt ihm zu. Good old boy, sagt sie, Phil, old chap! I'll care for you, don't worry.

Hoch über dem Atlantik beschließt Ethel, daß Philip so bald wie möglich wieder heiraten muß. Sie will damit nichts Böses gegen Cornelia tun, gewiß nicht. Aber Phil kann nicht allein bleiben. Es muß einer da sein, der für ihn sorgt, sich um ihn kümmert. Wenn sie nicht gerade geheiratet hätte, würde sie es natürlich tun. Aber ein bißchen muß sie auch für den neuen Mann dasein, sonst ist sie ihn gleich wieder los. Also muß in absehbarer Zeit für Phil eine Frau gefunden werden. Das dürfte nicht allzu schwer sein. Sie kennt Leute genug, auch in San Francisco. Sobald die Trauerfeierlichkeiten und das alles vorüber sind, wird sie einmal mit Dorothy Hedge darüber sprechen. Dorothy ist die Richtige, sie kennt Gott und die Welt, kennt Phil lange genug, ihr kann man das ruhig anvertrauen, sie wird Phil mit einer neuen Frau versorgen.

Ethel lehnt sich zurück und nimmt eine Zigarette aus ihrem Etui. Ihr Mann gibt ihr Feuer, sie lächelt ihn flüchtig an, berührt mit dem kleinen Finger leicht seinen Handrücken. Netter Mann, gut, daß sie ihn hat. Den wird sie diesmal behalten. Und Philip bekommt eine neue Frau. Alles kein Problem.
Das einzige Problem ist Simone. Das Kind ist ein bißchen schwierig, schwer zugänglich. Aber immerhin zwanzig Jahre alt. Also wird sie auch bald heiraten.
Vielleicht kann man sie nach Brüssel einladen, im Frühjahr. Oder nicht?
Sie wirft einen Seitenblick auf ihren Mann, der sich lebhaft mit Philip unterhält. Roger hat Temperament. Er versteht etwas von Frauen. Aber er ist immerhin zweiundfünfzig Jahre alt. Simone ist zwanzig. Da besteht wohl keine Gefahr.
Ja, sie soll im Frühjahr nach Brüssel kommen. Falls sie bis dahin nicht verheiratet ist.

Aus Cornelias Aufzeichnungen

Vielleicht, Simone, wirst du lachen über mich, daß ich mich auf einmal hinsetze und längst vergangene Dinge aufschreibe. Oder versuche, sie aufzuschreiben, denn, so unwahrscheinlich es klingt, vieles ist mir ferngerückt, als habe ich es nicht selbst erlebt, als hätte man es mir nur erzählt. Und anderes wieder, ganz nebensächliche Dinge, sind so gegenwärtig, als hätte ich sie gestern erfahren.
Anfangs wollte ich dir nur einen Brief schreiben. Aber das Schreiben ist auf einmal wie ein Zwang geworden. Ich merke daraus, daß ich tief in mir immer das Bedürfnis hatte, dich das alles wissen zu lassen. Meine Scheu, von allem zu sprechen, was früher war – auch von dem, was gut gewesen ist –, war offenbar nur Angst, ich könnte über dem Schrecken des zuletzt Geschehenen den Weg in meine Kindheit nicht zurückfinden. Meine so glückliche und erfüllte Kindheit, die frei war von den Schatten, die damals schon über den Erwachsenen lagen und die ich nach und nach nur begreifen lernte, als ich älter wurde.
Aber doch nie so ganz. Ein Kind lebt immer mit den Gegebenheiten, die es kennt. Wenn meine Eltern oder meine Verwandten von der Vergangenheit sprachen, die so viel besser gewesen sein muß, von der Zeit vor dem ersten Weltkrieg, so hörte ich es wohl, aber es war für mich nur eine Geschichte.
Ostpreußen war zu jener Zeit, als ich dort aufwuchs, eine Insel; ich war daran gewöhnt. Und Westpreußen, wo meine Mutter herstammte und das uns direkt benachbart war – nur wenige Kilometer trennten uns von dem Gut, auf dem meine Mutter aufwuchs –, war für mich immer Ausland, war Polen, auch wenn ich zu Hause und in der Schule lernte, daß es eigentlich deutsches Land war.
Und es war auch eine gegebene Tatsache, daß wir immer Sorgen hatten. Oder besser gesagt, daß mein Vater Sorgen hatte. Die Feudalzeiten auf den alten Gütern waren vorüber, auch wenn man auf den ersten Blick nichts davon merkte.

Ein abgeschnürtes Land, fast ohne Industrie, ohne Rohstoffe, nur gesunder, fruchtbarer Boden, dessen Erzeugnisse aber oftmals schwer abzusetzen waren, weil das natürliche Hinterland fehlte. Das ›Reich‹, wie man bei uns das übrige Deutschland nannte, kümmerte sich nach Meinung aller viel zuwenig um die verlorene Insel, die da inmitten einer feindseligen Umwelt lag und die doch altes deutsches Kulturland war. Darüber sprach mein Vater oft, er schimpfte auf die Regierung in Berlin, die ihren östlichen Außenposten verriete und im Stich ließe, anstatt zu helfen.

Ich kann heute nicht mehr entscheiden, ob er recht hatte, die Zeiten waren ja in den zwanziger und dreißiger Jahren in Deutschland allgemein sehr schlecht, eine Folge des verlorenen Krieges und der nachfolgenden politischen Wirren. Ich bin sicher, du weißt davon mehr als ich. Denn ich muß gestehen, ich habe mich als junges Mädchen nie sehr interessiert für Politik und öffentliches Leben. Ich war ein Mädchen vom Lande, das restlos aufging in den Aufgaben des täglichen Lebens, in den Bedingungen des Landlebens eben, Saat und Ernte, das Haus, der Garten, und vor allem die Tiere.

Es war immer die Rede davon gewesen, daß ich ein Jahr lang nach Berlin sollte, wo ein Bruder meiner Mutter lebte, aber nachdem er Anfang der dreißiger Jahre bei einem Unfall ums Leben gekommen war, unterblieb dies. Auch ein anderer Plan, mich in einem Schweizer Pensionat zu einer vollendeten Dame erziehen zu lassen, kam nicht zur Ausführung. Ich hatte immer wissen lassen, daß ich mir nicht das geringste daraus machen würde, denn die Vorstellung, von zu Hause fortzugehen, meine Hunde und Pferde nicht mehr um mich zu haben, war für mich einfach schrecklich. Was sollte ich allein am Genfer See, wenn Vater und Mutter zu Hause waren und Tessa, meine Stute, traurig und verlassen im Stall stand; und wer sollte für die Hühner sorgen, eine Aufgabe, die man mir schon sehr bald anvertraut hatte, wer in der Einmachzeit Mutter helfen, wer Vater beim Zureiten der jungen Pferde?

So argumentierte ich – und ich sehe noch genau meinen Vater vor mir, wie er schmunzelte und mit dem Kopf nickte und dazu sagte, daß ihm das auch höchst unpraktisch erschiene. Ich glaube, er wollte sich nicht gern von mir trennen. Wir waren

nur zwei Kinder. Mein Bruder Fritz, der vier Jahre älter war als ich, war sowieso die meiste Zeit aus dem Hause. Er besuchte in Königsberg das Gymnasium, und als im Dritten Reich die neue deutsche Wehrmacht entstand, meldete er sich sofort freiwillig. Er wollte Offizier werden. Mein Vater verstand ihn. Er war selber mit Leidenschaft Soldat gewesen.
Es tut mir leid, Simone, wenn ich dich enttäusche mit diesem Teil meiner Familiengeschichte. Ich kenne deine Meinung über Militarismus und sturen Soldatengeist. Aber so war es eben nicht. Meine Familie war in alter preußischer Tradition gewachsen, beide Familien, die meines Vaters und die meiner Mutter, und als ich ein Kind war, hatte es trotz des verlorengegangenen Krieges und der gestürzten Monarchie keine grundlegende Änderung in diesen Dingen gegeben.
Für meinen Vater gab es zwei Dinge oder, genauer gesagt, drei, die er für wichtig hielt: das Vaterland, wozu ganz selbstverständlich der Dienst mit der Waffe in Krieg und Frieden – so nannte er es – gehörte; dann seine Heimat, sein Land, der Grund und Boden, der ihm gehörte und den er auch ganz bewußt als Besitz, aber auch genauso bewußt als Verantwortung und Aufgabe empfand; und schließlich die Familie, die er ebenso als Eigentum und Verantwortung ansah.
Und letzteres beschränkte sich nicht nur auf Frau und Kinder, auf nahe und weniger nahe Verwandte, sondern auch auf alle Leute, die bei ihm und für ihn arbeiteten, bis hinab zum letzten Hütejungen. Er war für alle da, er sorgte für alle, er trug für alle und alles die Verantwortung, und er verlangte dafür von jedem, daß er seine Pflicht tat.
Ich weiß, es wird dir komisch vorkommen, wenn ich es mit diesen altmodischen und großspurigen Worten ausspreche. Für heutige Menschen klingt es wie ein Anachronismus, heute, im Zeitalter des Jobs, der Verantwortungslosigkeit, der Ungebundenheit. – Damals, und für mich in meiner Kindheit, war es selbstverständlich. Und auch wenn du mich auslachst: ich glaube, es war gut.
Jedenfalls kannten wir keine Neurosen und keine Lebensangst, und trotz aller wirtschaftlichen Schwierigkeiten waren wir glückliche Menschen.
Ich wußte natürlich nicht, daß ich glücklich war. Damals nicht.

– Ich erkannte es erst später. Aber ich wollte auf keinen Fall von zu Hause weg. Und so unterblieb auch der final touch zur vollendeten Dame in der Schweiz. Mein Vater war sicher auch aus einem anderen Grund sehr froh darüber. Nicht nur, daß er mich ungern für längere Zeit hergegeben hätte – das käme sowieso noch früh genug, wenn ich heiratete, sagte er immer –, ein längerer Aufenthalt in einem Schweizer Pensionat hätte auch viel Geld gekostet. Und Geld war bei uns immer knapp.

Wir hatten ausreichend und wunderbar zu essen, denn mit allem, fast mit allem, versorgte uns das eigene Land. Wir wohnten in einem herrlichen Haus, oh, was für ein Haus, Simone! Groß und weiträumig, mitten auf einer leichten Erhöhung gelegen, alte Bäume davor, eine Auffahrt, eine breite Allee, auf beiden Seiten von Birken gesäumt. Von der Landstraße aus sah man das Haus nicht, es lag verborgen hinter einem Wäldchen. Viele Häuser dortzulande tun das, denn man liebt zwar die Gäste, man hat ein offenes, geselliges Haus, aber man will, daß die Leute zu einem kommen, nicht daß man immer unter ihnen lebt – ja, was wollte ich sagen? Du siehst, es stürmt so viel auf mich ein, ich schaffe es kaum, einen Gedanken, einen Satz ordentlich zu Ende zu bringen, immer schweife ich ab, immerzu fällt mir etwas Neues ein.

Also, das Haus lag von der Landstraße entfernt. Man verließ sie bei einer kleinen Abzweigung, es ging auf einem schmalen Weg durch die Felder, dann kam das Wäldchen, um das man herumfuhr, und dann die Birkenallee, die sacht anstieg. Hier fuhr Rogge, unser alter Kutscher, immer in flottem Trab. Vater, wenn er auf dem Bock saß, oder später Fritz oder ich, wir taten das natürlich auch. Im Trab fuhr man auf das Haus zu, es lag klein und weiß am Ende, ehe die Birken zusammenwuchsen, wurde größer, dehnte sich – ein gerader, schlichter Bau, einstöckig, breit hingelagert, hohe Fenster, in der Mitte der Eingang, zu dem vier Stufen hinaufführten.

Unser Haus in Atherton, Philips Haus, ist gewiß sehr schön, sehr komfortabel. Eine kalifornische Villa, mit allen Finessen der Neuzeit ausgestattet. Aber es ist nichts gegen das Haus meiner Kindheit. – Du darfst es Philip nicht sagen, er würde es nicht verstehen und vielleicht denken, ich sei undankbar und ungerecht. Aber dir, Simone, kann ich es anvertrauen. Das Haus meiner Kindheit ist das schönste Haus, das ich je gesehen habe. Und ich bedaure es tief, daß ich kein Bild mehr davon besitze. Man hat damals noch nicht so viel fotografiert, und die Bilder, die ich hatte, sind auf der Flucht und in Berlin verlorengegangen. Wenn ich malen könnte, so wie du, würde ich dir das Haus aufmalen. Alles, alles würde ich malen: das Haus, das Land, den Garten, auch die Ställe, auch Tessa, mein Pferd, denn ich weiß noch genau, wie es aussah. Ich würde sogar versuchen, den weiten Himmel zu malen, denn so weit und so hoch ist er nirgends auf der Welt. Das Licht über den Feldern würde ich zu malen versuchen, die Wälder, die Schnitter auf den Wiesen, das Vieh auf den Weiden, die Pferde auf den Koppeln, die Beeren, die in unserem Garten reiften und die so rot und süß waren wie nirgends sonst, die Äpfel und Birnen – und dann würde ich auch versuchen, den Winter zu malen.

So einen Winter kennst du nicht, Simone! Er war sehr lang, sehr hart und kalt. Es gab viel Schnee, und das Land war weiß über Wochen und Monate hinaus, aber in den Ställen und im Haus war es warm, in den Öfen knackte das Holz, meine Mutter strickte, mein Vater las – kein Fernsehen, kein Radiogeplärr störte die Stille, ja – auch die Stille dieser Winter müßte man malen können; ich weiß nicht, kann man das, Simone? Es muß sehr schwer sein, so etwas zu malen. Aber vielleicht die Birken an der Allee, die weiß gepudert in all dem Weiß standen und zwischen denen wir nun mit dem Schlitten herumtrabten, warm vermummt in Decken, und uns freuten auf die Wärme, auf die Heimeligkeit des Hauses.

Das alles möchte ich für dich malen, Simone – wenn ich es dir schon nicht zeigen kann. Denn die Worte, mit denen ich es dir hier zu erklären versuche, sind viel zu armselig. –

Dies war eine der Stellen, an der Simone die Lektüre der Aufzeichnungen ihrer Mutter unterbrach und weinte. Es war etwas ganz Ungewohntes für sie. Simone hatte in ihrem Leben nie viel geweint. Sie war ein ausgeglichenes Kind gewesen, war zu einem selbstbewußten, sehr selbstsicheren Mädchen herangewachsen. Ihre Welt war nie erschüttert worden. Und jetzt – dies!!

Der Tod ihrer Mutter hatte ein fassungsloses Entsetzen über sie gebracht, hatte sie erstarren lassen, ähnlich wie Cornelia auch erstarrt war, als das Unglück sie traf. – Keiner hatte Simone weinen sehen. Keiner hatte sie klagen hören. Philips ungeschickte und Ethels wortreiche Trostversuche waren an ihr abgeglitten wie Wasser, sie hörte gar nicht zu, sie sah keinen an. Aber dann, als sie dies alles lesen mußte! Als sie eines erkannte: Sie hat ja Sehnsucht gehabt. Sie hat ja immer Sehnsucht gehabt. Sie ist nie glücklich gewesen hier bei uns.
Sie hat Heimweh gehabt.
Immer wieder sprach sie das deutsche Wort vor sich hin: Heimweh. Wie seltsam das klang! Es war ihr bisher kein Begriff gewesen. Aber nun auf einmal, wie sie das las, wie sie die ungemalten Bilder ihrer Mutter vor sich sah, so deutlich sah, als hätte sie selbst in jenem fremden Land gelebt, war es nicht nur ein Wort. Es war eine Wirklichkeit. Auch sie empfand dieses Heimweh nach dem versunkenen Land jener Kindheit, hatte das Gefühl, sie müsse aufbrechen, zur gleichen Stunde, um alles das zu sehen, es zu finden – wiederzufinden. Das weiße Haus hinter der Birkenallee, die Wälder und die Wiesen, den Garten mit den Früchten, den hohen Himmel über dem erntereifen Sommerland – das schweigende weiße Winterland. –
Sie saß da, ohne sich zu rühren, die Tränen liefen über ihr Gesicht, tropften auf die Blätter, die vor ihr lagen, ihr Herz war erfüllt von Weh und Verzweiflung. Oh, Mum, oh, Mutter – Cornelia, einzig geliebte, du, du bist unglücklich gewesen, du bist einsam gewesen, keiner hat dich wirklich verstanden, keiner konnte dir helfen, und jetzt – wo ich spüre, ich könnte es, ich würde es verstehen, ich würde mit dir über alles sprechen können, du würdest es mir erzählen, würdest deine Bilder für mich malen, und ich würde sie sehen, würde sie so sehen können, wie du sie gesehen hast und sie mir nun zeigst –, jetzt bist du nicht mehr da.
Jetzt, wo du endlich bereit warst, mir alles zu sagen, jetzt, wo dein Schweigen geendet hat – jetzt bist du tot. Schweigst du für immer.
Jetzt haben sie dich getötet. Deine Heimat, die du endlich wiedergesehen hast – sie brachte dir den Tod.

Mit meinem Vater verstand ich mich sehr gut. Ich liebte ihn, bewunderte ihn und hatte tiefen Respekt vor allem, was er darstellte, was er sagte und tat. Ich konnte nicht genug hören, wenn er von früher erzählte. Von seiner Schulzeit in Königsberg, er besuchte das Friedrichsgymnasium in dieser Stadt, wurde Offizier, war ein bekannter Reiter und übernahm später, nach dem Tode seines Vaters, unser Gut Eltenstein. Alles, was er erzählte, war für mich hochinteressant. Geschichten aus seiner Jugend, aus seiner Militärzeit, aus dem Krieg, aus der Geschichte unseres Landes. Die kannte ich gut. Wie die Ordensritter kamen und das Land besiedelten, was sie alles schufen und bauten, daß sie 1275 mit dem Bau der Marienburg begannen, dem gewaltigen gotischen Bau des Deutschen Ritterordens, den ich an Vaters Hand zu sehen bekam, als ich noch ein sehr kleines Mädchen war. Wann die Polen, wann die Pruzzen, wie die Preußen zuerst hießen, das Land besetzt hielten, wie Schweden oder Russen darin einfielen und Krieg führten, wie später aus aller Herren Ländern Menschen hier siedelten und seßhaft wurden, Hugenotten aus Frankreich, Schlesier, Salzburger, Süddeutsche, Norddeutsche; wie Anfang des 18. Jahrhunderts die Pest ihren furchtbaren Todesritt durch das Land unternahm, all das erfuhr ich von Vater. Ich kann sagen, noch ehe ich lesen und schreiben konnte, kannte ich die Geschichte meiner Heimat. Die Verheerungen, die der letzte Krieg, der gerade zu Ende gegangen war, als ich geboren wurde, über das Land gebracht, waren mir ebenso bekannt wie das Leid und das Unglück, das der Versailler Vertrag verursacht hatte, die unglückliche Grenzziehung, die am Ende schließlich wieder zu einem Krieg führte, der alles vernichtete und der Barbarei auslieferte.

Ein großes Opfer hatte der letzte Krieg von meiner Tante Luise gefordert. Sie war Vaters jüngere Schwester, und sie muß nach allem, was ich über sie hörte, ein schönes und fröhliches Mädchen gewesen sein. Sie hatte einen Gutsherrn weiter im Osten geheiratet, in der Gegend von Gumbinnen. Als 1914 die Russen ins Land einfielen, verlor sie Haus und Hof, die Russen hielten das Gutshaus besetzt und verteidigten es auf dem Rückzug nach der Schlacht von Tannenberg mit allen Mitteln. Es brannte bis auf die Grundmauern nieder. Der eben geborene kleine Sohn meiner Tante kam dabei ums Leben. Sie selber trug eine schwere Brandvergiftung davon, als sie versuchte, Dinge, die ihr teuer waren, aus dem brennenden Haus zu retten. Sie war dann lange Zeit krank. Aber das Unglück schlug sie noch härter. Ihr Mann fiel im Jahr darauf. Sie hatte alles verloren. Mann, Kind, ihren Besitz. Und noch mehr – auch in ihr war etwas zerstört worden, was nie wieder gut werden konnte.

Sie lebte bei uns. Als ich geboren wurde, war sie schon da, für mich war sie immer da gewesen und würde immer dableiben. Eine still gewordene, früh alternde Frau, die den ganzen Tag arbeitete und werkte. Das Stillsitzen, das Nichtstun vertrug sie nicht. Für mich und meinen Bruder war sie eine zweite Mutter. Und für Mutter selbst war sie die beste Hilfe in Haus und Garten, die man sich wünschen konnte. Ich erinnere mich gut, sie buk selbst das Brot, das wir aßen, sie nähte und flickte, man sah sie niemals untätig. Geheiratet hat sie nie wieder, obwohl mein Vater und auch meine Mutter immer wieder Versuche in dieser Richtung unternahmen. – Sie wollten sie nicht etwa loswerden, gottbewahre – wir liebten sie alle, sie gehörte zu uns, aber weil sie dachten, es müsse für sie doch noch eine Art von Glück geben, eine eigene Familie, ein eigenes Haus, versuchten sie es. Ich glaube, Tante Luise war später nicht mehr unglücklich. Gut Eltenstein, auf dem sie ja aufgewachsen war, blieb ihre Heimat, und dort zu arbeiten erschien ihr ganz natürlich. Sie verstand sich mit Vater und Mutter ausgezeichnet, und wir Kinder, Fritz und ich, waren geradeso ihre Kinder, wie es eigene gewesen wären. – Sie war übrigens eine vorzügliche Reiterin, und wenn sie ein junges, temperamentvolles Pferd unter dem Sattel hatte und ihre Künste gegen die Kräfte des Tieres einsetzte, dann konnte man sie auch lachen sehen.

Um es zu Ende zu erzählen: Tante Luise ging 1944 nicht mit uns auf die Flucht. Sie war nicht dazu zu bewegen, die Heimat zu verlassen. Wir waren damals sowieso eine traurige Familie geworden, ein kläglicher Rest nur noch. Mein Vater tot, Fritz in Rußland gefallen, Simon, dein Vater, verschwunden.

Du warst dazugekommen, Simone, ein kleines Kind, das ich geboren hatte, ohne zu wissen, ob es je einen Vater haben würde. Und wärst du nicht gewesen, dann hätte ich die Hei-

mat auch nicht verlassen. Aber alle sagten mir, daß ich dich retten müsse.
So ging ich mit dir und Mutter im Winter bei barbarischer Kälte auf die Flucht nach dem Westen. Wir wollten nach Berlin, wo ja Mutters Schwägerin lebte, die Frau ihres Bruders. – Es war töricht, denn Berlin war damals schon halb zerstört, und wir kamen vom Regen in die Traufe, erlebten das ganze bittere Ende des Krieges in dieser Stadt. Denn wir hatten einfach nicht mehr die Kraft, weiterzuziehen.
Wir waren ganz allein, wir drei. Tante Margot, eben die Schwägerin meiner Mutter, war ihrerseits aus Berlin geflüchtet, geflüchtet vor den Bomben, und lebte nun bei Verwandten in Süddeutschland.
Aber ich sehe schon – ich komme wieder durcheinander, gerate von einem ins andere. Du wirst diesem verwirrten Bericht nicht folgen können. Vielleicht kann ich später von Berlin erzählen. Jetzt wollte ich von Tante Luise sprechen. Sie blieb zurück. Nicht ganz allein. Viele unserer Leute hatten sich entschlossen, die Russen zu erwarten. Das Vieh war ja auch zum größten Teil noch da und mußte versorgt werden.
Ich sehe Tante Luise vor mir – dies ist eins der Bilder, so nahe, als hätte ich es gestern gesehen. Es war, wie gesagt, bitterkalt. Wir fuhren zunächst mit dem Schlitten – wir kamen übrigens nicht weit damit, blieben hoffnungslos stecken –, aber zunächst fuhren wir vom Hause damit ab. Der alte Rogge saß auf dem Kutschbock, wir drei: Mutter, du, das winzige Kind, und ich, waren dick vermummt bis zur Nasenspitze, wir hatten alles mögliche noch aufgepackt, was uns dringend notwendig erschien, Betten, Kleidungsstücke, Lebensmittel. Eine junge Frau mit ihrem Kind fuhr mit uns, die Frau unseres Verwalters, der das Gut bewirtschaftet hatte nach Vaters Tod, inzwischen aber auch eingezogen war, obwohl er schon 1940 schwer verwundet worden war. So packten wir auf. Kalt und weiß war das Land. Wir waren wie in Trance, wie im Fieber, wußten alle nicht recht, was wir sagen und tun sollten.
Mutter war totenbleich, sie weinte nicht. Ich wußte, daß sie lieber dageblieben wäre, daß sie nur meinetwegen mitging. Meinetwegen und deinetwegen, weil ihr klar war, daß ich ohne sie nicht gegangen wäre.

Tante Luise hatte uns bis zuletzt tatkräftig geholfen. Aber dann stand sie neben dem Schlitten, wir saßen bereits darin, und auf einmal war es totenstill. – Mutter und Tante Luise sahen sich an. Schweigend. Auch all die Leute, die um uns herumstanden, meist ältere, seit vielen Jahren bei uns, diejenigen eben, die sich dazu entschlossen hatten, zu bleiben – regten sich nicht, sprachen kein Wort. Es schien, als seien sie alle mit einemmal in der Winterkälte erstarrt.

Rogge, auf dem Bock, drehte sich langsam herum, blickte von einer der Frauen zur anderen, sah dann mich an – seine Nase war gerötet von der Kälte, vielleicht auch vom Schnaps, den er gern trank und den er sich immer zu beschaffen verstand –, und ich sah, wie sich seine Augen mit Tränen füllten. Der alte Rogge – und weinen!

Der Anblick raubte mir die Fassung. Ich schluchzte laut auf, hob das Kind – dich –, das in einem Bündel warm verschnürt auf meinem Schoß lag, hoch, preßte mein Gesicht in das Bündel und fing hemmungslos an zu weinen.

»Ich bleibe da«, schluchzte ich, »ich bleibe da. Ich will nicht weg. Sollen uns die Russen doch töten! Was macht es denn? Warum sollen wir denn noch leben? Ich will gar nicht mehr leben. Ich will nicht.«

»Cornelia!« sagte Tante Luise laut und streng. »Nimm dich zusammen! Eine Freiin von Elten läßt sich nicht so gehen. Dein Vater wäre entsetzt, wenn er dich so sähe. Wir dürfen doch alle um etwas Haltung bitten.«

Absurd! Verrückt! Mag sein. Aber es waren trotzdem die richtigen Worte. Ich blickte auf, sah ihr schmales ernstes Gesicht, wie aus Stein gemeißelt, die blauen Augen flammten geradezu dunkel darin, ihr Haar, das so früh weiß geworden war, kam unter dem schwarzen Kopftuch hervor. Sie sah aus – ja, wie soll ich es nennen, wie eine alte Römerin vielleicht.

Ich blickte Mutter an, deren Augen voller Erbarmen waren, deren Lippen auch bebten. Ich schluckte und versuchte, mich zu beherrschen. »Willst du nicht doch mitkommen, Luise?« sagte Mutter noch einmal, zum hundertsten Male vielleicht. »Überlege es noch einmal. Noch ist es Zeit.«

»Nein!« Es klang so entschieden, wie es in den letzten Tagen immer geklungen hatte.

»Du weißt genau, Dorothea, daß ich nicht mitkomme. Einer muß bleiben. Das bin ich Wilhelm schuldig. Einer muß das Haus hüten. Vielleicht wird es nicht so schlimm, vielleicht geschieht ein Wunder und ihr wollt eines Tages zurückkehren. Dann dürfen keine Fremden hier wohnen. Einer muß die Füße auf diesem Boden lassen. Einer von uns.«
Sie schwieg, hob den Kopf noch ein Stück höher und fügte dann leiser hinzu: »Einer von uns muß auf diesem Boden sterben, wenn es sein muß. Wenigstens einer von uns.«
Und dann trat sie nach vorn zu den Pferden, patschte das ihr nächststehende auf die Hinterhand und rief hell: »Los, Rogge! Fahren Sie ab. Die Gäule kriegen ja steife Knochen.«
Ich drehte mich um, als wir fuhren, versuchte zurückzublicken, was schwierig war, so eingepackt, wie ich war. Ich sah sie noch stehen, mitten im Schnee, eine zierliche dunkle Gestalt. Sie winkte nicht, hob keine Hand, rührte sich nicht.
»Werden wir sie wiedersehen?« fragte ich Mutter, noch immer weinend.
»Nein«, sagte meine Mutter laut und hart. »Wir werden sie nicht wiedersehen. Keinen von ihnen. Jedenfalls nicht auf dieser Erde.«

Der wichtigste Mann auf dem Gut, nach meinem Vater, war immer Otto Prpolski gewesen. Er hieß wirklich so und wurde allgemein Prip oder Otto genannt. Er war unser Stallmeister, und er war mehr als das, er war Vaters Vertrauter, und wäre er nicht sein Untergebener gewesen, hätte er sein Freund sein können. Damals nahm man es noch sehr genau mit den Klassenunterschieden, zog noch eine klare Linie zwischen Herr und Diener, wobei sich übrigens alle sehr wohl fühlten und zufriedener waren als heute, wo die ganze Menschheit ein farbloser Einheitsbrei geworden ist und keiner die Aufgaben und den Rang akzeptiert, die ihm zugewiesen sind. Keiner will mehr dienen, und keiner kann mehr herrschen, und was dabei herauskommt, ist schlimmer, als der Kommunismus je sein könnte.
Prip war während Vaters Dienstzeit sein Bursche gewesen, wurde im ersten Weltkrieg Unteroffizier und kam 1917 mit einer schweren Verwundung in die Heimat zurück. Als er wie-

der gesund war, holte ihn Vater mit seiner Familie nach Eltenstein. Denn neben Vater war Prip, so hörte ich jedenfalls immer wieder, der beste Pferdekenner, der je gelebt hatte. Er konnte fabelhaft reiten, das sowieso, wußte aber auch sonst alles, was man nur über Pferde wissen kann. Er kurierte jedes kranke Pferd, wußte genau, was jedes fressen mußte, um in Hochform zu kommen, und schließlich machte er aus dem wildesten, ungebärdigsten Hengst ein verträgliches, gutwilliges Reit- oder Wagenpferd.

Da die Pferdezucht immer meines Vaters ganze Freude war, obwohl er sie sich eigentlich nicht leisten konnte, und Prip derjenige war, der an dieser Freude am nächsten und innigsten teilnahm, waren die beiden ein Herz und eine Seele. Wir zogen nicht viele Pferde, aber was bei uns aufwuchs, war weit und breit berühmt und erzielte immer, auch in den schlechtesten Zeiten, einen guten Preis. Pferde aus unserer Zucht, Reitpferde, wurden bis nach Berlin verkauft, gingen auf Turniere und hatten nicht selten bekannte Namen im damaligen Reitsport.

Prip war ein kleiner, drahtiger Mann. Trotz seines slawischen Namens ein typischer Ostpreuße, gutmütig, nicht sehr gesprächig, außer wenn er getrunken hatte, was er gelegentlich gern tat. Er wohnte gleich neben den Ställen in einem kleinen Haus, und dieses Haus betrat er nur zum Essen und Schlafen. Sonst war er bei seinen Pferden. Denn Prips Privatleben, wenn man es so nennen soll, war alles andere als glücklich. Ich schnappte als Kind gelegentlich die eine oder andere Bemerkung auf, begriff es aber erst, als ich älter war. Prips Unglück war die Frau, die er geheiratet hatte.

Du wirst dich wundern, Simone, warum ich dir das erzähle. Du wirst denken, das sei ja nun wirklich unwichtig. Aber es ist keineswegs unwichtig. Es spielt sogar eine große Rolle – du wirst später erkennen, warum.

Die Frau, die Prip geheiratet hatte, stammte nicht aus unserer Gegend, sie kam aus Berlin, wie ich später so nach und nach und aus flüchtig hingeworfenen Bemerkungen erfuhr – weniger von meinen Eltern, denn Vater sprach kaum darüber, Mutter überhaupt nicht. So war ich mehr auf das angewiesen, was das Gesinde und Rosa, unsere Mamsell, darüber erzählte.

Also, wie gesagt, später erfuhr ich, daß Prip seine Frau auf offenbar recht finstere Weise aufgelesen hatte. Er hatte Vater mit zwei Pferden nach Berlin zum Turnier begleitet, wo Vater starten sollte. Es war im Jahr vor dem ersten Weltkrieg. Mein Vater war damals jung verheiratet, er wohnte mit Mutter noch in Königsberg, war noch aktiv.

In Berlin war nun Prip ›diesem Weibsstück‹ in die Hände gefallen, die ihm sein bißchen Verstand wegpustete, daß ›nuscht, aber auch jar nuscht davon übrigblieb‹ – so jedenfalls drückte es Rosa aus, die damals auch schon zur Familie gehörte und alles von Anfang an miterlebt hatte. Ich habe später immer den Verdacht gehabt, daß es zwischen Rosa und Prip so eine Art beginnende Liebe gegeben hatte und Rosa bitterlich enttäuscht worden war, daß der Mann ihrer Wahl ihr auf dieser Berliner Reise untreu wurde. Denn eines war mir immer aufgefallen: Rosa ging Prip aus dem Weg. Nicht nur seiner Frau, auch ihm. Und das war verwunderlich, denn Prip war bei allen auf dem Hof sehr beliebt. Ich habe nie gesehen, daß Rosa und Prip miteinander gesprochen hätten, sie blickte an ihm vorbei, wenn sie sich begegneten, was natürlich ständig vorkam. Und ich habe nie erlebt, daß meine Eltern da eingegriffen oder etwas zu dieser offensichtlichen Feindschaft gesagt hätten. Das heißt, Feindschaft war es nur von Rosas Seite. Prip, dessen erinnere ich mich gut, pflegte ihr jedesmal nachzusehen, und er machte immer ein trauriges Gesicht dabei.

Die Frau, die Prip geheiratet hatte, nannte sich Molly. Sie war, das muß man zugeben, recht hübsch; zierlich, leichtfüßig, mit blonden Haaren, die sie später in den zwanziger Jahren als erste in der Gegend zu einem Bubikopf stutzen ließ, was sehr viel Aufsehen erregte. Sie war frech, schnippisch, faul, hielt ihren Haushalt kaum in Ordnung, war zu keiner Arbeit zu bewegen, nur das Allernötigste in ihrer eigenen Wohnung tat sie, und auch das nur widerwillig.

Sie putzte sich, nähte sich ständig neue Kleider, das einzige Talent, das sie hatte, und, auch das blieb mir nicht verborgen, betrog den armen Prip, wo sie ging und stand.

Ordentliche Männer gaben sich wohl kaum mit ihr ab, aber ihr war jeder recht, der bereit war, mit ihr in die Felder zu gehen, so jedenfalls drückte es Rosa aus und bemerkte dazu meist noch: »Naja, so war die das ja gewöhnt. Was kann man von so einer schon anders erwarten.«

Mehr sagte Rosa nicht. Das hätte sich nicht geschickt vor den Ohren eines jungen Mädchens. Aber ich hörte einmal ein Gespräch zwischen dem Kutscher und einem Knecht im Stall, die sich recht drastisch ausdrückten. Ganz verstand ich es damals nicht, erst später wurde mir einigermaßen klar, was damit gemeint war: nämlich daß Molly in Berlin vor ihrer Heirat ein lockeres Mädchen gewesen war, eine von der Straßenecke, wie der Kutscher Rogge sagte, worauf der andere einen noch deutlicheren Ausdruck gebrauchte.

Der also war der arme Prip bei seinem Berlin-Aufenthalt in die Hände gefallen. Warum er sie später heiratete, weiß ich nicht. Das hat mir keiner erklärt. Tat er es, weil er sie liebte oder weil sie ein Kind bekam, ich kann es nicht sagen. Als das Kind geboren wurde, hatte der Krieg schon begonnen, und vielleicht spielte das auch eine Rolle bei Prips Entschluß, Molly zu heiraten. Bei seinem ersten Urlaub fuhr er nach Berlin und schloß mit dem Mädchen, das so wenig zu ihm paßte, die Ehe.

Das Kind war ein Junge, er hieß Karl. Bei meiner Geburt lebte er bereits bei uns auf dem Gut, und in meiner Kinderzeit gehörte er für mich ganz selbstverständlich zu meiner Umwelt.

Mein Bruder und Simon spielten manchmal mit Karl, aber ich glaube, meine Eltern sahen es nicht so gern. Obwohl niemand den Jungen entgelten ließ, daß seine Mutter so aus dem Rahmen des Gewohnten fiel. Später, als Fritz in Königsberg zur Schule ging, hatte mein Vater nie etwas dagegen, daß Karl mich begleitete, er kam bei Ausritten mit, wenn ich allein war, holte mich mit dem Wagen in der Schule ab, paßte auf mich auf, wenn ich irgendwelche größeren Unternehmen vorhatte. Wir spielten nicht miteinander, das kann man nicht sagen – dazu war der Altersunterschied zu groß. Außerdem war er ein schweigsamer, fast mürrischer Junge, der zwar sehr aufmerksam beobachtete, aber sonst nicht gesellig war. Ich glaube, daß Karl von Kindheit an unter den Verhältnissen in seinem Elternhaus gelitten hat. Er blieb das einzige Kind. Und er hat es wohl nie erlebt, daß seine Eltern ein freundliches Wort miteinander sprachen.

Einmal, ich war bei Tessa in der Box – niemand hatte mich gesehen –, kamen Vater und Prip in den Stall. Vater machte Prip Vorhaltungen, weil er am Abend zuvor betrunken gewesen war.

»Muß denn das sein, Otto? Ist das der einzige Ausweg? Wirf sie doch endlich hinaus. Dann hast du es hinter dir.« Aber Prip warf seine Frau niemals für immer hinaus. Einige Male ging sie von selbst, verschwand einfach für ein paar Wochen oder sogar Monate. War ein Liebhaber daran schuld oder was sonst sie trieb, das weiß ich nicht. Aber sie kam immer wieder, und Prip behielt sie immer wieder bei sich. Sie war viel jünger als er. Als er sie geheiratet hatte, konnte sie höchstens neunzehn oder zwanzig Jahre alt gewesen sein, und daher meine ich, ihr Sündenregister kann so groß nicht gewesen sein, was für ein Leben sie auch immer geführt hatte, es konnte sie nicht so verdorben und verwüstet haben, daß es für sie keinen Rückweg mehr in ein normales Leben, in eine normale Ehe hätte geben können. Ich glaube heute, da ich über diese Dinge besser Bescheid weiß – heute glaube ich, sie war das, was man eine Nymphomanin nennt. Sie konnte einfach nicht anders. Man hätte sie zum Arzt schicken müssen, zu einem Psychiater. Das täte man heute. Aber damals und bei uns auf dem Lande kam natürlich kein Mensch auf so eine Idee.

Noch einmal, Simone, du wirst nicht begreifen, warum ich so ausführlich über diese Leute schreibe. Aber ich kann es dir mit wenigen Worten erklären: Karl Prpolski, der Sohn aus dieser unglücklichen Ehe, der Junge, den ich gekannt hatte, seit ich auf der Welt war, er war es, der deinen Vater getötet hat. Warum er es tat und wie es geschah – soweit ich es weiß –, werde ich dir auch noch erzählen müssen, da ich nun einmal damit begonnen habe, dir zu berichten.

Daß ich bei seiner Jugend begann, bei der Jugend dieses Mörders, hat einen einzigen Grund: nicht den, ihn zu entschuldigen. Nur den, vielleicht ein wenig zu verstehen, warum er später wurde, was er war.

Er muß gelitten haben in seiner Kindheit. Er hat die Ablehnung, die Verachtung der anderen gespürt. Er stand abseits. Er hat sicher zu Hause vieles mit anhören und ansehen müssen, was schrecklich war. Was das Gesinde auf dem Hof, was

andere Kinder zu ihm sagten, ich weiß es nicht, es geschah niemals vor meinen Ohren. Aber ich kann es mir vorstellen. Er ging später zu einem Schmied in die Lehre, er kam weg vom Gut, aber zunächst nicht weit genug, um seiner Umwelt zu entfliehen.
Als er zwanzig war, regierten die Nationalsozialisten in Deutschland. Wie er zu ihnen stieß, auf welchem Wege, auf welche Art, auch das weiß ich nicht. Vermutlich fand er bei ihnen, was er zu Hause nie gefunden hatte: ein ehrenvolles, unbelastetes Leben. Er war ein großer, gutaussehender Bursche, er konnte reiten, hatte den einfachen Geist, der zum Dienst bei diesen Leuten nötig war.
Als der Krieg begann, trug er die schwarze Uniform der SS, die später zwar eine graue wurde, aber die gleichen Menschen wie zuvor bekleidete.
Er war lange in Polen, was die Deutschen ja schon ab Herbst 1939 besetzt hatten, wie du wissen wirst. Was er dort im einzelnen an schrecklichen Dingen trieb, wie viele Menschen durch seine Mitarbeit, vielleicht sogar durch seine Hand starben – auch das weiß ich nicht.
Er haßte die Polen, das hatte er früher schon verkündet. Und er haßte vor allem einen: *Simon*, deinen Vater. Er haßte ihn nicht zuletzt deswegen, weil ich Simon liebte.

Wie seltsam es war, dies alles zu lesen!
Simone saß mit wechselnden Gefühlen vor den losen Blättern; Grauen, Neugier, Schmerz erfüllten sie, dann wieder jäh aufsteigende verzweifelte Liebe, der nichts geblieben war als diese Papiere. Sie konnte sich nicht an den Gedanken gewöhnen, daß ihre Mutter nie wieder – nie wieder! – vor ihr stehen sollte, sie nie wieder mit ihr sprechen würde. Vertrauen war immer zwischen ihnen gewesen, Einverständnis. Es hatte nie die Entfremdung gegeben, die so oft zwischen Müttern und ihren heranwachsenden Töchtern entsteht, keine Abwehr auf ihrer, keine Verständnislosigkeit auf Cornelias Seite. Auch nicht die gewollte Kameradschaftlichkeit, die sie so oft bei den Müttern ihrer Altersgenossinnen gefunden hatte. Eine gewisse Würde war von Cornelia ausgegangen, eine stolze Unabhängigkeit, die Simone immer anerkannt und respektiert hatte, ja, die sie

als angenehm empfand. Sie hatte sich darüber keine Rechenschaft abgelegt, aber jetzt verstand sie die Haltung und das Wesen ihrer Mutter viel besser.

Die Jugend in dem anderen Land, unter so ganz anderen Bedingungen, die Menschen, die ihre Kindheit begleitet hatten, und natürlich auch all das Schreckliche, was sie erlebt hatte, dies alles hatte Cornelia so anders werden lassen als die Menschen der amerikanischen Umwelt, in der Simone groß geworden war.

Aber ich habe sie verstanden, dachte Simone leidenschaftlich, keiner hat sie verstanden hier, nur ich. Unwissend, rein instinktiv, nur deswegen, weil dort auch meine Wurzeln waren. Heute kann ich sie mit wachem Verstand begreifen. – Aber heute ist sie nicht mehr da.

Und – wie seltsam es war, von all den Menschen zu lesen, die zu ihrer Familie gehörten. Diese stolze Tante Luise zum Beispiel. Oder Cornelias Vater, der ihr Großvater war. Wenn all das Unheil nicht gekommen wäre, nicht der Krieg, dann würde auch sie, Simone, heute mit diesen Menschen leben. Würde Großvaters Pferde reiten, Prip in die Ställe begleiten, die schöne Polin wäre ihre Großmutter. Wie anders wäre alles!

In Gedanken lebte sie mit diesen Menschen, sie wollte nicht daran denken, daß sie tot sein könnten. Sie waren nur tot, weil die böse Zeit gekommen war.

Die böse Zeit, die noch nicht zu Ende war. Auch das erkannte Simone. Der Tod ihrer Mutter war kein Zufall. Das Wort Mörder stand in diesem Bericht. Damals hatte es also einen Mörder gegeben.

Und heute hatte es wieder einen Mörder gegeben. Sollte das ein Zufall sein? Dann mußte es auch ein Zufall sein, daß Cornelia in diese Stadt namens Dornburg gekommen war. Über diese Stadt schrieb sie:

Es gefällt mir so gut in dieser kleinen Stadt zwischen den grünen Hügeln. Ich wünschte, du könntest hier bei mir sein und alles mit mir sehen. Die alten Häuser, die engen Straßen, die großen Bäume am Ufer des Flusses, alles berührt mich so heimatlich, auch wenn meine wirkliche Heimat fern ist. Aber

für dich, die du an amerikanische Dimensionen gewöhnt bist, wäre das ja keine Entfernung.
Von Amerika aus gesehen ist Deutschland ein kleines Land, nicht viel mehr als drüben einer der Staaten. Und auf diesem kleinen Raum so viel Schicksal, so viel Verschiedenartigkeit.
Das Hotel, in dem ich wohne, schafft mir Wohlbehagen. Ich sitze hier in einem Zimmer, das so gemütlich ist wie eine liebevoll eingerichtete Wohnung. Die Sonne scheint herein, während ich schreibe. Sie scheint jeden Tag, seitdem ich hier bin, und der Himmel ist unveränderlich blau. Die Leute sind nett und freundlich zu mir, ich habe das Gefühl, ich könnte ewig hier bleiben. Aber ich muß an Abreise denken. Morgen oder übermorgen. Um so mehr, als ich den Zweck meiner Reise hierher nicht erreicht habe. Ich bin im Grunde ganz froh darüber. Vielleicht bin ich feige.

Der Zweck ihrer Reise! Was war der Zweck ihrer Reise gewesen? Sie war nicht durch Zufall dorthin gekommen. Das ging deutlich aus diesem Satz hervor. –

Ehe ich abreise, werde ich noch einmal zur Burg hinaufsteigen. Es ist eine richtige alte Ritterburg, die vor der Stadt auf einem Hügel liegt. So romantisch, Simone, wie ein Amerikaner es sich nur erträumen kann. Man sieht von dort oben über das Land und auf die Stadt hinab, die wie ein Märchendorf aussieht. Wenn du mit mir nach Deutschland kommst, werden wir auch solch eine kleine Stadt besuchen. Nicht diese hier, eine andere. Es gibt viele solcher Städte hierzulande. Und auch viele Burgen.

Für Cornelia war *diese* Burg zum Schicksal geworden. Sie *war* noch einmal zu ihr hinaufgestiegen, ehe sie abreiste. Und es war ein Weg in den Tod geworden. –
Alles Zufall? –
Oh, warum war sie nicht fertig geworden mit dem, was sie schreiben wollte? Warum stand das Ende der Geschichte nicht da?
Aber schon als Simone die Blätter zum erstenmal las, faßte sie einen Entschluß: sie würde nach Deutschland fahren. Und

geradewegs in diese Stadt Dornburg. Diese Stadt, in der ein Mörder lebte.

Man hatte ihn nicht gefunden. Deutsche und amerikanische Zeitungen hatten über den Fall berichtet. Im Laufe des Winters unternahm Philip Grant noch einmal einen Versuch, den Fall aufzuklären. Er schickte einen Mann, den man ihm empfohlen hatte, nach der Stadt Dornburg, damit dieser sich dort umsah. Es kam nichts dabei heraus, auch eine Reise nach Berlin brachte kein Ergebnis. Und langsam geriet Cornelias Tod und seine mysteriösen Begleitumstände in Vergessenheit. So schien es jedenfalls.

Simone behielt ihren Plan, selbst hinüberzufahren, zunächst für sich. Sie wußte, Phil würde es nicht gestatten, aus Besorgnis um sie, aus der Furcht heraus, es könne auch ihr etwas zustoßen. Aber Tante Ethels Einladung, sie im Frühjahr in Brüssel zu besuchen, bot vielleicht eine Möglichkeit.

In diesem Winter studierte Simone Fine Arts an der Berkeley University. Sie hatte das künstlerische Talent ihres Vaters geerbt. Aber der praktische Sinn der Amerikanerin hatte sie bald wieder davon abgebracht, Malerin zu werden. Sie wollte auf eigenen Füßen stehen, Geld verdienen und selbständig sein. Und ob ihr Talent dazu ausreichte, von der Kunst zu leben, war so schwer zu beurteilen. Also war es besser, Innenarchitektin zu werden. Vielleicht auch Bühnenbildnerin. Ganz fest stand es noch nicht, wohin ihr Weg gehen würde. Es gab so viele Möglichkeiten. Phil ließ ihr freie Hand, er war freundlich und großzügig zu ihr, aber sie hatten einander nicht viel zu sagen. Vermutlich dachte er genau wie Tante Ethel, daß sie bald heiraten würde. Hier dachten alle immer nur ans Heiraten. Es konnte Simone nicht beirren. Sie würde heiraten, wenn sie einen Mann fände, den sie so lieben könnte, wie Cornelia Simon geliebt hatte. So einen Mann gab es nicht. Noch nicht.

Sie zog sich in diesem Winter weitgehend von Freunden und Kommilitonen zurück. Die anderen machten einige Versuche, sie aus ihrer Isolierung zu lösen, gaben es aber bald auf. Sie verstanden Simones Schmerz, ihren Wunsch, allein zu sein. Mit der Selbstverständlichkeit der Jugend warteten sie ab, daß sich das wieder ändern würde.

Simone sprach mit keinem, auch nicht mit Allan, ihrem langjährigen treuen Freund, über das, was sie dachte, empfand und plante. Und sie erzählte keinem, was in den Aufzeichnungen ihrer Mutter stand.

Philip fragte sie einmal, etwas verlegen, ganz nebenbei. Es seien Jugenderinnerungen, erwiderte Simone. Sie las ihm sogar einige Stellen vor, die ihr geeignet erschienen. Philip merkte wohl, daß es nur ein ganz kleiner Teil war. Er blickte das Mädchen prüfend und ein wenig verstört an, zuckte die Achseln und drang nicht weiter in sie. Er arbeitete viel, rauchte und trank viel. Im Januar hatte er wieder einen Herzanfall und ging zur Untersuchung in die Mayo-Klinik, anschließend zu einer längeren Kur in ein Sanatorium nach Montana.

Simone hatte übrigens eine ordentliche Abschrift von Cornelias Aufzeichnungen gemacht. Sie fürchtete, daß die Blätter vom vielen Lesen und Herumtragen unansehnlich würden. Denn sie hatte sich angewöhnt, das Geschriebene immer bei sich zu haben. Dieses magische Papier!

Anfangs hatte Cornelia auf den Hotel-Briefbogen geschrieben, später hatte sie sich offenbar Papier gekauft. Glatte weiße Blätter, die sie mit ihren klaren, schwungvollen Schriftzügen bedeckt hatte. Es mußte anstrengend gewesen sein, so viel mit der Hand zu schreiben. Die Schrift wurde manchmal fahrig, floß auseinander, nahm mehr Raum ein. Dann war Cornelia wohl müde gewesen.

Einmal erwähnte sie es sogar:

Mir tut die Hand weh. So viel habe ich noch nie in meinem Leben geschrieben. Ich werde eine Pause machen und ein Stück spazierengehen. Aber ich fürchte, meine Zeit hier wird nicht ausreichen, um alles aufzuschreiben, was mir einfällt. Mir fällt so viel ein, immer mehr. Viel unwichtige Dinge, mag sein. Vielleicht werde ich später weiterschreiben. Oder dir einfach alles erzählen. Jetzt, nachdem ich einmal angefangen habe, wird es leichter sein, zu reden.

Beim Abschreiben kam Simone alles noch viel näher. Sie sah jetzt das Haus schon ganz deutlich vor sich, das Land, die Felder, die Tiere. Eines Tages würde sie es malen. Und warum nicht auch dorthin fahren. Sie war Amerikanerin. Polen würde ihr die Einreise nicht verweigern. Oder waren dort die Russen? Sie wußte es nicht genau. Was wußte man hier überhaupt? Sie begann in der Universitätsbibliothek nach deutschen Geschichtsbüchern zu suchen. Es gab mehr, als sie gedacht hatte. Aber gerade davon – gerade von dem, was sie suchte – gab es wenig. Immerhin brachte sie so viel zusammen, daß sie ihre Wissenslücken schließen konnte.

Ehe ich dir von Simon erzählte, habe ich über Karl Prpolski berichtet. Ich weiß auch nicht, warum. Vielleicht weil ich mich in letzter Zeit so viel mit ihm beschäftigt habe.

Warum??

Und weil er schließlich auch eine wichtige Rolle, eine tödliche Rolle in diesem ganzen Drama spielte.
Wann Karl auf die unsinnige Idee kam, sich in mich zu verlieben, ich weiß es nicht. Ich habe es nicht bemerkt. Ich hätte es nie für möglich gehalten, denn es führte kein Weg von mir zu ihm. Das war kein Hochmut, das war die Ordnung meiner Welt.
Ich sah ihn gelegentlich, wenn er auf das Gut kam und seine Eltern besuchte. Wir sprachen auch miteinander. Zuletzt, in den Jahren vor dem Krieg, trug er die schwarze Uniform. Aber ich wußte nicht einmal, was er eigentlich machte, ob er etwas arbeitete, ob er hauptberuflich zu diesen Leuten gehörte. Es interessierte mich nicht. Zumal mein Vater die Nase rümpfte. Einmal sagte er zu Prip: »Du hättest deinen Sohn auch besser erziehen können. Mußte er gerade dorthin gehen?«
Prip antwortete ganz ahnungslos: »Aber Herr Rittmeister, es macht dem Jungen Spaß. Uns hat der Dienst doch auch Spaß gemacht.«
Und mein Vater darauf in abweisendem Ton: »Wir waren Soldaten, Otto. Das ist etwas ganz anderes. Das, was dein Sohn da macht...« Er sprach nicht weiter, blickte an Prip vorbei auf die Koppel und preßte die Lippen zusammen.
»Das ist auch so eine Art Soldaten, die da«, erklärte Prip eifrig. »Der Junge hat es mir genau erklärt. Das ist eben heute so die moderne Form, nich? Und er hat sich doch gut 'rausgemacht

bei denen. Früher war er immer ein bißchen faul. Und auch so lasch. Kann ich jetzt nicht mehr sagen.«
»Mir paßt es nicht«, sagte mein Vater, drehte sich um und ließ Prip stehen, der ihm unglücklich nachsah.
Wann Karl nach Polen kam oder ins Generalgouvernement – wie das Gebiet während des Krieges hieß –, weiß ich nicht genau. Es muß nach dem ersten Kriegswinter in Rußland gewesen sein. Er wurde verwundet und hatte Erfrierungen an den Füßen, das hörte ich von Prip.
Ich sah ihn das erstemal wieder im Frühjahr 1943. Da muß er ein einigermaßen wichtiger Mann gewesen sein. Er hatte irgendeinen Rang, ich weiß nicht mehr, welchen. Und er trat sehr großsprecherisch auf. Und hatte nicht mehr die geringste Scheu vor meinem Vater. Oder vor mir. Er versuchte damals, mir näherzukommen, er tat es manchmal in recht aufdringlicher Form. Es ist nicht nötig, daß ich hier näher darauf eingehe. Natürlich wies ich ihn ab. Ich glaube, ich war sehr dumm. Denn das war es gerade, was ich nicht hätte tun dürfen, nicht in dieser entschiedenen und sicher auch für ihn beleidigenden Form. Ich hatte noch immer nicht begriffen, was los war.

Dies war wieder eine der Stellen, wo Cornelias Handschrift zerfahren und unsicher geworden war. Sie mußte das Schreiben an dieser Stelle unterbrochen haben, denn sie fuhr fort auf einem neuen Blatt in wieder sicherer und deutlicher Schrift.

Carl Friedrich Graf von Eckersdorff und mein Vater waren Freunde seit frühester Jugend. Die Güter lagen nicht weit voneinander entfernt, es bestand sogar durch irgendwelche Heiraten eine Art von verwandtschaftlicher Bindung. Eine Cousine von Vaters Großvater hatte einen Eckersdorff geheiratet, und die Familien waren von jeher gern und oft zusammengekommen. Carl Friedrich und mein Vater hatten zusammen die Schule in Königsberg besucht. Das berühmte Friedrichskolleg. Sie waren gleichaltrig, sie wohnten zusammen in Königsberg bei irgendeiner Tante unserer Familie, die schon daran gewöhnt war, die jeweiligen Söhne der beiden Familien während der Schuljahre zu beherbergen. Das war damals so

Sitte in meiner Heimat. Die Familien hielten zusammen, standen füreinander ein, taten es selbstverständlich und gern. Wie schon erwähnt, alle waren gastfreundlich, auch lebten alle in guten Verhältnissen, hatten große Häuser oder zumindest große Wohnungen, Dienstpersonal gab es ausreichend. Es war Tradition in beiden Familien, daß die Söhne in Königsberg die Schule besuchten, genauso wie sie später in den berühmten ostpreußischen Regimentern dienten. Es gab noch einen Dritten im Bunde, einen Freund dieser beiden, Cornelius Soldan. Er wurde mein Patenonkel, lebte später in Bromberg, wo er einen wichtigen Posten in der Stadtverwaltung innehatte.

In ihrer Jugendzeit waren die drei unzertrennlich. Und ich kann mich gut erinnern, wenn sie zusammenkamen und von ihrer Schulzeit erzählten, von den Streichen und Abenteuern, die sie in jener glücklichen Zeit vor dem ersten Weltkrieg begangen und erlebt hatten, daß alle immer wieder voll Interesse zuhörten und sich köstlich amüsierten. Sie wurden später Offiziere, und erst der Krieg – der erste Weltkrieg und seine Folgen – beendete das fröhliche Leben. Ihre Freundschaft blieb.

Cornelius war der ernsteste von den dreien. Mehr ein geistiger Mensch, der am liebsten mit Büchern lebte, den Künsten zugetan, besinnlich, ruhig, ein Mann von lauterer Gesinnung. Im September 1939 brachten ihn die Polen um. Er nahm ein schreckliches Ende, denn Unrecht begingen nicht nur wir später, auch die Polen luden Blutschuld auf sich. Viele Deutsche bezahlten es mit dem Leben, als Hitler seinen Krieg gegen Polen begann.

Das Wichtigste in meines Vaters Leben waren immer die Pferde gewesen. Er war ein berühmter Reiter, ritt auf Turnieren, sein Name war auf diesem Gebiet weit über unser Land hinaus bekannt. Was für meinen Vater die Pferde waren, waren für Eckersdorff die Frauen. Er sah sehr gut aus, auch noch zu meiner Zeit. Er war charmant, ein großer Kavalier, sicher auch sehr leidenschaftlich. Nach allem, was ich manchmal so nebenbei zu hören bekam – man sprach damals einem jungen Mädchen gegenüber nicht sehr offenherzig über diese Dinge –, hatte er auf diesem Gebiet ein recht bewegtes Leben hinter sich. Aber auch für ihn kam eines Tages die wirklich große Liebe.

Salomea Paluki, eine Polin. Die schönste Frau, die ich in meinem Leben gesehen habe. Auch noch zu jener Zeit, da ich sie kannte, als sie schon eine Frau in den Dreißigern und später Vierzigern war. Eine Haut wie Elfenbein, so sagt man wohl, unwahrscheinlich große, tiefe Augen unter langen, dunklen Wimpern, ein wunderbarer Mund und dichtes tiefschwarzes Haar, dabei voller Grazie in Bewegung und Gestik, ich weiß nicht – mir fehlen die rechten Worte, um diese Frau zu beschreiben. Ich kann nur sagen, daß ich als Kind Salomea gegenüber stets befangen war, obwohl ich sie gut kannte und sie immer sehr reizend zu mir war. Ich staunte sie an, als sei sie ein Wesen aus einer anderen Welt. Und ich glaube, es ging mir nicht allein so.
Nur ein Mann wie Carl Friedrich Eckersdorff, so strahlend sieghaft, so männlich und frauenerfahren wie er, konnte es überhaupt wagen, sich einer solchen Frau zu nähern.
Sie war eine rasch berühmt gewordene Pianistin. So jung sie war, Mitte der Zwanzig etwa, hatte ihr Name schon einen guten Klang. Er lernte sie kennen, als sie in Königsberg ein Konzert gab. Eckersdorff war nicht im Konzert gewesen, natürlich nicht, er verstand nichts von Musik, und wenn er je einen Konzertsaal betreten hatte, geschah es Salomea zuliebe. Auf irgendeiner Gesellschaft war es, die man der jungen Künstlerin zu Ehren gab. Dort begegneten sich die beiden. Cornelius Soldan, der dabeigewesen war – mein Vater nicht –, erzählte manchmal davon. Es muß ein klassischer coup de foudre gewesen sein, Liebe auf den ersten Blick. Zwei schöne Menschen, zwei leidenschaftliche Menschen, ein Paar, wie man es sich vollendeter nicht denken konnte, und dennoch war es Unglück, daß sie einander getroffen hatten.
Eckersdorff war damals 34 Jahre alt. Genauso alt wie mein Vater, der allerdings schon seit vier Jahren verheiratet war. Eckersdorff hatte bisher keine Zeit zum Heiraten gehabt, er war viel zu sehr mit der Liebe beschäftigt.
Aber nun diese Frau! Diese und keine andere, das stand für ihn vom ersten Augenblick an fest. Und Salomea erwiderte seine Gefühle. Doch danach begannen erst die Schwierigkeiten. Sie sah es wohl deutlicher als er, wies ihn ab, er reiste ihr nach Warschau nach, wo sie wohnte, später folgte er ihr auf

ihren Konzertreisen nach Berlin, nach Paris, was weiß ich noch wohin.

Er war damals noch aktiver Offizier und kam natürlich in Konflikte mit seinen Vorgesetzten. Sie waren zwar in dieser Beziehung allerhand von ihm gewöhnt, aber daß er unbedingt eine Polin und noch dazu eine Künstlerin heiraten wollte, sah man im preußischen Heer nicht gern.

Der zweite Opponent, noch energischer, war sein Vater, der alte Graf Eckersdorff. Er weigerte sich, Salomea kennenzulernen, er stieß die wildesten Drohungen aus, verbot seinem Sohn das Haus, falls er nicht zur Vernunft käme. Es muß dramatische Szenen gegeben haben.

Das alles konnte den verliebten Mann – er war, wie gesagt, immerhin 34 Jahre alt, alt genug, um zu wissen, was er wollte – nicht umstimmen. Er entzweite sich mit seinem Vater, er quittierte den Dienst. Alles für Salomea. Er heiratete sie im Frühjahr 1914. Er heiratete im Ausland. Beide Tatsachen verzieh ihm sein Vater nie.

Der alte Eckersdorff fiel 1916 in Frankreich, er war Generalmajor und vom ersten Tag des Krieges an dabei. Seinen Sohn hatte er nie wiedergesehen. Seine polnische Schwiegertochter nie kennengelernt. Seinen Enkel, Simon, der Anfang 1915 geboren wurde, nie gesehen.

Man kann daher sagen, trotz ihrer großen Liebe war das Leben dieser beiden Menschen von Anfang an voller Schatten und Kummer.

Carl Friedrich von Eckersdorff war natürlich auch 1914 sofort eingerückt, er war den ganzen Krieg dabei, wurde einige Male verwundet, aber nie sehr schwer. Salomea und Simon, seinen Sohn, hatte er nach dem Tode seines Vaters auf Gut Eckersdorff gebracht, wo sie still und zurückgezogen lebten, bis er nach dem Krieg heimkehrte. Eine Tochter, die 1917 geboren wurde, starb wenige Wochen nach der Geburt. Später hatten sie keine Kinder mehr.

Carl Friedrichs Mutter, die damals noch lebte, verstand sich gut mit ihrer Schwiegertochter, sie war ohne Vorurteile und außerdem sehr musikalisch, Salomea hatte an ihr ein dankbares Publikum. Das einzige Publikum, das ihr geblieben war.

Aber die Schwierigkeiten, die vorangegangen waren, mußte

man geringachten gegenüber denen, die nach dem Kriege kamen. Das Eckersdorffsche Gut, viel größer als unseres, weite Ländereien, viel Wald, ein riesiger, vorbildlicher Besitz, der bis zur Weichsel reichte, mit einem prächtigen Herrenhaus, das man fast ein Schloß nennen konnte, lag mit einemmal auf polnischem Gebiet. Die willkürliche Grenzziehung in Versailles hatte dies bewirkt.
Es ging Eckersdorff nicht allein so, er hatte viele Leidensgenossen. Es brachte viel Elend, viel Leid über gute, alte Familien. Die meisten verließen Haus und Hof, verließen eine Welt, die seit Generationen die ihre gewesen war. Manche blieben. Versuchten sich mit den neuen Verhältnissen abzufinden. Doch wenn man nicht enteignet werden wollte, mußte man sich für Polen entscheiden. Man mußte, wie das damals hieß, für Polen optieren. Die Abstimmungen fanden 1920 statt. Ich war damals gerade ein Jahr alt. Und es dauerte daher noch viele Jahre, bis man mir begreiflich machen konnte, wie das alles gewesen war. Und auch dann war es für mich, ich schrieb es schon nieder, nichts anderes als eben vergangenes Unheil, nicht einmal das – eine gegebene Tatsache.
Für die Menschen, die es erlebten, muß es sehr schlimm gewesen sein. Eckersdorff, dem man in den Kreisen seiner Standesgenossen, seiner Freunde und Kameraden, seiner Bekannten und Verwandten bereits die polnische Heirat und das Zerwürfnis mit seinem Vater sehr übelgenommen hatte, sah sich jetzt gänzlich isoliert, als er sich dazu entschloß, für Polen zu optieren. In den Augen der Menschen, die bisher zu ihm gehört hatten, war er ein Verräter. Und das blieb er für sie bis an sein Lebensende, sie verziehen ihm nie.
Es sind die böse Selbstgerechtigkeit der Menschen, ihr hartherziges Nichtverstehenwollen, der törichte nationale Dünkel, leider alles Dinge, die in Deutschland immer eine große Rolle spielten. Ob heute noch – ich kann es nicht sagen. Das easygoing der Amerikaner, ihr Talent, sich umzustellen, der gute Wille, den anderen zu verstehen und seine Entscheidungen zu tolerieren, leider waren diese guten Eigenschaften in meiner Heimat nicht oder nur sehr selten zu finden.
Du siehst, Simone, ich will gerecht sein. Ich will nicht nur von dem Guten sprechen, sondern auch von dem Schlechten, ich

will meine Heimat nicht idealisieren, ich weiß und ich wußte, damals wohl nur teilweise, sehr gut um die Fehler meiner Landsleute. Und um die Vorzüge und liebenswerten Eigenschaften der Menschen in meiner neuen Heimat.
Aber nicht alle waren so verständnislos. Das Bündnis der drei Freunde – Eckersdorff, Soldan und mein Vater – bewährte sich. Ihre Freundschaft blieb erhalten.
Mein Vater verstand, daß Eckersdorff seine Heimat, seinen herrlichen wertvollen Besitz nicht den Polen ausliefern wollte. Daß er lieber selber zum Polen wurde, ehe er die Erde verließ, die seine Erde war. Mein Vater liebte sein Land auch, sein eigenes, ihm vertrautes Land, es spielte eine große, wichtige Rolle in seinem Leben. Und später, viel später, als ich fast erwachsen war, sagte er einmal zu mir: »Ich weiß nicht, was ich getan hätte, wenn dieselbe Prüfung an mich herangetreten wäre. Ich glaube, ich wäre auch nicht fortgegangen.«
Mein Vater duldete es auch nie, daß in seiner Gegenwart übel von Eckersdorff und seiner Haltung gesprochen wurde. Und er nahm Salomea und Simon, ihren Sohn, ohne Vorbehalte in unsere Familie auf. Die Frau seines Freundes, sein Sohn gehörten zu uns.
So kam es, daß ich Simon von frühester Kindheit an kannte. Kannte, dann bewunderte und später liebte. Er war ein wundervoller Mensch, schön und klug, voll gelassener Ruhe und Harmonie schon als Knabe, vielseitig begabt, liebenswürdig, herzlich, doch gleichzeitig stolz und freimütig. Ich will auch ihn nicht idealisieren. Es ist billig, über Tote nur Gutes zu sagen, besonders wenn sie jung gestorben sind, wenn üble Eigenschaften, die vielleicht in der Anlage vorhanden waren, nie zur Entwicklung kommen konnten.
Du weißt sehr gut, Simone, daß ich nicht kritiklos bin, daß ich sehr wohl imstande bin, Menschen zu beurteilen und vielleicht auch manchmal ungerecht zu verurteilen, eben weil ich hohe Ansprüche an sie stelle. Aber ich kann keinen Fehl an Simon entdecken. Ich kann mich nicht entsinnen, daß er einmal etwas Häßliches, etwas Kleinliches gesagt oder getan hätte, daß man enttäuscht über ein Wort oder eine Handlung von seiner Seite sein mußte. Er hatte die seltene Eigenschaft, sich in andere Menschen hineinzufühlen, und er besaß sie schon

als Kind. Er sah einen an mit seinen großen dunklen Augen, Salomeas Augen, er lächelte und verstand.

Es war kein Zufall, daß ich ihn liebte. Es kam nicht daher, daß ich keine anderen Jungen, keine anderen Männer kannte. Auch meine Eltern hatten ein offenes Haus, es kamen genügend junge Menschen zu uns, ich wurde eingeladen, ich kam bei Jagden, bei Bällen, bei Familienfesten immer wieder mit jungen Männern zusammen. Ich tanzte gern, ich hatte Verehrer, mein Bruder brachte seine Freunde zu uns, ich lachte und scherzte mit ihnen, wir ritten, wir spielten, wir feierten zusammen, aber in meinem Herzen, in meinen Träumen war immer nur Simon. Auch wenn ich ihn monatelang, ja sogar jahrelang nicht sah.

Es ging ein Zauber von ihm aus – nicht nur ich allein habe das gespürt, andere, die ihn kannten, sagten das auch. Ich kann es mir nur so erklären, daß er von beiden Elternteilen, die beide schöne und jeder in seiner Art vollkommene Menschen waren, die besten Eigenschaften geerbt hatte. Dazu kamen seine künstlerische Begabung, seine Gläubigkeit, seine angeborene Güte – alles Dinge, die Salomea, so glaube ich, sehr bewußt in ihm gefördert hatte. Er war ihr einziges Kind, und es gab viel Leid in ihrem Leben, viel Unerfülltes wohl auch. Denn ich kann mir denken, daß es hart für sie war, die erfolgreich begonnene Karriere aufgeben zu müssen. Alle Kraft, die in ihr war, alles Wünschen übertrug sie auf den Sohn. Allen Zwiespalt, der in ihr und ihres Mannes Leben gekommen war, aus äußerlichen Gründen wohlgemerkt, aber dennoch auf die Dauer zerstörend für ihre große Liebe, wollte sie dem Sohn fernhalten.

Ich habe deinen Vater zärtlich geliebt, ich habe ihn unbeschreiblich geliebt, Simone. Ich war ein junges Mädchen, ich war unerfahren und dumm. Ich weiß nicht, ob ich alles begriff, was er war und wie er war. Ich fühlte es nur. Es gibt selten Menschen wie er auf dieser Erde. Vielleicht mußte er deswegen so früh sterben. Vielleicht mußte er deswegen dem Gemeinen, dem Niedrigen zum Opfer fallen. Die Menschen dulden das Besondere nicht gern unter sich. Sie bekämpfen es, sie verfolgen es, sie töten es.

Wenn er am Leben geblieben wäre, er wäre ein wunderbarer

Mensch geworden, ein großer Künstler sicher auch. Und ich die glücklichste Frau der Welt. Wenn ich die Frau geblieben wäre, die er liebte. Es waren nur Stunden, da uns Liebe verband. Nur wenige gestohlene Stunden. Zu wenig, Simone, für ein ganzes Leben. Vielleicht hätte ich ihn leichter vergessen können, wenn nicht das noch gewesen wäre. Aber dann hätte ich dich nicht. Und ich...
Ach, ich kann nicht mehr weiterschreiben.

Ich muß abreisen von hier. Die Tage, die ich in dieser kleinen Stadt verbracht habe, waren schön. Doch es besteht kein Grund, noch länger zu bleiben. Morgen werde ich nach Paris fahren. Und schon bald bei euch sein. Ob ich dir dann diese Blätter geben werde, weiß ich noch nicht. Abschicken werde ich diesen lang gewordenen Brief nicht. Vielleicht wirst du ihn lesen, wenn ich zu Hause bin, vielleicht werde ich dir alles erzählen. Sicher wird das besser sein.
Vielleicht werde ich dir dann auch erzählen, warum ich nach Dornburg fuhr. Vielleicht auch nicht. Warum soll ich auch dich noch mit der Vergangenheit belasten?
Simon sagte einmal zu mir: »Ich wünschte, die Menschheit könnte ihr Leben neu beginnen. Sie könnte ihre Unschuld wiederfinden. Mit jedem Kind wird die Unschuld neu geboren. Doch ehe es alt genug ist, um selbst zu sündigen, belädt man es mit den Sünden seiner Väter, mit den Sünden seiner Geschichte. Das alles, was sie so loben und preisen in diesem Land, was sie uns eintrichtern von Kindheit an, in der Familie, in der Schule – die große Tradition, die Historie, all der Glanz und die Glorie früherer Zeiten und Geschlechter, der Ruhm großer Taten und manchmal auch sehr übler Taten –, all das, was uns verpflichten soll und binden soll, ich wünschte, man könnte es ausreißen aus ihren Köpfen. Denn mit alldem bringen sie uns den Haß und die Rache und die Schuld vergangener Zeiten. Wir sollen ihren Haß nachempfinden und sollen lieben, was sie geliebt haben. Und wir sollen ihre Tode immer wieder sterben. Ich möchte auf einer jungfräulichen Erde leben, in einem Land ohne Vergangenheit, unter einer Menschheit ohne Geschichte. All das Böse, was je gedacht und getan worden ist, ich möchte keinen Teil daran haben. Wenn ich

Böses tue, so wird es mein eigenes Böses sein, ich allein werde dafür die Verantwortung tragen und es büßen müssen. Aber ich möchte ihr Böses nicht fortsetzen, und ich möchte nicht dafür bezahlen müssen.«

»Und das Gute, Simon?« fragte ich ihn. »Willst du es auch nicht von ihnen haben?«

»Auch das Gute will ich nicht von ihnen haben. Ich kann mein eigenes Gutes tun. Und Gott wird mir meinen eigenen Lohn dafür geben. Denn es wird dann auch wieder einen jungfräulichen und unbefleckten Gott geben. Denn auch ihn haben sie mit ihren schmutzigen Händen immer wieder in ihren Schmutz herabgezogen. Er war für sie Gebrauchsgegenstand, Drohung, Erpressung, sie wollten ihn so klein haben, wie sie selber waren, damit er zu einer Waffe werden konnte in ihren schmutzigen gierigen Händen. Sie lügen ihm ins Gesicht und merken nicht, daß er sie längst verlassen hat, daß das, was sie als sein Gesicht ansehen, nur noch eine Fratze ist, die sie sich selbst gemacht haben.«

Solche Dinge sagte er. Sie ließen mich verstummen, ich konnte ihm darauf nicht antworten. Heute könnte ich es. Heute weiß ich, wie recht er hatte. Und als ich mich nach dem Krieg Philip anschloß, als ich später einwilligte, ihn zu heiraten, da dachte ich an Simons Worte. Hatte er mir nicht diesen Weg gewiesen? War Amerika nicht ein jungfräuliches Land, lebten dort nicht freie Menschen, frei von der Last unserer blutigen Geschichte?

Es ist nicht mehr so. Vielleicht war es einmal so. Immer mehr hat Amerika von dem bösen Beispiel Europas gelernt, es hat nicht widerstanden, es ist nicht frei geblieben von Haß und Rache, nicht frei von Geschichte. Es hat die Unschuld seiner Jugend verloren, ist schuldig geworden und wird es jeden Tag mehr. Das schlechte Vorbild ist offenbar immer stärker, wohl deshalb, weil es kein gutes gibt. Daß ich über diese Dinge nachdenke, ist genauso merkwürdig wie alles, was ich hier tue. Oder vielleicht nicht tue. Und darum werde ich morgen abreisen. Simon sagte auch einmal: Man muß lernen, mit dem Unrecht zu leben.

Daran habe ich in den letzten Tagen schon öfter gedacht. Als ich herkam, dachte ich an Rache, dachte ich daran, Unrecht zur Sühne bringen zu müssen. Doch vielleicht ist es nicht meine Aufgabe.

Heute ist Sonntag. In dieser Stadt feiern sie ein Fest. Die Straßen sind geschmückt. Fahnen und Girlanden sind überall, Musik spielt, die Menschen sind fröhlich oder scheinen es jedenfalls zu sein. Heute morgen läuteten die Glocken der Kirchen. Und die Sonne scheint. Ich werde morgen abreisen und nie wiederkehren.
In der Zeit, die mir noch bleibt, will ich dir noch einiges erzählen.
Als der Krieg begann, im September 1939, war Simon bei seiner Mutter in Warschau. Er war aus Paris gekommen, wo er damals arbeitete, war bei seinem Vater auf dem Gut gewesen, obwohl das Verhältnis zu seinem Vater nicht mehr das beste war, nachdem Simon sich entschlossen hatte, Künstler zu werden, Maler, und bereits vor Jahren schon nach Warschau auf die Akademie gegangen war.
Eckersdorff hatte für den Sohn so wenig Verständnis, wie es sein Vater für ihn gehabt hatte. Er habe das Gut gerettet, indem er sein Land verraten habe, so sagte er. Und der Sohn wolle es nun aufgeben. Und Simon erwiderte ihm, er suche nichts als die Freiheit, er brauche das Gut nicht. Wiesen und Wälder gäbe es anderswo auch, es müßten nicht unbedingt seine eigenen sein. Es gäbe Pferde, die er reiten könne, und Hunde, um sie zu Freunden zu haben, es müsse nicht dieses Land, dieser Boden sein, wo er mit ihnen leben würde.
Und dann sagte Carl Friedrich Eckersdorff das böse Wort, das mir Simon später berichtet hat: Er hätte es sich denken können, daß dieser Sohn mißriete, denn eine Fremde hätte ihn geboren, eine Künstlerin aus fremdem Land, eine Ungebundene, die nie mit ihm empfinden konnte und die er darum nie hätte heiraten dürfen. Er sagte es im Zorn, er meinte es nicht so. Denn er liebte Salomea, liebte sie noch immer.
Aber Salomea verließ ihn daraufhin. Nicht für ganz, manchmal kam sie noch wieder. Aber es war alles zerstört, sie lebte die meiste Zeit in ihrer Wohnung in Warschau, die sie die ganzen Jahre über behalten hatte. Als Simon dann in Warschau studierte, lebte er bei ihr.

Eckersdorff blieb allein, er war verbittert, ein aufbrausender, ungerechter Mann, den man zu fürchten begann. Er war noch nicht alt, er versuchte noch einmal das wilde Leben seiner Jugend zu beginnen, man erzählte sich allerhand über Weibergeschichten, so nannte man das bei uns.
Ich weiß nicht, wieviel davon Wahrheit war, ich weiß nicht, was wirklich geschah. Ich erinnere mich nur, daß mein Vater immer ein sorgenvolles Gesicht machte, wenn von seinem Freund die Rede war. Er hatte nicht mehr viel Einfluß auf Eckersdorff, der ihm aus dem Wege ging. Ihm genauso wie Cornelius.
Cornelius Soldan lebte in Bromberg, er war kein Pole geworden, war Deutscher geblieben, wirkte und arbeitete für die volksdeutschen Gruppen seines Gebietes. Die Polen achteten ihn, um so mehr, als er niemals mit den Nazis paktierte. Aber sie töteten ihn in den wilden Haßorgien, die sich nach Ausbruch des Krieges im Lande gegen alles Deutsche austobten und die erst mit dem Einmarsch der Deutschen zu Ende gingen. Um dann in umgekehrter Richtung von diesen fortgesetzt zu werden.
Simon also war bei seiner Mutter zu Beginn des Krieges. Zunächst geschah ihnen nichts. Carl Friedrich Eckersdorff aber nahm sich das Leben, nachdem die Deutschen das Land besetzt hatten. Er war Deutscher gewesen, war Pole geworden, er hätte vielleicht den Weg zurückfinden können, die Deutschen hätten ihm wohl verziehen, wenn er sich zu ihnen bekannt hätte, wenn er Druck und Drohung geltend gemacht hätte. Aber er haßte die Nazis, haßte sie aus tiefstem Herzen. An ihrer Hand wollte er nicht in sein Vaterland zurückkehren. Ihre Freundschaft wollte er nicht suchen. Und aus dieser Sackgasse fand er keinen Ausweg, wollte ihn wohl auch nicht finden. Er erschoß sich noch im Jahre 1939. Im Jahre 1940, als die Deutschen sich in aller Schrecklichkeit in Polen etabliert hatten, wurden Simon und Salomea verhaftet und kamen in ein Lager. Frage mich nicht, warum. Ich kann keine Gründe dafür angeben, niemand kann es. Es war eben damals so.
Mit ihnen war Michal Thomasin, von dem ich auch noch kurz sprechen muß, weil er später eine große Rolle in meinem Leben spielte.

Von ihm erfuhr ich von Simons Ende, mit ihm war ich zusammen in Berlin nach dem Kriege, Philip kennt ihn auch, und ihn habe ich gerade jetzt vor wenigen Tagen, ehe ich nach Dornburg kam, in Berlin besucht. Er war Salomeas Freund, war Simons Freund und wurde später mein Freund.
Salomea kannte ihn seit ihrer Jugend. Ich glaube, er hat sie geliebt, und vielleicht wäre sie bei ihm geblieben, wenn nicht Eckersdorff in ihr Leben gekommen wäre. Er war Maler, ein recht bekannter und berühmter sogar, und als Simon in Warschau die Akademie besuchte, lehrte er dort.
Er liebte Simon wie einen eigenen Sohn. Als der Krieg begann, zog er in Salomeas große Warschauer Wohnung. Von dort kamen sie alle drei in ein Lager.
Später wurden sie entlassen, Salomea, auch Thomasin hatten noch einflußreiche Freunde. Danach wieder verhaftet, und so fort.
Mein Vater erfuhr davon und versuchte alles, um ihnen zu helfen. – Nachdem der Krieg über Polen hinweggegangen war, wurde das ganze Land quasi deutsches Gebiet. Generalgouvernement, so nannte man es. Den polnischen Korridor gab es nicht mehr.
Mein Vater liebte die Nazis auch nicht, aber er verhielt sich loyal. Es blieb ihm nichts anderes übrig. Uns tat niemand etwas zuleide.
Und auf diese Weise versuchte er zu helfen. Zunächst kümmerte er sich um das Eckersdorffer Gut, sorgte dafür, daß ein Verwalter hinkam, daß eine Enteignung verhindert wurde. Später allerdings kam es doch dazu.
Das war die Zeit, als Karl Gustav Prpolski, der Sohn von Stallmeister Prip, wieder bei uns auftauchte.
Ich hatte nicht gewußt, daß er Simon haßte. Ich erfuhr es jetzt. Er haßte ihn aus vielerlei Gründen. Weil er Pole war, aber das war nur der unwichtigste Grund. Weil ich ihn liebte. Weil er um so vieles edler, besser, klüger war als er selbst. Das war wohl der Hauptgrund.
Er hatte sich Verdienste erworben – der SS-Mann Prpolski. Ich weiß nicht, welche, aber ich kann mir denken, daß sie ihm nicht zur Ehre gereichten. Und als Belohnung bekam er das Gut des Grafen Eckersdorff. So war das damals.

Unglücklicherweise geschah das zu einer Zeit, da Simon, seine Mutter und Thomasin in Eltenstein eingetroffen waren. Mein Vater war eines Tages selbst nach Warschau gefahren, hatte sie gesucht und gefunden. Die große elegante Wohnung besaßen sie längst nicht mehr. Sie lebten in ständiger Bedrohung und in kläglichen Verhältnissen.

Mein Vater hatte Freunde unter den Leuten, die nun das Land beherrschten. Offiziere wohl hauptsächlich, alte familiäre Verbindungen spielten eine Rolle. Er erfuhr, wie gefährdet die drei waren. Und er brachte sie kurz entschlossen mit zu uns nach Eltenstein.

Bei uns würden sie sicher sein, sagte er. Niemand würde es wagen, sich an ihnen zu vergreifen, wenn sie unter seinem Dach lebten. Simon sträubte sich zunächst, er sah die Gefahr für alle, auch für uns. Aber seiner Mutter zuliebe, Thomasin zuliebe willigte er schließlich ein.

Wir erschraken, als wir Salomea sahen. Sie war eine alte Frau geworden, ihre Schönheit war nur noch in ihren Augen, ihren Händen. Ihr Haar war schlohweiß, sie war krank und elend.

Simon sagte: »Ich werde nicht bleiben, ich gefährde euch nur. Ihr wird keiner etwas tun. Sie ist nur noch ein Schatten.«

»Wo willst du hin?« fragte mein Vater.

»Ich werde untertauchen.«

»Unsinn«, sagte Vater. »Du bleibst hier. Bei mir seid ihr sicher. Dies ist mein Haus. Mein Grund und Boden. Keiner soll einem ein Haar krümmen, der unter meinem Dach lebt. Und wenn ich nach Berlin fahre und selbst zu Hitler gehe.«

Salomea lebte fast nur in ihrem Zimmer, sie sprach kaum, manchmal dachte man, sie atme gar nicht mehr. Ihr Lebenswille war gebrochen. Sie wollte nicht mehr leben.

»Sie hat seit drei Jahren kein Klavier mehr angerührt«, sagte Simon, »seitdem lebt sie nicht mehr.«

Er liebte sie zärtlich, tat alles für sie, was er konnte. In seiner Gegenwart bemühte sie sich, Leben zu zeigen, zu lächeln, zu sprechen. Wir wußten alle, daß sie sterben würde, wenn er ginge.

Er wußte es auch. Es war ein Grund, warum er blieb. Der andere Grund, so glaube ich, war ich. Ich verbarg meine Liebe nicht, meine Sorge, mein Leid um ihn. Ich sagte, ich würde mit

ihm gehen, wenn er ginge. Würde ihm überallhin folgen, würde ihn nie verlassen.
Zunächst wich er mir aus, ging mir aus dem Weg, lenkte ab. Aber schließlich war das Leben stärker als die Angst. Die Liebe stärker als die Not. Wir waren endlich zusammen. Meine Eltern wußten es. Meine Mutter duldete es stumm, sie hatte es immer gewußt. Mein Vater war nicht glücklich darüber, aber er liebte mich. Ich sprach offen mit ihm, sagte ihm, daß es nie für mich einen anderen Mann gegeben hatte, nie einen anderen geben würde. Wie ernst es mir war, wußte er, denn ich hatte bisher jeden Bewerber abgewiesen. »Gut«, sagte mein Vater schließlich, »dann kommt es eben nur noch darauf an, diese Zeit zu überstehen. So lange kann es nicht mehr dauern. Vielleicht finde ich einmal einen Weg, um euch von hier wegzubringen. Du könntest ins Reich gehen. Und für Simon müßte man falsche Papiere haben. Oder er müßte versuchen, über die Ostsee nach Schweden zu gelangen. Heiraten könnt ihr sowieso erst, wenn der Krieg vorbei ist. Und was uns bis dahin noch bevorsteht, weiß Gott.«
Mutter bemühte sich, ihre Gäste herauszufüttern und bestens zu versorgen. Bei Simon und Thomasin gelang ihr das ganz gut. Simon war jung, und die Liebe zu mir, unser glückliches Zusammensein, gab ihm neuen Lebensmut. Ja, so unglaubhaft es klingt – wir waren glücklich. Wir waren unbeschreiblich glücklich. Vielleicht kann Glück nie so süß sein, kann nie so stark empfunden werden wie am Rande des Abgrundes, im Schatten des Todes.
Wir machten Pläne für die Zukunft, als gäbe es keinen Krieg, keinen Haß zwischen Polen und Deutschland, keine Bedrohung. Wir malten uns aus, wie wir in Paris leben würden oder in Rom, und manchmal auch in Griechenland oder auf den Inseln des Mittelmeeres. Simon beschrieb mir die Bilder, die er malen wollte. Er begann sogar wieder zu malen mit den wenigen Mitteln, die ich ihm beschaffen konnte. Er malte mich. Auch seine Mutter, meine Eltern, Thomasin, unsere Tiere, unser Haus, den Garten und das Feld hinter dem Garten, denn weiter durfte er sich nicht fortwagen.
Natürlich wußte man, daß er hier war, die Leute auf dem Hof wußten es, die Nachbarn, aber keiner sagte etwas. Er malte auf

den kümmerlichsten Zetteln, ich fuhr bis nach Königsberg, ja einmal bis nach Berlin, um Farben, Stifte und Papier zu besorgen.

Wir waren glücklich. Heute kommt es mir manchmal vor, als hätte es Jahre gedauert. Es waren nur Monate. Manchmal aber auch denke ich, es können nur Stunden gewesen sein. Weil es so wenig war.

Thomasin übrigens hatte sich sehr gut in das Leben in unserem Haus gefunden. Es ging ihm gut, er aß tüchtig, er malte auch ein bißchen, alle mochten ihn, weil er heiter und ausgeglichen war. Er spielte mit meinem Vater Schach, half Mutter in der Küche oder sonstwo und beobachtete mit Wohlwollen uns beide, Simon und mich.

Alles wäre vielleicht gut gegangen, wäre das Unglück mit meinem Vater nicht gekommen.

Zuvor noch erhielten wir die Nachricht, daß mein Bruder in Rußland gefallen sei. Das brachte uns allen tiefsten Schmerz. Und nur vier Wochen später, zu Beginn des Jahres 1944, im tiefsten Winter, starb mein Vater an einer Lungenentzündung.

Es kam so plötzlich, daß wir erst merkten, was geschehen war, als alles schon vorbei war. Mein Vater hatte viel Arbeit, es gab wenig Leute auf dem Hof, meist Kriegsgefangene, er mußte sich um alles selbst kümmern. Wir mußten viel abliefern, die Kriegswirtschaft verbot ein rentables, vernünftiges Arbeiten auf dem Hof. In diesem Winter mußte plötzlich Holz geschlagen werden, ein ganz beträchtliches Waldstück war dafür vorgesehen. Das Holz mußte schnell geliefert werden, es wurde dringend benötigt.

In großer Kälte, bei Schneesturm war mein Vater selbst im Wald und beaufsichtigte die Arbeiten, schon deswegen, damit die meist ungeübten und auch unwilligen Arbeitskräfte ihm nicht Bäume zerstörten, die er retten wollte. Vollkommen erfroren und ermattet kam er am Abend heim. Doch ehe er sich erwärmt hatte und ordentlich essen konnte, mußte er wieder in den Stall. Eine Kuh kalbte, das Kalb lag verkehrt, der Tierarzt war nicht zu erreichen. Wir waren alle im Stall, versuchten zu helfen. Der einzige, der es wirklich verstand, war Vater. Dabei erhitzte er sich stark. Als später der Tierarzt kam, ret-

teten sie gemeinsam Kalb und Kuh. Dann sprang der Wagen des Tierarztes nicht mehr an. Mein Vater spannte den Schlitten an und fuhr ihn heim. Ich wollte es tun, aber er erlaubte es nicht. Am nächsten Tage war er krank. Aber das wollte er nicht zugeben. Er arbeitete weiter, bis er zusammenbrach. Drei Tage später war er tot.
Das war im Februar 1944. Das bedeutete das Ende. Karl Prpolski war schon in der Gegend, er hatte uns wohl schon länger beobachtet. Er wartete auf seine Stunde. Ich hatte ihn manchmal getroffen, ich hatte ihn sehr kühl behandelt. Ich hätte es nicht tun sollen.
Immer noch nicht erkannte ich die tödliche Gefahr, die nur mein Vater, nur seine Persönlichkeit, seine Kraft, sein Mut von uns abgehalten hatten. Ohne ihn waren wir verloren. Vater war tot. Mein Bruder war tot. Wir waren drei Frauen im Haus. Wir hatten kaum noch brauchbare Arbeitskräfte. Aber wir hatten drei Gäste im Haus, die wir nicht hätten haben dürfen. Und ich wußte bereits, daß ich ein Kind bekommen würde.

Erst kam unsere Polizei ins Haus, die eingeschüchtert wieder abzog, nachdem ihnen Tante Luise gegenübergetreten war. Dann kam die Gestapo. Und dann kam Prpolski. Die Polacken müßten aus dem Haus verschwinden, sagte er. Man hätte bisher rundherum ein Auge zugedrückt, so großzügig seien die Deutschen nun mal, aber nun sei das Maß voll. Ob wir nicht wüßten, daß die drei Personen, die wir gesetzwidrig beherbergten, polizeilich gesucht würden und zu inhaftieren seien. Er sei derjenige, der es bisher verhindert hätte, aus alter Freundschaft. Aber nun könne auch er nichts mehr tun.
Er sprach mit uns auf dem Hof, groß und breitbeinig stand er da in seiner gutgeschneiderten Uniform, so sicher war er geworden, so unantastbar. Wir drei Frauen standen ihm gegenüber. Auch sein Vater war dabei, alt geworden, fast zusammengeschrumpft, er schwieg und blickte mit ängstlichen Augen auf seinen Sohn.
Tante Luise versuchte mit Haltung die Situation zu meistern. Es sei nicht Sitte im Haus, Gäste von heute auf morgen auf die Straße zu setzen. Man müsse erst wissen, wohin sie reisen könnten, wo sie bleiben würden.

Das könnte uns egal sein, sagte Prpolski grob. Was gingen uns die Polacken an? Sie hätten zu verschwinden und damit basta. Er könne nicht länger für ihre Sicherheit sorgen. Das sagte er wörtlich.

Seine Unverschämtheit machte mir Mut. Ich hatte mich bisher an dem Gespräch nicht beteiligt.

»Warum nicht?« sagte ich. »Wenn du schon ein so mächtiger Mann geworden bist, warum ist es dir dann nicht möglich, dafür zu sorgen, daß man drei Leute ungeschoren läßt, die niemand etwas zuleide getan haben und die Unglück genug erlebt haben. Die Gräfin Eckersdorff ist eine alte Frau, sie ist krank, sie wird sowieso nicht mehr lange leben. Wenn sie heute in ein Lager kommt, wird sie morgen tot sein.«

»Na und?« fragte er und sah mich mit leicht zusammengekniffenen Augen an. Ich weiß noch genau, es war ein Vorfrühlingstag, die Luft war erstaunlich mild, die Sonne wärmte schon. Aber für uns war der Frühling wie eine Attrappe, er schien ein Betrug zu sein, unser Leben war seltsam unwirklich geworden seit Vaters Tod, wir lebten nur noch auf Abruf, und wir wußten schon, daß alles ein Ende nehmen würde und daß dieses Land, dieses Haus, das uns gehörte, eigentlich schon verloren waren.

Die Niederlage von Stalingrad lag ein Jahr zurück. Mein Vater hatte den Ausgang des Krieges immer pessimistisch beurteilt. Seit damals stand es für ihn fest, daß wir den Krieg verloren hatten, daß wir alle für Hitlers Wahnsinn würden büßen müssen. Und ganz besonders wir hier im Osten Deutschlands. Er hatte es uns nicht verschwiegen, hatte bereits die ersten Maßnahmen getroffen, um eine Flucht vorzubereiten.

Noch standen unsere Armeen in Rußland. Aber aus ihrem Vorwärts war ein Zurück geworden, das konnte selbst der geschicktest abgefaßte Wehrmachtsbericht nicht mehr verschleiern.

Die großen Städte im Reich wurden mehr und mehr von Bomben zerstört, die Menschen in diesen Städten bekamen den Krieg immer furchtbarer zu spüren. Wir wußten hier nicht viel davon, konnten es nicht mitempfinden, aber wir hörten doch das eine oder andere, was uns zu denken gab. Mussolini war gestürzt. Aber noch regierte Hitler uneingeschränkt. Er und

seine Gefolgsleute, solche wie Prpolski. Und je gefährlicher, je hoffnungsloser ihre Lage wurde, um so gefährlicher, um so mörderischer wurden sie.
»Du kennst Simon aus deiner Kindheit«, fuhr ich unbeirrt fort und sah Prpolski gerade in die Augen. »Du und Fritz und er, ihr habt als Kinder zusammen gespielt. Willst du ihm heute nicht helfen?«
»Ich? Einem dreckigen Polacken helfen? Die unsere Volksgenossen unterdrückt und umgebracht haben? Das ist doch nicht dein Ernst?«
Ich beherrschte mich mit Mühe. »Simon ist kein dreckiger Polacke, das weißt du ganz genau. Er ist dein Jugendfreund.«
»Er ist nie mein Freund gewesen. Wenn deine Eltern und meine Eltern so entartet, so kurzsichtig waren, daß sie uns zusammen spielen ließen, so kann man mich nicht dafür verantwortlich machen. Außerdem haben wir nicht zusammen gespielt, das wirst du wohl noch wissen. Ich war den jungen Herren ja nie gut genug.«
»Das ist nicht wahr«, sagte ich. »Du lügst. Dein Vater war für meinen Vater immer mehr als nur ein Angestellter, sie waren Freunde. Du hättest genauso zu uns gehören können.«
»Ich bedanke mich«, sagte er höhnisch. »Bedanke mich für die gnädige Herablassung. Ich habe euch nicht gebraucht. Ich konnte selbst sehr gut für mich sorgen. Gott sei Dank sind heute Zeiten in Deutschland gekommen, wo man auf die dekadenten, aufgeblasenen Herren von Land und Adel nicht mehr angewiesen ist. Ich brauche euch nicht.«
»Karl!« rief Prip empört dazwischen. »Schämst du dich nicht? Wie redest du denn mit dem gnädigen Fräulein?«
»Mein Bruder hatte es Ihnen, glaube ich, schon bei früherer Gelegenheit gesagt«, warf Tante Luise spöttisch ein, »Sie hätten Ihren Sohn besser erziehen sollen, Prip.«
Karl maß uns alle der Reihe nach mit halbgeschlossenen Augen. »Euch wird der Hochmut schon noch vergehen!«
»Ich fürchte, Ihnen auch«, sagte Tante Luise uneingeschüchtert.
Er machte eine drohende Bewegung auf sie zu, es sah aus, als wolle er sie angreifen. Aber er wandte sich ab, seinem Vater zu. »Du Knechtsseele«, sagte er, »wirst nicht mehr umlernen.

Das habe ich aufgegeben. Dann mußt du eben mit ihnen zugrunde gehen.«

Prip richtete sich auf, trat dicht vor seinen Sohn hin, der gut einen Kopf größer war, er kniff jetzt auch die Augen zusammen und sagte laut und deutlich in dessen Gesicht hinein: »Es wird mir eine Ehre sein. Lieber mit ihnen zugrunde gehen, als mit einem, wie du es bist, leben und mit jenen, mit denen du umgehst.«

»Ganz wie's beliebt«, sagte Karl kalt und drehte seinem Vater den Rücken zu.

Ich wollte die sinnlose Debatte beenden. Es war ganz unwichtig, über dies alles zu sprechen. Es ging um Simon, um die drei da oben im Haus, die sicher irgendwo hinter einem Fenster standen und uns beobachteten.

»Karl«, sagte ich, »so hartherzig, so verständnislos kannst du doch nicht geworden sein. Ob Simon nun dein Freund war oder nicht, er ist jetzt in Not. Er und seine Mutter und sein alter Lehrer. Mein Vater hat ihnen geholfen. Wir möchten es auch. Wem ist denn damit gedient, wenn man sie einsperrt? Eines Tages wird der Krieg zu Ende sein und dann...«

»Und dann?«

»Dann werden wir zusammen leben müssen. Es kann nicht ewig Feindschaft sein zwischen uns und den Polen.«

»Es war immer Feindschaft zwischen uns und den Polen. Und das wird nicht besser werden, ehe man sie nicht ausgerottet hat.«

»Du kannst das nicht im Ernst meinen. Du sollst nicht töten! Das hast auch du einmal gelernt.«

Er lachte laut auf. »Kommst du mir mit Bibelsprüchen, Cornelia? Das fehlt gerade noch.«

»Es ist kein Bibelspruch«, sagte Tante Luise, »es ist das fünfte Gebot. Ich wußte nicht, daß die Nazis es außer Kraft gesetzt haben.«

»Nazis?« zischte er.

Tante Luise zuckte die Achseln und schwieg.

»Bitte, Karl«, sagte ich, »laß uns nicht so töricht streiten. Ich bitte dich darum, hilf Simon und seiner Mutter und Herrn Thomasin. Du kannst es, wenn du willst. Ich bitte dich.«

Auch ich stand jetzt dicht vor ihm. Er sah mich an. Ich wußte

ja, daß er mich liebte, oder so etwas Ähnliches jedenfalls. Ich glaubte, ich könnte etwas ausrichten bei ihm.
»Ich kann es nicht«, sagte er. »Daß die drei hier bei euch im Hause leben, ist ein Ärgernis für die ganze Umgebung. Du müßtest hören, was die Leute reden. Sie müssen verschwinden, noch heute. Wenn sie hierbleiben, werden sie verhaftet.«
»Du kannst es verhindern«, beharrte ich. »Oder du könntest ihnen helfen. Tue es! Bitte! Mir zuliebe.«
»Dir zuliebe?« fragte er langsam. »Warum sollte ich das tun? Was tust du mir denn zuliebe?«
Ich hörte es fast, wie die anderen den Atem anhielten. Ich wußte sofort, was er meinte. Und ich war dumm, so dumm. Das dekadente Fräulein vom Lande mit dem Stolz von gestern, er hatte ganz recht.
Es lag in meiner Hand, den Preis zu zahlen. Den Preis für Simons Leben. Ich begriff es nur nicht.
Ich lachte gezwungen. »Mein Gott, was kann ich für dich tun? Ich wäre dir dankbar. Ich ...«
»Nun?«
Ich sah ihn hilflos an. Er war ganz Herr der Situation, weidete sich an meiner Verlegenheit. Daß die anderen uns zuhörten, störte ihn nicht im geringsten.
»Was kann ich tun?« fragte ich verzagt.
»Du weißt es sehr gut«, antwortete er. Er lächelte aus dem Mundwinkel auf mich herab, er sah gut aus, durchaus ein Mann, der einem Mädchen gefallen konnte.
»Ich verlange gar nichts Unrechtes von dir. Du brauchst nicht ein so entsetztes Gesicht zu machen.« Er machte eine wirkungsvolle Pause, und dann, mich fest ansehend, sagte er: »Du könntest mich – heiraten.«
Tödliches Schweigen. Ich hörte, wie meine Mutter neben mir leise stöhnte.
Ich trat zurück, ich hob in dummem Hochmut den Kopf. Ich sagte: »Bedaure. Das wird nicht gehen.« Und fügte hinzu, was ich nie hätte sagen dürfen: »Ich liebe einen anderen.«
Er lachte kurz auf. »Doch nicht diesen polnischen Untermenschen?«
Und ich, immer noch nicht begreifend, immer noch so dumm, sagte laut und stolz: »Wenn du damit Simon Eckersdorff

meinst – ja, ich liebe ihn. Ich werde ihn heiraten, keinen anderen.«
Er lachte wieder. »Na, dann herzlichen Glückwunsch«, wandte sich um und ging zu seinem Wagen, der vor der Auffahrt stand. Wir sahen ihm alle nach.
Prip hatte den Kopf gesenkt. Er weinte.

Was danach geschah, glitt wie im Nebel an mir vorbei. Mir war auf einmal übel, ich weiß nur noch, daß ich mich mit Mühe aufrecht hielt, ich hatte rasende Kopfschmerzen, mein Magen revoltierte, ich brauchte alle Kraft, allen Willen, um mich zu beherrschen, um nicht einfach umzufallen.
Man muß es mir wohl angesehen haben. Meine Mutter faßte mich am Arm. »Kind, was hast du? Cornelia! Sieh mich an. Was hast du?« Ich stand reglos, totenbleich sicher, die Lippen fest zusammengepreßt, um die würgende Übelkeit zu bekämpfen, die Gesichter vor mir verschwammen in einem schwarzen Nebel.
Ob meine Mutter schon ahnte, wie es mit mir stand? Sie wohl nicht. Aber Tante Luise.
»Da, setz dich hin«, kommandierte sie, schob mich zu einem Schubkarren, der einige Schritte entfernt stand. »Versuche, tief zu atmen.«
Da saß ich, mein Körper war mit kaltem Schweiß bedeckt, und nur wie von fern hörte ich die Stimmen der anderen.
Unser Gespräch hatte einen Zeugen gehabt. Thomasin, der gerade im Stall gewesen war, hatte alles mit angehört.
»Wir müssen fort«, sagte er. »Noch heute. Dieser junge Mann ist gefährlich. Wir hätten längst gehen müssen.«
»Aber wohin wollt ihr denn, um Gottes willen«, sagte meine Mutter. »Wohin denn?«
Das wußte Thomasin auch nicht. Fort aus dieser Gegend zunächst einmal, meinte er. Zur Küste hinauf.
»Ich könnte mit euch nach Pillau fahren«, sagte Tante Luise. »Dieser Mann, bei dem mein Bruder einmal war – Dorothea, weißt du, mit wem Wilhelm dort gesprochen hat in dieser Angelegenheit?«
Mutter schüttelte stumm den Kopf.
Wir wußten alle, daß mein Vater kurz vor Weihnachten nach

Königsberg und von dort nach Pillau gefahren war. Er hatte nicht viel darüber gesprochen, nur einmal eine kurze Bemerkung gemacht, es gäbe da vielleicht eine Möglichkeit, mit einem Kutter über die Ostsee zu gelangen, nach Schweden. Er kenne da jemanden.
Mein Vater kannte überall jemanden. Er hatte überall Freunde. Aber das waren alles seine Angelegenheiten, wir wußten nichts davon, er sprach nicht darüber. Als er zurückkam, sagte er nur, daß er nun glücklicherweise einen Ausweg wisse, wenn es hier einmal zu gefährlich für die drei werden könnte. Im Frühjahr, wenn die Ostsee eisfrei wäre, würde man darüber sprechen.
Aber ohne Vater waren wir verloren. Wir konnten nicht helfen.
»Ich kann mir eventuell denken, mit wem er da gesprochen hat«, sagte Tante Luise, »es sind nur zwei oder drei Leute, die in Frage kommen. Ich werde hinfahren und sehen, ob ich den Richtigen finde.«
»Das ist sehr gefährlich«, gab Thomasin zu bedenken.
Tante Luise hob die Schultern. »Gefährlich? Das Leben wird für uns hier täglich gefährlicher. Vielleicht werden wir alle noch ein Schiff brauchen. Ich fürchte mich nicht, Herr Thomasin.«
»Ich weiß, Baronin. Sie fürchten sich nie.«
»Einmal«, sagte Tante Luise langsam, »einmal in meinem Leben habe ich mich sehr gefürchtet. Es hat auch nichts geholfen. Aber wenigstens habe ich dabei für alle Zeiten das Fürchten verlernt.«
Der Druck in meinem Kopf ließ nach, der Schleier wurde lichter. Ich schluckte und atmete tief.
»Geht es dir besser?« fragte Tante Luise. »Laß uns hineingehen, wir müssen das besprechen.«
Simon erwartete uns in der Halle, er hatte uns auf dem Hof stehen sehen, sah jetzt unseren Gesichtern an, daß eine Entscheidung bevorstand.
»Wir müssen fort?« fragte er Thomasin.
»Ja«, sagte der. »Und zwar noch heute.«
»Um Himmels willen, nein«, rief meine Mutter, »nicht so schnell. Ich muß doch erst etwas zusammenpacken, ihr müßt

doch Lebensmittel mitnehmen. Das geht doch nicht so schnell.«

Thomasin blickte sie ruhig an. Aber seine Ruhe war nur gespielt, jetzt, da ich wieder sehen konnte, merkte ich, daß seine Lippen zitterten, sein Gesicht ganz grau war. Er hatte Angst. Er begriff die tödliche Gefahr.

Und Simon wohl auch. Er trat neben mich, faßte nach meiner Hand.

»Ich fürchte, es muß so schnell gehen«, sagte Thomasin. »Wir haben nicht mehr viel Zeit, um uns vorzubereiten.«

»Und Salomea?« fragte meine Mutter unglücklich. »Soll sie denn mit euch gehen? Das kann sie doch nicht.«

Keiner sagte etwas darauf. Wir gingen in das Wohnzimmer, in dem es warm und hell war, die Sonne schien zum Fenster herein, der Kachelofen war noch geheizt, der Dackel meines Vaters, der vor dem Ofen geschlafen hatte, stand auf, streckte sich und kam uns schweifwedelnd entgegen.

Thomasin setzte sich, schloß die Augen. Ein alter Mann, müde, am Ende seiner Kräfte.

»Ich hatte einmal eine Tablette«, sagte er leise. »Ein Arzt hatte sie mir gegeben, kurz nachdem die Deutschen Warschau besetzt hatten. Sie wirke sofort, sagte er. Zehn Minuten später sei man tot, ohne Schmerzen. Ich hütete sie als mein kostbarstes Gut. Als ich das erstemal verhaftet wurde, konnte ich mich dennoch nicht entschließen, sie zu nehmen. Im Lager hat man sie mir weggenommen. Ich denke heute, daß es der schwerste Verlust war, den ich je erlitt. Ich wünschte, ich hätte sie noch. Ich würde sie Salomea geben. Jetzt gleich.«

»In Gottes Namen«, rief meine Mutter und schlug entsetzt die Hände zusammen. »Wie können Sie so etwas sagen!«

»Es wäre die beste Tat, die ich in meinem Leben getan hätte«, sagte er.

»Gut, gut«, sagte Tante Luise ungeduldig, »das mag sein. Aber Sie haben sie nicht. Und darum müssen wir überlegen, was wir jetzt tun. Ich bin auf keinen Fall dafür, daß wir alle zusammen reisen. Salomea bringen wir nach Elbing. Hartmann wird sie für die nächsten Tage bei sich aufnehmen, er hat es Wilhelm bereits früher versprochen, das weiß ich.« Hartmann war auch ein Freund meines Vaters und ein langjähriger hart-

näckiger Bewerber um Tante Luises Hand. Er war Pastor an einer Elbinger Kirche, ein aufrechter, mutiger Mann, ein entschiedener Gegner der Nazis. »Er wird schon wissen, wo er sie unterbringt, bei sich oder anderswo, er kennt alle Schliche, er hat schon vielen geholfen.«
»Wir bringen den Mann in Gefahr«, wandte Simon ein.
»Daran ist er gewöhnt«, sagte Tante Luise kühl. »So etwas hat er schon öfter gemacht. Von Elbing aus fahren wir nach Königsberg, wir drei. Getrennt, nicht zusammen. Ich weiß auch schon, wo ich Herrn Thomasin und Simon in Königsberg unterbringe. Und ich fahre zunächst allein nach Pillau und werde dort das Terrain sondieren. Das kann ein paar Tage dauern.«
»Mein Gott, Luise«, seufzte meine Mutter.
»Weißt du etwas Besseres? Einer muß handeln. Wenn Wilhelm es nicht mehr kann, muß ich es tun.«
»Kann ich nichts tun?« fragte ich hilflos.
»Du wirst am nötigsten hier gebraucht. Wenn nämlich dein sogenannter Jugendgespiele, dieser größenwahnsinnig gewordene Bauernlümmel, wiederkommt, mußt du dasein. Du mußt ihn beschäftigen. Vielleicht verlobst du dich inzwischen mit ihm.«
Ein neuer Ausruf des Entsetzens blieb meiner Mutter im Hals stecken, sie starrte ihre Schwägerin nur sprachlos an. Auch Simon blickte fassungslos von einem zum anderen.
»Was soll sie?«
»Die Bestie bändigen«, sprach Tante Luise artikuliert. »Sie ist die einzige, die es kann. Und ohne daß ihr ein Haar dabei gekrümmt wird. Nachdem dieser Kerl offenbar so etwas wie Zuneigung zu Cornelia empfindet und sogar von Heirat gesprochen hat, bin ich dafür, diese seine weiche Stelle auszunutzen.«
»Aber was soll ich tun?« fragte ich entsetzt.
»Nichts weiter, mein Kind. Ein bißchen freundlicher zu ihm sein, zu verstehen geben, daß du über seinen Antrag nachgedacht hättest und, falls er sich manierlich und wie ein zivilisierter Mensch benähme, eventuell geneigt wärst, demnächst einmal mit ihm darüber zu sprechen. Dieser Mann leidet an einem gewaltigen Minderwertigkeitskomplex. Er ist der Sohn von dieser Dirne aus Berlin und von diesem unglückseligen

Prip, wobei ich nach wie vor zweifle, ob Prip wirklich sein Vater ist. Er hat einen unbändigen Geltungsdrang. Dank der Nazis hat er eine gewisse Macht erworben. Das ist aber auch alles. Von uns wird er nicht anerkannt. Und gerade das wäre ihm so wichtig. Die Aussicht, die Tochter dieses Hauses zu heiraten, hier, wo sein Vater Stallmeister ist und er die Mißachtung gespürt hat, die man seiner Mutter und später auch ihm entgegenbrachte, das wäre für ihn der Höhepunkt.«
»Aber Cornelia kann diesen Menschen doch nicht heiraten«, rief Simon erregt.
»Wer spricht denn davon? Sie kann so tun, als ob sie es eventuell täte. So etwas kann man lange hinausziehen. Sie kann sich auch mit ihm verloben, was schadet das denn? Wir haben Krieg, nicht? Wir werden von Untermenschen regiert, nicht? Da sind alle Mittel erlaubt. Es war ein Fehler von dir, Cornelia, zu sagen, daß du Simon liebst. Damit hast du ihn nur unnötig gereizt. Versuche es jetzt einmal auf die andere Tour. Bis dieser Herrenmensch mit seinem Spatzenhirn sich von dieser Überraschung erholt hat, haben wir das Schiff, haben wir die drei aus dem Land gebracht. Dann kannst du es dir ja wieder anders überlegt haben.«
»Mein Gott, Luise«, sagte meine Mutter wieder. »Wenn Wilhelm dich hörte.«
»Es ist gar keine schlechte Idee«, meinte Thomasin.
Simon sah mich unglücklich an. Ich versuchte, ihm zuzulächeln. Jetzt mußte ich mich also von ihm trennen, wer weiß, wann ich ihn wiedersehen würde.
»Kann ich denn nicht mitfahren nach Schweden?« fragte ich.
»Du hörst doch, daß du hier gebraucht wirst«, sagte Tante Luise. »Ich weiß ja auch noch nicht, ob es klappt mit dem Schiff. Vielleicht können wir dich dann in letzter Minute mittransportieren.«
»Nein, nein«, rief meine Mutter. »Nein, Luise, das kann nicht dein Ernst sein!«
Luise blickte mich nachdenklich an. »Warum nicht? Eine Frau gehört zu ihrem Mann. Überhaupt...« Sie schwieg, sah mich nur an. Ich merkte, daß sie wußte, wie es um mich stand. Ich warf einen raschen Blick auf Simon. Ahnte er es nicht? Nein, daran dachte er nicht.

Ob ich es ihm sagen sollte, ehe er ging? Sollte ich ihm sagen: Ich erwarte ein Kind von dir.
Nein. Besser nicht. Es würde ihn unnötig belasten. Er hatte Sorgen genug.
»Allerdings denke ich, daß Cornelia bei uns hier besser aufgehoben ist«, fuhr Tante Luise fort. »Wenn ihr wirklich nach Schweden kommt, wird es schwer genug sein für euch. Also los, fangen wir an!«
»Womit denn?« rief meine Mutter bestürzt.
»Jeder packt zusammen, was er bequem tragen kann. Macht zunächst Salomea fertig. Ich bringe sie heute noch nach Elbing.«
»Wie soll man ihr das beibringen?«
»Das mache ich«, sagte Tante Luise und stand auf. »Ich weiß schon, wie.«
»Und wir?« fragte Simon.
»Ihr verlaßt das Haus nach Einbruch der Dunkelheit. Du kennst das Vorwerk Borken, Simon? Kurz ehe du hinkommst, geht ein schmaler Weg rechts in den Wald. Am Rand einer Lichtung steht ein kleiner Schuppen, es sind Geräte darin, Stroh und Heu, dort bleibt ihr, bis ich euch hole.«
»Ich kenne den Schuppen«, sagte Simon.
»Sehr gut. Cornelia wird nachher hinreiten und Lebensmittel hinbringen. Und ein paar Decken vielleicht. Sobald ich weiß, auf welche Art wir am besten nach Königsberg kommen, und mir überlegt habe, wie wir reisen werden, hole ich euch. Oder gebe euch Nachricht.«
Simon lächelte unwillkürlich. »Tante Luise, du hast eine abenteuerliche Ader, ich habe es immer schon vermutet. Es hört sich an wie ein Indianerspiel.«
»Weißt du etwas Besseres?«
»Nein.«
»Es ist das Beste, was mir in der Eile einfällt«, sagte sie, »vielleicht wenn ich Zeit hätte, darüber nachzudenken, kämen mir andere Ideen. Vielleicht wird auch alles nicht so schlimm, wie wir im Moment denken. Vielleicht gelingt es Cornelia, wenn der Kerl wiederkommt, uns Aufschub zu verschaffen. Auf alle Fälle möchte ich, daß ihr aus dem Hause seid. Abgereist, wird es heißen. Hörst du, Dorothea? Unsere Gäste sind mit unbe-

kanntem Ziel abgereist. Soll uns erst einer mal das Gegenteil beweisen.«

Es war ein Indianerspiel, und wir waren naiv. Ob Karl uns beobachten ließ, ob er Spitzel auf dem Hof hatte, für ihn war das Ganze ein Witz.

Er verhaftete Salomea, gleich nachdem sie bei Pastor Hartmann eingetroffen war. Der Pastor und Tante Luise wurden gleichfalls drei Tage eingesperrt, wohl zur Warnung. Und sie mußten Karl Prpolski wahrscheinlich noch dankbar sein, daß es bei drei Tagen blieb.

Simon und Thomasin holten sie schon in der ersten Nacht aus dem Schuppen im Wald. Wie es sich abspielte, erfuhr ich später von Thomasin. Viel später in Berlin.

Simon versuchte zu fliehen in der Dunkelheit. Karl selbst war es, der ihn verfolgte und auf ihn schoß. Er traf Simon in das Bein, so daß dieser stürzte. Und als Karl bei ihm war, schlug er auf ihn ein, schlug so lange, bis Simon sich nicht mehr rührte. Dann warfen sie ihn in den Wagen. Zwei Tage später starb er in dem Gefängnis, in das man ihn und Thomasin gebracht hatte, an einer Leberblutung.

Davon wußte ich nichts, als ich am nächsten Tag aus einer anderen Richtung kommend zum Schuppen beim Vorwerk Borken ritt. Der Schuppen war leer. Die Decken und die Lebensmittel waren verschwunden.

Es war kalt an diesem Tag, und es regnete heftig. Tessa und ich waren triefend naß. Ich war beunruhigt, konnte aber rundherum nichts Verdächtiges entdecken. Wenn es Spuren gegeben hatte, so hatte der Regen sie verwischt.

Verwirrt und in Sorge ritt ich nach Hause. Hatte Tante Luise die beiden etwa schon geholt? Möglich war es, falls sie noch in der Nacht einen Wagen aufgetrieben hatte, ich traute es ihr zu. Kurz ehe ich ins Dorf kam, das unserem Gut am nächsten lag, kam ein Auto auf der Landstraße gefahren. Es hielt und wartete, bis ich auf dem Feldweg heran war.

Karl Prpolski saß darin. Allein. »Einen Ausritt gemacht, Cornelia? Bei diesem Wetter?«

Ungeachtet des Regens stieg er aus, stellte sich neben sein Fahrzeug. Ich hatte Tessa angehalten, eingedenk der Verhaltensmaßregeln von Tante Luise. Ich sollte freundlich zu ihm

sein. »Ich mußte Tessa ein bißchen bewegen«, sagte ich, »sie hat Winterspeck angesetzt. Wir waren im Wald, da ist es nicht so naß.«
»Hm«, er blickte mit schiefgelegtem Kopf zu mir auf. Ich lächelte ihn zaghaft an.
»Karl«, begann ich, »es tut mir leid, wenn ich gestern unfreundlich zu dir war. Ich habe es nicht so gemeint. Ich war nur böse, weil du mir nicht helfen wolltest.«
»Dir? Von dir war nicht die Rede. Dir würde ich immer helfen.«
»Na ja, du weißt doch – ich meine, wegen Simon und seiner Mutter, wir kennen sie doch schon immer, man kann doch nicht einfach...«
Er lächelte. »Doch, man kann. Man muß hart sein können, wenn man eine bessere Zeit bauen will. Das wirst du auch noch lernen. Ich bin es nicht gern, aber was sein muß, muß sein. Ihr alle werdet uns noch einmal dankbar sein.« Und lauter solches Zeug redete er, ich hörte geduldig zu.
Irgendwo lag Simon mit seinem zerschlagenen Körper und starb, aber ich wußte es nicht.
Karl klopfte Tessa auf den Hals. »Immer noch ein schönes Pferd, deine Tessa.«
»Ja«, sagte ich, »mir ist sie immer noch die liebste.« Und dabei versuchte ich ein verführerisches Lächeln oder das, was ich dafür hielt, auf mein regennasses Gesicht zu zaubern. Und demütigte mich weiter und sagte: »Du bist mir nicht mehr böse wegen gestern?«
»Ach wo«, sagte er, »du wirst schon zur Vernunft kommen.« Seine Hand lag jetzt auf Tessas Schulter und dann auf meinem Knie. »Du weißt ja, wie gern ich dich habe, Cornelia. Von dir laß ich mir allerhand gefallen. Wenn die Polacken erst mal bei euch aus dem Haus sind, werden wir schon klarkommen.«
»Sie sind schon abgereist«, sagte ich eilig, »gestern noch.«
»Na siehst du, ist doch besser so. Wohin denn?«
»Keine Ahnung, sie wollten es nicht sagen.«
»Na, ist ja auch egal. Wenn wir sie nur hier in der Gegend los sind. Sollen sie sich woanders damit herumärgern. War denn der Abschied sehr schwer von deinem geliebten Simon?«
Ich lachte, es klang ein wenig schrill, und verriet Simon, ver-

riet ihn, zu seinem Besten, wie ich dachte. »So schlimm ist das auch nicht mit der Liebe. Ich hab' das gestern so gesagt, weil ich mich über dich geärgert habe.«

Er lachte auch, seine Hand umfaßte fest mein Knie, er wußte, daß ich log, und ich wußte, daß er mir nicht glaubte. Aber ich lächelte verzweifelt, verzerrte meine Lippen, daß sie schmerzten. »Ich wollte dich doch nicht ärgern«, sagte er gemütlich. »Ich wollte nur euer Bestes. Wollte verhindern, daß ihr ernstlich Ärger kriegt mit den Leuten da im Haus. Das wäre eines Tages schiefgegangen, glaube mir. Kann immer noch was kommen. Aber da kannst du dich auf mich berufen. Ich bügle das schon aus.«

»Das ist nett von dir«, sagte ich, »aber jetzt muß ich reiten, Tessa erkältet sich sonst.«

»Wann sehen wir uns?« fragte er.

»Oh – ich weiß nicht. Irgendwann – in den nächsten Tagen.«

»Soll ich dich mal besuchen?«

»Wenn – wenn du willst.«

Er grinste mich an, jeder Zoll ein Sieger. Und irgendwo lag Simon und starb, aber das wußte ich nicht.

Seine Hand patschte ein wenig auf meinem Oberschenkel herum. »Kriege ich keinen Kuß zum Abschied?«

»Ist ein bißchen schwierig, so vom Pferd herunter. Und zu naß ist es auch.«

»Na, dann hole ich ihn mir – irgendwann in den nächsten Tagen.«

Ich stieß ein albernes Gekicher aus, und dabei gab ich Tessa die Sporen, daß sie erschreckt zusammenzuckte. Das kannte sie nicht bei mir. Ohne ein weiteres Wort wandte ich das Pferd, kehrte zum Feldrain zurück und fing an zu galoppieren. Trotz der Nässe, trotz des rutschigen, glitschigen Bodens galoppierte ich, so schnell es ging, weiter, immer weiter, nur fort, fort von hier.

Irgendwo lag Simon und starb. Ich wußte es nicht. Ich spürte es nicht. Nichts in mir starb mit ihm.

Simone

Ende April kehrte Jochen Weege nach Dornburg zurück. Vorsorglich behielt er seine Schwabinger Studentenbude, und Lisa hinterließ er zum Trost den kleinen Wagen, den er in München gefahren hatte. Zwar hing er an dem uralten Vehikel, das immer noch brav seine Kilometerchen abgetuckert hatte, doch was für Schwabing geeignet war, schickte sich noch lange nicht für Dornburg. Außerdem hatte er ein schlechtes Gewissen Lisa gegenüber. Der Wagen und das ungekündigte Zimmer blieben als eine Art Pfand zurück. Blieb zu hoffen, daß sie sich bald mit einer neuen Liebe getröstet haben würde; leidenschaftlich und sentimental zugleich, wie sie geartet war, konnte man das füglich erwarten. Auch wenn sie ihm zum Abschied, tränenüberströmt, ewige Liebe schwur.
Für ein modernes Mädchen war sie reichlich exaltiert, fand Jochen. Und außerordentlich anstrengend. Kein Mensch konnte unter diesen Umständen Examen bestehen, eine Doktorarbeit vorbereiten und den Kopf für die nun mal notwendigen Dinge dieses Lebensabschnittes klar behalten.
Gereizte Stimmung, etwas, was er noch nie gekannt hatte, war in den letzten Monaten häufig die Folge gewesen. Das Zimmer, das er bewohnte, lag in einer großen Altbauwohnung in einer verkehrsreichen Straße; Lärm und schlechte Luft, selbst in der Nacht, hatten ihn manchmal fast krank gemacht. Er sehnte sich nach der Stille, nach Schlaf, nach kühler frischer Luft. Außer ihm lebten in der Wohnung drei andere Studenten, genauer zwei Studentinnen und ein angehender Mediziner. Die Wohnung gehörte einer altgedienten Studentenwirtin, sie war Kummer gewöhnt, großzügig, etwas schlampig, es ließ sich ganz angenehm bei ihr wohnen und leben. Aber natürlich war das Zusammenleben mit den anderen ein beträchtliches Hindernis für ernsthafte Arbeit. Man war zusammen ausgegangen, hatte zu Hause gefeiert, Besuch bekommen, endlos debattiert und auch relativ viel getrunken, die Faschingszeit kam hinzu und eben vor allem Lisa mit

ihrem unstillbaren Liebesverlangen, kurz und gut: Schlaf war für Jochen ein Fremdwort geworden, denn Bummeln hin und Liebe her, es mußte gearbeitet werden, und das ging vor allem auf Kosten seiner Nachtruhe.

Über Lisa nur soviel: Sie war eines der beiden Mädchen, die in der Wohnung lebten. Romanistik im 4. Semester.

Jochen, der sein Zimmer schon seit zwei Jahren hatte, fand sie vor, als er zum Wintersemester in München eingetroffen war. Sie war ganz hübsch, etwas zu vollbusig für seinen Geschmack, außerordentlich romantisch veranlagt und, wie sich gezeigt hatte, sehr zielstrebig. Sie hatte von vornherein keinen Zweifel daran gelassen, daß ihr Jochen gefiel, und da die anderen beiden, der Mediziner und die Romanistin Nr. 2, Lisas Freundin, sowieso liiert waren, lag es nahe, daß dieses Paar ebenfalls zusammenfand. Es gab für Jochen einfach kein Entrinnen, obwohl er sich eine Weile standhaft erwiesen hatte. Als er dann von dem kurzen Weihnachtsurlaub zu Hause nach München zurückgekehrt war, geschah es jedoch, am Ende eines feuchtfröhlichen Abends, gewissermaßen als Faschingsauftakt. Er bereute es bereits nach wenigen Tagen, daß er sich widerstandslos hatte in Lisas Zimmer ziehen lassen. Er konnte die heftigen Gefühle, die sie ihm entgegenbrachte, beim besten Willen nicht erwidern. Zumal sich das Ganze binnen kurzem zu einer zeit- und nervenraubenden Affäre auswuchs, was keineswegs in seiner Absicht gelegen hatte. Aber Lisa war temperamentvoll, von possessiver Natur und von heißer Liebe erfüllt, was sie ihm ständig beweisen wollte.

Sie wurden ihm lästig, beide, das Mädchen und seine Liebe. Aber natürlich brachte er es nicht über sich, einfach Schluß zu machen. Also hoffte er auf das Semesterende und Lisas Abreise in das heimatliche Mädchenzimmer. Aber sie verkündete ihm glückstrahlend, daß sie bleiben und für ihn sorgen würde, damit er in Ruhe arbeiten könne. Seufzend hatte sich Jochen in sein Schicksal gefunden. Aber der Entschluß, München für eine Weile zu verlassen und in Dornburg weiterzuarbeiten, fiel ihm nicht schwer. Es gab Tränen und bittere Vorwürfe, er fühlte sich schuldbewußt, gleichzeitig maßlos erleichtert, als der Zug aus dem Münchner Bahnhof rollte und die schluchzende Lisa kleiner und kleiner wurde.

Noch einen Grund gab es, warum er nach Hause gekommen war – und diesen Grund hatte er Lisa gegenüber entsprechend hochgespielt –, nämlich der schlechte Gesundheitszustand seiner Mutter. Von seinem Vater und erst recht von seiner Mutter selbst hatte er nicht viel darüber erfahren. Aber Clementine hatte ihm geschrieben, daß es ihr schlechtging, daß sie das Haus nicht mehr verließ und meist liegen mußte. Er wußte gut genug, wie glücklich es seine Mutter machen würde, wenn er einige Monate zu Hause blieb.

Erschrocken waren sie beide, als sie einander gesehen hatten, Mutter und Sohn.

»Lieber Himmel, Junge, wie siehst du aus!« hatte Agnes Weege entsetzt ausgerufen, als er das erstemal vor ihr stand. »Nur noch Haut und Knochen! Und so blaß! Hast du denn nicht ordentlich gegessen?«

Jochen hätte akkurat dasselbe sagen können, aber das unterließ er wohlweislich. Statt dessen schloß er die Mutter zärtlich in die Arme, küßte sie auf beide Wangen und beschloß, so lieb und zärtlich zu ihr zu sein, wie er nur konnte. Es war ihm schwer ums Herz dabei. Und gleichzeitig empfand er wieder den alten Groll gegen seinen Vater. Vielleicht war es ungerecht, aber insgeheim gab er seinem Vater immer die Schuld dafür, daß die Mutter krank und elend war. War sie jemals glücklich gewesen? Hatte es Gustav Weege je fertiggebracht, seine Frau glücklich zu machen? Wenn ja, dann mußte es lange her sein. Jochen hatte es bewußt nie erlebt. Da war immer die andere Frau gewesen, seine Arbeit natürlich, sein Ehrgeiz, sein Egoismus. Und die kleine schmale Frau in seinem Schatten war immer kleiner, immer schmaler, immer stiller geworden.

Eine Woche lang tat Jochen nichts. Die meiste Zeit schlief er. Und das war genau das, was ihm gefehlt hatte. Er bekam gut zu essen, er ging spazieren, machte ein paar Radtouren, alberte ein bißchen mit Paulette Fuhrmann herum und war sehr froh, Clementine unverändert vorzufinden, die ihm nach der strapaziösen Lisa wie ein erfrischendes Bad vorkam. Nach dieser Woche fühlte er sich stark genug, mit der Arbeit zu beginnen. Zuvor jedoch fuhr er nach F., wo ein Freund von ihm studierte, der vor zwei Semestern von München nach F. übergewechselt

war. Sie waren beide im gleichen Semester, hatten auch früher viel zusammen gearbeitet, und ein Gespräch mit diesem Freund erschien ihm wünschenswert. Außerdem benötigte er noch einige Bücher, die er sich aus der Universitätsbibliothek holen wollte. Am Abend begleitete ihn sein Freund zum Bahnhof.
Kurz ehe der Zug abfuhr, sah er das Mädchen zum erstenmal. Er war zeitig zum Bahnhof gekommen, denn dieser Eilzug, der F. am frühen Abend verließ und die letzte bequeme Verbindung nach D. an diesem Tage bot, war meistens gut besetzt.
Am Morgen, als Jochen mit dem Gegenzug nach F. gefahren war, hatte er es sehr bedauert, seinen kleinen Wagen nicht mehr zu haben. Er hätte seinen Vater um einen Wagen bitten können. Das brachte er nicht fertig. Er mußte mit einem Nein rechnen, außerdem hätte sein Vater ihm von sich aus einen Wagen anbieten können, da er ja von der geplanten Fahrt wußte.
Nun aber hier, am Abend auf dem Bahnsteig in F., vermißte er den Wagen nicht mehr. Er stand bei seinem Freund, sie redeten, betrachteten müßig die Leute, die an ihnen vorbeiliefen, und sahen gleichzeitig die junge Dame herankommen. Sie kam rasch den Bahnsteig entlang, begleitet von einem Gepäckträger. Ihr Gang war das erste, was Jochen auffiel. Sie ging sehr sicher und selbstbewußt, setzte die Füße schmal und gerade aneinander. Ihre Haltung, ebenfalls leicht und graziös, wirkte sportlich und damenhaft zugleich.
Beide, er und sein Freund, sahen zu, wie sie den Wagen bestieg.
»Tolle Beine!« sagte der Freund. »Lang, länger, am längsten. So was hab' ich gern.«
Der Gepäckträger hob zwei helle, elegante Koffer, eine große Tasche, ein Suitcase und – überraschenderweise – eine Staffelei in den Zug.
»Das ist was Teures«, sagte der Freund. »Aber kannst du mir sagen, was sie mit der Staffelei tut? Malt sie am Ende? Sieht gar nicht aus wie eine Künstlerin.«
»*Wie* sieht eine Künstlerin aus?« fragte Jochen abwesend. Dann blickte er auf seine Uhr und setzte sich in Bewegung in Richtung Ausgang. »Komm mit!«

»Wo willst du denn hin?«

»Nachlösen für die erste Klasse.«

Sein Freund lachte überrascht. »Na, du bist gut. Sind die zwei Viertel dir etwa in den Kopf gestiegen? Was willst du denn von so einem kostbaren Mädchen? Außerdem bist du in anderthalb Stunden in Dornburg, dann steigst du aus. Sie bestimmt nicht.«

»Ich kann mir doch anderthalb Stunden etwas Hübsches ansehen, wenn sich die Gelegenheit bietet. Das ist die vier Mark fünfzig wert.«

Anderthalb Stunden hätte er Gelegenheit gehabt, das Mädchen anzusehen, denn er saß ihr direkt gegenüber. Aber da er ein wohlerzogener junger Mann war, wagte er nur ab und zu einen kurzen Blick, begnügte sich mit diesem und jenem Detail. Trotzdem bekam er mit der Zeit das Bild zusammen.

Die Beine waren schon registriert worden. Das nächste, was ihm gefiel, waren ihre Hände, leicht gebräunt, mit sensiblen und doch kräftigen Fingern, langen gewölbten Nägeln, die perlmuttgelackt waren. Den Händen nach könnte sie möglicherweise doch Künstlerin sein. Sie trug keinen Ring, das fiel ihm auf. Auch sonst keinen Schmuck, nur eine Armbanduhr und ein schmales goldenes Kettchen neben der Uhr. Die Handgelenke waren außerordentlich schmal. Auch das Kostüm gefiel ihm, er hatte einen Blick dafür, wie eine Frau angezogen war. Es sah teuer aus, ein helles und ein dunkleres Beige in sich kariert. Unter dem Kostüm trug sie einen hellbraunen Seidenpullover.

Nur gelegentlich wagte er es, einen Blick in ihr Gesicht zu werfen, denn sie las nicht, sah fast die ganze Zeit aus dem Fenster mit einer seltsam gespannten Aufmerksamkeit. Sie *sah* wirklich. Er hatte den Eindruck, daß ihr Blick alles erfaßte – die Landschaft unter einem halbtrüben Frühlingsabendhimmel, sehr grün das Land, blühend die Bäume, noch naß vom Regen, der am Nachmittag gefallen war; die Dörfer, die an ihnen vorüberglitten; ein einsames Gehöft in der Wiese; die alte Dorfkirche von Gelsingen, die seltsam dunkel und würdevoll den Abend erwartete; der Hund, der bellend eine Weile neben dem Zug herlief; die Frau, die mit einem Kinderwagen vor der geschlossenen Schranke wartete; zwei Kinder, die am Wegrand

winkten; auf den Bahnhöfen die Menschen, die kamen und gingen, der Verdruß, die Müdigkeit in ihren Gesichtern, ihr seltenes Lächeln. Alles sah das fremde Mädchen.
Jochen sah, daß sie alles sah. Und dadurch erblickte er es auch. Sie mußte Malerin sein, kein Zweifel, wer sonst konnte so mit seinen Augen sehen.
Sicher sah sie auch ihn, obwohl ihr Blick ihn nur ein- oder zweimal gleichgültig streifte.
Mit der Zeit kannte er auch ihr Gesicht. Es war so edel wie ihre Füße, ihre Beine und ihre Hände. Von einer harmonischen, fast strengen Ebenmäßigkeit, die Augen dunkel unter hochgeschwungenen Brauen, das Haar dunkel, fast schwarz, sehr kurz geschnitten und ganz glatt. Ihre Stirn war hoch und schmal, an den Schläfen war die Haut weiß und durchsichtig. Fast ein wenig überzüchtet, dachte Jochen. Altes Blut und ein wenig fremdes Blut dazu. Ob sie Französin war?
Eine Weile dachte er darüber nach, wie ihre Stimme klingen mochte. Um es zu wissen, hätte er sie ansprechen müssen. Aber er wollte nicht. Nicht daß er zu schüchtern gewesen wäre, auch die beiden anderen Leute im Abteil hätten ihn nicht gestört, aber er wollte nicht. Er mußte sowieso bald aussteigen. Es war viel schöner, das fremde Mädchen anzusehen und ein bißchen zu träumen. Das Bild zu genießen, das der Abend ihm überraschend beschert hatte. Zuletzt betrachtete er ihren Mund. Und er dachte: Er ist fast das Schönste an ihr. Einen solchen Mund habe ich noch nie gesehen. Was für ein herrlicher Bogen ist die Oberlippe. Gott sei Dank nicht so ein dämlicher Schmollmund, wie sie ihn sich heute alle zurechtmachten. – Ein kluger Mund, ein beseelter Mund. So etwas sieht man selten. Und so etwas vererbt nur alte Rasse. Und eine Weile später dachte er: Ein ungeküßter Mund. Sie gehört nicht zu jenen, die ihren Mund jedem anbieten. Sie ist anders als die anderen. Ich habe noch nie ein Mädchen gesehen, das so ist wie sie.
Sie ist schön – für mich jedenfalls, vielleicht würden andere das nicht finden, denen wäre sie vielleicht zu herb, zu ernst. Für mich ist sie einmalig schön. Und sie muß klug sein, das sieht man ihrem Gesicht an. Sie weiß genau, was sie will, sie ist sehr beherrscht, sehr bewußt. Wo kommt sie her? Wo fährt

sie hin? Ich werde sie nie wiedersehen. Ich werde niemals ein Mädchen wiedersehen, wie sie es ist. Aber es ist schön, daß ich sie überhaupt gesehen habe. Ich werde mich lange an sie erinnern.

Dann kam die große Überraschung. Sie schickte sich an, in Dornburg auszusteigen. Blickte erst auf ihre Uhr, dann, als erstmals der Name Dornburg an einem Stellwerkhäuschen auftauchte, erhob sie sich und blickte zu ihren Koffern hinauf.
Jochen sprang auf. »Darf ich?« fragte er, und auf ihr Nicken hin hob er die Koffer aus dem Netz. Sie nahm den Mantel über den Arm, ihre Handtasche, griff nach der Staffelei.
»Bitte lassen Sie, gnädiges Fräulein«, sagte er, »ich bringe alles mit hinaus. Ich steige hier auch aus.«
Erstmals sah sie ihn voll an. »Danke«, sagte sie und der Schimmer eines Lächelns war in ihren Augen.
Als er mit dem ganzen Gepäck neben ihr auf dem Bahnsteig stand, lächelte sie wirklich.
»Merci bien.«
Also doch eine Französin, das hatte er sich schon gedacht.
»Und wohin nun?« fragte er eifrig.
Sie blickte sich suchend um. »Einen – porter, ich meine...«
»Einen Gepäckträger, meinen Sie«, half er weiter. »Da werden Sie kein Glück haben. Aber ich trage Ihnen die Koffer gern hinaus.«
Es schien ihr nicht ganz recht zu sein, seine Dienste weiterhin in Anspruch zu nehmen. Aber es blieb ihr nichts anderes übrig.
Zwar gab es in Dornburg einen Gepäckträger. Einen! Den alten Wieser, aber um diese Zeit war er kaum mehr im Bahnhof zu treffen, da hatte er sich schon zu seinem Dämmerschoppen zurückgezogen. Er versuchte ihr das zu erklären, sprach langsam und deutlich, aber sie verstand ihn genau, nickte und sagte: »Wenn Sie also noch mal so freundlich sein würden – ein Taxi wird es ja wohl geben?«
»Selbstverständlich. Jede Menge.«
Ein Glück hatte er. Nicht nur, daß er das Mädchen so lange ansehen konnte, jetzt stieg sie auch noch hier aus, und er

konnte sie mit ihrem ganzen Gepäck in ein Taxi setzen und erfuhr bei der Gelegenheit auch noch, wohin sie fuhr.
Die dunklen Augen sahen ihn an. Sie lächelte. Sie sagte: »Ich danke Ihnen sehr.« Dann fuhr der Wagen an.
Jochen stand vor dem Bahnhof und blickte dem Taxi nach. Hatte er jemals so ein Mädchen gesehen? Niemals. Sie blieb in Dornburg, sie wohnte im »Schwarzen Bären«. Vielleicht würde er sie wiedersehen. So wie die Dinge lagen, konnte er es wagen, sie anzusprechen. Von Tinchen würde er wahrscheinlich ganz genau erfahren können, wer sie war und woher sie kam.
Nein, besser Tinchen nicht zu auffällig nach diesem Gast fragen, da wurde sie höchstens mißtrauisch. Mal abwarten, was sie von selbst erzählte. Tinchen sprach sehr gern über die interessanten Gäste des Hotels.
Was sie wohl hier tat? Ostern war vorbei. Sonst hätte er angenommen, sie wolle die Feiertage in Dornburg verbringen. Vielleicht wollte sie hier malen? Dornburg bot eine ganze Menge hübscher Motive. Nur kam es selten vor, daß Maler der Gegenwart alte Häuser und winklige Gassen malten. Ob sie das Quellgebiet der Dorn kannte? Das war eine romantische Gegend, felsig, unberührt, darauf mußte er sie aufmerksam machen.
Über seinen Gedanken hätte er beinahe den Omnibus verpaßt. In letzter Minute sprang er hinauf. Das fremde Mädchen fuhr mit.

Simone hatte von Straßburg aus, vom Hotel »Maison Rouge«, wo sie zuletzt gewohnt hatte, den »Schwarzen Bären« in Dornburg anrufen und ein Zimmer reservieren lassen. Sie wurde erwartet. Josef trug ihr Gepäck aus dem Taxi. Clementine stand hinter dem Empfangspult, Herr Gruber unter der Tür, die ins Restaurant führte, wo er gerade die ersten Abendgäste begrüßt hatte.
Er trat heran, als der aus Straßburg gemeldete Gast durch die Halle kam, begrüßte die junge Dame, hatte mit einem Blick die reizvolle Erscheinung erfaßt, empfing den Eindruck von Eleganz und Sicherheit trotz großer Jugend und hatte die plötzliche Empfindung: Die kennst du doch!

Er kannte sie nicht, soviel war sicher. Denn er vergaß niemals einen Gast seines Hauses, schon gar nicht hätte er eine so bemerkenswerte junge Dame vergessen. Er kannte sie also gewiß nicht. Aber es kam ihm vor, als müsse er sie kennen, als sei sie ihm vertraut. Merkwürdig!
Simone trug sich auf dem Meldezettel als Silvia Marquand ein und gab als Heimatadresse die Brüsseler Anschrift ihrer Tante Ethel an. Sie fühlte sich unbehaglich dabei, meinte, man müsse ihr ansehen, daß sie log. Sie log niemals. – Und dies war genaugenommen eine Urkundenfälschung.
Sie hatte sich das genau überlegt, war bereits in Straßburg unter diesem Namen abgestiegen, um sich zu üben. Marquand hatte ihre Tante übrigens in ihrer zweiten Ehe geheißen, der Name existierte wirklich – das gab ihr das Gefühl, nicht ganz in der Luft zu hängen. Und falls ihr etwas geschah, würde man in Brüssel davon erfahren.
Aber es erschien ihr notwendig, daß niemand hier wußte, wer sie wirklich war. Wenn eine Gefahr bestand, wenn hier eine Gefahr bestanden hatte für Cornelia, dann bestand sie auch für sie. Und wenn sie sich ungeniert in dieser Stadt bewegen wollte, durfte keiner wissen, wer sie war. Aber es war etwas anderes, sich das auszumalen, Pläne zu machen – als nun wirklich hierzusein. Jetzt auf einmal ergriff sie eine lähmende Angst. Das kam ganz plötzlich. Sie hatte so etwas noch nie empfunden.
Es traf alles zusammen. Die fremde Umgebung, das fremde Land – das erstemal in Deutschland –, die Spannung, die in den letzten Tagen immer stärker geworden war, Bangnis vor diesem Unternehmen; ein wenig Abenteuerlust mochte vielleicht zuerst dabeigewesen sein, doch das war vergangen, übriggeblieben war eine Aufgabe, die sie sich gestellt hatte, ohne sich klarzumachen, worin diese Aufgabe eigentlich bestand. Und nun plötzlich – ganz stark, ganz heftig, der Gedanke an Cornelia. Hier an diesem Pult hatte sie auch gestanden und solch einen Zettel ausgefüllt. Und vielleicht hatte ihr Mörder sie bereits dabei beobachtet. So wie er sie jetzt beobachtete.
Ihre Hand wurde feucht beim Schreiben, sie zog wie fröstelnd die Schulterblätter zusammen, am liebsten hätte sie den Stift

hingeworfen und wäre davongelaufen. Nur mit Mühe gelang es ihr, den Zettel auszufüllen.
Silvia Marquand. Aus Brüssel. Noch die falsche Unterschrift. So.
Ich muß den Paß gut verstecken. Am besten immer bei mir tragen. Und wie mache ich es, wenn ich Geld brauche, wenn ich Schecks einlösen muß? Daran habe ich nicht gedacht. Und irgendwie muß ich ja auch... Ich hätte das nicht tun sollen mit dem falschen Namen. Ob ich es rückgängig machen kann? Aber wie, for heaven's sake? Ich kann doch nicht einfach sagen, das stimmt nicht, zerreißen Sie den Zettel, ich bin Simone von Elten, meine Mutter hat hier gewohnt, und ich bin gekommen, um herauszufinden, was hier geschehen ist.
Das ging nicht. Dann konnte sie gleich wieder abfahren. Sie hatte es so genau überlegt und trotzdem nicht zu Ende gedacht. Ob die deutsche Polizei sehr mißtrauisch war? Ob man Fremde hier überprüfte? In den Staaten ging es ohne weiteres, daß man unter anderem Namen in einem Hotel abstieg. Aber hier – sie hatte keine Ahnung.
»Danke schön«, sagte Clementine und zog ihr den Meldezettel unter den verkrampften Fingern hervor. »Das genügt. Darf ich Sie jetzt auf Ihr Zimmer bringen?«
Aufgeschreckt blickte Simone das blonde Mädchen an. »O ja. Danke.«
Herr Gruber hatte das seltsame Verhalten seines neuen Gastes nicht bemerkt. Er war dabei, Frau Fuhrmann und Herrn Weege zu begrüßen, die in Begleitung zweier Herren soeben gekommen waren, um zu Abend zu essen.
Frau Fuhrmann war sehr elegant, in einem schwarzen französischen Kostüm, die Nerzstola über den Schultern. Herr Gruber küßte ihr die Hand, fragte nach ihrem Ergehen, er habe sie lange nicht gesehen.
»Ich war in Paris, ein wenig einkaufen«, sagte Rita und lachte kokett. »Die neue Frühjahrsmode, man muß sich doch darum kümmern, nicht wahr?« Sie sah gut aus, ihr Haar war jetzt kupfern getönt, ihr Gesicht glatt und ausgeruht.
»Das ist Ihnen gut bekommen«, meinte Herr Gruber. »Sie sehen großartig aus. Mir scheint, Sie werden immer jünger, gnädige Frau.«

Rita lächelte geschmeichelt. Man sah es also, es hatte gewirkt. Sie hatte nicht nur eingekauft in Paris, sie hatte sich liften lassen.
Keiner blickte zum Pult hinüber. Aber vielleicht hatte Simone doch gespürt, daß der Mörder hinter ihr stand.

Ob es das Zimmer war, in dem Cornelia gewohnt hatte? Sie konnte nicht danach fragen. Aber sie wußte es auch so: es war das Zimmer, in dem sie die letzten Tage ihres Lebens verbracht hatte. Es sei ein hübsches Zimmer gewesen, hatte Cornelia geschrieben. Sie fühle sich wohl hier in diesem Zimmer, in diesem Hotel, in dieser Stadt. Die Leute seien nett, die Sonne scheine, und sie sei glücklich, wieder einmal in Deutschland zu sein.
Das stand in den Papieren.
Simone blickte sich um, als sie allein war. An diesem kleinen Schreibtisch dort hatte Cornelia gesessen und den langen Brief geschrieben. In diesem breiten Bett hatte sie geschlafen.
– Nein, es war zuviel, was sie sich vorgenommen hatte. Sie hätte niemals herkommen dürfen. Es war Wahnsinn.
Und genau wie ihre Mutter damals dachte Simone: Was tue ich eigentlich hier? Ich muß wieder fort. Ich kann hier nicht bleiben. Ich suche einen Mörder, von dem ich gar nicht weiß, ob er existiert. Cornelia hat ihn hier ebenfalls gesucht. Und sie hat ihn gefunden.
Oder er hat sie gefunden.
Und ich?
Die Gespenster, die Cornelia zurückgelassen hatte, die sie in diesem Zimmer schreibend beschworen hatte, sie waren alle, alle da. Sie hatten hier auf Simone gewartet.
Aber Simone war jung. Stark und selbstsicher. Es gelang ihr nach einiger Zeit, der Beklemmung Herr zu werden, zu nüchternem Denken zurückzufinden.
Ich darf nicht die Nerven verlieren. Keiner weiß, wer ich bin. Keiner weiß, was ich hier will. Ich bin hergekommen, um zu malen. Und wenn man mich fragt, warum gerade nach Dornburg?
Es wird mich keiner fragen. Ich werde niemand Gelegenheit geben, mich auszufragen.

Aber das war natürlich Unsinn. Wenn sie etwas erreichen wollte, mußte sie mit den Leuten reden. Mit kühlem Schweigen kam sie nicht weiter. Sie mußte sich einen plausiblen Grund überlegen, warum sie gerade in Dornburg malen wollte. Warum also? –
Nun, man konnte darüber nachdenken, später. Zuerst einmal war es wichtig, daß sie sich beruhigte.
Sie nahm die Zigaretten aus ihrer Tasche, zündete sich eine an und begann logisch zu denken.
Das hatte sie gelernt. Das hatte man ihr im College und auf der Universität beigebracht. Klar, nüchtern und logisch denken, erst dann konnte man vernünftig leben.
Sie ging lautlos auf dem dicken Teppich hin und her, rauchte und dachte.
Seit Cornelias Tod hatte sie den Plan gehabt, nach Dornburg zu fahren. Sie hatte es geschickt eingefädelt. Vor vier Wochen war sie bei Tante Ethel in Brüssel gelandet. Man hatte dort alles getan, um ihr das Leben angenehm zu machen. War ausgegangen, hatte wunderbar gegessen, Theater, Konzerte, Fahrten durch das Land, sie war in Gent und Brügge gewesen, an der Küste in Ostende. Tante Ethel war für einige Tage mit ihr nach Paris gefahren. Und dann war Muriel mit ihrem Mann gekommen. Muriel war die einzige, die sie ins Vertrauen gezogen hatte.
Muriel und sie hatten sich gleich im ersten Jahr auf dem College angefreundet. Simone war nie der Typ gewesen, der eine Schar von Freundinnen um sich sammelte, sie galt als hochnäsig. Mit Muriel war es anders. Sie war sehr klug, sehr selbstbewußt, in mancher Beziehung Simone ein wenig ähnlich. Die ehrgeizigste Studentin, die man sich vorstellen konnte, vielseitig begabt. Ursprünglich wollte sie Journalistin werden – sie stammte aus einer alten Zeitungsfamilie, ihr Vater war der Herausgeber einer Zeitung mit hoher Auflage in Philadelphia, ihr Bruder ein weltreisender Reporter mit bekanntem Namen. Dann hatte Muriel entdeckt, daß eine andere Art von Schreiben ihr mehr lag. Sie würde Schriftstellerin werden. Nicht gleich, später – wie sie sagte.
»Erst werde ich ein wenig leben«, erklärte sie Simone. »Einiges von der Welt sehen. Und dann darüber schreiben.«

Ein Romanfragment, Kurzgeschichten, die sie bisher geschrieben hatte, wurden allgemein gut beurteilt, mit dem nüchternen Geschäftsgeist, den Amerikaner auch in künstlerischen Dingen aufbringen. Dann auf einmal war Muriel die Liebe begegnet. Ein Schriftsteller, genauer gesagt, ein Drehbuchautor, Europäer, sehr erfolgreich, sehr wohlhabend, den sie durch ihren Bruder kennengelernt hatte. Der Mann war wesentlich älter als sie, welterfahren, gewandt im Umgang mit Frauen.

Die kluge, kühle Muriel entdeckte sich selbst. Und stellte sich selbst die klarsichtige Diagnose: »Verliebt bis über beide Ohren«, berichtete sie Simone. »Ich hätte nicht gedacht, daß mir so etwas passieren kann. Aber es ist wundervoll.«

Das war im vergangenen Herbst gewesen, wenige Wochen vor Cornelias Tod. Simone hatte damals mit belustigtem Interesse an Muriels Liebesgeschichte Anteil genommen. Als das Unglück mit Cornelia geschah, war Muriel gerade auf der Hochzeitsreise.

Erst zu Beginn dieses Jahres hatte Simone sie wiedergesehen. Muriel diente nun Simone als Deckadresse. Sie lebte zur Zeit mit ihrem Mann im Tessin. Vor vierzehn Tagen hatten sie einander in Paris getroffen, so war es verabredet gewesen. In Tante Ethels Beisein war Simone nach Lugano eingeladen worden, auch das hatte man verabredet. Tante Ethel war einverstanden. Ein paar Wochen im Frühling im Ticino, das konnte für Simone nur gut sein. Offiziell war Simone also in die Schweiz gefahren. In Wirklichkeit war sie vor zwei Tagen in Straßburg eingetroffen. Und nun also – in aller Ruhe überdachte Simone jetzt die Lage. Muriel und ihr Mann wußten, wo sie war. »Wenn du Hilfe brauchst«, hatte Muriel gesagt, »ruf mich an. Am nächsten Tag sind wir da.«

Keine Rede davon, daß sie Hilfe brauchte. Und geradezu lächerlich, daß sie sich in irgendeine Hysterie hineinsteigerte, nur weil sie in diesem Dornburg angekommen war. Eine Stadt wie jede andere. Sie würde sich in Ruhe hier umsehen.

Kein Mensch konnte ahnen, wie sich die Dinge hier entwickeln würden, sie selbst am wenigsten. Vielleicht gab es nichts zu sehen und zu hören.

Jetzt würde sie erst einmal baden. Dabei konnte sie in aller

Ruhe weiter nachdenken. Sie streifte die Kostümjacke von den Schultern, schlüpfte aus Rock und Pulli, ging im kurzen französischen Hemdröckchen ins Bad und drehte die Hähne auf. Summend kehrte sie zurück, suchte in der großen Tasche nach dem Badesalz und der Seife.

Hübsch war es hier. Cornelia hatte recht gehabt. Ob alle deutschen Hotels so behaglich waren? Hier konnte man sich wohl fühlen.

Komisch – sie war in Deutschland. Irgendwie hatte sie ein Gefühl der Feindschaft gegen dieses Land. Als sei es von Ungeheuern bewohnt. Von Menschen, die ihr höchstes Vergnügen darin finden, andere Menschen zu quälen und zu töten. Ein Volk, das ewig Unruhe und Krieg über die Welt brachte. So sah man es in Filmen und Fernsehspielen, das las man in Büchern, davon sprachen die Leute. Sie erinnerte sich an Lehrer, Professoren, Immigranten, Künstler, mit denen sie zusammengetroffen war und die immer von diesem Deutschland sprachen, als sei es ein hochexplosiver Stoff. Ein tüchtiges Volk, gewiß. Sie konnten arbeiten, sie hatten allerhand bemerkenswerte Wissenschaftler und Geistesgrößen zusammengebracht im Laufe der Zeit. Goethe, Beethoven, nicht wahr? Und natürlich Robert Koch und Röntgen und Einstein und noch viele andere, aber im großen und ganzen waren und blieben sie unheimlich, diese Deutschen, man wußte nie, was ihnen plötzlich einfiel.

An eine Mitschülerin mußte sie denken, eine zierliche kleine Jüdin, die nur voller Haß und Verachtung von Deutschland und den Deutschen sprach, obwohl sie selbst in Amerika geboren war und niemals von Deutschland etwas Böses erfahren hatte.

Ganz anders ein alter Professor, bei dem Simone Vorlesungen über europäische Geschichte gehört hatte. Ein Jude auch er. 1937 aus Deutschland geflüchtet, erst nach Prag, später über Ungarn und Spanien nach den Vereinigten Staaten gelangt. Ein mühevoller, schwieriger Weg voller Demütigung, voller Pein und Angst; armselig, einsam, so kam er ins Land der Freiheit, das ihn keineswegs mit offenen Armen aufnahm. Aber wenn er von Deutschland sprach, dann wurden seine Augen groß und dunkel, leuchteten geradezu voll Sehnsucht

und Liebe. Das schönste Land der Welt, so nannte er seine Heimat, die ihn erbarmungslos verstoßen und mit dem Tode bedroht hatte. »Kein Land der Erde, in dem man so glücklich leben kann wie in Deutschland«, das hatte er einmal gesagt. Und einer der jungen Studenten hatte vorlaut gesagt: »Warum kehren Sie dann nicht dorthin zurück, Professor?«
Der Alte hatte ihn nur angesehen, stumm, so hilflos, so verloren – Simone erinnerte sich genau daran, daß der alte Mann ihr leid tat, daß sie eine Ahnung bekam vom Leid der Verstoßenen, der Heimatlosen.
Daran dachte sie jetzt in der Badewanne. Auch Cornelia hatte immer Heimweh gehabt. Und sie war froh darüber gewesen, wieder hier zu sein. Sie hatte geschrieben: Ich möchte mit dir zusammen hierherfahren und dir alles zeigen.
Was alles? Die Landschaften und die Städte Deutschlands, die Cornelia von früher vermutlich selbst nicht kannte, alte Bauten, berühmte Kirchen, das Brandenburger Tor in Berlin, das Hofbräuhaus in München, den Kölner Dom und das Heidelberger Schloß. Das waren wohl die Dinge, die Amerikaner hauptsächlich ansahen, wenn sie in dieses Land kamen – aber es war wohl nicht das, was Cornelia gemeint hatte. Es war etwas anderes, das sie gespürt hatte, das sie wiedergefunden hatte. Und es ist etwas, das ich wahrscheinlich nicht finden werde, weil ich gar nicht weiß, was es ist. Oder werde ich doch erkennen, was sie gemeint hat?
Nachdenklich kletterte Simone aus der Badewanne, trocknete sich flüchtig ab, ging nackt in ihr Zimmer, nahm frische Wäsche aus dem Koffer. Vor dem Spiegel blieb sie stehen und fuhr sich mit den Fingern durch das kurze Haar. Ich bin deine Tochter, Cornelia. Und wenn es hier etwas Besonderes gibt, etwas, was du geliebt hast, weil es liebenswert ist, dann werde ich es finden, genauso wie du es gefunden hast. Ich werde es vielleicht anders ansehen als du. Aber ich werde wissen, was du gemeint hast. Als du hier warst, war es Herbst, die Sonne schien, die Bäume waren voll goldenem Laub – das alles hast du geschrieben. Jetzt ist es Frühling, es regnet heute, draußen vor dem Fenster ist es dunkel, und die alten Bäume im Garten, die du mir geschildert hast, haben junges grünes Laub, das werde ich morgen sehen. So wird vielleicht für mich noch

manches anders aussehen als für dich. Und die Leute sind nett, das hast du auch geschrieben.

Gewiß, sie konnte sich über die Leute bisher nicht beklagen. Man hatte sie sehr freundlich empfangen im Hotel, aber das gehörte schließlich dazu. Auch der Taxifahrer war freundlich gewesen. Und dann der junge Mann im Zug – ihn nicht zu vergessen. Erst hatte er sie die ganze Zeit heimlich beobachtet, und dann war er geradezu selig gewesen, daß sie hier mit ihm ausstieg und er ihr behilflich sein konnte. Nun, das hätte jeder amerikanische boy auch getan – das war nichts Besonderes. Well, just wait and see.

Was nun? Simone hängte sorgfältig ihre Sachen in den Schrank. Sie hatte Hunger. Einen kleinen Rundgang durch die Stadt und dann unten im Restaurant essen?

Ein Blick aus dem Fenster zeigte ihr, daß es wieder angefangen hatte zu regnen. Also kein Spaziergang, sie verspürte sowieso keine rechte Lust dazu. Essen gehen und diesen Wein probieren, von dem Cornelia so begeistert geschrieben hatte.

Noch einmal, ehe sie das Zimmer verließ, kamen die Verwirrung und der Kummer zurück: so war Cornelia aus dem Zimmer gegangen, um nie wiederzukehren.

Und wie schön wäre es, wie über alle Maßen schön und beglückend, wenn sie jetzt zusammen mit ihr hinuntergehen könnte in dieses fremde Lokal in diesem fremden Land und sagen könnte: »Und nun, Mum, laß mich mal deinen großartigen Wein kosten! Ob er besser schmeckt als Cola.«

Und sich das indignierte Gesicht ihrer Mutter dabei vorzustellen! Cola war etwas, das Cornelia nie getrunken hatte.

Unten im Restaurant, im Wappenzimmer, saß Gustav Weege mit Rita und seinen Gästen an einem Ecktisch. Der Spargel und die Kalbsteaks wurden soeben serviert. Der »Schwarze Bär«, berühmt für seine Spargelgerichte, bot über zwei Dutzend Variationen, wie man das liebliche Frühjahrsgemüse verspeisen konnte; es war immer der beste Spargel, und man bekam nicht nur vier, fünf kümmerliche Stänglein davon, sondern eine ordentliche Portion. Hinzu kam: Zu nichts sonst schmeckte der frische junge Wein des Landes besser als gerade zu diesem Spargel.

Die Gäste lobten das Essen, sie speisten mit Genuß. Rita nickte Herrn Gruber zu, der vorbeikam.
»Exzellent, wie immer«, sagte sie. »solange es Spargel gibt, werde ich Ihr Dauergast.«
»Hoffentlich nicht nur für diese Zeit, gnädige Frau«, erwiderte Gruber lächelnd.
Eigentlich hatte man vorgehabt, diesen Abend im Hause Fuhrmann zu essen, aber die Köchin hatte Zahnschmerzen und war nicht ansprechbar. Und Rita hatte sich nie etwas aus Kochen gemacht, so hatte sie die Herren nur zum Aperitif in ihrem schönen Haus empfangen.
Im angenehmen Wissen, im ganzen Lokal die eleganteste und attraktivste Frau zu sein, zudem mit drei Männern am Tisch zu sitzen, was sie schätzte, zeigte sie sich von ihrer charmantesten Seite. Das enthob Weege der Pflicht, viel zum Gespräch beitragen zu müssen. Der Tag war anstrengend gewesen. Es handelte sich um einen großen Exportauftrag nach einem Entwicklungsland, man hatte hart verhandelt, jetzt waren die Verträge perfekt. Der Liefertermin war verhältnismäßig kurz. Das würde viel Überlegung und nachher viel Arbeit geben in nächster Zeit. Gut so, Arbeit war das Wichtigste für ihn. Sie allein konnte ihn zeitweise von seinen quälenden Gedanken ablenken. Jetzt allerdings waren die Gedanken wieder da.
Hier im Wappenzimmer hatte er sie gesehen. Da drüben hatte sie gesessen, an dem kleinen Tisch in der Nische. Schön und blaß und stumm. Sein Schreck, als er sie gesehen hatte, seine Verwirrung – und dann, was nachher kam.
Immer wieder ging sein Blick zu dem kleinen Tisch, der an diesem Abend leer blieb. Er aber sah sie dort sitzen. Leibhaftig und wirklich. – Er hatte sie nie vergessen in all den Jahren, die vergangen waren. Nicht ständig an sie gedacht. Natürlich nicht. Aber manchmal, wenn er an früher dachte. An die verrückten Jahre seines Aufbruchs, seines Aufstiegs, seines – Unrechts. Ja, so sah er es heute. Er war nicht so dumm, das Unrecht nicht zu erkennen, das damals geschehen war. Später konnte er nicht mehr begreifen, warum er so begeistert seinen Anteil daran gesucht hatte. Nun gut, er war es nicht allein gewesen, viele, viele andere hatten das gleiche getan, Schlimmeres als er. Er war sich später auch darüber klar geworden,

warum gerade er, der weder dumm noch bösartig war, so leicht ein Opfer jenes Irrsinns geworden war.

Seine Jugend war schuld. Sein zerrüttetes Elternhaus, die schiefe Stellung, die es für ihn bedeutet hatte. Er gehörte dazu und auch wieder nicht. Warum war es ihm nicht gelungen, sich duldsam in die Stellung zu finden, die ihm zukam? Sein Vater spielte eine wichtige Rolle auf dem Gut, er war beliebt und wurde anerkannt, der Gutsherr behandelte ihn wie seinen Freund. Wenn auch die Distanz blieb, natürlich, das mußte so sein. Und sein Vater hatte es als richtig und gut empfunden.

Aber seine Mutter hatte immer gehetzt. Und da sie bei seinem Vater mit ihren Reden nicht ankam, war er es gewesen, der einzige Sohn, dem sie nach und nach den Haß gegen das Herrenhaus eingeimpft hatte.

»Die bilden sich ein, sie sind etwas Besseres. Hier leben sie ja noch auf dem Mond mit ihren veralteten Standesunterschieden. Die hochnäsige Blase! Der Herr Graf und die Frau Baronin und die ganze elende Sippe. Eines Tages wird man ihnen das Dach überm Kopf anzünden. Und dein Vater kriecht ihnen in den Hintern. Sieh es dir an! Du wirst anders sein. Du wirst ihnen ins Gesicht spucken.«

So ähnlich und meist mit viel schlimmeren Ausdrücken mußte er es hören seit seinen Kindertagen. Vater und Mutter sprachen nicht miteinander, sie waren Feinde. Eine Zeit gab es in seiner frühen Kindheit, da hatte Molly Prpolski, die flotte Molly Weege aus Berlin, noch einen gewissen Einfluß auf Otto Prpolski, genannt Prip. Da gab es Streit und böse Worte, da flog das Geschirr, und dann gab es wieder Versöhnung. – Später, erwachsen geworden, begriff Karl Gustav Prpolski, der Sohn, wie es zu dieser Versöhnung kam. Molly war hübsch und jung, sie hatte einen zierlichen geschmeidigen Körper, sie wußte, wie man einen Mann behandelte, sie hatte dieses zarte, freche Kindergesicht, ihre rotblonden Locken, ihre Gier nach Liebe. Damit holte sie sich den Mann immer wieder. Nicht nur ihn, andere auch, das begriff Karl damals sehr bald. Bis dann die Zeit kam, wo sie keine Macht mehr über ihren Mann hatte, nicht mit ihrem Lachen, ihrem Körper, ihrer Jugend. Dann gab es nur noch Streit und Haß und später Schweigen.

Hat er es je vergessen? Nie. Der kalte rücksichtslose Karl Prpolski, der kalte rücksichtslose Gustav Weege, sie hatten beide den gleichen schwachen Punkt: ihre Jugend. Das Elend. Das verzweifelnde Nichtverstehen in der Kindheit.
Mit Neid hatte er die anderen Kinder angesehen. Wie sie zu ihren Eltern standen, wie ihre Eltern zueinander standen. Und natürlich die Kinder, die ihm von allen am nächsten waren: Fritz von Elten, die kleine Cornelia, Simon Eckersdorff.
Gustav Weege war bis heute noch kein Psychologe geworden, aber so viel begriff er immerhin, daß er die Kinder gehaßt hatte, weil sie Liebe bekamen, weil Ordnung in ihrem Leben war. Weil ihre Welt wohlgefügt war und unerschütterlich schien. – Liebe, gewiß, die bekam er auch. Von seinem Vater, von seiner Mutter, aber die Liebe war von Haß begleitet, von Feindschaft, von Eifersucht, mit der die beiden ihn für sich beanspruchten. Jeder wollte ihn für sich haben, und das wirkte zerstörend auf die Kinderseele.
Daraus erwuchs in ihm der Wunsch nach Zerstörung. Er wollte diese wohlgefügte Welt der anderen erschüttern und zerstören. Simon vor allem hatte er gehaßt. Dieser Polenbastard, wie seine Mutter ihn nannte.
»Schau nur, wie gelackt der Affe wieder ist. Diese Polin wird ihn demnächst in Spitzen hüllen und mit Schokoladenguß beziehen. Einen Samtanzug muß er haben! Hast du gesehen? Und wie er redet! Wie ein Erwachsener. So ein eingebildeter Pinsel. Geige muß er spielen, und alle bestaunen ihn, als sei er ein Wundertier.«
Mit diesen Augen hatte er Simon gesehen. Und ihn um alles beneidet, was er bekam und besaß. Er durfte in die höhere Schule gehen, er konnte Musik machen, er malte, er war so ruhig, so gelassen, so überlegen. Er war es schon als Kind. Es war schwer zu begreifen, was er alles war. Aber er war – anders. Das genügte.
Fritz, nachdem er aufs Gymnasium ging und nur noch zu den Ferien da war, hatte sich mit der Gleichgültigkeit der Jugend ebenfalls von ihm abgewandt. Der derbe Junge aus der Stallmeisterwohnung interessierte ihn nicht mehr. Gewiß, früher hatten sie zusammen gespielt. Aber dann, mit elf, zwölf Jahren etwa, gingen ihre Wege auseinander. Und wenn Fritz

später aufs Gut kam, blieb es bei einem: »Na Karl, wie geht's denn immer? Fleißig bei der Arbeit?«

Der Klassenunterschied war da. Nicht bewußt gewollt von Fritz, aber ganz natürlich entstanden.

Die einzige, die für ihn blieb, war die Kleine. Dieses schmale, kleine Mädchen mit den großen, grauen Augen, die durfte er beschützen. Als sie reiten konnte, mußte er sie begleiten, falls sein Vater oder der Gutsherr keine Zeit hatten. Als sie zur nächsten Kreisstadt in die Schule kam, durfte er sie hinfahren und abholen. Er tat es gern, auch wenn er es manchmal schweigsam und oft mürrisch tat. Er liebte das kleine Mädchen zärtlich, fühlte sich für sie verantwortlich, paßte genau auf alle ihre Schritte auf, behielt Tessa ängstlich im Auge, als das Pferd noch jung und wild war und zu Kapriolen neigte.

Und die kleine Cornelia kam zu ihm mit allen möglichen Wünschen und Bitten und Fragen. Er reparierte ihr Spielzeug, putzte ihr Sattelzeug, half ihr beim Hühnerfüttern und beim Beerenzupfen.

Aber das war eines Tages auch vorbei. Zufällig hörte er es, wie Fritz zum Gutsherrn sagte: »Laß doch Cornelia nicht immer mit dem Jungen herumlaufen, sie lernt ja furchtbare Ausdrücke.« Fritz war damals fünfzehn, ein junger Herr bereits, selbstsicher und sehr gescheit, ein erstklassiger Schüler, gewandt und liebenswürdig. Aber sich seiner Stellung sehr bewußt. Daraufhin hatte er nicht gewartet, bis man ihn wegschickte, hatte sich von selbst zurückgezogen. War noch schweigsamer, noch mürrischer wie zuvor, bis Cornelia von selbst nicht mehr zu ihm kam.

Übrigens verließ er kurz darauf das Gut und kam zu einem Schmied in die Lehre. Er war gern fortgegangen, und er kam selten nach Hause. War er einmal da, an Sonn- oder Feiertagen, sah er die Elten-Kinder fast nur noch von der Ferne, und alle schienen damit einverstanden.

So war das damals gewesen. Und da lag die Wurzel zu allem Übel, das später kam.

Denn daß er dann zurückkam und der große Mann war, daß alle vor ihm kuschen mußten, daß er Macht über sie hatte, das hätte auch einen stärkeren Charakter als ihn umgeworfen. Aber trotz aller Macht bekam er Cornelia nicht. Er war ihr

gleichgültig, ja, mehr noch, sie lehnte ihn ab, genau wie die anderen auch, sie verabscheute ihn. Und sie liebte den Polen. Sagte ihm ins Gesicht, daß sie ihn liebte.
Er starrte hinüber in die leere Nische, zu dem leeren Tisch. Liebe? Was war das? Wen hatte er je geliebt in seinem Leben? Seinen Vater? Seine Mutter? Mitten in all dem Unfrieden, konnte da Liebe gedeihen? Das Mädchen, das er erst verführt und später geheiratet hatte, die dumme kleine Lehrerstochter aus Potsdam? Man konnte das nicht Liebe nennen. Einen Sohn hatte sie ihm geboren. Ihn hätte er lieben können und hat er geliebt. Aber dieser Sohn entzog sich dieser Liebe.
Die Frau, die hier am Tisch saß, gepflegt und duftend, mit ihren gefärbten Haaren und ihrem geschminkten Gesicht? Die lachte und flirtete und sich albern benahm – so empfand er es –, hatte er die je geliebt?
Aber Cornelia – als er sie wiedersah im vergangenen Herbst, als er mit ihr sprach oben auf dem Turm, als sie vor ihm stand, so schön und so stolz und so fern wie eh und je! Sie hatte nur Verachtung für ihn. Für sie war er geblieben, was er früher war, der Junge aus der Stallmeisterwohnung, der Verbrecher, der ihren Geliebten getötet hatte. Der Emporkömmling, der heute eine Stellung einnahm, die ihm nicht zukam – der große Direktor Weege aus Dornburg –, für Cornelia von Elten war er ein Nichts, ein Mörder, verachtenswert.
»Du Mörder!« das hatte sie gesagt, oben auf dem Turm. Er wollte ihr nichts tun. Ihr nicht. Ihr niemals. Sie war es ja, die er lieben wollte, die er lieben konnte – sie allein.
»Du Mörder!«
»Gus! Hörst du nicht?« Rita legte ihre Hand auf seinen Arm. »Wo bist du eigentlich mit deinen Gedanken? Wir sprechen gerade davon...«
Aufgestört blickte er die anderen an. Das Gespräch war an ihm vorbeigegangen, er mühte sich um ein Lächeln, murmelte eine Entschuldigung. Ein bißchen abgespannt, nicht wahr? Urlaubsreif.
»Urlaubsreif?« meinte der Herr aus Bonn. »Kann ich gar nicht verstehen. So eine schöne Gegend, in der Sie leben. Wirklich ein romantisches Städtchen. Einen Golfplatz bekommen Sie sogar, wie ich gehört habe. Das ist großartig. Ich sage immer,

die beste Erholung, die man sich gönnen kann, täglich ein paar Löcher schlagen. Ist bei uns noch viel zuwenig bekannt, das verstehen die Amerikaner besser. Als ich vergangenes Jahr in den Staaten war...«
Das Gespräch ging weiter, er bemühte sich, daran teilzunehmen. Sprach davon, daß er gern Tennis spielte und früher auch geritten sei, und daß er sich auf den Golfplatz sehr freue.
Da drüben in der Nische saß die tote Frau. Keiner sah sie. Nur er. Wie er sie täglich sah. Jeden Tag und jede Nacht seit jenem Tag im Herbst. Wie er sie im Arm gehalten hatte, stumm und blaß. – Wie er sie endlich im Arm gehalten hatte. Und sie war tot. –

Jochen aß mit seiner Mutter zu Abend. Sie war seinetwegen aufgestanden, setzte sich zu ihm an den Tisch und tat, als ob sie äße. Er konnte sie kaum ansehen, so bleich, so hinfällig, wie sie aussah.
»Hast du alles bekommen, was du wolltest?« fragte sie.
»Ja, fast. Einiges war gerade ausgeliehen. Erich wird sich darum kümmern.«
»Wie geht es deinem Freund?«
»Oh, gut. Er hat viel Arbeit. Staatsexamen.«
»Du hättest ihn einladen können. Er könnte dich über das Wochenende besuchen. Ich glaube, dein Vater verreist in nächster Zeit, da sind wir allein. Vielleicht kommt er einmal, dein Freund.«
Er lächelte ihr zu. »Ich werd's ihm sagen.«
Sein Vater verreiste. Die Aussicht belebte sie. Es schien, als lebe sie auf, wenn ihr Mann aus dem Hause war. Früher war es ihm nicht so aufgefallen, aber es war immer so gewesen. Die Gegenwart ihres Mannes schien sie zu bedrücken, ihr den Atem zu nehmen.
Warum sie ihn wohl geheiratet hatte? Nun, das wußte er. Seinetwegen. Aber wieso die beiden je zusammengekommen waren, das würde ihm ewig ein Rätsel bleiben. Daß sie je so etwas wie ein Liebespaar gewesen waren – unvorstellbar!
»Eigentlich schade«, sagte er auf einmal, »daß du gar keine Bilder von früher hast.«
»Bilder von früher? Aber ich habe doch viele Bilder von dir.«

»Nicht von mir. Von dir. Ich möchte einmal sehen, wie du als junges Mädchen warst.«
Agnes Weege lächelte verlegen, ein schwaches Rot stieg in ihre Wangen. »Mein Gott, Junge, wie kommst du darauf? Ich als junges Mädchen!« Wie sie es sagte, klang es, als sei sie nie ein junges Mädchen gewesen.
»Na ja, interessiert einen doch. Sicher warst du klein und zierlich, so eine halbe Portion, wie du es heute noch bist.«
Er trat hinter ihren Stuhl und legte zärtlich die Arme um ihre Schultern. »So ein kleines Vögelchen, das man immer beschützen muß.«
Sie schwieg, genoß die seltene Zärtlichkeit – ach, wann hatte es je Zärtlichkeiten für sie gegeben, wann ein wenig Geborgenheit?
»Mich hat keiner beschützt«, sagte sie dann. Es klang so traurig und verloren, daß ihm das Herz weh tat.
»Na«, meinte er betont forsch, »irgendwann wird es wohl einer getan haben, als du klein warst. Und später...«
Später war ja Vater da, hatte er sagen wollen, aber das unterließ man besser. Er hatte sie geheiratet, als sein Sohn fast sieben Jahre alt war – das wußte er, ja. Was in den Jahren dazwischen gewesen war, danach hatte er nie gefragt. Aber er hätte es gern gewußt.
»Mein Vater ist gefallen, als ich gerade zwei Jahre alt war, das habe ich dir ja erzählt«, sagte Agnes Weege, immer noch den Kopf an die Brust ihres Sohnes gelehnt, sie hörte sein Herz schlagen, spürte seine festen warmen Arme, es tat so gut. »Er war ein junger Lehrer, und wir waren sehr arm. Meine Mutter und ich, wir waren immer allein. Das bißchen Rente, das sie bekam, ach – man konnte davon nicht leben. Sie hat gearbeitet, hat alles versucht. Aber sie war nicht tüchtig, genau wie ich. Auch so ein kleines Vögelchen, wie du eben gesagt hast. Auch sie hat keiner beschützt. Kannst du dich noch an deine Oma erinnern?«
Doch, das konnte er. Ganz fern, ganz vage verlor sich im Nebel das Bild einer kleinen, früh gealterten Frau, die ihn liebkoste, mit ihm flüsterte, Märchen erzählte und immer wieder lachte.
»Sie lachte...«, sagte er leise.

»Ja, sie war ein fröhlicher Mensch, trotz allem Schweren, was sie erleben mußte. Ganz anders als ich. Ich war nie fröhlich. Ich nahm immer alles viel zu schwer. Schon als Kind. Und dann später...«

Und auch heute noch, hätte er am liebsten gesagt. Es ging ihr ja gut. Ihr Mann war reich und angesehen, sie lebte in einem schönes Haus, hatte keine Sorgen. Warum konnte sie das Leben nicht ein wenig leichter nehmen? Daß ihr Mann praktisch seit vielen Jahren mit einer anderen Frau zusammenlebte oder wie man das nennen wollte – er glaubte nicht, daß ihr das allzuviel ausmachte. Sie war froh, wenn sie ihn nicht sah, so viel war gewiß. Er hatte nie ein böses Wort von ihr über Rita Fuhrmann gehört, nie eine Szene, nie einen Streit erlebt. Nur Schweigen, scheues Sichabwenden. Jedermann war daran gewöhnt, daß Rita Fuhrmann und Gustav Weege zusammengehörten, er genauso wie Paulette, wie die ganze Stadt, man hatte sich damit abgefunden. Und sie also auch.

Warum sie sich wohl nie scheiden ließen? Über diese Frage hatte er schon oft nachgedacht.

»Darum bin ich auch krank geworden«, sagte Agnes. Und es klang fast befriedigt.

»Warum?« fragte er, aufgeschreckt aus seinen Gedanken.

»Weil ich immer alles viel zu schwer nahm. Schon als Kind, ich sagte es dir ja. Zu Hause und in der Schule. Daß ich keinen Vater hatte, daß wir arm waren, daß ich schlecht lernte, daß Mutter so schwer arbeiten mußte, alles nahm ich bitterschwer und litt darunter. Mutter konnte lachen. Sie sagte: ›Ach, laß nur, so ist das Leben nun mal. Der Herrgott wird es uns darum im Paradies um so schöner machen.‹
Und als ich dann allein war mit dir...«

»Aber später, nach dem Krieg, als wir hierherkamen, da ging es uns doch bald besser. Da brauchtest du doch keinen Kummer mehr zu haben.«

Sie schwieg. Und er dachte: Wie dumm von mir, so etwas zu sagen. Dann war sie hier, na schön. Vater hatte eine andere Frau, vor aller Augen, er kümmerte sich kaum um sie, fragte nie danach, wie es ihr ging. Was weiß ich denn, ob sie nicht doch darunter gelitten hat. Wenn das alles war, was sie im Leben an Liebe bekommen hat, damals, als ich entstanden

bin, dann ist es wenig. Wenig für ein ganzes Leben. Seit ich es beurteilen kann, hat sie von Vater keine Liebe bekommen.
»Nein«, sagte Agnes leise, »da brauchte ich keinen Kummer mehr zu haben. Aber er war schon in mir drin, hatte sich eingefressen, weißt du. Und alles kaputtgemacht.«
Er wurde ungeduldig. Diese These kannte er. Sie führte ihr ganzes Herzleiden, das sie mit der Zeit zu einem normalen Leben unfähig gemacht hatte, auf seelische Ursachen zurück. Da saß sie, oder lag sie, rührte sich kaum, hörte ein bißchen Radio, las ein bißchen, und wenn sie sich zu schnell bewegte oder ein paar Schritte zuviel machte, bekam sie blaue Lippen und fiel um. So war es nicht immer gewesen, aber so hatte es sich im Laufe der Zeit gesteigert. Jedermann wunderte sich im Grunde, daß sie noch lebte.
Und das schlimmste war: Man hatte das Gefühl, sie war ganz zufrieden mit ihrem Zustand. Einmal, als Jochen sich Sorgen machte um sie, sagte sein Vater ärgerlich: »Sie will es ja gar nicht anders haben. Sie fühlt sich sehr wohl dabei. Es gibt Leute, für die ist Leiden ein Programm. Ein lebenfüllendes Programm.«
Das war vor einigen Jahren gewesen. Jochen war damals sehr wütend auf seinen Vater gewesen, aber inzwischen dachte er manchmal, ob nicht etwas Wahres daran war. Mit ihrer Resignation, mit der Ergebung in ihre Leiden rächte sich Agnes gewissermaßen am Leben und ihrer Umwelt. ›Ihr habt es ja nicht anders gewollt, ihr habt mich mißhandelt und habt mich zu kurz kommen lassen, und nun seht ihr, was dabei herausgekommen ist. Ich bin krank.‹
Der Arzt, der sie seit Jahren behandelte und den Jochen vor einigen Tagen, nach seiner Rückkehr aus München, gesprochen hatte, schien ähnlich zu denken. Er kam täglich, gab Spritzen, er verschrieb Medikamente, ließ sich gelegentlich etwas Neues einfallen und schien sich im stillen über die Ausdauer der todkranken Patientin zu wundern. Sie hatten sich aneinander gewöhnt, Arzt und Patientin, denn als Jochen vorschlug, man solle doch einmal einen anderen Arzt hinzuziehen, vielleicht eine Kapazität aus Freiburg kommen lassen, winkte seine Mutter heftig ab. »Wozu denn? Haben wir ja alles schon gehabt. Mir kann doch keiner helfen.«

Sie war kränker geworden, daran bestand kein Zweifel. Sie wurde immer weniger, immer winziger, das Herz arbeitete immer mühsamer. Eines Tages würde sie hinweghuschen aus diesem Leben, kaum daß man es merken würde.
»Ja, so ist das«, sagte Jochen, um das Thema abzuschließen, und verließ den Platz hinter dem Sessel seiner Mutter. »Da könnte ich ja eigentlich noch was arbeiten.«
»Heute abend noch? So spät?«
»Es ist noch nicht spät. Und abends kann man am besten arbeiten.«
»Du sollst doch zeitig schlafen gehen.«
»Jetzt kann ich bestimmt noch nicht schlafen. Außerdem habe ich gerade genug gepennt, seit ich zurück bin. So viel habe ich in den ganzen letzten Monaten nicht geschlafen wie in den acht Tagen.«
Aber statt zu gehen, setzte er sich in den tiefen Sessel neben der Couch, lehnte sich zurück und zündete sich eine Zigarette an. Er blickte dem Rauch nach und dachte an das Mädchen im Zug. Dieses Gesicht – er würde es nie vergessen. Daß es so etwas gab – man sah ein Gesicht, sah einen Menschen und wußte – was? Was wußte man?
Er schreckte vor den großen Gedanken zurück, genauso wie vor den großen Worten. Mädchen kannte er genug. Eben war da Lisa gewesen und das, was man so im allgemeinen Liebe nannte. Lieber Himmel – Liebe! Und natürlich Clementine, das war etwas anderes, war Wärme, Zärtlichkeit, ein frohes und freies Zusammengehörigkeitsgefühl – das war es für ihn. Etwas Sicheres, vielleicht auch Bleibendes.
Aber dieses Mädchen im Zug – das wäre etwas Großes, etwas Einmaliges, etwas Wunderbares. Ob er sie wiedersehen würde?
»Hat man dir gesagt, daß Paulette Fuhrmann heute nachmittag angerufen hat? Sie wollte dich sprechen.«
Er winkte ungeduldig ab. »Paulette wußte genau, daß ich heute nicht da bin. Sie möchte mich wieder für ihre Schularbeiten einspannen, das kenne ich schon. Besser, sie zerbricht sich selber mal den Kopf, sonst schafft sie das Abi nie.«
»Ist sie ein – nettes Mädchen?«
Er mußte unwillkürlich grinsen. Paulette kam nicht ins Haus, genausowenig wie Rita.

»Wie man's nimmt. Ganz hübsch. Und ziemlich keß.«
»Sie mag dich gut leiden, nicht?«
»Wie kommst du darauf?«
»Ich denke es mir.«
»Weil du denkst, daß jedes Mädchen mich leiden mag, nicht?«
Jetzt lachte Agnes sogar ein wenig. »Ja, das denke ich.«
»Hm. Wird wohl so sein. Doch! Paulette würde mich gern in die Schar ihrer Verehrer einreihen.«
»Dein Vater denkt...« Agnes stockte.
Trotz ihrer Krankheit wußte sie ziemlich gut Bescheid, was vorging, das war schon immer so gewesen.
»Mein Vater denkt, ich sollte Paulette Fuhrmann heiraten«, sprach Jochen gemächlich. »Das hat er schon gedacht, als Paulette noch in die erste Klasse ging. Na, mal sehen.«
»Aber Jochen!« Agnes war direkt empört. »Und Clementine?«
»Tinchen? Die kannst *du* gut leiden, nicht wahr?«
»Ja. Sie ist ein anständiges Mädchen.«
»Das auch. Und ich hab' sie auch sehr gern.«
Paulette, Clementine, Lisa, jede hübsch und nett auf ihre Weise, zärtlich, leidenschaftlich, bereitwillig – was waren sie alle gegen das Mädchen heute im Zug.
»Ja«, sagte er und stand auf, »dann will ich mal was tun. Und du legst dich am besten wieder hin. Geht es dir gut, Mama?«
»Sehr gut. Immer, wenn du bei mir bist.«
»Na, das ist fein. Dann wird es dir täglich besser gehen, denn ich bleibe eine Weile hier.«
Er beugte sich über sie und küßte sie. »Gute Nacht, Mama. Schlaf gut.«
»Gute Nacht, mein Junge. Und arbeite nicht zu lange.«
Welch Idyll, dachte er, als er aus dem Zimmer ging. Der brave Sohn und sein liebes krankes Mütterlein. Wie aus der Gartenlaube. Wenn sie mich in München so sehen könnten, sie würden sich totlachen. – Gleich darauf schämte er sich dieser Gedanken. Es war eben eine andere Welt hier. Und genaugenommen lebte jeder Mensch auf mehreren Ebenen. War hier ein anderer als dort.
Statt in sein Zimmer zu gehen, verließ er das Haus über die Terrasse, ging ein paar Schritte durch den Garten. Es regnete leise vor sich hin, der Himmel war dunkel. Was für eine herr-

liche Luft! Erst wenn man in der Großstadt gelebt hatte, konnte man die Luft hier draußen richtig genießen. Er kehrte leise ins Haus zurück, holte seinen Regenmantel in der Garderobe und ging wieder fort. Langsam schlenderte er in die Stadt hinein. Er hatte kein Ziel. Er ging spazieren.
Doch, er hatte ein Ziel. Er merkte es, als er auf dem Marktplatz angekommen war und den »Schwarzen Bären« vor sich sah. Dort wohnte sie. Ob sie schon schlief? Ob sie im Restaurant saß? Was tat sie eigentlich hier, ganz allein?
Aber wer sagte ihm, daß sie allein war. Möglicherweise hatte sie jemanden getroffen im »Schwarzen Bären«? Einen Freund. Einen Mann, den sie liebte.
Er umrundete den Marktplatz einmal, zweimal, blieb wieder in der Nähe des Hotels stehen. Und dann, auf einmal, trat eine wohlbekannte Gestalt aus dem Portal. Er ging auf sie zu. Wenn er schon einmal hier war...
Clementine, die rasch über die Straße gekommen war, blieb überrascht stehen, als sie ihn sah.
»Nanu? Was machst du denn hier?«
»Ich dachte, ich könnte dich vielleicht heimbringen.«
»Aber theoretisch bin ich ja schon längst zu Hause.«
»Und praktisch bist du noch da.«
»Woher hast du denn das gewußt?«
»Sechster Sinn, Tinchen. Juristischer Scharfblick.«
»Hast du angerufen? Durch die Tür geguckt?«
»Durchs Schlüsselloch. Und da sah ich, daß mein armes Tinchen Überstunden macht.«
»Ich war heute mit meinen Abrechnungen nicht fertig geworden. Und morgen will ich etwas später kommen, da habe ich es lieber heute noch gemacht.«
»Fleißig, fleißig. Am Empfangspult des ›Schwarzen Bären‹ zu Dornburg befindet sich der letzte fleißige Arbeiter der Bundesrepublik. Kriegst du das eigentlich bezahlt?«
»Danach frage ich nicht«, sagte Clementine hoheitsvoll. »Ich bin ja schließlich kein Hilfsarbeiter.«
»Nein, ich weiß, du bist eine Hotelsekretärin, in einem der renommiertesten Hotels dieses Landes noch dazu. Diese Würde trägt Lohn genug in sich selbst.«
»So ist es«, sprach Clementine feierlich. Und dann lachten sie

beide. Er schob seinen Arm unter ihren, und nebeneinander marschierten sie durch die dunklen, regennassen Gassen. Wie immer fühlte er sich unbeschwert und froh neben Clementine. Sie erzählte alles mögliche, was sie an diesem Tage erlebt hatte. Insgeheim wartete er darauf, sie würde den neuen Gast erwähnen, der am Abend gekommen war, aber sie kam nicht darauf zu sprechen. Er war nahe daran zu fragen, ließ es dann doch bleiben. Wenn das fremde Mädchen länger blieb, würde Clementine schon eines Tages davon anfangen.
Vor ihrer Haustür angekommen, fragte sie: »Kommst du noch mit 'rauf?«
»Heute nicht. Ich will noch arbeiten.«
»Geh nicht zu spät schlafen«, sagte sie, besorgt wie eine Mutter.
»Auf jeden Fall, ehe es tagt.«
Als er Clementines warme, weiche Lippen zum Abschied küßte, hatte er das fremde Mädchen aus dem Zug vorübergehend vergessen.
Aber als er heimging, langsam, die frische feuchte Luft genießend, dachte er wieder an sie. Waren ihre Augen eigentlich schwarz? Braun? Oder dunkelgrau? Und dieser Mund – dieser stolze, ungeküßte Mund.
Er lachte vor sich hin, zornig über sich selbst. Himmel, was für ein Kitsch! Nie im Leben hatte er so etwas gedacht. Wenn das so weiterging, schrieb er noch ein Gedicht, wenn er zu Hause am Schreibtisch saß.

Am nächsten Tag regnete es immer noch, ausdauernder und heftiger als am Tag zuvor. Ein richtiger weicher Frühlingsregen, der Gras und Laub noch grüner färbte.
Simone war spät aufgestanden. Am Morgen, als sie erwachte, wußte sie erst gar nicht, wo sie sich befand. Wie seltsam das alles – in einem fremden Land. Ganz allein! Vor dem offenen Fenster bauschte sich der Vorhang in einem sachten Wind, sie hörte den Regen draußen auf den Blättern rauschen, die Luft war herrlich. Vom Bett aus sah sie sich im Zimmer um. Was für ein schöner Raum! Cornelia hatte recht gehabt, hier konnte man sich zu Hause fühlen. Ihr kam es vor, als sei dies die erste Reise ihres Lebens, die sie zwar in die Fremde und gleichzei-

tig in eine vertraute Geborgenheit geführt hatte. Ob Cornelia
es auch so empfunden hatte? Es war schön, hier zu liegen und
auf den Regen zu lauschen. Nichts sonst war zu tun. Sie schob
die Aufgabe, die sie sich selbst gestellt hatte, die sie letzten
Endes hierhergeführt hatte, weit zurück. Nicht gleich heute.
Sie hatte Zeit. Mit Hast, mit unüberlegtem Handeln konnte
sie nur alles verderben. Nach einer Weile hob sie den Hörer
vom Telefon und bestellte Frühstück.
Es dauerte nicht lange, und es klopfte. Ein junger Ober kam
auf ihr »Entrez!« herein, wünschte ihr höflich »Guten Morgen«, und als er sie im Bett vorfand, klappte er von dem Tablett, das er trug, vier Beine zur Erde und servierte ihr das
Frühstück ans Bett.
Simone sah ihm voll Behagen zu. Auf dem Tischchen fand sich
ein Glas mit Orangensaft, ein Kännchen Kaffee, das unter
einer Wärmehaube stand, Brötchen, die braun und knusprig
aussahen, ein Ei, ausreichend Butter und ein Schälchen mit
Marmelade.
»Merci«, sagte sie und lächelte den jungen Mann an. Er lächelte zurück, sagte: »Guten Appetit, Mademoiselle!« und
verschwand. Das Frühstück schmeckte herrlich. Sie trank den
Orangensaft, den ganzen Kaffee, aß zwei Brötchen, das Ei und
die Marmelade. Nie hatte ihr ein Frühstück so gut geschmeckt.
Cornelia hatte recht gehabt: es ließ sich gut leben in Deutschland. Ein schönes Land und nette Leute, und alles so gepflegt
und kultiviert – warum hatten sie nur immer diese Kriege gemacht? Es paßte gar nicht zusammen. Sie hatte sich hier alles
ganz anders vorgestellt, irgendwie rauh und spartanisch, ohne
Komfort, ohne Charme. Aber sie hatte noch nie in ihrem Leben so hübsch gewohnt und so gut gefrühstückt wie hier. Und
jetzt kam es nur noch darauf an, sich die Leute anzusehen,
nicht nur das Hotelpersonal.
Sie stand auf, zog sich gemächlich an – was wohl? Es regnete,
– eigentlich brauchte sie einen Regenmantel oder so etwas
Ähnliches. Sie blickte zum Fenster hinaus auf die regennassen
Bäume. Die Burg auf dem Hügel sah sie nicht, sie lag hinter
Regenschleiern verborgen, sie dachte im Moment auch gar
nicht an die Burg, sie hatte vergessen, warum sie hier war, es
galt nur, diesen Tag zu entdecken.

In der Halle traf sie den Hoteldirektor, den sie am Abend zuvor schon kurz gesehen hatte. Er begrüßte sie, fragte, wie sie geschlafen habe und ob alles nach ihren Wünschen sei. Er sprach französisch, ein rasches, fließendes Französisch – das brachte Simone in Verlegenheit. Sie sprach zwar selbst einigermaßen Französisch, aber doch nicht so gut, daß man es als ihre Muttersprache angesehen hätte. Und zweifellos hörte ein geübtes Ohr den amerikanischen Akzent heraus.
Sie gab einige kurze Antworten und sagte dann lächelnd auf deutsch: »Ach, bitte, sprechen Sie doch deutsch mit mir. Ich möchte gern meine deutschen Sprachkenntnisse verbessern.«
»Aber Sie sprechen doch ausgezeichnet Deutsch, Mademoiselle«, antwortete ihr Herr Gruber.
»Nicht so, wie ich möchte.«
Aber sie war sich klar darüber, daß ihr Deutsch weitgehend akzentfrei und viel besser als ihr Französisch war. Um abzulenken, fragte sie, ob eine Bank in der Nähe sei, wo sie Geld wechseln könne.
»Das können Sie selbstverständlich hier auch«, meinte Herr Gruber. »Um welche Währung handelt es sich?«
»Ich habe französische und belgische Francs.«
Sie öffnete ihr Täschchen – gräßlich, immer mit einer Tasche herumzulaufen, aber sie mußte den Paß bei sich tragen – und holte die Scheine heraus.
Leicht amüsiert und gleichzeitig aufmerksam geworden betrachtete Herr Gruber die Handvoll zusammengeknüllter Scheine, die da zum Vorschein kamen. Der Akzent war ihm nicht entgangen, und er wußte aus Erfahrung, daß selten jemand mit dem Geld des eigenen Landes so achtlos umging. Scheine so nachlässig in eine Handtasche oder eine Manteltasche zu stopfen, das tat man gewöhnlich nur mit der Währung eines fremden Landes, über deren Wert man sich nicht ganz im klaren war. Und mit Vorliebe taten es Amerikaner.
»Wieviel möchten Sie denn einwechseln?«
»Oh, ich weiß nicht. Was braucht man denn so?« fragte Simone, etwas verwirrt durch die zwei Augenpaare, die ihr so genau zusahen, denn auch die junge Hotelsekretärin stand hinter dem Pult und hörte dem Gespräch zu.
»Das kommt darauf an, wie lange Sie hierbleiben wollen.«

Der Blick, mit dem sie Herrn Gruber ansah, war hilflos, geradezu kindlich. Sie spürte es selbst, ärgerte sich darüber und wurde ein wenig unsicher. Ein ungewohnter Zustand für sie.
»Das weiß ich auch noch nicht. Einige Zeit, denke ich. Es...«
Ihr Blick irrte ab, zur offenen Tür, die zum Marktplatz hinausführte. »Es kommt darauf an. Sicher wird es ja wieder einmal aufhören zu regnen. Und es soll ja hübsch hier sein. Ich weiß wirklich noch nicht...« Oh, dash it. Sei still, du redest Unsinn und machst die Leute mißtrauisch.
»Das Barometer steigt«, meinte Herr Gruber optimistisch, »es wird sicher bald aufhören zu regnen. Ich freue mich, wenn Sie länger hierbleiben, gnädiges Fräulein. Und ich freue mich noch mehr, wenn es Ihnen hier gefällt.«
Er lächelte, und sie lächelte scheu zurück. Nuts, dachte sie wütend, I'm behaving like a fool, they'll soon find me out.
»Darf ich bitten?« Herr Gruber streckte die Hand nach den Scheinen aus, die sie noch immer in der Hand zusammengepreßt hielt. Er reichte sie Clementine hinüber, die sogleich zu zählen begann und auf eine verhältnismäßig hohe Summe kam.
»Wollen Sie alles eintauschen?«
»Oh, I don't know, ich meine, ich weiß nicht – vielleicht einen Teil.« Good heavens, jetzt fing sie auch noch an, englisch zu reden. Sie benahm sich immer blödsinniger.
»Wenn es Ihnen recht ist, tauschen wir Ihnen jetzt die Hälfte ein und verwahren den anderen Teil in unserem Safe. Dann sind Sie unbelastet und brauchen das Geld nicht herumzutragen.«
»Ja, danke, das ist eine gute Idee.«
Sie lächelte wieder. Alle Sicherheit war verschwunden, sie war so jung, wie sie wirklich war, kam sich vor wie ein Schulmädchen. Um ihre Verlegenheit zu verbergen, nahm sie eine der Zeitungen, die auf dem Pult lagen und las die Überschriften. Herr Gruber schwieg höflich. Nach einer Weile überreichte ihr Clementine deutsches Geld und eine Quittung über den Rest der Francs.
»Danke, vielen Dank«, sagte Simone und entfloh eilig ins Freie.
Herr Gruber blickte ihr nach. Irgend etwas stimmte bei diesem

Mädchen nicht. Wie gestern schon hatte er das Gefühl, sie zu kennen. Sie machte einen guten Eindruck, und Geld hatte sie offenbar ausreichend. Nun, man wußte heutzutage oft nicht, wen man vor sich hatte. Auch sehr junge Damen führten unter Umständen ein abenteuerliches Leben.

»Sie ist sehr hübsch, nicht?« sagte Clementine, die ebenfalls der Davongehenden nachgesehen hatte.

»Hm. Wie war gleich der Name?«

»Marquand. Silvia Marquand.«

»Aus Brüssel?«

»Ja.«

»Aha.«

Damit verschwand Herr Gruber in sein Büro und ließ nun Clementine nachdenklich zurück. Stimmte mit dem Mädchen etwas nicht? Sie kannte ihren Chef gut genug, um zu erkennen, daß ihm irgend etwas aufgefallen war an dem jungen Gast. Geld hatte sie jedenfalls, und es lag hier im Safe. Das Hotel konnte beruhigt sein.

Draußen auf der Straße entdeckte Simone als erstes, daß sie einen Schirm hätte mitnehmen müssen. Sie besaß gar keinen Schirm. In Brüssel, als es einige Male geregnet hatte, war sie von Tante Ethel damit ausgestattet worden. Nun, sie hatte ja Geld und konnte sich einen kaufen. Der erste Laden jedoch, an dem sie vorbeikam, erwies sich als Konfektionsgeschäft und, wohl dem Wetter zuliebe, zeigten sich im Fenster Regenmäntel und Regenpaletots. Simone betrachtete sie ernsthaft und betrat schließlich das Geschäft.

Sie wurde von zwei Verkäuferinnen und einem älteren Herrn, wohl dem Inhaber, freundlich begrüßt. Normalerweise war sie gewöhnt, rasch zu wählen und rasch zu kaufen, aber heute ließ sie sich Zeit. Es schien, als habe man in diesem Geschäft gerade auf sie gewartet und habe eine Riesenfreude daran, ihr das vorhandene Sortiment von Regenbekleidung vorzuführen. Die ganze Firma nahm Anteil an diesem Einkauf. Ein stupsnäsiges Lehrmädchen hatte sich noch eingefunden und begleitete jedes Stück, das Simone überzog, mit entzückten Ausrufen. Der ältere Herr stand ebenfalls in der Nähe, nickte wohlgefällig mit dem Kopf und meinte gelegentlich: »Sehr schick, sehr elegant.«

Schließlich war Simone von mehr als zehn Mänteln umgeben und nun wirklich in die Situation geraten, nicht zu wissen, welchen sie nehmen sollte. Aber keiner war ungeduldig, jeder beriet sie auf das herzlichste, es war geradezu rührend, und als sie schließlich den Laden verließ, angetan mit dem neuen Stück – dunkelolivgrün, sehr sportlich, mit dem passenden Regenhütchen dazu, kam sie sich vor wie eine blutjunge Tochter, die wohlausgestattet von einer wohlgesonnenen Familie ins Leben entlassen wird.

Diese Deutschen – ein merkwürdiges Volk! Das waren also dieselben Leute, die Millionen von Mitmenschen in Gaskammern gesteckt hatten. Kaum zu glauben. Dieser nette ältere Herr zum Beispiel, dem offenbar das Geschäft gehörte und der sie so liebevoll betrachtet hatte – war er auch Nazi gewesen? War er einer von denen, die Menschen zu Tode gequält hatten, in Polen beispielsweise, wie es Cornelia geschrieben hatte? Und diese ältere Verkäuferin, die sie bedient hatte, die geradezu mütterlich besorgt um sie gewesen war, war das eine von denen, die diesem Hitler begeistert zugejubelt und ungerührt mit angesehen hatten, wie kleine Judenkinder verhungerten?

Nachdenklich ging Simone weiter, die Hände in die Taschen des neuen Mantels gesteckt. Hatte sie eine allzu naive Vorstellung von diesem Land und seinen Menschen gehabt? Es war eben doch nicht alles so einfach und durchschaubar, wie man sich das von außen vorstellte. Zwei und zwei ist vier, gewiß. In der Mathematik. Aber sobald es Menschen betraf, konnte ebensogut fünf oder drei herauskommen.

Ihr fiel ein, was der deutsche Professor, dieser alte Jude, einmal gesagt hatte: »Wir leben in einer schizophrenen Welt. Und schizophren sind wir alle, auch wenn wir die dunkle Seite in uns nicht kennen. *Noch* nicht kennen. Keiner kann für sich bürgen, ehe er sich nicht selbst begegnet ist, auf jener anderen Seite.«

Und Allan, ihr Freund Allan, hatte ihr damals leise zugeflüstert: »Der spinnt ja, der Alte. Die Angst vor den Nazis hat ihm das Gehirn aufgeweicht. Jetzt sucht er sogar nach Entschuldigungen für diese Blase.«

Vielleicht sah man das Leben zu einfach an, wenn man jung

war, auch wenn man ewig daran herumrätselte und das Gefühl hatte, so weise zu sein, daß man längst alles durchschaut hatte, vornehmlich die Erwachsenen, die vorgaben, es besser zu wissen, und die doch nichts als Fehler gemacht hatten. Wer sagte einem, ob man nicht die gleichen Fehler seinerseits machen würde? Konnte sie sich beispielsweise auch nur dafür verbürgen? Geschweige denn für ihr eigenes Selbst, das sie zu kennen glaubte und im Grunde doch keineswegs kannte.

Was für Gedanken! Ohne sich viel umzublicken, war Simone durch die Straßen und Gassen gelaufen, jetzt fand sie sich auf einem Platz, in dessen Mitte, dunkel und alt, eine Kirche stand, von deren Uhr aus dem Regen herab die Mittagsstunde tönte.

Still war es auf diesem Platz, keine Leute auf den Straßen, nur der graue Himmel, die nassen runden Pflastersteine und da drüben, vor ihr, verschlossen und abweisend, diese fremde Kirche.

So gradlinig war ihr Leben gewesen, so... so logisch, zwei mal zwei ist vier, die Rechnung war immer aufgegangen. Das Land, in dem sie lebte, die Stadt, in der sie aufwuchs, alles klar, durchschaubar, ein freies und selbstverständliches Leben, das keine Schatten zu kennen schien. Ein geordnetes Elternhaus, Wohlstand und Ansehen, eine schöne und kluge Mutter, die sie liebte, ein Vater – nun ja, das war eine kleine Unregelmäßigkeit, nicht der richtige Vater, ein Stiefvater, aber das war ihr kaum je wirklich zu Bewußtsein gekommen, ganz gewiß nicht, als sie noch ein Kind war.

Philip war Daddy, war lieb und nett und verständnisvoll, immer großzügig, ein Daddy, wie ihn alle Kinder hatten. Er bezahlte das aufwendige Leben, das sie führten, er verdiente das Geld, ausreichend genug, so daß die kleine Simone alles bekommen konnte, was sie brauchte und noch etwas mehr, und irgendwann begriff man dann, daß es irgendwann einen anderen Vater gegeben hatte, einen richtigen Vater, er war tot, man wußte nicht genau, wo das gewesen war und wie, und schon gar nicht, wer das gewesen war. Cornelias Andeutungen darüber waren vage und flüchtig, später, als man älter war und Fragen stellte, bekam man ein bißchen was erzählt, nicht viel, es klang ein wenig dunkel und ein wenig unheimlich, gehörte irgendwo in die Vergangenheit, gehörte zu diesem

Krieg, der da gewesen war, vor langer, langer Zeit, und das alles war im Grunde völlig unwichtig. Es war gewesen, ging einen nichts an, und überhaupt war es vorbei.

Und jetzt auf einmal, zwanzig Jahre war man alt geworden, und mehr als zwanzig Jahre war das her, da stellte sich heraus, daß nichts vorbei war und daß es einen sehr viel anging. Daß man ein Erbe angetreten hatte, nicht nur das, was man in sich trug, auch das Erbe dessen, was geschehen war. Daß es einem aufgeladen worden war, ob man wollte oder nicht, und daß man sich damit auseinandersetzen mußte.

Auf einmal war man hier in einem fremden Land und begegnete den Menschen, die hier lebten. Und begegnete den Toten. Der Mutter, die hier gestorben war. Und die, bevor sie starb, den toten Vater beschworen hatte. Ihn einfach aus dem Nichts hervorgeholt und in dieser fremden Stadt zurückgelassen hatte – damit man ihn hier traf.

Simone stand reglos, die Hände in die Taschen gebohrt, allein im Regen auf dem Platz vor der grauen Kirche. Angst war auf einmal in ihr. Etwas ergriff von ihr Besitz, kroch in sie hinein, brachte etwas Fremdes und Unverständliches nicht nur in ihr Leben, auch in sie selbst, war dabei, einen anderen Menschen aus ihr zu machen.

Zum erstenmal in ihrem Leben war alles in ihr und um sie verworren, unklar, unverständlich. Zum erstenmal wußte sie nicht, wohin sie ging und was sie tat. Was sie tun sollte. Nicht einmal, was sie tun wollte. Zum erstenmal fühlte sie die Einsamkeit, die Verlorenheit des Menschen. Sein jämmerliches Ausgeliefertsein an – an wen und an was? Nicht einmal das wußte man.

Langsam ging sie über den Platz auf die Kirche zu, nur, um nicht länger hier zu stehen und immer einsamer zu werden. Sie griff nach der Klinke, und die schwere Tür öffnete sich bereitwillig, sie trat ein.

In den letzten Wochen hatte sie viele Kirchen besichtigt: in Belgien, in Paris – berühmte Kirchen, prächtige Dome –, in diese hier ging sie nicht, um sie zu besichtigen. Sie ging nur hinein, um irgendwo hinzugehen.

Es gab auch weiter nichts zu besichtigen. Es war nichts Prächtiges und Besonderes an dieser Kirche, sie war leer und kalt und dunkel. Einsam war sie auch hier, sie fand nichts und niemand in diesem Raum, der zu ihr gesprochen hätte. Sie ging langsam durch den Mittelgang bis zum Altar, wandte sich dann um, blickte um sich – leer.

Sie dachte nicht an Gott, sie suchte ihn nicht hier. Sie suchte auch nicht Trost oder Hilfe. Sie suchte etwas anderes. Nur wußte sie nicht, was sie suchte.

Etwas, was ihr helfen konnte in dieser Verlassenheit, dieser Einsamkeit, in die sie plötzlich geraten war. Keinen Gott, nein. Nicht die tote Mutter. Nicht den toten Vater.

Sie suchte einen Menschen, zu dem sie sprechen konnte und der sie verstehen würde. Auch das verstehen würde, was sie selbst nicht verstand. Einen Menschen, der lebte. Aber in dieser Stadt war sie allein.

In dieser Stimmung verharrte sie den ganzen Tag, und bis es Abend wurde, war sie so deprimiert wie nie zuvor in ihrem Leben. Den ganzen Tag über hatte sie mit keinem Menschen gesprochen. Auch nachmittags war sie ziellos durch die Stadt gelaufen, sie kannte nun schon die Gassen um den Marktplatz, die Geschäfte, die Lokale, sie hatte in einem Café gesessen und durch die Scheibe auf die Straße gestarrt, auf die Leute, die draußen im Regen vorüberliefen. Daß es so viel regnen konnte! Und Cornelia hatte von Sonne und blauem Himmel geschrieben.

Gegen sechs Uhr war sie wieder in ihrem Zimmer, ermüdet vom Umherlaufen und von der Leere, die um sie war. Sie hatte sich Zeitungen und Illustrierte gekauft, der lange Abend lag vor ihr, von dem sie nicht wußte, wie er vorübergehen sollte. Ob sie ins Kino ging?

Ärgerlich über sich selbst zog sie sich aus. Sie war schließlich nicht hierhergekommen, um sich zu unterhalten. Kino! Lächerlich. Gab es nichts Wichtigeres zu tun? Zweifellos. Nur hatte sie keine Ahnung, wie und wo anfangen. In ihrer Vorstellung war das alles so einfach gegangen. Sie hatte sich keine Gedanken darüber gemacht, *was* sie eigentlich hier tun sollte.

Die Rückkehr in ihr Zimmer verschaffte ihr jedoch ein wenig Behaglichkeit. Es war warm – sie fühlte sich geborgen. Offensichtlich hatte man die Heizung wieder in Betrieb genommen.

Sie knipste sämtliche Lampen an, ließ ein Bad einlaufen und legte sich nach dem Bad aufs Bett, müde und entspannt. Sie hatte keine Lust, sich anzuziehen und zum Essen zu gehen. Sie konnte sich etwas heraufbringen lassen. Hier liegen bleiben, ein bißchen lesen und bald schlafen. Sie war wirklich todmüde.
Das Telefon störte sie in ihrer Träumerei.
»Einen Moment, Fräulein Marquand, ich verbinde. Sie werden verlangt.« Das war die Stimme des blonden Mädchen unten beim Empfang.
Erschreckt richtete sich Simone auf. Wer wollte sie sprechen. Sie kannte keinen Menschen hier.
Es war Muriel. Sie rief aus Lugano an. Und Simone kam es vor, als hätte sie nie im Leben mehr Freude über ein Telefongespräch empfunden. Es belebte sie, machte sie geradezu glücklich, die vertraute Stimme ihrer Freundin zu hören.
»Ich wollte hören, ob du wirklich dort hingefahren bist«, sagte Muriel. »Ich mache mir Sorgen um dich.«
»Wozu denn das, mir fehlt nichts.«
»Was machst du denn nun dort?«
Darauf ließ sich schwer antworten. »Bis jetzt gar nichts. Ich bin ja erst seit gestern abend hier. Heute bin ich so in der Gegend herumgelaufen. Es regnet immerzu.«
»Und?«
»Nichts sonst. Ich langweile mich und bin ein bißchen traurig.«
»Traurig?«
»Na ja, so – so verlassen komme ich mir vor. Ich weiß eigentlich nicht, was ich hier soll.«
»Das sagt Robert auch. Er sagt, es wäre eine blödsinnige Idee von dir, dort hinzufahren und auf eigene Faust nachzuforschen. Das kannst du gar nicht. Du weißt ja nicht, wo du anfangen sollst. Und vielleicht ist es auch gefährlich.«
Plötzlich fiel Simone ein, ob wohl jemand, unten im Hotel, das Gespräch mithörte. Es war sicher möglich. Sie sprachen zwar englisch, aber es war anzunehmen, daß man unten verstand.
»Mir tut keiner etwas«, sagte sie gemacht munter. »I'm just feeling a bit silly.«
»Hör zu, Simone, wenn irgend etwas ist, wenn du – ich meine,

wenn dir irgend etwas komisch vorkommt, reise sofort ab. Und rufe mich auf jeden Fall an. Und wenn du Hilfe brauchst, dann komme ich. Soll ich gleich kommen?«

Muriel hier zu haben, das wäre fein, dann wäre aller Trübsinn weggeblasen. Aber sie erinnerte sich daran, was Muriel ihr in Paris erzählt hatte: sie erwartete ein Baby.

»Nein, ich komme sehr gut zurecht. Und wenn ich jemand brauche, rufe ich dich an, ich verspreche es dir.«

Das Gespräch mit Muriel hatte ihre Lebensgeister wieder belebt. Sie war keineswegs allein und verlassen, und daß sie hier war, geschah auf ihren eigenen Wunsch, und wenn sie wieder weg wollte, konnte sie jederzeit abreisen. – Und nun würde sie sich anziehen und hinuntergehen zum Essen.

Eine halbe Stunde später, als Herr Gruber durch das Restaurant ging, sah er Fräulein Marquand in der kleinen Nische im Wappenzimmer sitzen. Und nun wußte er auf einmal, an wen sie ihn erinnerte. Er erschrak so, daß er an der Tür wie festgewurzelt stehen blieb.

Die Amerikanerin! Mrs. Grant. An dem gleichen Tisch hatte sie an dem Abend gesessen, bevor das Unglück passierte. Nicht daß das Mädchen ihr ähnlich sah. Sie war dunkelhaarig und sehr jung, aber irgend etwas in der Haltung, in der Art, wie sie sich bewegte – das war es wohl. Wie sie das Glas hob, trank.

Wie war das doch gleich? Von einer Tochter war die Rede gewesen. Konnte das möglich sein?

Er setzte seinen Weg fort, kam zu ihrem Tisch, wünschte guten Abend und guten Appetit, sie blickte zu ihm auf, lächelte – und auch das kam ihm vertraut vor.

Nachdenklich kehrte er in die Halle zurück. Sie war leer. Clementine war schon nach Hause gegangen.

Herr Gruber blieb allein in der leeren Halle, lehnte sich an das Pult und dachte – wie so oft in den vergangenen Monaten – an die Frau, die damals bei ihm gewohnt hatte und die so schrecklich ums Leben gekommen war. Genau ein halbes Jahr war das her, und keiner sollte annehmen, Cornelia Grant sei in Vergessenheit geraten. Nicht bei Ferdinand Gruber, dem Besitzer des »Schwarzen Bären« in Dornburg. Er dachte oft an sie. Und das ungelöste Rätsel um ihren Tod schuf ihm Unbehagen. Und gleichzeitig trauerte er um diese Frau, die er nur so kurz und so flüchtig gekannt hatte. Aber sie hatte ihm gefallen, sofort von der Minute an, nachdem sie sein Haus betreten hatte. Es gab nicht viele Frauen ihrer Art, Frauen von Format und Niveau, dabei von so reizvoller Erscheinung. Ferdinand Gruber, seinerseits ein Mann von Kultur und Niveau, litt unter dem Widerspruch, der sich allein schon daraus ergab, daß eine Frau wie diese ein so furchtbares Ende genommen hatte. Er hatte sie gesehen, als sie tot war, man hatte ihn gebeten, die Leiche zu identifizieren. Und dies gehörte zu den schrecklichsten Erinnerungen seines Lebens.

Dann folgte eine turbulente Zeit, die Untersuchungen, die Verhöre, die Anreise der Angehörigen, der Reporter. Es dauerte Wochen, bis er wieder Ruhe im Hause hatte. Immer wieder kamen Neugierige aus der Umgebung – »ach, sagen Sie, wie war das doch mit dieser Amerikanerin? Ich habe in den Zeitungen davon gelesen.«

Fragen, lästige Neugier, Sensationslust, es war ihm widerlich. Noch vor zwei Monaten, als er in einem bekannten Badeort an einem Kongreß seines Fachverbandes teilnahm, wurde er von Kollegen daraufhin angesprochen. »Einfach so, Mord? Und man hat den Täter nicht entdeckt? Nicht vielleicht doch eine Liebesaffäre dahinter? Die Frau soll ja sehr attraktiv gewesen sein.« –

Was war wirklich dahinter? Die offizielle Lesart, mit der man schließlich die Öffentlichkeit abgespeist hatte: die Frau sei einfach bei einem einsamen Waldspaziergang von einem Stromer überfallen und beraubt worden, heutzutage kämen ja solche Sachen laufend vor, und es sei nicht ratsam, daß eine Frau allein im freien Gelände herumlaufe.

Mit dieser Version gab er sich nicht zufrieden. Sicher – das gab es. Man las immer wieder von Raubüberfällen oder auch Sittlichkeitsdelikten an allein spazierengehenden Frauen, nicht nur in der Stadt, auch auf dem Lande. – Aber hier lag etwas anderes vor. Das ließ er sich nicht ausreden. Eine Liebesaffäre? Nun, warum nicht? So abwegig fand er den Gedanken nicht. Aber irgendwie paßte ihm das nicht in Verbindung mit ihr.

Warum war die Frau hergekommen? Was hatte sie hier gesucht, was hatte sie hier gewollt, was hatte sie hier getan? Übrigens wußte er auch, das Polizeidirektor Busse sich ebenfalls nicht mit dieser einfachen Lösung zufriedengab. Busse beschäftigte sich nach wie vor mit dem Fall. Er sprach nicht viel davon, aber er stellte immer wieder Fragen, ging alle Wege nach, die Cornelia Grant gegangen war: Er war sogar, durch Zufall hatte Herr Gruber das neulich erfahren, in Paris gewesen. Busse fand keine Ruhe, und kürzlich, als er abends mit Gruber eine Flasche Wein trank, sagte er: »Es fehlt einem eben die richtige Erfahrung. Teufel, ja, ich gebe es zu. Man sitzt in diesem Nest, und im Grunde passiert immer das gleiche. Wann wird hier schon jemand ermordet? Dem Himmel sei Dank, verstehen Sie mich nicht falsch, Gruber, ich rede nicht leichtfertig daher. Wir hatten zweimal einen Totschlag in den vergangenen Jahren, einmal war es Eifersucht, einmal war es Besoffenheit, wir haben unsere Verkehrsdelikte und sicher noch einiges, was wir gar nicht erfahren – aber so einen richtigen Mord – ich weiß nicht, ob man's lernen kann, solche Fälle richtig anzufassen. Oder liegt es an diesem Fall und nicht an mir. Ich kann nirgends hinfassen. Eine Frau liegt tot im Wald. Keiner kennt sie. Und sie kennt keinen. Ich bin kein Maigret, gewiß nicht. Aber auch Maigret, wenn er einen Fall aufklärt, sucht nach einem Motiv und sucht nach den Menschen, die den Toten umgeben haben. Ich finde kein Motiv. Und alle, die in das Leben dieser Frau gehörten, waren einwandfrei zur Tatzeit nicht hier.«

»Alle?«

Daraufhin schwieg Busse. Schwieg verbissen, trank sein Glas leer, ließ sich wieder eingießen, trank wieder und starrte vor sich hin.

Gruber wußte immerhin, daß Cornelia Grant, ehe sie starb, an einem Brief geschrieben hatte. An einem langen Brief an ihre Tochter. Und er wußte auch, daß Busse diesen Brief gelesen hatte. Er stellte hier und da Fragen, hatte sie vor allem damals gestellt, die sich möglicherweise auf den Inhalt dieses Briefes bezogen.

So hatte er Gruber einmal gefragt, ob dieser sich erinnern könne, ob in den vergangenen Jahren, vornehmlich in der Nachkriegszeit, ein Mann hier aufgetaucht sei, der aus dem Osten stamme. Aus Ost- oder Westpreußen, der so und so aussehen könne, von dem man vermuten könne, er sei vielleicht – eh, bei der SS gewesen? Zweifellos kostete es Busse einige Überwindung, diese Frage zu stellen. Er war selbst in der Partei gewesen, ein junger Mann noch zu Hitlers Zeiten, im Krieg an der Front und, wie Gruber sich wohl erinnerte, ein Anhänger der Nazis. Er hatte auch Schwierigkeiten gehabt nach dem Krieg, war erst im Laufe der fünfziger Jahre in den Polizeidienst zurückgekehrt, und die leitende Position besaß er erst seit zwei Jahren. Seit man die Dinge nicht mehr so genau nahm. Und nicht zuletzt deswegen, weil Busses Familie in Dornburg immer einflußreich gewesen war. Sein Vater war hier lange Zeit Bürgermeister gewesen.

Es widerstrebte Busse ganz offensichtlich, den Täter auf der Seite seiner damaligen Gesinnungsgenossen zu suchen. Aber es mußte in dem Brief etwas gestanden haben, was darauf hinwies. Wie gesagt, er sprach nicht darüber. Gruber konnte nicht viel mehr dazu sagen, als daß natürlich nach dem Krieg sehr viele Flüchtlinge nach Dornburg gekommen waren, eine Zeitlang war die Stadt überfüllt, und es war ganz unmöglich zu wissen, wer sich alles in der Gegend herumgetrieben hatte, wie viele fragwürdige Existenzen darunter waren. Die französische Besatzung hatte zeitweise eine strenge Untersuchung geführt, dann die Dinge wieder laufen lassen. Und die Flüchtlinge? Nun, die meisten verschwanden mit der Zeit, und die, die geblieben waren, hatten sich assimiliert, gehörten heute zur Stadt. Man wußte heute von jedem ziemlich genau, wo er herkam und wer er war. Wußte man das auch immer? Zwanzig Jahre waren eine lange Zeit.

»Und wenn sie einen bestimmten Mann hier gesucht hat«, sagte Busse einmal, »so geht aus dem, was sie geschrieben hat, einwandfrei hervor, daß sie ihn *nicht* gefunden hat. Sie wollte abreisen, das schreibt sie selbst. Abreisen, weil sie nicht erreicht hatte, was sie wollte.«

»Aber warum hat sie ihn hier vermutet?«

»Das ist es ja eben. Das weiß ich nicht. Die ganze Zeit lebt sie in Amerika, kümmert sich um nichts. Dann kommt sie plötzlich hierher, sucht jemanden, findet ihn nicht. Warum hat sie ihn gerade hier gesucht?«

»Und der alte Mann, den sie zuvor in Berlin besucht hat?«

»Schön. Er war alt und krank und hat Berlin seit zwanzig Jahren nicht verlassen. Er kann beim besten Willen hier bei uns keinen entdeckt haben, denn er war gar nicht hier. Fragen konnte man ihn nicht mehr danach, er war tot. Nein, ich denke immer noch, daß sie jemanden hier treffen wollte, daß sie mit jemandem verabredet war.«

»Und der also dann auch gekommen ist.«

»Es sieht so aus. Und wie er gekommen ist, ist er gegangen. Es ist nicht weit zu den Grenzen.«

Solche Gespräche konnte man mit Busse führen. Immer wieder. Auch Gruber seinerseits dachte immer wieder darüber nach. Wie sie gekommen war, was sie gesagt, was sie getan hatte. Jeden Tag hatte sie das Haus mehrere Stunden verlassen, zu Fuß oder mit dem Wagen. Wohin war sie gegangen, wohin gefahren? Und schließlich, wen hatte sie getroffen? Wochen – Monate, ein halbes Jahr. Und je mehr Zeit verging, um so weniger Hoffnung bestand, das Rätsel zu lösen.

Aber nun? Gruber klopfte mit dem Finger gleichmäßig auf das Pult und grübelte vor sich hin. Wenn sein Instinkt ihn nicht täuschte, wenn dieses Mädchen da drin wirklich ihre Tochter war – jene Tochter, an die der Brief gerichtet war, war sie vielleicht gekommen, um weiterzusuchen?

Was sollte er tun? Busse verständigen? Das war Unsinn. Er bildete sich das alles vielleicht nur ein. Silvia Marquand, seit gestern Gast in seinem Haus. Es gab keinen ernsthaften Grund, diesem Mädchen die Polizei auf den Hals zu schicken. Nur weil es ihm vorkam, daß sie in Gang und Haltung an die Tote erinnerte. Eine junge Dame von gutem Aussehen und guten Manieren – alle Frauen mit Niveau ähnelten im Grunde einander. War es nicht so? Sie ließen sich nicht gehen, waren höflich, korrekt, gewandt, kleideten sich dezent und konnten auftreten.

Das einzige, was er tun konnte: die Augen aufhalten, die junge Dame unauffällig ein bißchen beobachten.

Zwei seiner Gäste kamen aus dem Restaurant, er begleitete sie zur Tür, wünschte einen guten Abend.

Ruhige Zeit. Ende Mai erst würde das Geschäft wieder lebhafter werden. Für den Sommer lagen Bestellungen für Feriengäste vor. Das freute ihn, war ein Erfolg seiner Werbung.

Gerade, als er nach oben gehen wollte, öffnete sich das Portal zur Straße wieder, und als er aufblickte, sah er den jungen Weege hereinkommen.

»Ah, guten Abend, Jochen. Ich habe schon gehört, daß Sie wieder im Lande sind. Wie ging es mit den Prüfungen?«

»Danke, Herr Gruber, bis jetzt ganz gut. Aber ich werde froh sein, wenn ich alles hinter mir habe. Prüfungen sind eine harte Prüfung des Schicksals. Ich glaube, man verbraucht in seinem ganzen Leben nicht mehr so viel Nerven.«

»Wenn man jung ist, hat man sie meist noch.«

»Sagen Sie das nicht. Das war einmal. Es wird nicht mehr lange dauern, dann fangen auch die Zwanziger mit dem Herzinfarkt an.«

»Trübe Aussichten.«

»Tinchen schon weg?«

Gruber lächelte. »Ja. Tut mir leid. Clementine ist heute pünktlich gegangen. Wir haben momentan nicht so viel zu tun, da ist es mir lieber, sie geht zeitig nach Hause.«

»Ist eigentlich Herr Quade nicht mehr bei Ihnen?«

»Aber natürlich. Er wird gleich antanzen. Kommt heute ein bißchen später, weil seine Tochter Geburtstag hat.«

Quade versah seit vielen Jahren im »Schwarzen Bären« das Amt des Nachtportiers. Jochen und er waren alte Freunde. Als Jochen noch zur Schule ging und leidenschaftlicher Briefmarkensammler war, jagte Quade in der ganzen Stadt, nicht nur im Hotel, nach interessanten Marken für ihn. Er liebte den Jungen, nachdem er ihn einmal – im Jahre neunundvierzig – aus dem reißenden Hochwasser der Dorn gerettet hatte. Jochen war damals elf Jahre alt und gerade erst seit wenigen Wochen in Dornburg.

»Na, dann kann ich ihn ja nachher noch begrüßen. Inzwischen werde ich einen Schoppen trinken.«

»Ich empfehle Ihnen den letzten Jahrgang vom Ruländer Weißherbst, er ist ausgezeichnet geraten. Lassen Sie Ihren Mantel hier, Jochen, ich hänge ihn ins Büro. Er ist ja pitschnaß. Regnet es immer noch so sehr?«

»Es gießt. Die ganzen Blüten sind verregnet. Ein Jammer.«

Langsam schlenderte Jochen ins Lokal. Auch Herr Klose, der Oberkellner, begrüßte ihn freudig wie einen heimgekehrten

Sohn. Eigentlich nett, so freundlich empfangen zu werden, dachte Jochen. Da schimpfte man immer auf das Leben in der Kleinstadt. Es sei spießig; schön, das war es sicher manchmal. Obwohl – Spießer gab es überall, auch in Großstädten. Aber es war irgendwie herzerwärmend, wenn die Leute einen kannten und sich freuten, daß man kam.

»Einen Platz, Herr Weege?« fragte Herr Klose. »Da drüben der Ecktisch vielleicht?«

»Ihr habt ja heute Abend Platz genug, wie ich sehe. Schau ich erst mal ein bißchen in die Gegend.«

»Bitte sehr.«

Langsam ging er weiter. Sie war nicht da. Seit einer Stunde bildete er sich ein, sie müsse hier im Lokal sitzen und essen. Aber wer sagte ihm, ob sie überhaupt noch hier war? Sie konnte längst abgereist sein.

Aber dann – wie er durch die Tür des Wappenzimmers tritt, sieht er sie.

Da sitzt sie ganz allein in der Nische. Sie hat Wein vor sich stehen, raucht eine Zigarette und blättert in einer Illustrierten.

Wie vorhin Herr Gruber bleibt er unter der Tür stehen. Er hat gehofft, sie hier zu finden. Ach Unsinn, das ist zu viel gesagt. Oder auch zu wenig. Er hat davon geträumt, sie noch einmal zu sehen. Dieses schöne schmale Gesicht mit den großen dunklen Augen. Mit diesen Augen, von denen er nicht mehr genau weiß, welche Farbe sie haben. Nur sehen wollte er sie noch einmal. Nie wieder, nie wieder in seinem Leben wird er solch ein Gesicht sehen. Nie wieder ein Mädchen wie dieses.

Jetzt plötzlich, wie er da steht und auf sie blickt, sie hat den Kopf gesenkt, er sieht ihre Augen nicht, sieht ihr Haar, das glänzt wie Lack im Licht der Lampe, die über dem Tisch hängt, es schimmert glatt und seidig, und er sieht diese schmale edle Hand, die das Zeitungsblatt wendet, jetzt plötzlich geschieht ihm etwas Merkwürdiges. Man kann es nicht beschreiben, er könnte es nicht erklären – es ist wie ein jäher heftiger Schmerz, so als presse etwas sein Herz zusammen, griffe etwas nach seiner Kehle. Es ist absolut lächerlich, er ist ein selbstbewußter junger Mann, er wird in diesem Jahr siebenundzwanzig, er ist schließlich kein dummer Junge mehr, er ist sehr klug, hat schon einige Erfahrungen, auch mit Frauen, er ist ein Spötter und manchmal auch ein kleiner Zyniker – aber jetzt ist er gar nichts mehr. Er ist wehrlos, rettungslos ausgeliefert einem Ereignis, das über ihn kommt mit Naturgewalt.

Es ist wie damals, als er in die Dorn fiel, die ihn brausend wegriß und überspülte. Keiner wird ihn herausholen diesmal. Er ist hineingefallen in die Liebe, hineingefallen, da wo sie am tiefsten ist.

Es ist keine Vernunft und keine Logik dabei, er kennt dieses Mädchen gar nicht, er hat keine zehn Worte mit ihr gesprochen, es ist einfach unbegreiflich und sehr beängstigend. Er könnte davonlaufen, jetzt gerade noch. Aber er steht und schaut.

Da hebt sie den Kopf und sieht ihn an. Einen solchen Blick wie den seinen muß man einfach spüren. Und sie hat ihn gespürt. Sie erkennt ihn auch sofort, er sieht es, und einen schweigenden Moment lang sehen sie sich an. Und ihm kommt es vor, als seien sie allein auf der Welt.

So etwas gibt es, das also gibt es wirklich! Er hätte es nie für möglich gehalten.

Es sind nur ein paar Schritte zu ihrem Tisch. Es kommt ihm vor wie ein endloser Weg. Ein Weg, den er einfach gehen muß und den er nie zurückgehen wird – das weiß er.

»Guten Abend«, sagt er, als er angekommen ist. Er muß sich räuspern, denn seine Stimme ist ganz heiser. »So eine Überraschung. Sie sind hier.«

So dumm! Er wußte ja, daß sie hier ist, und sie weiß, daß er es wußte. Sie blickt zu ihm auf und lächelt, ein wenig spöttisch – aber nur ein wenig. Ihre Augen sind ganz dunkel, sie glänzen, und ihr Mund – mein Gott, was für ein Mund!

»Ja, ich bin hier«, sagt sie. »Ich wohne ja hier.«

»Ach ja, richtig.«

Da steht er. Er könnte statt siebenundzwanzig siebzehn sein. Er muß etwas sagen oder etwas tun. Aber eigentlich könnte er nur immer so stehen und sie ansehen.

Herr Klose rettet ihn schließlich. Er kommt ebenfalls durch die Tür, um nach dem Rechten zu sehen. Vor ihm kann man nicht den Anschein erwecken, als quatsche man fremde junge Damen an.

»Darf ich mich ein bißchen zu Ihnen setzen?«
Simone nickt. »Bitte.«
»Danke.«
Herr Klose wundert sich ein wenig, aber nicht sehr. So ist das also. Der junge Weege und die fremde junge Dame. Darum also ist sie hier. Hm. Er tritt noch zwei Schritte näher, höflich abwartend, bis Jochen ihm das Gesicht zuwendet. »Herr Gruber meinte, ich sollte den Ruländer Weißherbst probieren.«
»Kann ich sehr empfehlen. Ein Viertel?«
»Bitte.«
Schweigen am Tisch.
Dann Simone: »Ein besonders guter Wein?«
»Das soll er sein. Und was trinken Sie?«
»Oh, ich weiß nicht. Ich verstehe leider nichts von Wein. Aber er schmeckt sehr gut.«
»Und Sie haben gut gegessen?«
»Sehr gut.«
Pause.
»Übrigens – darf ich mich vorstellen? Meine Name ist Weege. Jochen Weege.«
Sie nickt leicht mit dem Kopf und sagt nichts. Sie bringt es einfach nicht über sich, den fremden Namen zu nennen.
»Sie wohnen hier in Dornburg, Herr Weege?«
»Ja. Das heißt zur Zeit wieder. Vorübergehend.«
Er lauscht ihrer Stimme nach. Eine weiche dunkle Stimme. Und wie sie das Dornburg aussprach, man hörte daran, daß sie Ausländerin ist. Auch wenn sie sonst ausgezeichnet deutsch spricht.
»Vorübergehend?«
»Meine Eltern leben hier. Ich habe die letzten Jahre studiert, in München.«
»Oh – München! Eine schöne Stadt, nicht wahr?«
»Ja, kennen Sie München nicht?«
»Nein. Ich bin zum erstenmal in Deutschland.«
»Zum erstenmal? Soll das heißen, Sie sind – ich meine, Sie kennen überhaupt nur Dornburg?«
Simone lacht ein wenig verlegen. Das war dumm, das hätte sie nicht sagen sollen. »Ja, irgendwo muß man doch anfangen, nicht?«

»Aber wieso gerade Dornburg?«
»Ach –«
»Es ist ja ganz hübsch hier, aber doch weiter nichts Besonderes. Baulich, meine ich. Natürlich schon ein altes Städtchen, aber keineswegs berühmt.«
»Nein? Oh, ich dachte. Man hat mir so gesagt.«
»Wer?«
»Na ja – Freunde, Kollegen. Es sollte hier hübsche Motive geben.«
»Sie malen?«
»Ja. Und ich war zuletzt in Straßburg –« Simone spricht ein wenig fahrig. Sie ist so ungeübt im Lügen. Und sie hat eine solche Situation nicht vorausgesehen, ein junger Mann, der sich für sie interessiert. Was soll sie ihm erzählen?
»Ich habe gehört, daß es hier sehr nett sein soll.«
»Ist es ja sicher auch. Es gibt ein paar malerische Winkel.«
»Bis jetzt regnet es leider immerzu.«
»Ja, leider. Aber das wird bald aufhören. So ein Frühlingsregen halt. Die Umgebung ist auch sehr hübsch. Wenn das Wetter besser ist, zeige ich sie Ihnen gern. Eine Burg haben wir auch.«
»So.«
»Ja. Ist ganz romantisch, glaube ich. Und dann das Quellgebiet der Dorn. Das ist der Fluß, der hier durchfließt. Aber das ist ein bißchen weiter weg. Vierzig Kilometer etwa, aber sehr romantisch, ein ganz enges Tal, lauter Felsen, das wird Ihnen sicher gefallen.«
Herr Klose kommt mit dem Wein.
»Bitte sehr, Herr Weege.« Er schenkt ein. »Zum Wohl!«
»Danke.« Jochen trinkt.
»Nun? Ist er gut?« fragt Simone.
»Sehr gut. Wollen Sie mal probieren?«
»Aber ich habe ja noch meinen Wein.«
»Das ist ja nicht mehr viel. Wenn Sie den ausgetrunken haben, kosten Sie mal diesen Weißherbst.«
»Weißherbst? Was ist das?«
»Ein Wein, der leicht rötlich gefärbt ist. Sie sehen es ja. Es ist eine bestimmte Traube.«
»O ja, so ähnlich wie Rosé.«

So genau weiß er es auch nicht. Er winkt Herrn Klose und bittet ihn, noch ein Glas zu bringen. Und am besten auch gleich noch ein Viertele. Denn der Wein schmeckt gut, und er hat auf einmal Durst. Er sitzt ihr gegenüber. Und sie unterhalten sich. Ganz dumm benimmt er sich, er ist sich dessen bewußt, aber es wird besser werden.
»Wir haben übrigens auch einen berühmten Maler hier in Dornburg«, sagt er. »Martin Morgau, kennen Sie ihn?«
»O ja, ich habe den Namen schon gehört. Man hat mir davon erzählt.«
Sie hat den Namen nie gehört. Aber wenn man einmal angefangen hat zu schwindeln, muß man immer weiter schwindeln. Herr Klose bringt das Glas und noch eine Karaffe mit dem Weißherbst.
»Trinken Sie Ihren Wein aus«, sagt Jochen.
»Dann muß das gnädige Fräulein aber erst einen Bissen Brot dazwischen essen«, mischt sich Herr Klose ein.
»Sonst kann man den Geschmack nicht richtig trennen.«
Herr Klose bringt den Brotkorb wieder auf den Tisch, Simone trinkt ihr Glas leer und kaut gehorsam ein Stückchen Brot. Dann gießt Herr Klose von dem Weißherbst in ihr frisches Glas.
Jochen hebt sein Glas. »Also, auf Ihr Wohl!«
Simone trinkt. Dieser Wein schmeckt anders. Er ist frischer, herber, noch sehr jung und lebendig. Es ist das erstemal, daß sie bewußt Wein schmeckt. Daß sie unterscheidet zwischen Wein und Wein. Bisher hat sie eben ganz einfach Wein getrunken.
»Er ist gut«, sagt sie, »wirklich gut.«
Jochen nickt befriedigt zu Herrn Klose hinauf. »Wirklich gut. Bei dem bleiben wir.«
Herr Klose schmunzelt und geht. Die beiden gefallen ihm. Nur der Gedanke an Clementine bedrückt ihn etwas. Ist die junge Dame wegen Jochen Weege nach Dornburg gekommen? Ist das eine ernstere Angelegenheit?
Ja, das ist es. Das sieht er, das spürt er, das liegt in der Luft. Ein alter Ober hat einen sechsten Sinn dafür.
Aber Clementine? –

Auch Herr Gruber hatte an diesem Abend noch Gelegenheit, das Paar zu entdecken. Als er später noch einmal durch das nur spärlich besetzte Lokal ging, sah er die beiden. Sie waren so vertieft in ein Gespräch und auch ineinander – das bemerkte er gleich –, daß sie ihn nicht sahen.

Etwas erleichtert kehrte Herr Gruber in die Halle zurück und ging schließlich in seine Wohnung hinauf. Die junge Dame war demnach eine Bekannte von Jochen Weege. Seinetwegen gekommen? Konnte möglich sein. So waren seine Vermutungen von zuvor wohl reine Hirngespinste. Das beruhigte ihn. Manchmal sah man eben Gespenster.

Auch ihm kam der Gedanke an Clementine. Seine kleine Sekretärin konnte jedenfalls mit der da unten nicht konkurrieren. Und Jochen? Der junge Weege hatte Qualitäten, das wußte Herr Gruber sehr gut. Er sah gut aus – sehr gut sogar, groß und gut gewachsen, mit diesem offenen, schon sehr männlichen Gesicht, er war klug und bestimmt, er war durchaus aus dem Schlag, aus dem sich Erfolgsmänner entwickeln. – Die Art, wie er sich gegen seinen Vater durchgesetzt hatte, was das Studium betraf, bewies, daß er stark und selbständig war.

Gustav Weege hatte für seinen Sohn einzig und allein den Plan gehabt, er solle in der Fabrik Fuhrmann und Co. sein Nachfolger werden. Dazu sollte Jochen in der Fabrik von der Pike auf arbeiten, einige Semester Betriebswirtschaft hatte der Vater ihm zugebilligt.

Als Jochen nach einem Jahr praktischer Arbeit in der Fabrik nach München ging, um zu studieren, kam er nach zwei Semestern mit der Überraschung heraus, daß er umsatteln und Jura studieren wolle.

Daraufhin hatte es zwischen Vater und Sohn harte Auseinandersetzungen gegeben. Gustav Weege war nicht der Mann, der leicht nachgab. Aber der Sohn auch nicht. Er studierte weiter, auch als er kein Geld mehr von seinem Vater bekam. Er verdiente selbst neben dem Studium, bewarb sich um ein Stipendium.

Gustav Weege lenkte schließlich ein. Jochen war sein einziger Sohn, er hing an dem Jungen. Und Agnes Weege hatte ihren letzten Rest Energie damit verbraucht, den Vater mit dem Sohn zu versöhnen. Bei einem Besuch Weeges in München hatten sich die beiden ausgesprochen. Das jedenfalls vermutete Herr Gruber, Näheres wußte er darüber nicht. Immerhin kam Jochen in den nächsten Semesterferien wieder nach Dornburg, und alles schien sich in Wohlgefallen aufgelöst zu haben.

Man wußte in einer kleinen Stadt, und noch dazu bei einem so prominenten Bürger wie Weege, recht gut Bescheid. In der Folge hatte dann wohl Gustav Weege gehofft, daß eine Verbindung mit Frau Fuhrmanns recht niedlich herangewachsener Tochter Jochen letzten Endes doch noch auf den lukrativen Direktorensessel von Fuhrmann und Co. bringen würde. Dies war der Grund, warum er so erbost über die Liebschaft zwischen Clementine und Jochen war.

Herr Gruber konnte Gustav Weege sogar ganz gut verstehen. Fuhrmann und Co. war eines der größten Unternehmen seiner Art in der Bundesrepublik, das mußte man unbestreitbar als Weeges Verdienst ansehen. Seine Tüchtigkeit und die Konjunktur der Nachkriegsjahre hatten die Fabrik das werden lassen, was sie heute war. Ein Jammer, würde man es später einem Fremden überlassen müssen. Und durchaus verständlich, daß man seinen Sohn in dies gemachte Nest setzen wollte. Nun ja.

Inzwischen war Jochen mit seinem Studium fast fertig, etwas verspätet durch den verzögerten Anfang. Im Herbst würde er seine erste Referendarstelle antreten, das hatte jedenfalls Clementine verkündet.

Paulette Fuhrmann? Sie würde ihn nicht daran hindern, das erschien Herrn Gruber gewiß. Doppelt gewiß nun, da er Jochen mit diesem Fräulein Marquand gesehen hatte. Wenn Jochen Gefallen an solch einem Mädchen fand, dann hatte Paulette gewiß keine Chancen. Und die arme Clementine leider auch nicht.

Drin im Wappenzimmer saßen die beiden und redeten. Ja, sie redeten auf einmal. Nach dem etwas gehemmten Anfang ging es jetzt sehr gut. Das heißt, Simone sprach nicht sehr viel. Ihre Hemmungen waren geblieben. Sie konnte nicht viel von sich und ihrem Leben erzählen, ohne sich zu verraten. Und lügen mochte sie nicht mehr. Nicht in diesem Fall.

Sie saß dem jungen Mann gegenüber, den sie am Tag zuvor das erstemal gesehen hatte, und es kam ihr vor, als kennte sie

ihn schon seit langem. Ein fremder Mann aus einem fremden Land – war es so? Komischerweise nicht. Wie lebendig sein Gesicht war. Vivid, so dachte sie, in der ihr vertrauten Sprache. Und wie er sie ansah! Nicht zudringlich, nicht unverschämt, aber sein Blick hielt sie fest, schien in sie einzudringen. Es war kein Zweifel, daß sie ihm gefiel. Das bedeutete nicht sehr viel für sie, es hatte auch in Amerika junge Männer gegeben, die Gefallen an ihr zeigten.
Aber dies hier war anders. Er wollte nicht mit ihr flirten, er wollte – mehr. Das spürte sie genau. Und es verwirrte sie ein wenig.
Nach einer Stunde wußte sie eine ganze Menge über Jochen Weege. Nach zwei Stunden fast alles. Nach diesen zwei Stunden kannte sie sein Gesicht genau, sein Lächeln, das rasche Aufblitzen in seinen Augen, seine Stimme, die Eindringlichkeit seiner Rede, die manchmal geradezu suggestiv erschien, seine Hände – fast alles kannte sie von ihm.
Er würde ein guter Anwalt werden, beredt und überzeugend. Eventuell auch ein guter Richter. Oder wofür immer er sich entscheiden würde – er würde seinen Platz ausfüllen.
Nach zwei Stunden hatten sie eine ganze Menge vom Ruländer Weißherbst getrunken. Simone merkte gar nicht, wieviel sie trank. Der Wein schmeckte ihr immer besser, er war leicht und bekömmlich, er machte sie heiter und ließ sie ihre Sorgen vergessen. Herr Klose brachte dazwischen einmal unaufgefordert Brot und Käse auf den Tisch. Das aßen sie so nebenbei. Sie waren die letzten Gäste und merkten es gar nicht. Das andere Personal war nach Hause gegangen. Herr Klose war geblieben. Ihm machte es nichts aus. Ihm gefielen die beiden.
Simone bemerkte es schließlich doch, daß sie ein wenig beschwipst war. Das erschreckte sie, es war ein fremder Zustand für sie.
»Ich muß jetzt schlafen gehen«, sagte sie. »Ich glaube, es ist schon sehr spät.«
»Gar nicht«, widersprach Jochen. Aber dann stellte er bei einem Blick auf die Uhr fest, daß es nach Mitternacht war. Er schaute um sich.
»Sind wir die letzten, Herr Klose?«
»Ja, Herr Weege.«

»Und Sie können unseretwegen nicht nach Hause gehen. Das tut mir leid.«
»Keine Ursache, Herr Weege, wir haben bis eins geöffnet.«
»Eine Weltstadt, dieses Dornburg, was?«
Simone lachte. Sie hörte sich selbst zu, und ihr Lachen kam ihr albern vor. Sie kicherte wie ein dummer Teenager. Und benahm sich unmöglich. War sie nach Dornburg gekommen, um einen langen Abend mit einem jungen Mann zu flirten und Wein zu trinken? Sie stand rasch auf.
»Wirklich, ich muß schlafen gehen. Ich möchte auch nichts mehr trinken.«
Jochen stand ebenfalls auf und lächelte sie zärtlich an. Sie hatte einen kleinen Schwips, wie reizend. Sie war kein fernes anbetungswürdiges Götterbild mehr, sie war ein Mädchen aus Fleisch und Blut, ein Mädchen, das er in die Arme nehmen konnte. Und das er in die Arme nehmen würde. Und nie, nie mehr loslassen. Eine nie gefühlte, ganz fremde Leidenschaft kam über ihn, irgend etwas in ihm, von dem er gar nicht gewußt hatte, daß es da war, brach auf und erschreckte ihn fast.
Sie sah es in seinen Augen, in seinem Gesicht und erschrak auch.
»Nein«, sagte sie rasch, fast angstvoll, »wirklich – ich muß jetzt gehen.«
Etwas steifbeinig ging sie aus dem Restaurant, an dem sich verneigenden Herrn Klose vorbei, hinaus in die Halle. Jochen folgte ihr.
Am Empfangspult befand sich nun Herr Quade. Aber Jochen begrüßte seinen alten Freund zunächst nur flüchtig, ja – er war enttäuscht, ihn zu sehen. Einen Augenblick, nur einen kleinen Augenblick allein mit ihr in der Halle! Es verlangte ihn danach, sie in die Arme zu schließen. Dieser Mund, dieser stolze, schöne Mund, er wollte ihn endlich küssen.
Herr Quade reichte Simone den Zimmerschlüssel, sie nickte flüchtig, ein wenig schwamm es vor ihren Augen. Sie hielt sich sehr gerade, sehr aufrecht, machte ein ernstes Gesicht.
»Gute Nacht«, sagte Jochen am Fuß der Treppe. Noch immer wußte er ihren Namen nicht. Aber er wollte sie jetzt nicht danach fragen, nicht vor den anderen, vor Herrn Quade hinter dem Pult und vor Herrn Klose unter der Tür.

Leiser fügte er hinzu: »Sehen wir uns morgen?«
»Morgen?« fragte Simone. »Ich weiß nicht. Ich weiß es noch nicht. Gute Nacht!«
Sie wollte gehen, er griff nach ihrer Hand, hielt sie fest und zwang sie, ihn anzusehen. Er war kein dummer Junge mehr, er war ein Mann, und hier war die Frau, die er für sich haben wollte.
»Morgen«, sagte er bestimmt. »Ich komme morgen abend wieder.« Er beugte seinen Kopf über ihre Hand und küßte sie, dann legte er seinen Mund in die warme, weiche Höhlung ihrer Hand.
Simone hielt verwirrt still. So etwas war ihr noch nie geschehen. Ohne noch ein Wort zu sagen, wandte sie sich und stieg die Treppe hinauf.
Drei Augenpaare sahen ihr nach.
Jochen wandte sich um, als nichts mehr zu sehen und zu hören war. Zwei Augenpaare blickten nun ihn an. Es störte ihn in diesem Moment nicht. Nicht, daß sie gesehen hatten, wie er sich von ihr verabschiedet hatte. Nicht, daß sie ihm ansahen, wie ihm zumute war.
»Na, na, min Jung«, sagte der alte Quade schließlich, »was soll denn das nu woll werden?«
Jochen legte den Kopf in den Nacken und atmete zitternd aus. Da stand er, eine halbe Stunde nach Mitternacht, in der Halle des ›Schwarzen Bären‹ zu Dornburg. Mai war es auch. Es war alles ganz wunderbar und furchtbar erschreckend. Er war heute einem begegnet, den er noch nicht kannte. – Sich selbst. –
»Ja, Onkel Quade«, sagte er und ging langsam auf das Pult zu, um seinem Freund die Hand zu reichen. »Das weiß ich selbst nicht. Das ist – das ist gar nicht zu erklären.« Quade nickte und tauschte einen bedeutsamen Blick mit Herrn Klose.
»Ja, min Jung«, sagte Quade, »so etwas ist meist nicht zu erklären. Aber eine schöne junge Dame. Eine sehr schöne junge Dame, dieses Fräulein Marquand.«
Marquand also. Der Name sagte ihm nichts. Er hätte gern ihren Vornamen gewußt. Aber danach mochte er nicht fragen.
»Dann bringen Sie mir mal die Rechnung, Herr Klose. Und wenn Sie nicht zu müde sind, dann trinken Sie mit mir und Herrn Quade noch ein Viertel.«

Herr Klose war nicht zu müde. Eine Weile später saßen die drei friedlich vereint hinter dem Pult und probierten weiter den Ruländer Weißherbst.
»Schönes Weinchen«, meinte Herr Klose.
Herr Quade nickte. Und Jochen sagte: »Der beste Wein, den ich je getrunken habe.«
Die beiden alten Herren schmunzelten. Der Wein der Liebe - er würde immer der beste bleiben. Und käme er auch aus sauren Trauben und von einem schlechten Jahrgang.

Wie gut, wenn man Freunde hat in einer solchen Situation, wenn jemand da ist, der sieht und versteht und schweigt, dessen Wohlwollen man spürt, mit dem man reden könnte, wenn man wollte, aber nicht muß, wenn man nicht will.
Hier waren zwei Freunde. Das heißt mit Herrn Klose, dem alten Oberkellner des »Schwarzen Bären«, schloß Jochen erst in dieser Nacht Freundschaft. Er kannte ihn seit vielen Jahren, aber sie waren nie über ein paar Worte hinausgekommen. In dieser Nacht war das anders. Das Verstehen und das Wohlwollen war da, es brauchte gar nicht viele Worte dazu.
Mit Emil Quade war es erst recht so, er war - wie schon erwähnt - seit vielen Jahren Jochens Freund. Wenn man es genauer betrachtete, stand er Jochen näher als der eigene Vater. Sorgen in der Schule, Ärger zu Hause, allererste Verliebtheiten und schließlich auch die ernstere Angelegenheit mit Clementine - Onkel Quade hatte immer daran teilgenommen. Ihm konnte Jochen alles erzählen und fand Verständnis.
Emil Quade war kein echter Dornburger, er kam nach dem Krieg in die Stadt, als Flüchtling, wenn man es so nennen will. Ein ganz echter Flüchtling war er auch wieder nicht, denn seine Tochter hatte einen Dornburger geheiratet und war hierher gezogen. Die Tochter arbeitete während des Krieges in einem Lazarett in Doberan, und Leutnant Kruse aus Dornburg kurierte dort eine Verwundung aus. So kam die blonde Mecklenburgerin in die Südwestecke des Landes. Quade hinwiederum war in seinem Vorkriegsleben ein Kollege des Herrn Klose gewesen. Unter anderem im Ostseebad Heiligendamm, im Kurhaus. Noch heute schwärmte er von der berühmten

Lindenallee, die von Doberan nach Heiligendamm führte, wo er als junger Mann mit dem Zweispänner seines Onkels die Sommergäste entlangkutschierte.
Bis zum Krieg arbeitete er immer in guten Hotels, meist an der Ostseeküste und am allermeisten in Heiligendamm. Gegen Ende des Krieges zog man ihn noch ein, aber er überstand alles gut, und nach dem Krieg gefiel es ihm nicht mehr in seiner Heimat.
Seine Frau war tot, die Tochter weggezogen, bei den Kommunisten wollte er nicht bleiben. So kam er nach Dornburg. Und da er noch frisch und munter war, sah er sich sofort nach Arbeit um. Der »Schwarze Bär« war damals noch von den Franzosen beschlagnahmt. Emil Quade arbeitete zunächst bei einem Bauern, später bei der Stadtverwaltung als Parkwächter. Bei dieser Gelegenheit geschah es, daß er den kleinen Jochen Weege vor dem Ertrinken rettete.
Als er fünfundsechzig war, schickte man ihn nach Hause. Aber mittlerweile war der ›Schwarze Bär‹ wieder Hotel geworden, und man stellte ihn als Nachtportier ein. Er sprach ein bißchen Englisch und ein bißchen Französisch, er kannte sich aus im Hotelgeschäft, und seit vielen Jahren gehörte er nun zum »Schwarzen Bären« genau wie Herr Klose und Josef, der Hausdiener.
»Ja, ja, min Jung, so ist das«, sprach er in dieser Nacht nach einigen Viertele Weißherbst und sah seinen jungen Freund liebevoll an. »Das Leben hat immer ein paar Überraschungen in der Tasche. Muß woll so sein, sonst wär's zu langweilig. Und die Liebe ist eine der schönsten davon, jedenfalls am Anfang.«
Herr Klose nickte dazu. Und Jochen war jetzt auch ein wenig beschwipst, aber dabei ganz klar, ganz hochgespannt, gleichsam wie mit Elektrizität geladen. Sie verhielten sich sehr leise, die drei, denn die Gäste durften nicht gestört werden, und Herr Gruber sollte möglichst auch nichts von dem nächtlichen Gelage erfahren.
Übrigens erwähnte keiner der beiden alten Herren Clementine. Sie wußten ohnedies, daß es da Schwierigkeiten geben würde. Und daß die Stunde noch kam, wo darüber gesprochen werden mußte. Sie mochten Clementine gern. Und sie kann-

ten sie. Das schöne dunkle Mädchen dagegen war eine Fremde. Aber es ist nun mal, wie es ist. Denn daß der Jochen verliebt war bis über beide Ohren, daran konnte man nicht mehr zweifeln.
»Sie hat ein Gesicht zum Träumen«, sagte er zum Beispiel. »Diese Augen! Man kann darin ertrinken. Und dieser Mund! Ich habe nie solch einen Mund gesehen.«
Oder dann, etwas später: »Ich kann mir nicht vorstellen, daß sie sich aus mir etwas macht. Wer bin ich denn schon? Immer noch ein Student. Ein Niemand. Sie wird mich auslachen.«
»Du bist schon in Ordnung, min Jung«, sagte der alte Quade. »So ein Bursche wie du, da kann sich jedes Mädchen die Finger nach belecken.«
So etwa redeten sie sich an. Ein leicht betrunkenes Männergeschwätz in der Nacht.
Als Jochen heimging, dämmerte es schon im Osten. Es war ja Mai, der Tag begann früh. Es regnete immer noch leise vor sich hin, aber die Erde duftete, und überall blühte es, die ersten Vögel zwitscherten verschlafen.
Jochen ging langsam durch die leeren Straßen, er war gar nicht müde, nur ein wenig benommen, und er dachte immer wieder das gleiche: Heute abend sehe ich sie wieder.
Aber an diesem Abend sah er sie nicht.

Simone schlief lange am Morgen. Einmal, als sie blinzelte, sah sie, daß der Himmel vor dem Fenster immer noch grau war, hörte sie, daß es regnete. Da kuschelte sie sich tiefer wieder ins Bett und schlief weiter.
Als sie ausgeschlafen hatte, dachte sie über den gestrigen Abend nach. Heute verstand sie nicht mehr, warum sie so lange mit dem fremden Mann da unten sitzen konnte. Was haben sie alles geredet? Und sie hatte viel getrunken. Das war etwas ganz Neues für sie.
Diese Deutschen! Sie sitzen abends in den Lokalen herum und trinken Wein. Cornelia hatte den Wein mehrmals erwähnt. Ihr hatte er auch geschmeckt.
Der Tag war lang, Simone wußte nicht recht, was mit ihm beginnen. Sie lief wieder in der Stadt herum, besah die Schaufenster und die alten Häuser, sie kam heute in die Anlagen

am Fluß, und erstmals sah sie fern die Burg liegen. Ein Anblick, der sie erschreckte.

Nein. Nein, sie wollte da nicht hin. Warum war sie nur hergekommen, was hatte sie sich vorgestellt? Sie konnte nichts tun hier, nichts. Cornelia war gekommen und hatte jemanden gesucht. Sie hatte gewußt, wen sie suchte.

Nachmittags blieb sie in ihrem Zimmer, sie saß an dem kleinen Schreibtisch, an dem Cornelia geschrieben hatte, und malte müßig in ihrem Skizzenbuch herum. – Eine graue Stadt im Regen. Dann versuchte sie, eine Skizze von Cornelia zu machen. Sie hatte sie oft gezeichnet, früher. Aber nie mehr nach ihrem Tod. Jetzt auf einmal war es schwierig, die vertrauten Züge wiederzufinden. Was sie schließlich gezeichnet hatte, war nicht die Cornelia, die sie kannte. Es war die junge Cornelia, so wie sie ausgesehen haben mochte, als sie noch in ihrer Heimat war. Weichheit um den Mund und Traum in den Augen.

Am Ende legte Simone den Kopf auf die Schreibtischplatte, sie weinte nicht, aber die Tränen flossen in ihr Herz. Sie war so allein! Ganz allein auf dieser Welt. Einen Menschen gab es, den sie geliebt hatte – ihre Mutter. Sie wußte es immer, und sie weiß es jetzt noch viel besser. Dieser Tod, sie hatte ihn immer noch nicht anerkannt. Eines Tages heißt es: tot. Es ist eine Tatsache, an der es nichts zu ändern gibt. Warum kann man es dann nicht als Tatsache empfinden? Warum muß man es sich immer wieder vorsagen, warum kommt es einem so unglaubhaft, so ganz und gar unmöglich vor? Es kann nicht, es kann einfach nicht sein.

Viele Menschen sterben. Alle Menschen sterben eines Tages. Man selbst auch. Man weiß es. Man denkt daran – aber nur selten. Irgendwie kommt es einem auch unwahrscheinlich vor, daß man selber sterben wird. Auch Cornelia ist für sie noch nicht gestorben. Sie ist im Moment nicht da. Aber sie kann wiederkommen. Man muß ja noch soviel mit ihr bereden. Zu denken, Cornelia ist tot und kommt nie wieder, das ist etwas, was es nicht gibt.

Und seltsam, seit sie nun so vieles von Cornelia weiß, Dinge aus der Jugend, aus der Zeit ihrer Liebe, ihrer Gefahr, ist sie ihr noch viel vertrauter geworden.

Vorher war es ihre Mutter. Eine schöne, immer etwas ernste, sehr beherrschte Frau. Elegant, vornehm, zurückhaltend, man war immer stolz auf diese Mutter, sie stach ab von den anderen Müttern, sie fiel aus dem Rahmen. Als Kind merkte man das schon, wenn die anderen Mütter, die anderen Frauen sie ansahen. Männer auch. Da ist eine Szene aus ihrer Schulzeit. Es gab da mal Schwierigkeiten mit einem anderen Mädchen, und Cornelia war mit dem Lehrer zusammengetroffen, von dem sich Simone einbildete, er behandle sie ungerecht. Cornelia kam nie in die Schule. Ganz anders wie die Eltern und vor allem die Mütter der anderen Mädchen, sie steckten ewig die Nase in alles, da gab es Elternversammlungen und Clubs, die Amerikaner mußten immer tätig sein, auch was ihre Kinder anging. Cornelia kümmerte sich nicht darum. Aber einmal, als Simone erklärt hatte, sie würde nicht mehr in die Schule gehen, dieser Lehrer hasse sie und wolle ihr nur Übles, da war Cornelia in die Schule gegangen. Der Lehrer war noch verhältnismäßig jung, rauhbeinig, burschikos, mit ungehobelten Manieren. Die Schülerinnen nannten ihn ›Cowboy‹, und viele hatten ihn sehr gern. Und Simone erlebte staunend die Verwandlung, die mit dem jungen Mann vor sich ging, als Cornelia zu ihm kam. Er wurde höflich und still, er sprach leise, rückte ihr einen Stuhl zurecht, bot ihr eine Zigarette an, bekam ein staunendes, ganz helles Bubengesicht vor dieser schönen gelassenen Frau.
Als sie gingen, verbeugte er sich tief vor Cornelia und hielt ihr die Tür auf.
»Er ist doch ein sehr wohlerzogener junger Mann, ich weiß gar nicht, was du willst«, sagte Cornelia danach zu ihrer Tochter. »Heute war er anders«, erwiderte Simone.
»Ihr müßt eben nicht so ungezogen sein. Auch ein Lehrer ist ein Mensch. Und er ist auch ein Mann. Man muß ihn nur richtig behandeln.«
Das war erstaunlich. Simone beschäftigte sich lange mit diesem Ausspruch. Übrigens kam sie in der Folge ausgezeichnet mit diesem Lehrer zurecht.
Oder wenn die jungen Leute ins Haus kamen – Allan zum Beispiel. Auch so ein Cowboy-Typ, schlaksig und mit großem Mundwerk, dabei ein anständiger Junge, zwei Jahre älter als

Simone und seit Jahren ihr treuester Verehrer. Wenn Cornelia zugegen war, benahm er sich wie ein junger Dandy, und einmal sagte er: »Your Mum ist swell, really swell. I could propose you just for her sake.«
Was soviel hieß wie: Deine Mutter ist eine Wolke. Ich könnte dich ihretwegen heiraten.
Und als er von Cornelias Tod hörte, hatte Allan, der kaltschnäuzige Allan, geweint. Richtig geweint.
Aber was wußten sie schließlich alle von Cornelia? Keiner hatte sie so gut gekannt wie ihre eigene Tochter. Auch Philip nicht. Philip gewiß nicht, ihm war ein großer Teil ihres Wesens immer fremd geblieben, auch wenn er sie angebetet hatte. Und jetzt also sah Simone nicht nur ihre Mutter Cornelia, jetzt sah sie das Mädchen, ja sogar das Kind Cornelia, dort, fern, irgendwo im Osten in einem unbekannten Land. Dieses Haus in der Weite Ostpreußens, das Cornelia das schönste Haus genannt hatte, die Wiesen und Wälder, die Fuchsstute, mit der Cornelia auf sie zugeritten kommt, den Großvater, die Großmutter, Tante Luise, alle fremd, alle nie gekannt, und doch auf einmal vertraut und nah.
Und schließlich Simon – mein Vater.
Mein Vater! denkt Simone. Ein besonderer Mensch, das schrieb Cornelia. Ein Künstler, klug und schön und voll Harmonie. Liebend und geliebt, zwei Menschen, die sich unbeschreiblich lieben. Cornelia und Simon.
Beide tot. Und Simone ganz allein auf der Welt.
Sie sitzt vor dem Skizzenbuch und zeichnet. Das Gesicht der jungen Cornelia. Noch einmal, immer wieder. Und dann das Gesicht des unbekannten Vaters. Sie hat nie ein Bild von ihm gesehen. Aber sie soll ihm ja ähnlich sein, das hat Cornelia gesagt. – Also blickt Simone in den Spiegel und versucht ein Männergesicht aus ihrem Gesicht hervorzusuchen. Das ist schwer. Sie beginnt mehrmals, zerreißt das Blatt, fängt wieder an, der ganze Nachmittag geht darüber hin. Als es Abend wird, hat sie kein einziges weißes Blatt mehr. Und auf dem letzten Blatt ist etwas ganz anderes entstanden. Nicht Cornelias Gesicht, nicht der unbekannte Simon, eine ganz andere Zeichnung, die ihr leicht von der Hand ging, die sie mit wenigen Strichen zustande gebracht hat, ja, die eigentlich ganz von

allein entstanden ist: ein klares, offenes Gesicht, wohlgebildet, lebendig, die Stirn hoch, der Mund fest und energisch und doch mit Weichheit und Lächeln, die Augen sind verhältnismäßig groß für einen Mann, sie sind strahlend blau, das weiß sie genau, auch wenn sie hier ohne Farben zeichnet – sie sieht sie blau vor sich, das Haar ist blond und kräftig, ein wenig ungebärdig über der Stirn – es ist dieser Mann, dieser Mann von gestern abend.

Nicht zu glauben, daß ihr sein Gesicht so vertraut ist, daß sie es mühelos zeichnen kann, ohne nachzudenken. Ein Fremder, ein Wildfremder. Vorgestern zum erstenmal gesehen. Den ganzen Tag lang hat sie sich bemüht, nicht an ihn zu denken. Aber vielleicht kommt es daher, weil sie so allein ist. Und weil nur die Toten bei ihr sind in diesem Zimmer. In dem Zimmer, in ihren Gedanken, auf ihrem Zeichenblock. Sie ist ja jung und sie lebt, und ganz instinktiv hat sie sich jetzt zu dem geflüchtet, der auch jung ist und auch lebt, der einzige, den sie hier kennt, der einzige weit und breit. Es ist lächerlich. Mit einer wütenden Bewegung knüllt sie das Blatt zusammen und wirft es in den Papierkorb.

Sie wird heute Abend nicht hinuntergehen, auf keinen Fall. Sie wird sich etwas zum Essen heraufbringen lassen und zeitig schlafen gehen. Und an diesen jungen Mann – wie hieß er doch gleich? Sie weiß es gar nicht mehr – wird sie nicht mehr denken.

Sie weiß noch genau, wie er heißt. Und sie weiß auch genau, daß sie ihn wiedersehen wird. Aber sie ist so jung, und es ist ihr gutes Recht, sich zu wehren.

Für Jochen sind die Dinge auch nicht ganz einfach. Voll Ungeduld hat er den Abend erwartet. Tagsüber sitzt er an seiner Arbeit, aber immer wieder wird er abgelenkt von dem Gedanken an das Mädchen.

Als er zum »Schwarzen Bären« kommt, ist es noch zu früh. Clementine ist noch da. Wie peinlich!

Sie strahlt, als sie ihn sieht. »Holst du mich ab? Das ist fein. Ich bin gleich fertig.«

Was soll er machen? Er schielt vorsichtig durch die Halle, verschwindet wieder nach draußen auf den Marktplatz. Eine verteufelte Situation! Sein kleines Tinchen. Dies liebe, gute Tinchen. Er will ihr nicht weh tun, er will ihr keinen Kummer machen. Am liebsten würde er ihr alles sagen. Aber er kann ihr doch schließlich nicht erzählen, daß er das fremde Mädchen liebt, das er seit zwei Tagen kennt.

Clementine würde sich an die Stirn tippen und sagen: »Du spinnst wohl?«

Er könnte ihr erzählen, daß er in München mit Lisa geschlafen hat. Das wäre nicht schlimm. Das würde sie vermutlich verstehen, und das würde sie nicht stören. Es besteht kein Grund, es ihr zu erzählen, wozu denn? Aber angenommen, er wollte, dann könnte er es erzählen. Wäre gar nichts dabei. Aber dies hier, das andere, das kann er nicht erzählen. Er steht vor dem »Schwarzen Bären«, die Fäuste in die Manteltaschen gebohrt, es regnet leise auf ihn herab, immer noch, er merkt es gar nicht, es ist ihm so unangenehm, daß er Clementine beschwindeln muß, er hat gehofft, sie würde auch heute früher gegangen sein, aber nun ist sie noch da, und er wird sie natürlich nach Hause bringen.

Clementine kommt nach einer Weile, sie strahlt ihn an, schiebt ihren Arm unter seinen, drückt ihm den Schirm in die Hand, und gemeinsam pilgern sie unter dem Schirmdach zu dem Haus, in dem sie mit ihrer Mutter wohnt.

Heute muß er schnell mit nach oben kommen, die Mutter begrüßen, ein Gläschen Cognac trinken, es dauert alles viel zu lange, Clementine ist sehr enttäuscht, daß er schon wieder gehen will, aber er muß, er hat zu arbeiten. Und endlich steht er wieder auf der Straße und marschiert im Eilschritt zum »Schwarzen Bären« zurück. Es ist ihm sehr gemischt dabei. Angenommen, Clementine erfährt, daß er im Hotel abends mit dem fremden Mädchen sitzt. Und eines Tages muß sie es ja erfahren.

Aber dann ist er beim »Schwarzen Bären« und dann vergißt er Clementine, vergißt sie vollständig, er geht ins Restaurant, geht durch die drei Zimmer, sieht sich um – sie ist nicht da.

Herr Klose begrüßt ihn, Herr Klose ist sehr diskret, er zieht nur leicht die Brauen hoch und schüttelt ein wenig den Kopf. Also setzt Jochen sich hin, bestellt einen Wurstsalat und ein Viertel Wein. Und wartet.

Er wartet vergebens. Sie kommt an diesem Abend nicht. Sie will ihn nicht sehen. Oder ist sie am Ende abgereist?
Gegen zehn geht er hinaus zu Onkel Quade, es ist ihm peinlich zu fragen, aber er braucht nicht viel zu fragen, Emil Quade sieht es ihm an und versteht nach den ersten umständlichen Einleitungen, worum es geht. Er schaut aufs Schlüsselbrett und sagt: »Fräulein Marquand ist in ihrem Zimmer.«
»Aha«, sagt Jochen.
»Telefonieren?« fragt Quade mit einer lässigen Handbewegung zum Telefon hin.
»Nö«, Jochen schüttelt den Kopf, »jetzt nicht mehr. Ist schon ein bißchen spät.«
Sie wußte ja, daß er kommen würde. Und wenn sie nicht herunterkam, dann hieß das, daß sie ihn nicht sehen will. Das ist deutlich genug. Telefonieren wäre dann eine Aufdringlichkeit.
Oder? Während er heimgeht, denkt er darüber nach. Manchmal warten Frauen darauf, daß man etwas unternimmt. Telefoniert zum Beispiel. Er hätte vielleicht früher telefonieren sollen, so gegen neun.
Morgen! – Morgen wird er etwas unternehmen.

Am nächsten Tag regnet es immer noch, es wird schon langweilig. Es ist Simones dritter Tag in Dornburg, und geschehen ist bis jetzt nichts. Gar nichts.
Aber dann geschieht am Nachmittag doch etwas, worauf man kaum noch gehofft hat. Die Sonne kommt.
Gegen Mittag hat es aufgehört zu regnen. Es ist empfindlich kühl geworden, Wind ist aufgekommen, der unfreundlich durch die engen Dornburger Gassen pfeift.
Simone war kurz Zeitungen kaufen, kehrt dann ins Hotel zurück, ißt zu Mittag, aufmerksam, fast väterlich von Herrn Klose persönlich bedient.
Ob dieser Jochen Weege gestern Abend da war? Es interessiert sie nun doch. Aber sie kann schlecht den Ober danach fragen. Nun, ist ja auch unwichtig.
Sie ißt Spargel und trinkt ein Viertel Wein, ein einziges, dann geht sie wieder hinauf. Wie lang so ein Tag ist! Sie blättert in den Zeitungen, zum Zeichnen hat sie heute keine Lust, sie

ist deprimiert, mißgestimmt, sie ist – allein. Das Alleinsein lastet wie ein Stein auf ihr. Auch ein Gefühl, das sie noch nie kennengelernt hat. Zu Hause waren die Eltern, die Freunde, im College natürlich erst recht Leben und Betrieb. Wenn sie mal verreiste, dann meist auch in Gesellschaft. War sie dann wirklich mal allein für Stunden oder auch für einen Tag, dann fand sie es herrlich. Flüchtig überlegt sie, ob sie Muriel anrufen soll. Aber genaugenommen hat sie ihr nichts zu erzählen. Oder einfach ihre Koffer wieder packen, nach der besten Verbindung nach Lugano fragen und morgen abreisen? Dort scheint vielleicht die Sonne.

Aber dann scheint auch hier die Sonne. Es ist Nachmittag so gegen fünf Uhr. Dem Wind ist es gelungen, die Wolken zu vertreiben, auf einmal geht es ganz schnell. Der Himmel ist blau, wie blankgefegt, ein klares, tiefes Blau, und die Sonne, die nur auf ihren Auftritt gewartet hat, wie eine Primadonna in den Kulissen, kommt glänzend und strahlend. Das Zimmer wird ganz golden, und wie Simone ans Fenster tritt, sieht sie alles auf einmal: die großen Bäume im Garten, deren Laub noch feucht ist, der Rasen unten, leuchtend grün, die Blumen, Tulpen und Narzissen, rot und weiß und gelb, die Fliederbüsche, an denen es bereits blau schimmert. Und die *Burg*.

Jetzt sieht sie die Burg. Vergoldet wie ein Bild, wie ein kitschiges Gemälde, thront sie da oben auf ihrem Hügel. Es nimmt ihr fast den Atem. Die Burg! Cornelias Burg. Von der sie geschrieben hat. Und wo sie –

Simone steht am Fenster und starrt hinaus. Und dann, wie unter einem Zwang, wendet sie sich ab, nimmt das Kostüm aus dem Schrank, zieht sich an, schnell, erregt, als habe sie Angst, zu spät zu kommen.

Dann geht sie fort.

Jochen verbrachte den Nachmittag bei Paulette Fuhrmann. Ein Telefonanruf hatte ihn wieder einmal zu Hilfe gerufen. Und da er sich sowieso nicht auf seine Arbeit konzentrieren konnte – seine Hauptbeschäftigung bestand darin, auf den Abend zu warten, an dem er, vielleicht, das Mädchen wiedersehen würde –, hatte er sich zusammen mit Taddeus auf den Weg zum Fuhrmann-Haus gemacht.

Taddeus, der Airedale-Terrier, war seit vielen Jahren Jochens bester Freund. Als drolliges wolliges Baby hatte er ihn von seiner Mutter einst geschenkt bekommen, inzwischen war Taddeus ein älterer Herr geworden, hatte entsprechend an Lebenserfahrung und Gemüt zugenommen und kannte sich mit Menschen sehr gut aus. Er war sehr selbständig und hatte ein hochentwickeltes Talent, sich auf seine Umgebung einzustellen. Gustav Weege respektierte er als eine Art Chef des Hauses, ohne sich besonders zu ihm hingezogen zu fühlen. Jochen liebte er zärtlich und stürmisch zugleich, hatte sich jedoch im Laufe der Zeit damit abgefunden, daß längere Trennungen von seinem Herrn offenbar unvermeidlich waren. Einmal hatte ihn Jochen für ein Semester mit nach München genommen, aber das war für beide Teile keine glückliche Lösung gewesen. Zimmerwirtinnen haben wenig Verständnis für dergleichen Extravaganzen, Studentinnen entrissen Jochen den Hund mit dem Ausruf: »Gott, ist der süß!« und fütterten ihn mit Süßigkeiten, die Taddeus nicht gut bekamen. Gewöhnt an den Garten und die Freiheit zu Hause, fühlte er sich in Schwabing nicht wohl, selbst gelegentliche Spaziergänge in den Englischen Garten konnten ihn nicht entschädigen. In Dornburg war er gewöhnt, seine eigenen Wege zu gehen. Man ließ ihn aus dem Haus, er trabte in den Anlagen am Fluß herum, spazierte auch mal in die Stadt, immer sehr bedächtig, sehr umsichtig im Straßenverkehr, es hatte da eigentlich nie Ärger mit ihm gegeben. Er hatte ein paar Menschenfreunde, die er besuchte – einen Tankwart, eine Marktfrau, einen tierliebenden Metzgermeister, den er besonders gern besuchte, und den Apotheker Steinmann von der großen Apotheke am Marktplatz. Und seit Clementine in Jochens Leben getreten war, was vor drei Jahren geschah, gehörte auch sie zu dem Kreis seiner näheren Bekannten. Sie waren oft zu dritt spazierengegangen, und Clementine holte sich, wenn sie frei hatte, oftmals den Hund zu einem Ausflug oder zu einem Besuch bei sich zu Hause. Da ging Taddeus immer sehr gern mit.
Kurz gesagt, Taddeus war ein Lebenskünstler. Konnte er seinen Herrn schon nicht immer um sich haben, so versorgte er sich für die Zeit von dessen Abwesenheit selbst mit Unterhaltung und Abwechslung.

Geradezu rührend war sein Verhältnis zu Jochens Mutter. Wenn Jochen nicht da war, hielt er sich gern bei Agnes auf, er war dann sehr betulich, sehr leise und artig um sie herum, legte den Kopf auf ihr Knie, ließ sich streicheln und sah sie mit seinen großen braunen Augen liebevoll an. So, als sei ihm vollkommen klar, daß sie nicht mit ihm spazierengehen und herumtollen konnte, aber dankbar war für ein bißchen Gesellschaft und empfänglich für seine Liebe.
Soviel über Taddeus. An diesem Nachmittag lag er in Paulettes Zimmer vor der erdbeerroten Couch, ohne zu schlafen, und beobachtete, was da vor sich ging.
Paulette kam wieder einmal wie gewöhnlich mit ihrem Schulkram nicht zurecht, was ihr ein willkommener Vorwand war, Jochen zu sprechen. Sie saß in hautengen Hosen in einem Sessel, die Beine über der Lehne, rauchte und sah zu, wie Jochen an ihrer Lateinübersetzung bastelte und über der Differentialrechnung die Stirn runzelte.
»Kannst du wohl auch nicht, was?« fragte sie schadenfroh.
»Man vergißt es«, gab Jochen zu.
»Siehst du, sag ich ja immer, ist Blödsinn, so was zu lernen. Ist bloß unnötiger Nervenverschleiß. Kein Mensch braucht den Quatsch.«
»Na, du könntest ja Ingenieur werden wollen.«
»Ich will aber nicht.«
Rita kam herein, fragte, ob Kaffee oder Tee erwünscht sei, und sagte tadelnd: »Paulette, du sollst doch nicht rauchen«, womit dieser Fall wieder einmal bis zur nächsten Zigarette erledigt war.
»Ein schreckliches Mädchen, Jochen«, das sagte sie auch noch.
»Nicht einmal das bißchen Schule kann sie erledigen. Heutzutage eine Tochter aufzuziehen, ist eine Strafe Gottes. Sie macht, was sie will. In der Schule dumm und faul und sonst nur Unfug im Kopf. Was soll bloß aus ihr werden?«
»Kann ich mir so in etwa vorstellen«, meinte Paulette, und Jochen brummte darauf: »Ich mir auch.«
»Töchter aus wohlhabendem Hause, so wie ich eine bin«, verkündete Paulette, »sind kaum gefährdet. Sie heiraten bald und sind danach noch wohlhabender und können immer noch machen, was sie wollen. Ein einfaches Leben.«

Rita dachte flüchtig an ihre eigene Jugendzeit. Das war kein einfaches Leben gewesen. Aber Paulette hatte nicht unrecht, was konnte ihr schon passieren?
Jochen grinste und sagte: »Der Mann, der dich mal heiratet, kann mir heut schon leid tun.«
»Findest du?« fragte Paulette, reckte ihren kleinen Busen in die Höhe und kullerte mit den Augen. »Es gibt immerhin einige, die nicht so denken.«
Rita seufzte. »Wird wohl auch das beste sein, wenn du bald heiratest, dann bin ich die Sorgen los. Also, ich muß gehen. Ich bin zum Tee bei Morgaus eingeladen. Ich lasse euch Kaffee heraufschicken.«
»Ah, darum das neue Complet. Und ich habe gedacht, du hättest dich Jochen zuliebe so in Schale geworfen. Sieht übrigens toll aus, dieses Grün zu deinen roten Haaren.«
»Wieso rot?« fragte Rita irritiert und warf einen Blick in den Spiegel, »das ist doch ein helles Kupfer, höchstens.«
»Eben, meine ich ja.«
Paulette zog eine Grimasse hinter ihrer Mutter her. »Sie hat es nötig, über mich zu meckern, was? Nichts wie ihr Vergnügen im Kopf. Friseur und neue Kleider, auch gerade kein seriöses Leben. Wo soll für mich das gute Beispiel herkommen?«
Da ist was dran, dachte Jochen. Aber genaugenommen gefiel ihm Rita besser als Paulette. Die Kleine war einfach zu unreif und zu albern, die Mutter hatte immerhin ein gewisses Format. Und sie sah wirklich gut aus. Ob sein Vater noch mit ihr –? Er wußte sehr wenig darüber. Rita war immer dagewesen, er war an sie gewöhnt und an die Rolle, die sie im Leben seines Vaters spielte. Nicht daß er es billigte. Obwohl er im Laufe der Zeit duldsamer geworden war. Wenn man älter wird, sieht man diese Dinge gelassener an als mit sechzehn.
Als sein Vater damals seine Mutter und ihn aus Potsdam nach Dornburg holte – es war noch während der Blockade, er war ein magerer kleiner Junge, ewig hungrig und dabei sehr besonnen und umsichtig für sein Alter, das kam durch das Zusammenleben mit seiner Mutter, die immer unbeholfen und ängstlich gewesen war –, da lebte zwar Paul Fuhrmann noch und Gustav Weeges Stellung in der Fabrik war noch bescheiden, aber Rita hatte ihn schon entdeckt.

Nicht zu vergessen, Gustav Weege war zu jener Zeit ein Mann Ende der Dreißig, groß, männlich, blond und breitschultrig, er war ein Mann, der Frauen gefiel, mit jener gewissen Härte und einem Schuß Brutalität, der ebenfalls vielen Frauen gefällt. Paul Fuhrmann war wesentlich älter, korpulent, kurzatmig, einige Jahre Ehe mit ihm, Nachkriegszeit in Dornburg – das alles war für Rita sehr langweilig gewesen.

Sie hatte die Frau und den kleinen Sohn des Mitarbeiters ihres Mannes sehr liebenswürdig empfangen, stattete sie mit dem Nötigsten aus, half bei der Wohnungseinrichtung, wunderte sich und war gleichzeitig sehr befriedigt, daß diese Frau Weege so wenig attraktiv war, beschenkte den kleinen Jochen großzügig mit Dingen, die er gar nicht kannte: Schokolade, neue Schuhe, neue Anzüge, Bücher. Agnes hatte die hübsche und so reizende junge Frau des Chefs ihres Mannes – jünger als sie selbst – mit großen Augen bestaunt. Sie war es nicht gewöhnt, daß jemand nett zu ihr war. Immer war sie befangen in Ritas Gegenwart. Wann sie erfahren hatte, daß Rita und ihr Mann liiert waren, wußte keiner genau, sehr spät jedenfalls erst, lange nach Paul Fuhrmanns Tod, und als es die ganze Stadt schon wußte. Es hatte ihr nicht viel ausgemacht, ja, sie fand es sogar in bester Ordnung. Zwischen ihr und ihrem Mann gab es sowieso keinerlei Bindung mehr, hatte es genaugenommen nie gegeben. Er hatte sie verführt, damals im Jahre 37 in Potsdam, als er dort bei einem Lehrgang war, er war sehr jung, sie einige Jahre älter, er war der erste Mann ihres Lebens und blieb der einzige, und warum er überhaupt mit ihr etwas angefangen hatte, war für sie genauso ein Rätsel wie für ihn.

Doch sie bekam das Kind. Einen Sohn. Er zahlte großzügig für den Jungen, kam auch regelmäßig, um ihn zu sehen. Von Heirat war nie die Rede gewesen, und sie wagte nicht einmal, daran zu denken.

Lebte mit dem Kind und ihrer Mutter in der bescheidenen Potsdamer Wohnung, in der sie bereits aufgewachsen war, lebte ihr demütiges und kleines Leben und liebte mit aller Inbrunst dieses Kind, das ihr da vom Himmel gefallen war. Ein selten hübscher Junge, das sagte jeder. Und so klug dabei und aufgeschlossen, Agnes wunderte sich immer, wieso sie, gerade sie, dieses Kind zustande gebracht hatte. Aber Gustav Weege, oder Karl Prpolski, wie er damals noch hieß, war ja ebenfalls ein gutaussehender Mann, und ihre Mutter behauptete dasselbe von Agnes' Vater, der im ersten Weltkrieg gefallen war und an den sie sich kaum mehr erinnerte. Wann Karl Prpolski angefangen hatte, seinen Sohn zu lieben, ließ sich nicht mehr feststellen. Aber daß es der Fall war, bewies die Tatsache, daß er kurz vor Kriegsschluß mit dem Vorschlag kam, zu heiraten. Was heißt Vorschlag – es war ein Befehl, und Agnes hätte nicht gewagt, sich zu widersetzen, ganz abgesehen davon, daß sie sich gar nichts Besseres wünschen konnte, so wie die Dinge nun mal lagen. Auch lebte ihre Mutter damals noch, und die war natürlich selig über dieses Happy-End, hatte sie doch schwer genug unter dem unehelichen Vorgang gelitten.

Es wurde geheiratet. Damals war aus Karl Prpolski bereits Karl Gustav Weege geworden, ganz legal. Karl, der deutsche SS-Mann, nordisch anzusehen von Kopf bis Fuß, hatte immer unter seinem Namen gelitten, er hatte die Umbenennung beantragt, durch die Kriegsereignisse war die ganze Angelegenheit etwas verzögert worden, aber jedenfalls tat ihm das Dritte Reich, ehe es unterging, noch den Gefallen, ihn zu germanisieren.

Weege war der Mädchenname seiner Mutter gewesen, geboren war er in Berlin, es machte keine sehr großen Schwierigkeiten.

Fortan nannte er sich Karl Gustav Weege, den Karl ließ er später weg. Gustav Weege war ein neuer Name und ein neuer Mann. In Dornburg kannte keiner den alten Namen und den alten Mann außer Agnes Weege. Sie hatte nie davon gesprochen. Sie wußte nicht viel von dem, was er während des Krieges getan hatte, eigentlich gar nichts, aber sie kannte ihn und konnte sich daher denken, wie gut und wichtig es für ihn war, *nach* dem Krieg einen anderen Namen zu führen. Das tat sie für ihn aus Dankbarkeit, daß er sie geheiratet und Jochen ein Elternhaus gegeben hatte. Wie sich nach einiger Zeit herausstellte, sogar ein wohlhabendes Elternhaus. Sonst hatte sie mit ihrem Mann im Grunde nichts zu schaffen. Und die Tatsache also, daß er eine andere Frau liebte, brach ihr keineswegs das Herz. Sie fand es ganz verständlich. Immerhin anständig,

daß er sich nicht scheiden ließ, sie hätte sich ernsthaft nicht dagegen wehren können. Aber dies geschah nicht ihretwegen, sondern um Jochens willen, das wußte sie auch. Warum sie trotzdem litt und unglücklich war – nun, es war wohl ihr Schicksal. Sie war ein Schattenmensch, sie litt an sich und am Leben.
Rita hatte sich mit der Zeit von Agnes zurückgezogen, sie kam nicht mehr ins Haus, nebenbei wollte es Weege auch nicht, es kam ihm zu dumm vor, die beiden Frauen gleichzeitig um sich zu haben, man traf sich höchstens einmal bei einer offiziellen Angelegenheit. Auch dies schon lange nicht mehr, denn Agnes ging nicht mehr unter Menschen.
Jochen war mit diesen Tatsachen aufgewachsen, hatte sich als Junge nicht viel dabei gedacht, später allerdings einige Gedanken daran verschwendet, aber weder seine Mutter noch sein Vater waren so geartet, daß er diese Dinge mit ihnen hätte erörtern können. Und heute, so komisch es war, er wußte nicht und hätte darüber nichts zu sagen gewußt, ob zwischen Rita Fuhrmann und seinem Vater noch mehr bestand als geschäftliche Partnerschaft und eine Art langjährige und selbstverständliche Freundschaft.
Hingegen wußte er ganz genau, was sein Vater von ihm erhoffte: daß er Paulette Fuhrmann heiratete. Und er war sich auch klar darüber, daß Paulette nichts dagegen haben würde. Ganz im Gegenteil. Schon im vergangenen Sommer, als er hier war, hatte sie ihn oftmals in Situationen gebracht, die ihn herausfordern sollten. Aber da bestand für ihn keine Gefahr. Er hatte ja sein Tinchen.
Und jetzt? Er blickte über die Bücher hinweg träumerisch in den Garten hinaus, jetzt, da er dieses Mädchen kannte, dieses Mädchen mit dem wunderbaren Gesicht und ihren schönen Händen – was konnte da Paulette bedeuten? Paulette mit ihrer Stupsnase, den aufgeworfenen Lippen und dem gräßlich toupierten Haar. Ganz hübsch? Sicher, das waren viele. Aber das genügte ihm nicht mehr, jetzt würde ihm das nie mehr genügen.
»He!« Paulette gab ihm einen Stoß mit dem ausgestreckten Bein. »Wo bist du eigentlich? Schläfst du?«
»Nein«, er löste seinen Blick von den Bäumen draußen und lächelte sie freundlich an. »Ich denke.«

»Und dabei machst du so ein Schafsgesicht? Wird sich mal gut ausnehmen, wenn du ein Plädoyer hältst.«
Das Mädchen brachte den Kaffee, Paulette schenkte ein, machte sich über das Gebäck her und redete dabei ununterbrochen.
»Wirst du wieder mit mir Tennis spielen? Wenn es nur endlich aufhören würde zu regnen, macht einen ganz schwachsinnig. Der Film soll toll sein, den sie jetzt im Casino haben, gehst du mit mir hin? Weißt du eigentlich schon.... hast du eigentlich...« Das ging wie ein Wasserfall.
»Hörst du mir überhaupt zu?« fragte sie schließlich.
»Genau«, sagte er und zündete sich eine Zigarette an.
»Gib mir auch eine.«
»Du sollst doch nicht rauchen.«
»Blech! Ich rauche, soviel es mir Spaß macht.«
Er gab ihr also eine Zigarette und Feuer, sie stieß den Rauch in die Luft, reckte ihre kleine Nase hoch und fragte überraschend: »Gefalle ich dir eigentlich. Findest du mich hübsch?«
»Doch. Du bist ein ganz niedlicher Balg.«
»Klingt ja nicht gerade sehr leidenschaftlich.«
Er lachte amüsiert. »Erwartest du Leidenschaft von mir?«
»Was denn sonst? Wir sind ganz allein jetzt. Mutti ist weggegangen, und Elli geht gleich einkaufen.«
»Dann gehe ich am besten auch.«
»Du bist ein Spielverderber.«
»Wie gnädiges Fräulein meinen. Aber es gibt Spiele, die spielt man nicht zum Zeitvertreib.«
»Nein? Ich dachte gerade.«
»Denken war nie deine starke Seite.«
»Du bist ein Spießer.«
Er sah sie an und lachte. »Vielleicht. Hat auch sein Gutes.«
»Es gibt genügend Männer, die sich für mich interessieren.«
»Du erwähntest das zuvor schon. Dann würde ich mich an diese Herren halten.«
»Werde ich auch.«
»Viel Vergnügen.«
»Widerlicher Molch!« Sie warf ihm ein Kissen an den Kopf, ließ sich wieder in den Sessel zurücksinken, Beine über die Lehne, und fragte: »Ist es etwa wegen diesem doofen Tinchen?«

»Erstens ist Clementine nicht doof, und zweitens ist sie mir zehnmal lieber als du.«
»So!« Sie sprang mit einem Ruck auf, empört bis auf den Grund ihrer achtzehnjährigen Seele. »Dann möchte ich bloß wissen, was du hier willst. Was ihr alle hier wollt, bei uns, du und dein Vater und alle. Hau bloß ab, Mensch! Hau ab!«
Jochen lachte überrascht und gar nicht verärgert. Diese kleine Kratzbürste! – Taddeus, der bis jetzt artig neben dem Sofa gelegen hatte, sprang erschreckt auf und knurrte.
»Ich bin hier, weil du zu dämlich bist, deine Schularbeiten zu machen. Von dir angefordert, falls du dich noch erinnerst. Und nimm zur Kenntnis, daß ich mir aus einer dummen Frau niemals etwas machen würde. Und schließlich bitte ich dich, meinen Vater aus dem Spiel zu lassen. Was hat der damit zu tun?«
»Das weißt du ganz genau. Mutti hat Ärger genug mit ihm gehabt. Er hat sich hier ins gemachte Nest gesetzt und bläst sich noch auf dazu.«
»Na, jetzt langt's aber. Halt bloß den Mund, ehe du mehr Unsinn redest. Und ich gehe jetzt, mir scheint, ich bin hier unerwünscht.«
»Wenn du nur schon draußen wärst«, fauchte Paulette wütend.
»Na, na«, sagte Jochen und lächelte gutmütig auf sie herunter, »fang dich nur wieder. Sehr verführerisch wirkst du im Moment nicht auf mich, soviel kann ich dir versichern. Komm, Taddy!«
Er ging, und Paulette sah ihm wütend nach, dann weinte sie ein bißchen. Denn so furchtbar einfach war das ja gar nicht. Auch wenn sie ein ungezogener und verwöhnter Fratz war, sie liebte ihn. Liebte ihn wirklich, und ihr dummer, kleiner, achtzehnjähriger Kopf konnte das nicht richtig verarbeiten. Sie hatte sich so gefreut, daß er gekommen war! Fast konnte man denken, er mache sich nichts aus ihr. Was natürlich vollkommen unglaubhaft war. Denn es war noch nie vorgekommen, daß sie etwas, was sie gern haben wollte, nicht bekommen hatte.

Jochen ging langsam die Lindenallee entlang, pfiff vor sich hin und war nicht im mindesten beleidigt. Er war froh, auf diese Art aus dem Hause gekommen zu sein, und vergaß Paulette, sobald er auf der Straße war. Es regnete auch nicht mehr. Die Sonne schien, die Gärten blühten und dufteten, die Fliederbüsche waren bereit, die Kastanien hatten schon Kerzen und würden in zwei Tagen blühen, wenn die Sonne blieb. Langsam, in Gedanken versunken, lief er stadtwärts. Er wußte nicht, was er wollte. Aber wie von einem unsichtbaren Band gezogen, lief er Richtung Marktplatz.
Bis zum Abend war es noch weit. Es quälte ihn, nicht zu wissen, ob er sie heute abend sehen würde. Natürlich würde er hingehen, nicht zu früh, nach acht – halb neun, Clementine durfte nicht mehr da sein.
Der Gedanke an Clementine war quälend. Gemein – er belog sie und betrog sie, und das wollte er gar nicht. Aber was sollte er tun? Morgen zum Beispiel hatte Clementine nachmittags frei, das hatte sie ihm schon seit Tagen angekündigt. Morgen erwartete sie, daß er mit ihr zusammen den ganzen Nachmittag und Abend verbringen würde. Kaffeetrinken bei ihrer Mutter, dann ins Kino oder vielleicht spazierengehen. Clementine hatte immer Pläne und Spaß an allem, was man unternehmen konnte.
Aber heute mußte er ins Hotel – er mußte das Mädchen sehen. Wenn sie nicht im Restaurant saß, würde er anrufen, das hatte er sich vorgenommen.
Warum er jetzt zum ›Schwarzen Bären‹ geht, ist schwer zu erklären. Es ist erst fünf Uhr. Bis zum Abend dauert es noch lange. Aber wenigstens kann er einmal über den Marktplatz gehen, das schadet ja nichts.
Wie er zwei Häuser vom »Schwarzen Bären« entfernt ist, sieht er sie herauskommen. Sie trägt das beigefarbene Kostüm, das er schon kennt, sie geht rasch, ohne sich umzublicken, in Richtung Westen.
Er geht ihr nach. In gewissem Abstand, aber immer so, daß sie ihn nicht bemerkt und er sie im Auge behält. Das ist nicht schwer um diese Zeit, der Nachmittagsverkehr ist auch in Dornburg lebhaft. Schwieriger wird es, als sie durch das Tor, über die Brücke und dann durch die Anlagen geht.

Wo geht sie eigentlich hin, so rasch und zielbewußt, ohne nach rechts und links zu schauen? Es sieht aus, als kenne sie ihr Ziel genau. In den Anlagen bleibt er weiter zurück, hier sind nicht sehr viele Leute, kann sein, sie dreht sich doch einmal um, das wäre ihm peinlich. Aber warum soll er nicht mit seinem Hund hier spazierengehen?

Simone hat wirklich keine Zeit, sich umzusehen. Sie denkt an nichts und niemand, sie geht, ohne einen Blick auf den Fluß und die Bäume zu werfen, auf das Grün und die Blüten, die ihren Weg säumen.
Sie will zur Burg. Und sie geht so rasch, damit sie nicht plötzlich wieder umkehrt. Es ist kein leichter Weg für sie. Cornelia begleitet sie, und Simone wagt nicht seitwärts zu blicken, weil sie fürchtet, sie dann wirklich zu *sehen*. Sie kommt an den Tennisplätzen vorbei, die verwahrlost sind vom Regen, die Terrasse des Cafés ist leer, man hat noch keine Stühle und Tische herausgestellt, die Sonne ist ja gerade seit einer halben Stunde da, und heute kommt sicher niemand mehr.
Der Weg ist nicht schwer zu finden, er zweigt kurz hinter dem Café rechts ab, direkt auf den Burgberg zu, überdies steht da noch ein Schild: Zur Burg 20 Minuten.
Zwanzig Minuten bergan durch den Wald. Der Weg führt um den Berg herum, er ist noch naß, die Sonne ist durch die dichten Blätter noch nicht durchgedrungen in der kurzen Zeit, die ihr zur Verfügung stand. Simone ist ganz allein, weit und breit kein Mensch, einmal hört sie, ein Stück unter sich, einen Hund bellen.
Je höher sie kommt, desto langsamer geht sie. Dann die letzte Biegung, über sich sieht sie schon das graue Gemäuer durch die Bäume schimmern, dann das Tor, breit mit dicken Steinen. Sie bleibt davor stehen.
Warum habe ich Angst vor dieser Burg? Hier ist gar nichts geschehen. Man hat sie ja im Wald gefunden, irgendwo auf diesem Berg. Vielleicht bin ich an der Stelle vorbeigekommen.
Aber immer verband sich der Gedanke an Cornelias Tod mit dieser Burg. So, als habe die Burg selbst sie getötet, habe sie mörderisch erschlagen. Ein Wort war da, ein Begriff, der diesen Tod begleitete: die Burg.

Sie tritt langsam durch das Tor, geht über den Burghof, das Gemäuer ringsum ist halb verfallen, von Büschen bewachsen, direkt auf einer halbhohen Mauer steht ein kümmerlicher Fliederstrauch, er hat noch keine Blüten, er ist dem Wind und dem Regen schutzlos ausgesetzt. Ganz mechanisch registriert ihr Malerauge den halbwilden romantischen Reiz des Ortes, und dann steht sie an der Mauerbrüstung und blickt hinab auf das Land. Normalerweise würde der Anblick sie entzücken. Grün-grün ist alles, darüber der tiefblaue Himmel, und da unten Dornburg, und der silberne Fluß. Alles, was Cornelia gesehen hat, sieht sie nun auch.
Aber sie steht und starrt ins Tal, Tränen verdunkeln ihren Blick. Allein steht sie hier, und allein sieht sie das alles, und Cornelia wollte es ihr zeigen, sie sollte hier neben ihr stehen.
Sie weiß nicht, wie lange sie da steht. Jochen, der durch das Tor gekommen ist und dort wartend verhält, den Hund am Halsband – Jochen kommt es vor wie eine kleine Ewigkeit. Dort steht sie reglos wie eine Statue, und irgendwie kommt es ihm vor, als drücke ihre Haltung Verzweiflung aus. Es ist natürlich Unsinn, er sieht ja nicht ihr Gesicht, aber er spürt – spürt mit dieser empfindlichen Antenne, die die Liebe ihm verleiht, daß mit dem Mädchen etwas nicht stimmt. Er läßt den Hund los, der in den Burghof hineintrabt, hier und da schnüffelt und sich dann der einsamen Gestalt neugierig nähert.
Simone bemerkt die leichte Bewegung neben sich, sie blickt seitlich und sieht in die klugen wachen Augen des Airedales, der sie aufmerksam betrachtet.
»Hello!« sagt sie, und ihre Stimme ist noch voll Tränen und Trauer. »What are you doing here all alone?«
Gleichzeitig kommt ihr der Gedanke, daß der Hund nicht unbedingt allein sein muß. Sie wendet sich um, und da sieht sie ihn stehen, einige Meter von ihr, still und stumm, er betrachtet sie, fast genau wie der Hund es tat, aufmerksam, prüfend und mit einer gewissen Besorgnis.
Sie spricht kein Wort, sie wundert sich nicht einmal, daß er da ist. Aber sie verspürt Erleichterung und gleichzeitig – es ist lächerlich, es sind einfach die Nerven, die Anspannung, sie kennt so etwas gar nicht – steigen ihr wieder Tränen in die

Augen, und sie muß sich mit aller Gewalt beherrschen, damit sie nicht hemmungslos anfängt zu weinen. Was soll der junge Mann denken, sie weint sonst nie, schon gar nicht vor Fremden, und sie könnte es gar nicht erklären, will es auch gar nicht erklären, wen geht es etwas an, so rettet sie sich in eine verschlossene kühle Miene und wendet sich wieder der Aussicht zu.

Jochen tritt neben sie, etwas unsicher durch ihr Verhalten. Sie scheint sich nicht zu freuen, ihn zu sehen. Und hat er eben noch vorgehabt, freimütig zu gestehen, daß er ihr nachgegangen ist, so ändert er diese Absicht und redet sich auf einen Zufall hinaus.

»Guten Abend«, sagt er, und auch er muß sich beherrschen, seine Stimme gehorcht ihm kaum, seine Hände werden feucht, es ist nicht zu fassen und nicht zu glauben, was dieses Mädchen aus ihm macht. »Das ist ja prima, daß ich Sie hier treffe. Ich bin ein bißchen mit meinem Hund spazierengegangen, wir gehen öfter hier hinauf, und ich denke, wer steht denn da, diese Gestalt kommt dir doch bekannt vor und – Sie sind es«, endet er abrupt, denn sein eigenes Geschwätz kommt ihm zu dumm vor.

Sie gibt gar keine Antwort, nickt nur leicht mit dem Kopf.

»Hübsche Aussicht, nicht?« fährt er fort.

»Ja. Sehr hübsch.«

Er hofft, sie würde ihn ansehen, aber sie tut es nicht, ihr Blick geht in die Ferne, aber im Unterschied zu damals im Zug hat er den Eindruck, heute sieht sie nichts. Er fängt an, ihr die Gegend zu erklären, das Land ringsum, dann die Bauten unten in Dornburg, hebt den Arm, weist hierhin und dorthin, sie steht neben ihm und schweigt, und er hat das Gefühl, sie hört ihm gar nicht zu. So verstummt er nach einer Weile.

Plötzlich sagt sie, und ihre Stimme klingt ganz anders, gepreßt und tonlos, zögernd, so, als falle es ihr schwer zu sprechen: »Hier war das doch, hier auf diesem... diesem Berg, wo voriges Jahr die Frau ermordet wurde, nicht?«

Er schaut sie verblüfft an. »Ich glaube, ja. Hier irgendwo auf dem Berg hat man sie gefunden. Woher wissen Sie denn das?«

»Wo hat man sie gefunden?«

»So genau weiß ich das nicht. Ich war gar nicht hier, ich bin einige Tage vorher nach München gefahren. Ich habe nur darüber gelesen.«

»Es hat Sie nicht interessiert, nicht wahr?« sagt sie, und jetzt sieht sie ihn an, ihr Blick ist kalt und fremd, aber ihr Mund ist fast verzerrt, so als sei es eine große Anstrengung für sie, mit ihm zu reden.

»Och, natürlich, es ist scheußlich, wenn so etwas passiert, und dann ausgerechnet noch hier. Es soll eine sehr... sehr ungewöhnliche Frau gewesen sein.«

»Ungewöhnlich?«

»Na ja, eine schöne Frau und sehr sympathisch, sehr... ich meine – ich kannte sie ja nicht, aber sie wurde mir so geschildert.«

»Von wem?«

»Clementine... ich meine, verschiedene Leute, die sie kennengelernt hatten, Herr Gruber unten von Ihrem Hotel sagte das auch.«

»Sagten sie das.« Sie hat den Kopf wieder abgewandt, starrt wieder ins Land hinaus. »Eigentlich seltsam, daß man den Mörder nicht gefunden hat.«

»Das kommt vor. Besonders in solch einem Fall.«

»Wie meinen Sie das? In solch einem Fall?«

»Na ja, weil niemand die Frau kannte und keiner wußte, was sie hier wollte, und vor allem, wen sie hier getroffen hat.«

»Also nimmt man an, daß sie jemand getroffen hat?«

»Es ist doch anzunehmen, nicht? Warum ist sie überhaupt hergekommen? Ich persönlich bin der Meinung, es war ein Raubüberfall oder ähnliches. Leider Gottes ist es für eine Frau heute nicht sehr empfehlenswert, allein in den Wäldern herumzuspazieren. Sie sollten das auch nicht tun.«

»Ich?«

»Ja, Sie«, sagt er unvermutet heftig, denn erst jetzt denkt er daran, daß ihr etwas passieren könnte, wenn sie allein hier heraufsteigt. Er wäre auf die Idee nicht gekommen, aber nun, da sie von der ermordeten Amerikanerin spricht, fällt es ihm ein und erschreckt ihn. »Sie sollten wirklich nicht so allein gehen.«

»So glauben Sie, daß der Mörder noch in dieser Gegend ist?«

»Welcher Mörder? Ach, der... Das weiß man nicht. Man weiß ja nicht, wer er war.«

»Nein, man weiß es nicht«, wiederholt sie, und ihre Stimme klingt bitter. »Man hat sich wohl auch keine große Mühe gegeben, ihn zu finden. Es war ja eine Fremde, eine Frau, die keinen etwas anging, die man hier nur getötet hat. Das stört die lieben Dornburger nicht weiter. Und Sie auch nicht.« Das klingt böse.

»Mich?« fragt er hilflos und überrascht. »Lieber Himmel, ich habe mich weiter nicht darum gekümmert, es ist schließlich Sache der Polizei, und ich war ja auch nicht hier und...«

»Es ist Ihnen einfach gleichgültig, sagen Sie es nur, dabei haben Sie mir neulich große Geschichten erzählt von Ihrem Studium und für wie wichtig Sie es halten, daß es eine saubere Justiz, eine gerechte Rechtsprechung gibt. Eine wahre Gerechtigkeit«, wiederholte sie laut und heftig, »so nannten Sie es doch. Und finden Sie es richtig, finden Sie es gerecht, daß so ein Mörder, so ein verdammter Nazi frei herumläuft, daß er damals gemordet hat und heute wieder mordet – und kein Mensch findet was dabei und kümmert sich darum. Kein Mensch sucht ihn, kein Mensch will ihn überhaupt finden. Und Sie wollen mir erzählen, Sie wollen für das Recht arbeiten? Sie sehen Ihre Lebensaufgabe darin, Gerechtigkeit zu üben und für Gerechtigkeit zu sorgen. Sie wollen mir das erzählen? Ihr hier in eurem Mörderland? In eurem verdammten Naziland, das die Menschen heute noch umbringt, und keiner kümmert sich darum?«

Sie ist ganz außer sich, ihre Stimme ist laut geworden, ihre Augen sind wild, voller Tränen und voller Haß. Er ist sprachlos und stottert: »Aber, mein Gott, was haben Sie denn? Warum erregt Sie der Fall denn so? Er geht Sie doch nichts an.«

»Er geht mich nichts an?« schreit Simone wild, und jetzt sieht sie aus, als wollte sie ihm gleich an die Gurgel springen, aber dann verläßt die Wut sie plötzlich, sie zittert, es sieht aus, als falle sie gleich um, sie ist totenblaß, und die Augen brennen schwarz und verzweifelt in diesem blassen Gesicht. Ihre Lippen beben, als sie flüsternd wiederholt: »Es geht mich nichts an.«

Und dann, Tränen laufen über ihre Wangen, und ihr schönes,

geliebtes Gesicht ist voller Verzweiflung, voller Not, fügt sie hinzu: »Es war meine Mutter.«

Jochen ist ganz außer sich vor Entsetzen, als er sie so vor sich sieht, als er dies hört. »Nein, nein«, flüstert er. Sie schwankt, er streckt die Arme aus, hält sie, zieht sie an sich, ihr Kopf sinkt nach vorn auf seine Schulter, und nun weint sie, weint verzweifelt, er hält sie fest, jede ihrer Tränen brennt in seinem Herzen, ihr ganzes Unglück, ihr ganzes Leid fühlt er mit, er leidet so mit ihr, wie er nie gewußt hat, daß er leiden kann, und die tote Frau, die ihn nichts anging, ist auf einmal für ihn keine Fremde mehr.

Später, als sie sich beruhigt hat, das dauert eine Weile, gehen sie langsam den Berg wieder hinab. Sie schweigen, aber er hält ihre Hand fest, sie läßt es geschehen, vielleicht merkt sie es gar nicht, vielleicht aber tut es ihr doch ein wenig gut, daß sie nun nicht mehr allein ist, daß ein Mensch bei ihr ist, der alles weiß, dem sie es sagen konnte und der jetzt mit ihr fühlt.

Der Hund geht genauso langsam und ganz artig neben ihnen her, so, als spüre er, daß jetzt keine Zeit für Herumtollen sei, daß traurige Dinge geschehen sind.

Als sie fast unten sind, bleibt Jochen stehen, faßt ihre Hand fester, so daß auch sie stehen bleibt und ihn ansieht.

»Wissen Sie denn, wer der Mörder ist?«

Sie schüttelt den Kopf. »Nein. Ich weiß nur, daß man ihn finden könnte. Ich weiß, wer er sein könnte.«

»Wer?«

»Ich kann Ihnen das nicht mit zwei Worten erklären.«

»Dann erklären Sie es mir mit allen Worten, die dazugehören.«

Sie schweigt, und sie gehen weiter.

Als sie unten sind, fragt er: »Zurück ins Hotel?«

»Nein. Ich will noch nicht zurück. Wir können noch ein Stück weiterlaufen. Das heißt, ich möchte es. Sie brauchen ja nicht.«

»Ich komme natürlich mit. Ich lasse Sie doch nicht allein.«

Er sagt es überzeugend, aufrichtig und ernst gemeint. Es ist der erste Satz, der sie wirklich erreicht. Sie wendet ihm ihr Gesicht zu und sieht ihn an, ein wenig scheu und unsicher.

»Ich lasse Sie nicht allein«, wiederholt er, es klingt wie ein

Schwur, und er meint es auch so. »Sie werden mir alles erzählen, und wenn es einen Mörder gibt, dann werden wir ihn finden.«
Wir hat er gesagt.
»Es – könnte gefährlich sein«, sagt sie.
Daran hat er noch nicht gedacht. Aber natürlich – sie hat recht.
»Sie meinen, es ist eine Geschichte von früher?«
»Ja, ich glaube.«
»Dann werden wir ihn erst recht finden. Ich hasse diese Leute auch. Ich hasse das Unrecht, das in Deutschland geschehen ist. Ich schäme mich, auch wenn ich keinen Teil daran habe.«
Nein, er kann keinen Teil daran haben – das denkt sie jetzt auch. Er ist zu jung. Er kann nicht der Mörder sein, und er kann kein Freund des Mörders sein. Er nicht.
»Wir könnten da hinüberlaufen, zu dem kleinen Dorf,« schlägt er vor, »es ist nicht weit, eine Viertelstunde. Dort ist ein ganz hübsches Wirtshaus, dort können Sie sich ausruhen. Und wir können in Ruhe über alles sprechen. Nachher lassen wir uns ein Auto aus Dornburg kommen zum Heimfahren.«
Sie nickt, und sie gehen auf das kleine Dorf zu, das friedlich im Abendsonnenschein vor ihnen liegt.
»Dann sind Sie also Amerikanerin?« fragt er nach einer Weile.
»Ja«, sagt sie. »Ich wohne im Hotel unter einem falschen Namen. Es sollte keiner wissen, wer ich bin. Vielleicht..., ich dachte, ich könnte dann eher etwas herausbringen.«
»Ich verstehe. Dann sind Sie also –«
»Ich heiße Simone. Simone von Elten.«
»Aber der Name war doch anders –«
»Meine Mutter hieß Cornelia Grant. Sie war eine geborene von Elten. Sie konnte meinen Vater nicht heiraten, weil er vorher von einem SS-Mann erschlagen wurde. Er war Pole.«
Es ist ganz seltsam – aber sie hat so viel Vertrauen zu diesem fremden Mann. Er ist jung, und er kann der Mörder nicht sein. Und er hat sie gern, das weiß sie. Sie denkt nicht über ihre eigenen Gefühle nach, dazu ist jetzt keine Zeit, aber es ist so, daß seine Gegenwart ihr wohltut, und seine Hand, die ihre Hand hält, und sein Da-sein und Zuhören und Ver-

stehen und schließlich auch das Nicht-mehr-Alleinsein mit dem ganzen Problem, alles ist wohltuend und bringt in allem Unglück eine Art Trost. Und wenn er nun schon so viel weiß, kann er auch alles wissen.
Sie gehen durch die Felder und die Wiesen auf das Dorf zu, sie sitzen später ganz allein in einer niedrigen Gaststube, trinken Wein und rauchen, und sie erzählt alles, was sie weiß.
Jochen hört aufmerksam zu, stellt dazwischen ein paar Fragen, sein geschulter Verstand arbeitet nun schon mit, stellt die Fakten zusammen, baut Vermutungen hinein.
»Wenn es dieser Mann wäre«, sagt er am Ende, »dann müßte er heute so an die fünfzig Jahre alt sein. Ein Flüchtling vermutlich. Und wenn er belastet war, lebt er vielleicht unter falschem Namen hier. Wie war der Name, sagten Sie?«
Der Name ist für Simone nicht oder schwer auszusprechen, sie nimmt einen Bierdeckel vom Tisch, läßt sich seinen Kugelschreiber geben und schreibt den Namen auf.
»Habe ich nie gehört hier in der Gegend«, sagt Jochen. »Prpolski, nein, nie gehört. Ein Mann um die Fünfzig, aus Ostpreußen, er müßte ja eigentlich auch Dialekt sprechen. Man wird das doch untersucht haben.«
»Das weiß ich nicht.«
»Das wird sich feststellen lassen. Aber warum hat Ihre Mutter vermutet, daß er hier war?«
»Er *muß* hier sein. Sonst wäre sie nicht tot.«
»Immer vorausgesetzt, es war nicht doch etwas anderes, ein Raubüberfall oder so. Aber wenn er hier ist, wird man ihn finden.«
»Falls er noch hier ist.«
»Ja, das ist richtig. Er kann ihr nachgefahren sein. Er kann sie getroffen haben. Es sind immer Saisonarbeiter da, bei den Bauern oder zum Beispiel bei uns in der Fabrik. Da arbeitet einer ein paar Wochen oder Monate, und dann verschwindet er wieder. Eine Textilfabrik ist auch hier, die haben auch wechselnde Arbeitskräfte. Das ist natürlich alles schon zu lange her.«
Simone hört ihm zu, sie ist erschöpft, müde, aber auch ruhiger geworden. Und da ist einer, der dabei ist, ihr die schwere

Aufgabe abzunehmen, der darüber nachdenkt, vor allem logisch nachdenkt, und ihre Sache zu seiner eigenen macht.
Sie sitzen lange in der Gaststube, später nicht mehr allein, ein paar Bauern kommen zum Abendtrunk, der Wirt zündet das Licht an, bringt ihnen neuen Wein, und Jochen besteht darauf, daß sie etwas ißt.
»Ich kann nicht«, sagt sie.
»Doch«, sagt er, »Sie müssen. Es ist notwendig, daß Sie Ihre Nerven behalten – Simone.« Zum erstenmal spricht er ihren Namen aus, langsam, liebevoll, zärtlich. Es ist nicht die Stunde für einen Flirt, den haben sie auch bereits übersprungen, es ist auch nicht die Stunde, von Liebe zu reden, noch nicht, aber es ist etwas anderes da, was viel schwerer wiegt und viel fester bindet: Vertrauen, Gemeinsamkeit, Miteinanderfühlen und Miteinanderdenken. Sie sind mit einem Sprung dahin gelangt, wo andere in Jahren nicht hingelangen, und es ist so selbstverständlich gegangen, als könne es gar nicht anders sein, als hätten ihre Wege seit undenklichen Zeiten zueinander zugeführt. Sie erkennen es beide zu dieser Stunde noch nicht, sind sich nicht klar darüber, es ist ganz von selbst gekommen, gefördert durch Simones erschütternde Enthüllungen, durch das Geheimnis, das sie nun vereint. Und erst viel später an diesem Abend, wenn Jochen zu Hause in seinem Zimmer sitzen wird und stehen und gehen und rauchen und denken, erst dann wird ihm das alles zu Bewußtsein kommen, wird er sich über den ungeheuerlichen Wandel, den sein Leben an diesem Abend erfahren hat, klarwerden.
Und er wird sich wundern, und er wird staunen, und er wird davorstehen wie vor einem Naturereignis, ach, viel mehr, es ist ja die Geburt eines neuen Menschen, eines neuen Lebens: er ist nicht mehr der Student, nicht mehr der bei aller Klugheit und bei allem Ernst unbeschwerte junge Mann, er ist ein Partner geworden. Der Partner eines anderen Menschen, eines Menschen, den er liebt.
Den er liebt, ja. Auch darüber wird er sich noch in dieser Nacht klarwerden.
Jetzt aber sitzen sie hier, er bestellt Wurst und Käse, Brot und Butter, er achtet darauf, daß sie ißt, er ist um sie besorgt; jeder Bissen, den sie in den Mund steckt, ist ihm wichtig – es ist

rührend, und vielleicht würde Simone darüber lächeln. Aber nicht heute, nein, nicht heute. Es tut ihr gut. Es ist Wärme um sie, eine schützende Fürsorge, sie ist nicht mehr verlassen, nie mehr wird sie es sein, sie fühlt das auch. Zum erstenmal seit Cornelias Tod kommt Frieden in ihr Herz.

Das erste, was Jochen unternimmt: er geht zu Busse. Er kennt ihn bisher nicht persönlich, aber er weiß, daß sein Vater ihn kennt, daß sie gemeinsam an einem Stammtisch sitzen, gelegentlich jedenfalls, denn Gustav Weege hat nicht oft Zeit zu solchen Vergnügungen, aber dann und wann läßt er sich doch unter den Honoratioren des Städtchens sehen.
So ist es für Jochen nicht schwierig, den Polizeidirektor persönlich zu sprechen. Und daß er sich für den Fall interessiert, läßt sich auch leicht begründen, schließlich studiert er Jura, und er erzählt Busse einfach, daß er an einer Arbeit schreibe, die sich mit unaufgeklärten Mordfällen beschäftige.
»Nicht, daß ich über diesen Fall hier schreiben will«, sagt er, er spricht leicht und gewandt und sitzt Busse ohne Unsicherheit gegenüber, »aber ich bin dabei, möglichst viel Material zu sammeln, man hat dann doch Vergleichsmöglichkeiten. Und natürlich interessiert mich diese Geschichte, schließlich ist sie hier passiert und bis heute unaufgeklärt. Oder sind Sie inzwischen weitergekommen?«
»Leider nicht«, sagt Busse und ist ein wenig geschmeichelt über das Interesse des jungen Weege, »es blieb kein Anhaltspunkt, von dem aus man sich weiter vortasten konnte.«
Und da ihn der Fall immer noch sehr beschäftigt und auch, weil es ihn kränkt, daß er keinen Erfolg hatte, und weil er sich deswegen immer gern rechtfertigt – aus all diesen Gründen berichtet Busse seinem Besucher ziemlich ausführlich über den Fall Grant.
Jochen hört zu. Genau wie er Simone zugehört hat. Und wieder stellt er Fragen dazwischen, lockt immer mehr aus Busse heraus, darf schließlich Einsicht nehmen in die Akten. »Was hatte es mit diesen Aufzeichnungen auf sich, die Mrs. Grant da niedergeschrieben hat?«
»Dem bin ich natürlich auch nachgegangen. Es sind Erinnerungen aus ihrer Jugend. Sehr persönlich natürlich. Es war darin

die Rede von einem... eh, von einem Mann, der der damaligen Regierung nahestand« – Busse hat das fein formuliert, Jochen unterdrückt ein Grinsen –, »natürlich habe ich Nachforschungen in dieser Richtung angestellt. Ein Mann dieses Namens war hier in der Gegend nie bekannt. Ich habe selbstverständlich auch anderwärts nach diesem Mann suchen lassen, man hat nie von ihm gehört und von dieser... eh, Formation, der er wohl angehört haben muß, bekamen wir die Nachricht, daß man annimmt, er sei gefallen.
Es ist sehr unwahrscheinlich, daß sie ihn hier getroffen hat. Schließlich kann dieser Mann nicht plötzlich vom Himmel fallen. Wenn er hier war, muß er irgendwelche Spuren hinterlassen haben.«
»Bleibt noch die Frage, warum sie ihn ausgerechnet hier getroffen haben soll.«
»Eben. Aus dem, was sie geschrieben hat, konnte man annehmen, daß sie ihn hier vermutete. Warum, weiß ich nicht. Es hat, wie gesagt, nie einen Mann dieses Namens hier gegeben, das habe ich genau untersucht. Natürlich kann er irgendwie in der Nachkriegszeit hier angeschwemmt worden sein, damals ging ja alles drunter und drüber. Kann sein, jemand hatte ihr gesagt, er habe ihn hier gesehen oder habe davon gehört, daß er hier gewesen sei. Dieser Mann in Berlin zum Beispiel, bei dem sie vorher war, der kann ihr diesen Hinweis gegeben haben. Ihn konnten wir ja leider nicht mehr befragen. Und er war völlig alleinstehend, keine Verwandten, keine Freunde, niemand, den man befragen konnte. Auch kein Briefwechsel irgendwelcher Art. Sie können mir glauben, Herr Weege, es ist wirklich alles genau untersucht worden.«
»Seltsam bleibt es doch, daß sie ausgerechnet hierherkam, offenbar auf der Suche nach jemandem, und dann hier ermordet wurde. Das weist doch eigentlich deutlich darauf hin, daß sie diesen jemand hier getroffen hat.«
»Gewiß, das stimmt schon. Aber keiner hat sie hier in Gesellschaft eines Mannes gesehen. Sie war immer allein, im Hotel, auf ihren Spaziergängen, im Auto, wenn sie unterwegs eingekehrt ist – immer allein. Die Leute erinnerten sich an sie. Damals jedenfalls, als das Unglück geschah. Zweimal zum Beispiel war sie in einem Wirtshaus in Oberndorf, Sie kennen

es vielleicht, der ›Goldene Krug‹, ein sehr nettes Lokal – man ißt dort sehr gut, der Wirt und die Wirtin erinnerten sich sofort an Mrs. Grant. Ja, sie habe dort gegessen, sie saß im Garten, sie hat mit dem Kätzchen gespielt. Aber sie war allein. Und sie schreibt auch in ihren Aufzeichnungen, daß sie nicht gefunden hat, was sie sucht. Sie erwähnt es nur am Rande, aber es ist deutlich genug.«

Jochen kann nicht zu erkennen geben, daß er zwar nicht den Text, aber den Inhalt der Aufzeichnungen kennt, daß er genau über den Mann informiert ist, den Cornelia Grant hier gesucht hat. Er hat sich entschlossen, Busse nichts von Simone zu sagen. Erstens ist es – zunächst jedenfalls – besser, wenn keiner weiß, daß sie hier ist, und zweitens ist da die Sache mit dem falschen Namen, sie hätte nur Schwierigkeiten.

»Sie wollte abreisen, auch das schreibt sie«, fährt Busse fort. »Nichts, nicht eine Bemerkung deutet darauf hin, daß sie jemanden getroffen hat oder treffen wird ...«

»Und dann verschwindet sie, und einige Tage später findet man sie tot. Also muß sie doch jemand getroffen haben. Das ist doch ein ganz logischer Schluß.«

»Gewiß, schon«, gibt Busse zu und runzelt ein wenig die Stirn. Warum engagiert sich der junge Weege so für diesen Fall? »Aber bedenken Sie, wenn ein prominenter ... eh, Anhänger des damaligen Regimes hier lebte, würde man ihn ja kennen. Wir haben ja schließlich auch unsere Spruchkammerverhandlungen gehabt, wir sind über alle unsere Bürger genau orientiert, man lacht zwar immer über deutsche Behördengründlichkeit, aber sie hat ja auch wieder ihr Gutes, nicht wahr? Man kennt doch seine Pappenheimer.«

So redet Busse noch eine Weile, und Jochen stellt noch die eine oder andere Frage, und dann geht er wieder. Viel ist nicht dabei herausgekommen. Er nimmt die Erkenntnis mit, daß dieser Busse ein recht mittelmäßiger Beamter ist, gerade geeignet, mit dem Alltagskram seiner Position zu Rande zu kommen, aber niemals der Mann, einen so undurchsichtigen Fall zu klären.

Aber schließlich war Busse nicht der einzige, der sich damit befaßt hat. Es waren geschulte Kriminalisten hier. Ein Detektiv aus Amerika war da. – Na ja, für den war es sicher schwierig,

sich hier zurechtzufinden. Der wußte sicher nicht, wo er einhaken mußte. Wer weiß, ob er überhaupt ordentlich Deutsch sprechen konnte.
Jochen kann Deutsch, er ist zwar kein geschulter Kriminalist, aber es scheint ihm, daß diese Angelegenheit gar nicht so schwer zu klären sein kann. Man müßte einfach überall nach diesem Karl – wie war der komische Name doch gleich? Im Gehen zieht er den Bierdeckel aus der Jackentasche. Prpolski. Ein solcher Name fällt doch auf. Ein Mann um die fünfzig, groß und kräftig. Man müßte einfach nach ihm fragen. Fragen, ob ihn einer kennt. Es fällt ihm ein, daß er zu Simone gesagt hat: Möglich, daß der Mann zeitweise in einer der Fabriken arbeitete, vielleicht sogar bei Fuhrmann und Co. Es muß ja auch nicht unbedingt in Dornburg gewesen sein. Genausogut kam irgendein Ort in der Umgebung in Frage, Cornelia Grant ist schließlich über Land gefahren, wahrscheinlich auf der Suche nach dem Mann.
Jochen beschließt, seinen Vater nun doch um einen Wagen zu bitten zur gelegentlichen Benützung. Ihm fällt ein, daß sein Vater verreisen will – dann braucht er ja seinen Privatwagen nicht. Er will überall dorthin fahren, wo Cornelia Grant auch gewesen ist. Natürlich weiß man nicht, wo sie überall war. In Oberndorf im »Goldenen Krug«, das hat er sich gemerkt. Wo noch?
In den frühen Nachmittagsstunden trifft er Simone in den Anlagen bei der oberen Brücke. Sie ist schon da, als er kommt, er sieht sie von weitem, sie trägt heute ein türkisblau gemustertes Chanel-Kostüm – o bitte, er weiß, was das ist, schließlich hat er lange genug in München gelebt, und er hat es gern, wenn ein Mädchen nett angezogen ist –, das Kostüm ist sehr apart, es ist neu, daß weiß er nicht, es ist sogar aus Paris, das kann er auch nicht wissen, aber es gefällt ihm. Sein Herz schlägt hoch und laut und glücklich, als er sie sieht, Simone in dem schicken Pariser Kostüm, Simone, die auf ihn wartet!
»Simone! Simone!« er sagt ihren Namen mehrmals laut vor sich hin, als er auf sie zugeht. Im Moment vergißt er alles, er sieht nur sie.
Taddeus läuft ihm voraus, direkt auf Simone zu, er kennt sie nun schon, begrüßt sie schweifwedelnd, Simone streichelt

ihn, dann blickt sie auf, Jochen entgegen. Sie ist ein wenig befangen. Denn seltsam ist es immerhin, was gestern geschah. Sie hat sich einem Wildfremden anvertraut, sie hat an seiner Schulter geweint, sie ist Hand in Hand mit ihm durch die Felder gegangen, es ist vieles gesagt worden und auch vieles geschehen, was, bei Licht und mit nüchternem Verstand betrachtet, absurd erscheint.
Das ist alles richtig und verwunderlich genug. Aber noch verwunderlicher ist es, daß sie nicht das mindeste Gefühl der Fremdheit hat, als Jochen nun vor ihr steht. Sie ist auch ein wenig erregt, und sie fühlt Freude darüber, ihn zu sehen.
Einen Moment lang stehen sie voreinander, Jochen hält ihre Hand, sieht sie an, ja, er *sieht* sie, er hatte das Sehen schon von ihr gelernt, vielleicht aber sieht jeder Verliebte so das Mädchen an, das er liebt. Er sieht alles, ihre Augen, ihren Mund, dieses ganz schöne Gesicht, ihr Haar, unbedeckt, glatt, es paßt gut zu dem Türkis des Kostüms, er fühlt ihre Hand in seiner, schmal und fest zugleich, er ist von Kopf bis Fuß nur Sinne: Sehen, Hören, Fühlen, er saugt sie förmlich in sich ein.
– Das gehört sich nicht. Er läßt ihre Hand los, tritt einen Schritt zurück: »Das ist ein hübsches Kostüm«, sagt er.
Simone lächelt. »Danke.«
Nebeneinander gehen sie unter den grünen Bäumen am Fluß entlang. Es ist leer hier um diese Zeit, nur gelegentlich kommt jemand ihnen entgegen oder überholt sie. Die Sonne ist etwas bläßlich heute, aber es ist nicht mehr kalt. Er erzählt ihr, was er bei Busse ausgerichtet hat.
»Und Sie haben also nicht gesagt, daß ich hier bin?« fragt sie dazwischen.
»Nein, wozu? Es spielt für ihn keine Rolle, ob Sie hier sind oder nicht.«
»Und der Name, nicht wahr? Er würde mich gleich einsperren.«
»Na, das bestimmt nicht. Aber er würde sich vielleicht wichtig tun. Nein, ich halte es für besser, wenn Sie unerkannt hierbleiben. Ich werde die weiteren Untersuchungen vornehmen. Und wir bleiben in Verbindung.«
Simone bleibt stehen. »Sie werden –«
»Ja, ich werde den Fall untersuchen. Ich will herausbekommen,

mit wem Ihre Mutter gesprochen hat, wo sie überall war. Und ich werde nachforschen, ob es je einen Karl Dingsda, Sie wissen schon, hier in der Gegend gegeben hat.«
»Warum wollen Sie das tun?«
»Ein unaufgeklärter Mord – das läßt mir keine Ruhe mehr. Ich kann mir nicht vorstellen, daß man die Sache nicht aufklären kann. Sie haben gestern gesagt, wir seien ein Mörderland hier. Sicher, es gibt einen Mörder. Und man muß ihn finden.«
»Ich wollte Sie nicht beleidigen.«
»Sie haben mich nicht beleidigt, Simone – das ist ja Unsinn. Sie haben mit vielem recht. Es ist genug Schlimmes geschehen in diesem Land. Und es ist leider auch heute noch nicht vorbei und vergessen. Sie haben mir gestern vorgeworfen, ich hätte große Worte gebraucht von Gerechtigkeit und Rechtsprechung und so. Vielleicht habe ich neulich abend Unsinn geredet, aber im Grunde nehme ich diese Dinge schon ernst. Ich bin kein verblasener Idealist, das dürfen Sie nicht denken. Ich weiß, daß die Welt voller Unrecht ist und immer war und immer bleiben wird. Aber wenn ich es kann, wenn es mir irgend möglich ist, möchte ich das Unrecht bekämpfen. Nicht nur jetzt, wo ich studiere. Auch später einmal, wenn ich im Beruf stehe.«
Simone steht vor ihm, hört ihm zu, und ein kleines Lächeln ist in ihren Augen. Sie kommt sich sehr erwachsen vor. Er ist kein Idealist? Natürlich ist er einer. Später, wenn er im Beruf steht, wird alles anders sein. Sie kennt das ja. Phil ist auch Jurist. Ein bekannter Anwalt – und sie fragt sich in diesem Moment, ob ihn je solche Ideen bewegt haben. Möglich, als er jung war. Heute führt er Prozesse, die ihm viel Geld bringen, er hat Klienten, die alle reiche Leute sind, er macht Geschäfte, er macht in Politik. Er tut nichts Unrechtes, hat es nie getan – davon ist Simone überzeugt. Aber was tut er für das, was man so vage *Recht* nennt? Nun, man darf Philip Grant nicht unrecht tun – da ist das Wort schon wieder –, vielleicht würde er doch, wenn es sich gerade so träfe und er wüßte um ein großes Unrecht, sich dafür einsetzen, Recht zu schaffen. Zuzutrauen ist es ihm, das erkennt Simone in dieser Minute.
»Sie lachen mich aus?« fragt Jochen.

»Nein, warum sollte ich? Es ist alles okay, was Sie sagen.«
Ihre saloppe Formulierung bringt ihn auf die Erde zurück. Wahrscheinlich findet sie ihn komisch mit seinen überstiegenen Tiraden. So richtig typisch deutsch. Er wirft ihr einen unsicheren Blick zu, und sie gehen weiter.
Sie ist heute ganz anders als gestern. Nicht mehr verstört und unglücklich, sondern sehr beherrscht, ganz ruhig und gelassen, man kann sie nicht an der Hand nehmen, und man kann sie nicht trösten, man ist wieder auf Distanz gerückt. Aber etwas ist geblieben – etwas das vorher nicht da war. Eine kleine Bindung, ein Miteinander, ein – ganz einfach, ein *Wir*.
Sie spazieren also weiter am Fluß entlang. Von den Häusern der Stadt ist nichts mehr zu sehen, der Weg wird schmaler, die Anlagen wandeln sich nach und nach in natürliche Landschaft, ein lichter Laubwald, Rasen dazwischen, Ausblicke ins offene Land.
Jochen berichtet weiter von Busse, und dann spricht er von seinen Plänen.
»Heute nachmittag«, sagt er, »treffe ich eine Bekannte, die alles aus nächster Nähe miterlebt hat und die mir sicher manches erzählen kann. Sehen wir uns dann morgen wieder?«
Das hat er ganz gut hingekriegt, denn natürlich würde er Simone am liebsten heute noch einmal sehen, doch er bringt es nicht übers Herz, Clementine zu versetzen. Das Dilemma bedrückt ihn sowieso.
Simone ist ganz unbefangen. Sie nickt und sagt: »Gut. Wieder hier?«
Das ist ihm recht. Denn ins Hotel zu kommen und nach ihr zu fragen, wenn Clementine da ist, wie soll er das nur fertigbringen? Irgendwann muß er Clementine ja sagen, daß er Fräulein Marquand kennt, er weiß bloß noch nicht, wie er das anbringt.
Eigentlich könnten sie umkehren. Um vier wollte er bei Clementine zum Kaffee sein, es ist schon halb vier. Aber es ist so schön, mit Simone hier zu laufen, sie gehen immer weiter, der Wald wird dichter, stundenlang könnte er mit ihr so gehen.
Aber schließlich kehren sie um, denn es zeigt sich, daß Simones Schuhe für längere Fußmärsche nicht geeignet sind. Auch hat

sich die Sonne inzwischen ganz verzogen, es ist wieder trüb geworden, fast sieht es nach neuem Regen aus.
»Spazierengehen ist eigentlich hübsch«, meint Simone. »Bei uns kennt man das nicht.«
»Ja, ich habe schon gehört, in Amerika bewegt man sich nur mittels Auto fort.«
»Wir werden allerdings auch ein Auto brauchen, wenn wir überall dahin wollen, wo Sie gesagt haben.«
Diesmal hat sie *Wir* gesagt, er hat es gehört, und es macht ihn glücklich.
»Ich könnte mir eins leihen.«
»Nicht nötig. Ich werde meinen Vater fragen, ob er mir den Wagen gibt. Er verreist sowieso in den nächsten Tagen.«
Kurz bevor sie zum Hotel kommen, fragt er sie: »Was werden Sie heute nachmittag tun?« Das geht ihn nun wirklich nichts an, aber er läßt sie so ungern allein. Dann wird sie wieder traurig sein.
»Oh, ich weiß nicht. Vielleicht Schuhe kaufen.« Sie schaut ihn von der Seite an und lächelt ihm zu. »Zum Spazierengehen.«
Vor dem Hotelportal steht Josef, und zu allem Unglück kommt auch noch Herr Gruber gerade zur Tür heraus, beide sehen ihn mit Simone. Nun weiß bald das ganze Hotel Bescheid, lange kann es Clementine nicht mehr verborgen bleiben.
Herr Gruber zieht nur den Hut und sagt »Grüß Gott!« Wenn er sich wundert, sieht man es ihm nicht an.
Josef schon eher, er blickt flink von einem zum anderen und teilt ihnen mit, daß es wohl wieder regnen wird, er spüre es an seinem Rheumatismus. Jochen verabschiedet sich ziemlich kurz und saust los, gefolgt von Taddeus. Er ist sowieso zu spät dran, schon gleich fünf.
Clementine empfängt ihn mit Vorwürfen, warum er so spät komme? Er murmelt etwas von bei der Arbeit die Zeit vergessen und schämt sich. Er will sie nicht belügen, aber er kann ihr auch nicht die Wahrheit sagen, nicht so holterdipolter, aus dem Stand gewissermaßen. Er kann schließlich nicht sagen: da ist dieses Fräulein Marquand bei euch im Hotel, wenn ich bei ihr bin, vergesse ich Zeit und Raum, ich liebe sie nämlich, und außerdem braucht sie mich. So etwas sagt man nicht – kann man nicht sagen, und so einfach ist es auch gar nicht.

Es wird Kaffee gekocht. Clementines Mutter hat Kuchen gebacken, Taddeus bekommt auch ein großes Stück und eine Schüssel Milch dazu, denn Milch trinkt er für sein Leben gern.
Jochen sitzt bei Mutter und Tochter in dem gemütlichen Wohnzimmer, es ist ein richtiges Kleinstadtidyll, und es geht ihm heute etwas auf die Nerven. Er soll von München erzählen, von seiner Arbeit und ob er oft im Theater war und was er sonst noch erlebt hat. Er ist zerstreut, erzählt ein paarmal das gleiche, Clementine sagt: »Du bist wirklich überarbeitet, das merkt man. Gehst du auch immer zeitig schlafen jetzt?«
Doch, das tue er, da sorge seine Mutter schon dafür. Und er sei schon prima erholt. Während sie noch beim Kaffee sitzen, fängt es an zu regnen. Clementine paßt das gar nicht, sie wollte mit ihm noch spazierengehen, sie hat es ganz gern, wenn die Dornburger sie mit Jochen Weege sehen. »Gehen wir ins Kino«, schlägt sie vor. »Im Casino läuft ein guter Film.«
»Dann muß ich aber vorher Taddeus nach Hause bringen.«
»Der kann doch bei Mutti bleiben.«
Dann muß er wenigstens zu Hause anrufen. Das könne man ja auf dem Wege zum Kino tun, man dürfe sowieso nicht zu spät gehen, sonst bekomme man keine Karten mehr.
»Eigentlich wollte ich mir ja noch Schuhe kaufen gehen«, sagt sie, und es gibt ihm einen Ruck, als er das hört. Noch mehr, als sie anschließend fragt: »Kommst du mit?«
»Nein«, sagt er sehr entschieden, »heute nicht, ist ja auch schon spät, die Läden machen gleich zu.«
Stimmt auch wieder, gibt Clementine zu, dann wird sie sich eben die Schuhe morgen in der Mittagsstunde kaufen. Sie habe da bei Leinweber sehr schicke weiße gesehen.
»Weiße – bei dem Regen immerzu?« fragt Mutti Munk.
»Mal wird es ja aufhören«, sagt Clementine. »Und es ist Mai, da muß ich einfach weiße Schuhe haben.«
»Wie sieht's denn eigentlich bei euch mit der Saison aus?« fragt Jochen, »schon Urlaubsgäste da?«
»Eigentlich nicht. Höchstens mal zum Wochenende. Aber so in vierzehn Tagen etwa, da geht es los, da liegen schon einige Bestellungen vor.«

Nun hat er sie endlich da, wo er sie haben will. Sie fängt an, vom Hotel zu reden, und da hört sie nicht mehr so schnell auf. Endlich erwähnt sie auch Fräulein Marquand. »Ein komisches Mädchen«, meint Clementine, »ganz hübsch, aber sehr ernst und zugeknöpft. Von der weiß man auch nicht, was sie eigentlich hier will.«
Ganz hübsch, sagt diese Clementine. Hat sie keine Augen im Kopf? Jochen sieht sein Tinchen auf einmal mit erbarmungsloser Klarheit, ihr niedliches, kleines Gesicht, die blauen Augen, das zarte, blonde Haar, alles erscheint ihm sehr alltäglich und durchschnittlich, und es ist schon so weit, daß er gar nicht mehr weiß, was ihm eigentlich an ihr gefallen hat. Sie ist ein lieber Kerl, natürlich, das stimmt. Und tüchtig dazu und auch nicht dumm. Aber was bedeutet ihm das noch.
Aber jetzt ist die Gelegenheit günstig, er darf sie nicht vorübergehen lassen. »Fräulein Marquand«, sagt er, »so eine schlanke Schwarzhaarige?«
»Ja. Kennst du sie denn?« fragt Clementine maßlos erstaunt. Fast wäre er rot geworden, er kaschiert das mit einer Zigarette und einem Klopfen für Taddeus. Schwindeln ist eine schwere Kunst, man muß sie von Kindheit an geübt haben, wenn man sie beherrschen will. Frauen kommen meist mit einem gewissen Naturtalent auf diesem Gebiet zur Welt, aber ein Mann, noch dazu so einer wie Jochen, der ist da rettungslos verloren.
»O ja, ich glaube«, sagt er. »Ich habe sie neulich im Zug kennengelernt. Eine Malerin, nicht? Sie sagte etwas davon, daß sie hier malen will.«
»Malen? So. Ja, sie hat wohl eine Staffelei dabei. Du kennst sie?« – Clementine wird mit dieser Tatsache nicht so schnell fertig.
Jochen, wie alle ungeübten Lügner, lügt zuviel. »Ich wußte nicht, daß sie bei euch im Hotel wohnt. Sie sagte nur, daß sie nach Dornburg wollte.«
Man hört ihm an, und man sieht ihm an, daß da etwas nicht stimmt. Clementine und auch Mutti Munk fällt es auf.
»Erzähl mal genau, wie du sie kennengelernt hast«, fordert Clementine.
Das ist ihm lästig, er runzelt die Stirn ein wenig und blickt

Clementine abweisend an. Mutti Munk hebt warnend die Brauen, man darf einen Mann nicht festnageln wollen und soll ihn auch nicht zu offenkundig ausfragen. Sie sagt schnell etwas, versucht das Gespräch abzulenken. Aber Clementine ist hartnäckig. »So sag doch mal, wie hast du sie kennengelernt? Im Zug? Wann denn?«
»Ist doch nicht so wichtig«, wehrt Jochen ab, ungeduldig nun und deutlich belästigt, »kürzlich mal; wie man sich halt im Zug kennenlernt, man redet so ein bißchen, das ist alles.«
Er hat alles verkehrt gemacht, er sieht es an Clementines mißtrauischem Blick.
Sie schweigt verstimmt, und Frau Munk kommt nun mit ihrem anderen Gesprächsthema zum Zug, an dem sich Jochen erleichtert beteiligt. Später trinken sie einen Himbeergeist, und Clementine vergißt ihren kleinen Ärger. Sie ist nicht nachtragend, und sie ist viel zu glücklich, Jochen hier zu haben.
Nach einigen Umwegen gelingt es Jochen endlich, das Gespräch auf den vergangenen Herbst, auf Mrs. Grant und das Unglück zu lenken. Für beide Damen ist der Fall noch sehr aktuell.
»Ist doch schrecklich«, sagt Frau Munk, »wenn man bedenkt, daß man nicht einmal mehr einen Spaziergang machen kann. All dies Gesindel heutzutage. Ich bin früher immer gern mal spazierengegangen, aber jetzt fürchte ich mich. Jedesmal muß ich an die arme Frau denken. Sie soll ja so nett gewesen sein, hat Clementine gesagt.«
»Was heißt nett?« sagt Clementine, »sie war einfach toll. Ich habe eine solche Frau noch nie gesehen. Bildschön und eine fabelhafte Figur. Und so elegant. Ich habe dir doch damals gleich von ihr erzählt, als sie angekommen war. Weißt du nicht mehr? Wir sind abends spazierengegangen, draußen an der Dorn, es war sehr neblig, und ich habe dir erzählt, daß eine tolle Amerikanerin bei uns wohnt. Und du hast gesagt, eine überdrehte Amerikanerin interessiert dich nicht.«
Clementine hat ein großartiges Gedächtnis, das zeigt sich jetzt wieder. Sie kann das Gespräch, das sie an jenem Abend mit ihrem Jochen führte, fast wörtlich wiederholen. Er erinnert sich auch. Und er wundert sich im stillen, warum für sie die Tochter nur ganz hübsch ist, wenn sie die Mutter so bildschön fand. Aber das ist wohl eine Generationsfrage. Frauen aus dem

gleichen Jahrgang betrachten sich immer als Rivalinnen, selbst wenn sie kaum etwas voneinander wissen, wie in diesem Fall. Man findet die andere grundsätzlich nicht ›bildschön‹.
»Dabei war sie gar keine richtige Amerikanerin«, fährt Clementine fort, »eigentlich war sie eine Deutsche. Sie hat nur einen Amerikaner geheiratet. Herr Gruber war von ihr auch ganz begeistert. Und er war tief bekümmert, als das dann passiert war.«
Ohne weitere Schwierigkeiten bekommt er, nach einigen geschickten Fragen, die ganze Geschichte aus Clementines Sicht noch einmal erzählt. Clementine macht es sehr dramatisch: wie Mrs. Grant verschwunden war und wie man immer gewartet hat, daß sie wiederkäme... »Ich war ja die erste, die gemerkt hat, daß sie weg war. Der Schlüssel hing am Brett, Tag und Nacht, und ich habe es Herrn Gruber gesagt« – und wie Herr Gruber dann ganz diskret mit Herrn Busse gesprochen hat –, »aber dieser Busse ist ja ein Idiot, das siehst du ja. Er hat überhaupt nichts rausgebracht. Nicht das geringste. Ich kann ihn sowieso nicht leiden.«
Das wußte Jochen nicht. »Warum nicht?«
Es stellt sich heraus, daß es früher während der Nazizeit einmal einen ernsthaften Zusammenstoß zwischen Vater Munk, dem Kreistierarzt, und Herrn Busse, der damals noch ein mittlerer Polizeibeamter war, gegeben hatte. Herr Munk war gegen die Nazis, und Herr Busse, zu jener Zeit noch sehr jung, war dafür. Es ging zunächst nur um einen Bauern, der irgendwelche Formalitäten versäumt hatte hinsichtlich der Anmeldung seines Tierbestandes. Er war von Tierarzt Munk geschützt und verteidigt worden, Herr Busse hatte sich wichtig gemacht. So nennt es Mutti Munk. Clementine kann das gar nicht wissen, denn sie war noch nicht auf der Welt.
Aber da eine Spannung, wenn nicht gar eine Feindschaft zwischen Herrn Munk und Herrn Busse zurückgeblieben war, bekam es Clementine später auch noch mit. Alle mochten den Kreistierarzt. Nur Herr Busse benahm sich immer so blöd. So drückt es Clementine aus.
»Und das ist bis heute so geblieben. Du wirst es nicht für möglich halten, aber er ist immer ausgesprochen unfreundlich zu mir. Fast wie dein Vater.«

Hm. Jochen schweigt darauf. Was soll er auch sagen? Auf jeden Fall hält Clementine diesen Busse für total unfähig, so eine Geschichte aufzuklären. »Du siehst ja, was hat er zustande gebracht? Nichts! Bei uns laufen die Mörder ungehindert in der Gegend herum. Keiner will ihnen was.«

Von dem Tagebuch weiß Clementine nichts, das merkt Jochen. Immerhin kennt er jetzt den Fall, wie er sich den Augen der durchschnittlichen Dornburger darbietet, ein bißchen genauer sogar, da Clementine ja dem Schauplatz der Ereignisse sehr nahe war.

Es ist Zeit fürs Kino. Jochen bekommt einen alten Schirm von Vater Munk, noch einen kleinen Himbeergeist auf den Weg, Taddeus wird ermahnt, recht artig zu sein, er hat sich bereits in die Situation gefunden, er ist wie gesagt sehr klug und anpassungsfähig, und dann gehen die beiden los. Frau Munk sieht ihnen von der Tür mit gerührtem Lächeln nach. So ein netter Kerl, dieser Jochen! Was für ein Glück für Clementine, wenn sie den wirklich heiratete. *Wenn!*

So ganz sicher ist Mutter Munk nicht. Die Welt ist groß, und ein Mann wie Jochen Weege hat viele Möglichkeiten. Vermögend ist die Familie auch. – Ob Tinchen das schaffen wird? Unten im Hausflur, ehe sie auf die Straße treten, bleibt Clementine stehen und bietet Jochen ihre Lippen. Er muß sie küssen, was bleibt ihm anderes übrig.

Traurig zu sagen – es kostet ihn direkt Überwindung. Bisher hat er sein Tinchen gern geküßt.

Aber jetzt ist der andere Mund da. Dieser schöne, geschwungene samtene Mund. Dieser wunderschöne Mund, von dem er träumt. Er hat ihn nicht geküßt. Und er wagt nicht einmal, daran zu denken, daß er ihn küssen könnte. Es wäre schon zuviel gesagt, daß er sich danach sehnt. Bisher ist er glücklich, wenn er ihn nur ansehen kann.

Er sieht ihn auch jetzt. – Clementines lebendige Gegenwart, ihr warmer, zärtlicher Mund, ihr warmer, zärtlicher Körper bringen es nicht fertig, den fremden, kühlen Mund zu verdrängen. Es ist alles, alles anders geworden. Es ist ganz und gar unwahrscheinlich.

Er hat nie gewußt, daß es so etwas wirklich gibt. Liebe ist ein Wort. Es wird darüber geschrieben, geredet und gesungen, es

ist wohlfeile Münze und ein täglicher Gebrauchsgegenstand – Liebe. Ich liebe dich, du liebst mich, sie ist seine Geliebte, und er ist ihr Liebhaber. Damit geht man um, damit wächst man auf, daran ist man gewöhnt. Damit geht man schließlich selber um, mal mehr, mal weniger engagiert. Liebst du mich? Ich liebe dich. Spielt man dies Spiel, macht es Spaß, mal mehr, mal weniger. Die Frauen sind austauschbar, irgendwann legt man sich fest, aber es könnte auch eine andere sein. – Und auf einmal gibt es so etwas. *So etwas!* !
Man sieht ein Gesicht, man sieht Hände. Man hört eine Stimme. Zwei Augen sieht man, einen Mund. Und noch etwas ist da, muß ja dasein, was man nicht sieht und hört, was eben einfach da ist. Und dann wirft man dieses ganze Falschgeld weg. Dann merkt man auf einmal, daß man nichts, *nichts* in den Händen hatte. Daß es einen Menschen gibt – nur einen Menschen, und dieser ist es. Wird es immer sein und immer bleiben. Man weiß das. Und wenn es kein Ende gibt, gibt es auch keinen Anfang, dann war dieser Mensch schon immer da.
Und dann weiß man auf einmal, was Liebe ist.
Ob Jochen das denkt? Nicht so genau, nicht so deutlich, er denkt überhaupt nicht. Er fühlt. Ein Mensch wie er, der denken gewöhnt ist! Und den plötzlich ein Gefühl überwältigt!
Er geht mit Clementine über die regennassen Straßen von Dornburg, er hält sorgsam Vater Munks breiten Schirm über sie beide, er hört Clementines munteres Geplauder und hört es doch nicht. Er kauft die Kinokarten und sitzt neben dem bewegten Tinchen im Kino, da wird auch geliebt und gelitten, es geht sehr dramatisch zu, da ist eine schöne Frau und ein liebender Mann, aber das ist alles nur Täuschung, Vortäuschung, man kann es kühl und gleichgültig betrachten, wenn man weiß, wie es wirklich ist.
Und das weiß Jochen Weege jetzt. –

Das mag alles sehr merkwürdig sein, aber noch merkwürdiger ist es, wie es Simone ergeht. Halb fünf etwa war es, als sich sich von ihrem neuen Freund trennte, zwei Stunden hat sie in seiner Gesellschaft verbracht, ist mit ihm spazierengegangen, dann kommt sie ins Hotel zurück, und auf einmal ist die Welt leer, fühlt sie sich verlassen, scheint der Tag kein Ende zu nehmen. Zwei Stunden sind im Flug vergangen. Die restlichen Stunden des Tages schleppen sich endlos dahin. Sie zieht sich um, als es zu regnen beginnt, geht noch einmal fort, um Schuhe zu kaufen. Das ist ein guter Zeitvertreib. Schuhe zum Spazierengehen. Sie müssen bequem sein, dürfen keine hohen Absätze haben. Es stellt sich heraus: ein Paar ist zu wenig. Bei Regenwetter müssen die Schuhe zum Spazierengehen anders aussehen als bei Sonnenschein.

Sie kauft ein Paar helle Slipper, sehr weich und angenehm, die auch zum Kostüm passen, und sie kauft ein Paar festere braune Halbschuhe. Dann kauft sie Zeitungen und landet wieder im Hotel. Es ist erst sechs Uhr. Zum Zeichnen hat sie keine Lust, zum Lesen auch nicht recht, sie ist rastlos und irgendwie mit sich selbst nicht ganz einig.

Warum eigentlich?

Sehr zeitig sitzt sie im Restaurant zum Essen. Jedesmal wenn jemand das Lokal betritt, blickt sie auf. Das ist ganz und gar lächerlich, denn er hat ihr ja gesagt, daß er heute abend nicht kommt. Warum kommt er nicht?

Morgen sind sie verabredet. Genausogut hätte er ihr heute Abend ein wenig Gesellschaft leisten können.

Lächerlich! Sie kann nicht pausenlos mit diesem Mann zusammensein, dazu besteht nicht der geringste Grund. Oder doch?

Da sie gewöhnt ist, sich selbst gegenüber immer ehrlich zu sein, beginnt sie, nüchtern zu analysieren.

Gefällt mir der junge Mann?

Doch, ja, er gefällt mir.

Bin ich etwa verliebt?

Unsinn. Davon kann keine Rede sein. Es ist nur – Was ist es nur?

Ja, vielleicht die Tatsache, daß sie hier so allein ist. Und daß alles, was sie hier denkt und tut, bedrückend ist. Aber noch etwas anderes spielt eine Rolle: gestern.

Die Szene auf der Burg, der Abend da draußen in dem kleinen Dorf. Der Weg durch die Felder, seine Hand, die ihre hielt. Das Sitzen in dem alten Wirtshaus, seine Anteilnahme, seine Besorgnis um sie, sie mußte etwas essen, seine Blicke, seine

Worte. Die ganze Atmosphäre dieses gestrigen Abends. Aus ihrer Verwirrung und Verzweiflung war sie geradewegs in die wärmende Obhut eines Freundes geraten.
Eines Fremden.
Ja, gewiß. Aber der Fremde war ein Freund. Es war erschreckend, daß ein Fremder so ohne weiteres, so ohne Übergang, ein Freund sein konnte. So etwas gab es also?
So etwas gab es.
Das hatte man nicht gewußt. Und diese Entdeckung war beängstigend, bestürzend und auch ein wenig beglückend. Auf jeden Fall war es bereits so weit, daß er ihr fehlte. Und das durfte sie sich nicht durchgehen lassen. Auf keinen Fall. Auf gar keinen Fall.
Sie beendete ihr Abendessen kurz vor acht und ging hinauf in ihr Zimmer. Nach einem vergeblichen Versuch, in einem Buch zu lesen, beschloß sie, ins Kino zu gehen.
Das Kino war nicht weit entfernt, wie sie gesehen hatte. Ein französischer Film wurde gegeben. Das war eine Möglichkeit, den Abend herumzubringen.
Sie kam spät. Das Vorprogramm lief bereits. Sie saß ziemlich weit hinten auf einem Randplatz. Ehe der Hauptfilm begann, wurde es hell im Kino, die Pause dauerte sogar ziemlich lange, Eis und Schokolade wurden angeboten. Dann sah sie ihn. Er saß einige Reihen vor ihr, in der Mitte, sie sah sein Profil, denn er sprach mit einem Mädchen, das neben ihm saß. Ein blondes Mädchen, deren Gesicht sie nicht sehen konnte.
Okay, why not? Aber sie konnte es nicht verhindern, daß es sie ärgerte. Darum also hatte er heute keine Zeit. Sie wandte rasch den Blick ab. Was ging es sie an? Er war hier zu Hause, und warum sollte ein netter, junger Mann kein Girlfriend haben, das war ganz normal. Kein Grund für sie, einen Gedanken daran zu verschwenden.
Ärgerlich war nur, daß sie sich ärgerte. Das war zu dumm. Doch das Gefühl der Verlassenheit kehrte zurück, auch der Film konnte es nicht vertreiben, er lief an ihr vorüber, sie fand ihn schlecht und verlogen. Nur von Liebe war die Rede. Als wenn es nichts anderes auf der Welt gäbe. Diese Wichtigkeit mit dem bißchen Liebe. Was war Liebe überhaupt? Einbildung, wenn man es genau betrachtete. Man konnte sich

einreden, verliebt zu sein. Man konnte aber auch – wenn man nur intelligent genug war – die Dinge sehen, wie sie wirklich waren: Biologie und Sex, ganz gut und schön und vermutlich auch notwendig, aber nicht sehr wichtig. Not at all.
Sie war froh, als der Film zu Ende war, stand rasch auf, gleich als es hell wurde, und ging.
Draußen war es dunkel, es regnete. Sie ging ganz langsam zum Hotel zurück – es gab keinen Menschen auf der Welt, der einsamer war als sie. Da war kein Mensch, kein einziger Mensch, der zu ihr gehörte. Allein in einem fremden Land, fremde Straßen, fremde Menschen, ein fremder Himmel. Cornelia hatte hier so etwas wie ihre Heimat wiedergefunden. Aber sie konnte nichts finden. Cornelia hatte ihr einen langen Brief geschrieben. Aber sie konnte keinem schreiben. Sie konnte nicht einmal an jemanden denken. »Gute Nacht«, wünschte ihr Herr Quade hinter dem Pult, als er ihr den Schlüssel reichte, und lächelte sie freundlich an. »Angenehme Ruhe, Fräulein Marquand.«
»Danke«, sagte Simone. »Gute Nacht.«
Es war Unsinn, diesen Mr. Weege morgen zu treffen. Warum eigentlich. Was ging sie ihn an? Was ging Cornelia und ihr Schicksal ihn an? Genaugenommen war es unverzeihlich, daß sie ihm so viel von Cornelia erzählt hatte. Einem Fremden das alles zu erzählen! Arme Cornelia – sie so bloßzustellen, ihr Leben auszubreiten, sie konnte sich nicht mehr wehren. Nie hatte sie einem Menschen von sich erzählt, nicht einmal den Menschen, die zu ihr gehörten. Simone betrat ihr Zimmer, zog den Regenhut vom Kopf und schleuderte ihn wütend auf den Boden. Damned!
Alles war falsch. Sie hatte es satt hier. Sie wollte nach Hause. Das ganze Europa hing ihr zum Halse heraus.

Trotz all dieser Gedanken ist sie am nächsten Nachmittag pünktlich in den Anlagen am Fluß. Es wäre ungezogen, einfach nicht hinzugehen. Und außerdem kindisch. Sie würde ihn damit nur herausfordern, und damit würde sie, vor allem sich selbst gegenüber, eine Situation schaffen, die sie leugnet.
Jochen ist schon da. Er sieht sie kommen unter den regentropfenden Bäumen – es regnet immer noch oder schon wie-

der. Ein trübseliger Frühling – aber Jochen merkt es kaum. Sie kommt, und für ihn scheint die Sonne.

Er ist schon einen Schritt weiter. Eigentlich viele Schritte. Er wehrt sich nicht mehr gegen sein Gefühl, es sitzt tief in ihm drinnen. Er sieht sie Tag und Nacht vor sich, er ist erfüllt von diesem Mädchen. Wenn Liebe sich so äußert, dann ist es Liebe. Oder der Beginn dazu. Und es ist wundervoll.

Sie trägt heute einen Regenmantel und ein rundes Regenhütchen, es steht ihr reizend, und das sagt er ihr zur Begrüßung.

»Alles hier gekauft«, sagt sie. »Die Schuhe auch. Es bleibt einem ja nichts anderes übrig. Regnet es hier immer so viel?«

»Eigentlich nicht. Es ist ein gräßliches Wetter, schade, daß ich Ihnen nichts Besseres bieten kann. Und malen können Sie auch nicht bei dem Wetter.«

»Nein.«

Sie gehen wie gestern den Weg flußaufwärts, durch die Anlagen, bis in den Wald.

»Wo haben Sie Ihren Hund?«

»Das Wetter war ihm zu schlecht. Oder ich müßte ihm auch einen Regenmantel kaufen.«

Jochen war nicht müßig an diesem Tag. Am Vormittag war er in der Redaktion der kleinen Zeitung, die in Dornburg erscheint, und hat sich alles heraussuchen lassen, was über den Mord erschienen ist. Im Archiv hatten sie auch Ausschnitte aus anderen Zeitungen aufbewahrt, die er lesen durfte.

Er berichtet davon, Simone hört ihm schweigend zu. Was er als nächstes vorhat, sagt er ihr nicht. Er will sich den Platz zeigen lassen, wo man Cornelia Grant gefunden hat. Ein junger Reporter des ›Dornburger Anzeigers‹, den er von der Schule her kennt, hat ihm Aufnahmen des Tatorts gezeigt und gesagt, daß er ihn wiederfinden würde. Mit ihm wird er dorthin gehen, wenn es einmal nicht regnet. Simone soll ihn dabei nicht begleiten.

An sich ist es Unsinn, was soll es dort noch zu sehen geben nach so langer Zeit. Aber er geht logisch vor, wie ein geübter Kriminalist. Und dazu gehört es, daß er den Fundort besichtigt.

Im Wald merken sie nicht viel von dem Regen, es ist still und dunkel, lange spricht Simone kein Wort. Sie geht neben ihm her, ihr Gesicht ist verschlossen, er streift sie manchmal von der Seite mit einem Blick. Was denkt sie?

Plötzlich sagt sie, und es klingt kühl: »Herr Weege, es tut mir leid, daß ich Sie mit meinen Privatangelegenheiten belästigt habe. Welchen Grund haben Sie, sich mit dieser Sache zu beschäftigen? Wie Sie mir erzählt haben, haben Sie viel Arbeit. Es ist mir unangenehm, daß Sie...«

»Ja?« fragt er ruhig und bleibt stehen. »Was ist Ihnen unangenehm, Fräulein von Elten?«

»Nun, daß Sie Ihre Zeit damit verbringen, mit einer Sache, die Ihnen ja gleichgültig sein kann. Sie brauchen Ihre Zeit sicher dringend für anderes. – Und bitte, nennen Sie mich Simone.«

»Sehr gern. Aber dann dürfen Sie auch nicht Herr Weege zu mir sagen. Soviel ich weiß, ist es in Amerika nicht üblich, daß man sich so feierlich anredet.«

»Nein«, gibt sie zu. »Aber wir sind hier nicht in Amerika.«

»Ganz so steifleinen sind wir hier auch nicht.«

Sie stehen voreinander, sehen sich an, beide mit entschlossenen Gesichtern, sie hat noch einen Ausdruck von Abwehr in ihren Augen – das sieht er, und es tut ihm weh.

»Sie haben mich gefragt, welchen Grund ich habe, mich mit dieser Sache zu beschäftigen. Das kann ich Ihnen genau sagen, – Simone. Einmal, ganz unabhängig von Ihnen, beunruhigt es mich, daß der Fall nicht aufgeklärt wurde. So ein bißchen schlägt es ja in mein Fach, nicht? Ich bin der Meinung, daß die Polizei nicht sehr gut gearbeitet hat. Und ich kann mir beim besten Willen nicht vorstellen, daß man nicht zu einem Ergebnis kommen könnte.«

»Ich verstehe. – Es ist also für Sie so eine Art...«, sie stockt, findet nicht das richtige deutsche Wort. »A kind of challenge.«

»Eine Herausforderung? Ja. Vielleicht. Aber es gibt noch einen zweiten Grund.«

Sie blickt ihn fragend an.

»Es ist Ihretwegen. Natürlich – Ihre Mutter wird nicht wieder leben, wenn man weiß, wer es getan hat. Aber...«

»Sie meinen, es wäre eine Art Trost für mich, wenn man den Täter findet und bestraft?«

»Kein Trost. Aber vielleicht eine Genugtuung. Wenn es wirk-

lich dieser Mann ist, von dem Ihre Mutter geschrieben hat, dann hat er Ihren Vater und Ihre Mutter getötet. Dann ist der eine Mord zwanzig Jahre lang ungesühnt geblieben. Und soll es der andere auch bleiben? Das darf nicht sein. Ich finde, das darf auf keinen Fall sein. Und wenn dieser Mann wirklich in dieser Gegend lebt oder gelebt hat, dann muß er einfach zu finden sein.
Die Polizei hat versagt, sie hat nicht richtig gesucht. Ich werde so lange suchen, bis ich ihn finde.«
Seine Stimme hat sich gehoben, der letzte Satz klang geradezu fanatisch. »Ich will es für Sie tun, Simone. Aber nicht nur für Sie. Da ich es nun einmal weiß, muß ich es einfach tun.«
Schweigen. Es ist totenstill im Wald, kühl und dämmerig. Simone zieht fröstelnd die Schultern zusammen. Er denkt genauso, wie sie gedacht hat all die Zeit. Er muß gefunden werden. Der Mann, der ihren Vater und ihre Mutter tötete.
»Es hat hier solche Menschen gegeben«, fährt Jochen fort, »und es gibt sie noch. Aber wir sind nicht alle Mörder in diesem Land, Simone. Ich will nicht, daß Sie das denken. Ich will nicht, daß Sie Deutschland hassen.«
»Wie könnte ich es hassen«, sagt Simone. »Meine Mutter war ja auch Deutsche. Und ich habe sie so geliebt. Sie ist der einzige Mensch in meinem Leben, den ich wirklich geliebt habe.«
Sie senkt den Kopf, er blickt sie an, lange, sein Herz ist ganz voll von Zärtlichkeit, von dem heißen Wunsch, sie lachen zu sehen, sie glücklich zu sehen, sie all das Schreckliche vergessen zu lassen. Und ohne daß er will, wie unter einem Zwang, spricht er weiter: »Sie bedeuten mir viel, Simone. Es ist ganz seltsam, aber seit ich Sie kenne – ich – «, er kann nicht weiter, es ist so schwer, auszudrücken, was ihn bewegt. Und man kann nicht einfach sagen: Ich liebe Sie, Simone.
»Schon im Zug, als ich Sie gesehen habe«, fährt er fort, unbeholfen und verwirrt, »da habe ich es schon gewußt.«
Simone fragt nicht, was er gewußt hat. Sie schreckt zurück vor dem Neuen, das da auf sie zukommt. Flirt, ein bißchen Petting, das ist ganz gut und schön, das kennt sie auch. Aber dies hier, das ist etwas anderes.
»Ich habe Sie vorher schon gesehen, schon auf dem Bahnsteig, als sie kamen. Und ich – «

Jochen, der Dialektiker, so gewandt und beredt, auch mit Mädchen im allgemeinen, er verheddert sich rettungslos.
»Es ist alles anders mit Ihnen, Simone. Ich habe so etwas noch nie erlebt. Bitte – Sie brauchen sich das nicht anzuhören. Sie können sagen, ich bin verrückt. Ein Narr. A silly fool – so würden Sie sagen, nicht wahr? Aber ich wünsche so sehr, daß Sie, daß Sie und ich – oh, Simone, verstehen Sie mich?«
Sie blickt auf, sieht ihn an, sein Gesicht ist ihr nun schon vertraut, die Augen, so blau und so strahlend sonst, sind ganz düster jetzt, fast verzweifelt sieht er sie an, und eigentlich möchte sie etwas Leichtes sagen, etwas Spöttisches, etwas, was ihn wieder auf den Boden zurückbringt, aber es ist so eigenartig, auch für sie, allein hier im regennassen Wald, in der stillen Dämmerung, irgendwie ist es romantisch, er redet ganz anders als ein amerikanischer Boy in ähnlicher Situation, und sie spürt, er meint es auch anders. Er meint es ernst. Und seine Worte, seine Gefühle gehen nicht ins Leere. Wenn es das Herz ist, das der Empfänger ist für solche Worte und solche Gefühle, dann hat er ihr Herz erreicht.
»Ja«, sagt sie leise, »ja, ich glaube, ich verstehe Sie. Aber – was soll ich sagen, wir kennen uns ja kaum, es ist...« Sie stottert genau wie er, wo ist ihre selbstsichere amerikanische Schnoddrigkeit, mit der man Flirt und Liebe abhandelt, um Gefühle nicht zu zeigen, selbst wenn sie da sind? – »Wollen wir nicht weitergehen? Oder lieber umkehren?« fragt sie hilflos.
Jochen nimmt sich zusammen. Er darf sie nicht erschrecken.
»Sie wollen schon wieder zurück? Ist Ihnen kalt?«
»Nein. Ich dachte nur...«
Jochen bemüht sich um einen normalen, alltäglichen Tonfall. Mein Gott, hat er je so mit einem Mädchen geredet? Was ist bloß mit ihm los?
»Wenn wir noch ein Stück weitergehen, dann kommt eine Art Brücke, da können wir auf die andere Seite des Flusses und drüben zurückgehen. Das wird nicht so eintönig.«
Eintönig! Er könnte stundenlang mit ihr zehn Meter hin und zehn Meter her gehen, und es wäre nicht im geringsten eintönig. Er könnte stundenlang auf einem Fleck stehen und sie ansehen, und das wäre aufregender als das wildeste Abenteuer.

Sie gehen weiter, fast hastig, er greift im Gehen nach ihrer Hand, hält sie fest, sieht sie nicht an und sagt: »Sie müssen entschuldigen, Simone, ich bin total verrückt. Mir ist so etwas noch nie passiert. Achten Sie nicht weiter auf mich. Kümmern Sie sich nicht um das, was ich so daherrede. Ich versteh's ja selber nicht. Never mind, Simone. But I think, I love you.«

Er hat es auf englisch gesagt, es geht ihm leichter über die Lippen als in der eigenen Sprache.

Sie gibt keine Antwort. Sie gehen jetzt mit großen Schritten den schmalen Weg entlang, keiner sieht den anderen an, das Wort hängt zwischen den Bäumen, begleitet sie, der Wald ist erfüllt davon. I love you. Und Simone denkt etwas ganz Merkwürdiges, sie denkt: Ob er es mir eines Tages auch auf deutsch sagen wird? Ich liebe dich.

Es kann doch nicht möglich sein, sie kommt hierher nach Deutschland, in dieses Dornburg, und da ist ein Mann, der ihr sagt: I love you. Und sie kann nicht einmal darüber lachen. Wenn doch bloß Cornelia hier wäre. Wenn man ihr das erzählen könnte!

Die Brücke über die Dorn, hier draußen im Wald, ist gar keine richtige Brücke, es ist mehr ein Jägersteig, schmale Holzplanken mit einem wackligen Geländer. ›Achtung, Benutzung auf eigene Gefahr!‹ steht auf einem Schild. »Vorsicht«, sagt Jochen, »gehen Sie ganz langsam, das Holz ist naß und glitschig. Ich gehe voran, geben Sie mir die Hand.«

»Ich kann schon allein«, wehrt Simone ab. »So gefährlich ist es auch wieder nicht.«

Er geht vor ihr her, blickt über die Schulter argwöhnisch auf jeden ihrer Schritte.

Da kann sie endlich wieder lächeln. »Nun gehen Sie schon, Sie tun gerade so, als ob wir mitten im Urwald den Amazonas überqueren.«

Er bleibt stehen, wieder einmal, mitten auf der Brücke. »Lachen Sie mich nur aus. Es ist zu komisch. Ich finde mich ja selbst komisch. Aber mir kommt es vor, als ob die ganze Welt um Sie Urwald wäre und unter Ihnen nicht nur der Amazonas, sondern die Hölle, und über Ihnen drohte der Weltuntergang. Ich würde Sie am liebsten in Watte packen und in einen Glasschrank stellen, damit Ihnen ja nichts geschehen kann.

Simone, es ist zu albern. Ich habe Beschützerinstinkte. Ich fühle mich als Ritter. Gibt's denn so was noch? Ich bin mir selber vollkommen neu und unbekannt.«

Da steht er vor ihr, in komischer Verzweiflung bringt er das alles heraus, und sie lacht und sagt: »Sehr schön. Ein Ritter ist eine feine Sache. Everything is o.k. with you, Jochen.«

»Oh, Simone!« Zum erstenmal hat sie seinen Namen genannt, er streckt die Hände nach ihr aus, aber sie sagt: »Nun gehen Sie schon weiter, sonst fallen wir wirklich noch ins Wasser.«

Er wendet sich, setzt die Überquerung des Amazonas fort, und er könnte schreien vor Glück. Es zersprengt ihn fast. Drüben auf der anderen Seite des Flusses bleibt er stehen, nimmt ihre Hände, alle beide, zieht sie ein wenig an sich.

»Nein«, sagt sie. »Nein, bitte nicht...«

»Ich will ja gar nichts, ich will Sie bloß ansehen, Simone. Sie sind so schön. So unbeschreiblich schön.«

Er nimmt ihre Hände, erst die eine, dann die andere, küßt sie beide, er ist wirklich ein Ritter. Und er will wirklich nichts. Er will sie ansehen. Sie soll dasein.

Kurz ehe sie nach Dornburg kommen, fragt er: »Darf ich heute abend noch ein bißchen kommen? Trinken wir ein Viertel Wein zusammen?«

Sie nickt.

»So gegen halb neun?«

»Ja.«

Clementine wird dann schon fort sein. Aber das spielt auch keine Rolle mehr. Er muß es Clementine sowieso nun sagen. Er kann sie nicht weiter belügen.

Clementine erfährt es noch an diesem Abend. Sie ist noch da, als er kommt. Am Abend, sehr spät noch, ist ein holländischer Bus gekommen mit 29 Gästen, die alle untergebracht werden mußten. Das hat Clementine aufgehalten.

Als Jochen kommt, kurz vor halb neun, ist sie gerade dabei, zwei Damen Auskunft darüber zu geben, wann und wo sie am nächsten Morgen am günstigsten einkaufen können, ehe die Reise weitergeht. Eine dritte will ein Gespräch mit Hertogenbosch. Herr Quade, der auch schon da ist, ist ebenfalls beschäftigt.

Es wäre eine gute Gelegenheit für Jochen, unbemerkt ins Restaurant zu gelangen. Aber da kennt er Clementine sehr schlecht. Niemand betritt oder verläßt die Halle, ohne daß sie ihn bemerkt. Sie nickt ihm rasch zu. »Einen Moment«, Jochen wartet also etwas abseits, bis sie mit den Holländerinnen fertig ist. Quade hat ihn auch begrüßt, hat rasch auf Clementine geblickt und daran gedacht, daß die hübsche Französin im Restaurant sitzt.

»Nanu?« fragt Clementine, als sie Zeit hat. »Wolltest du mich abholen? Da bist du aber reichlich spät dran.«

»Nein«, sagt Jochen, nun doch nervös, es ist so peinlich, Tinchen zu enttäuschen, und es ist mehr als peinlich, ihr Schmerz zuzufügen.

»Nein, eigentlich nicht. Ich wollte noch ein Viertele trinken.«

»Ah ja?« kommt es gedehnt. »Allein?«

Was soll er darauf sagen? Das kann er nicht. Sein unglückliches Gesicht spricht deutlich genug. Und Clementine – sie ist ja ein intelligentes Kind – hat auch schon geschaltet.

»Wohl mit deiner Zugbekanntschaft?«

»Ich wollte mal hören, wie es ihr geht«, murmelt Jochen.

»Na, dann laß dich nicht aufhalten«, sagt Clementine und macht sich geschäftig daran, das Gespräch nach Holland anzumelden.

Quade zieht bedauernd die Brauen hoch. Und Jochen trollt sich klein und häßlich ins Restaurant.

Als Clementine das Gespräch laufen hat und wieder am Pult ist, erzählt ihr Herr Quade einen Witz. Er hält das für geschickt. Ist es aber gerade nicht. Denn Clementine merkt sofort die Absicht, sie abzulenken und heiter zu stimmen. Er war also schon einmal da, das ist heute nicht das erstemal. Und er kam zu einer Zeit, wo er annehmen konnte, sie sei schon gegangen. Und Quade weiß Bescheid. Sie versucht sich zu erinnern, was gestern über die Französin gesprochen wurde. Irgendwie war das komisch, so scheint es ihr jetzt. An sich weiß sie ja gar nichts. Aber sie spürt es, spürt es mit dem sechsten Sinn der Liebenden, daß hier etwas nicht stimmt. Macht es ihr etwas aus, wenn Jochen zu Paulette Fuhrmann geht? Nicht das geringste! Stört es sie, wenn er von München erzählt, von

Mädchen, die er dort kennt? Es ist ihr piepegal! Aber in diesem Fall – das ist etwas anderes. Dieses Mädchen da drin, das ist ein besonderer Fall.
Nach einer Weile kommt Herr Gruber aus dem Restaurant, die Holländer sitzen alle bei Tisch, sie haben bestellt, sie sind zufrieden. In der Küche läuft alles bestens. Aber natürlich, ihm entgeht nichts, er hat Jochen Weege gesehen, der bei Fräulein Marquand sitzt.
Er sagt leichthin: »Sie sind noch da, Clementine? Gehen Sie doch jetzt nach Hause, es ist schon gleich neun.«
»Mir eilt es nicht«, erwidert Clementine gemessen, »ich kann das ruhig noch fertigmachen.«
Zu wissen, daß der Mann, den man liebt, mit einer anderen Frau, die zudem noch sehr hübsch ist, zusammensitzt, ist schon bedrückend genug. Aber sehr schlimm ist es, wenn man Zeugen dafür hat. Clementine bekommt einen ganz steifen Hals, ihre Lippen werden schmal. Weder Herr Gruber noch Herr Quade wagen es, noch etwas zu sagen.
Nach einer Weile, als das Gespräch aus Holland kommt, geht Clementine ins Restaurant, um die Holländerin zu holen. Sie blickt sich rasch um. Im Restaurant sind sie nicht. Also im Wappenzimmer. Aber natürlich kann sie dort nicht hingehen und hineinschauen. Das geht nicht.
Sie trödelt noch eine halbe Stunde herum, aber dann hat sie wirklich keinen Grund mehr, länger zu bleiben. Sie geht nach Hause. Jochen hat sich nicht mehr blicken lassen.

Jochen sitzt bei Simone. Er hat Clementine vergessen. Es ist wie vor drei Tagen, sie sitzen an einem kleinen Tisch unter dem warmen Licht der Lampe. Sie trinken Wein und sie reden, aber es ist auch wieder ganz anders als vor drei Tagen, da waren sie einander noch fremd, jetzt kennen sie sich, kennen sich viel besser, als es bei der kurzen Zeit eigentlich möglich ist. Sie sind beide nicht erfahren in echter Liebe, sonst wüßten sie, daß dies das sicherste Zeichen für Liebe ist. Das, was Liebe von Flirt und Spaß unterscheidet: daß man sich kennt, daß man sich seit langem zu kennen glaubt, daß man sich gar nicht mehr vorstellen kann, der andere sei einmal nicht da gewesen. Daß die Fremdheit zersplittert ist wie eine brüchige Schale und darunter eine Vertrautheit zum Vorschein gekommen ist, die eigentlich gar nicht dasein kann und doch da ist. Darüber wundert man sich und wundert sich doch nicht, weil alles plötzlich so selbstverständlich geworden ist. – Auch für Simone. Worüber sie sprechen? Über alles. Über sich vor allem. Simone erzählt von Kalifornien, von ihren Studien, von Cornelia und von Philip, von Ethel und von Muriel. Sie erzählt nicht sehr viel, sie ist kein mitteilsamer Mensch, aber für ihre Verhältnisse ist es trotzdem viel. Jochen erzählt von seiner Mutter, dann von seinem Vater. Er sagt auch: »Morgen verreist mein Vater für längere Zeit. Ich kann den Wagen haben, ich habe ihn heute abend gefragt. Wir können dann ein bißchen herumfahren. Morgen bin ich allerdings nicht da, ich bringe meinen Vater nach Zürich. Dort hat er erst zu tun, und dann fliegt er nach Belgien.«

»Oh«, sagt Simone. »Wann kommen Sie wieder?«

»Morgen abend.«

Diese Fahrt nach Zürich kam für Jochen ganz überraschend. Als er nach dem Wagen fragte, sagte sein Vater: »Bitte sehr. Aber dann könntest du mich morgen gleich nach Zürich bringen. Dann brauche ich Klinke nicht zu bemühen.«

Klinke ist der Chauffeur der Firma. Morgen ist Samstag, dann hat er das Wochenende frei.

Normalerweise würde sich Jochen über die kleine Reise freuen. Jetzt bedeutet es, daß er den ganzen Tag unterwegs ist...

»Ich komme dann morgen wieder her«, sagt er. »Was werden Sie aber dann den ganzen Tag tun, Simone?«

»Oh, ich weiß nicht.«

»Versprechen Sie mir, daß Sie nicht allein in den Wald gehen.«

Sie sieht ihn an und schweigt.

»Und auch nicht allein zur Burg hinauf. Bitte versprechen Sie es mir, Simone.«

»Warum?«

»Ich möchte es nicht. Ich möchte nicht, daß Sie allein irgendwohin gehen.«

»Nein«, sagt Simone ernsthaft, »ich werde nirgendwo hingehen.«

»Abends bin ich wieder da. Sie können ja nachmittags ins Kino gehen.«

»Ich war gestern abend im Kino.«
»Gestern abend?«
»Ja. Ich habe Sie gesehen.«
»So«, sagt Jochen. Pause. Dann: »Eine gute Freundin von mir. Ich kenne sie schon lange.«
Simone schweigt.
»Sie kennen sie ja auch.«
»Ich?«
»Ja. Fräulein Munk. Sie arbeitet hier im Hotel.«
»Ah! Das Fräulein draußen...«
»Ja. Wie gesagt, eine alte Freundin. Sie hatte gestern frei.«
Damit ist das Thema erledigt, genaugenommen ist im Moment mehr darüber nicht zu sagen.
»Simone«, sagt Jochen.
»Ja?«
»Nichts. Nur Simone.«
Sie sitzen wieder lange im Restaurant. Es ist alles leer, als sie gehen, die Holländer sind schlafen gegangen. Jochen bringt sie wieder bis zur Treppe, sieht ihr nach, wie sie hinaufsteigt.
»Na, min Jung«, sagt Quade, als Jochen schweigend neben ihm stehen bleibt. »Das ist wohl ernst?«
»Ja. Das ist ernst.«
»Man sieht's dir an.«
»Man sieht es mir an?«
»Mhm. Ganz genau sieht man es dir an. Und Tinchen?«
»Weiß ich auch nicht, Onkel Quade.«
»Ist sie deinetwegen da?« fragt Quade mit einer Kopfbewegung zur Treppe hin.
»Nein. Nicht meinetwegen.«
»Warum dann?«
»Das hat andere Gründe.«
»Kennst du sie schon lange?«
»Nein. Nicht sehr lange.«
»Na ja, muß man halt mal abwarten.«
Jochen geht heim, es regnet nicht mehr, aber es ist kühl. Ein paar Sterne stehen am Himmel. Dornburg ist leer und still und dunkel...
Die Welt ist so groß, der Himmel so hoch. Das Leben ist seltsam. Und wunderbar.

Ich liebe dich, sagt Jochen Allein unter dem hohen Himmel, allein in der Dunkelheit kann er es sagen. Ich liebe dich, Simone. Ich will nur dich. – Nur dich!

Am nächsten Morgen frühstückt Jochen zusammen mit seinem Vater, sie wollen zeitig fahren, Gustav Weege hat zum Mittagessen eine Verabredung in Zürich. Am nächsten Tag will er weiterfliegen nach Brüssel, wo er einige Tage zu tun hat. Anschließend möchte er Urlaub machen, in Irland.
Beim Frühstück erzählt er Jochen von Irland, geradezu begeistert. »Ein wundervolles Land! Dort möchte ich leben!«
Vergangenes Jahr war er das erste Mal dort, eingeladen von einem Industriellen aus dem Rheinland, mit dem er geschäftlich oft zu tun hat und der in Irland einen Zweigbetrieb unterhält.
Grund und Arbeitskräfte sind dort billig, und die Regierung unterstützt die Ansiedlung von Industrie. »Besuchen Sie mich doch mal in Irland, Weege«, so hatte die Einladung gelautet, »sehenswertes Land.«
Als Gustav Weege vergangenen Sommer in England zu tun hatte, erinnerte er sich an die Aufforderung. Zwei, drei Tage hatte er dafür vorgesehen, dann blieb er fast zwei Wochen. Nie in seinem Leben hatte er sich so frei und unbeschwert gefühlt, er konnte reiten und fischen, er lief am Strand entlang, die Weite, die Freiheit, die feuchte Luft und der Himmel über dem Meer, alles beglückte ihn. Sein Gastgeber sagte beim Abschied: »Wann immer Sie Lust haben, Sie sind zu einem ausführlichen Urlaub hier willkommen. Ob ich da bin oder nicht, Sie kennen sich nun hier aus und finden sich zurecht.«
Daher hatte er für diesen Mai einen richtigen, ausgedehnten Urlaub geplant, ganz allein, was für ihn sowieso ein Erlebnis war, denn in all den Jahren vorher war er meist mit Rita verreist, und die bevorzugte möglichst mondäne Plätze. Nach Irland mitzukommen, hatte sie abgelehnt. Und er war nicht böse darüber.
Die Lizenzverhandlungen, die er in Belgien wegen einer neuen Maschine führen wollte, brachten ihn schon auf den halben Weg. Und dann also mindestens drei Wochen Irland! Er braucht Ruhe, er braucht Zeit, er muß endlich mit sich selbst

ins reine kommen. Denn das, was im Oktober passiert ist, seine Begegnung mit Cornelia und das, was daraus entstanden ist, haben ihn bis auf den Grund seiner Seele verstört.
Er hat sich gut gehalten, Karl Prpolski alias Gustav Weege. Es ist ihm gelungen, die Vergangenheit abzuschütteln. Er ist ein reicher und geachteter Mann geworden, ein tüchtiger Mann, der etwas geleistet hat.
Aber jetzt ist er ein gebrochener Mann. Seit Oktober ist alles anders geworden, er spürt es, weiß es, in ihm und um ihn bröckelt es, und er kann es nicht aufhalten. – So lange ist alles gutgegangen, seine Vergangenheit schien wirklich vergangen, doch dann kam Cornelia, und alles war wieder gegenwärtig. Es war nur eine Pause gewesen. Das Schicksal hat sich Zeit gelassen – aber es hat ihn nicht vergessen. Die tote Cornelia ist in seinen Gedanken, begleitet sein Leben, Tag und Nacht, er kann ihr nicht entfliehen.
Manchmal haßt er sie. Warum ist sie gekommen? Es war alles gut, wie es war. Was damals geschehen war – nun gut, andere hatten dasselbe getan und Schlimmeres, es war vorbei. Warum sollte es gerade für ihn nicht vorbei sein? Warum für ihn nicht? Darüber grübelt er nach, immer wieder, und im Grunde seines Herzens weiß er, daß es nicht vorbei sein kann. Irgendwo wartet im Dunkel etwas auf ihn, das ihn vernichten wird. Er tut seine Arbeit, es ist scheinbar alles wie immer, aber er wartet, wartet auf den vernichtenden Schlag.
Jochen zum Beispiel denkt während des Frühstücks: er sieht schlecht aus, er ist alt geworden. Komisch, ist mir gar nicht so richtig aufgefallen. Er sah immer so gut aus, auf einmal ist er gealtert. Sein Haar ist grau geworden, er hat Falten und so einen leeren, abwesenden Ausdruck in den Augen. Ob er krank ist?
»Ich glaube, der Urlaub wird dir wohltun«, sagt er daher, »ich finde, du siehst zur Zeit nicht so gut aus. Fehlt dir etwas?«
Gustav Weege blickt seinen Sohn erstaunt an. Er ist nicht daran gewöhnt, daß sich jemand um ihn sorgt, schon gar nicht Jochen. Es macht ihn fast verlegen. Und irgendwie glücklich.
»Danke, danke«, sagt er eilig, »mir fehlt gar nichts. Ein bißchen überarbeitet.«

Auch Jochen ist verlegen und nimmt einen großen Schluck Kaffee. Wenn es einen Menschen auf der Welt gibt, mit dem er nie unbefangen reden konnte, dann ist es sein Vater; seltsam – aber es ist so. Und so seltsam ist es vielleicht gar nicht. Ein Vater, den man erst bekommt, wenn man elf Jahre ist, ist kein richtiger Vater. Nicht, wenn der Sohn so selbständig und früh entwickelt ist, so klug und auch kritisch, wie es Jochen in diesem Alter war. Ein Kind, das viel erlebt und viel gesehen hat, Krieg und Nachkriegszeit, russische Besatzung, Hunger, Blockade, Angst, ständige Bedrohung, und niemals einen Mann in der Familie, nur die beiden Frauen, zuletzt nur noch seine scheue und unbeholfene Mutter.

Ein Vater war niemals da, die paar Besuche während des Krieges zählen nicht, das war zu lange her, das hatte er vergessen. Als der Krieg zu Ende ging, war der Junge sieben Jahre alt, er lebte mit zwei Frauen, die beide lebensuntüchtig und weltfremd waren, er wurde zärtlich geliebt, aber er war in den meisten Dingen von Wichtigkeit auf sich selbst angewiesen. Mit zehn, elf Jahren begreift man auch, daß mit den Eltern etwas nicht stimmt. Ein Vater, von dem kaum gesprochen wird, mit dem keiner mehr rechnet. Gewiß, andere Kinder haben auch keinen Vater, der ist gefallen, ist tot, das ist keine Ausnahme. Aber da weiß man, woran man ist. Er weiß es nicht.

Dann auf einmal war der Vater da. Und mit seinem Erscheinen änderte sich alles. Man wurde aus dem gewohnten Leben herausgerissen, mußte die kleine Stadt verlassen, in der man aufgewachsen war, mußte die Schule und die Freunde verlassen. Man kam in eine ganz andere Gegend, die Leute sprachen anders, hatten andere Probleme, den fremden kleinen Jungen behandelten sie teils gönnerhaft, teils feindselig, man mußte sich erst mal durchboxen und sich Respekt verschaffen, in der Schule, bei Lehrern und Mitschülern, in der ganzen fremden Umwelt.

Die Mutter, die man zärtlich liebte, war nicht glücklich, das verstand man auch sehr bald, sie weinte manchmal, sie grämte sich, sie wurde krank.

Dieser fremde Vater war schuld daran. Man war voller Reserven gegen ihn, voller Ablehnung, er blieb ein Fremder, war einem fast unheimlich, und Vater und Mutter zusammen genommen waren alles andere als eine Gemeinschaft.

Dazu kam, daß Gustav Weege kein Talent besaß, mit Kindern umzugehen, daß es ihm nicht gelang, seinem Sohn gegenüber den rechten Ton zu finden. Natürlich merkte er die Abwehr, ja oftmals Feindseligkeit des Jungen, und statt Geduld zu haben, war er oft streng und verständnislos, was die Kluft noch vertiefte.

Ein wenig mochte Agnes Schuld daran haben. Sie beanspruchte das Kind und seine Liebe für sich. Sie hetzte nicht gegen den Vater, aber sie ließ immer wieder merken, daß kein Weg zu ihm führte, nicht für sie und, unausgesprochen, auch nicht für den Jungen.

Auch für Gustav Weege war damals eine schwierige Zeit. Seine Stellung bei Fuhrmann und Co. stand noch auf wackligen Füßen, er verdiente wenig, von Konjunktur konnte keine Rede sein, noch eine ganze Weile nicht, denn die geschäftliche Entwicklung in der französischen Besatzungszone ging nur langsam voran, blieb weit hinter dem wirtschaftlichen Aufschwung der anderen Gebiete zurück. Nach Paul Fuhrmanns Tod hatte er eine schwere Zeit, die Leitung der Firma fiel ihm nicht in den Schoß, er wurde angefeindet, die alten Mitarbeiter versuchten ihn hinauszudrängen, Intrigen und Verleumdungen waren zu spüren, auch von seiten der alteingesessenen Dornburger. – Damals lebte er ständig in der Angst, daß man seine Vergangenheit aufdecken würde, was all seinen Feinden willkommene Gelegenheit gewesen wäre, ihn loszuwerden.

Ohne Rita, ohne ihre Zuneigung wäre sein Aufstieg unmöglich gewesen. Das wußte er – das wußte auch sie sehr genau. Und in gewisser Weise, besonders in den Augen der anderen, erleichterte ihm diese Tatsache das Leben keineswegs. Außerdem war das Zusammenleben mit dieser exzentrischen Rita auch nicht so einfach, vor ihren Launen war man niemals sicher. Sollte man das alles ertragen und die Stellung weiter ausbauen, diese Stellung, die ihm der Zufall beschert hatte? Oder sollte man alles hinwerfen und woanders neu anfangen? Vor dieser Frage stand er oft.

Doch er war geblieben, und mit der Zeit hatte sich ihm alles gefügt. Er war ein mächtiger Mann geworden.

Nur das Verhältnis zwischen Vater und Sohn blieb immer problematisch. Es verschlechterte sich sogar erheblich, als der Junge in die schwierigen Jahre kam, als er kritisch, spöttisch, unnachsichtig wurde. Dafür hatte der Vater kein Verständnis, dazu fehlte es ihm an psychologischem Einfühlungsvermögen.
Als alles hätte besser werden können, kam eine neue Krise: Jochens eigenwillige Berufswahl. Er wollte nicht in die Fabrik, er begann eigenmächtig ein anderes Studium, trotzte dem Verbot seines Vaters, brachte es sogar fertig, eine erhebliche Weile ohne väterliche Unterstützung zu studieren und zu leben. Das imponierte Gustav Weege, auch wenn er sich darüber ärgerte. Er lenkte schließlich ein, und es kam zu einer Versöhnung. Im Grunde empfand Gustav Weege Stolz auf seinen tüchtigen Sohn, und nun, nachdem Jochen älter geworden war, kamen auch von seiner Seite Entgegenkommen und Bereitschaft zu einer Verständigung.
Während sie nach Zürich fuhren, denkt Jochen wieder einmal über das Verhältnis zu seinem Vater nach. Das ist noch nie vorgekommen, daß er seinen Vater irgendwohin fährt, daß er selbst am Steuer sitzt und sein Vater neben ihm.
Aber es wundert ihn nicht. Die ganze Welt hat sich ja sowieso verändert. Er selbst am meisten. Er lebt ein neues Leben. Er liebt. Er sieht alles mit anderen Augen und es paßt sehr gut dazu, daß er auch seinen Vater mit anderen Augen sieht, daß er ein warmes Gefühl für ihn empfindet, daß er auf einmal bereit und willens ist, auch fähig dazu, seinen Vater zu lieben. Jochen ist gesprächig auf dieser Fahrt nach Zürich. Erst redet er von seiner Mutter. Sie waren beide bei ihr und hatten sich verabschiedet, ehe sie abfuhren. Agnes sagte zu ihrem Sohn: »Fahr aber vorsichtig. Fahr langsam.« Und zu ihrem Mann: »Erhol dich gut. Laß dir Zeit zum Ausruhen.«
Es war eigentlich alles ganz harmonisch, fast wie bei einer normalen Familie.
Sie sprechen also über Agnes, über ihren Gesundheitszustand, über die Möglichkeiten anderer Behandlung. Gustav Weege unterläßt alle bissigen Bemerkungen. Jochen registriert es mit Dankbarkeit.
Sie reden anschließend von der Fabrik, von Neuigkeiten aus

Dornburg, dann erzählt Gustav Weege wieder von Irland, später Jochen von München, von seiner Arbeit und seinen Plänen. Soviel haben sie lange nicht miteinander geredet. Eigentlich nie. Einmal ist Jochen nahe daran, Simone zu erwähnen, aber er unterläßt es. Mit einer kurzen Bemerkung würde er dem Ernst dieser Angelegenheit nicht gerecht werden und, um ausführlich darüber zu reden, dazu ist es zu früh.
Aber etwas anderes tut er. Er beginnt – es ist während des letzten Teils der Fahrt – von dem Mord zu reden. Ziemlich abrupt kommt er zu diesem Thema und schockiert damit seinen Vater so, daß dieser minutenlang kein Wort äußert.
»Was sagst *du* denn dazu?« drängt ihn Jochen. »Das ist doch unbegreiflich, daß man diese Geschichte nicht aufgeklärt hat. Dieser Busse scheint mir ein richtiger Idiot zu sein. Er redet so darum herum, etwas Konkretes kommt nicht dabei heraus.«
»Hast du – hast du denn mit ihm darüber gesprochen?« fragt Weege schließlich. Die Worte kommen ihm nur mühsam über die Lippen, sein Herz liegt wie ein Stein in seiner Brust, es schmerzt auf einmal, er atmet mühsam.
»Ja, kürzlich erst. Die Sache interessiert mich. Beruflich, verstehst du. Ich finde, man sollte das nicht so leicht nehmen. Wir haben einen großen Polizeiapparat, aber es kommt nichts dabei heraus.«
»Du sprichst so bestimmt von Mord. Es ist doch gar nicht sicher, daß es Mord war. Es kann ebensogut ein Unfall gewesen sein.«
»Ganz bestimmt nicht, so wie die Tatsachen liegen. Damit redet sich nicht einmal Busse heraus.«
Klar und übersichtlich schildert Jochen die Tatbestände, die ihm ja nun ganz geläufig sind. Weege hört reglos zu. Er weiß das alles auch, und er weiß es viel besser. Er könnte Jochen schildern, wie es wirklich war. Nur er, sonst keiner.
Aber es verstört ihn, daß Jochen sich mit dieser Angelegenheit beschäftigt, daß er offensichtlich darüber sehr gut informiert ist. Und er sagt schließlich, in seiner Stimme klingt Ärger: »Ich verstehe gar nicht, was dich das eigentlich angeht. Du hast schließlich Wichtigeres zu tun.«
Das wäre wieder ein passender Moment, um von Simone zu

sprechen. Aber das ist eine viel zu lange und komplizierte Geschichte, als daß man sie so nebenbei während der Fahrt erzählen könnte. Und außerdem, davon ist Jochen mittlerweile überzeugt, wird sein Vater eines Tages Simone kennenlernen und alles erfahren.

So sagt er nur: »Wichtigeres kann es gar nicht geben, als einen Mörder zu finden. Mitzuhelfen, daß ein Verbrechen gesühnt wird. Oder mehrere Verbrechen, wie es anscheinend hier der Fall ist. Denn der Mörder von heute ist auch ein Mörder von früher.« – Es klingt ein bißchen pathetisch, wie er es sagt, er ärgert sich selber darüber und sagt nichts mehr. Gustav Weege schweigt ebenfalls. Der Schreck über das, was Jochen gesagt hat, macht ihn stumm. Was weiß Jochen? Was vermutet er? Woher hat er diese Informationen? Von Busse? Was also weiß Busse?

Aber es kommt noch schlimmer. Plötzlich, sie sind kurz vor Zürich, sagt Jochen ganz beiläufig: »Übrigens, ist dir jemals in Dornburg ein Mann mit Namen Karl ... eh, Prpolski untergekommen? Warte mal« – er zieht im Fahren den Bierdeckel aus der Tasche seines Sakkos – er hat ihn immer bei sich, er weiß auch nicht warum – blickt flüchtig darauf, »ja, Prpolski, so heißt er. Hast du den Namen mal gehört, in der Fabrik oder so?«

Gustav Weege sitzt neben ihm, als hätte ihn der Schlag getroffen. Der Name! Wo hat der Junge den Namen her?

Würde Jochen nicht fahren, würde er jetzt seinem Vater ins Gesicht blicken, dann müßte er eigentlich alles wissen. Gustav Weege sitzt zusammengesunken, sein Gesicht ist grau, sein Mund ist hilflos geöffnet, in seinem Kopf ist erst eine tödliche Leere, dann rast es darin, überschlägt sich, ein Schrei ist es, ein Brüllen. Der Name schreit von allen Seiten auf ihn ein: Prpolski! Prpolski! Schreit es mit Jochens Stimme, daß es ihm in den Ohren dröhnt. Die Straße verschwimmt vor seinem Blick; führe der Wagen jetzt in einen Abgrund, Gustav Weege würde das erste Mal in seinem Leben beten. Denn dann stürbe er mit einem Dankgebet auf den Lippen.

»Kennst du den Namen vielleicht?« wiederholt Jochen nach einer Weile seine Frage.

Weege muß sich räuspern, seine Stimme gehorcht ihm nicht,

er setzt ein paarmal an, bis er ein »Nein« hervorwürgt. »Nein«, wiederholt er. »Was ist das? Was hast du da?«
Er greift nach dem Bierdeckel, der jetzt zwischen ihren Sitzen liegt, hebt ihn dicht vor die Augen, als sei er blind. Da steht der Name. Es ist nicht zu fassen: Da steht der Name. Der Name eines Mannes, den es nicht mehr gibt. Der Name eines Mannes, den er sehr gut kennt.
Sein nächster Gedanke: Agnes. Nur von ihr kann Jochen diesen Namen gehört haben.
Aber das ist nicht ihre Schrift.
»Wer... wer hat denn das geschrieben?«
»Och, jemand, den ich kenne.«
Kann er weiter fragen, ohne sich zu verraten? Kann er seiner Stimme, seinem Gesicht trauen? Sie fahren in Zürich ein. Wenn Jochen an einer Ampel, an einer Kreuzung halten muß, wenn er ihn ansieht – dann weiß er alles.
»Du kennst den Namen nicht?« fragt Jochen noch einmal. »Es muß ein Ostpreuße sein, etwa fünfzig Jahre alt. Und es ist anzunehmen, daß er im vergangenen Herbst hier war.«
»Im vergangenen Herbst?«
»Ja. Ich vermute, daß er der Mörder dieser Amerikanerin ist.«
Jochen sagt das ganz einfach und ohne jede Erregung, sachlich und nüchtern.
Gustav Weege sagt nichts mehr. Kein Wort. Er ist nicht dazu imstande. Der ganze Mann ist ein einziges Chaos. Nicht fähig, einen klaren Gedanken zu fassen.
Sie sprechen nicht mehr, bis sie beim Hotel vorfahren, in dem Gustav Weege wohnen wird.
»So«, sagt Jochen und wendet sich lächelnd seinem Vater zu. »Bitte sehr, der Herr. Zufrieden mit dem Chauffeur?«
»Wie? Oh, ja. Ja, du bist sehr gut gefahren.«
»Was hast du denn? Ist dir nicht gut?«
»Ein bißchen schwindlig. Kopfschmerzen.«
Jochen betrachtet seinen Vater mit echter Besorgnis. Er sieht elend aus, ganz eingefallen das Gesicht, wie aus Wachs. Die Augen eingesunken, an seiner Schläfe pocht eine Ader, pocht schnell und heftig, man kann es deutlich sehen. »Wirklich, Vater, du gefällst mir gar nicht. Mit dir ist etwas nicht in Ordnung. Willst du nicht lieber wieder nach Hause fahren?«

Das ist das letzte, was Gustav Weege möchte. Er möchte fort, weit fort. Bis ans Ende der Welt. Und seinen Sohn nicht ansehen müssen.
»Nein, nein, keineswegs. Mir ist im Moment nicht... ja, aber das geht vorüber. Ich werde mich eine halbe Stunde hinlegen. Ich habe ja noch Zeit, bis ich Engler treffe.«
Ein Hausdiener ist inzwischen erschienen, lädt das Gepäck aus. Jochen muß den Wagen in der Nähe irgendwo parken. Das gibt Weege etwas Zeit, sich zu fassen. Jochen kommt ihm nach in die Hotelhalle. »Kann ich noch etwas für dich tun? Möchtest du einen Arzt?«
»Nein, nein, mir ist schon wieder besser. Fährst du gleich oder ißt du noch etwas?«
»Ich bin nicht hungrig, ich werde eine Tasse Kaffee trinken. Aber, bitte, geh auf dein Zimmer und ruh dich etwas aus.«
Gustav Weege widerspricht nicht. Nein – er will Jochen nicht mehr sehen, er will nicht mehr mit ihm reden. Eigentlich müßte er ihn fragen, müßte auf den Namen Prpolski zurückkommen, irgendwie müßte er das tun, müßte wissen, woher Jochen den Namen kennt, wer ihn auf den Bierdeckel geschrieben hat, wieso er den Namen mit dem Mord in Zusammenhang bringt, wen er sich überhaupt unter diesem Namen vorstellt..., denn daß er ihn nicht mit seinem Vater zusammenbringt, das wenigstens ist klar ersichtlich. Aber das alles kann er jetzt nicht. Er muß allein sein, muß nachdenken, er weiß nicht, was er muß, und auch nicht, was er tun wird.
Er verabschiedet sich sehr kurz von Jochen, gibt ihm die Hand, weicht seinem Blick aus. Dann betritt er den Lift, in der Hand hält er den Bierdeckel. Während der Fahrt in den dritten Stock starrt er darauf, wie gebannt.
Karl Prpolski! Da steht es.
Und das einzige, was er denkt: Aus. Zu Ende. Ich kann nie zurückkehren. Ich kann nie mehr nach Dornburg. Wie gut, daß ich im Ausland bin.

Jochen geht in die kleine Tagesbar des Hotels, bestellt Kaffee und entschließt sich doch zu einem Sandwich. Während er ißt und trinkt, denkt er über seinen Vater nach. Der alte Herr ist krank. Das hat er bisher nicht gewußt. Ist ja wohl ein gefähr-

liches Alter für einen Mann, um die fünfzig herum. So sagt man jedenfalls. Herzinfarkt! Wenn man ihn eben gesehen hat, konnte man es mit der Angst bekommen. Eigentlich nicht ganz richtig, wegzufahren und ihn allein zu lassen. Andererseits – er möchte sich nicht aufdrängen. Heute haben sie sich ja ganz gut unterhalten, nur jetzt am Schluß war er wieder sehr komisch. Na ja, es war ihm eben nicht gut. Der Mordfall vom letzten Herbst hat ihn überhaupt nicht interessiert. Aber was interessiert ihn eigentlich außer der Fabrik. Nichts. So gut wie nichts. Bücher, Musik, Kunst, das hat es nie für ihn gegeben. Auch über Politik kann man mit ihm nie reden. Schwatzende Nichtstuer, so nennt er die Parlamentarier. Und einmal sagte er: Meine Generation, wir haben alle Politik hinter uns. Uns hat man reichlich damit eingedeckt.
Das ist natürlich ein Standpunkt, aber Jochen findet ihn nicht richtig. Gerade wenn man jene Zeit mitgemacht hat, darf man heute nicht so gleichgültig sein. Die Gleichgültigkeit der Bürger, ihr Wunsch nach Ruhe, das war doch immer wieder das Gefährliche. Sein Vater müßte das eigentlich noch wissen. Er war gegen die Nazis, er war sogar in die Schweiz gegangen, kam von dort nach Kriegsende zurück. Aber seltsam, er redet nie darüber. Früher hatte Jochen manchmal Fragen gestellt, nach dem Krieg, nach der ganzen Zeit, aber sein Vater wich immer aus. Darüber wolle er nicht reden. Er habe dazu nichts zu sagen. Auch das hat Jochen oft erbost. Ist es nicht sein Recht als Sohn, über diese Dinge unterrichtet zu werden, nicht nur in der Schule oder aus Büchern, sondern auch aus der eigenen Erfahrung seines Vaters? Die Väter seiner Schulfreunde, seiner Kommilitonen, die erzählten gern von früher; ob sie nun pro oder contra waren, man konnte sich doch ein Bild machen. Sein Vater schwieg. »Haben die Nazis dir viel angetan?« hatte er einmal gefragt, er mochte so siebzehn oder achtzehn gewesen sein.
»Ich will darüber nicht sprechen«, war die knappe Antwort.
Nur daß der Vater an der Front war, in Rußland, das hatte er so nebenbei einmal erwähnt. Und auch einige Zeit in Polen.
»Wie war es da?«
»Ich weiß es nicht mehr.«
Diese Verschlossenheit ließ vermuten, daß er eine Menge

Übles erlebt hatte. War bestimmt nicht schön gewesen, aber er hätte manchmal darüber reden sollen.
Seine Mutter wußte auch nichts von dieser Zeit, aber das war weiter nicht verwunderlich. Erstens wußte sie nie etwas, und zweitens waren sie ja damals noch nicht verheiratet. Das, denkt Jochen immer, das, was damals mit seinem Vater geschehen ist, war wohl auch der Grund, daß sie nicht früher geheiratet haben. Ob er eingesperrt war? Es ist keine Schande, von den Nazis eingesperrt zu werden, darüber kann man doch ruhig sprechen. Und das Seltsame ist, sie haben dann doch vor Kriegsende geheiratet. Da war sein Vater also in Berlin und frei. Und ging dann in die Schweiz? Ging denn das überhaupt noch zu jener Zeit? Diese Fragen hatte Jochen sich schon oft gestellt; und wie immer, so ärgerte es ihn auch heute wieder, daß er nichts darüber wußte.
Man kann so verschlossen sein wie man will, seinen eigenen Sohn sollte man die wichtigsten Dinge wissen lassen.
Und ebenfalls wie immer, resigniert Jochen auch heute wieder. Niemals wird er mit seinem Vater offen sprechen können. Es ist kein Vertrauen da, man kann es nicht erzwingen. Sein eigener Vater ist ihm ein Fremder geblieben.
Jochen sitzt länger als beabsichtigt an dem kleinen Tisch. Er hätte längst abfahren können. Einerseits möchte er bald wieder zu Hause bei Simone sein. Andererseits hat er ein schlechtes Gewissen, seinen Vater in seiner schlechten Verfassung allein zu lassen. Ob er ihn noch einmal in seinem Zimmer oben anruft? Aber wenn er vielleicht ein bißchen schläft?
Ehe er abfährt, geht er zum Portier. »Mein Vater wollte sich etwas hinlegen, er fühlte sich nicht ganz wohl. Aber in einer Stunde hat er eine Verabredung. Vielleicht wäre es gut, wenn Sie dann einmal hinaufläuten.«
»Selbstverständlich, sehr gern.«
Und dann fährt Jochen zurück nach Dornburg.

Auf einmal wird es wirklich Frühling. Ein Mai wie aus dem Bilderbuch. Der Flieder blüht in ganz Dornburg, in allen Gärten und allen Anlagen. Die Wiesen sind weiß und gelb getupft, die Vögel jubilieren schon in aller Frühe. Was für eine herrliche Zeit! Was für eine Zeit für junge Liebe!

Für Simone und für Jochen. Aber was ist mit Clementine? Sie trägt die neuen weißen Schuhe und ein neues Kleid dazu, in dem sie ganz reizend aussieht, ein kornblumenblaues Hemdblusenkleid mit kurzem modischem Rock. Trotzdem ist die Welt für sie dunkel und trüb, für sie blüht der Flieder nicht, singen keine Vögel. Sie tut ihre Arbeit, pünktlich und umsichtig wie stets, sie bemüht sich um ein gleichmütiges Gesicht, um gute Haltung und ein liebenswürdiges Lächeln. Auch Fräulein Marquand gegenüber, die ja Gast des Hotels ist. Denn Fräulein Marquand weiß nicht, und kann es ja nicht wissen, was sie Clementine angetan hat.

Simone weiß es wirklich nicht. Jochen hat gesagt: Eine gute Freundin von mir. Nun ja, das heißt nicht viel.

Aus Clementines Verhalten kann Simone die Wahrheit nicht herauslesen. Sie beherrscht sich vorbildlich. Denn sie weiß inzwischen, daß sie Jochen verloren hat, daß er dieses fremde Mädchen liebt.

Jochen hat es nicht klar und deutlich ausgesprochen, aber er hat es angedeutet und außerdem merkt man es ihm an. Clementine kennt ihn gut genug. Manchmal kommt er und holt Fräulein Marquand ab. Oder er kommt abends und sitzt mit ihr im Restaurant.

Ein paar Tage später, als Clementine wieder ihren freien Tag hat, trifft sie ihn nachmittags im Stadtpark. Und nun sprechen sie also darüber. Das heißt, was soll man noch viel darüber reden. Sie sieht Jochens halb verlegenes, halb unglückliches Gesicht, und da weiß sie schon alles, es nimmt ihr die letzte Hoffnung.

»Ach Tinchen!« sagt er und sieht so schuldbewußt aus. Stumm geht sie neben ihm her, und er versucht, ihr das alles zu erklären, was man eigentlich nicht erklären kann.

»Ich weiß ja auch nicht, was daraus werden soll«, sagt er zum Beispiel. »Ich weiß gar nicht, ob sie sich aus mir etwas macht. Sie ist so – so, ich weiß auch nicht, ganz anders wie andere Mädchen.«

Ja, das ist es wohl.

»Aber du«, sagt Clementine, »du machst dir etwas aus ihr.«

»Ich – ich bin ganz...« Was soll er sagen? Ich bin ganz außer mir vor Liebe? Das kann er doch Clementine nicht sagen.

»Aber du kennst sie doch noch gar nicht lange. Wer ist sie denn eigentlich?«

Das weiß er, aber er kann es Clementine nicht sagen. Er will sie nicht belügen, aber er darf Simones Geheimnis nicht verraten.

Er sagt nicht: Ich liebe sie. Er sagt auch nicht: Ich habe nie gewußt, was Liebe ist, jetzt weiß ich es. Auch nicht: Ich könnte nie mehr eine andere Frau lieben. – All das sagt er natürlich nicht. Aber Clementine fühlt es, merkt es, weiß es.

Hat sie nicht insgeheim immer befürchtet, daß so etwas geschehen könnte? Hat sie nicht immer Angst gehabt, daß sie ihn verlieren könnte? Jedesmal, wenn er abreiste nach München, war ihr schwer ums Herz. Es gab so viele hübsche Mädchen auf der Welt, so viele reizvolle Frauen, warum sollte sie, gerade sie, das dumme kleine Tinchen aus Dornburg, Jochen Weege für alle Zeiten behalten können? Aber daß dies alles vor ihren Augen geschieht, das macht es noch viel schwerer.

Dann bringt Jochen sie nach Hause, er kommt nicht mehr mit hinauf, und er küßt sie nicht zum Abschied. Das macht alles schrecklich wahr und endgültig deutlich. Jetzt – jetzt ist alles vorbei. Nicht einmal mehr ein kleiner bescheidener Kuß vor der Haustür.

Sie kommt hinauf und weint. Sie weint den ganzen Abend. Ihre Mutter ist bestürzt. Als sie so ungefähr weiß, was los ist, ist sie sehr betrübt. Sie mochte diesen Jochen Weege gern, ein netter junger Mann und eine gute Partie für Tinchen.

Clementine weint die halbe Nacht, aber das hilft nun auch nichts mehr. Am nächsten Morgen erscheint sie wie immer zum Dienst, ein wenig blaß und still. Herr Gruber ist besonders nett zu ihr, er macht ein Kompliment über das neue Kleid und lobt ihre Arbeit. Alle sind nett zu ihr, denn das ganze Hotel weiß natürlich inzwischen, was vorgeht. Das erleichtert ihr die schwere Situation nicht gerade.

Fräulein Marquand, wie gesagt, kann das nicht wissen. Sie verläßt jeden Tag das Hotel schon in den Vormittagsstunden. Clementine sieht ihr nach, wenn sie geht. Was für ein schönes Mädchen! Da geht sie, auf langen schlanken Beinen, immer sieht sie schick aus, ganz egal was sie anhat, ob sie das beige Kostüm oder das türkisfarbene Chanelkostüm trägt, oder, wenn es wärmer ist, ein cremefarbenes reinseidenes Sommerkleid und manchmal ein blau-grün-kariertes, und dann wieder hat sie einen hellen Twinset an zu einem geraden Rock und manchmal auch lange hellgraue Hosen zu einer weißen Bluse, ein Jäckchen lässig über die Schultern gehängt. Es spielt keine Rolle, was sie anhat, an ihr wirkt alles teuer und elegant. Wo sie geht und steht, sie ist nicht zu übersehen.

Sie trifft Jochen, wenn sie fortgeht. Das weiß Clementine gut genug. Er steht zwei Straßen weiter um die Ecke mit dem Wagen seines Vaters. Das hat sie zufällig einmal gesehen. Er wartet auf das Mädchen, das er liebt, so wie er früher auf sie gewartet hat. Dann fahren die beiden zusammen fort. Die Sonne scheint, und es ist Frühling. Oft sind sie den ganzen Tag unterwegs. Manchmal kommt Fräulein Marquand am Nachmittag zurück, manchmal erst am Abend und manchmal so spät, daß Clementine ihre Rückkehr nicht mehr miterlebt. Es ist schwer, das mitanzusehen. Die beiden lieben sich und fahren in den Frühling. Sie sitzt hinter dem Pult und vor der Schreibmaschine und grämt sich.

Simone weiß das nicht. Sie verläßt morgens das Hotel, beschwingt und jeden Tag ein wenig glücklicher. Nun ist es zwar nicht so, wie Clementine denkt, daß sie nur zum Vergnügen in der Welt herumfahren, auch nicht, daß sie zwei Verliebte sind, die nichts auf der Welt beschäftigt als ihre Liebe. Von Liebe ist eigentlich nicht die Rede, jedenfalls nicht mit Worten. Simone ist sehr zurückhaltend, und Jochen geht außerordentlich behutsam mit ihr um, so, als habe er Angst, sie könne sich auflösen wie ein flüchtiger Traum. In ihm ist alles Sehnsucht, alles Verlangen, aber wie jeder wirklich Liebende hat er Zeit. Die Zeit der Erwartung, die den Zauber der Erfüllung nur erhöhen kann.

Sie fahren durchs Land und suchen die Plätze auf, wo auch Cornelia gewesen ist. So sehr viele sind es nicht und nach einer Woche sind sie überall gewesen, mehr als einmal.

Sie sitzen im »Goldenen Krug« in Oberndorf und sprechen mit der Wirtin. Ja, sie erinnert sich gut an die amerikanische Dame. Sie hat hier im Garten gesessen und gegessen, hat mit dem Kätzchen gespielt. Allein. Immer allein. Außerdem hat sie der Polizei das alles schon gesagt.

Auch im Café am Fuß des Burgberges erinnert man sich. Und in einem anderen Dorfgasthaus im Süden der Stadt. Die Ausbeute dieser Fahrten ist gering.

Was sie beide nun angeht – nun, sie sind täglich viele Stunden beisammen. Sie reden und sie schweigen, sie kennen sich nun schon gut, sie wissen schon viel voneinander. An Jochens Liebe ist nicht zu zweifeln. Und Simone... liebt sie ihn auch? Sie sieht ihn an, wenn er neben ihr am Steuer sitzt. Sie kennt sein Gesicht, sein Haar, seinen Hals, seine Hände, sie kennt alles und es ist nichts, was ihr mißfällt. Sie hört ihn gern sprechen, sie liebt seinen Ernst und seine Aufrichtigkeit, sein Lächeln und die Liebe in seinen Augen, wenn er sie ansieht. Sie ist gern mit ihm zusammen. Nichts mehr von Einsamkeit und Verlassenheit. Eine Zweisamkeit ist entstanden, die ihr wohltut. Auf die sie sich jeden Tag mehr freut. Auch wenn er den ganzen Tag bei ihr war, kann sie abends noch mit ihm zusammen im Wappenzimmer sitzen und Wein trinken. Kann sie abends noch mit ihm in den Anlagen am Fluß oder in den Straßen von Dornburg spazierengehen. Zu reden haben sie immer. Und auch wenn sie nicht reden, ist Harmonie zwischen ihnen. Übereinstimmung. Kann man mehr von Liebe erwarten?

Muriel ruft einmal an in diesen Tagen und sie merkt Simones Stimme sofort an, daß die Freundin sich in guter Stimmung befindet. Sie stellt ein paar geschickte Fragen, und Simone macht ein paar Andeutungen, weniger geschickt; und Muriel fragt erstaunt vom Tessin her: »You're in love, Simone?«

Simone redet ein bißchen verlegen darum herum, aber Muriel sagt: »Why, that's fine. Isn't it?«

Bin ich verliebt, fragt sich Simone, nachdem sie den Hörer aufgelegt hat. Und da sie gewöhnt ist, ehrlich mit sich selbst zu sein, beantwortet sie sich nach kurzem Nachdenken die Frage mit Ja. Wenn man so viel mit einem Mann zusammen ist, wenn man sich jedesmal freut, ihn zu sehen, wenn man sich so gut mit ihm unterhalten kann, wenn man ihn so gern ansieht, ihm so gern zuhört, wenn man... was noch? Wenn einfach alles anders ist, als es jemals mit anderen jungen Männern war, mit Allan zum Beispiel oder mit sonstigen Freunden, die sie kannte, dann ist es wohl so etwas Ähnliches wie

Liebe. I just like him, that's all, versucht sie die Sache leichtgewichtiger zu machen.
Dann steht sie vor dem Spiegel, zieht ein neues Kleid an, das sie sich gekauft hat, macht sogar ein wenig Make-up, ein bißchen Lidschatten, ein wenig Puder, ihre Augen leuchten, ihr Haar glänzt, und dann geht sie hinunter ins Restaurant, wo sie nun schon ihren Stammplatz hat, immer derselbe kleine Tisch in der Nische, wo Jochen sie schon erwartet; er ißt jetzt oft mit ihr zusammen, kommt wieder, kaum daß er sich zu Hause umgezogen hat.
Es kostet ihn jedesmal eine kleine Überwindung, die Halle des »Schwarzen Bären« zu betreten. Er geht zum Pult, plaudert ein wenig mit Clementine, wenn sie noch da ist. Die Situation ist ihm jedesmal aufs neue peinlich, Clementine jedoch ist kühl und beherrscht.
Einmal kommt Simone von oben, während Jochen mit Clementine spricht, und es ergibt sich ein kurzes Gespräch zu dritt. Jochen wollte das gern, er ist naiv wie alle Männer in solchen Fällen. Könnten sie denn nicht alle drei gute Freunde sein, das wäre doch fein. Clementines scheinbarer Gleichmut täuscht ihn, so schwer nimmt sie das ja gar nicht, ist eben ein vernünftiges Mädchen.
Simone spürt die Spannung, spürt, daß das Mädchen hinter dem Pult unglücklich ist. So harmlos war diese Freundschaft offenbar nicht. Daraufhin verabredet sie sich immer erst später mit Jochen, zu einer Zeit, zu der Clementine schon gegangen ist. Manchmal essen sie auch anderswo, in einem Dorfgasthaus; auch in Dornburg gibt es noch zwei hübsche Weinstuben, wo man gemütlich sitzen kann.
Einmal sagt Simone: »Es gefällt mir in Dornburg. Wenn das alles hier nicht passiert wäre, könnte ich Dornburg lieben.«
»Ja«, sagt Jochen, »es ist ganz nett hier. Aber wir müssen nicht hier bleiben, wir können woanders auch sehr gut leben. In München zum Beispiel. Ich würde später gern in München leben.«
Simone überhört diese eigentümliche Formulierung. Das *Wir*. Aber sie weiß, was er gesagt hat, und er weiß es auch. Will er Simone heiraten? Natürlich will er das. Nur sie und keine andere. Und wenn es nach ihm geht, möglichst bald. Darum ist

es wichtig, daß ihr Deutschland gefällt. Er würde ihr zuliebe auch nach Amerika gehen. Aber besser ist es natürlich, sie bleibt hier bei ihm.

Clementine ist nicht die einzige Leidtragende in dieser Geschichte. Auch Jochens Mutter ist enttäuscht, den Sohn so wenig zu sehen. Sie hat sich so viel von dieser Zeit versprochen: Der Junge zu Hause und ihr Mann verreist. Jochen würde in seinem Zimmer arbeiten, aber oft würde er zu ihr kommen und bei ihr sitzen, und sie würden alle Mahlzeiten gemeinsam einnehmen. Aber Jochen ist kaum zu Hause. Er bleibt den ganzen Tag weg, er geht abends fort. Er kommt natürlich zu ihr, aber er ist irgendwie erfüllt von etwas Fremdem, das ihn verändert. Seine Arbeit kümmert ihn übrigens kaum mehr. Agnes ist ein geduldiger Mensch, mehr noch, ein duldsamer Mensch. Sie wundert sich und sagt weiter nichts. Zuerst hat sie gedacht, er brauche einfach viel frische Luft; sie versteht auch, daß es ihm Spaß macht, jetzt, wo er den Wagen zur Verfügung hat, öfter mal wegzufahren. Aber er geht nicht Tennis spielen wie früher oft, er geht nicht zum Schwimmen, und Clementine kann auch nicht der Grund sein, sie arbeitet schließlich tagsüber. Was treibt Jochen all die Zeit? Eines Tages, beim Frühstück – Jochen hat sich angewöhnt, bei ihr im Zimmer zu frühstücken, denn er hat ein schlechtes Gewissen, daß er sie so viel allein läßt – stellt sie eine schüchterne Frage.
»Du fährst schon wieder weg?«
»Ja. Ein kleiner Ausflug.«
»Du bist sehr viel in letzter Zeit unterwegs. Eigentlich den ganzen Tag. Und abends auch noch.«
Jochen hört den Vorwurf in ihrer Stimme.
»Ja. Das stimmt«, sagt er. Und als sie nichts darauf sagt, fügt er hinzu: »Bist du mir böse?«
»Nein. Warum sollte ich dir böse sein. Ich kann schon verstehen, daß es dir keinen Spaß macht, bei deiner kranken Mutter herumzusitzen.«
»Mama, bitte, sag doch so etwas nicht.«
Agnes lächelt entschuldigend. »Nein, ich meine das nicht so. Ich wundere mich nur, weil du doch gesagt hast, du hättest so viel Arbeit.«

»Habe ich auch. Ich werde schon wieder arbeiten. Aber es ist eben so. Momentan, meine ich.«
»Ja«, sagt Agnes.
Daß sie weiter keine Fragen stellt, ist eine starke Waffe. Es zwingt Jochen eine Art Erklärung ab.
»Da ist nämlich jemand«, sagt er.
»Jemand?«
»Ja.«
»Eine – eine Frau?«
Er nickt.
»Aber doch nicht Clementine?«
»Nein. Nicht Clementine.«
Er ist verlegen. Seine Mutter ist nicht die Frau, mit der man offen über so etwas reden könnte. Andererseits möchte er gern einmal über Simone sprechen. Aber wie soll man das formulieren? Agnes blickt ihn stumm und fragend an. Er räuspert sich, nimmt eine Zigarette, schenkt sich noch eine dritte Tasse Kaffee ein.
»Es ist ganz seltsam, weißt du – ich meine, mir ist da etwas ganz Seltsames passiert.«
»Etwas Seltsames?« fragt Agnes ängstlich.
»Na ja, ich bin ja nicht von gestern. Und ich hab' auch schon... ich meine, ich bin schließlich alt genug, um ein bißchen was zu wissen über Frauen und Liebe und so. Aber das stimmt alles nicht mehr.«
Nein, Agnes ist nicht die Frau, nun ein paar gezielte Fragen zu stellen, um Klarheit über dieses Seltsame zu bekommen, das ihrem Sohn da widerfahren ist. Sie ist eher noch verlegener als er. Und was weiß sie schließlich von Liebe? Absolut nichts. So sagt sie nur unbeholfen: »Aber du machst doch hoffentlich nichts Dummes.«
Jochen lacht. »Wenn Liebe etwas Dummes ist... Es ist nämlich Liebe, weißt du. Richtige wirkliche Liebe.«
Das hört sie nicht gern. Eifersucht ist die erste Empfindung, dann Sorge, Angst.
»Aber Jochen!«
»Ja. Ich kann auch nichts dafür. Hab auch nicht gedacht, daß mir so etwas passieren kann.«
»Wer ist sie denn?«

»Sie heißt Simone. Sie ist Amerikanerin.«
»Oh!« ruft Agnes und helles Entsetzen klingt aus diesem Oh! – Vor sich sieht sie eine mittelalterliche buntgeschminkte Amerikanerin, die ihren armen Jungen ins Unglück stürzen wird.
»Eine Amerikanerin? Aber Jochen! Wie kannst du denn so etwas tun? Und Clementine?«
»Ja, das ist eine verdammte Sache mit Tinchen. Ist mir schrecklich unangenehm.«
»Weiß sie es denn?«
»So ungefähr.«
»Ach«, macht Agnes bekümmert; die nette Clementine, die sie so gut leiden kann.
»Das darfst du doch nicht tun. Wie kannst du das Clementine antun? Und was willst du denn mit so einer Frau?«
»Was für eine Frau? Du kennst sie ja gar nicht. Sie ist zwanzig Jahre alt, und sie ist schön und klug, und sie ist anders als alle Mädchen, die ich kenne.«
»Das ist ja klar«, meint Agnes. »Wenn sie doch Amerikanerin ist.«
Jochen muß lachen. »Nicht deswegen. Ich habe schon einige Mädchen aus Amerika kennengelernt. Sie ist eben einfach anders. Außerdem war ihre Mutter Deutsche, falls dich das beruhigt.«
»Ist das denn ... ist das etwas Ernstes?«
»So ernst, wie es nur sein kann.«
Das ist eine schöne Bescherung. Agnes blickt kummervoll vor sich hin. Sie kennt das fremde Mädchen aus Amerika nicht, aber sie ist auf jeden Fall dagegen. Schon weil sie merkt, wie ernst es Jochen damit ist.
»Soll ich sie einmal mit herbringen? Möchtest du sie kennenlernen?« fragt Jochen nach einer Weile etwas zögernd.
»Nein«, erwidert Agnes ungewohnt schroff. Aber das tut ihr gleich darauf leid. »Ich bin doch krank. Sie würde sicher nicht gern herkommen.«
»Früher oder später wirst du sie kennenlernen. Und du wirst sie gern haben. Jeder muß sie gern haben, der sie sieht.«
»Willst du denn ...?«
»Ja. Ich will sie heiraten. Das heißt, wenn sie mich will.«

Natürlich will sie, denkt Agnes. Welches Mädchen auf der Welt und sei es noch so schön und klug, könnte ihren Jochen nicht wollen.
»Aber so weit sind wir noch nicht, daß wir davon sprechen«, sagt Jochen.
Das beruhigt Agnes. Vielleicht wird doch noch alles gut und diese Fremde verschwindet, wie sie gekommen ist. Jochen steht auf, beugt sich über seine Mutter und küßt sie auf die Wange. »Beunruhige dich nicht, Mama. Und hab' ein bißchen Geduld mit mir. Da ist noch eine andere Sache, die mich beschäftigt. Später werde ich dir einmal alles erzählen, vielleicht schon bald. Und dann wirst du Simone kennenlernen. Jetzt muß ich gehen.«
Ehe er geht, sprechen sie noch kurz über seinen Vater. Er läßt nichts hören. Seit vierzehn Tagen ist er fort, der Mai geht bald zu Ende. Außer einer Karte, die seine Ankunft in Irland meldete, hat man nichts von ihm gehört. Sie wissen auch nicht, wann er wiederkommt.
»Hoffentlich geht es ihm gut«, meint Jochen. »Seit ich ihn nach Zürich gebracht habe, mache ich mir Sorgen um seinen Gesundheitszustand.«
Er hat Agnes davon erzählt. Und Agnes war der Meinung, das müsse er sich eingebildet haben. Gustav Weege sei immer gesund gewesen, sei es auch jetzt noch. Nie habe ihm etwas gefehlt.
Aber Jochen weiß es besser. An jenem Tag war er nicht gesund. Er sieht das graue, eingefallene Gesicht seines Vaters noch vor sich. Vielleicht war es nur eine momentane Schwäche, und er erholt sich im Urlaub davon. Man wird ja sehen, wenn er wiederkommt.
Dann verläßt Jochen das Haus, begleitet von Taddeus, fährt den Wagen aus der Garage und steuert stadtwärts. Es ist warm, die Sonne scheint, und heute wird er mit Simone endlich einmal ins Quellgebiet der Dorn fahren. Das hat er sich lange vorgenommen. Sie wird malen, und er wird ihr dabei zusehen.
Er muß ein wenig lachen, als er an das Gespräch mit seiner Mutter denkt. Das hat ihr offensichtlich lange auf der Seele gelegen. Ist ja auch verständlich. Und wie es sie entsetzt hat,

daß er eine Amerikanerin liebt. Man kann ihr das alles nicht erklären. Aber sie wird sich schon daran gewöhnen. Wenn er erst mit Simone verheiratet ist... Darüber denkt er oft nach. Wie das sein wird, Simone als seine Frau. Sie haben eine Wohnung zusammen, später ein Haus. Denn natürlich muß etwas Großes aus ihm werden, er muß Karriere machen, eine Frau wie Simone braucht den passenden Rahmen. Sie soll stolz auf ihn sein. Und alles was er tut, wird er für sie tun. Dabei stimmt es, was er Agnes gesagt hat: Sie haben davon noch nie gesprochen, nicht richtig. Manchmal macht er eine Andeutung, die sie überhört. Es ist überhaupt noch nicht viel geschehen zwischen ihnen. Deutliches und Reales, wenn man es einmal so ausdrücken will. Geschehen ist natürlich viel und es geschieht täglich mehr. Aber noch nicht einmal geküßt hat er sie.
Kurz darauf sitzt sie bei ihm im Wagen. Sie trägt ein zitronengelbes Leinenkleid, das er nicht kennt.
»Neu?« fragt er.
Sie nickt. »Gestern gekauft.«
»Ihre Anwesenheit hebt den Umsatz der Dornburger Geschäfte gewaltig.«
Sie hat die Staffelei mitgebracht, wie er es gewünscht hat. Und zwei Skizzenbücher hält sie auf den Knien. Wie sie draußen in der romantischen Wildnis ankommen, wo die Dorn ihre Jugend verbringt, fährt er den Wagen in einen Waldweg und sagt: »Von hier aus laufen wir ein Stück. Nicht weit, ich kenne den kürzesten Weg. Ein hübscher Platz, Sie werden sehen, Simone.«
Ehe sie aussteigen, greift er nach den Skizzenbüchern.
»Darf ich mal anschauen?«
»Es ist nicht viel da«, meint Simone. »Ich bin hier bis jetzt nicht zum Zeichnen gekommen.«
Das eine Buch ist leer, in dem anderen ist eine Ansicht des Marktplatzes von Dornburg, dann der »Schwarze Bär«, dann der Blick aus ihrem Fenster mit der Burg im Hintergrund. Alles andere sind Gesichter. Mehrmals das gleiche Gesicht, ernst und schön, einmal mit geschlossenen Augen.
»Meine Mutter«, sagt Simone.
Das hat er sich gedacht. Das nächste Bild erschreckt ihn. Wieder

das Gesicht, wieder sind die Augen geschlossen und darum herum gezeichnet ist die Burg. Sie schließt das Gesicht gewissermaßen ein.
»Das sollten Sie nicht tun. So etwas sollen Sie nicht zeichnen, Simone. Es macht Sie nur traurig.«
»Ja.«
Er blickt sie an. Ihr Gesicht ist voller Gram, voller Leid. Er klappt das Buch zu.
»Kommen Sie, gehen wir in die Sonne.«
Taddeus läuft voraus, Simone trägt die Skizzenbücher und eine Decke, er trägt die Staffelei, den Kasten mit dem Malzeug und den Korb mit dem Picknick, den die Köchin ihm zurechtgemacht hat. Auf einem schmalen Pfad gehen sie durch den Wald und nach einer Weile hören sie schon das helle Rauschen des jungen Flusses.
»Oh!« sagt Simone überrascht, und als der Wald sich plötzlich auftut, stehen sie auf einem Hochufer, direkt vor ihnen stürzt die Dorn tosend und jubelnd eine Felswand hinab. Ein ganz bescheidener Wasserfall, knapp sechs Meter hoch, und nicht breit, aber es sieht hübsch aus; das Wasser schäumt silbern, sprüht im Sonnenschein, stürmt unten noch über ein paar Felsbrocken, wirbelt hier und da lustig und fließt dann eilig weiter, eine graziöse leichtfüßige Tänzerin, verschwindet im Dunkel des Waldes.
»Das ist hübsch«, ruft Simone, denn der Fluß macht immerhin soviel Lärm, daß man die Stimme erheben muß.
»Nicht gerade der Niagara«, ruft Jochen zurück, »aber für unsere bescheidenen Verhältnisse ganz nett, nicht?«
Sie gehen das Hochufer entlang, es steigt leicht an, dann stehen sie direkt neben dem Wasserfall, er sprüht ein wenig über sie hin. Und dann stehen sie oberhalb, blicken ihm von oben nach, hören ihm zu, bis Jochen leise an ihre Schulter tippt und mit dem Kopf den Weg weiterweist.
Sie gehen noch ein Stück, dann macht der Fluß eine Biegung, eine Weile geht es durch den Wald, und dann kommt der Platz, den Jochen ansteuern wollte.
Hier ist sie noch ein Kind, die Dorn, sprudelt über ein paar Steine, murmelt sonst friedlich durch das Gras. Der Wasserfall, an dem sie eben vorbeikamen, ist ihre erste und auch

einzige große Jugendtorheit, dann wird sie sehr bald ein braver stiller Fluß.

Hier ist sie etwa drei Meter breit, nicht tief, man kann, wenn nicht gerade Hochwasser oder Schneeschmelze ist, durch sie hindurchwaten, sie spielt mit den Steinen, hopst vergnügt über ein paar größere Felsbrocken, sie ist rein und klar wie es der Unschuld ihrer Kindheit zukommt. Zu beiden Seiten ihres plätschernden Laufs ist grünes Gras, auf der einen Seite ist der Boden eben, auf der anderen leicht gewellt. Ein paar Gruppen von Bäumen sind da, Buchen mit glatten Stämmen und hellgrünem Laub, und das Ganze wird eingeschlossen vom Wald, der hier etwas zurückgewichen ist.

»Gefällt es Ihnen hier?« fragt Jochen.

»Ja, sehr. Bleiben wir hier?«

»Hier bleiben wir ein bißchen und sonnen uns.«

Er breitet die Decke sorgfältig auf dem Boden aus und legt ein Kissen sorgfältig auf einen Baumstumpf, vor dem er die Staffelei aufrichtet.

»Muß ich unbedingt malen?« fragt Simone lachend.

»Sie müssen gar nichts. Sie sollen tun, was Ihnen Spaß macht.«

Daraufhin setzt sich Simone auf das Kissen, zieht Schuhe und Strümpfe aus und läuft barfuß durch das Gras zum Flüßchen.

»Vorsicht«, ruft Jochen und geht ihr nach. »Das Wasser ist sehr kalt.«

Sie taucht erst den einen Fuß hinein, dann den anderen. Es ist wirklich kalt, sie steht eine Minute mit beiden Beinen im Wasser, das nur wenig über ihre Knöchel geht, springt dann heraus. »Puh! Sehr kalt!«

»Kneippen nennt man das«, sagt Jochen. »Ist sehr gesund.«

Er möchte es ihr nachtun. Aber dazu müßte er sich die Hose aufkrempeln und das geht natürlich nicht. Entzückt betrachtet er ihre Füße, sie sind schmal und schön geformt, jede Zehe liegt gerade und geschmeidig neben der anderen.

Als sie sich wieder auf den Baumstumpf setzt, kniet er vor ihr nieder, zieht ein weißes sauberes Taschentuch heraus und beginnt, ihr die Füße abzutrocknen, vorsichtig und liebevoll, jede Zehe für sich.

Simone ist es erst ein bißchen peinlich, sie sagt: »Aber das

trocknet doch von allein«, aber dann läßt sie ihn gewähren. Daß er das tut und wie er es tut! Er selbst kommt sich weder lächerlich dabei vor, noch stellt er sich ungeschickt an. Es ist ihm ganz selbstverständlich, ihr die Füße abzutrocknen. Hat er so etwas schon einmal getan? Nie. Aber in ihrer Gegenwart kommen ihm lauter solche Einfälle. Als beim besten Willen nichts mehr abzutrocknen ist, blickt er zu ihr auf, immer noch kniend, und Simone sieht ihn an, ihr schöner Mund ist weich und zärtlich und in ihren Augen steht nun auch die Liebe.
»Gut so?« fragt er.
»Sehr gut. Ich hätte Lust, gleich noch einmal ins Wasser zu gehen.«
»So oft Sie wollen. Ich bin bereit, Ihnen ein ganzes Leben lang die Füße zu trocknen.«
»Ein ganzes Leben lang«, sie lacht ein wenig beklommen, »wer könnte das versprechen?«
»Ich Ihnen. Und ich weiß, wovon ich rede.«
Er hält ihren rechten Fuß noch in der Hand, beugt sich herab, küßt ihn, dann den anderen. Dann legt er den Kopf auf ihre Knie.
Simone sitzt ganz still, doch hebt sie die Hand und legt sie auf seinen Kopf, streicht leicht über seinen Nacken, läßt die Hand dort liegen.
»Simone«, sagt Jochen, ohne sich zu rühren. »Simone, ich liebe dich. Ich liebe dich so sehr. Ich wünsche mir nichts mehr auf der Welt, als immer bei dir zu sein.«
Und dann schweigen sie beide für eine ganze Weile. Simone blickt über ihn hinweg, in das Wasser des jungen Flusses, hört ihn fröhlich murmeln, hört die Vögel singen und zwitschern, sonst ist es still, nichts rührt sich, nur Taddeus kommt einmal näher, umrundet die beiden mit erstaunter Miene und legt sich dann ins Gras, ein wenig verwundert, aber nicht beunruhigt. Da ist nichts, was die Harmonie des Frühlingstages stört, das spürt er sehr genau.
Und Simone denkt: Drei Wochen kenne ich ihn jetzt. Das ist überhaupt keine Zeit. Oder doch sehr viel Zeit? ... Da bin ich hierhergekommen, um Cornelias Mörder zu finden, und statt dessen finde ich die Liebe. Ob Cornelia das weiß? Und ob es ihr recht ist? Cornelia wußte, was Liebe ist. Die richtige, große

Liebe, für sie war sie Wirklichkeit geworden. Sie hat Simon verloren. Werde ich Jochen behalten? Eine plötzliche Angst legt sich auf ihr Herz, eine Bangnis, aber sie kann nicht wissen, daß auch dies zur Liebe gehört, denn man fürchtet nur um das, was man liebt. Ihre Finger schließen sich ein wenig fester um seinen Nacken, und Jochen hebt langsam den Kopf.
»Wirst du bei mir bleiben, Simone?«
Sie zieht ihre Hand zurück, ein wenig erschrocken vor der direkten Frage. Er legt beide Arme rechts und links von ihren Hüften auf den Baumstumpf und wiederholt: »Sag es! Wirst du bei mir bleiben?«
»Wir kennen uns ja erst so kurze Zeit«, versucht sie auszuweichen, aber es kommt ihr selbst töricht vor, ihm auf so konventionelle Art zu antworten, mit der Zeit hat es wirklich nichts zu tun, nicht bei ihnen, und so fügt sie rasch hinzu: »Ja. Ja, ich denke.«
Und dann zeigt sich, daß er Ähnliches gedacht hat wie sie auch. »Es war ja kein Zufall, daß wir uns getroffen haben. Du bist hierhergekommen mit einer ganz bestimmten Absicht, und noch ehe du da warst, sind wir uns schon begegnet. Im Zug schon. Denk mal darüber nach. So etwas ist kein Zufall. Und ich habe gleich gewußt, als ich dich sah ...«
»Was hast du gewußt? Du konntest ja nicht einmal wissen, daß ich nach Dornburg fuhr.«
»Ja, sicher. Aber ich habe gleich gewußt, daß du etwas ganz Besonderes bist und daß ich nie mehr solch ein Mädchen sehen werde wie dich. Nur ansehen wollte ich dich. Wäre ich sonst gleich gelaufen und hätte den Zuschlag für die 1. Klasse gelöst?«
»Was ist das?«
Er erzählt ihr, was auf dem Bahnhof in F. geschah, und als sie ungläubig lächelt: »Du kannst Erich fragen, meinen Freund. Der war dabei. Er hat dich auch gesehen. ›Was willst du denn von so einem kostbaren Mädchen‹, hat er gesagt. Er hat das auch gesehen, daß du kostbar bist. Aber er ist dort geblieben, der Dummkopf. Und ich bin mit dir gefahren.«
»Und was hättest du getan, wenn ich nicht in Dornburg ausgestiegen wäre?« – Sie sagt jetzt auch ›Du‹, ganz leicht geht es ihr über die Lippen.

»Ich weiß nicht. Vielleicht wäre ich weiter mitgefahren. Sicher wäre ich weitergefahren.«
Ja, was hätte er getan, wenn sie nicht in Dornburg ausgestiegen wäre? Müßig, darüber nachzudenken. Sie *ist* in Dornburg ausgestiegen. Es konnte gar nicht anders sein. Denn es war kein Zufall, es war ganz sicher und bestimmt kein Zufall, daß sie einander begegnet sind, davon ist er fest überzeugt. Sie war den weiten Weg gekommen von Kalifornien und er den kurzen Weg aus München, und in Dornburg trafen sie sich; zwei Wege, die aufeinander zugeführt hatten, von allem Anfang an und mit zielstrebiger Sicherheit. Seltsam ist es wirklich, denkt er. Erst kam ihre Mutter hierher und dann sie, und beide Male war es das Schicksal, das sie hierherführte. Und noch weiß er nicht – der gütige Gott dieses Frühlingstages bewahrt ihn vor der gräßlichen Erkenntnis, noch weiß er nicht, wie schicksalhaft auch sein Weg hierher war, wie schicksalhaft sein Zusammentreffen mit Simone und ihrem Erleben – er kann ja nicht wissen, daß auch sein Vater in dieses Bild gehört. Er ist dem Wissen so nahe und ist doch noch nicht einmal beim Ahnen angelangt.
Die Geschichte von der nachgelösten 1. Klasse gefällt Simone. »Es beweist«, sagt sie, »du bist ein Mann der Tat. Viele Leute denken nur immer, daß sie so etwas tun würden – aber du hast es getan. Ich bin nicht so. Ich denke auch immer nur, daß ich etwas tun will. Cornelia war auch so. Und mein Vater sicher auch. Er hat nicht gehandelt. Er hat gewartet bis es zu spät war.«
»Nun, dann komme ich ja gerade zurecht in dieser Familie«, meint Jochen. »Ich werde immer handeln, wenn gehandelt werden muß. Ich bin nur ein Plebejer. Ihr habt zuviel blaues Blut. Da schau her!« Er setzt sich ins Gras, nimmt ihren Fuß wieder in die Hand, »sieh dir das an, diese edle Form, schmal und zart, edle alte Rasse mit blauen Adern und seidener Haut, so bist du von Kopf bis Fuß. Es ist ja auch absolut nichts Amerikanisches an dir, auch wenn du in Amerika aufgewachsen bist. Du bist ein echtes Produkt aus Europas ältestem Erbe, da wo der Osten und der Westen zusammentreffen, da wo sie immer einander gehaßt und geliebt, sich getötet und sich wieder versöhnt haben. Du bist etwas ganz Seltenes und

etwas ganz Wunderbares. Du bist die Alte Welt und nicht die Neue Welt – alles andere als eine Amerikanerin. Meine Mutter kann ganz beruhigt sein.«
»Deine Mutter?«
»Ich habe ihr heute ein bißchen von dir erzählt. Weil sie sich wundert, wo ich mich herumtreibe. Und sie war entsetzt darüber, daß ich eine Amerikanerin liebe. Aber du bist gar keine.«
»Du hast ihr gesagt, daß du mich...«
»Daß ich dich liebe, ja. Das habe ich ihr gesagt.«
»Das gefiel ihr nicht?«
»Im Moment nicht sehr. Aber ich glaube, das geht allen Müttern so. Im übrigen ist sie ein Engel von Mensch, sie wird nie ein böses Wort zu dir sagen.«
»Aber es stimmt nicht, was du sagst. Ich bin eine Amerikanerin. In meinem Denken, in meinem Fühlen. Meiner ganzen Erziehung nach. Und ich liebe Amerika. Ich liebe es so, wie die Menschen dort sind und wie sie leben und denken und was sie tun. Es gefällt mir besser als das Leben in Europa.«
»Okay«, sagt diesmal er, »dagegen ist nichts einzuwenden. Ich kenne Amerika nicht, aber ich glaube, es würde mir auch gefallen. Alle Amerikaner, die ich bis jetzt kennengelernt habe, waren nette Menschen. Liebenswerte Menschen. Du sollst nichts verraten, was zu dir gehört. Nicht meinetwegen. Und ich will alles lieben, was du liebst. Außerdem macht es alles noch viel interessanter. Du bist ein ganz seltenes Sonderexemplar. Ein Nachkömmling bester europäischer Rasse und Tradition mit dem Denken und Fühlen, dem klaren Sinn, dem kühlen Realismus und der aufgeschlossenen Lebensfreude Amerikas. Wir werden wunderbare Kinder haben.«
Der letzte Satz entlockt Simone einen kleinen entsetzten Ausruf, dann muß sie lachen. Sie zieht ihren Fuß aus seiner Hand, springt auf und ruft: »Dein Tempo ist mehr als amerikanisch«, und dann läuft sie über die Wiese, barfuß, nur so zum Spaß und vielleicht auch, um das Gespräch zu beenden, das ihren Gleichmut immer mehr erschüttert.
Taddeus springt begeistert auf und tanzt bellend um sie herum. Und Jochen? Was kann er schon anderes tun? Er läuft ihr natürlich nach, und er fängt sie drüben, kurz vor dem Wald-

rand. Und er hat sie endlich im Arm, und er hält sie fest, sie wehrt sich ein bißchen, aber das ist wohl nicht ernst zu nehmen, und dann endlich – endlich! – küßt er sie. Was für ein Kuß! Ist er zu beschreiben? So wenig wie dieser lichte Maientag, wie das Grün der Buchen und das Blau des Himmels und das Silber des kindlichen Flusses. Er ist so vollkommen wie all dies. Im Einklang mit allem, was sie umgibt.
Und darum ist er Glück. Reinstes Glück. Viel Zeit bleibt ihnen nicht, um glücklich zu sein.

Später malt Simone wirklich ein bißchen. Jochen liegt dabei langausgestreckt im Gras und sieht ihr zu.
Sie sagt: »Da kann ich nicht arbeiten, wenn du mich beobachtest.«
»Daran mußt du dich gewöhnen«, antwortet er.
Schließlich malt sie ihn, es wird nur eine flüchtige Skizze, sie sind so miteinander beschäftigt, daß für nichts anderes Zeit bleibt. Sie packen den Korb aus, Jochen füttert sie mit Salami und hartgekochten Eiern, den Wein haben sie in der Dorn gekühlt, es schmeckt herrlich hier draußen, es ist ein Tag wie im Märchen, Mai und Liebe und sie beide, ein Tag, der nie enden sollte, der nie in die Wirklichkeit zurückführen dürfte.
Nachdem sie gegessen haben, liegen sie nebeneinander auf der Decke, Jochen hat den Arm um sie gelegt, und ihr Kopf liegt auf seiner Schulter, es ist die Haltung der Liebenden. Simone hat in aller Selbstverständlichkeit diesen ihr zukommenden Platz eingenommen. Sie braucht auch keine Angst vor Jochen zu haben, er bedrängt sie nicht, es genügt ihm, daß sie einfach bei ihm ist, daß er sie halten und küssen kann. Heute genügt es ihm noch, alles andere wird kommen eines Tages, sicher bald, und man darf es nicht verderben, man darf nicht mit gierigen Händen alles auf einmal an sich reißen. Keiner, der wirklich liebt, tut das; keiner, der wirklich liebt, will Hals über Kopf einen Weg entlangrennen, auf dem jeder Schritt Lust und Entzücken ist.
Denkt Jochen das bewußt? Nein, natürlich nicht. Er hat es bisher nicht gedacht, er denkt es auch jetzt nicht. Er ist schließlich kein Theoretiker. Aber er hat, was er selber noch nicht wußte und auch jetzt nicht bewußt weiß, die Fähigkeit, ein großer

Liebender zu sein. Übrigens weiß er auch, ohne daß darüber gesprochen wurde, daß noch kein Mann Simone berührt hat. Woher er es weiß? Das kann man nicht erklären, er weiß es eben.

Sein Mund liegt an ihrer Schläfe, er küßt ihr Haar, atmet sie ein, spürt sie bis in die Tiefe alles Lebens. Ein wenig schläft sie in der Mittagssonne in seinem Arm, und das rührt und beglückt ihn so, daß er weinen könnte. So wird sie immer in seinem Arm schlafen. Immer, solange ein Atemzug in ihm ist. Sie bleiben bis zum späten Nachmittag auf der Wiese am Fluß, der Tag bleibt so blau und sonnig, wie er begonnen hat, er geht vorbei wie ein Vogelflug, so rasch und leicht. Sie reden und sie schweigen, er küßt sie, sieht sie immer wieder an, und sie küßt ihn jetzt auch schon ganz geübt und ganz vertraut, und ehe sie gehen, stehen sie Hand in Hand bei der Dorn und versprechen ihr, bald wiederzukommen. Nach Dornburg zurückgekehrt, können sie sich noch nicht trennen; es wäre jetzt unerträglich, den Abend allein zu verbringen. Sie werden zusammen essen, sie sind hungrig und haben Durst auf einen guten Wein. Jochen wird nur den Wagen schnell nach Hause bringen und seiner Mutter guten Abend sagen. Währenddessen wird Simone sich umziehen und ein wenig zurechtmachen.

»Wozu denn?« sagt er. »Du kannst nicht schöner sein als du bist.«

»Ein bißchen nur, laß mich doch. Ich werde ein Kleid anziehen, das du noch nicht kennst.«

»Wie sieht es aus?«

»Du wirst es dann schon sehen.«

»Welche Farbe hat es?«

»Weiß«, sagt sie. »Weiße Seide. Und dazu gehört eine Kette aus Türkisen, die hat mir Cornelia geschenkt, zu meinem letzten Geburtstag.«

»Wann hast du Geburtstag? Das weiß ich ja noch gar nicht.«

»Heute vielleicht.«

»Wirklich heute?«

»Nein. Wirklich erst Ende Juli. Aber heute ist auch Geburtstag. Und darum ziehe ich das weiße Kleid an. Die Leute werden denken, ich bin verrückt.«

»Laß sie doch. Und ich ziehe einen dunklen Anzug an, ja? Mit einem Silberschlips. Wir feiern unseren Geburtstag. Heute haben wir alle beide Geburtstag.«
»Und wann ist dein wirklicher?«
»Mein wirklicher ist heute. Aber bisher hatte ich ihn immer am 30. September.«
»Und ich am 30. Juli. Das kann man gut behalten.«
»Behalten wir vor allem diesen Tag heute, unseren gemeinsamen Geburtstag. Wir werden ihn immer feiern. Du immer in einem weißen Kleid und mit der Türkiskette. Und ich im besten Anzug, den ich habe.«
Endlich entschließen sie sich, aus dem Auto zu steigen. Zunächst bringt er Simone zum Hotelportal, schließlich ist die Staffelei zu tragen und sonst noch einiges. Redend und lachend kommen sie im »Schwarzen Bären« an, redend und lachend betreten sie die Halle, beide gebräunt von Sonne und Luft, frisch und jung und so glücklich aussehend. Erst als Jochen Clementines blasses Gesicht hinter dem Empfangspult erblickt, erinnert er sich an sie. Er stockt mitten im Satz, schluckt einmal. Josef ist herbeigeeilt, übernimmt die Sachen, die zu tragen sind.
»Bis später also«, sagt Jochen zu Simone. Zu Clementine hat er nur hingegrüßt. Er kann jetzt nicht, er kann beim besten Willen nicht zu ihr hingehen und mit ihr sprechen, als sei es ein Tag wie jeder andere.
»In einer Stunde?«
Simone hat das alles bemerkt und verstanden. »Sagen wir in zwei Stunden.«
Dann wird Clementine wohl fort sein und wird sie nicht sehen in dem weißen Kleid. Langsam geht Simone zum Pult, Clementine hat den Zimmerschlüssel schon in der Hand, reicht ihn hinüber, ihr Gesicht ist wie aus Stein, ganz grau, und ihre Augen sind erloschen und tot. Simone sieht das alles, ihre Freude verfliegt. Sie hat das Gefühl, sie müßte etwas sagen zu dem Mädchen, dem sie den Mann weggenommen hat, aber was sagt man in so einem Fall? I'm sorry. Es tut mir leid. Don't worry, one day there will be another guy. Man kann es nicht ernst und man kann es nicht heiter sagen, man kann eigentlich gar nichts sagen.

Sie sind im Moment allein in der Halle. Josef ist schon die Treppe hinaufgegangen.

»Wollen Sie zu mir hinaufkommen? Wollen Sie mit mir reden?« fragt Simone spontan, ehe sie noch zu Ende überlegt hat.

»Nein«, erwidert Clementine kalt. »Wozu denn? Worüber noch reden?«

Ja, worüber noch reden? Da hat Clementine recht.

Jetzt sagt Simone doch: »Es tut mir leid.«

»Was?« fragt Clementine und ihre Stimme ist wie Eis. »Warum soll es Ihnen leid tun? Sie können ja nichts dafür. Es ist so, wie es ist. Ich habe keine Rechte auf Jochen. Und daß Sie gerade hierherkamen...« sie stockt und möchte sagen: Ist für mich ein Unglück. Aber das sagt man nicht. So zwingt sie sich ein Lächeln ab, ein armseliges, tapferes, kleines Lächeln und vollendet: »...das ist mein Pech. Vielleicht. So empfinde ich es jetzt. Aber da kann man nichts machen.«

Simone möchte noch vieles sagen. Sie müßte sagen: Ich bin glücklich heute. Es soll mir niemand böse sein heute. Auch Sie nicht. – Aber das kann man alles nicht aussprechen, nicht hier und heute, vielleicht gibt es später noch einmal eine Gelegenheit, mit Clementine zu reden.

Vielleicht ist es auch besser zu schweigen. So nimmt Simone ihren Schlüssel und geht hinauf.

Es ist ein Schatten auf den hellen Tag gefallen. Es geht offenbar nicht ohne das, you can't help it. – Sie wird baden und sich umziehen und sich schön machen. Aber sie wird erst hinuntergehen in dem weißen Kleid, wenn Clementine nach Hause gegangen ist.

Einige Tage später, an einem hellen, etwas windigen Tag im Juni betrat am Nachmittag kurz nach vier Uhr ein neuer Gast die Halle des »Schwarzen Bären«, kam lässig herangeschlendert, eine Hand in der Hosentasche, überflog mit einem Blick den Raum, faßte Clementine ins Auge und kam fröhlich grinsend auf sie zu.

»Hello«, sagte er, als er vor ihr stand.

Auch ohne diese Begrüßung hätte Clementine gewußt, daß sie einen Amerikaner vor sich hatte. Wer sonst kam schon so unbekümmert auf einen zu, wo sonst hatten die Männer ein so jungenhaftes Lächeln, das sie gleichzeitig so liebenswert machte? Das Alter des neuen Gastes war schwer zu bestimmen, er war noch jung, aber vielleicht nicht ganz so jung, wie er wirkte. Er war braungebrannt, hatte sehr helle graue Augen, kurzgeschnittenes braunes Haar, er wirkte so, als schiene die Sonne nur für ihn persönlich, und gleichzeitig sah er intelligent aus.

»Guten Tag!« sagte Clementine und lächelte unwillkürlich. Lächeln hatte sie in letzter Zeit ganz verlernt, aber diesen fröhlichen Augen gegenüber konnte man gar nichts anderes tun.

»I wonder«, begann der junge Mann, »if I could sleep tonight in this pretty old house of yours. Don't say, you won't have me.«

Clementines Lächeln vertiefte sich. »No, I won't say so. We will be glad, when you stay.« Sie war selbst stolz, wie leicht ihr das über die Lippen gegangen war.

»Fine«, sagte der junge Mann, stützte beide Arme auf das Pult und strahlte sie so unverhohlen an, daß Clementine ein wenig errötete.

»Very pretty«, sagte er dicht vor ihrem Gesicht. »And this time I don't mean the house.«

Die zur Verfügung stehenden Zimmer erst einmal zu besichtigen lehnte der neue Gast ab. Wenn das Zimmer nur ein Bad habe, sei er zufrieden. Die Anmeldeformalitäten waren rasch erledigt, der Gast trug sich als Roy Garrison ein und ließ alle anderen Rubriken großzügig frei, wogegen Clementine komischerweise nicht zu protestieren wagte. Josef war auf ihr Klingeln inzwischen herbeigeeilt, holte aus einem Jaguar, der vor der Tür stand, einen verhältnismäßig kleinen Koffer, und damit verschwand Mr. Garrison erst einmal nach oben.

Eine reichliche halbe Stunde später erschien er wieder. Statt dem gestreiften Hemd von zuvor trug er jetzt ein rosafarbenes, und sein kurzes Haar war feucht. Sonst war er unverändert. Wieder sein vergnügtes Grinsen und dann fragte er Clementine nach der Bar.

Eine Bar besaß der »Schwarze Bär« nicht. Herr Gruber hatte zwar manchmal schon an die Einrichtung eines Barraumes gedacht, aber eigentlich bestand dafür wenig Nachfrage. Die Gäste saßen in einem der Räume des Restaurants, wenn sie etwas trinken wollten. Und dann gab es hinten, direkt mit Ausblick auf den Garten, den sogenannten Salon, einen sehr hübschen, hellen Raum, mit Sesseln und Tischchen ausgestattet, in dem die Gäste sitzen und lesen konnten und natürlich auch etwas zu trinken bekamen, wenn sie das wünschten.

Sollte sie das einfach zur Bar ernennen? Etwas verwirrt, wies Clementine mit der Hand erst auf die Tür zum Restaurant und dann auf den Gang, der nach hinten führte.

»You can go there or there«, sagte sie, nun doch etwas in Verlegenheit um die passenden Vokabeln. »It's not a bar, but you can get, what you want. Everywhere.«

»Oh, that's fine. For the moment I want nothing but a drink.«

Und damit, die Hände in den Taschen, schlenderte Mr. Garrison auf das Restaurant zu.

Vor der Tür jedoch blieb er noch einmal stehen, drehte sich um und fragte, diesmal auf deutsch: »Wohnt Miss Marquand noch hier im Hotel?«

»Ja«, erwiderte Clementine, »sie wohnt noch hier.«

»Ist sie da?«

»Nein. Fräulein Marquand ist ausgegangen.«

»Wohin?« kam es blitzschnell.

Clementine, nun völlig perplex, erwiderte: »Das weiß ich nicht.«

»Wann kommt sie zurück?«

»Weiß ich auch nicht.«

»Doesn't matter. I'll see her later.«

Und damit verschwand Mr. Garrison.

Clementine fand das interessant, auch wenn ihr die direkte Fragerei etwas komisch vorkam. Dieser Mr. Garrison war anscheinend Fräulein Marquands wegen gekommen. Er schien ein Mann zu sein, der wußte, was er wollte. Und wenn man so geradeheraus fragte, wie er... hm, was bedeutete das? Eine winzige törichte Hoffnung: War er vielleicht ein Mann, der zu Silvia Marquand gehörte, ein Freund, ein Verlobter? Einer, der gekommen war, sie zu holen?

Clementine starrte ein Loch in die Luft. Nützte das etwas?

Kam er noch zurecht? Nein. Es nützte nichts mehr. Er kam zu spät.

Mr. Garrison überblickte das Restaurant, das zu dieser Nachmittagsstunde leer war bis auf zwei Männer, die in einer Ecke bei einem verfrühten Dämmerschoppen saßen, entschied sich für einen Tisch am Fenster, von wo er auf den Marktplatz hinausblicken konnte, und bestellte bei dem jungen Ober einen doppelten Whisky.

Very well. Tat gut hier zu sitzen und die Beine unter den Tisch zu stecken. Er war den ganzen Tag gefahren und was er hier eigentlich sollte, wußte er auch nicht. Muriel hatte ihn hergehetzt.

Muriel war seine Schwester. Vor fünf Tagen war er bei ihr in Lugano angekommen, mit der löblichen Absicht, endlich einmal Ferien zu machen. Er kam direkt aus Vietnam und hatte anstrengende Monate hinter sich. Roy Garrison – Reporter von Weltruf und immer vorndran, immer dort, wo etwas geschah und möglichst etwas Aufregendes. Er hatte sich vorgestellt, er könnte vierzehn Tage bei Muriel seine Ruhe haben, viel in der Sonne liegen, noch besser im Schatten, viel schlafen und nichts sehen und hören von dem, was in der Welt vorging.

Aber Muriel hatte ihn bald zur Verzweiflung gebracht mit ihren Erzählungen von dieser Simone. Geradezu hysterisch hatte sich Muriel aufgeführt. Sie würde selber fahren und sehen, was da los wäre. Vier Wochen wäre Simone nun dort in diesem komischen Nest, schreiben würde sie gar nicht mehr, zweimal hätte sie telefoniert in den letzten Tagen und nie wäre Simone zu erreichen gewesen. Ein Mann war auch im Spiel, diesen Eindruck hatte Muriel gewonnen. Wenn er nun der Mörder wäre?

Es hatte eine Weile gedauert, bis Roy einigermaßen über den Vorgang informiert war. Ganz klar war ihm die Sache trotzdem nicht geworden. Muriels Freundin suchte also offenbar auf eigene Faust den Mörder ihrer Mutter. Falls es einen Mörder gab. Und im Verlauf dieser Aktion hatte sie sich verliebt. Und schwieg sich aus.

Roy hatte diese Simone irgendwann einmal gesehen. Er erinnerte sich flüchtig an ein langbeiniges, schwarzhaariges Mäd-

chen, das er einmal zu Hause bei seinen Eltern getroffen hatte, als er zwischen zwei Flügen zu einem kurzen Besuch vorbeigekommen war. Jedenfalls behauptete Muriel, daß er sich daran erinnern müsse.
»Und warum muß sie unbedingt Detektiv spielen?«
»Verstehst du das denn nicht, Roy? Es läßt ihr keine Ruhe. Schließlich war es ihre Mutter.«
»Okay, ihre Mutter! Aber warum denkt sie, daß sie etwas herausfindet, was der Polizei entgangen ist?«
»Sie versucht es eben. Und stell dir vor, wenn dieser Mann, der sich da an sie herangemacht hat, der Mörder ist. Er wird sie auch umbringen. Sie läßt nichts von sich hören. Ihre Tante hat schon dreimal aus Brüssel angerufen. Ich weiß überhaupt nicht mehr, was ich sagen soll. Einmal habe ich gesagt, sie sei gerade in der Stadt. Dann habe ich gesagt, sie ist im Kino. Dann: Sie ist mit Robert nach Locarno gefahren. Was soll ich das nächste Mal sagen?«
»Sie ist mit Robert durchgebrannt und macht eine Expedition in die Antarktis, so etwas kann lange dauern.«
Muriel fand das alles nicht so komisch. Sie war ein wenig hysterisch, konstatierte ihr Bruder, daran war wohl ihr Zustand schuld. Und Phantasie hatte sie immer viel besessen. Leider war Robert, sein Schwager, nicht da, er befand sich in Rom, wo man einen Film beginnen wollte, für den er das Drehbuch zum drittenmal umschreiben mußte.
Nach vier Tagen hatte Muriel ihren Bruder so weit, daß er sich bereit erklärte, nach Deutschland zu fahren und die Detektivin aufzuspüren, einzufangen und sofort mitzubringen. Er bekam Roberts Wagen, einen schwesterlichen Kuß auf die Wange und hier war er nun. Das hatte er davon. Man sollte sich nie mit Familie abgeben, immer wollten sie etwas. Das war eine alte Erfahrung. Wenn man Ferien machen wollte, machte man sie besser allein, im Notfall mit einer hübschen kleinen Freundin.
Er bestellte einen zweiten Whisky und harrte der Dinge, die da kommen sollten. Sie kamen nach dem dritten Whisky. Ein junger Mann und ein schwarzhaariges Mädchen schlenderten über den Marktplatz. Der Mann hatte das Mädchen verstohlen an der Hand gefaßt. Sie schienen nichts sonst zu sehen und

zu hören. Roys geschultem Reporterauge entging das nicht. Nach Muriels Beschreibung und dem Bild, das er gesehen hatte, mußte das Simone sein.

Direkt vor seinem Fenster blieben sie stehen, und er hatte Zeit genug, sie zu betrachten. – Sehr hübsch das Mädchen. Und der junge Mann gefiel ihm auch. Was das betraf, hatte Muriel offenbar richtig vermutet, hier war Liebe im Spiel. Und was ihn betraf, so konnte er hier nur stören.

Wie ein Mörder sah der junge Mann nicht aus. Jetzt küßte er sogar Simones Hand, good old Europe, und sah ihr dann lange in die Augen. Als sie die wenigen Schritte zum Hoteleingang ging, blickte er ihr nach, bis sie verschwunden war. Simone war also vorhanden und wohlauf. Und das beste wäre, gleich wieder abzureisen und sie in Ruhe zu lassen.

Trotzdem erhob sich Mr. Garrison, verließ das Restaurant und kam gerade noch zurecht, um Simone die Treppe hinaufsteigen zu sehen.

Er grinste zu Clementine hinüber, die ihn mit großen Augen ansah, und begab sich ebenfalls nach oben.

Clementine öffnete den Mund und schwieg. Was sollte sie auch sagen? Sie konnte Mr. Garrison nicht aufhalten, die Treppe hinaufzusteigen, schließlich wohnte er im Haus. Hätte sie zu Fräulein Marquand etwas sagen sollen? Dazu hatte sie keinen Auftrag. Herr Gruber, den sie hätte fragen können, war nicht da. Schließlich, was geht es mich an, dachte Clementine.

Roy sah gerade noch, wie Simone in ihrem Zimmer verschwand. Es lag dem seinen schräg gegenüber.

Er zögerte einen Moment, ging dann in sein Zimmer. Telefonieren. Am besten telefonieren und sich anmelden. Aber dann entschloß er sich anders. Er wollte Simone überraschen.

Er wartete eine Weile, ging dann hinüber und klopfte an Simones Tür.

Das erste Klopfen überhörte Simone, sie ließ gerade ihr Bad einlaufen. Beim zweitenmal rief sie: »Ja!« Es würde das Zimmermädchen sein. Als sie aus dem Bad herausblickte, stand ein Mann in ihrem Zimmer und rief vergnügt: »Hello, Simone!«

Sie griff nach dem Morgenrock, der an der Badezimmertür hing, streifte ihn über und kam ins Zimmer. Sie erkannte

Roy sofort. Muriel besaß eine Menge Bilder ihres Bruders. Und in der Zeitung sah man ebenfalls häufig sein Bild.
»Why, that's Roy!« sagte sie überrascht.

Eine halbe Stunde später rief Simone bei Jochen an. Das hatte sie noch nie getan, und im Grunde war es ja das einfachste der Welt, jemanden anzurufen. Aber allein schon Clementine bitten zu müssen, die Verbindung herzustellen, machte sie befangen. Jochen war gleich am Apparat. Sie hatten vorgehabt, sich an diesem Abend in einer kleinen Weinstube zu treffen. Jetzt bat sie ihn, doch lieber ins Hotel zu kommen. Sie habe Besuch bekommen.
Als Jochen kam, fand er sie mit einem anderen Mann in ihrer Nische im Wappenzimmer sitzen. Seine erste Empfindung war wilde Eifersucht, etwas ganz Neues für ihn. Wer war dieser Mann? Wie konnte er es wagen, dort bei ihr zu sitzen? – Er war die erste halbe Stunde sehr verschlossen, auch noch, nachdem er begriffen hatte, wer der Fremde war und warum er gekommen war. Doch Roys selbstverständlichem, lässigem Charme widerstand auch er nicht lange. Roy war offen und natürlich, ließ merken, daß ihm Jochen gefiel, und vor allem – er respektierte ihr Verhältnis.
»Dann hat Muriel also doch recht gehabt«, sagte er.
»Ja«, sagte Simone und lächelte. »Muriel hat recht gehabt. Du kannst ihr sagen, daß ich ... daß Jochen und ich« – sie wußte nicht weiter, blickte von einem zum anderen und Jochen vollendete für sie: »... daß wir heiraten werden.«
Er legte seine Hand auf Simones Hand und war ganz Würde und Entschlossenheit. Roy grinste. »Eine Niederlage nach der anderen für die boys zu Hause. Muriel sucht sich einen Mann aus Europa und du jetzt auch. What's wrong with us?« Es wurde ein netter Abend, sie redeten von allem möglichen, bekehrten Roy zum badischen Wein, dazwischen riefen sie Muriel an, und verließen als letzte Gäste das Restaurant, nachdem sie noch mit Herrn Klose und Herrn Quade ein letztes Viertel getrunken hatten.
Er fände es großartig in Dornburg, war das letzte, was Mr. Garrison verlauten ließ, ehe er sein Zimmer aufsuchte. Really swell. Kein Wunder, daß Simone hier steckengeblieben war.

Am nächsten Tag, so hatten sie verabredet, wollten sie alle drei zur Burg hinaufsteigen. Roy wünschte, die Burg zu sehen. Jochen hatte etwas zögernd, mit einem Blick auf Simone, zugestimmt. Seit jenem Tag, als sie sich da oben getroffen hatten, als er ihr nachgelaufen war, hatten sie den Weg zur Burg gemieden.

Es gibt manchmal seltsame Zufälle im Leben. All die Wochen hatten Simone und Jochen vergebens versucht, irgend etwas zu erfahren, was ihnen weiterhalf, irgendeine Spur zu entdecken, die einen neuen Weg weisen konnte. Nichts! Und nun, ganz plötzlich, in Gesellschaft von Muriels smartem Bruder fanden sie etwas.
Sie waren am nächsten Tag alle drei zur Burg hinaufgewandert, begleitet von Taddeus, sie hatten sich eine Weile im Burghof aufgehalten und dann hatte Simone den Wunsch, den Turm zu besteigen.
»Muß das sein?« fragte Roy unlustig und ließ den Blick an dem Gemäuer des Dornburg-Turmes emporschweifen.
»Scheint lausig hoch zu sein.«
»Die alten Ritter waren fleißige Leute«, meinte Jochen. »Wenn sie erst mal mit Bauen anfingen, hörten sie nicht so schnell wieder auf. Und je höher der Turm, desto weiter der Blick ins Land, das heißt also, desto eher erspähte man eine lukrative Beute.«
»Und die haben sie dann einfach abgefangen und massakriert und was davon brauchbar war, in ihr Portemonnaie gesteckt.«
»Genauso war es.«
»Und so entstand Europas ältester Adel. Eine feine Gesellschaft.«
»Ich glaube, da hat sich bis heute nicht viel geändert«, sagte Jochen, »höchstens die Methoden.«
Simone hatte inzwischen die windschiefe Tür geöffnet, die ins Turminnere führte. »Puh!« rief sie. »Dunkel.«
»Und muffig«, fügte Roy naserümpfend hinzu. »Und diese Treppe soll ich hinaufsteigen? Das kann nicht euer Ernst sein. Sieht aus, als würde sie gleich zusammenbrechen.«
»Dann bleibst du eben unten und ich gehe mit Jochen allein. Ich möchte mal sehen, wie es da oben aussieht.«

»Mir recht«, meinte Roy. »Ich werde mich auf die Burgmauer setzen und mich ausruhen, der Weg hier herauf war weit genug.«

»Taddeus wird Ihnen Gesellschaft leisten«, sagte Jochen. »Für ihn ist der Aufstieg auch zu anstrengend.«

Simone und Jochen kletterten also die steile, gewundene Treppe hinauf, Roy blickte ihnen nach, genau wie Taddeus.

»Na, old chap, ich glaube wir haben den besseren Teil erwählt«, sagte er zu dem Hund und zündete sich eine Zigarette an.

Taddeus war nicht ganz glücklich. Er saß am Fuß der Treppe, lauschte angestrengt nach oben und gab einen leisen klagenden Laut von sich.

»Sie werden schon wiederkommen. Da oben wird es kaum so bequem sein, daß sie dort übernachten.«

Roy ging in den Burghof hinaus, rauchte und fühlte sich ganz behaglich. Eine alte Burg! Was es alles gab in diesem Europa. Da kletterten die Leute nun darin herum, wozu eigentlich? Taddeus kam ihm nach, kehrte aber immer wieder zum Turm zurück. Es beunruhigte ihn, daß er die beiden anderen nicht mehr sah, daß sie da irgendwo im Dunkel verschwunden waren. Nach einer Weile erblickte Roy die beiden oben auf der Plattform, sie winkten zu ihm herunter. Er winkte zurück, und setzte sich dann bequem auf der Mauer zurecht. Taddeus fiel ihm ein – wo war der Hund? War er etwa doch die Treppe hinaufgelaufen?

Roy ging hinüber zum Turm und schaute hinein. Zunächst sah er den Hund nicht, aber er hörte ihn. In irgendeiner dunklen Ecke scharrte er, nieste dann, weil er Staub aufgewirbelt hatte.

»Du sollst den Turm nicht zum Einsturz bringen«, sagte Roy. »Sie werden auch so wieder herunterkommen.«

Taddeus kam zum Vorschein, er schien ein bißchen aufgeregt, und er hatte etwas in der Schnauze. Roy beugte sich überrascht vor.

Ein Schuh. Ein hochhackiger Damenschuh. Wie kam der hierher?

»Wo hast du denn das gefunden? Hier bei Ritter Kunibert? Kaum zu glauben, daß Kunigunde solche Schuhe getragen hat.«

Roy nahm den Schuh in die Hand, er war staubig, von Spinnweben überzogen. Und es war ein amerikanisches Fabrikat. Roy zog erstaunt die Brauen hoch.

Als Simone und Jochen wenig später von ihrer Turmbesteigung zurückkamen, erwartete Taddeus sie aufgeregt bellend am Fuß der Treppe. Roy erwartete sie im Burghof. In der Hand hielt er einen Schuh, den er schweigend Simone entgegenstreckte.

Simone sah den Schuh und erbleichte. Sie nahm den Schuh, drehte ihn um und um und sah dann Roy an.

»Cornelias Schuh«, sagte sie.

»Ich habe es mir fast gedacht.«

Verständnislos blickte Jochen von einem zum andern. »Wieso? Wo haben Sie den Schuh her?«

»Ihr Hund hat ihn gefunden. Im Turm.«

»Im Turm?«

»Ja. Unten in einer Ecke. Plötzlich kam er damit an.«

Sie gingen in den Turm, und Roy zeigte ihnen die Stelle, wo Taddeus den Staub aufgewirbelt hatte.

»Sie hatte nur einen Schuh an, als man sie fand«, sagte Simone.

»So einen wie diesen?«

»Ich nehme an.«

»Und wo hat man sie gefunden?«

»Nicht hier im Turm«, sagte Jochen. »Etwas unterhalb auf dem Berg. Abseits vom Weg. Ich kenne die Stelle. Ich habe sie mir zeigen lassen.«

»Sehr genau hat die Polizei offensichtlich nicht gesucht«, sagte Roy.

»Jedenfalls nicht hier. Man hat angenommen, daß sie... daß es irgendwo im Wald passiert ist.«

»Es ist hier passiert. Hier im Turm. Ihr Mörder hat sie hier erwartet. Und es muß einen Kampf gegeben haben, wenn sie den Schuh verloren hat.«

Simone schlug die Hände vors Gesicht, schluchzte auf und lief hinaus. Jochen lief ihr nach, und Roy folgte langsam. Eine Weile später saßen sie alle drei auf der Burgmauer und rauchten. Simone weinte nicht mehr, aber sie war sehr blaß und sah elend aus.

»Ich möchte jetzt einmal ganz sachlich und der Reihe nach

alles erzählt bekommen. Was geschehen ist. Was man weiß. Was man vermutet.«

Jochen blickte Simone an, sie schüttelte den Kopf.

»Dann werde ich es versuchen«, sagte Jochen. »Simone kann mich ja verbessern, wenn ich etwas falsch berichte.«

Er berichtete nichts Falsches. Er kannte die Geschichte mittlerweile gut genug, um sie übersichtlich und klar darzustellen.

»Geschehen ist es hier im Turm«, sagte Roy, als Jochen fertig war. »Dieser Mann ist hier mit ihr zusammengetroffen, ob von ihr nun beabsichtigt oder nicht. Er war also hier. Und vielleicht ist er noch hier. Ich kann nicht verstehen, warum man ihn nicht finden soll.«

»Und jetzt noch herauszufinden, was im Turm geschehen ist, wird wohl unmöglich sein«, sagte Jochen. »Ich werde Busse den Schuh bringen. Aber es wird kaum etwas nützen.«

»Und ich werde nach Berlin fliegen«, sagte Roy. »Nur in Berlin kann man erfahren, wieso sie hierherkam.«

»Von wem wollen Sie das erfahren? Der Mann, den sie dort traf, ist tot. Wie hieß er, Simone?«

»Thomasin. Michal Thomasin.«

»Simone!« sagte Roy. »Wer war Michal Thomasin?«

»Ein Freund meiner Mutter und meines Vaters. Ein Pole, der in Warschau lebte. Ein berühmter Maler, der an der Akademie unterrichtete und der Lehrer meines Vaters dort war. Außerdem war er ein alter Freund meiner Großmutter, Salomea von Eckersdorffs, Simons Mutter.«

Roy stöhnte.

»So schnell kann ich das alles nicht begreifen. Können wir denn nicht irgendwo hingehen, wo wir etwas zu trinken bekommen, und dann die ganze Story systematisch auseinandernehmen?«

Sie stiegen den Burgberg hinab. Den Schuh nahmen sie mit. Unten im Café, wo die Tennisplätze waren, setzten sie sich auf die Terrasse. Jochen erblickte sofort Paulette Fuhrmann, zu überhören war sie auch nicht. Er setzte sich hinter den Eckpfeiler der Terrasse, der mit einem großen Blumenkübel verziert war. So würde ihn Paulette hoffentlich nicht entdecken.

Simone berichtete abermals die Geschichte ihrer Eltern, soweit sie ihr bekannt war. Roy machte sich Notizen, vor allem die Namen schrieb er auf. Und wieder also, zum zweiten Male, stand der Name Karl Prpolski schwarz auf weiß auf einem Stück Papier.

Der Bierdeckel fiel Jochen ein. Wo war er eigentlich hingeraten? Wann hatte er ihn zuletzt in der Hand gehabt? Ach ja, auf der Fahrt nach Zürich. Als er mit seinem Vater darüber gesprochen hatte. Danach mußte er den Bierdeckel verloren haben.

»Und wie war das dann also nach dem Krieg in Berlin?« fragte Roy.

»Ich erinnere mich ein wenig an Herrn Thomasin«, sagte Simone. »Als wir nach Amerika gingen, war ich ja schon sechs Jahre alt. Er war für mich so eine Art Großvater. Manchmal war er komisch, zerstreut und abwesend. Das, was er erlebt hatte, war wohl nicht ohne Nachwirkung geblieben. Aber er war sehr lieb, er kümmerte sich um mich, ging mit mir spazieren. Paßte auf mich auf, wenn Cornelia nicht da war. Sie arbeitete ja nach dem Krieg. Irgendwo bei den Amerikanern. Das mußte sie, wir hatten kein Geld. Und bei den Amerikanern gab es zu essen. Dann war ich immer bei Thomasin. Meist hat er gemalt. Und ich habe eben auch gemalt. Auf diese Weise wurde ich zum Malen hingeführt. Er war eigentlich mein erster Lehrer.«

»Wieso war deine Mutter wieder mit Thomasin zusammengekommen?«

»Das weiß ich nicht. Als wir nach Berlin kamen, war ich ja noch ein Baby. Und Cornelias Mutter war auch dabei. Sie ist aber bald gestorben, noch ehe der Krieg zu Ende war. Ach ja, jetzt fällt es mir ein. Cornelia erzählte einmal, sie habe Thomasin auf irgend so einer Flüchtlingsstelle getroffen. Man mußte ja damals immer irgendwohin, um nach Karten oder Bezugsscheinen anzustehen. Wirklich, ich habe keine Ahnung, wie das war. Cornelia sprach sehr selten davon. Später eigentlich nie mehr. Aber Thomasin hatte ein Zimmer bekommen, weil er ja Verfolgter war. So nannte man das. Wir wohnten dann direkt neben ihm. Vielleicht hat er Cornelia geholfen, dort unterzukommen. Ich weiß es nicht.«

»Eigentlich müßte ihn Philip Grant doch auch kennen«, sagte Roy. »Denn sie kannten sich ja schon lange, deine Mutter und Philip, ehe sie heirateten.«

»Ja. Sie kannten sich seit 1947, glaube ich. Und heiraten konnten sie nicht gleich. Amerikaner durften keine deutschen Frauen heiraten. Erst als Philip wieder zu Hause war, konnte er dafür sorgen, daß Cornelia und ich nachkommen durften. Geheiratet haben sie erst in San Francisco.«

»Und in all den Jahren, die dann kamen, ist deine Mutter nie wieder nach Europa gefahren?«

»Nach Europa schon. Aber nicht nach Deutschland.«

»Und dann fuhr sie eines Tages doch und besuchte diesen Thomasin in Berlin. Er muß da schon sehr alt gewesen sein.«

»Sehr alt. Und er lag im Krankenhaus. Und da ist er dann auch gestorben, gerade, als Cornelia in Dornburg war.«

»Das ist Pech. Ich möchte wetten, daß er es war, der Cornelia nach Dornburg geschickt hat. Er hat gewußt, oder vermutet, daß dieser Pr... por... na, ist ja egal, jedenfalls hat er gewußt, daß er hier ist. Wieso hat er das gewußt? Oder geglaubt – sagen wir mal?«

Roy blickte sie fragend an. Simone und Jochen wußten es auch nicht.

»Seht ihr, das ist der springende Punkt. Diesen Thomasin müßte man lebendig haben. Warum hat die Polizei das nicht untersucht?«

»Aber sie haben es untersucht«, sagte Jochen. »Ich habe mit Busse darüber auch gesprochen. Er war selbst in Berlin. Thomasin war tot. Er hatte keine Freunde und Bekannten. Nur die Frau, bei der er wohnte. Und die wußte nichts. Es gab auch keine Briefe. Es gab überhaupt nichts.«

»Das glaube ich nicht«, sagte Roy. »Es muß etwas geben. Der Alte war schließlich kein Hellseher. Und wenn er diesen Propodings da irgendwo gesucht hat, muß darüber etwas vorliegen. Die Polizei hat das nicht gründlich genug untersucht. Mit irgendwem muß der Alte auch mal geredet haben. Alte Leute sind meist geschwätzig. Man muß alle Leute suchen, mit denen er Umgang gehabt haben könnte. Ich werde selbst nach Berlin fliegen.«

»Ach, Roy«, sagte Simone.

»Das dürfte zu spät sein«, meinte Jochen. »Es ist länger als ein halbes Jahr her.«

»Das ist nicht so lange. Man hat schon Verbrechen aufgeklärt, die zehn Jahre alt und älter waren. Haben wir nicht heute den Schuh gefunden? Schön, es war ein Zufall. Vielleicht kommt mir noch ein anderer Zufall zu Hilfe. Und ich habe dann eine tolle Story.«

Simone blickte ihn gequält an. Roy lächelte entschuldigend. »Don't care, dear, what I say«, murmelte er. »Sie sagen, Sie wollen zu diesem Polizeidirektor gehen? Busse heißt er? Da komme ich mit. Ich werde ihn auch noch mal genau befragen.«

»Wenn er sich von Ihnen befragen läßt«, sagte Jochen.

»Das werden wir dann schon sehen. Er wäre der erste, aus dem ich nicht heraushole, was ich haben will.«

»Aber dann wird sich wohl Simones Pseudonym nicht länger aufrechterhalten lassen. Erst komme ich und stelle Fragen. Dann kommen Sie und stellen Fragen. Beide kennen wir Simone. Das wird Busse wohl nicht verborgen bleiben.«

»Braucht es ja auch nicht. Warum soll er nicht wissen, wer Simone ist. Außerdem besteht für sie gar kein Grund mehr, noch länger hierzubleiben. Was stellst du dir vor, Simone? Daß dieser Karl Propotschki eines Tages anmarschiert kommt, einen artigen Diener macht und sagt: Sie suchen mich, Miss? Well, hier bin ich. Du packst deinen Koffer und fährst zu Muriel. Du kannst den Wagen nehmen. Ich fliege nach Berlin.«

Simone sah Jochen an. Jochens Gesicht sah nicht besonders glücklich aus.

Roy grinste. »Er kann ja mitfahren. Muriel platzt sowieso vor Neugierde. Sie wird entzückt sein, deinen Freund kennenzulernen. Ihr werdet viel Spaß dort haben. Sie wohnt wunderschön, direkt am See, mit Blick auf Berge und mit allem Zauber, den man sich denken kann. Sie hat einen großen Garten und einen süßen Pudel. Ihr Mann ist sowieso in Rom. Von dem Baby merkt man noch nicht viel, man kann sich mit ihr noch sehen lassen.«

»O Roy!« sagt Simone.

»Ist das keine gute Idee?« Er blickte Jochen jetzt ernst an.

»Für Simone ist es besser, wenn sie jetzt hier wegkommt. Was nützt es, wenn sie hier in der Gegend rumläuft. Und ihr zwei könnt auch dort Hand in Hand spazierengehen.«
Simone blickte hinab auf die Tennisplätze. Ein kleines Lächeln erschien auf ihren Lippen. Das klang gut. Wegfahren von hier und Jochen sollte mitkommen. Sie würden dort hinunterfahren ins Tessin, quer durch die Schweiz, sie würden bei Muriel wohnen, sie würden den ganzen Tag zusammen sein, sie könnten schwimmen im Luganer See, hübsche Ausflüge machen, sie könnten... sie sah Jochen fragend an.
»Ist es eine gute Idee?« fragte sie.
»Vielleicht«, sagte Jochen zögernd. »Eigentlich müßte ich ja arbeiten.«
»Viel gearbeitet haben Sie offenbar in der letzten Zeit sowieso nicht, soweit ich das begriffen habe«, sagte Roy, »und ob sie jetzt noch zwei Wochen dranhängen und blaumachen, darauf kommt es auch nicht mehr an.«
»Nein«, gab Jochen zu, »das stimmt.«
»Schön«, sagte Roy befriedigt, »das wäre dann geklärt. Morgen besuchen wir Herrn Busse. Übermorgen fahrt ihr mich zum nächsten Flugplatz und von dort fahrt ihr ins Ticino. Ich komme nach, sobald ich in Berlin etwas erreicht habe. Und ich werde etwas erreichen. Ihr werdet sehen. Also, darauf trinken wir jetzt noch einen.«
Er drehte sich nach dem Mädchen um, das sie bedient hatte. Jochen legte seine Hand auf die von Simone. Sie sahen sich an. »Sollen wir das wirklich tun?« fragte er.
Sie nickte. »Ja, laß uns wegfahren. Es war sehr schön hier mit dir. Aber woanders wird es noch schöner sein, wenn man nicht immer an all das denken muß, was hier geschehen ist. Und Muriel ist ein feiner Kerl. Sie wird dir gefallen. Und du ihr auch. Das weiß ich.«
»Jochen! Mensch! Jochen! Du bist hier?« – Im popokurzen Röckchen kam Paulette über die Terrasse gerannt. Jochen erhob sich langsam, zu Wort kam er zunächst nicht. »Hier sitzt du also, anstatt mit mir Tennis zu spielen. Eben habe ich Hupsi feste geschlagen. Du erinnerst dich doch noch an Hupsi? Da unten ist er. Er spielt nicht besonders. Keine große Kunst, ihn zu besiegen. Hast du gesehen, wie ich ihn fertiggemacht

habe? Wo bist du eigentlich immer? Nie bist du zu Hause. Ist das deine neue Freundin?«

Sie betrachtete Simone mit kühlen Blicken. Jochen mußte sie wohl oder übel bekanntmachen. Bei der Gelegenheit entdeckte er auch Rita Fuhrmann, die mit einer Dame einige Tische entfernt von ihnen saß. So vertieft waren sie in ihr Gespräch gewesen, daß er sie gar nicht bemerkt hatte. Darum also war Paulette auf die Terrasse gekommen und hatte ihn entdeckt.

»Mutti wundert sich auch, daß man von dir nichts mehr hört und sieht.«

Um sie loszuwerden, sagte Jochen: »Ich glaube, deine Mutter wartet auf dich. Ich ruf dich in den nächsten Tagen mal an.«

»Tu das! Aber vergiß es nicht wieder.«

»Ganz niedlich«, meinte Roy und blickte Paulettes Beinen nach.

»Ihre Mutter ist die Teilhaberin meines Vaters«, sagte Jochen, um eine Art Erklärung abzugeben. »Das heißt, genau genommen gehören ihr die Hauptanteile der Fabrik.«

Als sie wenig später gingen, blieb er kurz bei Rita stehen und begrüßte sie.

»Hört ihr eigentlich etwas von Gus, Jochen?« fragte Rita.

»Wann kommt er zurück? Er hüllt sich in Schweigen. Ich habe angerufen dort bei seinen Bekannten, da ist er nicht mehr. Er sei unterwegs, heißt es.«

»Wir hören auch nichts. Anscheinend ist er bloß mit Urlaub beschäftigt.«

»Er könnte ja wenigstens mal eine Karte schreiben. Und dir geht es gut, Jochen?«

»Ja, danke, sehr gut.«

Rita lächelte. »Hm. Ich verstehe. Ein sehr apartes Mädchen. Französin?«

»Nein. Amerikanerin.«

»Du machst Fortschritte.«

Paulette zog eine Grimasse. »Kann ich nicht finden.«

Jochen verabschiedete sich und folgte Simone und Roy, die langsam stadtwärts gingen. Unterwegs sprachen sie von der geplanten Reise. Es kam alles so plötzlich. Aber Roy blieb dabei, nicht noch mehr Zeit zu vertrödeln. Übermorgen würden sie fahren. Er nach Berlin, die andern ins Tessin.

Langsam erwärmte sich auch Jochen für den Plan. Müßte es nicht schön sein, mit Simone einfach loszufahren? Die Fahrt durch die Schweiz, sie konnten sich Zeit lassen, es war ja egal, wann sie in Lugano ankamen. Vielleicht konnte man einen Tag am Vierwaldstätter See bleiben. Simone und er, ganz allein, in einer fremden Umgebung. Und auch in Lugano würde er ununterbrochen mit ihr zusammen sein.

Bis er nach Hause kam, freute er sich auf die Reise. Freute sich unbändig. Blieb nur noch die schwierige Aufgabe, es seiner Mutter zu sagen. Sie würde enttäuscht sein, daß er fort fuhr.

Da er sich mit Simone und Roy erst für später verabredet hatte, aß er heute mit seiner Mutter zu Abend. Das war in der letzten Zeit selten vorgekommen. Agnes freute sich. Sie sah übrigens besser aus, seit einigen Tagen ging es ihr ganz gut.

Als er nach dem Essen von der Reise anfing, bemühte sie sich um Verständnis.

»Mit ... dieser Amerikanerin?«

»Ja. Ihre Freundin wohnt in Lugano, und wir wollen sie besuchen.«

»Das wird sicher sehr nett für dich.«

Jochen küßte Agnes auf die Wange. »Ja, Mama, das glaube ich auch. Und dann komme ich wieder und arbeite fleißig. Und wenn ich im Herbst weiß, was aus mir wird und wie es weitergeht...«

»Ja? Was dann?«

»Mama, ich möchte Simone bald heiraten.«

»Mein Gott, Jochen, du willst wirklich heiraten? Ich kann es mir gar nicht vorstellen. Dann werde ich dich also ganz verlieren.«

»Unsinn. Du hast doch nie erwartet, daß ich für immer in Dornburg bleibe, nicht?«

Hatte Agnes das erwartet? Im Grunde ihres Herzens doch. In diesem Punkt war sie ausnahmsweise mit ihrem Mann einer Meinung. Wenn Jochen in die Fabrik eingetreten wäre und Clementine geheiratet hätte oder schlimmstenfalls auch die kleine Fuhrmann, dann wäre er geblieben.

»Dann werde ich dich überhaupt nicht mehr sehen. Na, Gott sei Dank, ich lebe ja nicht mehr lange.« Das letzte kam im gewohnt resignierten Ton, den Jochen sein Leben lang kannte und haßte.

»Du siehst recht gut aus zur Zeit, Mama. Wie wär's, wenn du mal zu einer Kur wegführst?«

»Ich? Zu einer Kur? Das wäre sofort mein Tod.«

Nun, wenn sie nicht wollte, da konnte man nichts machen. Jochen blickte verstohlen auf die Uhr. Noch zu früh, um in den »Schwarzen Bären« zu gehen. Er hatte versprochen, gegen neun auf ein Viertel vorbeizukommen. Roy war ja sehr nett und würde Simone sicher Gesellschaft leisten. Aber jede Minute, die er selbst ihre Gesellschaft entbehren mußte, war verloren, unwiederbringlich. Daß man einen Menschen so brauchen, daß man so glücklich sein konnte, wenn man bei ihm war! Aber das konnte er seiner Mutter nicht erklären. Weil es überhaupt nicht zu erklären war.

»Gehst du noch mal fort?« Die Frage war zu erwarten.

»Vielleicht später«, sagte er.

»Wenn du verreisen willst, mußt du dich um deine Sachen kümmern. Sag Anni Bescheid, daß sie deine Hemden bereitlegt.«

»Ist ja alles da. Der Schrank ist voll mit frischen Hemden. Ich brauche bloß zu packen.«

»Fährst du mit Vaters Wagen?«

»Nein. Wir haben einen anderen Wagen.«

»Ist sie sehr reich, deine... Freundin?«

»Nein, ich glaube nicht. Ihr Vater ist Anwalt in San Francisco. Das heißt, es ist nur ihr Stiefvater. Ihr richtiger Vater ist tot. Er war Pole.«

»Pole?« fragte Agnes ungläubig. »Das ist aber eine komische Familie.«

»Warum?« fragte Jochen ein wenig scharf. »Hast du etwas gegen Polen?«

»Nein, ich nicht. Ich kenne keinen einzigen Polen. Aber dein Vater wird nicht entzückt davon sein.«

»Das ist mir ziemlich egal. Warum, was hat er denn gegen Polen?«

»Er haßt sie.«

»Er haßt sie? Was für ein Ausdruck, Mama. Warum sollte Vater die Polen hassen. Sie haben ihm doch nichts getan.«

»Ach, ich weiß es auch nicht. Das hängt wohl mit früher zusammen, mit dem Krieg. In der Nazizeit hat man die Polen eben gehaßt.«
»Das ist doch das Dümmste, was ich je gehört habe. Entschuldige, Mama, aber wirklich. Man hat die Polen gehaßt! Wo gibt's denn sowas. Wird auch nicht jeder getan haben. Die Nazis wollten, daß wir vieles hassen, so war es doch. Die Juden und die Polen und die Russen und überhaupt die Kommunisten und später die Engländer und die Amerikaner und was weiß ich noch alles. Sie haben ja überhaupt den Haß gesät. Und wir haben ihn ja schließlich auch geerntet. Aber nicht einmal in dem Maße, wie wir es verdient hätten. Und schließlich kauen wir da heute noch dran. Das sollte Vater auch wissen. Und ich kann mir auch nicht vorstellen, daß ausgerechnet er alles getan hat, was die Nazis wollten, schließlich war er ja gegen sie.«
»So? Glaubst du?« Agnes preßte die Lippen schmal zusammen, Gehässigkeit funkelte in ihren Augen, eine Seltenheit bei ihr.
Jochen betrachtete sie verwundert. »Ich dachte. Wäre er sonst in die Schweiz gegangen?«
»Da war er erst ganz am Ende. Und wie er da hingekommen ist, weiß ich auch nicht. Ich weiß nicht einmal, ob er wirklich dort war. Er behauptet es. Hat es früher mal behauptet. Aber er spricht nicht darüber. Er spricht über nichts.«
»Ja, das ist wahr.«
»Mit mir hat er jedenfalls nie gesprochen. Was weiß ich von ihm? Gar nichts.«
»Ich weiß auch nicht sehr viel von ihm«, sagte Jochen langsam. »Und früher habe ich mich immer geärgert, daß ich mit ihm nicht reden konnte wie andere Söhne mit ihren Vätern reden. Gerade über das, was früher war. Aber jetzt habe ich mich damit abgefunden. Vielleicht hat er Schweres erlebt.«
»Möglich«, sagte Agnes.
Sie schwiegen eine Weile, dann sagte Jochen: »Warum denkst du, daß Vater die Polen haßt?«
»Ach, ich weiß auch nicht. Er hat früher manchmal solche Bemerkungen gemacht. Ganz früher.«
»War eben vielleicht noch die Hetze der Nazis dran schuld.

Aber heute wird er anders denken. Es hat ja auch mit Simone nichts zu tun. Sie ist Amerikanerin.«
»Simone ist ein hübscher Name«, sagte Agnes, um ihm eine Freude zu machen.
Jochen lächelte sie dankbar an. »Ja. Du, Mama, am liebsten würde ich sie dir morgen noch vorstellen. Ehe wir wegfahren. Möchtest du sie nicht kennenlernen?«
Agnes lächelte auch. »Wenn du es gern willst.«
Jochen konnte nicht mehr stillsitzen. Er stand auf, ging im Zimmer hin und her. Ja, das war eine Idee. Er würde morgen nachmittag mit Simone hierherkommen. Sie würde seiner Mutter gefallen, daran war nicht zu zweifeln.
Er blickte wieder auf die Uhr. Erst acht. Er ging zum Fernseher und schaltete ihn ein. »Hören wir uns die Nachrichten an.«
Agnes war eine eifrige Fernseherin. Sie war ja abends meist allein, und schlafen konnte sie sowieso nicht. Das Fernsehen war für sie ein guter Freund.
Während der Tagesschau begann Jochen auf einer Zeitung, die vor ihm lag, herumzumalen. Er schrieb mehrmals den Namen Simone. Dann schrieb er: Simone Weege. So würde sie heißen. Ob er ihr gefallen würde?
Wie albern er sich benahm, er faltete die Zeitung zusammen, schaute eine Weile aufmerksam auf den Bildschirm. Der Wetterbericht kündigte ein Hoch an. Das war fein, sie würden schönes Wetter für die Reise haben. Und im Tessin schien sowieso die Sonne. Ob er sich noch eine neue Badehose kaufte? – Eine Show wurde angesagt. »Ach«, sagte Agnes enttäuscht, »daraus mache ich mir nichts. Das ist immer dasselbe. Aber ich glaube, um neun kommt ein Fernsehspiel.«
»Fein«, sagte Jochen, »bis dahin leiste ich dir noch Gesellschaft. Magst du etwas trinken? Ein Glas Wein?«
»Aber ich trinke doch nie.«
»Ein Glas Wein kann dir bestimmt nicht schaden. Oder wie wäre es mit einem Schluck Sekt? Das ist sogar sehr gesund für dich. Ich hole uns eine Flasche, ja? Ich freue mich so, wenn du morgen Simone kennenlernst. Darauf wollen wir trinken. Daß du sie leiden magst.«
Agnes sah ihm nach, als er hinauslief. Wie verändert er war, wie glücklich. Seine Augen leuchteten.

Sie seufzte. Wenn es also sein mußte. Eines Tages würde es sowieso kommen. Und wenn es ihn glücklich machte, dann konnte sie ja nur froh darüber sein. Sie lebte nicht mehr lange. Und mit seinem Vater verband Jochen nicht viel, das wußte sie. Wenn er dann wenigstens eine Frau hatte, mit der er glücklich war, mehr konnte sie ihm nicht wünschen.

Sie nahm die Zeitung in die Hand, in der er herumgekritzelt hatte. Simone Weege. Sie lachte leise und schüttelte den Kopf. Aber dann wurde ihr Gesicht starr, da stand noch etwas – weiter oben. Las sie richtig? Wo war ihre Brille? Sie hielt das Zeitungsblatt weit von sich, zog die Stehlampe etwas herunter. Las sie wirklich richtig? Was hatte der Junge da geschrieben?

Als Jochen mit dem Sekt kam, saß sie unbeweglich, betrachtete ihn aufmerksam, als er die Flasche öffnete und zwei Gläser füllte. Warum hatte Jochen ihr das nicht gesagt? Warum nie davon gesprochen? Seit wann wußte er es denn? Und warum, warum schwieg er darüber. Er war doch sonst nicht verschlossen.

Jochen reichte ihr ein Glas. »Prost, Mama. Auf deine Gesundheit.«

Agnes hob das Glas zum Mund, ihre Hand zitterte. Sie nippte an dem Sekt, sah ihren Sohn dabei an.

»Und gleich noch einmal«, sagte Jochen, »auf Simone. Daß sie ja sagt. Und daß sie bei mir bleibt. Und du sie gern haben wirst.«

Agnes trank, dann setzte sie das Glas langsam nieder, direkt neben die Zeitung.

»Jochen«, sagte sie, »warum hast du mir nicht gesagt, daß dein Vater dir alles erzählt hat?«

Jochen blickte sie überrascht an. Ihre Stimme klang merkwürdig. So ernst und bedeutungsvoll.

»Was hat er mir erzählt? Was alles?«

»Alles von früher. Gerade vorhin hast du noch gesagt, daß es dich ärgert, von ihm und seinem Leben nichts zu wissen.«

»Aber ja, das stimmt ja. Ich weiß ja nichts.«

»Aber wenn er dir *das* erzählt hat.«

»Was denn?«

»Von seinem Namen. Von seinem früheren Namen. Wann hat er dir das erzählt?«

»Von was für einem Namen?« fragte Jochen unsicher. Irgendwoher, er wußte nicht, woher es kam, kroch ein lähmendes Gefühl der Furcht auf ihn zu. So als käme etwas, dunkel und drohend, etwas Böses, etwas Gefährliches, dem er nicht ausweichen konnte.

»Was für einen Namen?« wiederholte er.

»Sein Name. Sein richtiger Name. Du hast ihn ja selbst eben hierhin geschrieben.« Agnes schob ihm das Zeitungsblatt hinüber, er nahm es vorsichtig in die Hand, blickte fragend darauf. Da stand: Simone. Und daneben: Simone Weege. Aber oben, auf den oberen Rand hatte er auch etwas geschrieben. Dreimal nebeneinander hatte er es geschrieben: Karl Prpolski, Karl Prpolski, Karl Prpolski.

»Das habe ich geschrieben?« fragte Jochen tonlos.

»Ja. Das hast du geschrieben. Gerade vorhin.«

»Ja«, wiederholte Jochen töricht. »Das habe ich geschrieben. Gerade vorhin.«

»Wann hat er es dir erzählt? Auf der Fahrt nach Zürich?«

Jochen sprang auf. Ihm war heiß. Es war ihm, als müsse er ersticken.

»Was soll er mir erzählt haben?« fragte er laut.

»Daß das sein richtiger Name ist. Daß er bis 1944 diesen Namen gehabt hat.«

»Vater?«

»Ja. Warum erstaunt dich das so? Du kannst es doch bloß von ihm wissen. Sonst weiß es doch niemand. Außer mir.«

»Mal langsam«, Jochen preßte die Hand auf die Stirn. — Da war es. Da war es, das Furchtbare, das Schreckliche. Das Dunkel. Die Gefahr.

»Mutter! Hier steht Karl Prpolski. Das habe ich geschrieben. Ja, so ganz in Gedanken habe ich das geschrieben. Und du sagst jetzt...« er verstummte. Agnes blickte ihn ängstlich an. Sie verstand seine Aufregung nicht.

»Du kannst es doch bloß von ihm haben, sonst weiß es doch keiner. Ich habe nie darüber gesprochen.«

Die Fahrt nach Zürich. Wie war das doch gleich? Er hatte von dem Mord geredet. Und er hatte den Namen genannt. Und den Bierdeckel in der Hand gehabt. Das war das letzte Mal, daß er den Bierdeckel gesehen hatte. Und sein Vater...? Gleich

danach hatte er den Anfall gehabt, so war es doch? Als er aus dem Auto stieg, schwankte er. Und hatte nichts mehr gesagt.
Karl Prpolski.
»Willst du sagen, ich heiße nicht Weege?«
»Doch, schon. Die Namensänderung war ganz legal. Das sagte dein Vater jedenfalls. Er hat sich umbenennen lassen. Weil er den polnischen Namen haßte. Weege ist der Mädchenname seiner Mutter. Das hat er damals gesagt, als wir heirateten. Ich kannte ihn ja vorher auch nur unter dem Namen Prpolski. Er sagte, er wolle diesen Namen nie wieder hören. Und ich habe ihn nie mehr genannt. Und jetzt hat er es dir erzählt?«
»Er hat es mir nicht erzählt.« Jochen stand auf und starrte in die Luft. Er konnte es noch nicht begreifen. Er weigerte sich, weiterzudenken. Er wollte weglaufen. Er durfte es nicht weiterdenken.
»Jochen! Was hast du? Warum machst du so ein komisches Gesicht. Wenn du es doch weißt, warum entsetzt es dich so?«
»Aber ich weiß es nicht«, schrie Jochen. »Ich weiß es nicht, Mutter.«
Taddeus, der in der Ecke gelegen hatte, sprang auf und lief herbei.
»Mein Gott!« sagte Jochen. »Das kann doch nicht wahr sein. Das darf doch nicht sein. Mutter!«
»Aber Junge«, sagte Agnes und griff an ihr Herz. Ihr Gesicht war weiß. »Ich begreife das nicht. Du hast es doch selbst hingeschrieben. Du kannst es doch bloß von ihm wissen.«
Jochen sank in einen Sessel, er vergrub den Kopf in den Händen. Nein. Nein.
Aber er sagte: »Mutter! Du mußt mir jetzt alles erzählen. Ganz genau. Alles, was du weißt.«

Herr Quade kam an ihren Tisch.
»Einen schönen Gruß von Herrn Weege. Er könne heute nicht mehr kommen, seiner Mutter geht es nicht gut.«
»Oh«, sagte Simone, »das tut mir leid. Ist er noch am Apparat?«

»Nein. Ich soll es nur ausrichten.«
Simone und Roy blieben auch nicht mehr lange sitzen an diesem Abend. Sie telefonierten später mit Muriel und kündigten ihren Besuch an. Und dann ging Simone zeitig ins Bett. Aber sie konnte nicht schlafen. Der Tag war aufregend gewesen. Wie Roy dastand, mit dem Schuh in der Hand, sie würde das Bild nie vergessen. Und immer wieder die quälende Frage: Was war dort im Turm geschehen? Was hatte man Cornelia angetan? Ob man das je vergessen konnte? Nein. Nie.
Auch über Jochen dachte sie nach. Seltsam, daß er nicht gekommen war, nicht wenigstens mit ihr gesprochen hatte. Warum ließ er sie nicht ans Telefon rufen? Er wußte doch, daß um diese Zeit Clementine nicht mehr da war.
Es war der erste Abend seit Wochen, den sie ohne ihn verbracht hatte.
Sie war nicht allein gewesen. Sie hatte Gesellschaft gehabt. Aber trotzdem war sie sich einsam vorgekommen.

Was für eine Nacht für Jochen Weege! Eine Nacht, in der er nicht schlafen geht, weil er sowieso nicht schlafen könnte. Übrigens war es keine Lüge, was Agnes betraf.
Das Gespräch mit ihrem Sohn, die Erkenntnis, daß er wußte und doch nicht wußte, was sie nicht verstehen konnte, und die Ahnung, etwas ging da vor sich, was Jochen maßlos verstörte, all das hatte Agnes aufgeregt. Sie bekam einen Anfall. Der Arzt mußte noch am Abend kommen. Nach einer Spritze war sie eingeschlafen.
Jochen steht neben ihrem Bett. Sein Gesicht ist wie aus Stein, seine Augen strahlen nicht mehr, sein Mund ist hart.
Mutter, was hast du mir angetan? Warum mußte er mein Vater werden? Gab es auf der ganzen Welt keinen anderen Mann für dich? – Mein Vater!
Mein Vater, der Mörder.
Jetzt wird vieles verständlich. Sein Schweigen über die Vergangenheit, seine Abwehr, wenn man einmal etwas wissen wollte. – Sein Leben war eine einzige Lüge. Das Leben, das er führte, begann im Jahre 1945. Was vorher war, mußte ausgelöscht sein. Darüber konnte er ja nicht sprechen. Daran konnte er wahrscheinlich nicht einmal denken.

Und dann war Cornelia gekommen und hatte die Vergangenheit mitgebracht. Wie hatte sie ihn aufgespürt? Und was hatte er empfunden, als er sie sah?
Nun, das wenigstens war vorstellbar. Es mußte furchtbar für ihn gewesen sein, sie zu sehen. –
Er hatte sie vernichtet, die einzige Zeugin, den einzigen Menschen auf der Welt, der ihn entlarven konnte.
Nein. Nicht der einzige. Ein böses Lächeln verzerrt Jochens Lippen. Er hätte Agnes auch töten müssen. Auch wenn sie nicht gewußt hat, was er getan hatte, so wußte sie doch, wer er gewesen war. Wie sehnsüchtig mag er in all den Jahren auf ihren Tod gewartet haben! Aber sie starb nicht. Sie war ausersehen vom Schicksal, gerade sie, daß die Schuld gesühnt wurde. Darum war sie nicht gestorben.
Er blickt in das bleiche, kleine Gesicht seiner Mutter. Sie sieht aus, als sei sie schon tot. Und jetzt wird sie auch bald sterben, er weiß das. Jetzt ist ihre Aufgabe erfüllt. Sie hat nicht gewußt, warum sie am Leben blieb. Ihr krankes, müdes Herz, ihre kleine zaghafte Seele, so ein Leben ohne Glanz und ohne Freude, so ein dummes armseliges vertanes Leben – aber daran ist Karl Prpolski schließlich gescheitert. An der einzigen guten Tat seines Lebens ist er gescheitert.
Hätte er sie doch sitzenlassen mit ihrem Kind, da in Potsdam. Hätte er doch niemals zurückgeblickt nach ihr und dem Kind, das sie geboren hatte. Ihm würde nichts geschehen, er wäre frei von der Vergangenheit. Wirklich frei?
Jochen löscht die Nachttischlampe und geht auf Zehenspitzen aus dem Zimmer.
Nein, er wäre nicht frei geworden. Und wenn er zehnmal, hundertmal selbst vergessen hätte, was er getan, was geschehen war, irgendwo war etwas, das vergaß nicht. Die alten Griechen nannten es die Nemesis. Das Alte Testament nannte es Aug' um Aug', Zahn um Zahn. Und das Neue Testament? Richtet nicht, auf daß ihr nicht gerichtet werdet?
Wo galt das? Wann galt das? Sein Blut komme über mich und meine Kinder. Hier steht er nun, und das Blut ist nicht getrocknet. Das Blut, an dem Simon Eckersdorff erstickte. Und das Blut, das aus Cornelias totem Herzen strömte. Es ist hier, es fließt, rot und lebendig.

Jochen spreizt die Hände, streckt sie von sich. Klebt es auch an seinen Händen? Das Blut, das sein Vater vergoß. Das Blut, das in Simone lebt.

Jochen sitzt in seinem Zimmer, den Kopf in die Fäuste gestützt, dann steht er auf, geht hin und her, er raucht, er trinkt, er holt sich Wein aus dem Keller, und als das nicht hilft, nimmt er Schnaps, aber wird nicht betrunken, er wird immer klarer, immer unbarmherziger; wäre sein Vater jetzt hier, er würde ihn erwürgen mit seinen eigenen Händen, damit seine Hände wieder rein würden.

Spät in der Nacht erst, sehr spät in dieser Nacht, denkt er darüber nach, was nun geschehen soll.

Er weiß es nicht. Er weiß nur eins, daß die Schuld nicht verborgen bleiben darf. Simone muß es wissen. Die ganze Welt muß es wissen. Er ist dann der Sohn eines Mörders.

Ich bin der Sohn eines Mörders.

Und ich liebe die Tochter der Gemordeten.

Simone! Hörst du mich! Nichts soll uns trennen. Nichts darf uns trennen. Es ist nicht meine Schuld. Ich habe keinen Teil daran. Ich habe meinen Vater nie geliebt. Er war mir immer fremd. Du und ich, wir sind andere Menschen. Wir sind neue Menschen. Wir haben unser eigenes Leben. Was die anderen getan haben, es soll uns nicht kümmern. Wir werden es vergessen. Wir müssen es vergessen!

Wir müssen es vergessen, wenn wir leben wollen. Wenn wir miteinander leben wollen.

Ich werde dieses Land verlassen. Ich komme mit dir nach Amerika. In deine schöne neue Welt. Ich will hier nicht bleiben, ich will hier nicht leben, ich will hier nicht arbeiten. Ich will auch keine Gerechtigkeit hier suchen. Ich fühle mich für ihr Recht nicht länger verantwortlich.

Sie haben sich mit Blut besudelt, mit Blut von Kopf bis Fuß. Und ich will von diesem Blut reinwerden. – Ich komme mit dir, Simone. Hörst du mich, Simone?! Mit dir, in deine neue Welt.

Da sitzt er im Sessel, er denkt, er redet, er stöhnt, er ist nun doch betrunken, aber sein Kopf ist klar, ein Gedanke folgt dem anderen, und da ist ein neues Gefühl in ihm, viele neue Gefühle: Haß, Angst, Verzweiflung.

Und Einsamkeit ist da. Auf einmal ist er einsam. Er weiß auch nicht warum. Um ihn wächst es wie eine Wand. Eine Mauer. Wie ein Turm, in dem er gefangen ist. Und in dem er allein ist und allein bleiben wird. Immer. Ein Leben lang. Nein. Nein. Es wird nicht so sein. Simone ist da. Simone bleibt bei ihm. Mit ihr zusammen wird es ein neues Leben sein. Eine neue Welt für sie beide.
Weil sie vergessen werden.

Karl Prpolski steht dicht am Rand des steil abfallenden Felsens. Unten tobt der Atlantik an die zerrissene Felswand, brüllt und bäumt sich auf, die Gischt springt wild an der Felswand hoch, zerstiebt, und die nächste Brandungswoge wiederholt das unermüdliche Spiel.
Über den Himmel jagen schwarze Wolken auf ihn zu, gleich werden sie über ihn hinwegziehen, wild und ungebärdig wie das Meer wird der Regen auf ihn herabstürzen, so wie es jeden Tag mehrmals geschieht, während draußen auf dem Meer schon wieder die Sonne hervorbricht.
Kurz nach dem Regen wird sie hier sein, wird das Naß auf Felsen und Gesträuch verdampfen lassen, doch ehe es wirklich trocken sein kann, kommt der nächste Regenschauer. Er kennt das nun schon. Hier ist die Welt wie am ersten Tag, sie ist noch nicht fertig, sie kennt noch kein Maß. Das Land ist den Launen, der Wildheit ungebändigter Elemente ausgeliefert. – Er steht und wartet, hält dem Sturm stand; und da ist der Regen schon, stürzt auf ihn nieder, er schmeckt nach Salz und Freiheit, ein Urgeschöpf, eins mit Himmel und Erde.
Als die Wolken über ihn hinweggezogen sind, lehnt sich Karl aufatmend an einen Felsbrocken. Jetzt strahlt die Sonne. Seine Kleider sind naß, er merkt es nicht. Er denkt, was er seit Tagen denkt: Ein Sprung hier hinab, und er ist wirklich frei. Vereint mit Meer und Erde, befreit von dem, was war, und von allem, was kommen könnte. Die einzige wirkliche Freiheit, die man finden kann in dieser Welt.
Aber er springt nicht. Er ist gestern nicht gesprungen. Er wird es morgen auch nicht tun. Es ist keine Lösung für ihn. Noch lebt viel Kraft in ihm und auch viel Widerstand. Es gibt noch einen anderen Weg.

Vor ihm liegt der Atlantik. Man muß sich nicht von ihm töten lassen, um frei zu werden. Er hat ein anderes Ufer, eine andere Küste. Zwanzig Jahre lang hat er den Weg über den Ozean nicht gesucht. Es war nicht notwendig. Aber jetzt sucht er diesen Weg.
Von Connemara ist er die Küste hinaufgefahren in das nordirische Bergland. Hier ist er meist allein mit der unberührten Natur und dem freien Meer, hier leben kaum Menschen, das Land ist leer, allein mit sich und dem Himmel, und die zerklüftete Küste kennt nur den Kampf mit dem Meer, sie weiß von Menschen nichts.
Bei seinen Gastgebern ist er nicht lange geblieben. Der Urlaub verlief ganz anders, als er es sich vorgestellt hatte. Kein geruhsames Leben in der milden Landschaft um Killarney, wo die Sonne scheint, wo es südlich warm ist, wo man in den Wäldern spazierengehen oder reiten, in den Seen und Flüssen fischen kann, umgeben von friedlichen und freundlichen Menschen.
Er war nach wenigen Tagen aufgebrochen. Er wolle sich die Insel ansehen, hatte er gesagt.
»Gut, gut, tun Sie das, lieber Weege«, meinte sein Gastgeber. »Es gibt viel zu sehen hier. Hier ist das Leben noch ursprünglich. Das letzte Stück freie, unberührte Natur, das es in Europa noch gibt. Sie werden überall freundlich aufgenommen werden. Die Iren sind gastfreundlich.«
Man hatte ihn mit Karten und Proviant versorgt, hatte ihm Orte und Gasthäuser genannt, wo er bleiben konnte.
»Aber bleiben Sie nicht zu lange. Kommen Sie rechtzeitig zurück, damit Sie sich noch ordentlich ausruhen können.«
Ohne Bedauern hatte er das hübsche alte Herrenhaus verlassen. Er konnte in seiner derzeitigen Verfassung einfach keine Menschen um sich ertragen. Er mußte allein sein.
Hatte er wirklich geglaubt, daß er davonkommen würde? Seit er Cornelia gesehen hatte, wußte er, daß es keinen Ausweg mehr gab. Die trügerische Ruhe der vergangenen Monate hatte ihn nicht getäuscht. Als er damals im Burghof stand und die tote Frau im Arm hielt, da war bereits alles zu Ende. Daß er nicht selbst die Polizei geholt, sondern sie von der Burg heruntergetragen und seitwärts im Wald niedergelegt hatte, das

war nur eine lächerliche Flucht gewesen. Er war allein mit ihr auf der Burg, ein Zufall, der ihm zu Hilfe kam. Gleich nachdem er den Weg am Burgberg verlassen hatte, durch die Büsche ging, hörte er Spaziergänger hinaufsteigen.
Wären sie ein wenig früher gekommen, hätten sie ihn getroffen. Hätten ihn gefunden mit der toten Frau. Aber es war keine Rettung gewesen, daß er sie verstecken konnte – nur eine Verzögerung.
So wie man die Tote fand, so würde man ihn finden. Im Grunde seines Herzens hatte er sich in den folgenden Wochen gewundert, daß keiner auf seine Spur stieß. Aber Gustav Weege war ein mächtiger Mann in Dornburg. Wer sollte gerade ihn mit der Toten in Verbindung bringen? Man suchte einen Mörder. Wer sollte denken, daß er der Mörder sei?
Aber er ist kein Mörder. Er hat Cornelia nicht ermordet. Und damals mit Simon – warum nannte sie es Mord?
Simon war ein Flüchtender, er war der Verfolger. Er hatte Simon auf der Flucht getötet.
Er haßte ihn, ja, das auch. Er hatte ihn mit eigenen Händen niedergeschlagen, er hatte auf ihn geschossen. – Wollte er ihn töten?
Es ist so schwer, sich darüber heute noch klar zu werden. Dazwischen liegt ein anderes Leben, das sachliche Leben eines fleißigen Geschäftsmannes, Existenzkampf, schließlich Erfolg und Reichtum. Auch das formt den Menschen. Es hat aus Karl Prpolski einen anderen Menschen gemacht. Eben Gustav Weege. Und es ist für Gustav Weege schwer, sich überhaupt noch an Karl Prpolski zu erinnern, jenen noch zu begreifen und dessen Gedanken wieder zu denken. Man kann das nicht. Karl Prpolski gibt es nicht mehr. Er war jung. Er war dumm. Er war ein anderer.
Der Mann, der heute lebt, könnte nicht mehr denken und handeln wie jener. Er kann nicht einmal mehr verstehen, warum jener so gedacht und gehandelt hat. Und der Mann, der heute lebt, eben dieser Gustav Weege, könnte keinen Mord begehen. Nicht einmal, um seine Haut zu retten. Das ist eine Tatsache, die keiner weiß außer ihm. Aber er weiß es ganz genau.
Als er Cornelia nachging auf den Burgberg, an jenem Tag im

Oktober, tat er es nicht, um sie zu töten. Er wollte mit ihr sprechen. Er sah sie vorübergehen vom Clubhaus des Tennisplatzes aus. Er war dort gewesen, um seine Sachen zu holen, die Tennissaison war zu Ende, und er hatte das an jenem Morgen getan, weil es ihn im Büro nicht litt, nachdem er am Abend vorher Cornelia im »Schwarzen Bären« gesehen hatte. Daß sie in Dornburg war und er nicht wußte warum, ließ ihm keine Ruhe. War sie seinetwegen gekommen? Woher wußte sie, daß er hier war?
Es hatte eine Zeit gegeben, da war er immer darauf gefaßt gewesen, jemanden zu treffen, der ihn kannte. Er fürchtete es nicht allzusehr. So schlimme Dinge hatte er nicht begangen im Krieg, daß man ihn belangen konnte. Die Sache mit Simon – in seinen Augen ein klarer Fall. Viele waren auf der Flucht getötet worden. Schließlich war Krieg. In den Jahren des Aufbaus war er wenig aus Dornburg hinausgekommen. Später vergaß er immer mehr, was früher gewesen war.
Niemand fragte nach Karl Prpolski. Und Gustav Weege war ein geachteter Mann. Andere, die Schlimmeres getan hatten als er, führten ein ganz normales Leben. Die Zeiten hatten sich geändert, das Leben ging weiter. Er dachte nicht mehr an früher. Und nun Cornelia! Was wollte sie? Was wollte sie von ihm? In der Nacht war er sich klargeworden, daß er mit ihr sprechen mußte. Er wollte wissen, warum sie da war.
Der Zufall kam ihm zu Hilfe. Er ging ihr nach auf den Burgberg. Er sah, wie sie den Turm betrat. Er hätte warten können, bis sie wieder herunterkam. Das wäre vernünftig gewesen. Warum er ihr nachging auf den Turm – er hätte es selbst nicht zu sagen gewußt.
Dann standen sie beide dort oben. »Du Mörder!« sagte sie. Es war ein kurzes und heftiges Gespräch. Er sagte ihr, wer er nun war, was er hier tat. Es interessierte sie nicht.
»Ich werde dich anzeigen. Du hast Simon ermordet, und du wirst es büßen.«
»Woher wußtest du, daß ich hier bin?«
»Das kann dir gleichgültig sein. Ich wußte es. Und ich wußte, daß ich dich eines Tages finden würde.«
»Es ist so lange vorbei, Cornelia. Und du kannst nichts beweisen. Ich werde es leugnen.«

»Du kannst es nicht leugnen.«
»Cornelia, wir leben ein anderes Leben. Du in Amerika. Ich hier. Ich habe eine Frau. Ich habe einen Sohn. Vergiß, was früher war.«
»Vergessen! Ich habe es nie vergessen. Du hast mir den Mann genommen, den ich liebte. Und das soll ich vergessen? Du hast ihn bestialisch ermordet. Ich soll das vergessen? Noch heute gehe ich zur Polizei.«
»Das wirst du nicht tun.«
»Das werde ich tun.«
Müßige Worte.
»Laß uns in Ruhe darüber sprechen. Wir wollen hinuntergehen. Über alles reden.«
»Wir haben nichts zu reden.«
»Ich werde es verhindern, daß du zur Polizei gehst.«
»Wie willst du das tun? Dann mußt du mich auch töten. Aber es wird dir nichts nützen.«
»Ich habe dich geliebt, Cornelia. Du warst die einzige Frau, die ich geliebt habe.«
»Und jetzt möchtest du mich umbringen. Ich sehe es dir an.«
»Nein, Cornelia. Niemals.«
Er war auf sie zugegangen, beschwörend, hatte die Hände nach ihr ausgestreckt.
»Rühr mich nicht an! Ich verabscheue dich. Ich verachte dich. Du Mörder! Du elender Mörder! Rühr mich nicht an.«
Sie stieß ihn fort. Sie wandte sich und lief die Treppe hinab. Viel zu schnell, viel zu achtlos. Sie trug hohe Absätze. Er hörte das Klappern ihrer Absätze auf den Stufen, als er ihr langsam folgte. Er hörte den Schrei, als sie stürzte.
Die Treppe war steil und schmal. Es war dunkel im Turm. Als er sie fand, war sie tot. Sie hatte das Genick gebrochen. Aber es war fast so, als hätte er sie selbst getötet. Er riß sie an sich, rief ihren Namen, beschwor sie, zu leben, ihm zu antworten. Aber sie lag tot und stumm in seinen Armen. Ihr Gesicht war blaß und immer noch schön, ihre Augen weit geöffnet. Wie lange saß er da auf der untersten Treppenstufe, die tote Frau im Arm? Waren es Stunden? Es kam ihm so vor.
Und irgendwann begann er zu überlegen. – Was sollte er tun? Natürlich das Einfachste – hinuntergehen, die Sache anzei-

gen. Er hätte einen Spaziergang zur Burg hinauf gemacht und die Tote gefunden.
Aber er wußte gleich, daß es so nicht ging. Sicher gab es Spuren im Turm, man würde herausfinden, daß er und sie oben waren. Das bedeutete noch nichts. Er konnte genau erzählen, wie es sich abgespielt hatte, niemand würde ihn deswegen verdächtigen.
Aber wußte man, wem Cornelia von ihrer Reise nach Dornburg erzählt hatte? Und vom Grund ihrer Reise? Wenn man suchte, wenn man forschte, dann würde man bald entdecken, was ihn mit ihr verband. Panik überkam ihn. Sie mußte verschwinden von hier. Keiner durfte sie im Turm finden. Und keiner durfte wissen, daß *er* hier gewesen war.
Er handelte töricht, aber er hatte Glück dabei. Keiner sah ihn, als er sie aus dem Burghof trug. Keiner sah ihn auf dem Weg abwärts. Keiner sah ihn, als er seinen Wagen vom Tennisplatz holte. Oder wenn man ihn sah, dachte sich keiner etwas dabei, später.
Und dann wartete er ab, was geschah. Ein paar Tage später fand man sie. Mord, stand in der Zeitung. Er hörte von den Ermittlungen. Er sprach sogar einige Male mit Busse darüber. Es war kaum zu glauben – kein Mensch schien zu wissen, was sie in Dornburg getan hatte. Kein Mensch fand eine Spur, die zu ihm führte. Es schien unfaßbar, aber es war so.
Der einzige, der wußte, wie alles gekommen war, war er selbst. Es war kein Mord. Sie war die Treppe hinuntergestürzt. Aber niemand dachte an den Turm.
Die Wochen und Monate gingen vorüber, und nichts geschah. Und niemals – niemals! – nannte einer den Namen Karl Prpolski. Bis sein Sohn ihn nannte. Bis Jochen ihn aussprach, ganz gelassen, auf der Fahrt nach Zürich. Im Zusammenhang mit dem Mord. Nun wußte er, daß man weitersuchte nach dem vermeintlichen Mörder. Und daß man Karl Prpolski suchte. Heute zu behaupten, er hätte sie nicht gesehen, er hätte sie nicht ermordet – das war lächerlich. Das würde ihm niemand glauben.
Jochen konnte den Namen nur von Busse haben. Also war Busse mit seinen Ermittlungen viel weiter gekommen, als er vermutet hatte. Busse war also nahe daran, das Geheimnis um

Cornelias Tod aufzuklären, er mußte nur noch wissen, wer Karl Prpolski war. Daß er es noch nicht wußte, war das einzige, was ihm in Zürich klargeworden war. Aber wie lange konnte es noch verborgen bleiben?
Noch in Zürich überlegte er, was er tun sollte. Zurück nach Dornburg? Niemals.
Er hatte nicht viel Geld bei sich, nur was er für die Reise benötigte. Auf einer Schweizer Bank besaß er ein kleines Konto. In den ersten Jahren seines Aufbaus hatte er wenig Geld. Dann hatte er später einmal dieses Konto angelegt. Aber als es ruhig blieb, als niemand etwas von ihm wollte, vergaß er es wieder. Er dachte nicht daran, daß er einmal Hals über Kopf Dornburg verlassen müßte.
Ehe er Zürich verließ, hob er den größten Teil des Geldes ab, wie gesagt, nicht viel, ein paar tausend Franken. Damit würde er nicht weit kommen. Und wohin er eigentlich sollte, wußte er nicht. Als ob nichts geschehen wäre, wickelte er seinen Reiseplan ab, erst Belgien, dann Irland. Aber die Unruhe wuchs mit jedem Tag. Er wußte nicht, was in Dornburg vor sich ging. Manchmal kam ihm alles lächerlich vor. Wenn sie bis heute nicht entdeckt hatten, wer Karl Prpolski war, warum sollten sie es jetzt noch herausfinden? Man suchte diesen Mann, na schön, dann suchte man ihn eben. Busse würde es nie herausbekommen. Der nicht.
Er konnte nach Dornburg zurückkehren, und das Leben ging weiter wie bisher. Karl Prpolski gab es nicht – hatte es vielleicht nie gegeben. Nur – wie waren sie eigentlich auf diesen Namen gekommen? Das mußte er wissen. Er konnte es nur von Jochen erfahren, der sich offenbar mit diesem Fall beschäftigte. Warum eigentlich?
So arbeiteten diese Gedanken in dem Mann, der durch die irischen Grafschaften fährt, in einem geliehenen Wagen, ganz allein, der nirgends länger als ein oder zwei Tage bleibt, der kaum mit anderen Menschen redet – er versteht die fremde Sprache nicht – man gibt ihm zu essen und zu trinken, wenn er danach verlangt, er bekommt ein Bett in Hotels oder einfachen Gasthäusern, er fährt einsam durch das Land, er starrt aufs Meer hinaus, er geht durch Wälder und über kahle Heideflächen – er ist mit sich selbst allein. Mit sich und seinem

Leben. Karl Prpolski und Gustav Weege werden wieder eins. Sie sind sich wieder begegnet und können sich nicht verständigen. Gehen oder bleiben? Zurückkehren oder fliehen? Was weiß man? Was weiß man nicht? Was wird man noch herausfinden?
Immer wieder dieselben Gedanken.
Wenn man geht, wohin geht man dann?
Nun, das weiß Gustav Weege, weil man es Karl Prpolski einmal nahegelegt hat. –
Jetzt ist auch der Mann wieder da, der ihm damals den Weg gezeigt hat. Reinhard Dahlen, das einzige Idol, das Karl Prpolski in seinem Leben besessen hat. Der Mann, den er bewundert und geliebt hat. Dahlen, der ewige Landsknecht; Dahlen, der Reiter und Frauenfreund; Dahlen, der alles konnte und alles besaß, wovon der Stallmeistersohn aus Ostpreußen nicht einmal geträumt hätte.
Karl lernte ihn kennen, nachdem er die Anfangszeit in der heimatlichen SS-Formation absolviert hatte und nach Berlin beordert worden war. Dahlen war sein Vorgesetzter, Karl wurde mit der Zeit sein Adjutant. Auch sein Freund? So konnte man es nicht nennen. Dahlens Freunde waren von anderer Art. Der Tölpel aus dem Osten war sein Bewunderer, sein Sklave, und erst im Krieg, als sie zusammen in Rußland waren, als die Lebensbedingungen sich gewandelt hatten, entstand so etwas wie Freundschaft zwischen ihnen.
Dahlen war wesentlich älter als Karl, im letzten Jahr des neunzehnten Jahrhunderts geboren, aus guter brandenburgischer Familie. Er hatte den ersten Weltkrieg als Leutnant beendet. Das heißt, für ihn war der Krieg nicht zu Ende. Er kämpfte in Oberschlesien und im Baltikum. Ein bürgerliches Leben war für ihn unvorstellbar. In den zwanziger Jahren, als er mit der Obrigkeit in Konflikt kam, ging er mit seinem Bruder, der drei Jahre älter und von der gleichen Art war, nach Südamerika. Nach einigen Jahren kam er wieder und fand ganz von selbst den Weg zu Hitlers Elitetruppe.
Nicht weil er ein begeisterter Nationalsozialist gewesen wäre – begeistern tat sich Reinhard Dahlen für nichts und niemand auf der Welt, höchstens für sich selbst. Aber es war ein Leben nach seinem Geschmack. Zum Herren geboren, das Befehlen

gewohnt, machte er rasch Karriere. Kein sturer ›Führer befiehl
– wir folgen‹-Mann, keineswegs. Eine sehr große, sehr schlanke, überaus elegante Erscheinung mit scharfgeschnittenem Gesicht, kalten spöttischen Augen, Genußsucht in den Mundwinkeln, ein blendender Reiter, ein tollkühner Rennfahrer und ein Liebling der Frauen. In Berlin rissen sich die schönsten und berühmtesten Frauen darum, eine Zeitlang von ihm geliebt zu werden.
Er sprach mehrere Sprachen, kannte fremde Länder. So ein Mann wie er war für die Nazis ein Gewinn. Ein erbarmungsloser Kämpfer, ein kaltblütiger Töter, wenn es sein mußte, und ein Kavalier und Diplomat auf dem Parkett der internationalen Gesellschaft. An der Front war er nur kurz. Seine weitere Tätigkeit im Krieg war für Karl Prpolski im Dunkel geblieben, aber es bestand für ihn kein Zweifel daran, daß Dahlen am Ende in der Abwehr gearbeitet hatte, meist im neutralen oder sogar feindlichen Ausland.
Aber damals, in den dreißiger Jahren, war der Umgang mit Dahlen für den jungen, schwerblütigen Prpolski eine Offenbarung. Und Dahlen machte sich einen Spaß daraus, aus dem Jüngeren ein brauchbares Werkzeug zu formen.
»Polski«, er nannte ihn immer nur so, fand, der Name sei zu scheußlich, um ihn voll auszusprechen, »Polski, Sie sind ein Trampeltier. Kommen Sie nicht ins Zimmer wie ein Elefant. Auch in Stiefeln kann man sich elegant bewegen. Gehen Sie nach Hause und ziehen Sie sich Zivil an. Ist der neue Anzug endlich fertig? Anständig geworden?«
»Ich glaube.«
»Schade, hätte ich mir erst ansehen müssen. Na, egal. Hier, nehmen Sie das Geld, kaufen Sie Blumen, elf rote Rosen, nein – nicht rote, gelbe. Elf gelbe Rosen von der besten Sorte, fahren Sie zu Brigitta. Küssen Sie ihr die Hand, ich lasse ihr mein Herz zu Füßen legen, aber ich hätte heute keine Zeit. Und dann gehen Sie zu Horcher mit ihr essen. Tisch ist bestellt. Essen Sie etwas Einfaches, womit Sie umgehen können. Brigitta bevorzugt französischen Champagner. Mit der Unterhaltung brauchen Sie sich weiter nicht anzustrengen, das besorgt sie schon. Seien Sie höflich und machen Sie ihr ein paar Komplimente. Aber schlafen Sie nicht mit ihr. Ich weiß nicht,

ob ich ganz fertig mit ihr bin. Vielleicht überlege ich es mir noch einmal. Wenn ich sie nicht mehr brauche, können Sie sie haben. Bringen Sie sie um elf nach Hause. Verstanden?«
»Aber...« begann Prpolski, »wenn ich... soll ich nicht lieber...?«
»Was denn noch?« fragte Dahlen gereizt. »Habe ich mich nicht klar genug ausgedrückt? Hauen Sie ab, Mensch.«
So etwas zum Beispiel kam vor. Das war eine neue Welt für Karl. Er lernte von Dahlen nicht nur, wie man mit Frauen umgeht und ein Auto steuert, auch wie man Austern und Hummern ißt und wie man Rheinwein von Mosel unterscheidet. Was man für Anzüge trägt, wie man Frauen die Hand küßt und sie niemals bloßstellt, auch wenn man keine Verwendung mehr für sie hat. Eine Art Mephisto war dieser Dahlen für ihn, nur daß Karl Prpolski kein Faust war und letzten Endes alles, was er von Dahlen lernte, nur Oberfläche blieb, sein Wesen nicht veränderte.
Das letzte Mal traf er Dahlen 1945 in Berlin, im Luftschutzkeller der Reichskanzlei. Es war im Winter, kurz nachdem er aus Ostpreußen gekommen war, das die Russen schon besetzt hatten. Und kurz ehe man ihn an die Westfront schickte. Es war die Zeit, als sein Antrag auf Namensänderung endlich genehmigt wurde. Er erzählte Dahlen gleich davon.
»Das ist gut«, sagte der. »Abgesehen davon, daß der Name unmöglich war, wird es Ihnen in Zukunft nützlich sein, einen anderen Namen zu führen. Sie können mir dankbar sein, Weege.« Denn die Idee mit der Namensänderung war natürlich von Dahlen gekommen.
Nach dem Alarm gingen sie zusammen weg und aßen in Dahlens Hotel.
»Ich reise morgen ab«, erzählte Dahlen, »und komme nicht wieder. Es wird Zeit, daß man sich absetzt.«
Weege fragte nicht, was er meinte. Zu jener Zeit machte auch er sich keine Illusionen mehr über den Ausgang des Krieges. Aber an Flucht hatte er bisher nicht gedacht.
»Mein Bruder war schlauer. Sie erinnern sich an meinen Bruder, Weege? Sie haben ihn damals während der Olympiade kennengelernt.«
Doch, er erinnerte sich an Dahlens Bruder. Die Brüder waren

einander nur zu ähnlich. Der gleiche, elegante Typ, das charmante Laissez-faire, die stählerne Härte hinter der Lebemannmaske wohl getarnt.

»Er ist in Argentinien geblieben, ich bin zurückgekommen. Na, egal, habe hier noch ein paar lustige Jahre gehabt. War doch manchmal ganz nett, was, Weege? Aber nun das dicke Ende, das schenke ich mir. Ich schippere jetzt mal ein bißchen über den großen Teich.«

»Wie wollen Sie hinauskommen?«

»Was für eine alberne Frage! Das wäre das erstemal, daß ich nicht dahin komme, wohin ich will. Sie sollten sich für alle Fälle die Adresse merken, Weege. Die Estanzia Ordano. Geht landeinwärts von Rosario aus. Argentinien, wie gesagt. Dort kann man leben wie ein Fürst, dort gibt es noch unverfälschte Feudalzeiten. Wissen Sie, wie groß das Ding ist? Fast so groß wie die Schweiz. Pampa, weite unendliche Pampa. Und nichts als Rindviecher. Die bringen das viele Geld. – Tausende und Tausende von Rindviechern.«

»Das gehört alles Ihrem Bruder?«

»Das gehört uns beiden, mein Lieber. Heute lebt mein Onkel noch. Angesehener Mann im Land. Und mein Bruder hat die einzige Tochter vom Nachbarn geheiratet. Was heißt – Nachbar, ist eine Tagesreise zu dem. Aber immerhin, er hat sie geheiratet. Wissen Sie, was das ist? Ein Imperium ist das. So eins hätte sich unser Adolf lieber zulegen sollen, das ist gesünder.«

»Dort wollen Sie hin?«

»Dort will ich hin, und dort finden Sie mich in Kürze. Sie sind herzlich eingeladen, Weege. Habe schon immer was für Sie übrig gehabt, weiß auch nicht, warum. Sie können ungeniert kommen. Auf so einer Estanzia ist man gastfreundlich. Da finden Sie alles, was Sie brauchen. Erstklassiges Essen, jede Menge zu' trinken, hübsche Mädchen, wunderbare Pferde. Das ist die richtige Erholung dort vom Krieg. Und kein Mensch fragt danach, was hier in Europa los war. Und schon gar nicht, was Sie hier gemacht haben. Mein Onkel ist ein angesehener Mann, mein Bruder auch. Und reich, mein Lieber, reich! Haben Sie sich's gemerkt? Estanzia Ordano. Und der Name ist immer noch Dahlen. Bleibt dabei. Carlos nennt sich mein Bru-

der jetzt. Und aus Ihnen machen wir dann Gustavo. Ist das nicht großartig?«
Daran denkt der einsame Mann auf den irischen Klippen jetzt. Ob die Einladung noch gilt? Zwanzig Jahre sind eine lange Zeit. Aber nicht für eine Estanzia in den Pampas, dort ändert sich die Welt nicht so leicht.
Damals hat er keinen Gebrauch von dem Ausweg gemacht. Statt dessen ist er hingegangen und hat das blasse Mädchen in Potsdam geheiratet, nur weil er den Jungen so gern hatte. Und heute ist der Junge hinter ihm her, sucht ihn, sucht den Karl Prpolski, den es nicht mehr gibt.
Er muß wissen, was zu Hause los ist. Es ist lächerlich, daß er sich von dem Gespräch im Auto so in Panik versetzen ließ. Möglicherweise suchen sie schon seit einem halben Jahr nach einem Karl Prpolski. Haben sie ihn bis jetzt nicht gefunden, werden sie ihn auch in Zukunft nicht finden. Er wird doch seine Arbeit nicht im Stich lassen, das Werk, das sein Werk ist, auch wenn es noch den Namen Fuhrmann trägt. Er hat aus der Fabrik das gemacht, was sie heute ist. Nicht irgendein kleines Fabrikchen mittlerer Güte irgendwo in der Provinz. Ein großes, international bekanntes Werk, eine Firma von Weltruf. Seine Arbeit, sein Fleiß, sein Verstand. Jawohl, sein Verstand. Der Stallmeisterjunge, der nichts von der feinen Lebensart wußte und Damen die Hand nicht küssen konnte. SS-Mann? Na gut, na schön, das war er mal. Sind andere auch gewesen. – Aber das, was nachher kam, das, was er geschaffen hat, das unterscheidet ihn von den anderen. Das hat Reinhard Dahlen nicht geschafft, der ist fortgelaufen, in die Pampa zu seinem Onkel. Nein. Er wird die Fabrik nicht verlassen, nicht alles, was heute sein Leben ausmacht. Wer soll denn weitermachen an seiner Stelle? Rita kann es nicht. Der alte Obermüller, der schon seit vierzig Jahren im Betrieb ist, den er von seinem Platz verdrängt hat und der ihn heute noch haßt? Oh, das weiß er genau. Und Obermüller läßt seinen Sohn in der Fabrik arbeiten. Sicher, warum nicht. Er hat ihn immer gefördert, den jungen Mann. Das wären dann seine Nachfolger – Rita bliebe ja gar nichts anderes übrig. Es sei denn, Paulette heiratet irgend so einen Schnösel, der sich auf den bequemen Sessel setzt und weiterregiert.

Nein. Er wird nach Hause fahren.

Er steht am Klippenrand hochaufgerichtet, ein Mann in seinen besten Jahren, gesund und voller Schaffenskraft. Ein Mann, der etwas geleistet hat und noch viel leisten kann. – Simon von Eckersdorff? Das war einmal, er hat es vergessen. Cornelia von Elten? Sie ist tot. Und er wird sie auch vergessen. Er kann vergessen. –

Am nächsten Tag, von einer kleinen Stadt aus, ruft er Rita an.

»Mein Gott, Gus, warum läßt du nichts hören, ich habe mir Sorgen um dich gemacht. Wo steckst du denn?«

»Ich bin durch das Land gestromert. Hat mir gutgetan. Gibt es etwas Neues bei euch?«

»Nicht, daß ich wüßte. Im Geschäft ist alles in Ordnung. Ich war gestern erst dort und habe mich zwei Stunden in dein Büro gesetzt. Mit den Lieferterminen kommen sie nicht ganz nach. Aber das ist ja nichts Neues.«

»Und sonst ist nichts passiert?« fragt er noch einmal.

»Durchaus nichts. Was soll denn passiert sein? Hier passiert doch nie etwas. Ausgenommen dein Sohn. Mit dem ist etwas passiert.«

Er hält den Atem an. Also doch! »Mit Jochen? Was ist mit ihm?«

Rita lacht. »Er ist verliebt bis über beide Ohren.«

»Verliebt?«

»Ja. Scheint eine ernste Angelegenheit zu sein. Viel weiß ich nicht. Nur so ein bißchen Klatsch. Auf jeden Fall bekommst du eine außerordentlich aparte Schwiegertochter.«

Jochen ist verliebt? Ernsthaft? Das sind gute Nachrichten. Zu anderer Zeit hätte ihn das beunruhigt. Aber jetzt kann es nichts Besseres geben, als daß Jochen mit anderem beschäftigt ist. Nicht mit der Suche nach Karl Prpolski.

»Du meinst doch nicht die Kleine, mit der bisher rumgelaufen ist?«

»Clementine? Ach wo. Ganz anderes Format. Eine Amerikanerin.«

»Amerikanerin?«

»Mhm. Bildhübsch, sehr rassig. Und offenbar auch nicht ganz unvermögend. Erst heute sah ich sie mit einem Jaguar neuester

Bauart. Die Familie lebt anscheinend in der Schweiz. Jochen will jedenfalls in den nächsten Tagen dorthin fahren. Das hat eure Köchin unserer Elli erzählt, sie haben sich heute beim Einkaufen getroffen. Du siehst, manchmal hat die Kleinstadt ihre Vorteile, man weiß wenigstens, was vorgeht in den besseren Familien.«

Ritas Lachen klingt wie Musik in seinen Ohren. Was sie ihm gesagt hat, belebt ihn. Jochen ist verliebt. Ernsthaft. Eine aparte und reiche Frau? Was will man mehr.

»So, so, das sind ja schöne Sachen. Kaum dreht man mal den Rücken.«

»Wann kommst du wieder?«

»Bald. Ich verabschiede mich nur von den Balkes, dann fahre ich direkt nach Shannon und fliege nach Hause. Holst du mich ab in Zürich? Ich telegrafiere dir.«

»Gern. Ciao, Gus. Viel Spaß noch.«

Karl Prpolski verschwindet wieder. Verschwindet von der Bildfläche, als habe es ihn nie gegeben.

Gustav Weege, voll neuer Tatkraft, wird nach Hause zurückkehren.

Simone ist enttäuscht, daß sie nicht zu Muriel fahren. Aber natürlich, wenn es Jochens Mutter schlechtgeht, kann er nicht fort, das sieht sie ein. Sie kann verstehen, daß man sich Sorgen um eine Mutter macht. Und sie erklärt sich damit sein verändertes Benehmen. Er ist nicht mehr der strahlend-glücklich Liebende, er ist nervös, sorgenvoll, und manchmal glaubt sie in seinem Blick Verzweiflung zu lesen.

»Du kannst allein fahren«, hat er gesagt. »Vielleicht kann ich später nachkommen.«

»Ich bleibe bei dir. Wir können fahren, wenn es deiner Mutter besser geht. Es wäre doch fein, wenn wir zusammen fahren, nicht?«

Das hat er auch gedacht, gestern noch. Aber jetzt ist alles anders geworden. Das, was er jetzt weiß, hat alles verändert. Er hat noch keinen Entschluß gefaßt, was er tun soll. Soll er es Simone sagen? Soll er hoffen und wünschen, daß es nie herauskommt? Fortgehen mit Simone und nie wiederkehren, das Geheimnis sein Leben lang bewahren und mit diesem

Geheimnis, das ihn ewig belasten wird, mit ihr zusammen leben? Kann er mit ihr leben, kann er sie lieben, kann er ihre Liebe beanspruchen, wenn er sie so belügt?

In seinem Innern ist ein einziges Chaos. Simone betrachtet ihn einige Mal forschend von der Seite, als sie gemeinsam mit Roy nach S. fahren. Was ist nur mit Jochen los? Sein Gesicht ist finster, seine Stirn gefurcht, er fährt viel zu schnell. Eine harte Linie liegt um seinen Mund, die sie nicht kennt.

Er muß seine Mutter sehr lieben, denkt sie, er hat Angst um sie.

Roy ist dabei geblieben, daß er nach Berlin fliegen wird. Jochen hat vergebens versucht, es ihm auszureden. Es sei unnütz, er vergeude nur seinen Urlaub und werde bestimmt nichts ermitteln. Die Polizei habe den Fall schließlich gründlich untersucht. – Er kann Roy nicht sagen: Laß es bleiben. Ich weiß alles. Ich weiß, wer der Mörder war. Er ist hier, mein Vater war es. Du wirst in Berlin nichts herausbringen, was ich dir nicht auch sagen könnte. Das kann er nicht sagen. Im Gegenteil, er muß fürchten, daß Roy in Berlin am Ende doch auf eine Spur stößt. Doch es ist kaum anzunehmen. Michal Thomasin ist seit acht Monaten tot. Ein einsamer alter Mann, der keine Freunde mehr hatte. Wer soll heute noch wissen, was er gedacht und getan hat? Roy dagegen ist zuversichtlich. Er verläßt sich auf seine Spürnase. Und natürlich will er sich die große Story nicht entgehen lassen. Schöne Blamage für die deutsche Polizei, wenn er etwas herausbringt, was die nicht herausgebracht haben. Der Nazihintergrund gibt der Story erst die richtige Würze.

Unbekümmert redet er während der Fahrt davon. Jochen starrt gequält auf die Fahrbahn. Wenn er bloß endlich den Mund hielte! Was wissen diese Amerikaner schon davon, wie es hier wirklich war, wie es immer noch ist!

Auf der Rückfahrt, er ist mit Simone allein, fährt er wieder wie ein Wahnsinniger, mit dem gleichen verbissenen Gesicht wie auf der Hinfahrt.

»Fahr doch nicht so schnell, Jochen«, sagt Simone. »Was hast du eigentlich? Sei doch nicht so unglücklich. Vielleicht geht es deiner Mutter schon besser.«

Jochen drosselt das Tempo, fährt an den Straßenrand und

hält. »Simone!« Er nimmt sie in die Arme, preßt sie verzweifelt an sich, hält sie fest, ganz fest. »Du liebst mich doch, nicht wahr? Du wirst doch bei mir bleiben? Immer. Versprich es mir. Ich brauche dich so, ich habe nur dich auf der Welt. Und ich will ohne dich nicht leben.«
So war er nie. Er ist ein andrer Mann, es ist eine andere Liebe. Er ängstigt Simone, so wie er jetzt ist. Und er tut ihr leid, sie weiß auch nicht, warum.
»Aber ich bin ja da. Und ich bleibe bei dir. Das weißt du doch.«
Er küßt sie heftig, geradezu wild. Er zerdrückt sie fast in seinen Armen, so preßt er sie an sich.
Abends kommt er auf eine Stunde in den »Schwarzen Bären«, sitzt mit ihr im Wappenzimmer, wie sonst auch. Aber er ist immer noch bedrückt, hat immer noch dieses finstere Gesicht. Er redet wenig, starrt vor sich hin.
»Wie geht es deiner Mutter?«
»Unverändert. Der Doktor hat eine Pflegerin geschickt. Sie war früher schon einige Male da, als es Mutter schlechtging. Sie ist sehr tüchtig. Sehr zuverlässig. Kümmert sich um alles.«
Er erzählt das fast unbeteiligt. Eine Zeitlang hält er Simones Hand, hält sie ganz fest, drückt einmal kurz sein Gesicht hinein. »Oh, Simone! Ich liebe dich so.«
Und dann schweigt er wieder. Als er geht, sagt er weder ein Wort zu Herrn Klose noch zu Herrn Quade. Er sieht sie gar nicht. Er geht hinaus in den lauen Juniabend, geht stur vor sich hin, ohne nach rechts und links zu blicken.
Was soll bloß werden? Angenommen, er führe morgen mit Simone doch ins Tessin. Angenommen, er nimmt alles mit, was ihm gehört, und kommt nie wieder. Was kümmert ihn noch die Doktorarbeit und was gehen ihn seine Berufspläne an. Das braucht er alles nicht mehr. – Er fährt ins Tessin, sie heiraten, und dann gehen sie hinüber nach Amerika. Er braucht nie zurückzukommen. Nie.
Als er nach Hause kommt, liegt ein Zettel für ihn da. Er möge Frau Fuhrmann anrufen.
Rita erzählt ihm, daß sein Vater angerufen hat und in den nächsten Tagen zurückkommt.
»So. Er kommt also zurück.«

»Klingt nicht gerade nach übermäßiger Freude, Jochen. Wie geht es deiner Mutter?«
»Danke. Wie immer.«
»Ich habe gehört, Frau Furtner ist bei euch. Sie ist ja sehr tüchtig, nicht?«
»Ja. Sehr tüchtig.«

Agnes stirbt in der Nacht, bevor Gustav Weege nach Hause kommt. Es geht genauso vor sich, wie man es erwarten konnte. Sie verlöscht wie ein kleines, armseliges Licht, die Pflegerin wird nicht einmal wach. Am Morgen ist sie tot.
Jochen denkt, als er es erfährt: Wie gut, daß sie tot ist. So braucht sie nicht mitzuerleben, was geschehen wird. Das bleibt ihr erspart.
Und er denkt: Wie seltsam! Sie hat gerade so lange gelebt, um es mir sagen zu können. Als wenn sie deswegen hätte noch am Leben bleiben müssen, damit die Wahrheit ans Tageslicht kommt. Es ist geradezu unheimlich. Man könnte sich fürchten. Aber er denkt auch: Wäre sie doch früher gestorben. Eine Woche früher. Dann hätte ich es nicht erfahren.
Er sieht Simone an diesem Tag nicht. Er hat sie angerufen und hat es ihr gesagt. Simone ist sehr bestürzt. Und schämt sich, daß sie verärgert war wegen der unterbliebenen Reise.
»Kann ich irgend etwas für dich tun?« fragt sie hilflos.
»Nein, Liebling, nichts. Die nächsten Tage... na, du weißt ja. Fahr doch inzwischen zu deiner Freundin.«
»Ich bleibe hier«, sagt sie. »Kümmere dich nicht um mich. Aber ruf mich an oder komm her, wenn du mich brauchst.«
Simone legt den Hörer auf und bleibt auf dem Bettrand sitzen. Sie kann ihm jetzt nicht helfen. Später – in ein paar Tagen, dann wird sie für ihn da sein. Wie schade, daß sie seine Mutter nicht mehr kennenlernen wird. Sie ist ein Engel, hat er gesagt. Sie wird nie ein böses Wort zu dir sagen. Sie geht ans Fenster und blickt in den Garten hinab, es regnet wieder. In der Nacht ist ein Gewitter gewesen, ein kurzes, starkes Gewitter, sie ist davon wach geworden. Und jetzt regnet es, heftig und gleichmäßig. Hinter den Regenschleiern sieht sie vage die Umrisse der Burg. Nie mehr wird sie dort hinaufgehen. Und sie weiß auch jetzt, daß sie Dornburg nie wiedersehen

möchte. Nach einer Weile geht sie hinunter. Clementine ist am Empfang.
»Jochens Mutter ist tot«, sagt Simone zu ihr.
»Ja, ich habe davon gehört.«
Die Mädchen sehen sich an. Es ist keine Feindschaft in Clementines Blick.
»Sie kannten sie?«
»Ja. Ich habe sie manchmal besucht.«
»Ich habe sie nicht gekannt.«
»Jochen wird sehr unglücklich sein. Er hat seine Mutter sehr liebgehabt.«
»Ja, ich weiß. Aber wir können ihm nicht helfen.«
Ganz selbstverständlich sagt Simone ›wir‹. Clementine hört es gut. Agnes' Tod schafft plötzlich eine Verbindung zwischen ihnen. Warum eigentlich? Weil sie beide Jochen lieben, das ist es wohl.
Und dann sagt Simone auf einmal, sie weiß auch nicht, warum: »Ich weiß, wie das ist. Meine Mutter ist auch tot. Sie war mir das Liebste auf der Welt. Und seit sie tot ist, bin ich ganz allein.«
Es klingt so verloren und hilflos, daß Clementines Herz von Mitleid erfüllt wird.
Simone spricht weiter, wie unter einem Zwang, so als könne sie das Lügen nicht mehr ertragen. »Sie haben sie gekannt. Sie ist hier gestorben.«
»Hier?«
»Ja. Sie hat hier bei Ihnen gewohnt. Cornelia Grant. Sie erinnern sich noch?«
Clementine hebt die Hand vor den Mund, ihre Augen sind vor Entsetzen weit aufgerissen. »Mrs. Grant? Das war Ihre ... Ihre Mutter?«
»Ja. Und nun wissen Sie auch, warum ich hier bin.«
Clementine ist sprachlos. Sie starrt Simone fassungslos an. »Mein Gott!« sagt sie.
»Marquand ist nicht mein richtiger Name. Ich wollte nicht, daß man hier weiß, wer ich bin. Ich dachte ...«
»Was für eine Quälerei für Sie«, sagt Clementine verständnisvoll.
»Sie brauchen es niemand zu sagen, Clementine. Es braucht

keiner zu wissen. Aber ich dachte, ich müßte es Ihnen sagen.«

Josef kommt in die Halle. Die Mädchen verstummen. Clementine schickt ihn mit einem Auftrag wieder fort.

»Das ist furchtbar«, sagt Clementine, als sie wieder allein sind. »Nein, ich werde es niemandem sagen. Aber Jochen weiß es, nicht wahr?«

»Ja. Er weiß es. Er wollte mir helfen. Und daß es so gekommen ist...« Simone sucht nach Worten. »Clementine, ich habe Ihnen weh getan. Ich habe Sie unglücklich gemacht. Aber ich wußte das ja nicht. Es... es tut mir leid.«

»Ach«, sagt Clementine, »es ist nun mal so. Dafür kann niemand etwas.«

Wieder schweigen sie eine Weile, aber es ist Einverständnis zwischen ihnen, kein Haß, keine Feindschaft.

Und dann sagt Clementine: »Ich habe Ihre Mutter sehr bewundert. Und ich war richtig traurig, als... als das passiert war. Und es ist so furchtbar. Ich kann verstehen, wie furchtbar es für Sie gewesen sein muß. Und noch ist. So... auf diese Weise.«

Tränen steigen in Simones Augen auf. »Ja«, sagt sie leise, »ja.«

Clementine schluckt auch. Alles ist auf einmal anders geworden. Dieses schöne, fremde Mädchen, das sie beneidet hat, ist unglücklich. »Bitte, Fräulein Marquand, bitte...«

»Ich heiße Simone.«

»Simone!« Clementine streckt zaghaft ihre Hand über das Pult. »Bitte, Simone! Weinen Sie nicht. Ich bin Ihnen nicht mehr böse. Nie wieder. Und ich bin auch Jochen nicht böse. Ich...« Jetzt rollen auch Clementine die Tränen über die Wangen, sie haben sich die Hand gegeben, und für Herrn Gruber, der gerade in diesem Moment von der Straße her das Hotel betritt, muß diese Szene etwas geradezu Lächerliches haben. Er weiß ja nicht, was für ein Gespräch die beiden geführt haben. Er kann nur denken, daß es sich um eine sentimentale Szene zwischen zwei verliebten Mädchen handelt.

Er räuspert sich, grüßt kurz und verschwindet in seinem Büro. Simone geht wieder hinauf in ihr Zimmer. Clementine beruhigt sich, pudert ihre Nase und ist dann imstande, Herrn

Gruber gegenüberzutreten. Er mustert sie prüfend, aber da sie nichts sagt, sagt er auch nichts. Sie geht an ihre Arbeit wie sonst auch.
Sie erzählt Herrn Gruber nicht, was sie erfahren hat.

Jochen hat nicht gewußt, wie er seinem Vater gegenübertreten soll. Aber jetzt durch Agnes' Tod erhält dieses Zusammentreffen eine besonders dramatische Note. Jochen ist am Ende seiner Nervenkraft. Alles, was er sich vorgestellt hat, was er sagen könnte, wie er ein Gespräch mit seinem Vater einleiten könnte, das hat er vergessen.
Als sein Vater das Haus betritt, bleibt er in seinem Zimmer. Tagsüber war er beschäftigt mit den ganzen Formalitäten, die ein Todesfall mit sich bringt. Er ist innerlich ganz zerrieben, zwingt sich aber zu steinerner Ruhe.
Gustav Weege kommt ins Zimmer und tritt seinem Sohn mit einer bei ihm ungewohnten Unsicherheit gegenüber. Sein Blick flackert, er ist nicht weniger nervös als Jochen. Er hat unten auf Jochen gewartet. Aber Jochen kommt nicht. So geht er schließlich hinauf zu ihm. Jochen hat ihn kommen hören. Er steht mitten im Zimmer und blickt zur Tür.
»Tja«, sagt Gustav Weege, »das ist eine schlimme Heimkehr für mich.«
Jochen gibt keine Antwort.
»Wie kam denn das so plötzlich?«
Jochen schweigt.
»Es ist ihr nicht gut gegangen in den letzten Tagen, habe ich gehört. Ich habe gerade mit Doktor Grassmann telefoniert.«
»Die Beerdigung ist übermorgen«, sagt Jochen mit kalter, klirrender Stimme. »Ein größerer Auftrieb wird sich nicht vermeiden lassen. Notgedrungen müssen wir das wohl noch gemeinsam durchstehen.«
Gustav Weege kneift die Augen ein wenig zusammen. Er sieht alles im Gesicht seines Sohnes. Er hört alles in seiner Stimme.
»Also?« fragt er kurz.
Da stehen sie voreinander, Vater und Sohn. Zwei große blonde, gutaussehende Männer, sie sind sich in diesem Moment so ähnlich wie nie zuvor.

»Du erinnerst dich an unser Gespräch auf der Fahrt nach Zürich?«
»Ich erinnere mich.«
»Ich weiß jetzt, wer Karl Prpolski ist.«
»Woher weißt du es?«
»Von meiner Mutter.«
»Du hast sie danach gefragt? Du hast... du hast es vermutet?«
»Nein. Ich hatte keine Ahnung. Ich habe sie auch nicht gefragt. Es ergab sich so. Sie dachte, ich wüßte es. Von dir.«
»Wie konnte sie das denken?«
»Der Name wurde erwähnt. Und sie dachte, du hättest es mir erzählt.«
»Und woher wußtest du den Namen? Von Busse?«
»Nein. Ich weiß den Namen von jemand anders.«
»Von wem?«
»Die Frau, die du ermordet hast, hat eine Tochter. Von ihr weiß ich es.«
Es ist ungeheuerlich, wie er das so sagt. Wie er das einfach ausspricht: *Die Frau, die du ermordet hast.*
Es klingt für beide ungeheuerlich. Beiden stockt der Atem. Beide schweigen für eine Weile, starren sich an, sprachlos, gespannt bis in die Fingerspitzen.
Dann sagt Gustav Weege langsam: »Ich habe keine Frau ermordet.«
»Nein?« fragt Jochen höhnisch. »Hat sie sich selbst umgebracht?«
»Sie ist vom Turm gestürzt. Sie lief die Treppe hinab und stürzte. Und brach dabei das Genick.«
Das kommt überraschend für Jochen. Aber nach allem, was er inzwischen weiß, nachdem sie den Schuh gefunden haben, könnte es wahr sein.
Aber er kann sich dabei nicht aufhalten, er muß alles loswerden, jetzt, da er einmal damit angefangen hat.
»Und Simon von Eckersdorff? Hat er sich auch selbst zusammengeschlagen?«
Gustav Weege ist am Ende, er sackt zusammen, seine Schultern sinken vornüber, er ist grau im Gesicht.
»Woher weißt du das?«

»Ich weiß alles. Cornelia hat es aufgeschrieben, ehe sie starb. Simone hat es mir erzählt.«

»Wer ist Simone?«

»Simons und Cornelias Tochter. Sie ist hier. Aber es hat keinen Zweck, daß du sie auch noch tötest. Oder du tötest mich auch. Denn ich weiß alles.«

»Cornelias Tochter? Sie ist hier?«

»Ja.«

»Du kennst sie?«

»Ja. Ich kenne sie gut.«

»Dann ist sie die Amerikanerin, von der mir Rita erzählt hat.«

»Ach! Rita hat dir also schon etwas erzählt? Wie das funktioniert. Was hat sie dir denn erzählt?«

»Daß du...«

»Was ich? Daß ich eine neue Freundin habe, das hat sie dir sicher erzählt.«

»Aber... wie... wie kam das alles?« Gustav Weege greift sich an die Stirn, er ist verwirrt, er kann noch nicht klar denken, er begreift die Zusammenhänge nicht.

»Ja, wie kam das?« sagt Jochen. Die Spannung weicht aus ihm. Er fühlt sich leer und ausgepumpt, wendet sich ab.

»Ich weiß nicht, wie das kam. Ich habe Simone kennengelernt. Durch einen Zufall. Aber offenbar war es kein Zufall. Es ist unheimlich, wenn man darüber nachdenkt. In den letzten Tagen, seit ich alles weiß, habe ich gedacht, es wäre besser, ich hätte sie nicht kennengelernt. Obwohl ich sie liebe. Ich liebe sie mehr als alles auf der Welt. Aber mein Vater – mein Vater!« Jochen schreit es ihm ins Gesicht, »hat ihre Eltern getötet. Ermordet! Brutal ermordet.«

Gustav Weege setzt sich. Seine Knie geben nach, es ist ihm schwindlig. Er sitzt da mit gesenktem Kopf.

»Jochen«, sagt er, »ob du es glaubst oder nicht, ich habe Cornelia nicht getötet. Ich ging ihr nach auf die Burg, um mit ihr zu sprechen. Sie war oben auf dem Turm. Sie nannte mich einen Mörder – genau wie du. Und dann lief sie fort. Ich habe sie nicht angerührt. Ich hätte ihr nie etwas getan. Nie. Sie stürzte die Treppe hinab, du mußt mir das glauben. Als ich hinunterkam, war sie tot. Ich schwöre dir, es ist die Wahrheit, was ich sage. Ich wußte nicht, was ich tun sollte. Ich trug

sie in den Wald und legte sie dort hin. Sie war tot. Aber ich habe es nicht getan.«
»Und Simon? Bist du daran auch schuldlos?«
Er zögert. Dann sagt er tonlos: »Nein. Daran bin ich nicht schuldlos. Aber, was ich getan habe, hätte jeder andere auch getan. Damals. Es war Krieg.«
»Diese Entschuldigung kenne ich. Ein Volk von Mördern, nicht wahr? Das Morden war an der Tagesordnung. Es war Befehl, nicht wahr? So heißt es doch immer. Wer will heute deine Schuld beweisen? Du wirst dich vor jedem Gericht wunderbar herausreden. Aber sag mir es, sag es mir ehrlich ins Gesicht: Mußtest du ihn töten? War es deine sogenannte Pflicht? Sieh mich an: Mußtest du ihn töten?«
Gustav Weege sitzt im Sessel. Jochen steht vor ihm, vorgebeugt, mit brennenden Augen.
»Nein«, sagt Gustav Weege langsam. »Nein. Ich mußte ihn nicht töten.«
Jochen wendet sich ab. Er nimmt eine Zigarette, zündet sie mit fahrigen Händen an. Er ist wie im Fieber, er ist von Haß erfüllt, von Abscheu. Flüchtig denkt er an Simone, an seine tote Mutter. Die Szene ist so gespenstisch, so unwirklich. Kann man so etwas erleben? Gibt es so etwas wirklich? Es kann nur ein Traum sein. Er wird erwachen, es wird sein wie früher. Er studiert in München, ein Tag ist wie der andere, manchmal ist Föhn, manchmal macht die Arbeit Spaß, manchmal nicht, man bummelt abends, man lacht und trinkt. Das Leben hat noch nicht richtig begonnen.
»Was wirst du tun?« fragt Gustav Weege nach einem langen Schweigen.
»Ich werde dich anzeigen.«
»Deinen eigenen Vater?«
»Du bist nicht mein Vater. Ich habe nichts mehr mit dir zu tun.«
»Hast du überlegt, was es für dich bedeutet? Für deine Zukunft? Deine Karriere?«
»Das interessiert mich nicht. Ich bleibe nicht in Deutschland. Ich gehe nach Amerika.«
»Weiß ... sie es?«
Jochen dreht sich herum, sieht ihn an. »Sie weiß es nicht. Noch

nicht. Bisher bin ich der einzige, der es weiß. Du kannst mich auch ermorden. Du hast ja Übung darin.«

Gustav Weege richtet sich langsam im Sessel auf, sieht seinen Sohn an, seinen Sohn, den er liebt. Dann steht er auf. »Ich werde dich nicht ermorden. Und du kannst mich anzeigen, wenn du willst. Ich nehme an, du wirst bis nach der Beerdigung damit warten?«

»Ja. So lange werde ich warten.«

»Ich kann es dir abnehmen. Ich kann mich selbst anzeigen. Ich habe auch eine Pistole in meinem Schreibtisch. Dann bleibt dir alles erspart. Und mir auch.«

Damit geht Gustav Weege aus dem Zimmer.

Jochen steht unbeweglich. Und er denkt etwas Merkwürdiges: Er hat sich gut gehalten.

Und er denkt: Wenn es wahr ist, wenn er Cornelia wirklich nicht getötet hat. Wenn sie herabgestürzt ist. Der Schuh, der Schuh wäre ein Beweis dafür. Dann ist seine Schuld nicht so groß. Dann war das andere ein Totschlag. Ein Totschlag im Affekt. Er denkt auf einmal juristisch, so wie er es gelernt hat. Ein Totschlag im Affekt. Und zwanzig Jahre her. Verjährt. Kein Naziverbrechen. – Kein Mord vor einem halben Jahr. – Ein Totschlag vor zwanzig Jahren. – Verjährt.

Und was soll er jetzt tun?

Unbeachtet wie das Leben der armen Agnes ist ihr Tod. Weder auf Mann noch Sohn macht es großen Eindruck, denn was mit ihnen, den Lebenden, geschieht, ist viel stärker, viel wichtiger als ihr bescheidenes Sterben.

Bei der Beerdigung allerdings könnte man denken, Agnes Weege sei eine außerordentlich prominente Person gewesen. Die halbe Stadt ist anwesend. Aber das gilt mehr ihrem Mann, seine Bedeutung für Dornburg ist groß. Ein reicher, angesehener Mann, er leitet das größte Industrieunternehmen in weitem Umkreis. Auch das Wetter hält sich an die dramaturgischen Spielregeln für solche Anlässe, es regnet. Ein Wald von Schirmen schwankt über den Friedhof, die Erde ist feucht und schwer, der Pfarrer findet salbungsvolle Worte, wie es dem gewichtigen Anlaß entspricht.

Gekannt hat er Agnes Weege kaum. Eigentlich hat niemand

sie gekannt. Die meisten, die ihr das Geleit geben, haben sie kaum jemals gesehen.

Vater und Sohn stehen vor dem Grab. Sie sind einander sehr ähnlich, jetzt, da das Strahlen aus Jochens Gesicht verschwunden und eine ungewohnte Härte darin entstanden ist. Sie sind die einzigen Verwandten der Toten. Das ist sehr merkwürdig und fällt vielen auf. In einer kleinen Stadt haben die Toten meist ausreichend Familie, die sie begleitet. Diese Familie, so mächtig sie ist, besteht nur aus drei Menschen. Das heißt, nun sind es nur noch zwei. Zwei, die sich nicht ansehen, die stumm und starr stehen, Hände drücken, halblaute Phrasen anhören, die ganze lästige Zeremonie über sich ergehen lassen, als ginge es sie im Grunde nichts an.

Denkt eigentlich einer an die tote Frau? Doch. Clementine zum Beispiel und noch einige andere, die sie gekannt haben. Trauert einer um die tote Frau? Eigentlich keiner. Nicht einmal ihr Sohn. Die Gefühle, die ihn erfüllen, lassen für die Trauer um die tote Mutter keinen Raum.

Simone ist nicht auf den Friedhof gegangen. Warum sollte sie auch? Sie kennt keinen, und keiner kennt sie. Oder wer sie vielleicht kennt, fände es unpassend, daß sie sich der Trauergesellschaft zugesellt.

Sie ist auch nicht im Hotel geblieben. Sie ist fortgegangen trotz des Regens, am Fluß entlang, den Weg, den sie so oft mit Jochen gegangen ist. Sie geht über die Brücke. Sie geht auf die Burg zu.

Warum tut sie das? Sie wollte nie wieder zur Burg. Und jetzt geht sie doch. Es regnet, der Himmel ist dunkel, schwer von Wolken, es ist genauso wie in der ersten Woche ihres Hierseins. Damals war sie traurig und allein. Dazwischen war sie glücklich. Und was ist sie jetzt?

Sie weiß es selbst nicht. Sie hat keinen Grund, um Jochens Mutter zu weinen. Sie hat sie nicht gekannt. Sie kann Jochens Kummer mitempfinden. Und das tut sie. Aber es ist noch ein bißchen mehr als das. Der Tod dieser Mutter läßt sie wieder viel intensiver an die andere Tote denken. Geht sie darum zur Burg?

Sie steigt den Berg hinauf, der Weg ist naß, der Regen rauscht im Laub der Bäume. Und dann steht sie oben, ganz allein,

wer sollte auch an solch einem Tag hier heraufgehen? Sie schaut auf die Stadt hinab, die man durch den Regenschleier nur undeutlich sieht, sie blickt zum Turm hinauf, sieht sich im leeren Burghof um. Und plötzlich ist die Furcht da. Sie fürchtet sich. Sie ist allein hier oben. Cornelia muß auch allein gewesen sein. Wer immer der Mörder war, warum sollte er heute nicht auch hier sein?
Er ist hier, aber sie weiß es nicht. Der Turm war Cornelias Mörder, aber auch das weiß sie nicht. Sie hat nur Angst, es ist totenstill um sie, der Regen macht das einzige Geräusch, monoton, fast bedrohlich kommt es ihr vor. Wenn jetzt einer kommt und die Hand nach ihr ausstreckt... Ihr Atem geht rasch, ihre Hände werden feucht. Sie ist wie gelähmt vor Angst, wagt keinen Schritt zu tun. So steht sie wie gebannt an der hüfthohen Mauer, starrt in das Grau um sich und wartet. Wartet, daß einer kommt, der sie töten wird.
Aber niemand kommt. Sie bleibt allein im Burghof, allein mit dem Mörderturm, allein mit dem Regen.
Nach einer Zeit, die ihr wie eine Ewigkeit vorkommt, zwingt sie sich zum Gehen. Es kostet Mühe, sich zu bewegen. Aber kaum hat sie den Burghof hinter sich gelassen, rennt sie wie gehetzt den Berg hinab. Einmal rutscht sie auf dem feuchten Boden aus, fällt auf ein Knie. Der Strumpf zerreißt, sie hat eine blutige Schramme. Atemlos läuft sie weiter. Erst als sie unten das Café vor sich sieht, geht sie langsamer. Wie albern von ihr! Sie bleibt stehen, atmet zitternd aus. Dann geht sie in das Café, zieht den nassen Regenmantel aus und setzt sich in eine Ecke. Trotz des schlechten Wetters sind ein paar Leute hier, einige Tische sind besetzt. Sie bestellt Kaffee und Kognak, sie sitzt in der Ecke und beruhigt sich langsam. Sie hat Sehnsucht nach Jochen. Wenn er bei ihr ist, hat sie niemals Angst. Wird sie nie Angst haben müssen, weder vor Lebenden noch vor Toten, vor eingebildeten oder vor wirklichen Mördern.
Er liebt sie. Und sie liebt ihn.
Ganz stark fühlt sie es in dieser Stunde, wie sehr sie ihn liebt. Sie wird nie mehr allein sein.

Wie üblich in einer kleinen Stadt treffen sich die Trauergäste nach der Beerdigung zu einem Essen. Für die Trauergemeinde

Weege findet das natürlich im »Schwarzen Bären« statt. Nach und nach finden sich die Honoratioren, die hiesigen und auswärtigen Geschäftsfreunde und sonstige Bekannte im Hotel ein. Gustav und Jochen Weege haben nicht die Absicht, ausführlich daran teilzunehmen. Es genügt, sich kurz den Gästen zu zeigen und dafür zu sorgen, daß sie alles bekommen, was sie wünschen.
Jochen hat überhaupt nichts gegessen. Er hat schnell zwei klare Schnäpse getrunken, eine Zigarette geraucht, ist, soweit es möglich war, allen Gesprächen ausgewichen. Sein Vater sitzt beim Bürgermeister und einigen Stadträten, er raucht eine Zigarre, trinkt Wein. Gegessen hat auch er nichts. Ein bitteres Lächeln verzieht Jochens Lippen. Die feinen Herren von Dornburg, was werden sie sagen, wenn sie erfahren, mit wem sie da zusammensitzen, um wessen Gunst sie in all den Jahren gebuhlt haben. Der große Gustav Weege, der Industrielle, der größte Steuerzahler im Ort, der Mann, der Stiftungen für das Altersheim, für die Kirchen, für die Krankenhäuser machte, dessen Zustimmung über das Kommen und Gehen der Stadträte entschied. O ja, ein sehr wichtiger Mann, dieser Weege in Dornburg. So ist es heutzutage nun mal.
Am wichtigsten sind die, die das große Geld haben, ganz egal, was sie sonst tun und sind; ob man sie leiden kann, ob sie sympathisch sind, anständig, fair, ob sie Bildung und Manieren haben, spielt alles keine Rolle; ob sie ihre Frau betrügen oder ihre Geschäftspartner übers Ohr hauen, ganz egal, nur das Geld müssen sie haben, dann haben sie Einfluß und Macht. – Und dann haben sie Ansehen. Das sind die Spielregeln der neuen Gesellschaft.
So weit ist es also nun, daß Jochen, jung, hoffnungsfroh, von Liebe erfüllt, mit prächtigen Zukunftsplänen, so weit ist es nun, daß Jochen beginnt, die Menschen zu verachten. Schon jetzt. In seinem siebenundzwanzigsten Jahr. Die Herren würde es auch nicht sonderlich stören, daß Weege einmal den Nazis nahestand und ihre schmutzigen Dienste verrichtete. Nein, das wird sie gewiß nicht stören. Das haben viele von denen, die dort bei ihm am Tisch sitzen, auch getan. Würden sie höchstwahrscheinlich wieder tun. Die Sache mit dem Mord, das ist natürlich etwas anderes. Aber es war ja kein Mord,

sagt Gustav Weege. Das Gegenteil müßte man ihm erst beweisen. Komischerweise glaubt ihm Jochen das sogar – das mit dem Sturz vom Turm. Bleibt nur die Frage, warum die Frau hinabgestürzt ist. Vielleicht, weil sie sich vor Karl Prpolski gefürchtet hat. Für sie war er ja ein Mörder. Sie lief fort und stürzte. Das ist natürlich kein Mord. Bleibt das Delikt, daß er sie versteckt und den Fall nicht angezeigt hat.
Wegen des Namens kann man ihn nicht belangen. Es ist kein Schwindel dabei, er trägt ihn legal. Und niemand kann von ihm erwarten, daß er ohne Not von seinem früheren Leben berichtet. Das tun viele nicht in dieser Zeit.
Und wer beweist den Mord in einem Heuschober in Ostpreußen? Cornelia Grant hat darüber geschrieben. Nun – sie war nicht dabei. Der einzige Zeuge, Michal Thomasin, ist tot. Jochen ist Jurist. Er ist sich klar darüber, mit einem guten Anwalt kann seinem Vater nicht viel passieren.
Jetzt tritt Busse an den Tisch, er schüttelt Gustav Weege die Hand, murmelt ein paar Worte, das übliche wohl für diesen Fall, setzt sich dann auf einen von Herrn Klose herangeschobenen Stuhl und bestellt Wein und sicher auch etwas zu essen.
Wieder das kalte Lächeln in Jochens Gesicht. Busse wird aus allen Wolken fallen. Sein ungeklärter Fall, der ihm so viel Kopfzerbrechen macht, und da sitzt er neben dem Gesuchten am Tisch. Was wäre zum Beispiel, wenn er, Jochen, jetzt hinüberginge und sagte: »Übrigens, Herr Busse, wir sprachen doch neulich über den Fall Grant. Sie suchen einen gewissen Karl Prpolski, nicht? Hier sitzt er. Verhaften Sie ihn lieber gleich.«
Das wäre ein Auftritt! Was für eine herrliche Szene. Bühnenreif. – Komisch, aber so etwas tut man nicht. Er jedenfalls tut es nicht. Er frißt den Gram und den Haß und seine Verachtung immer tiefer in sich hinein, er trinkt noch einen doppelten Schnaps, er hat überhaupt sehr viel getrunken in der vergangenen Woche, seit dem Tag, da er die Wahrheit weiß. Er denkt nicht daran, etwas zu essen. Aber er denkt – endlich – an Simone. Wo ist sie? Was tut sie? Wenn etwas ihm helfen kann, wenn jemand ihm helfen kann in seiner derzeitigen Situation, in der Verzweiflung, die sein Inneres durcheinanderschüttelt, wenn etwas den Haß lösen kann, der sein Herz vergiftet, dann ist es sie. Nein, helfen kann sie ihm auch nicht.

Er belügt sie ja. Er muß sie belügen. Und solange die Lüge zwischen ihnen steht, ist auch bei ihr kein Trost.
Er geht hinaus in die Halle, wo Clementine schon wieder auf ihrem Platz hinter dem Pult ist.
Clementine erschrickt, als sie ihn sieht. Was hat er für ein Gesicht? Dieser heitere, helle Jochen, wie sieht er aus? Grau ist sein Gesicht, eingefallen geradezu, seine Augen liegen tief in den Höhlen und flackern unruhig, er sieht um Jahre älter aus. Und als er vor ihr steht und an der Zigarette zieht, sieht sie, daß auch seine Hände zittern.
»Mein Gott, Jochen«, sagt sie, »gräm dich doch nicht so. Sie war doch so lange krank. Es ist bestimmt dumm, so etwas zu sagen, aber für sie war es sicher eine Erlösung. Und du mußtest doch wissen, daß so etwas eines Tages geschieht.«
»Ja, ich habe es auch gewußt. Viele Dinge weiß man, auf viele Dinge ist man vorbereitet. Aber andere Dinge weiß man nicht, auf die ist man gar nicht vorbereitet.«
Das ist dunkel für Clementine, sie kann nicht ahnen, was er meint. Er steht vor ihr, die Arme auf das Pult gestützt, raucht, sie riecht, daß er getrunken hat, er sieht sie an und auch nicht, er ist restlos am Ende.
Clementine reagiert ganz weiblich. »Hast du etwas gegessen?«
Er schüttelt den Kopf.
»Warum nicht, Jochen, sei doch nicht so unvernünftig. Du kannst nicht nur trinken. Du brauchst ja nicht ins Restaurant zu gehen. Komm hier ins Büro, Herr Gruber ist nicht da. Ich lasse dir etwas kommen.«
»Ich brauche nichts zu essen.«
Daß er so sein kann! Es paßt gar nicht zu ihm. Trauer hin und Trauer her, es paßt nicht zu ihm. Daß er so verstört sein kann, so ganz und gar außer sich, Clementine begreift es nicht. Da steht er und starrt in die Luft. Das letzte bißchen Zorn, das noch in ihrem Herzen zu finden war, vergeht wie Rauch. Nein, Clementine ist kein Mensch, der hassen kann, kein Mensch, der nicht verzeihen kann. Hat sie vor ein paar Tagen noch gedacht, sie möchte diesen Jochen nie wiedersehen, nie mehr mit ihm reden? Sie hat es vergessen. Als sie sieht, daß sein Blick das Schlüsselbrett abtastet, sagt sie: »Simone ist nicht da. Sie ist ausgegangen.«

Jochen nickt. Erst einige Sekunden später fällt ihm auf, was sie gesagt hat.
»Simone?«
»Ich weiß alles. Sie hat es mir erzählt.«
Das ist nun für Jochen erstaunlich. Soll einer die Frauen verstehen! Er hat gedacht, sie gehen sich aus dem Weg. Er hat gedacht, Simone scheut Clementines Gegenwart und Clementine hat nur böse Gefühle für Simone. Dagegen sind sie anscheinend sehr vertraut geworden, ohne daß er es wußte.
»Sie hat dir alles erzählt?«
»Ja. Sie tut mir sehr leid. Es muß schwer für sie gewesen sein, hierherzukommen. Und ich habe natürlich niemand etwas davon gesagt, nicht einmal Mutti.«
Jochen sieht sie still an. »Du bist ein feiner Kerl, Tinchen.«
Nicht gerade das Kompliment, das man sich wünscht von einem Mann, den man liebt. Geliebt hat – muß es heißen. Und so gesehen, ist es eben doch ein gutes Kompliment.
Hotelgäste kommen herein. Clementine hat für eine Weile zu tun. Aber Jochen bleibt da. Ins Restaurant will er nicht wieder, und fortgehen will er auch nicht. Wohin denn? In das Haus seines Vaters zurück. Dort hat er nichts mehr verloren. Noch heute wird er seine Sachen packen und verschwinden. Wohin, weiß er noch nicht. Am besten, er zieht auch in den »Schwarzen Bären«. Geht auch nicht. Das erregt nur unnötiges Aufsehen, noch dazu am Tage der Beerdigung. Wohin also? Auf alle Fälle fort, aber nicht ohne Simone. Aber dafür wieder müßte er Simone eine Erklärung geben. Muß ihr alles sagen. Und wenn er vor etwas Angst hat, dann davor. Aber es hilft nichts, er *muß* es ihr sagen.
Muß ich wirklich? Angenommen, ich verschweige es. Ich gehe fort mit ihr, sage nichts, wir heiraten, sie erfährt es nie. Die Welt ist voll ungeklärter Rätsel, soll also auch das Rätsel von Cornelias Tod ungeklärt bleiben. Warum Simone damit belasten? Aber die Lüge! Die furchtbare Lüge. Wird er mit der Lüge leben können. Er kennt sich selbst nicht in dieser Beziehung. Er weiß nicht, ob er das durchhalten kann, sein Leben lang zu lügen.
In diesem Moment kommt Simone zur Tür herein. Sie ist naß, hatte wieder keinen Schirm dabei, ihr Regenmantel ist naß,

vom Rand des Hütchens tropft es. Und was hat sie da am Bein? Sie kommt auf ihn zu, auch Clementine ist wieder frei, beide blicken ihr entgegen.

»Was hast du denn gemacht?« fragt Jochen und deutet auf ihr Knie.

»Ich bin ausgerutscht. Auf dem Burgberg. Ich bin so schnell gelaufen.«

»Du warst auf der Burg?«

Sie nickt.

»Du sollst doch nicht mehr hinaufgehen.«

»Ich wollte auch nicht. Aber ich bin doch gegangen. Und ich habe Angst gehabt.«

»Angst? Wovor?«

»Plötzlich – es war ganz komisch – aber plötzlich dachte ich, er käme.«

»Wer?«

Sie flüstert: »Der Mörder. Ich habe mir eingebildet, er käme. Albern, nicht?«

Jochen schüttelt nur den Kopf. »Nein, heute wäre er nicht gekommen. Er hatte anderes zu tun.«

Die beiden Mädchen sehen ihn verwundert an. Was redet er da?

»Er war nämlich bei der Beerdigung«, sagt Jochen.

Pause. Simone blickt Jochen sprachlos an. Sieht sein hartes fremdes Gesicht. Sieht die Verzweiflung in seinen Augen.

»Jochen! Was willst du damit sagen? Du weißt...«

»Ich weiß.«

Und gleich darauf bereut er, daß er das gesagt hat. Minuten vorher hat er sich noch vorgenommen zu schweigen. Ein Leben lang zu schweigen. Aber jetzt kommt es wie ein Rausch über ihn. Er muß es loswerden, er muß endlich reinen Tisch machen. »Soll ich ihn dir zeigen? Er ist hier.«

Er greift nach Simones Hand, aber sie weicht entsetzt zurück. Ihre Augen sind weit geöffnet, ganz schwarz, voller Angst.

»Mein Gott, Jochen!« sagt Clementine. »Was redest du da? Hast du den Verstand verloren?«

»Das wäre kein Wunder. Komm mit, Simone, ich zeige ihn dir. Du kannst seine Bekanntschaft machen.«

»Er ist verrückt geworden«, sagt Clementine und blickt sich hilfesuchend um.

Jochen hat Simone am Arm gegriffen, zieht sie mit sich zur Tür, die ins Restaurant führt, obwohl sie sich wehrt. Erst unter der Tür gelingt es ihr, sich loszureißen. Mit einem heftigen Ruck befreit sie sich, ihre Lippen zittern. Es gibt ein kleines Aufsehen, man blickt zur Tür. Auch Gustav Weege. Sieht dort seinen Sohn mit einem bleichen, wild entschlossenen Gesicht und daneben ein Mädchen, das angstvoll zurückstrebt.

Er steht auf. Er weiß sofort, was dort vorgeht. Weiß, mit wem Jochen dort steht.

Er geht rasch auf die beiden zu. Jochen ist toll vor Haß und Wut, das sieht er. Er muß eingreifen, sonst gibt es eine furchtbare Szene.

Vor den beiden bleibt er stehen, sein Blick ist drohend, aber auch sehr herrisch. Er sieht seinen Sohn gerade an, eine Sekunde messen sie sich schweigend.

»Deine Mutter ist heute beerdigt worden«, sagt er kalt. »Hältst du es für richtig, hier einen Auftritt zu inszenieren? Ich hätte dir mehr Geschmack zugetraut.«

»Vielen Dank für die gute Belehrung«, sagt Jochen mit der gleichen eisigen Stimme, »du hast recht. Laß dich in den Feierlichkeiten nicht stören. Mich wirst du entschuldigen. Übrigens, Simone«, er wendet sich dem Mädchen zu, das totenblaß neben ihm steht, und seine Stimme ist immer noch ohne Leben, ohne Gefühl, »darf ich dir Karl Prpolski vorstellen?«

Herr Gruber, der von der Halle kommt, will an ihnen vorbei, sie stehen immer noch unter der Tür. »Verzeihung«, sagt er und kommt gerade zurecht, Simone aufzufangen, die mit einem Keuchen zur Seite fällt. Er hält sie im Arm, blickt fassungslos von einem zum anderen. Vom Restaurant her blickt man zu ihnen, einige Hotelgäste aus der Halle drängen herbei, auch Clementine kommt angelaufen.

Auch jetzt ist Gustav Weege Herr der Situation.

»Die junge Dame hatte anscheinend einen Unfall«, sagt er ruhig und weist auf Simones blutiges Knie. »Man sollte vielleicht einen Arzt rufen. Ich glaube, Dr. Grassmann ist noch hier.«

»Ja, natürlich«, es kommt selten vor, daß Herr Gruber ver-

wirrt ist, aber jetzt ist es einmal soweit, »natürlich. Am besten bringen wir sie erst auf ihr Zimmer.«
»Das mache ich«, sagt Jochen und will Simone Herrn Gruber abnehmen, aber sie ist gar nicht bewußtlos, sie steht schon wieder auf dem Boden, ein wenig schwankend, stumm und wie gelähmt vor Entsetzen. Langsam hebt sie die Lider. Sieht Gustav Weege an. Er erwidert ihren Blick, es kostet ihn Mühe, sein Kinn wird hart und kantig dabei, aber er erwidert den Blick.
»Dein – Vater?« fragt Simone.
Jochen kann nicht antworten, er ist selbst entsetzt von dem, was er getan hat.
»Ja«, antwortet Gustav Weege für ihn. »Sein Vater.«
Und zu Jochen gewendet: »Du nennst mich brutal? Nun, was das betrifft, an Brutalität hast du es nicht fehlen lassen.«
Herrn Gruber ist der ganze Auftritt peinlich. Er weiß ja nicht, worum es sich handelt, kann höchstens annehmen, es geht um die Liebesaffäre zwischen Simone und Jochen und daß der Vater irgendwelche Schwierigkeiten macht. So etwas stellt er sich wohl vor, und er ist der berechtigten Meinung, daß man sich nicht gerade in seiner Hotelhalle darüber auseinandersetzen sollte.
»Ich glaube, Fräulein Marquand sollte sich jetzt hinlegen«, sagt er ein wenig ärgerlich. »Ich werde Dr. Grassmann verständigen.«
Clementine ist schon neben Simone. »Ich bringe Sie hinauf«, sagt sie mitleidig. »Kommen Sie. Kommen Sie, Simone, bleiben Sie nicht länger hier.«
Sie schiebt ihre Hand unter Simones Arm, und widerstandslos geht Simone mit ihr durch die Halle, die Treppe hinauf. Die Männer blicken ihr nach. Herr Gruber räuspert sich. Jochen geht zu einem Sessel in der Halle, setzt sich und stützt den Kopf in die Hände. Ihm ist jetzt auch schwindelig.
Gustav Weege neigt ein wenig den Kopf. »Tut mir leid, Herr Gruber. Entschuldigen Sie den Auftritt.«
Er geht zurück ins Restaurant, als sei nichts geschehen. Sein Gesicht ist unbewegt, nur wer in seinen Augen lesen könnte, würde darin die Verzweiflung sehen. Es ist alles zu Ende. Auf dem Weg zum Tisch rasen die Gedanken durch seinen Kopf.
Drei Möglichkeiten: Die Pistole zu Hause im Schreibtisch. Den

Wagen aus der Garage nehmen und über die nächste Grenze fahren.
Oder...
Ehe er sich setzt, beugt er sich über Busse und sagt leise: »Wenn wir hier fertig sind, würde ich Sie gern sprechen, Herr Busse.«

Drei Tage später reist Simone ab. Drei Tage Qual. Drei Tage sinnlose Gespräche, drei Tage voller Leid und auswegloser Verzweiflung.
Am leichtesten zu ertragen waren noch die Gespräche mit Polizeidirektor Busse. Er war sehr taktvoll, hat versucht, es Simone leichtzumachen. Sie hat alles gesagt, was sie weiß, und von ihr kann Busse nichts erfahren, was er nicht schon wußte. Außer der Sache mit dem Schuh. Die paßt zu Gustav Weeges Aussage.
Gustav Weege ist in Haft. Und auch hier hat sich Busse als außerordentlich taktvoll erwiesen. Noch weiß niemand in der Stadt, was geschehen ist. Busse wird eine Pressekonferenz abhalten, wenn Simone abgereist ist, das hat er ihr versprochen. Er weiß, wo er sie erreichen kann, falls er sie noch einmal braucht. Aber er wird sie wohl nicht brauchen. Sie ist kein Tatzeuge, sie hat nur das in der Hand, was Busse selbst auch hat: Cornelia Grants Aufzeichnungen.
Gustav Weege hat rückhaltlos erzählt, was sich ereignet hat, was er getan und nicht getan hat. Vor zwanzig Jahren und vor einem halben Jahr. Und Busse kommt zu derselben Erkenntnis wie Jochen: Viel kann Gustav Weege alias Karl Prpolski nicht passieren. Außerdem ist das nicht mehr Busses Angelegenheit. Er hat einen ungeklärten Fall, der sich in Dornburg ereignet hat, aufgeklärt. Wenn es auch nicht direkt sein Verdienst ist, so ist es doch befriedigend. Über Strafmaß oder etwaigen Freispruch werden Weeges Richter entscheiden.
Aber furchtbar sind die Gespräche zwischen Simone und Jochen. Einen Tag lang weigert sie sich, ihn zu sehen. Als sie ruhiger geworden ist, sieht sie ein: Er kann nichts dafür. Er ist unglücklicher als ich.
Aber was hilft das noch?
»Simone«, sagt er, bittet er, fleht er. »Simone! Wir werden fortgehen. Ich komme mit dir nach Amerika. Es darf uns doch

nicht trennen. Ich liebe dich doch. Simone!« Und während er das sagt, weiß er, daß es vergebens ist. Die Schuld des Vaters trennt sie, alle Liebe der Welt kann sie nicht auslöschen. Aber was hat er für einen Anteil an dieser Schuld? Er hat nie im Leben Böses oder Gemeines getan, er ist frei von jeder Schuld. Doch die Toten stehen zwischen ihnen, werden immer zwischen ihnen stehen. Simones getöteter Vater, Simones tote Mutter! Wie kann Simone je vergessen, wie kann er je vergessen?
»Nein«, sagt sie. »Nein.«
»Später, Simone. Laß ein wenig Zeit vergehen. Du wirst vergessen.«
»Vergessen? – Wirst du vergessen?«
Er schweigt.
»Hat Cornelia vergessen?«
»Man muß vergessen können, wenn man leben will«, sagt Jochen. Es klingt hohl, und er weiß es.
Simones Gesicht ist eine starre Maske. Sie möchte weinen, Tag und Nacht weinen. Sie wird es tun, wenn sie bei Muriel ist. Aber jetzt zwingt sie sich zu dieser steinernen Ruhe, sie tut alles mechanisch, sie kommt und geht wie eine Maschine. So spricht sie mit Busse, so packt sie ihre Koffer, so zahlt sie ihre Rechnung. Keiner wagt, etwas zu ihr zu sagen. Herr Gruber nicht, Clementine nicht. Sie sind die einzigen, die wissen, was vorgefallen ist. Clementine hat Herrn Gruber alles erzählt. Aber kein persönliches Wort zu Simone. Die ist wie aus sprödem Glas, ein Wort zuviel, ein Blick zuviel, und sie würde zerbrechen.
Als sie abreist, gibt sie Herrn Gruber die Hand. »Vielen Dank für alles«, sagt sie.
Herr Gruber verbeugt sich tief. »Ich wünsche eine gute Reise!« Mehr nicht. Er kann nicht sagen: Kommen Sie wieder! Er kann nicht einmal sagen: Alles Gute!
Jedes Wort ist zuviel.
Charly hat den Wagen vorgefahren, das Gepäck wird eingeladen. Simone steht daneben, und da ist auch Jochen. Er hat vor dem Hotel auf sie gewartet.
»Leb wohl, Jochen«, sagt Simone und gibt ihm die Hand. Und es kostet so viel Mühe, so viel Anstrengung, dabei ruhig zu

bleiben; sogar ein kleines Lächeln bringt sie zustande, sie ist erstaunlich, man kann sie bewundern.

»Laß es dir gut gehen. Ich wünsche dir...«, jetzt bebt ihre Stimme doch. Sie verstummt.

»Wir werden uns wiedersehen«, sagt Jochen trotzig.

»Nein«, sagt Simone und ihre Stimme ist wieder kalt und fest. »Niemals. Alles könnte ich ertragen, nur nicht, dich wiederzusehen. Du wirst ohne mich leben, so wie ich ohne dich leben werde. Nur so können wir jemals vergessen. Darüber mußt du dir klar sein. Es gibt keinen Weg, Jochen. Glaube mir. Es wird nie einen geben.«

Sie steigt ein, schlägt heftig die Wagentür zu, sie startet, fährt los, fährt rasch über den Marktplatz, ohne sich noch einmal umzusehen.

Jochen blickt dem Wagen nach, solange er ihn sehen kann. Er kann es noch immer nicht glauben, noch immer nicht begreifen. Sie ist fort. Für immer fort. Sie kommt nie wieder. Er wird sie nie wiedersehen.

Er ist ganz allein zurückgeblieben. Er hat alles verloren. Die Mutter. Den Vater. Die Frau, die er liebt. Das Leben, das er bisher geführt hat, ist in tausend Stücke geschlagen. Es gibt keinen Weg mehr für ihn, den er gehen kann. Die Schuld der Väter – er muß sie bezahlen.

Clementine, die unter der Tür gestanden hat, tritt neben ihn.

»Jochen«, sagt sie leise, »komm herein! Sie ist fort.«

Jochen sieht sie nicht, hört sie nicht.

»Komm hier weg, Jochen. Sei doch nicht so verzweifelt, Jochen. Hab' ein wenig Geduld. Vielleicht... vielleicht wird später alles gut.«

Jochen löst den Blick von der Straßenecke, um die der Jaguar verschwunden ist.

»Was? Was soll gut werden?«

»Mit ihr. Du wirst sie wiedersehen. Warte zwei oder drei Jahre. Laß die Zeit vergehen.«

Die Zeit? Die Zeit wird nichts helfen. Diesmal nicht. Das weiß er.

»Ich werde sie nie wiedersehen.« Und dann geht er, geht langsam an den Häusern entlang. Clementine sieht ihm nach, so wie er dem Auto nachgesehen hat. Ihre Augen stehen voller Tränen.

Utta Danella

Meine Freundin Elaine
Roman. 352 Seiten

Regina auf den Stufen
Roman. 448 Seiten

Wo hohe Türme sind
Roman. 544 Seiten

Albrecht Knaus Verlag
München